新装版

新訳
アンクル・トムの小屋

UNCLE TOM'S CABIN

ハリエット・ビーチャー・ストウ
小林憲二＝訳

明石書店

新装版　新訳　アンクル・トムの小屋

目次

第2巻　261

解説・資料　539

序

この本の表題が示すように、これから展開される物語の場面は、社会でも上品で洗練された多くの人々によってこれまで無視されてきた人種のなかにおかれている。この異国情緒豊かな人種の祖先たちは熱帯の太陽の下で生まれ、ある一つの特質をこの国に持ち込み、それを綿々と子孫たちに伝えてきた。だが、彼らのその特質は、性格の厳しい威圧的なアングロ・サクソン人種と本質的に異なったものだったので、長年のあいだ誤解と軽蔑しかかち得てこなかった。

しかし、いまやこれまでと違うもっとよい日が訪れようとしている。われわれの時代の文学や詩や芸術などの行なう働きかけと、「御心に適う人たれ」(1)というキリスト教の偉大な基調和音とが、さらに足並みを揃えるようになってきたのだ。

現代の詩人や画家や芸術家たちは、生活のなかに広く見られるやさしい人間性を探し求めて潤色し、虚構の魅力において、人間的であるとともに融和的でもある影響力を吹き込んでいる。それはキリスト教的友愛という偉大な原理の発展に好都合なことである。

善意の手があらゆるところに差し延べられ、悪逆を暴いたり非道を正したり苦悩を和らげたり、あるいは底辺の人々、抑圧された人々、忘れられた人々を世界に知らせ、同情を呼びかけたりしている。

このような一般的な動きのなかで、不幸なアフリカ人がやっと人々の目にとまるようになった。大昔、薄暗い灰色の夜明けどきに、文明と人類の進歩をはじめてもたらした人種だったアフリカ人は、その後何世紀ものあいだ、むなしく同情を求めながら、文明開化されキリスト教化された人類の足もとに横たわったまま、拘束され血を流し続けてきた。

しかし、アフリカ人を征服しその厳しい主人となった威圧的な人種の心が、ついに哀れみの念をもってアフリカ人に向けられるようになった。さまざまな国々で、弱者を抑圧するより保護することのほうが、どれほど気高いことかが理解されるようになった。ありがたいことに、世界はやっと奴隷貿易を乗り越えたのだ！

この物語のさまざまな描写の目的は、アフリカ人に対する哀れみと共感の心を喚起すること、つまり残酷で不当なシステムの下におかれた彼らの不正と悲しみを示すことにある。なぜそうしなければならないかといえば、彼らがわれわれのあいだに立ち混ざって存在しているからである。このシステムの残酷さと不当さは、彼らの最良の友人たちが、このシステムの下でなお彼らのために試みうるどんな善意の活動も無駄にし、圧殺してしまうほどのものなのである。

こうした目的でこの物語を書いてきて、著者として心から言えることだが、自分自身の落ち度からでなく、奴隷制の合法的な諸関係の結果としてさまざまな試練や困難に巻き込まれてしまった人々に対して、私は悪意ある感情など抱けない。

著者の経験によれば、しばしばもっとも気高い精神や心の持ち主がこういったことに巻き込まれているのだ。この物語の描写から推測されうるような奴隷制の害悪は、筆舌に尽しがたい全体の半分も言葉になしえていないということを、こうした人たちが一番よく知っている。

北部の諸州では、ここに描かれたことは現実を歪めていると考えられるかもしれない。だが、南部の諸州には、これらの描写が事実の忠実な再現だということを証言してくれる人々がいる。ここに語られているような出来事の真相に関して、著者が個人的にどんな知識を持っているかは、時がくれば明らかになるだろう。(2)

世界の多くの悲しみや悪行は、どんな時代でも後に償いがなされてきた。それと同様に、ここにあるのと同じ描写が、とうの昔になくなってしまった事柄の単なる記憶としてしか値打ちがないというような時がくるかもしれない。そうなることを期待するのは、一つの慰めである。

文明化されキリスト教化された一つの共同体の人々が、アフリカの岸辺で、われわれに由来する法律や言葉や文学を持つようになるとき、彼らにとって捕囚の身にあったときの生活の光景は、イスラエル人にとってのエジプトの記憶(3)のようなものとなるだろう。言うなれば、彼らを贖ってくれた神に感謝する気持ちがかき立てられることになるのだ！

なぜなら、政治家たちが争いあい、人間たちが利害と欲望の逆巻く潮流のなかで右往左往しているときでも、人類の自由という偉大な目標は、ある一人の方の手中にあるからだ。その方に関しては次のようことが言われている――

彼は暗くなることも、傷つき果てることもない
この地に裁きを置くときまでは。
王が助けを求めて叫ぶ乏しい人を
助けるものもない貧しい人を救いますように。
不法に虐げる者から彼らの命を贖いますように。
王の目に彼らの血が貴いものとされますように。(4)

【注】

（1）「いと高きところの神に栄光あれ、地には平和、御心に適う人たれ」（旧約聖書「ルカによる福音書」第二章第十四節）。

（2） ストウは、この小説に登場する人物やストーリーの基礎となったさまざまな歴史的事実を、『「アンクル・トムの小屋」への鍵』（一八五三）に収録している。批評家のなかには、『鍵』の証拠の大半は小説の出版後に集められたと指摘するものもいる。しかし、たとえばエライザの氷上を渡る有名なシーンは、彼女の夫と弟が一人の逃亡女奴隷を助けた実話からヒントを得ている。

（3） モーゼが解放したイスラエル人は、ファラオによってエジプトで奴隷として苛酷な労働を課されていた（旧約聖書「出エジプト記」第一章第十四節）。聖書中のこの物語は、自由を求めるアメリカの奴隷にとって比喩的な意味で重要な役割を果たした。

（4） 旧約聖書「イザヤ書」第四十二章第四節ならびに「詩篇」第七十二章第十二節および第十四節からの引用。

第1巻

・ ***Volume 1*** ・

シェルビー氏とヘイリー（ドイツ語版）

第1章 ここで読者は人間味あふれる一人の男に引き合わされる

In Which the Reader is Introduced to a Man of Humanity

身を切るように寒い二月のある日の夕刻、ケンタッキー州P——町でのことだった。立派な家具をしつらえたあるお屋敷の食堂で、二人の紳士がワインを傾けながら座っていた。傍らに使用人はおらず、二人は椅子を間近に近寄せて、ある話題についてひどく真剣な面持ちで話し合っているようだった。

便宜上、ここまで、われわれは二人の紳士という言い方をしてきた。しかしながら、仔細に点検してみると、つまり厳密にいうと、二人のうちの一人は紳士に属するようには見えなかった。背は低く、ずんぐりした体格で、粗野で平凡な顔つきをしており、肘で世界をかき分けて何とか這いあがろうとしている卑しい男に特有の、尊大で虚勢を張った雰囲気を漂わせていた。服装も仰々しいほどに着飾っていた。色数の多い派手なベストと、人目をひく黄色い玉模様の青いネッカチーフを気障に結んでみせている様子は、その男の持つ全体的な雰囲気にぴったりと合っていた。大きくごつい手に、指輪をいくつもはめていた。おまけに、重たい金の懐中時計の鎖を身につけ、そこに信じられない大きさの色とりどりの印章を束にして括りつけていた。彼はそれを、会話に熱がはいると、明らかに満足げに見せびらかしながら、ジャラジャラと鳴らす癖があった。彼の会話は「マレー文法(1)」をあっさりと無視していただけでなく、合間、合間に口汚い言葉を散りばめていた。われわれはこの物語をできるだけ生き生きと描いていきたいと考えているが、その男の使う言葉づかいはここに書き留めるのもはばかられるようなものだった。

彼の相手のシェルビー氏の風貌は、見るからに紳士といってよかった。家のたたずまいや家庭全体の雰囲気も、安楽で豊かな環境にあることを示していた。前に述べたように、いまこの二人は真剣な会話の最中であった。

「私としてはそんなふうに話をまとめたいのだが」とシェルビー氏が言った。

「そんな取り引きには応じられませんな、シェルビーさん。

断固としてできませんよ」。相手の男が、グラスを自分の目と照明のあいだにかかげながら言った。

「いいかい、ヘイリー。実際のところ、トムはただの黒人とは違うのだ。彼はどこに出してもそれだけの値打ちのある男だ。堅実で、正直で、能力があって、まるで時計のように正確に私の農場全体を管理してくれている」

「つまり、黒んぼ流[2]の正直というやつですかい」と、ヘイリーは勝手にブランデーをグラスに注いで、飲みほしながら言った。

「いや、私が言っているのは、トムは本当に善良で、まじめで、分別があり、信心深い男だということなんだ。トムは四年前の野外祈禱集会[3]で信仰を持った。本物の信仰を得たと私は思っている。それ以来、たとえば金や家や馬などあらゆる面で、私は彼を信頼してきた。いろんな地方にトムをつかいにも出した。そのたびに、私は、彼がすべてにわたって忠実で、堅い男だということを認識させられてきているんだ」

「シェルビーさん、ある人たちゃ、敬虔な黒んぼなんているわけがないと思っていますよ」。明らかにこれみよがしな調子で手を振って、ヘイリーが言った。「いや、私はいると信じてますがね。ある男がいましてね。そいつは、私がニューオーリンズ[4]に連れて行った最後の連中の一人だったんですが、そりゃもう、そいつのお祈りを聞くのは、まるで集会でお祈りを聞くのと同じぐらい素晴らしかったですよ。それに本当に礼儀正しく、おとなしかった。奴はたくさんの金をもうけさせてくれましたよ。なぜって、どうしても奴を売らざるをえなかった男から、安く買い叩くことができましたからね。六〇〇ドルほど儲けましたよ。そう、信仰はそれが正真正銘のもののときは、黒んぼの値打ちを上げますよ、間違えっこなしです」

「まあ、信仰ということで言えば、トムのは本物だ」。相手はきっぱりと言い返した。「昨年の秋、私の代わりにシンシナティ[5]まで出向き、一仕事して五〇〇ドル持って帰るよう、一人でトムをつかいに出したことがあった。『トム、私はお前を信頼している。それはお前がキリスト教徒だからだ。お前がごまかしたりなどしないことは、よく分かっている』。私はトムにそう言ってやった。トムは確かに戻ってきた。端から彼がそうすることは、分かっていたがね。なかにはよくない連中がいて『トム、どうしてカナダ[6]に逃げちまわないんだ』とトムに向かって言ったということだった。それに対して『どうしてって、旦那様はおらを信頼してくださる。おらにはそんなことはできねえ』とトムは答えたという。言っておくが、トムを手放すのは、私にはつらいんだ。ヘイリー、トムを手放すことで、私の借金のかたを全部つけるようにしてほしい。もし君に良心があれば、そうしてくれるはずだ」

「そりゃ、私だって、この商売に携わっている人間が持ちあわせている程度の良心は、持っていますよ。誓って言いますが、ご承知の通り、あったとしても微々たるものですがね」と、奴隷商人はおどけて言った。「友達にありがたいと思われるのなら、道理にかなったことは何でもする気はありまさあ。でも、こいつは、お分かりの通り、私みたいな男には少々きつすぎますよ、ちょっとばかりきつすぎるってもんですよ」と、奴隷商人は思いをめぐらしているといわんばかりにため息をつき、またいくらかブランデーを注いだ。

「では、ヘイリー、君はいくらなら取り引きをするつもりなんだい？」ぎこちない沈黙のあとで、シェルビー氏が言った。

「トムのおまけにつけていただけるような、男の子か女の子をお持ちじゃないですかね？」

「なんだって！　私のところには、おまけにつけてやれるようなものなんていない。実際、どうしようもなくせっぱつまっているから売るのであって、私は自分のところにいるものを一人だって手放したくはないんだ。それが本当のところだ」。

　このときドアが開き、四、五歳くらいに見える、白人の血が多く混ざった黒人[7]の男の子が部屋に入ってきた。この男の子はすばらしく美しく、人をひきつけるような何かを持っていた。黒い髪の毛は、絹綿の生糸のように繊細で、えくぼのできるまん丸な顔のまわりに、艶のある巻き毛となって垂れていた。情熱とやさしさにあふれた、大きな二つの黒目が、濃く長いまつげの下から、物珍しそうに部屋のなかをのぞいていた。ていねいに作られた、ぴったりした朱色と黄色の格子縞の派手な洋服が、黒さと豊かさを基調とする彼の美しさを一段とひきたてていた。はにかんではいるものの、自信に満ちたある種のひょうきんな雰囲気が、ご主人のお気に入りで、目をかけられるのに慣れていることを示していた。

「やあ、ちびくろ！」[8]口笛を吹き、一つかみの干しぶどうを男の子に向かって投げてやりながら、シェルビー氏が言った。「それっ、拾え！」

　子供は褒美を求めて全力であちこち駆け回った。それを見て、主人は笑い声を上げた。

「こっちへおいで、ちびくろ」と彼が言った。子供が近づいてきた。主人はそのカールした髪をなで、顎の下をくすぐった。

「さあ、おちびさん、お前がどれほどダンスと歌がうまいか、この方にお見せするのだ」。男の子は黒人のあいだで流行っている、粗野でグロテスクな歌のうちの一曲を、豊かな澄んだ声で歌い始めた。歌いながら、彼は手、足、そして体全体をコミカルに動かした。それは、音楽と完璧に釣り合いがとれていた。

「素晴らしい！」ヘイリーはオレンジの四つ切りの小片を投げ与えながら言った。

「おちびさん、今度は、リュウマチにかかっているアンクル・カジョウみたいに歩いてみてごらん」と主人が言った。

たちまち、男の子の柔軟な四肢は、奇形や湾曲の様相を呈した。そして、老人の真似をして、背中を丸め、主人の杖を手に、子供っぽい顔を陰鬱でしわだらけの顔にし、あちこちに唾を吐き散らしながら、部屋中をよろよろと歩き回ってみせた。

二人の紳士は大笑いした。

「さて、おちびさん、次は、年寄りのエルダー・ロビンスが、賛美歌をリードする様子を見せてごらん」と主人が言った。男の子は、自分の丸顔をものすごく長く伸ばし、いささかも動じないといった厳かさで、鼻から声を抜けさせて、賛美歌の一節を歌い始めた。

「こりゃ、傑作だ！　素晴らしい！　なんて子だ！」ヘイリーは口にした。「奴は掘り出し物だ、請け合いますよ。さて、そこで」。そう言うと、彼は唐突にシェルビー氏の肩を叩いた。

「この子をおまけにつけてくださいよ、それで商談成立ということにしましょうや。私のほうはそれでいいんだから。それがもっとも正当な決着ってもんでしょう！」

このとき、ドアが静かに押し開けられ、見たところ二五歳ぐらいの若い女性が部屋に入ってきた。彼女もまた白人の血が多く混ざった黒人女性だった。

彼女が先ほどの男の子の母親であることは、一瞥しただけで明らかだった。同じように、表情豊かなぱっちりした黒い目で、長いまつげをしていた。絹のような黒髪のウェーブも同じであった。彼女のとび色の頬は、自分にじっと向けられた初対面の男の大胆で剝き出しの食い入るような視線に気づくと、それと分かるほどに赤味を帯びた。彼女の洋服は、申し分なくぴったりと合っており、その美しい体の線を引き立てていた。華奢なつくりの手と、こぎれいな足とくるぶしは、素晴らしい女奴隷の特徴を一目で見て取ることに慣れている奴隷商人のめざとい目から逃れることはできなかった。

「何の用だい、エライザ？」彼女が立ちどまり、とまどいがちに自分を見たので、主人が言った。

「ハリーを捜していたところなのです、旦那様」。すると、洋服の裾のなかに集めた褒美を指し示しながら、男の子が彼女のほうに跳ねるようにして駆け寄って行った。

「そうかい、それじゃ、連れてお行き」。シェルビー氏が言った。すると彼女は子供を腕に抱き抱え、足早に部屋を下がって行った。

「なんともまあ、たまげたもんだ、あんな逸品がいるなんて。あの手の娘をニューオーリンズで売り捌けば、旦那はいつだって一財産つくれますよ。あれほど綺麗でない娘たちに、一〇〇〇ドル以上もの金が即金で払われたのを見たことだってありますよ」

「彼女で一財産つくろうなんてことは、考えちゃいませんよ」。シェルビー氏はそっけなく言い、話題を変えようと新しいワインの瓶を開け、味のほうはどうかと尋ねた。

「文句なしですよ、旦那、最高級品ですね！」と奴隷商人は言い、身体の向きを変えて、なれなれしくシェルビーの肩を叩きながら、次のように付け加えた。

「ところで、あの娘をどのくらいなら手放してくれます？私のほうでいくらと言やぁいいんですかね？　旦那はいくらぐらいお望みですか？」

「ヘイリーさん、彼女は売りものではありません。妻はあの娘と同じ重さの金塊を積まれても、断じて手放さないでしょう」とシェルビーは言った。

「ああ、女はいつもそんなことを言うもんです。金勘定っていうものを知らないんだから。人間の重さの金塊があれば、どれほどたくさんの時計や、羽毛や、装身具が買えるか見せてやればいいんですよ。そうすれば、気持ちが変わるはずです。私はそう思いますがね」

「いいかい、ヘイリー、この話はこれで打ち切りだ。私がだめだと言ったら、だめということだ」。シェルビーはきっぱりと言った。

「そうですかい。でも、男の子のほうはいただきますよ。あの子をおまけにもらっても、損しているくらいだということは認めていただきたいですな」と奴隷商人は言った。

「いったいあの子をどうしようというのだ？」シェルビーは尋ねた。

「いえね、私には、この商売の特別な分野に携わっている友達がおりましてね。彼は市場で売るために育てようと、かわいらしい男の子を欲しがっているんですよ。もっぱら格好のよい奴隷を、給仕かなんかに仕立てようっていうわけなんですよ。そういったかわいらしい奴隷を買おうっていう金持ちもいるんです。ドアを開け、給仕し、世話をするかわいらしい男の子、それが、豪勢なお屋敷を引き立てるってわけなんですよ。こうした子たちは大した金になるんですよ。それにこの小僧は滑稽で、音楽の才能もある。まさにあつらえ向きの品物といっていいでしょうね」

「あの子はどちらかといえば売りたくないんだ」とシェルビー氏は考え込みながら言った。「いいかい、君、本当のところ、私は人間味豊かな男なんだ。母親から子供を引き離すような真似はしたくないんだよ、君」

「そう思いますかい？　そりゃあ、そうでしょう！　それが人間性ってもんです。まったくよく分かります。女どもとうまくやっていくってのは、なかなか容易なこっちゃないですな。私もそうした場合の金切り声や叫び声がいつだって嫌ですよ。いやいやまったく不愉快ですな。が、まあこうした仕事をやっていく上で、そうしたことはたいてい避けるようにしてますけどね。いいですか、一日か、一週間か、それぐらいのあいだ、母親を外に出したらどうでしょう。そうしたら、ことを静かに運べますよ。彼女の帰ってくる前に、すべてかたがついているというわけですな。あなたの奥さんが、彼女のご機嫌とりのために、イヤリングか新しいガウンか、もしくはそんなふうなちょっとしたものを買ってやるっていうのも、いいかもしれませんね」

「そんなことではすまないと思うけど」

「大丈夫、うまくいきますよ。旦那もご承知の通り、あの連中は白人とはまったく違う輩なんですから。奴らはすぐ忘れてしまうんですよ、ただしうまくやらなくっちゃいけませんけどね」。率直な打ち明け話をするといった態度をとって、ヘイリーは言った。「ところで、世間じゃ、私のような商売は、人間の心を非情にさせると言ってますがねえ、私はそうは思っちゃいません。実際のところ、私には、他の奴隷商人がするようなやり方ができませんでしてね。他の連中は、母親の腕から子供を引き離し、子供を売ってしまうんです。そういうのをよく見てきましたよ。母親は、気が狂ったみたいに泣き続けます。ひどく下手なやり方ですよ。品物を傷つけて、しばしば、まったく役に立たないようにしてしまうんですからね。私はね、昔ニューオーリンズで、こうした扱いを受けてすっかりだめになってしまった、きれいな女を知ってますよ。彼女を買った人間が、子供は欲しくないと思いましてね。おまけに彼女は血の気が上ると、あなたのおっしゃる通りの大騒ぎをするタイプでしてね。こんなふうでしたよ。まず、彼女は子供を腕で抱きしめて、わめき始めたかと思うと、それをずっとすさまじい勢いで続けるんです。考えただけでも、ちょっと血が凍るような気になっちゃいますよ。それから連中が子供を連れ去って彼女を閉じ込めてしまうと、まさに大狂乱の状態に陥って、一週間で死んでしまいましたよ。明らかに一〇〇〇ドルもの損失ですぜ、旦那。単に取り扱いのまずさが原因でね。でも、問題はそこにあるんです。人間味豊かに対処することが、いつも最善なんですよ、旦那。それが私の得た経験です」。奴隷商人は椅子の背もたれにもたれ掛かって、腕を組み、高潔な決心をした人間の雰囲気を漂わせ、見た目には、まるで自分がウィルバーフォース[9]の生まれ変わりだと考えているような様子だった。

この話の内容は当の紳士の気持ちを深くとらえたようだった。というのも、シェルビー氏が考え込んでオレンジの皮をむいている傍らで、ヘイリーは適当に気後れしているように見せながら、実際は、真実の力につき動かされているとでもいった調子で、もう少し言葉を続けようと新たに切り出したからである。

「まあ、確かに、男が自分をほめるというのは、みっともよいものじゃないですな。でも、私は真実だから口にするんです。私という人間は、売り買いされる奴隷の群れのうち、最上級のものを運び込むと思われているんです。少なくとも、面と向かってそう言われたことがありまさあ。もし一度でもそういうことをすれば、一〇〇回したのと同じことでしょう。みな上首尾でしたよ、太ったままで、先行きの見込める奴ばかりだったですからね。この商売で、私ほど品物をだめにしなかった人間も少ないと思いますよ。それもこれも、私の扱い方によるものだと考えていますよ、旦那。まあ、言ってみれば、旦那、人間味あふれる態度ってのが、私の経営の重要な柱と言っていいでしょうね」。

　シェルビー氏はなんと言っていいか分からなかった。そこで、彼は「そうかい！」と言うしかなかった。

「いや、私がこの考えを口にすると、私はみんなから笑われましたよ、旦那。面と向かって批判もされました。私の考えは、みんなに受け入れられるものでないし、世間にあまりあるようなものでもない。でも、私はそれにこだわってきたんでさ、旦那。こだわり続けて、それで儲けてもきましたよ。そう、この考えは、言ってみれば、私のために、てめえのほうから運賃を払って貢いでくれるって代物だったんでさ」。奴隷商人は、自分の冗談を自分で笑った。

　こうした人間味あふれる態度についての説明のなかには、とても奇抜で、人を食ったところがあったので、シェルビー氏も一緒になって笑わずにはいられなかった。恐らく、読者の皆さんも笑ってしまわれるだろう。だが、今やご存知の通り、人間味というものは、いろいろと奇妙な形をまとって私たちの前に現われてきており、人間味あふれる人々が話したり言ったりすることが、まったくそれにそぐわないといった場合も、際限なくあるのだ。

　シェルビー氏の笑いで、さらに奴隷商人は話を続けようという気になった。

「いまはおかしく見えますがね、この考えを、私は人々の頭のなかになかなか叩き込むことができなかったんですよ。トム・ローカーという私の古い相棒がナッチェズ[10]にいましたがね、こいつがとても目端の効くやつでした、本当に。ところが、ただ一つの欠点は、こいつが黒んぼにとっちゃ悪魔みたいだったんです。お分かりでしょう、原則の問題なんです。というのも、気性のよさだけで、仲間づきあいなんかしていけませんからね。とにかく、彼流のやり方はそうだったんですよ、旦那。そこで、私はよくトムに言ったもんでした。『いいかい、トム』。こんな具合に切り出すんです。『奴隷女たちが騒いで泣き叫んだとき、奴らの頭を叩いたり、奴らをぶちのめしたりしたって、何の役に立つんだい。ばかげているよ』。そう私は言ってやるんです。『それに、何もよいことなんてないさ。いいかい、奴らが泣いたっていいじゃないか、ちっとも悪いことなんてありゃしない』てな具合に続けます。『当然のことじゃないか』。私は言います。『当然なことは、もしあるところで爆発しないなら、別のところで爆発するものだよ。それに、トム』。私はさらに言います。『お前みたいなやり方は、奴隷女たちをだめにするだけさ。具合が悪くなって、しょげてしまうよ。それにときどき醜くなってしまうこともあるさ。特に混血の女はね。それに、そんなことは悪魔の所業で、そんなふうになった女たちに何が起こるか分からないぞ。いいかい』と私は続けます。『どうして奴らをちょっとなだめすかしたり、うまくおだてて話にのってやったりすることができないんだい？　確かに、トム、そこで少しばかり人間味あふれる態度をとったりするほうが、怒鳴りちらしたり、鞭打ったりするよりもはるかにうまくいくし、そのほうが利益になるはずだ。請け合って、そうだよ』。こんな具合に言ってやるんです。でもトムは、私の話の勘所が分からなくて、本当に多くの商品を傷つけたりしたので、私は彼との関係を絶たなければならなかったんです。彼はとてもいいやつで、腕前もよかったんですけどね」

「それで君は自分の仕事のやり方のほうが、トムのやり方よりもよいと思っているわけかね？」とシェルビー氏が聞いた。

「もちろん、旦那、そうだと言っていいでしょうね。小さな子供を売るといったような不愉快な場合には、できる限り私なりに気を使いますさあ。母親をその場から連れ去ったりしてね。ほら、よく言うでしょう、去る者日々に疎しって、あれですよ。それで事がすっかり終わってしまい、もう仕方がないと分かれば、奴らは自然にそれになれてくるものでさ。お分かりでしょうが、奴らは白人とは違うんですよ。子供とか妻とかそういったものは、ずっと養っていくものだというように育てられた白人とはね。黒んぼたちというものはですね、きちんとしつけておきさえすれば、どんな種類の希望も、いっさい持たないものでさ。そうすれば、こうしたあらゆることがもっと簡単になるってもんでさ」

「それなら、私のところの者たちは、きちんとしつけられているとは言えないかもしれないな」とシェルビー氏が言った。

「そうだと思いますよ。あんた方ケンタッキーの人間は、自分たちの黒んぼを甘やかしています。あんた方は、奴らによかれと思ってやっているんでしょうが、結局は、それは本当の親切じゃないんです。いいですか、黒んぼというものはですね、世の中でひどい扱いを受け、あっちこっち引きずり回され、挙げ句にトムやディックとか神様もその名をご存知ないような男に売られていくんです。だとすれば、黒んぼに物事の道理を教えたり、自分への期待を抱かせたりして、大事に育ててしまうことは、かえって奴らには親切ではないんです。というのも、先行きでの苦労や転落などが、それだけ一層ひどいものに感じられてきますからね。まあ、思い切って言ってしまいますがね、あなたんとこの黒んぼたちは、深南部の農園で働いている黒んぼたちが悪魔憑きみたいに歌ったり、叫んだりしているような場所では、すっかりへこたれてしまうでしょうね。あらゆる人間というものはですね、シエルビーさん、当然のこととして、自分のやり方をよいと思っているもんです。私も、黒んぼに一番ふさわしいと考えるやり方で、奴らを扱ってやっているんですよ」

「満足できるんだから、幸せだね」。微かに肩をすくめて、気にくわない相手の性質を、いくらかなりとも受け入れる気持ちになりながら、シェルビー氏が言った。

「それでと」。二人が黙ってひとしきりナッツの実をつまみ、それぞれの思いに耽ったあとで、ヘイリーが言った。「さっきのことは、どうですかね？」

「よく考えてみるよ。妻とも相談しておく」とシェルビー氏が言った。「話は変わるが、ヘイリー、君が言っている穏やかな方法でことを処理しようというのであれば、このあたりで君の仕事のことを公けにしないほうがいいと思うよ。私の奴隷たちのあいだにも伝わるだろうし、もし彼らが知ってしまったら、彼らのいずれかを連れ出すということは、とてもじゃないが穏かな仕事にはならなくなるだろうから。請け合うよ」

「ああ、本当ですね！　どんなことがあっても、絶対に口をつぐんでいますとも！　もちろんです。でも、言っておきますがね、私はものすごく忙しいんです。だから、できるだけ早く確かなことを教えてくださいよ」と彼は立ち上がり、外套を着ながら言った。

「それじゃ、今晩六時から七時のあいだに訪ねてきてほしい。そうしたら、私の答えを伝えよう」とシェルビー氏は言った。奴隷商人はお辞儀をし、部屋から出ていった。

「奴を階段から蹴り落としてやりたい」。ドアがしっかり閉まるのを見届けてから、シェルビー氏はそう独り言を言った。「奴の厚かましいほどの自信はなんだ。だが、奴は、どれほど自分が私より優位に立っているかをわきまえている。もし誰かが、私にあのような悪辣な奴隷商人に、トムを南部に売るべきだと言ったら、私はこう言うだろう。『この僕《しもべ》、この犬にどうしてそんな大それた事ができましょうか(11)』と。だが、いまそれがわが身に降りかかってきた。どうしようもない。おまけにエライザの子供まで！　このことで妻と一悶着あるのは分かっている。トムのことでも、妻とやりあわなければならないだろう。もう借金はこりごりだ。それにしても、なんてことだ！　奴は自分が有利なのを知っているし、圧力をかける方法もわきまえている」。

たぶん奴隷制のもっとも寛容な形態は、ケンタッキー州で見られるものである。より南に位置する地方の仕事の場合のように短期間で多忙をきわめる周期的な季節というものがなく、穏やかに順を踏んでいけばすむ農業経営が一般的に行なわれているので、黒人たちの仕事はより健全で合理的なものになっている。奴隷所有者たちも、緩慢なかたちの利益の上げ方に満足しており、人間の弱い心を襲う、非情なまでに儲けたいという誘惑から免れている。確かに、急速かつ手っ取り早い利益の見込みがあるときは、人間の心はそちらのほうにばかり傾きがちとなり、いたいけな、無防備のものたちへの配慮が忘れられがちとなる。

ケンタッキー州の農園を訪れ、主人もしくは女主人の気さくな寛大さと、ある種の奴隷たちの愛情に満ちた忠実さを目撃したものは誰でも、この父権的な制度やそれにまつわる諸々を、昔風の詩情豊かな伝説として語りたいという魅惑的な夢を抱くかもしれない。しかし、そうした夢の対象たる光景の上には、不吉な影がのしかかっているのである。すなわち、法という名の影が。奴隷たちも人間であり、脈うつ心臓と生き生きした愛情を持っている。ところが、法律は、こうした多くの奴隷を、一人の主人が所有するものとしてしか見ようとしない。つまり、もっとも心やさしい主人が失敗したり、不運に出会ったり、不始末をしでかしたり、あるいは死んだりすると、奴隷たちは、それまでの温かく保護され寛大に扱われていた生活を、希望のない悲惨と労苦ばかりの生活へと、いつ何時でも、変えなければならないのである。そうである限り、奴隷制のもっともよく秩序立てられた制度のなかで、たとえ何か美しく好ましいものを作りあげても、それを長いあいだ保っておくことは不可能だろう。

シェルビー氏はまったく平均的な男であって、気だてがよく、親切で、彼のまわりにいるものたちを大いに甘やかす傾向があった。彼の農園にいる黒人たちも、物質的な安楽さへとつながるもので、何かが欠けるというのを味わったことがなかった。しかし、彼の投機のやり方は大雑把で、いい加減だった。その結果、すっかり深みにはまって、彼の振り出した莫大な金額の手形がヘイリーの手に渡ってしまったのだ。このちょっとした情報が、前述の二人のやりとりの意味を解く鍵となるだろう。

ところでエライザは、この部屋から出ていこうとしてドアに近づいたとき、たまたま二人の会話を小耳にはさみ、奴隷商人が主人に向かって、この家の誰かを買い取りたいと申し出ているのを聞いてしまった。

エライザは部屋から出てきても、ドアのところに立ち止まって聞いていたかった。しかし、ちょうどそのとき、女主人のお呼びがかかったので、彼女は急いでその場を離れなければならなかった。

それでも彼女は、奴隷商人が自分の息子を買い取りたいと言っているのを、聞いたと思った。聞き違えたのだろうか？彼女の心臓は一挙に膨れ上がり、激しく脈打ち出した。思いがけず子供をきつく抱きしめたので、子供がびっくりして彼女の顔を見上げたほどだった。

「ねえ、エライザ、今日のお前は、どこか具合でも悪いんじゃないの？」エライザが、水桶をひっくり返したり、針箱を床に落としたり、最後は放心状態になって、女主人が衣装戸棚から持ってくるように言いつけたシルクのドレスの代わりに長い就寝用のガウンを差し出したとき、女主人が言った。

エライザはドキッとした。「ああ、奥様！」と彼女は言い、目を上げ、それからどっと涙を流し、椅子に腰を下ろすとすすり泣き出した。

「おやまあ、エライザ、ねえ、お前！　どうしたというの？」と女主人が言った。

「ああ！　奥様、奥様、奴隷商人が食堂で御主人様と話しています！　私は彼の言っていることを聞いてしまったのです」

「まあ、おばかさん、仮に奴隷商人がいたからってなんだというの」

「ああ、奥様、私のハリーを御主人様が売りに出すなんて、お考えになったことありますか？」。哀れなその女は椅子に身を投げ伏し、身悶えして泣いた。

「彼を売るですって！　なんてばかなことを言うの！　お前の御主人様が、南部のそんな奴隷商人と取り引きをすることなんてないと分かっているでしょ。それに召使たちが身を慎んでいる限り、誰をも売ることなんかありはしないわ。本当に、お前はおばかさんね。誰がお前のハリーなんかを、買いたいなんて考えたりするもんですか？　世界中の人間が、お前と同じように、あの子に気を留めているとでも思っているのでしょ、おばかさん？　さあ、元気を出して、私のドレスのホックを掛けてちょうだい。そして次に、私の後ろ髪を、お前がいつか習ったあのかわいい三つ編みにしてちょうだい。それから、もうドアのところにいって聞き耳などたてたりしてはだめよ」

「ええ、でも、奥様、奥様は絶対に賛成などしませんよね。あんな、あんなことに」

「ばかげたこと言わないでちょうだい！　絶対にそんなことはありえないわ。なんでそんなこと言うの？　もしそうなったら、私は自分の子供を売ったほうがましなくらいだわ。でもね、エライザ、本当にお前はあの子を自慢にしているのね。この家に誰かがきたら、それが誰であっても、お前はその人がハリーを買いにきたと考えてしまうのね」。

女主人の自信に満ちた調子に勇気づけられて、エライザはすばやく、器用に女主人の化粧の支度を進めていった。作業が進むにつれて、自分でも自分の涙がおかしくなっていった。

シェルビー夫人は、知性も高く、精神的にも立派な女性であった。ケンタッキー州の女性の特徴とされる度量の大きさと寛大さに加えて、高潔な道徳心さらには宗教上の感性や信念も兼ね備えており、卓越した気力と能力を駆使して、実際的な成果を上げていた。彼女の夫は、宗教に特別な関心を払っていなかったが、彼女の首尾一貫した宗教的な態度に敬意の念を抱き、彼女の考え方に多少なりとも気圧される思いを抱いていた。彼女は、家の召使たちの慰安や教育や改善に、真心から尽力した。彼のほうは、そうしたことに対してはっきりした関わり方はしなかったが、彼女がそうしようとする際には、どんなことでも許していたのは確かだった。この世で聖人が余分な善行を積めば、そのおこぼれに与れるなんて教えを字義通りに信じてはいなかったが、実際は、自分の妻が十分に二人分の敬神と慈悲心を持っていると思い込んでいるようなところがあった。つまり、自分には特に備わっているわけでない人間性の良質な部分を、自分の妻がふんだんに持っていることで、自分も天国に行けるという漠然とした期待を抱いていたわけである。

奴隷商人との会話のあと、彼の心のなかで一番の重荷になっていたことは、あの熟慮のすえの取り決めを、妻に対して、必ず打ち明けなければならないとする思いだった。というのも、妻の執拗な質問や反対に出会うであろうことは、火を見るよりも明らかであり、それに備えなければならなかったからである。

シェルビー夫人は、総じて言えば、夫のやさしい性格の面だけを見知っていたので、いまの夫の悩みをまったく知らずにいた。また、夫がそんなことをするなんてことは、本当に少しも信じていなかった。だから、そうした気持ちでエライザの疑念に向かい合った。事実、彼女はその問題をふたたび考えることなく、頭のなかから消し去っていた。そして、夕刻の外出の準備にとらわれて、彼女の頭のなかからその問題はすっかり抜け落ちてしまっていた。

第2章 母

エライザは、少女のころから女主人にかわいがられ、お気に入りで甘やかされて育てられてきていた。

南部を旅行した人なら、白人の血が多く混ざった黒人女性や混血(1)の黒人女性に備わる、特有な資質に気づいたことがあるだろう。その資質は、多くの場合、洗練された独特の風情、つまり声や物腰の柔らかさとなって表われている。混血女性のこうした天性の品位は、しばしば、はっと目を見はるような美しさと結びつくこともあるが、ほとんどの場合は、人好きのする快い外観と結びついている。われわれが前章で描いたエライザは、空想の産物ではなく、われわれが何年か前にケンタッキー州で見た女性の記憶から形づくられたものである。美しい奴隷女性というものは、伝統的に、致命的な誘惑の対象にされてきたが、エライザは女主人の手厚い保護のもとで、そうした誘惑を受けることもなく、健やかに成人した。彼女は快活で才能のある混血の黒人青年と結婚していた。その青年は近隣の地主に所有されている奴隷で、ジョージ・ハリスという名前をつけられていた。

この青年は彼の主人により麻布工場へ賃貸に出されていたが(2)、その手先の器用さと発明の才とで、工場一の職工だとみなされていた。彼は麻の繊維を洗浄する機械を発明したことがあった。この発明は、彼の受けた教育や環境を考えると、ホイットニーの綿繰機(3)の発明に匹敵する機械工学の天才ぶりを発揮したものといっていいだろう。

彼はハンサムで気持ちのよい青年だったので、工場のみんなから好かれていた。しかし、法律的にはこの青年は人間ではなく「物」でしかなかった。したがって、こうしたすべてのすぐれた資質も、俗悪で狭量で横暴な主人の意のままにされていた。紳士気取りのこの主人は、ジョージの発明の評判を聞き付け、この聡明な自分の所有物がいったい何をしているのか確かめようと、工場まで馬でやってきた。主人は工場主から熱烈に歓迎され、こんなに値打ちのある奴隷の所有者であることを、大いに誉めそやされた。

彼は工場内をジョージに案内され、例の機械を見せられた。ジョージのほうは、意気揚々と流暢に言葉を操って説明した。胸をはり、とても堂々と男らしく見えた。そこで、彼の主人は自分のほうが劣っているのではないかと不安になり始めた。自分の奴隷が往来を闊歩し、機械を発明し、紳士たちの前で昂然と頭を上げているとは何事か？　こうしたことは、すぐに止めさせたほうがよい。彼を連れて帰り、耕したり掘ったりする仕事につかせ、それでも「彼がまだ生意気にしていられるかどうかを見てやろう」。ジョージの主人はそう考えた。そこで彼は唐突にジョージの賃金を要求し、ジョージを連れて帰る意志を示したので、工場主とそこで働いていた者たちはみな仰天した。

「でも、ハリスさん。これはちょっと急すぎやしませんか？」と工場主が異議を唱えた。

「そうだったとして、それがどうしたっていうんですか？この男は私の所有物ではないとでもいうんですか？」

「賃金でしたら喜んで値上げさせていただきますよ、あなた」

「金の問題じゃないんだ、ご主人。私にその気がなくなったのだから、家の人間を賃貸する必要もなくなったということなんだ」

「でも、あなた、彼はこの仕事に特別向いていると思うんですけどねえ」

「そうかもしれません。でも、私があの男にあてがってやった仕事には、どれも向いていなかった。それは確かです」

「でも、この機械を彼が発明したということだけでも、考えてみてやってくださいよ」工員の一人が、どちらかといえば、タイミング悪く口をはさんだ。

「そう、そこなんだ！　仕事の手間を省く機械、これはそういう機械なんでしょう？　彼ならそれを発明するでしょうよ、きっと。手間暇を惜しむということなら、黒んぼはお手のものなんだから、いつでもね。黒んぼというものはあいつら自身が手間を省く機械だといってもいい、あいつらすべてがそうなんだ。だめですよ、あの男は連れて帰ります！」

ジョージは、抗いがたい力により、このように不意に申し渡された彼の運命を耳にしたとき、釘付けにされたかのようにその場に突っ立っていた。腕を組み、唇をぎゅっと嚙みしめていたが、苦い思いが彼の胸中で火山のごとく燃え、火の川となってその血管を流れていった。息づかいが荒くなり、その大きな黒い目が赤々と燃える石炭のようにぱっと閃いた。親切な工場主が彼の腕に手をおき、低い声で「ここは譲りなさい、ジョージ。いまは彼と一緒に行くんだ。お前のことは放っておきはしないから」と言わなかったら、彼は危険な激情に身をまかせてしまっていたかもしれない。

横暴な主人はそのひそひそ話に目をとめた。何を話しているかは聞こえなかったが、その意味は推測できた。そして心のなかで、犠牲者への自分の支配力を維持する決意をより強固なものにしていった。

ジョージは家へ連れ戻され、農園で一番惨めな苦役につかされた。彼には無礼な言葉をいっさい口にしないでいることはできた。しかし、そのぎらつく目や憂鬱で苦しげな額は、抑えようのない自然の言葉の一部であった。人間は物には成りえないことをはっきりと示す明白な印であった。

ジョージが妻のエライザと出会い、結婚したのは、この工場に雇われていた幸福な時代のことであった。その期間は、雇い主に信頼されかわいがられていたので、自分の好きなときに出かけ、好きなときに帰ってくる自由があった。シェルビー夫人はこの結婚に大いに賛成だった。彼らの仲人をすることに、多少の女性らしい満足感を覚えた夫人は、お気に入りのきれいな召使を、どこから見ても彼女にふさわしい、同じ身分の男性と結び付けることを楽しんだ。そんなわけで彼らは夫人の大広間で結婚式をあげた。夫人自ら花嫁の美しい髪をオレンジの花で飾り、花嫁の頭に普通の白人の娘でさえめったにかぶることのないベールを掛けてやった。白い手袋もケーキもワインもあった。花嫁の美しさや夫人の寛大さや気前のよさなどを誉め讃えるお客にも事欠かなかった。一、二年の間はエライザは彼女の夫とたびたび会うことができた。赤ん坊を二人亡くしたことを除けば、何も彼らの幸せを妨げるものはなかった。彼女は亡くした子供たちに深い愛着を抱き、その嘆きようがとても激しかったので、夫人からやさしくたしなめられるほどだった。夫人は母親のような心配から、エライザの生まれつきの気性の激しさを理性と宗教心に向けるよう努めた。

しかし、幼いハリーが生まれてからは、彼女は少しずつ穏やかになり落ち着いていった。その幼い命と新たに固く結ばれることにより、亡くなった子供たちとの辛い絆や痛んだ神経は、すべて正常で健全なものになっていくように思われた。エライザは、夫が親切な雇い主からむりやり引き離され、法律上の持ち主の冷酷な支配下に置かれるようになるまでは、幸福な女だった。

工場主は彼の言葉どおり、ジョージが連れ去られてから一、二週間してハリス氏を訪問した。そのときにはすっかりほとぼりも冷めていることを期待し、ジョージを元の仕事に戻してくれるよう、彼はハリス氏に向かって、考えられる限りの誘いをしかけた。

「もうこれ以上お話しされる必要はありませんよ」とハリス氏は頑固に言った。「私は自分がすべきだと思ったことをしているだけですから」

「私は、あなたのなすべきことに、口出ししようというのではありません。ただ申し入れた条件で、あなたの家の人間を私たちの所で働かせたほうが、お得になると思っているだけです」

「ああ、その件についてはよく分かっていますとも。私があいつを工場から連れ出した日に、あなたが目配せしたり、ひそひそ話をしていたのを見ていたんですからね。そんなやり方にはだまされませんよ。ここは自由の国なんですよ、あなた。あいつは私の所有物です。あの男を私は好き勝手にできるんです。そういうことなんです！」

こうしてジョージの最後の望みも断たれてしまった。もう彼には、やっかいな苦役の人生しか残されていなかった。おまけに、その人生も、専横な人間が巧妙に掻き立てる心の苛立ちや憤慨によって、ことあるごとに耐えがたいものになっていくだけだった。

かつて、きわめて人間味にあふれた法学者が、人間の最悪の扱い方は絞首刑にすることだ、と言っていたことがあった。いや、それよりももっとひどい扱い方というものがある！

第3章 夫であり父であること

The Husband and Father

シェルビー夫人は、予定通り、訪問に出かけていった。エライザは、しょんぼりと遠ざかる馬車を見送ってヴェランダに立っていた。誰かの手が肩に置かれたので、振り返った。すると、彼女は美しい目をいっぱいに輝かせて微笑んだ。

「ジョージ、あなただったの？ びっくりしたわ！ でも、会いに来てくれて、本当にありがとう！ 奥様は午後中お出かけよ。だから、私の部屋へ来て。そしたらずっと二人で過ごせるわ」。

こう言いながら彼女は、ヴェランダに面した小さいが小ぎれいな部屋に彼を引き入れた。そこは彼女が、女主人の声の届く範囲にいて、いつも座って縫い物をするところだった。

「本当にうれしいわ！ どうして笑わないの？ ほら、ハリーを見て、大きくなったでしょ」。男の子は、母親のスカートの裾をしっかり握ったまま、巻き毛のあいだから、自分の父親を恥ずかしそうに見つめていた。「かわいいでしょう？」 エライザは彼の長い巻き毛をかき上げて、キスをした。

「この子は生まれてなんかこなきゃよかったんだ！」ジョージが苦々しく言った。「俺だって生まれてこなきゃよかったんだ！」

びっくりしたエライザは怖くなってしゃがみ込むと、夫の肩に頭をのせて涙にむせび始めた。

「さあ、さあ、エライザ、悲しませて、悪かったよ。かわいそうに！」彼はやさしく言った。「すまなかったね。お前が俺に会っていなければ、しあわせでいられただろうに！」

「ジョージ！ ジョージ！ どうしてそんなことを言うの？ 何か恐ろしいことが起きたの、でなきゃ、何かが起きるっていうの？ これまで、私たちとってもしあわせだったじゃないの！」

「確かに、そうだった」。ジョージが言った。膝の上に自分の子供を引っ張り上げ、彼は一心に息子の輝く黒い目を見つめ、長い巻き毛のなかに手を入れてなでた。

「お前にそっくりだね、エライザ。お前は、俺がこれまで出会ったなかでいちばんかわいい人だ。俺が会いたいと思う最高の女だ。ああ、でも、いまは、お前に会っていなければよかったと思うよ。お前だって、俺なんかに会わなきゃよかったんだ！」

「ああ、ジョージ、そんなこと言わないで！」

「だめなんだ、エライザ、まったく惨めなもんだ！　本当に惨めなもんだよ！　俺の人生は、まるでニガヨモギ(1)を食わされているみたいに、苦い。火のなかにいるみたいだ。俺は貧しい、惨めな、頼るすべのない下働きだ。一緒にお前の人生までだめにしてしまうだろう。本当にそうなんだ。俺たちが何かをしよう、何かを知ろう、何かになろうと努力しても、そんなものが何になるんだ？　死んだほうがましだ！」

「まあ、ジョージ、なんてことを言うの、それはとんでもないことよ！　あなたが工場を出ていくことになって、どんなに辛いか分かっているつもりよ。それにあなたのご主人がひどい人だってことも。でも、お願いだから、我慢して。そうすれば、ひょっとして、何かが……」

「我慢しろだって！」エライザの言葉を遮って彼が言った。「俺が我慢してこなかったとでもいうのか？　あいつがやって来て、みんなが俺に親切にしてくれていた所から、何の理由もなしに俺を連れ去ったとき、何か一言だって言ったか？　俺は自分のすべての稼ぎを、正直に、最後の一セントまであいつに渡してきた。みんなだって、俺はよく働いたと言ってくれている」

「そう、ほんとにひどい！　でも、彼は、やっぱりあなたの御主人よ、そうでしょう」とエライザが言った。

「俺の御主人だって！　いったい誰があの男を俺の主人にしたんだ？　俺が考えているのはそのことだ。いったいどんな権利をあいつは持っているというんだ？　あの男が人間だというなら、俺も人間だ。いや、俺のほうがあの男よりずっとすぐれている。仕事のことだって、俺のほうがあいつよりもよく知っている。俺はあいつよりずっとうまく仕切っている。あの男よりずっと読めるし、書くのだってずっとうまい。しかも、こうしたことは、みんな俺が自分で学んだことで、あの男のおかげなんかじゃない。あいつがいたにもかかわらず、俺が自分で身につけたことなんだ。なのに、今、なんの権利があって、あいつは俺を馬車馬みたいにこき使えるんだ？　俺がやれることや、あいつよりうまくやれることから俺を引き離し、俺に馬なみの仕事を押しつける、どんな権利があいつにあるというんだ？　あの男はわざわざそうしているんだ。あいつの言い草だが、俺を引きずり下ろして辱め、わざと一番きつくて、卑しくて、もっとも汚い仕事を俺にさせるって言うんだ！」

「ああ、ジョージ！　ジョージ！　恐ろしいことを言わないで！　ねえ、あなたは、これまでに、一度もそんなふうに言わなかったわ。何か恐ろしいことをするんじゃないでしょうね？　あなたの気持ちはよく分かるわ。でも、お願いだから、本当に気をつけてね。ねえ、私とハリーのために！」

「俺は気をつけてきた。ずっと耐えてもきた。でも、ひどくなるばかりだ。生身の人間にはもう我慢できない。あの男は俺を侮辱し、苦しめる機会があれば、どんな機会も逃さない。俺は仕事をちゃんとして、口答えもせずにいれば、仕事時間中でも、本を読んだり、学んだりする時間が少しは持てると思っていた。でも、俺がどんどん仕事をこなせると分かると、あいつはもっと多くの仕事を押しつけてくるんだ。あいつが言うには、俺は口では何も言わないけれど、腹に一物抱えているってことはお見通しだ、そいつを叩き出してやるってことだ。近いうちに、この俺の腹のなかの一物は、あの男が、しまったと思うような形で飛び出してくるだろうよ。さもなければ、俺のほうが間違ったと思うことになるだろう！」

「ああ、あなた！　私たち、どうすればいいの？」と、悲しそうにエライザは言った。

「ほんの昨日のことだ」。ジョージが口を開いた。「俺が荷車に石を載せる作業で忙しく働いていたとき、そばに立っていた主人の息子のトムが、馬のすぐ近くで鞭を振るもんだから馬が怖がってしまったんだ。だからできるだけ愛想よくやめてくれるように頼んだんだが、彼はやめなかった。もう一回頼むと、今度は俺のほうを向いて鞭を振り下ろしてきた。俺は奴の手をつかんだ。すると、奴は金切り声を上げて、俺を蹴りとばし、父親のところに駆けて行って、俺が刃向かってきたと言いつけたんだ。父親は烈火のごとく怒って、誰がお前の主人だか教えてやるというんだ。そして俺を木に縛りつけて、息子に小枝を切ってやると、疲れるまで俺を鞭打てと言った。息子は言われた通りに俺を鞭打った！　いまはどうしようもないが、いつか奴にこのことを思い出させてやるぞ！」青年は顔を黒ずませ、怒りの表情をあらわにした。その目は、若い妻を震えあがらせるほど燃えたぎっていた。「誰があんな男を俺の主人にしたんだ？　俺はそれが知りたい！」と彼は言った。

「そうなの」と、悲しそうにエライザは言った。「私は、御主人様と奥様には従順でいなくてはいけない、さもないとキリスト教徒にとどまっていられない、といつも考えてきたわ」

「お前の場合には、それも一理ある。あの人たちは、お前を自分の子供のように育て、食べさせ、着せ、かわいがり、読み書きを教えてくれた。おかげで、お前はいい教育を身につけられた。だから、あの人たちには、お前を自分たちのものだと言えるある種の根拠がある。けれども、俺は蹴られ、打たれ、悪し様にののしられ、せいぜいよくて勝手に放っておかれただけだ。だとすれば、俺になんの借りがある？　俺は食べさせてもらったが、その一〇〇倍の支払いをさせられてきた。もう我慢するつもりはない。そうさ、もう我慢しないぞ！」彼は凄まじい形相で、拳を握りしめながら、そう言った。

エライザは震えあがって、何も言わなかった。彼女はこんな夫を見たことがなかった。これほどに激しい感情のほとばしりの前では、彼女の穏和な倫理観など、葦の葉のように、ひたすら身を屈している以外にないかに見えた。

「お前が俺にくれた小犬のカルロを覚えているだろう」。ジョージが付け加えて言った。「あの小犬は俺が持っていたたった一つの慰めだった。彼は夜は俺と寝て、昼間は毎日俺のあとをついてきた。俺を見つめてくれた。俺がどんな気持ちでいるか分かっているかのように、俺を見つめてくれたりした。ところが、このあいだ、俺が台所のドアのそばで拾った残飯を少し食べさせていたら、あの主人がやってきて、俺はあの男の金で犬にめしを食べさせている、黒んぼの犬にまで食わせてやる余裕はないと言うんだ。そして、カルロの首に石をくくりつけて、池に投げ込めと命令した」

「まあ、ジョージ、あなたそんなことしやぁしなかったでしょうね！」

「まさか！　俺がするわけないじゃないか！　あいつが自分でやったよ。あの主人と息子のトムが、溺れかけているかわいそうな小犬に、石を投げつけたんだ。とても見ちゃいられなかった！　小犬は、なぜ俺が助けてくれないのか分からないといった顔で、悲しそうに俺を見ているんだ。俺が自分自身でやろうとしなかったというので、俺は鞭で打たれなければならなかった。だがそんなことはなんでもない。あの主人も、俺が鞭で飼いならせるような男でないと、やがて分かるはずだ。気をつけていないと、いつかあいつは思い知るはめになるだろう」

「あなた、何かをするつもりなの？　ねえ、ジョージ、ひどいことはしないでね。ただ神様を信じ、正しい行ないをしていれば、神様が救ってくださるわ」

「俺はお前のようにキリスト教徒ではないのだ、エライザ。俺の心は煮えくり返るような思いでいっぱいだ。神様を信じろというほうが無理だ。神様は、どうして世の中を、こんなふうにしておくんだ？」

「ジョージ、私たちは信仰を持たなくてはいけないわ。奥様がおっしゃったことがあったわ、物事がすべて私たちにとってうまくいかないときでも、神様は最善のことをしてくださると信じていなくてはいけないって」

「ソファーに座ったり、馬車に乗ったりしている人たちは、簡単にそんなことを言っていられるさ。でも、その人たちだって、俺の立場になってみれば分かるさ。彼らは、そのときには、俺よりもっとひどいと感じるだろうよ。俺だって、よい人間でいられたらと思うよ。けれども俺の心は燃えたぎっている。どうあっても、収まりがつかないんだ。俺の身になれば、お前だって我慢できなかっただろう。いまだって、もし俺がすべてを話したら黙っていられなくなるはずだ。まだお前は、すべてを知っているわけではないんだ」

「まだ何があるっていうの？」

「実は、最近あの主人が、こんなことを言い出したんだ。俺を別の場所にいる女と結婚させたのは、ばかだった。それに、シェルビー氏とその一族は高慢ちきで、自分のことを見下しているから嫌いだ。おまけに、俺が高慢なのは、お前から学んだのだ。だから、もう俺をここには来させないつもりだ。俺に妻を持たせて、自分の農園に落ち着かせるべきだった。そんなことを言い出したんだ。最初はただぶつぶつ言っていただけだったんだが、昨日は、ミーナを妻にして、一緒に小屋に住め、さもないと深南部(2)へ俺を売りとばすつもりだと、言ってきたんだ」

「まあ、なんてことを！　あなたは、私と結婚してるじゃないの。しかも、白人の男の人みたいに、牧師さんの前で」とエライザは無邪気に言った。

「奴隷は結婚できないのを知らないのか？　この国には奴隷がそうするための法律なんてないんだ。もしあいつが俺たちを引き離すつもりなら、俺はお前を妻にしていることはできないんだ。だからお前と会わなかったほうがよかったと思うんだ。俺なんか生まれてこなきゃよかったってな。そのほうが俺たち二人にとってよかったんだ。この子だって生まれてこないほうがよかったんだ。こうしたことがこの子にこの先また起こるかもしれない」

「でも、私の御主人様はとても親切よ！」

「それは知っている。しかし、先行きのことが誰に分かるって言うんだ？　お前の御主人様も突然死んでしまうかもしれない。そうなれば、誰だか分からない人のところへこの子も売られていくかもしれないんだ。この子がかわいくって、利発でいい子だからって、何がうれしいっていうんだい？　いいかい、エライザ、お前のこの子が行ないも気立てもよい子で、そういう美点を持っているために、その一つ一つが刃となってお前の魂を刺し通すことがあるかもしれない。この子をお前の手許においておくことは、あまりに高いものになりかねないんだ」。

この言葉はエライザの心に重くのしかかった。奴隷商人の姿が目の前に思い浮かんできた。すると彼女は、まるで死ぬほど打ちのめされたかのように、突然青ざめ、あえぎ始めた。不安にかられて、外のヴェランダを見た。そこでは、両親の深刻な会話に飽きて部屋を出てしまった男の子が、得意げにシェルビー氏のステッキに馬乗りになって、往ったり来たりしていた。彼女は自分の不安を夫に話そうかと思ったが、やめた。

「だめ、だめ、この人にこれ以上の心配はかけられないわ。

それでは、この人が、あまりにかわいそうすぎる！　そうよ、この人に話すのはよそう。それに、そんなことあるわけがない。奥様が私たちをだましたりすることなど、絶対にありえないわ」。エライザはそう考えた。

「それじゃ、エライザ、さようなら、俺は行くよ」。夫が悲しそうに言った。

「行くって？　ジョージ！　どこへ行くの？」

「カナダさ」。立ち上がりながら彼は言った。「そこへ行ったら、お前たちを買い取るんだ。それが俺たちに残された唯一の望みだ。お前の御主人様はいい人だ。お前たちを俺に売るのを拒んだりはしないだろう。俺はお前とこの子を買い取るつもりだ。神様も助けてくれるだろう。俺は絶対にそうするよ！」

「まあ、おそろしい！　もしかして、捕まったりするんじゃない？」

「捕まりはしないよ、エライザ。捕まる前に、おれは死を選ぶ！　自由になるか死ぬかだ！」

「まさか自分で自分をあやめるなんてことはないでしょうね！」

「そんな必要はない。奴らが死ぬ羽目に追い込んでくれるさ。奴らは俺を生かしたまま深南部へ送ったりはしないさ」

「ジョージ、お願いだから気をつけて！　ひどいことはしないでね。自分や他の人を手にかけたりしないでね！　あなたは神をも恐れない人だから。本当は行ってほしくない、でも、あなたは行かなきゃならないのね。お行きなさい、でも気をつけて、用心してね。ああ神様、この人をお守りください」

「それじゃ、エライザ、俺の計画を聞いてくれ。俺の主人は、ここから一マイルほど離れたところに住むシムズ氏への手紙を持たせて、俺をこの近くまでつかいに出すことを思いついたんだ。あいつは、俺がお前にいま話したミーナとのことを伝えるために、ここにきっと立ち寄るとふんでいるのさ。そうすれば、あいつの言う『シェルビー家の連中』を怒らせることになるから、あいつにはうれしいんだ。俺は、もうすべてが終わったかのように、諦めきったふりをして帰るつもりだ。ここのところは、お前も理解してくれるね。それに、もうある程度準備もできているんだ。手を貸してくれる者もいる。一、二週間のうちに、日を選んで、俺は姿を消すつもりだ。祈っていてくれ、エライザ。たぶん、善良な神様は、お前の声なら聞き届けてくださるだろう」

「あなたも祈ってね、ジョージ。神様を信じ続けるのよ。そうすれば、あなたはひどいことに手を染めることもないでしょう」。

ジョージはエライザの手をとり、身じろぎもせずにじっと目を見て、言った。「それじゃ、これで、お別れだ」。二人は黙って立ち尽くしていた。それから、最後の言葉があり、すすり泣きが聞こえ、苦しい涙が流れた。ふたたび会う望みも、蜘蛛の巣のように、頼りなくもろい別れであった。夫と妻はこうして別れた。

第4章 アンクル・トムの小屋のある夕べ

An Evening in Uncle Tom's Cabin

アンクル・トムの小屋は小さな丸太の建物だった。小屋は、黒人たちが特別にお屋敷と呼ぶ主人の住まいのすぐ隣りにあった。小屋の前には整然とした菜園があり、毎年夏になると、心を込めた手入れのおかげで、イチゴやキイチゴだけでなく、たくさんの果実や野菜が実った。小屋の正面は、緋色の大きなノウゼンカズラと在来種のノイバラですっかり覆われていた。それらが絡まり、重なり合っていたので、小屋の荒削りな丸太の姿はほとんどうかがうことができなかった。夏になると、ここには、マリーゴールド、ペチューニア、オシロイバナなどのたくさんの素晴らしい一年草が、その輝きを発揮するゆとりのある一画があった。それはクロウおば[1]の喜びであり、誇りであった。

住まいのなかに入ってみよう。お屋敷の夕食は終わり、料理頭として夕食の準備を指図していたクロウおばは、いまやあと片づけや食器洗いを下の者たちに任せて「自分の亭主の晩御飯の用意をする」ために、居心地のよい自分の小屋に戻ってきていた。かまどのそばで、シチュー鍋の中身がグツグツいっているのを気づかわしげにのぞき込んだり、また「おいしいもの」ができるのは間違いないとばかりに蒸気を吹き出しているパン焼きがまの蓋を、ひどく真剣な面持ちで持ち上げて見たりしていたのが、まぎれもなくクロウおばその人だった。クロウおばの顔は、丸くて、真っ黒で、てかてかと輝いていた。その輝きぶりは、彼女のお手製のお茶用ラスク[2]みたいに、表面に卵の白身を薄く塗ったのではないかと思わせるほどだった。肉付きのよい顔つき全体が、頭にかぶったよく糊のきいたチェックのターバンの下で、自足した充実感に満ちあふれていた。だが、本当のことを言えば、そこにはまた誰からも評価され、認められている事実として、自分が村一番の料理上手だとする思いに見合った、自負心めいたものがほのみえていた。

クロウおばは根っからの料理上手だった。納屋の前にいるニワトリといわず、七面鳥やアヒルまでもが、彼女の近づいてくるのを目にとめると、途端に深刻な顔つきになり、明らかに観念してそれからあとの運命に思いを馳せているように見えた。生きて運命を案じるどんな家禽類に対しても、恐怖心をうえつけるほどに、確かに、彼女はいつも串焼きとか詰め物とか丸焼きとかといった料理法のことを考えていた。ホーケーキ、ドジャー、マフィン(3)、他にも数えきれないほどあるさまざまのケーキのなかで、彼女お手製のコーンケーキは、それほどの腕を持っていない料理人たちにとっては、まるで一つの崇高な神秘といったようなものだった。幾多のライバルたちが、彼女の域に達しようと実りのない努力を繰り返していた。そうした無駄な努力のことを語る彼女は、あからさまな誇りと喜色満面の笑みを浮かべて、その太った横腹を揺すったものだった。

お屋敷に客人が到着し、午餐や正餐などの「正式な」ごちそうを用意するときは、彼女の魂の全エネルギーが掻き立てられた。ヴェランダに並んだひと山の旅行用トランクの光景ほど、彼女を喜ばせるものはなかった。それは、新たに腕を振い、新たな客人の賞賛を得られる機会だと思うからだった。

いま、彼女はちょうどパン焼きがまをのぞいている最中だったが、小屋の様子を描写し終えるまで、ひとまず彼女をこの楽しい仕事に集中させておくことにしよう。

小屋の一隅には、真っ白なカバーをきちんとかけた一台のベッドがあった。そのそばには、かなり大きな絨毯が敷かれていた。この絨毯の上に立ったときのクロウおばは、まるで上流階級の人間でもあるかのように、いつもどっしりとした態度をとった。絨毯とその横にあるベッド、そしてその一隅全体には、特別な注意が払われていた。そこは、いわば一種の聖域と見なされ、みだりに子供たちが出入りして汚したりすることはできなかった。事実上、その隅は小屋の応接間となっていたのだ。別の隅には日常用のもっと粗末なベッドが置かれていた。暖炉の上の壁には、聖書のなかの有名な場面を描いた何枚かの複製画とワシントン将軍(4)の肖像画とが懸けられていた。肖像画は、将軍が見たら、きっと驚いてしまうような色づかいと画法で描かれていた。

その一隅にある粗末な腰掛けの上で、黒い目を輝かせ、てかてか光る丸い頬をした、ちぢれ毛頭の男の子が二人、やっと歩き始めたばかりの赤ん坊の監督に熱中していた。歩き始めは、どの子の場合でもそうだが、立ち上がり、一瞬バランスをとったかと思うとすぐにひっくり返ってしまうものだが、男の子たちはそんな失敗の連続に、何かすごいことでもやったかのような喝采を浴びせていた。

暖炉の前には、足がリューマチ病みのようにがたがたしているテーブルが置かれていた。その上にはテーブルクロスがかけてあり、すぐにも食事が始まりそうな雰囲気で、見事な絵柄のコップや皿が置いてあった。そのテーブルには、シェルビー氏の最良の召使のアンクル・トムが席についていた。

彼は、この物語の主人公なので、ここで、読者の皆さんに、銀板写真(5)をとる要領で彼の描写を試みてみよう。トムは、大柄で胸幅の広い、つやつやとした黒い肌の、がっしりした体格の男だった。見るからに、アフリカ黒人そのものといったその顔立ちは、その特徴として、まじめでしっかりした分別とともに、やさしさと慈愛をも兼ね備えた表情を持っていた。全体の雰囲気には、人を疑うことを知らない、慎ましい素朴な人柄と結びついた、自尊心と威厳のようなものが漂っていた。

トムは、ちょうどこのとき、目の前の石版に熱心に取り組んでいるところだった。石版の上に、彼は、ていねいにゆっくりと、いくつかのアルファベット文字を写し取ろうと努力していた。その作業を若い主人のジョージが指導者として見下ろしていた。ジョージは、賢く、快活な一三歳の少年で、指導教師という自分の立場に伴う尊厳を十分自覚しているようであった。

「そっちじゃないよ、アンクル・トム。そっちじゃないってば」と、彼はgの文字の最後の撥ねの部分をアンクル・トムが苦労して反対側に向けるのを見て、きびきびとした口調で言った。「それでは、qになっちゃうじゃないか」。

トムは、若い先生がお手本としてたくさんのgとqを勢いよく書く様を、尊敬と賞賛のこもったまなざしで見つめながら「おやまあ、そうですかい」と言った。そして、大きな無骨な指で鉛筆を持つと、また辛抱強く書き始めた。

「白人ってのは、いろんなことを、ほんとに簡単にできてしまいますだで！」。クロウおばが、フォークで突き刺したベーコンの切れ端で、鉄板に油を引く手を休めて、誇らしそうにジョージを見ながら言った。「あの書きっぷりといったら！　おまけによく読めなさる！　毎晩ここにきて、習ったことをあたしらに読んでくださるのだから、本当にうれしいことだ！」

「ねえ、クロウおば、僕、すっかりお腹がすいちゃったよ」とジョージが言った。「フライパンのなかのケーキはもうできたんじゃないの？」。

「そろそろいいころだね、ジョージ坊っちゃま」。クロウおばは、蓋を持ち上げ、なかをのぞき込んで言った。「こんがり焼けたよ。本当にいい色だこと。これぱっかりは、あたしに任せておいてほしいね！　こないだのことだけど、奥様が、サリーに練習をさせるとおっしゃって、ケーキを作らせようとなさっただ。あたしゃ言ってやりましたよ。『だめですよ、奥様。おいしいお菓子が台無しになるのを見るのは、胸が痛むもんです！　ケーキがかたっぽだけ膨らんで、形なんてあったもんじゃない。あたしの靴みたいだ。だめなもんは、だめなんです！』とね」。

こうしてサリーの未熟さを完璧なまでにけなしてみせて、クロウおばは、フライパンの蓋をすばやく開け、どこの町のお菓子屋も顔色を失いそうな、きれいに焼き上がったパウンドケーキを取り出した。これが明らかにもてなしの中心だったので、クロウおばは今度は夕食の支度にあわただしくとりかかり始めた。

「ほら、モーゼ、ピート！ あっちへお行き。ポリーちゃんもだよ。いいかい、赤ん坊のポリーちゃんには、母ちゃんがすぐに何か作ってあげるからね、待っておいで。えっと、ジョージ坊っちゃま、本をどけてもらえませんかね。うちの人と一緒の席についてください。さあ、ソーセージですよ。いますぐ焼き立てのケーキも、お皿に取ってあげますからね」

「みんなは、僕が屋敷で食事するようにって言うんだ」とジョージが言った。「でも、クロウおば、僕にはこっちのほうがずっといいってこと、分かってるんだ」

「ええ、ええ、その通りですとも、坊っちゃま」。皿の上に熱々のパンケーキを山盛りにしながらクロウおばが言った。「坊っちゃまは、このクロウおばが一番いいところを坊っちゃまのためにとっておいてあるのを、よくご存知でいらっしゃる。隅に置けない人だね、坊っちゃまは！ いやだよ、ほんとに！」。そう言って、クロウおばは大いにおどけて、指でジョージを突っついてから、また元気に鉄板のほうに向き直った。

クロウおばの鉄板部門の作業がだいぶおさまったとき「さあ、今度はケーキだ」と言って、ジョージが話題の的に大げさな身振りで大きめのナイフを入れようとした。

「なんとまあ、ジョージ坊っちゃま！」ジョージの手を押さえて、クロウおばが真剣な顔つきで言った。「こんなに大きな重いナイフで切るもんじゃないですだ！ 潰しちゃいますよ。せっかくきれいに膨らんだものがだめになっちまう。ここに薄いナイフがあるから、これをお使いなさいな。こんなときのために、わざわざ研いでおいたんですよ。ほら、ご覧なさい！ 羽のように軽々と切れるでしょ！ さあ、召しあがんなさい。こんなにおいしいのはありゃしないんだから」

「トム・リンカーンだけどね、あいつに言わせると、彼んとこのジニーのほうがクロウおばより料理がうまいって言うんだ」。ジョージが口いっぱいにほうばりながら言った。

「リンカーンの連中なんか、ちっとも、大したこたぁないですよ！」とクロウおばはばかにしたように言った。「この家の人たちに比べてってことですよ。まあ普通に見れば、ちゃんとした連中なんですがね。でも、きちんとするってことになると、途端にわけが分からなくなっちゃうんだから。リンカーンさんとこの御主人と、うちの御主人とを比べてごらんなさい！ 問題になりゃしない！ おまけに、リンカーンの奥様だって、うちの奥様がなさっているみたいな具合に、部屋をきちんとすることなんてできやしませんよ、あれほど立派にはね、分かっているでしょう！　ほんとに、とんでもない話だ！　もうリンカーンの家の人のことなんか、あたしに話さないでくださいまし！」。クロウおばは、世間のことはたいがい知っていると思われたい人のように、頭をしゃんと持ち上げた。

「ああ、でも、クロウおばは言ってたじゃないか」とジョージが言った。「ジニーはかなり腕利きの料理人だって」

「そう、言いましただよ」。クロウおばは答えた。「でもそれは、まあまあ、そこそこ、平均的な料理という意味で言ったんですよ。その程度には、ジニーもやるんです。そこそこのトウモロコシケーキは作るし、じゃがいもだってそれなりには茹でる。でもジニーのコーンケーキは、とてもじゃないが特上じゃない。絶対にそうじゃない。まあまあってとこだね。だから、もっと難しいものを作るとなると、何ができるのかね。まあ、パイは焼きますよ。確かに焼きますがね、皮はどんな具合だったでしょうかね？　坊っちゃまの口のなかでとろけるようにサクサクで、そのくせ、いつまで置いといてもフワフワの皮でしたかね？　メアリーお嬢様の結婚式があったとき、ジニーはあたしに結婚式用のパイを見せてくれたんですよ。ご存知のように、ジニーとあたしは仲良しだ。だから、あたしはそのときは何も言わなかった。でも、ばかもたいがいにしろってもんですよ、ジョージ坊っちゃま！　あたしだったら、あんなパイを作ろうものなら、一週間は一睡もできやしませんよ。いいですか、あのパイは本当にたいしたことがなかったですよ」

「ジニーは、あのパイは本当によくできたと思っているんじゃないかな」とジョージが言った。

「そう思っているですって！　そうでしょうね？　だからジニーは、自分の焼いたパイを世間知らずにも見せびらかしたんだ。いいですかい、まさにそこなんですよ、ジニーは分かってないんです。あの家の人たちゃ、大したことがない！　ジニーは分かるように言われつけてないんです！　ジニーが悪いんじゃないんです。ああ、ジョージ坊っちゃま、あなたがご自分のご家庭とその育てられ方で、どのくらい得をなすっているか、半分でもお分かりになってくださったらいいんですがね！」そう言って、クロウおばはため息をつき、これみよがしに目をギョロッとさせた。

「ううん、クロウおば、僕分かっているよ。僕が特別においしいパイやプディングを食べられる身分だってことをさ」とジョージは言った。「トム・リンカーンに聞いてみなよ。奴に会うたびに、僕が得意になって吹聴しているってことを」

クロウおばは、椅子に深く腰掛けなおすと、若主人のこの気の利いたせりふにすっかり自尊心をくすぐられ、腹の底からどっと笑い始めた。それは黒光りのする頬に涙が流れ落ちるほどだった。笑いながら、冗談ぽくジョージを叩いたり、突っついたりして、もうやめてください、本当におもしろい坊っちゃまだ、これじゃ死んでしまいますよ、そのうちいつか坊っちゃまに殺されてしまいますよと言った。この物騒な予言の合間でもなお笑い続け、それがどんどん長く、強くなっていったので、ジョージは、自分が危険なほどおもしろい人間だと本気で考え始め、これからは「できるだけおもしろいこと」を話す際には気をつけなければいけないと、まじめになって考えるほどだった。

「坊っちゃまは、トムにそうおっしゃったんですね？　ああ、若い人たちってのは、何をやらかすものやら！　トムに自慢してやったって？　まあ、本当に！　ジョージ坊っちゃま、坊っちゃまの話を聞いたら、それこそ、そこらの虫たちだって笑い出しますよ！」

「うん、そうさ」とジョージは言った。「僕、彼に言ってやったんだ。『クロウおばのパイを見てごらんよ。あれこそ本当のパイってもんだから』ってね」

「かわいそうに。トムには見ることができないんですからね」とクロウおばは言った。彼女のやさしい心には、トムが自分のパイのことを知らないでいるということが、強い印象を残したようであった。「いつかトムを夕食に誘ってあげるべきですよ、ジョージ坊っちゃま」と彼女はつけ加えた。「坊っちゃまがとても素敵に見えますよ。いいですか、ジョージ坊っちゃま、ご自分の特権のために、人より上だと思っちゃだめですよ。だって、その特権は、天からの授かり物なんですからね。それを忘れちゃならないんです」とクロウおばはまじめな顔つきで言った。

「それじゃ、来週のいつかに、トムをここへ招待するよ」とジョージは言った。「とびっきりおいしいのを作っておくれよ、クロウおば。トムを驚かしてやろうよ。二週間はその味を忘れられないくらいのごちそうを、食べさせてやろうよ？」

「ええ、ええ、そうですとも」とクロウおばは喜色満面で言った。「まあ、見てなさいって。本当に！　あたしの作った夕食がどんなだったか、考えてみてもらいたいですね！　ノックス将軍に夕食をお出ししたときに作った、あの本当においしいチキンパイのことを覚えているでしょう。あたしと奥様は、そのパイ皮のことで喧嘩しそうになったんですからね。ときどき、奥様方ってのが、何を考え出すやら、分からなくなっちゃうことがありますよ。人が、いわば重い責任を引き受けて、真剣になって取り組んでいるときなんかに、奥様方はこのときとばかりに、そこらをウロウロ歩き回ったり、ちょっとした口出しをしてくるんですからね！　あのときも、奥様がこんなふうにやれ、あんなふうにやれって、あれこれ指図するもんだから、結局あたしは奥様に生意気な口をきいちゃったんです。『奥様、ご自分の白い美しい手をごらんになってください。長い指があり、露の降りた白い百合のように、指輪が美しく輝いているその手を。そして次に、あたしの大きなごつごつした切り株のような黒い手を見てください。神様は、あたしにゃ、パイ皮をこさえるように、奥様は食堂で待っていなさるように、そんなふうに二人をお作りになったんだと思いませんか？』ってね。ああ！　本当に生意気なことを言っちまいましたよ、ジョージ坊っちゃま」

「それでお母様はなんて言ったの？」とジョージは尋ねた。

「何をおっしゃったかって？　奥様はその目に、あの奥様の大きな美しい目に、ちょっと笑みを浮かべて、こう言いなさった。『そうね、クロウおば、この点では、あなたのほうが正しいわ』。そうおっしゃって、食堂へお戻りになりました。奥様は、本当なら生意気な口をきいたからって、あたしの頭を叩きなすったって当然だったんですがね。でも、なるようになったということですよ。奥様方が台所で邪魔なすったら、あたしゃ何もできねえですからね！」

「そうだね、あの夕食は素晴らしかったよ。みんながそういっていたのを覚えているもの」とジョージは言った。

「あたしが覚えていないとでも、お思いですか？　あの日、あたしは食堂のドアの陰にいて、将軍様がパイを三度もお代わりなさるのを見てましたよ。将軍様はおっしゃった。『シエルビー夫人、お宅には本当に素晴らしい料理人がおりますな』ってね。そりゃもう、うれしくって！　笑いをこらえるのに、たいへんでしたよ」

「将軍様は、料理ってものがどんなものかよくご存知だった」。クロウおばは、胸を張って、居ずまいを正した。「素晴らしいお方だよ、あの将軍様は！　ヴァージニアじゃもっとも由緒あると言われてる何軒かの家柄のうちの一つの出だからね！　あの方は、本物というものがどういうものかご存知だ。まあ、あたしと同じぐらいに料理の味が分かるね、あの将軍様は。どんなパイにも肝心なところってもんがあるんですよ、ジョージ坊っちゃま。でも、みんながみんな、それがどんなもので、どうあるべきかを知っているってわけじゃない。でも、あの将軍様には、それが分かっていた。あの方の言われた言葉で、そうだってことがあたしには読めたね。そう、あの方は肝心なところが分かっておられた！」

このときまでに、若主人のジョージは、食べ盛りの少年でさえもが、（異常な状況下で）ときには陥ってしまう苦境、もう一かけらも食べ物が口に入らないという苦境にたち至っていた。そのため、食べるのをやめたときに、部屋の反対側の隅からジョージたちの様子を、いかにももの欲しげに見ている一団のもじゃもじゃ頭とぎらぎら輝く目の存在に、気づくこととなった。

「ほら、あげるよ、モーゼとピート」。気前よく、ケーキを大きく切り取って、ジョージは彼らに投げ与えた。「食べたいんだろ？　ねえ、クロウおば、この子たちにもケーキを焼いてやってよ」

それからジョージとトムは暖炉のある隅に行き、居心地のよい場に席を占めた。クロウおばは、たくさんのケーキを焼き終えると、赤ん坊を膝に乗せ、ケーキをその子の口と自分の口に交互に入れながら、モーゼやピートにも分け与えた。この二人はテーブルの下でじゃれあいながら転げまわり、ときどき赤ん坊の足を引っ張ったりして、自分たちの分け前を食べるのが好きなようだった。

テーブルの下での二人の騒ぎがひどくなると、ときどき漫然と足で蹴りを入れながら「ええ、お前たち、よさないか」とクロウおばが注意した。「白人のお客様がみえてるときぐらい行儀よくできないのかい？　もういい加減におし。いいかい、言うことを聞かないと、ジョージ坊っちゃまが帰ったら、ひどく説教されることになるよ！」

このすごい脅し文句に、どんな意味が隠されているのかは、よく分からない。しかし、ひどく漠然とした言い方だったので、幼い罪人たちにはほとんど効き目がなかったことは確かだった。

「えらい騒ぎだ！」アンクル・トムが言った。「あの子たちはいつも元気があり余っているんだから、とても行儀よくなんかできないよ」。

ここで子供たちは、手と顔を糖蜜だらけにしながらテーブルの下から現われて、滅多やたらに赤ん坊にキスをし始めた。

「おやめよ、お前たち！」子供たちのもじゃもじゃ頭を押しやりながら、母親が言った。「そんなふうにしてると、お前たちみんながくっついて離れなくなっちまうよ。泉に行って、洗っておいで！」そう言いながら、母親は自分の言葉を補って、ぴしゃりと平手打ちをくらわせた。その平手打ちはものすごい音をたてたが、子供たちはかえって一層騒がしく笑うだけだった。しかし、彼らは折り重なるようにして、急いでドアの外に出ていき、そこで楽しそうに大きな歓声を上げていた。

「これまでに、あんなに厄介な子供たちがいたかね？」むしろ満足げな調子で、クロウおばは言った。そして、こういうときのためにとっておいた古タオルを出すと、縁のかけたティーポットから水をたらして、赤ん坊の顔と手についた糖蜜をこすり落とし始めた。赤ん坊をピカピカ光るほどに磨き上げてから、トムの膝の上に座らせ、クロウおばは夕食のあと片づけにとりかかった。赤ん坊は、ときどきトムの鼻を引っ張ったり、顔を引っかいたり、ちぢれた髪のなかに丸々した手を埋めてみたりしていたが、とりわけ最後の動作がお気に入りの様子だった。

「この子は本当に活発でしょう？」赤ん坊の全身が見えるように抱き上げながら、トムが言った。それから立ち上がると、赤ん坊を自分の幅広い肩に乗せ、跳ねまわりながら踊り始めた。ジョージが、自分のハンカチでパチン、パチンと赤ん坊の身体を叩いて、拍子をとった。また部屋に戻ってきていたモーゼとピートが、赤ん坊のあとを追っかけて、熊のような吼え声をあげた。とうとう最後に、クロウおばが、その騒々しい音で「あたしの頭をお前さんたちはすっかりもぎ取ってしまっただ」と宣言した。こうした「外科手術」は、彼女に言わせると、この小屋では毎日の出来事だったので、彼女の宣言によって陽気な騒ぎが一向にやむ気配はなかった。みんなは好きなだけ大声をあげ、転げまわり、踊りまくり、それでようやくおのずと静かになっていった。

「さあ、これで、もう満足だろう」。その間、クロウおばは、出し入れ自由の粗末なベッド(6)を引き出すのに忙しくしていた。「モーゼとピート、さあ、ベッドにお入り。これからここで祈禱集会があるんだからね」と彼女が言った。

「かあちゃん、いやだよ。おらたちも集会に出てみたいよ。おもしろいんだもの。おらたち、集会が好きなんだ」

「そうだよ、クロウおば、そんなもの下に押し込んで、二人を起こしておいてやったら？」毅然とした態度で、ジョージが、粗末なベッドを押し返しながら、口をはさんだ。

クロウおばは、自分で譲歩せずにすんで面目が保てたので、大いにごきげんになって、ベッドをまた押し込みながら、言った。「ああ、そうだね、この子たちにとって何かの役に立つかもしれないね」。

そこでたちまちこの一家は、祈禱集会のための座席やその配置を考える全体委員会へと様変わりしていった。

「それじゃ、椅子っこさをどうしたらいいかね。あたしにゃ、とんと見当がつかないよ」とクロウおばが口火を切った。祈禱集会は、週一回、アンクル・トムの小屋で、特に時間の制限など設けず「椅子っこさ」も不十分なまま開かれていたので、今回は何とかうまい方法を見つけようという気持ちが、みんなのなかにはあるようだった。

「ピーターじいさんが先週の賛美歌のとき、あの一番古い椅子っこさの脚を二本とも歌いながらはずしちゃったんだよ」とモーゼがほのめかした。

「ばかなことを言っちゃいけない！　お前がひっこぬいたんだろうが。お前のいたずらにきまってる」とクロウおばは言った。

「でもさ、あの椅子は壁に押しつけときゃちゃんと立つよ！」とモーゼは言った。

「そんじゃ、ピーターじいさんはそこに座らせられないね。歌うときに、椅子っこさをガタガタ動かすんだから。こないだの夜なんか、ガタガタさせながらほとんど部屋を横切ってしまうほどだった」とピートが言った。

「よし！　それじゃ、ピーターじいさんをそこに座らせろよ」モーゼが言った。「そしたら『聖者も罪人も集いきて神の御言葉を聞こし召せ(7)』なんて歌い始めたとたんに、こんなふうにひっくり返っちまうさ」。モーゼは、鼻にかかった老人の声を巧みにまねながら、予想される老人の災難を例証するかのように、床にひっくり返ってみせた。

「およし。みっともない真似をやめられないのかい？」クロウおばが言った。「恥ずかしくないのかね？」

ところが、ジョージが笑いながらいたずらっ子の味方をして、モーゼは「おもしろいやつ」だとはっきり口に出して言ったので、クロウおばの母親らしいたしなめも、どちらかと言えば効果を発揮しなかった。

「ねえ、お前さん」とクロウおばが言った。「あの樽っこさたちを運び入れなきゃならないね」

「母ちゃんの樽っこさは、聖書のなかに出てくる未亡人の樽っこさと同じで、絶対にこわれっこないんだ。ほら、ジョージ坊っちゃまが聖書で読みなさったろう」と、モーゼがピートにひそひそ声で言った。

「先週一つこわれたさ」。ピートが言った。「それで、歌っている最中に、みんな下に落っこっちゃった。こわれただろう？」

モーゼとピートがひそひそ話をしているあいだに、二つの空の樽が、転がされながら小屋に運び込まれた。滑りどめに両端を石で止め、二つの樽のあいだに板が渡された。他にも、たらいや桶などがひっくり返して置かれ、最後にぐらぐらする椅子を並べ終えると、準備はすっかり整った。

「ジョージ坊っちゃまは、本当に上手にお読みなさる。今夜は、あたしたちのためにここにいて、聖書を読んでくださるだろうよ」とクロウおばが言った。「本当に楽しくなりそうだよ」。

ジョージはすんなり同意した。というのも、この少年は、自分が重要な役割に与することには、いつも喜んで応じるような子供だったからである。

すぐに部屋は、白髪の八〇歳の老人から、一五歳の少女や少年に至るまで、さまざまな会衆でいっぱいになった。いろいろな話題をめぐってとりとめのない噂話が、取り交わされ始めた。年老いたサリーおばがどこで新しい赤いスカーフを手に入れたかとか、「新しいバレージ(8)の布地が手に入ったら、奥様はリジーに水玉模様のモスリンのガウンをお下げ渡しになる予定だ」とか、御主人のシェルビー様は素晴らしい栗毛の仔馬を買うことになっており、そうなったらこのお屋敷の栄光はさらに増すことになるだろうといったようなたぐいのものである。ここのすぐ近くにあるいくつかのお屋敷に所有されている何人かの信心深い奴隷たちも、この集会に参加することが許されていた。彼らは、それぞれのお屋敷や農園で話されたり、行なわれたりしていることについて、いろいろと選り抜きの情報を持ち込んできた。そうした事柄が、上流の社会でちょっとした彩りを添えて自由に行き交うのと同じように、ここでも気楽な調子でやりとりされた。

やがて歌が始まったが、それは明らかに集会の全参加者の喜びであった。鼻にかかってくぐもって響く抑揚も、荒削りだが心のこもった歌のなかでは、自然な素晴らしい声の持つ効果を損なうようなことはなかった。歌詞は、このあたりの教会でよく歌われる、みんなの知っている普通の賛美歌だったが、ときには、野外祈禱集会で歌われたりすることのある、粗雑で出典不明のものもあった。

　そういう歌の合唱の一つは、次のような歌詞で、すごい迫力と情熱を込めて歌われた。

「戦場で死のぅ
戦場で死のぅ
わたしの魂に栄光あれ」(9)

特に好まれたもう一つの歌では、次のような歌詞がよく繰り返されていた。

「ああ、わたしは栄光に至る、あなたはともに来るだろうか？
天使たちが手招きし、わたしを呼ぶのがあなたの目には入らないか？
黄金の都市、永劫のときがあなたの目には入らないか？」(10)

「ヨルダン川の岸辺」とか「カナンの約束の地」とか「新しいエルサレム」などという言葉が絶えず出てくる歌もあった(11)。というのも、情熱的で想像力に富んだ黒人の心は、生気のある絵画的な性質の賛美歌や表現が好きだったからである。そして、歌いながら、あるものは笑い、あるものは泣き、またあるものは手を叩き、あるいは、ヨルダン川の向こう岸に無事到達したかのように、喜んで握手しあったりした。

　そのあとに、説教と経験談が続き、あいだあいだに賛美歌が歌われた。働けなくなってからかなり経ってはいたが、一種の過去の年代記として非常に尊敬されていた、一人の白髪の老婆が立ち上がり、杖に寄り掛かって、しゃべりだした。

「さて、お前様方よ！　また、お前様方の話を聞いたり、会ったりすることができて、わたしゃ、えらくうれしいだよ。というのも、わたしゃ、いつ栄光の地へ行くだか分からんじゃでな。だども、わたしにゃ、用意ばできとるだよ、お前様方。小さな荷物ば括りつけて、帽子ばかぶって、馬車が来てわたしを連れていってくれるのを、ただ待っとりゃいいのだからのう。ときどき夜中に、車輪ばガタガタ鳴るのが聞こえた気がすっから、ずっと外さ見ていたりするだよ。ところで、お前様方にも言っておくけんどもな、お前様方も、用意していなさったほうがいいぞ」。ここで、老婆は杖を床に強く叩きつけて言った。「栄光ちゅうもんはすっごいもんだ。本当にすっごいもんだよ、お前様方！　お前様方には分からんだろうけど、そいつは素っ晴らしいもんなのじゃ」。言い終わると、老婆は疲れ切ったように、腰を下ろして涙を流した。周りのみんなはいっせいに歌い始めた。

「おお、カナン、輝かしきカナンよ
我はカナンの約束の地に向かい行く(12)」

みんなに頼まれて、ジョージが黙示録の最終章(13)を読んだが、「こりゃ驚いた！」とか「そこんとこが大切なんだ！」とか「よーく考えてみるべ！」とか「本当にそんなんが起こるだか？」などといった感嘆符や疑問詞付きの叫び声によって、しばしば中断された。

聡明で、宗教的な事柄を母親に十分教育されていたジョージは、自分が聴衆全体の賞賛の的であることに気づいて、ところどころで、自分なりの説明を加えた。それは推賞にあたいする気まじめさと真剣さで行なわれた。その結果、若い者は彼を尊敬し、年とった者は彼を祝福した。みんなは一様に「牧師様だって、坊っちゃまほどにうまくやれっこない」とか「すっごく素っ晴らしい！」とか言って誉め讃えた。

アンクル・トムはこのあたりでは、宗教的な事柄については、一種の長老といってよかった。彼の精神は、同輩たちよりもはるかに大きな度量に恵まれ、修養も積んできていた。加えて、生まれながらに道義心が強い資質だったので、彼らのなかでは牧師のような存在として、多大な尊敬を集めていた。彼の説教は、簡素で心のこもった真摯なものであり、ことによれば、彼より教養のある白人たちさえをも啓発したかもしれない。しかし、彼が特に優れていたのは、その祈りであった。心を揺さぶる率直さ、邪気のない誠実さという点で、彼の祈りを凌駕しうるものはいなかった。その祈りには、聖書の言葉がふんだんに散りばめられていた。というのも、聖書は彼自身の一部となり、唇から無意識に漏れ出てくるほどにまで、彼の存在に深く溶け込んでいたからであった。信心深い年老いた黒人の表現を使って言えば、「彼こそ真っ当な祈りを捧げ奉っていた」。彼の祈りは、聴衆の信心深い気持ちに大きく働きかけたので、しばしば、彼のまわりのすべての場所から沸き起こる、過剰な反応のなかにかき消されてしまいかねなかった。

トムの小屋でこうした場面が繰り広げられている一方で、主人の屋敷ではまったく別の場面が展開されていた。

前に述べた食堂で、奴隷商人とシェルビー氏が、書類と筆記用具をのせたテーブルを前にして、一緒に座っていた。

シェルビー氏は札束を数えるのに余念がなかったが、数え終わるとそれを奴隷商人の前へと押しやった。奴隷商人もそれを同じように数えた。

「確かに、頂戴しました」と奴隷商人が言った。「ええっと、じゃ、ここんとこに署名していただきましょうか」。

シェルビー氏は急いで、自分のほうに売り渡し証書を引き寄せ、嫌なことは急いで片づけてしまいたいと言わんばかりの様子で署名を済ますと、金と一緒に奴隷商人に渡した。ヘイリーは、使い込んだ鞄から手形証書を取り出して、ざっと目を通したあと、シェルビー氏に渡した。シェルビー氏は、沸き立つ感情をできるだけ抑えながら、それを受け取った。

「さてっと、これですっかりケリがつきましたね！」奴隷商人が立ち上がりながら言った。

「終わった！」感慨深げにシェルビー氏が言った。長く息をつくと、彼は繰り返した。「終わったんだ！」

「あんまりうれしいといった様子でもなさそうですね」。奴隷商人が言った。

「ヘイリー」とシェルビー氏は言った。「君は、どこの誰とも知らないやつには、トムを売らないと約束したね。君の名誉にかけても、そのことは忘れないでもらいたい」

「あれっ、旦那は、この件をもうすっかり終えられたんじゃないんでしたっけ」。奴隷商人が言った。

「君だってよく知っているように、事情があってやむをえずしたことだ」。シェルビー氏が高飛車に言い放った。

「そうですかい。旦那もご存知の通り、私にも事情ってものがあるかもしれませんよ」と奴隷商人は言った。「でも、トムによいねぐらをあてがうように、できるだけのことはしますよ。私がトムをひどく扱うなんてことは、いっさいご懸念には及びません。もし私が神様に感謝することがあるとすれば、私が最近はそんなに残酷な人間ではないってことですからね」。

奴隷商人が前に彼流の人間性の原理について説明したあとだったので、シェルビー氏はこういった彼の言葉で特に安心させられたわけではなかった。しかし、今の状況では、奴隷商人のそうした言葉以外に慰めがなかったので、彼は黙って奴隷商人が立ち去るままにした。そして、葉巻を取り出すと一人寂しくふかし始めた。

第5章 所有者が変わったときの生きた売り物の気持ち

Showing the Feelings of Living Property on Changing Owners

その夜のこと、シェルビー夫妻はすでに寝室へ引き下がっていた。シェルビー氏のほうは、大きなひじかけ椅子にゆったりと腰をおろし、午後の便で届いた何通かの手紙に目を通していた。夫人のほうは鏡の前に立ち、エライザが結ってくれた手の込んだ編み込みと巻き毛を自分の手でブラッシングし、解きほぐしていた。というのは、エライザの青白い頬と目の落ち窪みに気づき、今夜はもう側にいなくてもいいからベッドへ行って休むようにと命じたからだった。自分でブラッシングをしていると、自ずと午前中のエライザとの会話が思い出されてきた。そこで夫のほうを振り向いて、何げない調子で尋ねた。

「そういえば、アーサー、今日あなたが食堂に引き入れていらした、あの品のない方はどなただったの？」

「ヘイリーという名前の男だよ」。シェルビーは、いくぶん居心地悪そうに座り直したが、目はそのまま手紙に釘づけだった。

「ヘイリーですって！　どんな方ですの？　ここでいったいどんなご用がおありでしたの？」

「うん、この前ナッチェズに行ったとき、仕事上でちょっと取り引きのあった男なんだよ」とシェルビー氏は言った。

「それだけのことで、すっかりその気になって、ここへあなたを訪ねてきて、食事までしたんですか？」

「いや、私が彼を招いたんだよ。彼と少し取り引きをしようと思ってね」とシェルビーは言った。

「彼は奴隷商人なんでしょう？」夫の何かきまり悪そうな態度に目をとめながら、シェルビー夫人が言った。

「おやおや、お前、どうしてそんなことを考えついたんだい？」顔を上げて、シェルビーが言った。

「何でもないんですの。ただ、エライザがここに来て、お食事のあとでなんですけど、とっても心配そうに、泣きながら取り乱して言うんですのよ。あなたが奴隷商人と話をしていて、彼があの娘の坊やを買いたいって言うのを聞いたって。

ありもしないことを考えるおばかさんですよね！」

「そんなことを言ってたのかい？」そう言って、シェルビー氏は手紙に顔をまた向けなおし、しばらくのあいだ真剣に読んでいるようだったが、手紙を逆さまに持っていることには気がついていなかった。

「どうせいつかは分かってしまうことだ」。彼は心のなかで思案していた。「早いか遅いかの違いだけなら、いま、話してしまったほうがいい」

「私、エライザに言ってやりましたのよ」。シェルビー夫人はブラッシングを続けながら言った。「そんなことを心配するなんておばかさんだって。あなたはあの手の男とは何の関わりも持ったことなどないって。もちろん、あなたが家の人間を誰一人だって売る気なんてないこと、私は承知してますわ。ましてや、あんな人になんて考えられませんもの」

「それがね、エミリー」。彼女の夫が言った。「私は、お前の言うように思ってきたし、口にもしてきた。しかしだね、私の仕事がどうしてもそうしなければならない状態にたち至ってしまったんだよ。私の召使のうちから何人かを、売りに出さなければならないんだ」

「あんな人にですって？　とんでもない！　あなた、本気ではないでしょうね」

「すまないが、本気なんだ」とシェルビー氏は言った。「トムを売ることを承知したんだ」

「なんですって！　私たちのトムをですか？　あの善良で誠実な、幼いころからあなたの忠実な召使だった彼を！　あ、あなたともあろう人が！　あなたは彼を自由の身にしてやると約束したではありませんか。あなたと私とで、何百回となくそのことを彼に話しましたよね。ああ、そうだったんですね、いまなら私はどんなありそうにないことでも信じますわ。あなたが、かわいそうなエライザのたった一人の子供の、あの小さなハリーを売ってしまえるってことが、いまなら私にも信じられますわ！」シェルビー夫人は悲しみと怒りがないまぜになった調子で言った。

「ああ、どうせお前もすべてを知らなくてはならないのだから話しておくが、実はそういうことなんだよ。私はトムとハリー、二人とも売ることに同意したんだ。しかし、誰もが日常茶飯にしていることなのに、どうして私が怪物みたいに言われなければならないのかよく分からないね」

「だって、他にもいるのに、よりによってなぜ彼らを選んだんですの？」シェルビー夫人が言った。「誰かを売らなければならないとしても、ここにいる大勢のなかから、なぜ彼らを売るんですの？」

「彼らが一番高く売れるからなんだ。それが理由だ。お前がそんなことを言うのなら、他の者を選ぶことだってできるよ。もしそのほうがお前にとってより都合がよければ、あの男はエライザに高い売り値をつけたんだから」

「なんて恥知らずな男なんでしょう！」シェルビー夫人は激しい口調で言った。

「そうさ、私だって、一瞬たりとも、そんなことには耳を貸さなかったよ。お前の気持ちを考えて、そうしていたさ。その点は認めてくれないか」

「あなた」。シェルビー夫人は気を落ちつけて言った。「私を許してくださいね。軽率でしたわ。驚いてしまったものですから。こんなことは全然予想もしていなかったんですもの。でも、もちろんあなただって、私がかわいそうな彼らのために取りなそうとするのを許してくださるでしょう。トムは、黒人とはいえ、気高い心を持った忠実な人間です。そうしろと言われれば、彼はあなたのために自分の命まで投げ出すでしょう。私はそう信じています」

「分かっているよ。恐らくそうだろう。でもそれが何の役に立つっていうんだい？　私は自分ではどうすることもできないんだ」

「どうしてお金でなんとか解決しないんですの？　私なら喜んで生活上の不自由は我慢しますわ。ねえ、あなた、私は一生懸命にやってきたのですよ。キリスト教徒の女性として、貧しくて、単純で、私たちに頼る以外にないこの人たちへの義務を、できるだけ誠実に果たそうと努力してきました。何年ものあいだ、彼らのことを気にかけ、教え導き、見守ってきましたわ。彼らのささいな心配事や喜びのすべてを知っています。わずかな金額のために、あのかわいそうなトム、忠実で、すぐれた、信頼できる彼を売ってしまったら、私はこれからどうして彼らのあいだで毅然と頭を上げていられるでしょう。愛し、大切にするようにと教えてきたすべてのものから、私たちが一瞬にして彼を引き離してしまうなんて。私は彼らに、家族、親子、夫婦の義務について教えてきました。それなのに、こんなことをすれば、たとえどんなに神聖であろうと、そうした家族の絆とか義務とかつながりなどは、金銭に比べれば何の意味もないということになりますわ。私たちがそんなふうに考えていることを、公然と認めなければならないなんて、どうしたら私に耐えられるでしょう？　私はエライザに、彼女の息子について話してきました。キリスト教徒の母親としての彼に対する義務は、彼を危害から守り、彼のために祈り、彼をキリスト教の教えにのっとって育てることだと言ってきました。でも、わずかなお金のために、あなたがあの子を彼女から引き離して、その魂と肉体をあんなに野卑で無節操な男にお売りになるとすれば、私はいまさら彼女に何を言えるでしょう。私は彼女に、一つの魂はこの世のすべてのお金より価値があるのだと教えてきました。しかし、私たちが手のひらを返すようにして、彼女の子供を売ってしまったら、どうして彼女は私のことを信じていられるでしょう？　しかも、あんなふうに、たぶん、身体も魂も腐りはてた男に売るなんて！」

「お前のそんな気持ちはすまないと思うよ、エミリー。本当にすまない」とシェルビー氏は言った。「また、私はお前の気持ちを完全に共有できるとは言わないが、お前の気持ちは尊重しているよ。でも、いま、私が本気でお前に言えることは、そんなふうではやっていけないということだ。自分ではどうすることもできないのだ。エミリー、こんなことをお前に言うつもりはなかったんだが、はっきり言えば、あの二人を売るか、それともすべてを売るか、二つに一つなんだ。二人を手放すか、それともすべてを手放すか、どちらかなんだ。ヘイリーが私の抵当権証書を手に入れてしまってね。それによれば、もし私がただちにその精算を行なわなければ、期限切れ前にすべてを持っていかれてもしようがないということになっているのだ。私は必死で金をかき集めたし、借金までした。もの乞い以外のことはなんでもした。それでも、この二人を売った分の金額で帳尻を合わせるより仕方がなかったので、彼ら二人を諦めることにしたんだ。ヘイリーは子供を欲しいといい、あの子を手放すなら取り引きに応ずるが、それ以外ではだめだと言うんだ。私は彼の言いなりになるよりしようがなかったので、そうしたまでなんだ。お前があの二人を売ることに対してそんなふうに感じるとしても、すべてを売られるよりかはましだと思わないかい？」

　シェルビー夫人は打ちのめされた人のように立ち尽していた。だが、最後に、化粧台の方へ身体を向けると、両手に顔を埋め、呻くように言った。

「これは奴隷制に対する神の呪いだわ！　辛くて苦しい、もっとも呪われたもの！　奴隷の主人も呪われているし、奴隷も呪われているんだわ！　こんなどうしようもない邪悪なものから、何かよいものを作り出せると思うなんて、私は浅はかでした。この国の法律のもとで、一人でも奴隷を所有するということは罪悪なんだわ。私はいつもそう感じていました。小さいときからそのように思ってきました。教会に行くようになってからは、いっそう強くそう感じるようになりました。でも、私はその罪悪を美しく彩色できると思っていたんですの。親切に世話をし、教え導いてやれば、彼ら奴隷を自由の身にするよりも、もっとよい状態にできると思っていたんですの。なんて愚かだったんでしょう！」

「えっ、何だって、私の妻であるお前の言っていることは、まったく、奴隷制廃止論者(1)みたいじゃないか」

「奴隷制廃止論者ですって！　もしあの人たちが、奴隷制について、私の知っているすべてのことを知り尽しているのであれば、あの人たちが何を言ったってかまいませんわ！　でも、あの人たちから教わることなんて、私には何もありません。私が奴隷制を正しいなんて一度だって考えたことがないのは、あなただってご存知でしょう。自ら進んで奴隷を所有しようなんて、一度だって思ったことありませんわ」

「ああ、お前のそういうところが、他の賢人ぶり、敬虔ぶっている人たちと違うところだ」とシェルビー氏は言った。「先週の日曜日のB氏の説教を覚えているかい？」

「あんなふうな説教は、聞きたくありません。彼には、もう二度と私たちの教会に来てほしくありません。たぶん、牧師さんたちだって、この悪をどうすることもできないでしょう。私たちと同じように、矯正するなんてことはできないでしょう。でも、牧師でありながら、それを擁護するなんて！奴隷制というものは、いつも私の常識に反するものでした。それに、あなただって、あの説教を高く評価なんてしていらっしゃらないでしょう」

「まあね」とシェルビー氏は言った。「私に言わせれば、私たちのような哀れな罪人にはとても行なう勇気のないことを、ときには、ああいった類の牧師たちが、どんどん先へ推し進めていったりするものなんだよ。われわれ世俗の人間は、辛いと思いつつも、いろんなことに対して見て見ぬ振りをしていなければならない。その結果、いつのまにか正しくないことにも慣れてしまう。けれど、女性や本物の牧師さんたちが正々堂々と表舞台に現われて、慎み深さや道徳観といったことでわれわれを超えていくとき、われわれ男性もやっと目を開くようになるんだ。それが事実なんだ。ところで、いとしいお前、いまのお前なら、事柄がやむをえなかったんだということを納得してくれるだろう。私にしたって、事情の許す限りで最善を尽したんだよ」

「ええ、ええ、分かりますわ！」とシェルビー夫人は言った。しかし、気ぜわしげにまた心ここにあらずといった様子で、金時計を指でいじっていた。「私はたいした宝石など持っていません」。考え込むようにして、彼女がつけ加えた。「でも、この時計ならいくらかの足しにならないかしら？これ、買ったときにはとても高かったんですの。せめてエライザの子供だけでも救えるものなら、私の持っている物は何でも差し出すつもりですわ」

「すまない。本当にすまない、エミリー」とシェルビー氏は言った。「このことがそんなふうにお前の心を悩ますなんて、悪かったよ。でも、そんなことをしても、何の足しにもならないんだ。実際のところ、エミリー、もうことはすんでしまったのだから。売買契約書にはもう署名してしまったし、それはヘイリーの手元にあるんだ。それに、お前は、これ以上に悪くならなかったことに、感謝しなければならない。あの男の心づもり一つで、私たちは破滅させられかねなかったのだからね。でも、いまはすっかり彼との縁は切れた。もしお前が私ぐらいあの男のことを知っていたら、私たちがきわどい所で助かったと思うだろうよ」

「そう、彼はそんなにひどいんですの？」

「まあ、正確に言えば、残酷な男というわけではないんだ。でも、煮ても焼いても食えない男だよ。商売と利益のためだけに生きているような男だ。冷静で、物怖じせず、血も涙もない非情な男なんだ。彼は自分の母親でも、高い利益が得られるようなら、売ってしまうだろう。そのくせ、年老いた彼女に危害が及ぶのは望んでいないんだ」

「そんな恥知らずの男が、あの善良で忠実なトムとエライザの子供を所有するんですの！」

「ああ、お前、実際のところ、これは私にとっても辛いんだよ。考えるのも嫌なぐらいでね。ヘイリーは早くことをすませようというんで、明日にも引き取りに来るつもりなんだ。私は朝早く馬で出かけようと思っている。私はトムの顔を見たくない、それが本音だ。お前もエライザを連れて、馬車でどこかへ行くよう手はずしておくといい。彼女がいないあいだに、ことをすませてしまおう」

「いいえ、だめです」とシェルビー夫人は言った。「私はどんなことがあっても、こんなにひどい仕事の共犯者になったり、手伝ったりすることはできません。私はかわいそうなトムに会いに行きますわ。神様、どうか苦しんでいる彼をお助けください！　とにかく、彼らの女主人として、私は彼らと心を一つにし、苦しみをともに分かち合います。エライザについては、私もどんなふうに考えたらいいものやら分かりません。ああ、神様、どうか私たちをお許しください！　こんなにひどい運命が私たちに降りかかってくるなんて、私たちがいったい何をしたっていうんでしょう？」

シェルビー夫妻には思いもよらないことであったが、実は彼らの会話を聞いているもう一人の人間がいた。

彼らの寝室に続いて大きな納戸があり、それはドアを通じて外の廊下へ出られるようになっていた。シェルビー夫人がその晩エライザを去らせたとき、気も狂わんばかりに心配していた彼女は、この納戸を思いついたのだった。そしてそこに隠れ、ドアのすきまにぴったりと耳を押しつけ、会話の一部始終を聞いてしまった。

声が聞こえなくなると、彼女は立ち上がり、音をたてないように後ずさりした。顔をこわばらせ、唇を嚙みしめ、青ざめて、身体をぶるぶる震わせた彼女は、それまでのおとなしくて臆病な彼女とはまったく違う人間のように見えた。彼女は用心しながら納戸を出て、女主人の部屋のドアの前で一瞬立ち止まり、両手を天へ差し伸べて無言の祈りを捧げた。それから踵を返すと自分の部屋へ入っていった。その部屋は夫人の部屋と同じ階にあり、静かできちんと整理されていた。そこには気持ちのよい、日のよくあたる窓があり、そこでよく彼女は歌いながら縫い物をしたものだった。本の入った小さな本箱、いろいろ細々したかわいい小物たち、そのそばにはクリスマスの贈り物が並べてあった。戸棚や引き出しのなかには、つつましやかな彼女の洋服がしまってあった。つまり、ここが彼女の住処だった。しかも、この住処は彼女にとって総じてしあわせなものだった。ああ、でも、ベッドの上では彼女の坊やがすやすやと眠っていた。何も知らない顔の上には長い巻毛が無造作にかかり、バラ色の口がなかば開き、小さいふっくらとした手はカバーの上に投げ出されていた。そして顔いっぱいの笑みが、日の光のように広がっていた。

「かわいそうな坊や！　かわいそうな子！」エライザは言った。「あの人たちはお前を売ってしまったの！　でも、お前の母さんが、きっと助けてあげるからね！」

子供の枕の上には、涙一つ落ちなかった。このような窮状にあっては、人の心は流す涙もないのだ。流すとすれば、ただ血を流すだけであり、それも声もなく、したたり流れていくだけだ。彼女は紙と鉛筆を取り上げ、走り書きした。

「ああ、奥様！　いとしい奥様！　どうか私を恩知らずだとお思いにならないでくださいませ。どんなことがあっても、どうか私のことを悪くお思いにならないでくださいませ。私は今夜、旦那様と奥様が話していらっしゃったことをすっかり聞いてしまいました。私は自分の子供を救うつもりです。奥様なら、それをお責めにはならないでしょう！　ご親切な奥様の上に、神の祝福とお恵みがありますように！」

大急ぎでその紙を折りたたみ、それに上書きをしたあとで、引き出しのところへ行き、子供の服を入れた小さな包みをこしらえた。そしてそれを腰にしっかりとハンカチーフで結びつけた。母親の子供に対する愛情というものはとても深いものので、こんなに恐ろしいときでも、その包みのなかにハリーの大好きなおもちゃを一つ、二つ入れるのを忘れなかった。彼を起こしたときにあやすための派手な色のオウムは入れないでおいた。寝込んでいる子供を起こすのは少し大変だったが、それでもそうこうしているうちに子供は起き、オウムと遊び始めた。その間に母親はボンネットをかぶり、ショールを肩に巻いた。

彼女が小さなコートと帽子を持ってベッドに近づいていくと、彼は「どこへ行くの、母さん？」と尋ねた。

母親が彼を引き寄せ、真剣な面持ちでじっとその目に見入っていたので、彼はすぐに何かいつもと違うことが起こったのだと気づいた。

「静かに、ハリー」と彼女は言った。「大きな声を出してはだめよ。家の人に聞こえてしまうからね。悪い人が来て、お前を母さんから引き離して連れて行ってしまおうとしているの。暗闇にまぎれて連れて行ってしまおうってね。でも、母さんはそんなことはさせないわ。お前に帽子とコートを着せ、一緒に逃げ出すつもりよ。恐ろしい人がお前を捕まえないようにね」。

そう言いながら、彼女は地味な子供服の紐を結んだり、ボタンをかけたりしてやった。そして両腕に子供を抱き上げると、静かにしていなさいと低い声で囁いた。それから、外のヴェランダへ通じている彼女の部屋のドアを開け、物音一つ立てずにそっと外へ出た。

星明かりがあたりを照らし、霜の降りた凍えるような夜だった。得体の知れない恐怖にすっかり声を失った子供が首にしがみついてきたので、母親は子供をしっかりとショールに包んでやった。

大きなニューファウンドランド犬(2)のブルーノが、ポーチの隅で眠っていた。彼女が近づくと、彼は起き上がって低くうなった。彼女がやさしく彼の名前を呼んだ。すると、ずっと彼女のペットで、小さいころからの遊び友達であったその犬は、すぐに尾を振り、彼女のあとをついて来ようとした。だが、見たところでは、無分別とも言えるこんな真夜中の散歩が何を意味するか、その単純な頭で思いめぐらしているようだった。こんなことは軽率で不謹慎ではないかという漠然とした考えが、彼をひどくまごつかせているように見えた。というのも、エライザが前に進んで行っても、彼は何度も立ち止まり、もの問いたげにまず彼女を見、次にお屋敷を見たりしていたからである。しかし、いろいろ考えてついに確信したといわんばかりに、また彼女のあとをトコトコとついてきた。数分もしないうちに、彼女らはアンクル・トムの小屋の窓のところへ来た。エライザは立ち止まり、窓ガラスを軽く叩いた。

アンクル・トムの小屋での祈禱集会は、賛美歌を唱和するという形式をとっていたため、遅い時刻まで長引いてしまった。それにそのあとも、アンクル・トムがいくつかの長めの賛美歌を一人で歌ったりしていたので、結果的にはもう真夜中過ぎだというのに、彼もその大切な連れ合いもまだ寝ていなかった。

「おや、まあ！　なんだろう？」クロウおばは驚いて立ち上がると、あわててカーテンを引いた。「なんてこったね、リジーがきただよ！　お前さん、早く服を着ておくれ！　あのブルーノまで、くっついてきているよ。いったい全体どうしたっていうんだね。いますぐドアを開けてあげるからね」。

その言葉通りにドアが勢いよく開いた。そしてトムがあわてて灯した獣脂ローソクの灯が、逃亡者のやつれた顔と暗く血走った目を照らし出した。

「どうしたってんだい！　あんた、そんな見るのも怖い顔でさ、リジー！　病気にでもなっちまったのかい、それとも何かが起こったっていうんかね？」

「私、逃げ出すところなんです、アンクル・トムとクロウおば。子供を連れて逃げ出すところなんです。御主人様がこの子を売ってしまわれたの！」

「売ってしまわれたって？」二人は驚きのあまり両手を上げながら、オウム返しに言った。

「ええ、売ってしまわれたの！」とエライザはきっぱりと言った。「今夜、私は奥様の部屋のドアの横にある納戸にこっそり入って、御主人様が奥様にハリーと、それからアンクル・トム、あなたもよ、この二人を奴隷商人に売ってしまったと話していらっしゃるのを聞いたの。御主人様は朝になったら馬でお出かけになるんですって。奴隷商人が、明日のうちに、あなたたちを引き取りに来るっていうのも、聞いたわ」。

トムはこの話のあいだ中、夢を見ている人のように、両手を上げたまま目を見開いて立ちすくんでいた。ゆっくりと、徐々にその意味が分かってくると、使い慣れた椅子に腰を下ろすというより、くずれ落ちていった。そして、頭を膝の上に埋めた。

「神様、あたしたちにお慈悲を！」とクロウおばが言った。「とても本当なんて思えねえだよ！　旦那様がこの人を売りなさるような、どんなことをこの人がしたって言うのさね？」

「何もしてはいないわ。そうじゃないのよ。御主人様はお売りになりたくはなかったの。奥様もよ。奥様はいつもいい方だわ。私たちのために弁護したり、お願いしてくださっていた。でも、御主人様がおっしゃるには、もうだめなんですって。御主人様はその男に借金があって、その男の言いなりになるより仕方がないんですって。もしその男にすぐに借金を払わないと、お屋敷も召使も全部売って、出ていかなければならないんですって。そうなの、私は、御主人様がこの二人を売るか、それともすべてを売るか、そこに選択の余地はないって言われるのを聞いたわ。あの男は御主人様をそこまで追いつめたの。御主人様は本当にすまないと言われていたわ。でも奥様は、ああ、あの方が話されるのをあなたたちにも聞かせてあげたかった！　もしあの方がキリスト教徒で天使でなかったとしたら、いったい誰がそうだっていうんでしょう。私はそんな方のもとを去ろうとしているひどい女なの。でも、そう、どうしようもないことだわ。奥様ご自身が、一つの魂はこの世界より価値があるっておっしゃっていた。この子も魂を持っているわ。もし私が彼の連れ去られるのを許してしまったら、いったい彼の魂はどうなってしまうでしょう？　これは正しいことなのよ。たとえ正しくないとしても、神様は私を許してくださるわ。だって、私には他にどうすることもできないんですもの！」

「ああ、お前さん！」クロウおばは言った。「あんたも一緒に行くだよ。ぐずぐずしてると、黒んぼを死ぬほどこき使って飢え死にさせるような深南部へ連れて行かれちまうよ。あたしなら、そんな所に行くぐらいなら、いつだって死んでやるさ！　あんた、まだ時間はあるんだよ。リジーと一緒に逃げとくれ。いつでも行き来できる通行証明書をあんたは持ってるしさ。さあ、急いどくれ。あたしがあんたの荷物をまとめてあげるよ」。

トムはゆっくりと頭を上げた。悲しそうに、しかし静かにあたりを見渡して、口を開いた。

「いや、いや、おらは行かんよ。エライザは行かせてやんなきゃ。彼女の権利ってもんだ！　おらにはそんなことしちゃなんねえなんて言えねえ。彼女がここに居残るなんてこたぁ、道理ちゅうもんにかなってない。でも、エライザが言ったことを、お前も聞いてただろう！　もしおらが売られるか、それともこのお屋敷のすべての者が売られて、何もかもがメチャクチャになってしまうかだったら、おらが売られていく。おらだって他の連中と同じぐらいには、辛いことに耐えられるさ」。ここまでくると、すすり泣きのようなため息が、広くてがっちりした胸を発作的にふるわせた。しかし、トムは続けた。「おらはいつだって御主人様のそばにいて、役立ってきた。これからだってそうだ。おらは信頼ってもんを裏切ったこたぁねえし、通行証明書を約束と違えて使ったこともねえ。これからも、そんなこたぁするつもりなんかねえ。このお屋敷のみんながばらばらになって売られていくくらいなら、おら一人が売られていったほうがましだ。御主人様のことを悪く言うな、クロウ。あの方は、お前やこの子らの面倒をちゃんとみてくださるだろう……」。

　ここで彼は、小さなもじゃもじゃ頭の子供でいっぱいの粗末な引き出し式ベッドのほうを向き、たまりかねたように泣き崩れた。椅子の背にもたれかかり、大きな両手で顔をおおった。重い、しゃがれた、大きな嗚咽が椅子を揺らした。大粒の涙が彼の指から床へこぼれ落ちた。紳士方よ、その涙は、あなた方が最初の息子を棺に入れなければならないときに流す涙と同じだ。御婦人方よ、その涙は、死にかけている赤ん坊の叫び声を聞いたときにあなた方が流す涙と同じだ。なぜならば、紳士方よ、彼もまた人間だったからだ。そして、あなた方もそれぞれもう一人の人間であるにすぎない。絹の洋服や宝石で身を飾っている御婦人方よ、あなた方もそれぞれ一人の女性であるにすぎない。人生の苦難やとてつもない悲しみの際には、あなた方も同じ悲しみを感じるのだ！

「ところで」とエライザが言った。彼女は戸口の所に立ったままだった。「私は今日の午後夫と会ったばかりなの。でも、そのときには、こんなふうになるなんて考えもしなかった。あの人はもう我慢できない所まできていて、逃亡するつもりだと私に今日言っていた。できたら、彼に伝言を伝えてほしいの。どのように私が逃げて行ったか、またなぜ私が逃げ出さなければならなかったかということを、教えてあげてほしいの。私がカナダを目指すつもりだということも、教えてあげてちょうだい。私が愛しているってことも、必ず言ってね。それから、もし仮にもう二度と会えなくなったら」。ここで彼女は後ろを向き、しばらく彼らに背を向けたままだったが、声をかすれさせて付け加えた。「あの人に、できるだけ行ないを慎んで、私と天国で会えるようにしてほしいって、伝えてちょうだい」

「ブルーノを家のなかに呼んで、ドアを閉め、外に出さないようにしておいてね」。彼女は言い添えた。「かわいそうに！　私についてきてはいけないわ！」

二言、三言最後の言葉が交わされ、涙が流され、簡単な別れの言葉と祈りの言葉が続いた。そして、わけが分からず怯えている子供を両腕にしっかり抱きしめ、エライザは音もなく立ち去っていった。

第6章 発見

Discovery

シェルビー夫妻は、昨晩遅くまで話し合っていてすぐには寝付けなかったので、次の朝はいつもよりいくぶん遅くまで寝ていた。

「エライザは何をしているのかしら」。シェルビー夫人は何度もベルを引っぱってみたが、何の効果もなかった。

シェルビー氏は鏡台の前に立って、剃刀を研いでいた。ドアが開き、黒人の少年がひげそり用の水を持って入ってきた。

「アンディ、エライザのところへ行って、私が三回もベルを鳴らしたと言ってきてちょうだい」と夫人は命じたあとで「かわいそうな子！」と、ため息まじりに一人呟いた。

アンディはすぐ戻ってきたが、驚きで目をまん丸にしていた。

「大変ですだ、奥様！　リジーの引き出しがぜんぶ開いちまってて、あの人のもんが全部そこら中に散らかったままですだ。きっと逃げ出したにちげえねえです」。

シェルビー夫妻は、同時に真相に思いあたった。シェルビー氏が叫んだ。

「それじゃ、あの子は感づいて逃げ出したんだ！」

「神様、感謝します！　もう遠くへ行ってくれたものと信じます」と夫人が言った。

「お前、ばかなことを言うもんじゃない！　実際、もし彼女が逃げたのなら、私にとってはとても困ったことになるんだ。私があの子供を売るのをためらっていたのは、ヘイリーも見ていたからね。彼は、私が共謀して子供を逃がしたと思うだろう。これは、私の名誉にかかわることなんだ！」慌ただしく、シェルビー氏は部屋を出て行った。

その後一五分くらいは、走りまわる音、わめき叫ぶ声、戸を開けたり閉めたりする音が聞かれた。また、あちこちに、いろいろな肌の色合いをした召使たちの顔が、さまざまな表情をして立ち現われるのも見られた。この件に関して、少しでも光をあてることができると思われる唯一の人物は、料理人頭のクロウおばだったが、彼女はまったくの沈黙を守り通していた。それまでの陽気な顔に重い影を落として、周りの騒ぎなどまったく聞こえもしなければ見えもしないといった様子で、彼女は黙々と朝食用のビスケットを焼き続けていた。

　やがて、十数人の黒い顔の悪童どもが、カラスのようにヴェランダの手すりにたむろした。その誰もが、余所者の白人の商人に、彼の不運を一番先に知らせてやろうと意気込んでいた。

「あいつは、ほんとに気い狂ったいみたいに怒るぞ、きっと！」とアンディが言った。

「口汚くののしるぞ！」と小さくて黒いジェイクが言った。

「んだ、あいつは本当に口汚くののしるやつだからな」と、もじゃもじゃ頭のマンディが言った。「あいつが昨日、夕食のときにしゃべってるのを、あたいは聞いちまったんだ。全部聞いちまったんだ、なぜって奥様が水差しを入れとく戸棚のなかに潜り込んで、残らず聞いちまったからね」。マンディは、かつて一度たりとも、自分の聞いた言葉の意味など、黒猫ほどにも考えたことはなかった。その肝心なときにも、水差しのあいだで丸くなり、ずっとぐっすり眠り込んでいただけだったが、そのことを言うのは忘れて、いまではみんなよりも情報通だといわんばかりに胸を張り、これみよがしに周りを歩きまわった。

　ついにヘイリーが馬にまたがった拍車つきのブーツで姿を現わすと、たちどころに悪い知らせを四方八方から浴びせかけられた。ヴェランダの黒い悪童どもは、ヘイリーが「口汚くののしる」のを期待していたが、その期待は裏切られなかった。というのも、彼はすごい勢いで立て続けに次から次へと悪罵を投げかけてきたからである。それが悪童どもをひどく喜ばせた。ヘイリーが鞭を振ると、首をすくめてそれをかわし、あっちこっち鞭の届かないところへ移動した。次に、いっせいにワァーッとはやし立てながら、ヴェランダの下の枯れた芝生の上に逃げ出し、一塊りとなってクスクス、ゲラゲラ笑い転げまわった。彼らはそこで気のすむまで飛び跳ねたり、叫んだりしていた。

「あのくそガキども、捕まえたらただじゃおかないからな！」ヘイリーは歯ぎしりしながら言った。

「けど、あんたなんかに捕まりゃしねえよ！」アンディが、いかにも勝ち誇った身振りで言った。奴隷商人が完全に声の届かないところまで行ってしまうと、アンディはその不幸な奴隷商人の背中に向かって、口では言い表わせないような悪態をついてみせた。

「シェルビーさん、こいつぁ、とんでもねえ事態ですぜ！」ずかずかと広間に入るなりヘイリーが言った。「あの女が子供を連れてずらかったっていうじゃねえですかい」

「ヘイリーさん、妻がいるんですよ。口のきき方には、気をつけていただきたいもんですな」とシェルビー氏は言った。

「こいつぁどうも、失礼しました、奥さん！」と、ヘイリーはちょっと頭を下げて言ったが、眉の表情は険悪なままだった。「だがね、さっきも言ったが、これは寝耳に水の知らせですぜ。本当のことですかい、旦那?」

「あなた、私と話をしたければ、紳士としての礼儀というものを少しはわきまえてもらいたいものですね。アンディ、ヘイリーさんの帽子と鞭をお預かりしなさい。さあ、席にお着きください。ええ、その件ですが、本当です。言いにくいことなんですが、あの娘はこの取り引きのことを自分で立ち聞きしていたか、あるいは誰かが知らせたのか、とにかく、夜中に子供を連れて逃げてしまいました」

「このことに関しちゃ、公正な取り引きをしていただけるものと思っておりましたがね」と、ヘイリーは言った。

「はてさて」。シェルビー氏はきっと相手を見据えて言った。「どういう意味に理解したらいいんですかな? 誰であれ、私の名誉を傷つけるようなことを言ったら、答えは一つしかありませんぞ」。

奴隷商人は、これにたじたじとなり、いくぶん声を低めて言った。「まともな取り引きをしている人間を、こんなふうにだますなんて、ちっとばかしきつすぎますぜ」

「ヘイリーさん」とシェルビー氏は言った。「あなたが失望するだけの理由をお持ちだと思うからこそ、客間へ入って来たときのあなたの不作法でぶしつけな態度も、今日のところは我慢したのです。しかし、どうもこれだけは体面にかかわることなので、言っておかなくてはならんようですな。今回の件の不正について、まるで私が共謀しているかのように当てこすったりすることは、断じて許すつもりはありませんぞ。また、あなたの商品を連れ戻すために、馬や召使やその他なんであれ、あなたが必要とされるものがあれば、なんでもお貸しするのが私の義務だと心得ています。ですから、つまり、ヘイリーさん」と、シェルビー氏は、ここで急に、尊大で冷たい調子を、いつもの気さくな言い方に戻してつけ加えた。「君にとって、いちばんいい方法は、まず気を鎮め、次に朝食をとることですよ。それから、どうしたらよいかを一緒に考えましょう」。

すると、シェルビー夫人が立ち上がり、朝は他に用事があるので、朝食はご一緒にいただけないと言った。しかし、代わりにきちんと作法を心得た混血女に、別のテーブルで紳士方のコーヒーを用意させましょうと言い残して、部屋を出ていった。

「あんたのかみさんは、私みたいな卑しい手合いを、まったく相手にできないってわけですな」。ヘイリーは打ち解けようと、不自然な努力をして言った。

「妻のことを、そんなふうな無遠慮な言い方で言われるのには、慣れていないんでね」とシェルビー氏はそっけなく言った。

「失礼。もちろん、ただの冗談ですよ」と、ヘイリーはぎこちなく笑って言った。

「言ってはならない冗談ってものもあるんですよ」とシェルビー氏は言い返した。

「勝手なことを言いやがる。あの書類に俺がサインしてしまったからって言うんだろう、くそったれめ！」と、ヘイリーは一人でぶつくさ呟いた。「昨日から急に威張りくさりやがって！」

どの国の首相が失脚しても、トムの運命の知らせが、その場にいた仲間たちに与えたほどの大騒ぎを引き起こしはしなかっただろう。その話題は、どこへ行っても誰の口にものぼった。屋敷でも、畑でも、誰も仕事をせず、ただ結果がどうなるかを議論しあっていた。エライザの逃亡も、ここでは前例のないことだったので、みんなの興奮をかきたてる大きな要素となった。

このお屋敷に通称ブラック・サムという名の黒人がいた。ここにいるどの黒人より三倍も色が黒かったために、そう呼ばれていたのだ。彼は、この出来事が自分自身の個人的なしあわせとどうかかわってくるかについて、想像力と抜け目ない洞察力を兼ね備えた理解力で、あらゆる側面、あらゆる角度から深い考察を行なっていた。彼の理解力は、ワシントンのどの白人愛国者と比べても、遜色のないものであった。

「どこもかしこも、冷てえ風が吹くわけじゃねえ、それが事実ってもんよ」。サムは、ちょっとズボンをずり上げながら、気取って言った。彼はズボンつりのボタンのとれているところに、長い釘を差し込んで代用していたが、その器用さと天才的な工夫の才に、自分で有頂天になっているらしかった。

「そうだ、冷てえ風ばかりじゃねえ」彼はそうくり返した。「ええだか、トムが失脚した。なら、もちろん、誰か他の黒んぼがトムの地位に昇ることになるはずだ。それがこのおらでいけねえってわけがあるか……こいつはいい思いつきだで。トムといやぁ、国中を馬で乗りまわして、磨き上げた長靴を履いて、ポケットにゃ通行許可証よ、黒んぼとしちゃたいそうなご身分だ。だども、あいつが何様だって言うだか？　そのあとがまが、なぜこのサムじゃいけねえんだ？　そいつを、一つ知りてえもんだ」

「おはよう、サム。旦那様が、お前さんに馬のビルとジェリーを、引っぱってくるようにってご所望だよ」と、アンディがサムの独演会に割って入って言った。

「何だ！　何がおっぱじまるだい、若いの？」

「えっ？　知らねえの？　リジーが子供を連れて逃げちまったんだ」

「そんなこたぁ、分かってる。教えたけりゃ、おめえのばあさまに教えてやれ！」と、サムは軽蔑しきったように言った。「おめえなんかよりずっと早く知ってるだ。おらはおめえみたいな若造とは違うんだ！」

「とにかく旦那様がビルとジェリーに引き具をつけろって言ってるんだ。お前さんとおらで、ヘイリーさんのお供をして、エライザを探すんだとよ」

「そうこなくちゃ！　それこそ、時節到来ってもんよ！」とサムは言った。「こういうときにご用を言いつかるのは、このサムだ。サムこそ、なくっちゃならねえ黒んぼさ。エライザをおっ捕まえられるかどうか、見ていろってんだ。旦那様に働きぶりを見てもらわなくっちゃ！」

「へえ！　だけどサム、そりゃもう一度考え直したほうがいいぜ。奥様は、エライザがおっ捕まらねえことを願っているんだ。捕まえでもしてみろ、お怒りになるぜ」

「何だって！」サムは目を大きく開いて言った。「どうして、そいつをおめえが知ってるんだ？」

「今朝、この耳で、奥様がそう言うのを聞いたのさ。おらが旦那様のひげそり水を持ってったときさ。そのとき、どうしてリジーが奥様の着替えの手伝いに来ないのか、部屋へ見に行かされたんだよ。そんで、奥様に、リジーが逃げたと言ったら、奥様は立ち上がって、おっしゃっただ。『神様、ありがとうございます』って。旦那様のほうは、ひどく怒って、『お前、ばかなことを言うもんじゃない』っておっしやっただ。だども、いいか！　奥様は、いつも旦那様を丸め込むんだ！　おら、そのやり方をよく知ってるだよ。だから、いつだって、奥様の味方をしたほうがええだよ、本当だぜ」。

ブラック・サムは、これを聞いて、もじゃもじゃの頭をかいた。その頭には、大した知恵も入っていなかったが、あらゆる肌の色、あらゆる国の政治家に欠くことのできない特殊な知恵、つまり、俗に言えば、パンのどちら側にバターがついているかを見分ける能力は十分に持ち合わせていた。サムは、よく考えてみることにして、頭のなかが混乱し、それを解決しようとするときにいつも決まってするように、ズボンを上にずり上げた。

「この世のどんなことも、まあなんちゅうか、いつどうなるか知れたもんじゃないからなあ」と、サムはついに言った。サムは、哲学者のようにこのというところを強めた。それは、まるで彼が「あの世」のことを含めていろんな世界でたくさんの経験を積んできた結果、よくよく考えた末に達した結論だと言わんばかりの様子だった。

「さてと、おらの見込みじゃ、きっと奥様は、リジーをこの世の果てまで探しまわるにちげえねえ」とサムは、考え深げに付け加えた。

「きっと奥様は、そうなさるだ」とアンディは言った。「でも、ほんとにものが見えてるんかい、真っ黒けのおっさん？　奥様は、このヘイリーという旦那に、リジーの子供を捕まえて欲しくないんだよ。そいつが肝心なところなんだ」

「ほう！」サムは、黒人のあいだで聞いたことがある人にしか分からない、なんとも言えない抑揚をつけて言った。

「それから、もっと大事なことを言っとくよ」。アンディが言った。「お前さんは、さっき言ったあの馬っこどもを見つけてきたほうがいいと思うよ。それも、ものすごく急いでね！　だって、奥様もお前さんを探していなさったからね。なのに、お前さんは、さっきからばかみたいに突っ立ってるだけじゃないか」。

　サムは、これを聞くと、きわめて真面目に仕事をやり始めた。そして、しばらくすると姿を現わし、ビルとジェリーを早足で駆けさせながら、意気揚々と屋敷のほうへ進んできた。二頭が止まろうとするかしないうちに、巧みに馬から下りると、疾風のように、馬つなぎ場のところへ連れて行った。ヘイリーの馬は、ものに驚きやすい若駒で、あとずさりしながら跳ね上がり、自分の端綱をぐっと引いた。

「どう、どう！　驚いただか、えっ、おめえ？」サムの黒い顔が、ぱっと奇妙にいたずらっぽい光で輝いた。「いま、おめえのこと面倒みてやるからな」と彼は言った。

　そこには大きなぶなの木があり、その場所全体を覆っていた。地面には、小さな、尖った、三角形のぶなの実がびっしりと散らばっていた。その一つを指につまむと、サムは若駒に近づき、なでたり、軽くたたいたりして、いかにも馬の動揺を鎮めるのに忙しいふりをした。そして、鞍の調節をするかのように見せかけて、彼は器用に尖った小さな実を鞍の下に入れた。その結果、ほんのわずかな重みでも鞍にかかれば、目に見えるようなかすり痕とか傷口は少しも残さないで、馬の敏感な神経をさかなですることとなった。

「さあ、さあ！」と、彼はしてやったりといったふうな薄ら笑いを浮かべ、目をぎょろつかせながら言った。「もう、でえじょうぶだで！」

　そのときシェルビー夫人が、バルコニーへ出てきて、彼を手招きした。サムは、セント・ジェームズ宮殿(1)やワシントンなどで空いている官位をめざす志願者よろしく、何がなんでも愛顧にあずからずにおくものかといった態度で、近づいていった。

「サム、どうしてそんなに遅かったの？　急いで来るようにって、アンディが言ったはずよ」

「神様でも、てえへんですだ、奥様！」サムが言った。「馬っこってやつは、すぐには捕まらねえもんですよ。あいつらは、南の牧場のずっと向こうのほうまで、ズラかって行ってたんですからね。どのへんにいたのかなんて、神様だってなかなか分かりゃしねえです！」

「サム、神様の名をみだりに口にしてはいけないって、何度言ったら分かるの。それはひどいことなのよ」

「ああ、神様、お許しを！　奥様、おらは言いつけを忘れていましただ！　もう絶対に、口にしませんだ」

「ほら、サム、お前ったらまた言ったじゃないの」

「言いましたっけ？　おらはまったく情けない、神様！

いや、その何でして、こんなことは言うつもりじゃなかったってことです」

「気をつけなければだめよ、サム」

「もう一回やりなおさせてくだせえ、奥様。そしたら、今度はちゃんとやっていきますから。十分に気をつけますだ」

「ところでサム、あなたはヘイリーさんと一緒に行って、道案内をし、手伝ってあげることになっているわね。いいこと、サム、馬には注意をしてあげてね。ジェリーは、先週から少しびっこをひくようになったわ。彼らをあまり速く走らせないようにしてね」。

シェルビー夫人は、最後の言葉を低い声で、特に強めて言った。

「この馬っこのこたぁ、放っといたって大丈夫ですだ！」と、サムはさも意味ありげに目をぎょろりとさせて言った。「神様だってご存知です！　おっと！　神様なんて、言いませんでしたよ！」と、突然息を飲んで、こっけいなほどに心配した様子で言ったので、思わず夫人も吹き出してしまった。「はい、奥様、馬っこたちのことは、おらが気をつけますだ」。

「なあ、アンディ」。サムは、ぶな林の下の自分の持ち場へ戻ってくると、言った。「いいか、あの旦那がやってきてあの馬っこに乗ったとき、あいつが暴れ出してもおらはぜんぜん驚かねえぞ。いいか、アンディ、馬っちゅうのは、そういうことをするもんだからな」。そう言って、サムは大いに意味ありげにアンディの脇腹をつついた。

「ああ、そうかい！」と、アンディはすぐに分かったという調子で言った。

「そうなんだ、いいか、アンディ。奥様は、長引かせることを望んでおられるんだ。普通に見てりゃ、そんなこたぁすぐ分かる。おらも、奥様のために一働きするだ。さあて、見てろよ、まず馬っこたちをみんな自由にさせるだ。ここでうんとでたらめに走り回らせて、そいでもって森のほうへ追いやるだ。そうすりゃ、旦那も急いで出発するわけにもいくめえよ」。

アンディは心得たとばかりにほくそ笑んだ。

「分かるな、おめえ」とサムは言った。「分かるな、アンディ。ヘイリーの旦那の馬がいうことをきかなくて、派手にやりだしたら、あの人を助けるために、おらたちの馬も放すんだぞ。おらたちはあの人のことをたっぷりお助けしてやろうじゃないか。ああ、そうともさ！」。サムとアンディは頭をのけぞらし、人に聞こえぬように不作法に笑った。さらに、指をパチンパチンとならし、えも言えぬ喜びから踵をカチンと振り合わせた。

そのとき、ヘイリーがヴェランダに姿を現わした。とてもおいしいコーヒーを何杯も飲んで気分を落ちつけ、かなりご機嫌も取り戻した様子で、談笑しつつ出てきた。サムとアンディは、いつも帽子と思って使っているぼろぼろの棕櫚の葉帽子を引っつかむと「旦那を助け」に馬つなぎ場へ跳んで行った。

サムの棕櫚の葉帽子の縁は、編み込みがうまい具合にほどけ、ばらばらになった葉筋が垂直に垂れさがって、フィジー諸島(2)の酋長そっくりに、ひときわ目立つ放縦と不遜の気配を漂わせていた。いっぽう、アンディの帽子は、縁がすっかりとれていたので、彼は器用に上からポンと帽子の山だけを頭に載せた。そして「おらが帽子をかぶっていないなどというような奴がいるか?」とでも言わんばかりにあたりを見まわして悦に入っていた。

「さあ、お前ら、しゃきっとしろよ。一刻の猶予もできないからな」とヘイリーが言った。

「一刻だって失いませんや、旦那!」と、サムが、ヘイリーに手綱を渡し、鐙《あぶみ》を押えながら言った。一方、アンディは、他の二頭の馬の手綱をほどいていた。

ヘイリーが鞍に尻を落とした瞬間、気性の荒い馬は突然ポンと地面からはね上がり、持ち主を放り投げた。持ち主は、数フィート離れた柔らかく、乾いた芝生の上にぶざまに倒れ伏した。サムは、とてつもない驚きの叫び声をあげて手綱に飛びついたが、結果的には例のあのひときわ目立つ棕櫚の葉筋で馬の目をこすっただけで、とても馬の乱れた神経を鎮めるどころではなかった。馬はものすごい勢いでサムをひっくり返し、二声、三声せせら笑うように鼻をならすと、力強く後ろ足を空中に振り上げ、すぐに芝生の低いほうの端へ飛び跳ねながら進んで行った。そのあとに、ビルとジェリーが続いた。アンディがサムと打ち合わせていた通りに、二頭の馬の手綱を放し、ものすごい叫び声で馬を駆り立てたからであった。あとは、上や下への大騒ぎだった。まず、サムとアンディが大声を出して駆けまわると、犬があっちこっちで吠え立て、そこにマイクやモーゼやマンディやファニーといった、男の子も女の子も含めた屋敷中のちびたちが、大いにちょっかいを出してきた。彼らは頼まれもせぬのに飽くなき熱心さで走ったり、手を打ったり、ワァーワァーと囃し立てたり、叫び声を上げげた。

ヘイリーの馬は白馬で、足も速くて威勢がよく、この騒動の精神にすっかり共鳴しているかに見えた。馬の走りまわれる地面は、ゆるやかに傾斜して、どちらに行っても果てしない森林地帯へと続く、長さがほぼ半マイルほどの芝生だった。この馬は、追っ手がどこまで近づいてこられるかを見定めてやるといわんばかりに、手の届く距離まで来ると、意地悪な動物よろしく、跳び上がり、いななき、ふいと駆け出し、森のなかの小道に走り込んでいったりして、この上なく面白がっているようだった。もっともサムのほうも、最適と思えるときまで、一頭でも捕まえようという気はさらさらなかった。そうしたなかで、彼の払っていた気づかいは、誰が見ても、まさに英雄的と言えた。もっとも激しく闘われる最前線で、いつも輝いていたリチャード獅子王(3)の剣のように、サムの棕櫚の葉帽子はどこにでも見受けられた。ただし、それは馬が捕まえられる危険性が少ないようなときに限ってだったが。そうした場合、彼は全力で気張って「それいまだ！　奴をとっ捕まえろ！　奴をとっ捕まえろ！」と叫びながら、かえって一瞬ですべてを大混乱に陥れてしまうのだった。

ヘイリーはあっちこっち走りまわったり、毒づいたり、めったやたらにドタバタしていた。シェルビー氏は、バルコニーから大声でいろいろと指図してみせたが、何の結果ももたらさなかった。シェルビー夫人のほうは、自分の部屋の窓のところで笑ったり、びっくりしたりしていたが、この騒動を陰で糸引く人物が誰なのか暗に匂わせるものがあった。

やっと一二時近くになって、サムが、ヘイリーの馬を脇に引きながら、ジェリーにまたがり得意げに戻ってきた。馬は、汗だくで、目をぎらぎらさせ、鼻腔を広げ、放縦な気分が完全に沈静化したわけではないぞといわんばかりの様子であった。

「捕えましただよ！」と、サムが勝ち誇ったように大声を出した。「おらがいなけりゃ、この馬っこどもは、みんな走り疲れてぶっつぶれちまったこってしょう。だけんど、何とかおらが捕めえましただよ！」

「きさま！」とヘイリーは不機嫌にうなった。「きさまがいなかったら、こんなのは起こらなかったんだ」

「何てことおっしゃるだ、旦那」。心底からがっかりしたという口振りでサムが言った。「汗だくで走りまわり、追いかけまわしていたおらに！」

「何をほざくか！」ヘイリーが言った。「お前の手ひどいナンセンスな行為で、三時間近くも無駄な時間をくってしまった。さあ、行くぞ。もうこれ以上ばかなことはたくさんだ」

「なんですって、旦那」と、サムがとんでもないといった様子で言った。「おらたちや馬っこどもをすっかりみんな殺してしまおうってんですか。おらたちゃもうぶっ倒れそうなんですよ。馬っこどもも汗だくだし。昼めしあとでなけりゃ、出発するなんて気になれんでしょうが。旦那の馬っこだって、ブラシをかけなきゃなんねえだ。見てみなせえ、全身汗まみれですぜ。おまけにジェリーはびっこをひいてまさ。奥様は、おらたちをこんなんで出かけさせるなんて考えておられねえだ、絶対に。いいかね、旦那、たとえおらたちが休んだって、ちゃんと追いつけるだよ。リジーは、そんなに足が達者じゃないんだから」。

シェルビー夫人は、このやりとりをヴェランダで聞いて、大いに楽しんでいたが、いよいよ自分の出番がきたと心に決めた。彼女は二人の前に姿を現わすと、慇懃《いんぎん》にヘイリーの災難に同情の気持ちを示したあと、料理人にすぐ昼食をテーブルへ運ばせるから、食事をしていったらどうかとしきりにすすめた。

こうなると、ヘイリーもあらゆる点を考慮して、どちらかというと夫人に対する曖昧な礼儀の気持ちから、客間へ向かって歩きだした。一方、サムは言外の意味を込めて目をぎょろぎょろさせながらヘイリーを見送っていたが、そのあとでまじめくさった顔を取りつくろって、馬小屋のほうへ馬を連れて行った。

「おめえ、あいつのこと見ていたかい、アンディ？　ええ、見ていたかい？」サムは、自分の姿がすっかり納屋の陰になり、馬を柱につないでから言った。「あいつが踊ったり、足を上げたり、おらたちに悪態をついたりするのを目にするのは、本当に祈禱集会とおんなじぐれいに面白かったなあ。あいつの言うのを、おらが聞きのがすことがあってたまるかってんだ？　それ、もっともっと怒鳴りやがれ、あほんだら（おらは思わず声に出しちまったよ）。いまおめえ様が馬っこを手にするか、それとも捕まえるまで待ってなきゃなんないかのどっちかだろ？（そうも言ったな）。まったく見ものだったな、アンディ、いまでもあいつの格好が目に浮かぶよ」。そう言うと、サムとアンディは納屋に寄りかかり、気がすむまで笑い転げた。

「おらが馬っこを連れてったとき、あいつがどんなに怒った顔つきをしたか、おめえに見せてやりたかったよ。ほんとに、やれるもんなら、おらを殺してたかもしれんねえ。おらのほうは、なんも知らんふりして神妙に立ってたがね」

「ああ、見てたよ」とアンディは言った。「お前は、まるで年取った馬っこみたいにずる賢かったなあ」

「おらも、そうだったと思うよ」とサムが言った。「奥様が二階の窓のところにいなさったのを見たかい？　笑っていなすったよ」

「おら、駆け回っていて、何にも見てなかっただよ」とアンディは言った。

「おい、いいか」とサムは、ヘイリーの若駒をまじめな手つきで洗い始めながら言った。「おらはな、アンディ、なんのこっても注意して見る習慣ってやつを身に付けてんだ。こいつは、とってもてえせつな習慣だぜ、アンディ。おめえもそれを養うようにしとかにゃいかんぞ。まだ若いんだし。ほら、ほら、馬っこの後ろ足をしっかり持ち上げてろってば、アンディ。分かるな、アンディ、黒んぼたちのあいだで差がつくのも、なんのこっても注意して見ていられるかどうかなんだ。今朝がた、風がどっち向きに吹いているかどうか、おらにゃ見てとれなかったか？　奥様は胸のうちを明かさなかったが、何を本当は望んでいらっしゃるか、おらにゃ分からなかっただか？　おらはちゃんと注意して見ていただよ。アンディ、それが人の器っちゅうもんなのさ。器の大きさは人によって違うだ。だども、器を大きくすれば、えらく得するだ」

「今朝んがた、おめえがものをよく注意して見るのを、おらが手伝わなかったら、おめえはこんなにうまくやれなかったと思うけんどね」とアンディが言った。

「アンディ」とサムが言った。「おめえは、将来が楽しみな子供だよ。そのこたあ、どうあったたって、間違えっこねえ。本当に、おらはおめえをえれいと思ってるよ、アンディ。だから、おめえの考えをあてにすることを、おらは恥ずかしいなんて思わないよ。だけどな、アンディ、人間は誰のことでもばかにしちゃいけねえよ。なぜって、いちばん利口なやつでも、ときには、蹴つまづくことがあるんだから。さてと、アンディ、お屋敷のほうへ行ってみるか。今度ばかりは、奥様も、おらたちにたっぷりごちそうしてくださることだろうよ、きっと」。

第7章 母の闘い

The Mother's Struggle

アンクル・トムの小屋から立ち去ったときのエライザほど、まったく孤立し、寄る辺ない思いにとらわれていた人間を考えることは、まず不可能である。

自分の夫の抱えている苦悩や危険、さらに子供の巻き込まれている危険、こうしたことすべてが心のなかでごちゃ混ぜになっていた。しかも、唯一知っていた家を去り、愛し敬ってきた友人の保護からも切り離された状況で、自分の冒している危険にも思いがいき、彼女は途方に暮れ、呆然自失の状態に陥っていた。その上、すべての慣れ親しんだものからの別れがあった。自分の生い育った場所、その下で遊んだ木々、もっとしあわせだったころ、夕方になると、若かった夫と並んでよく散歩した森、こうしたすべてのものが、澄んだ、霜の降りた夜の星の光のなかに横たわっているかに思われた。それらのものがまるで咎めだてするように話しかけ、これほどの家庭を立ち去っていったいお前はどこへ行こうとしているのか、と尋ねかけてくるかのようだった。

だが、恐ろしい危険の接近から狂わんばかりの思いに駆り立てられている母親の愛情は、他の何よりも強かった。彼女の子供は横に並んで歩けるほどに成長しており、ふだんなら手を引いてやりさえすればよかったのだが、いまは、子供を腕から放すことを考えただけでも、震えがきた。そこで、彼女は自分の胸にしっかりと子供を抱きしめて、足早に進んで行った。

霜の降りた地面は、エライザが歩いて行くとぎしぎしと音をたて、彼女はその音に身震いした。葉が揺れ、影がちらちらと動くだけで、血が心臓に逆流し、彼女の歩みをさらに速めさせた。彼女は、自分に取りついたかに思える力に我ながら驚いていた。というのも、自分の子供が一枚の羽根ほどの重さにしか感じられなかったからである。恐怖に根ざす心の動揺がかえって超自然的な力を増し、彼女を支えてくれているかのようであった。しかし、そのあいだも、エライザの青白くなった唇からは、何度も何度も叫びのように「神様、お助けください。私を救ってください」という祈りが、天上の偉大なる友に向かって発せられていた。

世の母親たちよ、もし冷酷な奴隷商人によって、明日の朝、あなたのもとから連れ去られてしまうのがあなたの息子のハリーやウィリーだったら、もしあなたがその男をその目で見、契約書はすでにサイン済みで、すでにその男の手に渡されてしまっているということを知ったら、しかも逃げ出すのに真夜中から朝までのわずかの時間しか残っていないとしたら、あなたはどれほど速く歩くことができるだろう？　また、そのわずかな時間のあいだに、眠ってしまった小さな頭をあなたの肩にのせ、信頼しきって小さな柔らかい腕をあなたの首にまわしているいとしいわが子を胸に抱いて、あなたなら何マイルの距離を突き進んで行くことができるだろう？

このように問うてみたのも、いまや子供は眠ってしまっていたからである。最初は、物珍しさと恐怖のために目を開けていた。しかし、息をし、声を出すたびに急いで母親がそれを抑え、静かにさえしていれば必ず助けてあげるからねと安心させたので、子供は静かに母親の首につかまっていた。眠りに落ちかかったときも、ただ次のように尋ねただけであった。

「母さん、ぼく起きていなくてもいいんだよね」

「ええ、いいのよ。眠たければ、おやすみ」

「でも母さん、もしぼくが眠っても、あの人に渡しやしないよね？」

「もちろん、そんなことしやしないよ。神様がお助けくださるよ」と母親は青白い頬で、大きな黒い目をさらに輝かせて言った。

「本当だよね？、母さん？」

「ええ、本当よ！」と自分でも驚くような声で母親は言った。というのも、その声は、自分のものではない、内なる精神から発せられたもののように彼女には思えたからである。それから、男の子は小さな疲れきった頭を彼女の肩にのせ、まもなく眠りに落ちた。これらの温かな腕の感触や、首にかかる穏やかな寝息が、どれほど彼女の動作に情熱と活力とをつけ加えたことだろう！　信頼しきって眠っている子供のやさしい感触と動きのすべてから、力があたかも電流のように彼女のなかにそそぎ込まれてくるかのようであった。精神が肉体を完全に支配し、しばしのあいだ、肉や神経がこの上もなく堅固となり、腱が鋼のようにぴーんと張り、その結果、弱きものが力を得て強くなっていくさまは、崇高そのものである。

彼女はどんどん歩き続けて行った。境界を隔てて並ぶ農園、木立、植林地などが、傍らを目の眩むような速さで過ぎていった。彼女は、一つ一つ慣れ親しんだものをあとにし、足をゆるめることも立ち止まることもなく、歩き続けた。その結果、太陽が赤らみ始めたころには、すべての見慣れたものの影からはるか何マイルも離れた、広い公道の上にいた。

エライザは、女主人と一緒に、オハイオ川からそう遠くないT――という小さな村の知り合いのところへ何度も行ったことがあるので、その道はよく知っていた。その方角へ向かい、オハイオ川を渡って逃げるというのが、最初に急いで立てた彼女の逃亡計画のあらましであった。それから先は、神に祈ることしかなかった。

馬や馬車が盛んに通りを往き来し始めた。彼女は、神経が高ぶったときに特有の一種の霊感のような鋭い警戒心で、こんな向こう見ずな歩き方や取り乱した雰囲気では、人々の目を引き、怪しまれることになると気づいた。そこで彼女は子供を下へ下ろし、自分の服や帽子の乱れを直し、見かけに釣り合っていると思える速さで歩いていった。彼女の小さな包みのなかには、あらかじめお菓子やリンゴが用意されていた。彼女は、子供の足を速める方便にそれらを利用した。たとえば、リンゴを自分たちの何ヤードか前に転がし、それを子供に全力で追いかけさせたりした。こんな策略を何度か繰り返しているうちに、二人は半マイル以上も進んだ。

しばらくすると、親子はこんもりと繁った森の一画に来た。その一画を、きれいな小川がサラサラと音を立てながら流れていた。ハリーがお腹をすかせ、のどの乾きも訴えたので、彼女は子供と一緒に垣根を越えた。道路から見えないように大きな岩の陰に腰をおろして、小さな包みのなかから朝食を取り出して彼に与えた。子供はエライザが食べようとしないので、不思議に思い、悲しんで、彼女の首に抱きつき、お菓子を母親の口のなかに詰め込もうとした。彼女は喉に熱いものがこみ上げ、息がつまりそうになった。

「いいの、いいのよ、かわいいハリー。お前が安全になるまでは、母さんはものが喉を通らないの。川に着くまでは、もっともっと歩かなければならないのよ!」そして彼女は、もう一度急いで道に戻り、ふたたび規則正しく、落ちついた様子で歩くようにつとめた。

このあたりは、彼女をよく見知っている近隣の場所から何マイルも離れていた。そんな場所で万が一知っている人間に会うことがあったとしても、シェルビー家の親切なことはよく知られているので、その親切さが自ずと隠れ蓑の役目をはたし、彼女のことを逃亡者と考えたりすることはありえないと彼女はふんでいた。それに、彼女は、近寄ってよく見てみなければ、とても黒人の血を引いているとは思えないほどに色が白かったし、子供もやはり色が白かったので、疑われずにやり過ごすことはたやすいことだった。

エライザはそんなふうに考えて、正午になると、あるこぎれいな農家に足を留め、ひと休みして子供と自分のために昼めしを買おうとした。というのも、かなりのところまでやってきて危険が減ってくるにつれ、精神の異常な緊張もほぐれ、自分も疲れて、お腹が空いていることに気付いたからであった。

その農家の気のよい女は、親切で話し好きだったので、誰も来ないよりも話し相手ができたのをむしろ喜んでいる様子であった。それで「友達のところで一週間ばかり過ごすため、もうちょっと向こうのほうまで行くんです」というエライザの言葉を真に受け、何も確かめようとしなかった。エライザは、心のなかで、自分の言った言葉がすべて本当であってくれればと願っていた。

日が沈む一時間ほど前に、彼女はオハイオ川のほとりのT――村に入った。くたびれて、足は痛んでいたが、気持ちはしっかりしていた。まず最初に、彼女の目がいったのはオハイオ川だった。その川は、彼女と向こう岸にある自由の地カナンとのあいだにあって、まるでヨルダン川のように横たわっていた。

春はまだ浅く、川は膨張し不穏な様相を呈していた。大きな流氷が、どんよりした川のなかを、重々しく前後に揺れ動いていた。ケンタッキー州側の岸辺の特徴で、川岸が大きく川のなかに突き出しているため、たくさんの流氷がそこでつかえて、せき止められていたのだ。その湾曲部を流れる狭い水路のところで、川一面の氷が折り重なり合い、下ってくる流氷への一時的な防壁となり、つかえた流氷が川幅いっぱいにふさがって、一つの大きな波打つ筏の形をなし、その端はほとんどケンタッキーの川岸にまで伸び広がっていた。

エライザはたたずんで、しばらくこの都合の悪い状況を眺めていた。この様子では、通常の渡し船が通えないことはすぐに分かったので、川岸の小さな宿屋へ入って、少しばかり尋ねてみることにした。

炉に向かって、ジュージューぐつぐつといろいろな音をたてながら、夕食の支度に余念のなかった女主人は、エライザのやさしく、悲しげな声の調子に引きつけられ、フォークを手にしたまま動きを止めた。

「なんだい？」と彼女は言った。

「B――へ人を運ぶ渡し船かボートは、いまはないんでしょうか？」とエライザは尋ねた。

「あるわけないよ！　どの船も行き来をやめてしまっているよ」と女主人は言った。

しかし女主人は、エライザの困惑と失望の色をあらわにした顔つきに心を動かされて、「向こう岸へ渡りたいんだね？　病人でもいるのかい？　ひどく心配そうだけれど」と詮索するように尋ねた。

「子供がとても危ないんです。夕べまで、知らせが届かなかったものですから、渡し船に乗れると思って、今日はずっと歩き続けてきたんです」

「まあ、そりゃ運が悪いね」と、母親としての同情心を大いに刺激されて、女主人は言った。「本当に気の毒だね。ソロモン！」。彼女は、裏の小さい建物に向かって、窓から呼びかけた。すると、皮のエプロンを付け、手のひどく汚れた男がドアのところに現われた。

「ねえ、ソル、あの男は今夜、樽を運ぶんじゃなかったかね?」とその女が聞いた。

「奴は、危なくなくやれる方法があれば、いっちょうやってみるかって言っていたよ」と男のほうが答えた。

「ここからちょっと川下に下ったところにいる男なんだがね、もしできればの話だけど、今夜、品物を持って向こう岸に渡るはずなんだよ。その男は今晩ここに食事にやってくるから、ここに座って待っていたらどうかね。なんてかわいい子だろう」と女主人は言葉をたして、子供にお菓子をやろうとした。

しかし、子供はすっかり疲れ切っていたので、泣き出してしまった。

「かわいそうに! 歩くのに慣れていないのに、急がせたものですから」とエライザが言った。

「こっちの部屋へ連れてきたらどうだい」と女主人は言い、気持ちのよさそうなベッドが置かれている小さな寝室の戸を開けた。エライザは疲れた子供をその上に寝かせ、ぐっすりと寝つくまで手を握っていてやった。彼女には休息はなかった。追手のことを考えると、骨のなかで火が燃えるように、彼女の心はせきたてられた。彼女は、哀切な思いを込めた目で、自分と自由とのあいだに横たわって無愛想に逆巻く川の流れを見つめていた。

ここでわれわれは、しばらく彼女と別れを告げ、追手たちの足どりを追ってみることにしよう。

シェルビー夫人は、確かに、食事を急いでテーブルに運ばせると約束した。しかし、いままでにもよくあったことだが、実際に事柄を進めるには、一つや二つのことをすますだけではとても足りないことがすぐに分かった。そこで、ヘイリーの耳の届くところで聞こえよがしに指図が発せられ、少なくとも六、七人の若い伝令がクロウおばのもとへ派遣された。だが、この偉大な料理人は、それを単に鼻であしらい、頭をぷいと上に向けて、すべての作業をいつになく念入りに、またたっぷりと時間をかけて進めていった。

召使たちのあいだでも、ある特別な理由により、食事の支度が遅れても、奥様を特に怒らせることはないという印象が行き渡っているようであった。また、不思議なほど、邪魔だてになるような出来事が立て続けに起こり、食事の仕度がどんどん遅れていった。一人の不運な召使が、わざとこれみよがしに肉のソースをひっくり返してしまったので、ソースをもう一度念を入れて、きちんと作りなおさなければならなかった。クロウおばは、頑固なほどの正確さで進行状況に目を光らせ、立ち働いていた。急ぐようにという催促にもすべて「どなた様だか知れねえ人のおっ捕まえ仕事の手伝いをするからってんで、食卓に生煮えのソースを出すなんてことを、あたしはするつもりはありゃしねえ」とそっけなく答えた。ある召使は水をひっくり返し、また泉へ水を汲みに行かねばならなかった。すると、もう一人がバターを落としたりして、事柄の遅れにいっそう拍車をかけるようなことをした。「ヘイリーの旦那がえらくいらいらしなすって、もうどうにも椅子っこにじっとしてなんかしていられないってんで、窓っこのところへ行ったり玄関のほうへせかせかと歩いて行ったりしているだ」というような知らせがときどき入ってくると、台所では、みんながクスクス笑いをした。

「当然の報いだ！」とクロウおばは憤然として言った。「あん人は行ないを改めないと、いらいらや困ったなんてことじゃすまなくなるだろうよ。あん人のご主人である神様が、あん人を呼びつけなさるだろうからね。そんときにあん人は、いったいどんな顔をするだろうかね！」

「あいつは間違えなく、地獄責めに合うさ」。ちびのジェイクが言った。

「そうともさ！」クロウおばは吐き捨てるように言った。「あん人は、そりゃもうたくさんの人の心を痛めてきているからね。いいかい、みんな」。クロウおばは、仕事の手を止めてフォークを高々とかかげて言った。「ジョージ坊っちゃまが黙示録で読んで聞かせてくれた(1)ことと同じだよ。祭壇の下で死者の霊魂が呼びかけているのさ！　こんなひどいことに復讐してほしいって、神様に呼びかけているんだよ！　やがて、神様もお聞きとどけになるだろうよ。そうさ、神様は聞いてくださるさ！」

クロウおばは、台所ではたいへんな尊敬を集めていた。そのクロウおばの言ったことなので、みんなは口をぽかんと開けて耳を傾けていた。いまや昼食もかなりの部分が食堂に運び込まれており、台所にいたものはみんなクロウおばと言葉を交わしたり、彼女の意見に耳を傾けたりする余裕があった。

「そんな奴は、永遠の業火に身を焼かれちまうんだ。間違っこなしさ、そうじゃないかい？」とアンディが言った。

「それが見られたら、うれしいのにね、うん、本当にうれしいのに」とちびのジェイクが言った。

「みんな！」と、そのとき一つの声がしたので、その場にいたものは、みんなぎくりとした。アンクル・トムであった。彼はだいぶ前から戸口のところで立ったまま、彼らの会話に耳を澄ましていたのであった。

「みんな、お前たちは自分の言っていることが、分かってないんじゃないのか。永遠の業火なんてのは、とんでもなくおっかねえ言葉なんだぞ、みんな。考えるだけでも恐ろしいことなんだ。どんな人間に対しても、そんなこたぁ望んじゃいけねえだ」

「あの鬼のような奴隷商人以外にゃ、そんなこたぁ望まないよ」とアンディが言った。「誰だって、ああいった奴らにはそう望まずにはいられないんだもの。あいつらはそれほどひどいじゃないか」

「あの連中のことを悪く言うのは、ごく自然なことじゃないか？」クロウおばが言った。「あの連中は、乳飲み子を母親の胸から引きはがして売ったり、幼い子供が泣き叫んで、母親の洋服にすがりついていても、それを引き離して、売りとばしたりしてしまわないかい？　夫と妻をばらばらにしないとでも言うのかい？」とクロウおばは言って、泣き出した。「そういったことは、やられている側には生命にかかわることだっていうのに、あの連中はそのあいだほんのちょびっと気持ちを動かすだけで、平気でくつろいで酒を飲んだり、タバコをすったりしているじゃないか。悪魔がああいう連中をつかまえなきゃ、悪魔なんてなんの役にたつんだい？」クロウおばは、格子縞のエプロンで顔を覆って、本格的に泣き始めた。

「お前たちを手ひどく扱う者のためにも祈れって、聖書には述べられているんだよ」とアンクル・トムは言った。

「あんな連中のために祈れだって！」とクロウおばは言った。「それはあんまりにも過酷ってもんだよ！　あたしにゃ、とてもできないよ」

「そう考えるのは自然なことさ、クロウ。自然というものは強いものだ」。アンクル・トムは言った。「でも、神様の恩寵ってものはもっと強いんだ。それに、ああいうことをする人間の魂が、どんなにすさまじい状態にあるかってことも、考えなきゃいけない。クロウ、お前はあの人みたいじゃないってことを、神様に感謝すべきなんだ。哀れなあの人が、自分の犯した罪のためにさせられることになる償いに比べたら、むしろおらは何万回でも売られていくほうがいいよ」

「おらも、ずっとそのほうがいい」とジェイクがいった。

「おらたちは結局そういう目にあうんだよね、アンディ？」

アンディは肩をすくめて、どうしようもないじゃないかといった調子で口笛を吹いた。

「旦那様は、今朝、お出かけになるはずだった。が、そうはしなかった。おらには、それがとてもうれしい」とトムが言った。「そんなことをされたら、売られるよりもずっとつらい、本当に。たぶん旦那様がそうするのは、自然だったかもしれない。でも、そんこたぁおらにどえらくこたえただろう。おらは、旦那様が赤ん坊のときから知っているからね。でも、旦那様にお目にかかることができたんで、いまじゃ神様の意志を受け入れようって気になり始めているんだ。旦那様は、どうにも仕方がなかったんだよ。旦那様は正しいことをなさったんだ。でも、おらがいなくなって、物事がちゃんといかなくなるってのがとても心配だ。旦那様は、おらのようにあらゆるところに目配りして、すべてのものをうまくやり通していくなんてもとからできない人なんだ。他の黒んぼたちは悪気はないが、まったく気がまわらない。おらにはそれが心配なんだ」。

そのときベルがなって、アンクル・トムが客間へ呼ばれた。「トム」と主人はやさしく声をかけた。「お前に知っておいてもらいたいんだが、この方がお前を必要とするときにお前がその場にいなかったら、私はこの方に一〇〇〇ドルの罰金を支払うという証書を渡したんだ。今日は、この方は他の仕事でお出かけになるから、今日一日はお前のものだ。どこへでも好きな所へ行っていいよ、トム」

「ありがとうございます、旦那様」とトムは言った。

「いいか、よく聞けよ」。奴隷商人が言った。「お前ら黒んぼ連中お得意のごまかしで、お前の旦那をだまそうとするんじゃないぞ。もし万が一、お前がいるべきときにいなかったなんてことでもありゃ、お前の旦那がすっからかんになるまで、金を巻き上げてやるからな。お前の旦那が俺の言うことを聞いていりゃ、旦那もお前なんか少しも信用しないはずなんだ。お前たちは、鰻みてえにあてにならないんだから！」

「旦那様」とアンクル・トムは言った。背筋をまっすぐに伸ばして立っていた。「大奥様が、旦那様をおらの腕にはじめてお預けなさったとき、おらはちょうど八つで、旦那様はまだ一歳にもなっておられなかった。『さあ、いいかい』って、大奥様はおっしゃっただ。『トム、この子がお前の若旦那様になる人だよ。よく世話をしておくれ』。そう、大奥様は言われただ。旦那様、お聞きしますけんど、これまでおらがあなた様との約束を破ったり、あなた様に背くようなことをしたことがありましただか。特に、おらがキリスト教徒になってからこのかたはどうです？」

シェルビー氏はすっかり気持ちのうえで打ちのめされ、目には涙を浮かべていた。

「忠実なトムよ」と彼は言った。「お前が決して嘘をつかないということを、神様はご存知だ。もし私にそうできるなら、世界中の誰にだってお前を売ったりなんかするものか」

「キリスト教徒として誓っておくわ」と、そのときシェルビー夫人が口を出した。「何とかしてお金を集めることができたら、すぐにお前を買い戻しますからね」。それからヘイリーに向かって言った。「トムを売る相手には、よく注意してくださいね。そして、わたしに知らせてくださいよ」

「ええ、その件についちゃ、承知しました」と奴隷商人が言った。「あんまり使い古しにしないで、一年のうちにここへ連れてきて、売り戻してあげますさぁ」

「そのときには、あなたの得になるように取り引きしましょう」とシェルビー夫人は言った。

「もちろんですよ」と奴隷商人は言った。「私にとっちゃ、どこであってもすべて同じでしてね。ここでも、深南部でも、奴らを売ったり買ったりして生きているんですからね。問題はいい商いをするってことです。私に必要なのは、生計なんですよ、奥さん。誰だってそうだと思いますがね」。

シェルビー夫妻は、ヘイリーのなれなれしく無礼な口の聞き方にいらだち、嫌な気持ちになったが、どんなことがあってもその感情を抑えなければならないと思っていた。ヘイリーが、救いようもなく浅ましく無神経になればなるほど、シェルビー夫人のなかで、彼がエライザとハリーをうまく捕まえてしまうのではないかという恐怖心が強くなっていった。もちろん、あらゆる女性特有の手段を弄して彼を引き留めておこうという気持ちも、ますます大きくなっていった。そこで、シェルビー夫人は愛想よく笑ったり、ヘイリーの言うことにうなずいたり、親しげに会話を交わし、知らず知らずのうちに時間が過ぎていくよう、できる限りの手を尽した。

二時になると、サムとアンディが、馬たちを馬つなぎ場へ連れてきた。馬たちは、午前中の早駆けで、すっかり元気づき、力がみなぎっているかに見えた。

サムは昼ご飯を食べて、新たに油を注いだように元気になり、ひどく熱心に世話をやく気を見せていた。ヘイリーがやってきたとき、サムは、アンディに向かって、いまや自分が「うめえ具合にことをここまで運んできた」のだから、午前中のことは明らかにとてもうまくいったのだと大仰に自慢していた。

「お前の旦那は、犬なんか飼ってはいないだろうな?」と、馬にまたがる用意をしながら、ヘイリーがちょっと思いついたといった様子で言った。

「たくさんいますだ」とサムが誇らしげに言った。「ブルーノってのがいるんですがね、こいつはまったくよく吠える犬でさ！　他にも、おらたちのほとんどみんなが、あれこれいろんな性質をしとる小犬を飼っていますだ」

「アホ抜かせ！」とヘイリーが言った。当の犬たちについて、ヘイリーは何か他にも口にした。それに対して、サムは口のなかでもごもごと言った。

「犬の悪口言ったからって、どうもならねえでしょうが、まったく」

「お前の旦那が、黒んぼを追っかけるための犬なんて飼っているわきゃねえよな。(飼っていないと思っていたさ)」。サムは、ヘイリーの言う意味がよく分かっていた。しかし、まじめくさって、まったく何も知らないというような顔をしていた。

「ここにいる犬はみな、本当に鼻のよくきく犬でさ。まさにうってつけの犬でしょうよ。でも、訓練は受けてはいませんがね。しかし、もしやらしてみりゃ、どんなことでも、素っ晴らしくうまくやる犬たちでさ。ほら、ブルーノ」。彼は口笛を吹いて、のっそりと歩いているニューファウンドランド犬を呼んだ。すると、激しく体を揺すりながら、犬がこちらに向かってやってきた。

「くそったれ！」ヘイリーが馬にまたがりながら言った。「さあ、足を上げて馬に乗れ！」

言われた通りに、サムは足を大きく上げて馬に乗った。そのとき足でうまくアンディをくすぐろうとしたので、アンディが大いに吹き出してしまった。これがひどくヘイリーを怒らせて、アンディを乗馬用の鞭で打ちすえさせることとなった。

「おめえにゃあきれちまうな、アンディ」とサムは、ひどく真剣な面持ちで言った。「こりゃ、まっじめな仕事なんだぜ、アンディ。遊んでいちゃいけねえんだ。これじゃ旦那の手伝いにならねえじゃないか」

「まっすぐオハイオ川に向かう道を行こう」。お屋敷の地所の境まで来たとき、ヘイリーがきっぱりとした口調で言った。「おれは、あいつらのやり口についちゃ、よく知ってるんだ。あいつらは、地下鉄道(2)のルートをめざして逃げていくんだ」

「そりゃそうですとも」とサムが言った。「そいつこそ、まっとうな考えってものでさ。ヘイリーの旦那は、ずばりと的をお当てになる。ところで、川へ行くには道が二つあるんですがね。でこぼこ道とそれから、ちゃんとした道の二つの道のうち、どっちの道を旦那は行きなさるつもりですかい?」

アンディは、この地理上の新しい事実を聞いて驚き、サムの顔をぽかんと見上げた。しかし、すぐにサムの言ったことが事実であると請け合い、同じことを勢い込んで繰り返した。

「もちろん、リジーはでこぼこ道のほうを行ったんじゃねえかって、気がするんですがね。こっちはほとんど人が通らないもんですから」とサムは言った。

ヘイリーは経験を積んでおり、生来胡散臭《うさん》いことを疑がってかかる人間だったのだが、この場合は、彼らの考えにどちらかというと引っかかってしまった。

彼は少しばかり考えてから、思いあぐねるといった調子で「お前らがいまいましい嘘つきでなければ信用するんだがな!」と言った。

このヘイリーの考え込んで思いあぐねるといった様子に、アンディは途方もなく面白がり、少し後ろに下がって、あからさまにおかしくてたまらないといった調子で身体を揺すったため、もう少しで馬から落ちそうになった。一方、サムのほうは顔色一つ変えることなく、くそ真面目な態度を取り繕っていた。

「もちろん、旦那の好きなようになさるがええだ。もし一番いいと思うなら、ちゃんとした道を行きなさるがいい。おらたちにとっちゃ、どっちだって同じこってすから。まあ、よーく考えてみるってえと、おらもちゃんとした道が一番だと思いますよ、ぜったいってもんでさ」とサムが言った。

「あの女は、当然人通りのないほうの道を行ったに違いない」とヘイリーは、考えていたことを思わず口に出して言い、サムの言葉を無視した。

「どうとも言えねえですね」とサムが言った。「女っちゅうもんは、変わっとるですから。こっちが、きっとそうするだろうと思うことはしやぁしませんぜ。たいがいは、反対のことをやらかしまさ。女っちゅうのは、意固地にできているもんでさ。そういうわけで、こっちの道を行ったなと思ったら、その反対の道を行ったほうがいいわけでさ。そうすれば、見つけられるってもんですよ。おらの個人的な考えじゃ、リジーはでこぼこ道を行ったということになるから、おらたちはちゃんとした道をとったほうがいいってこってすかね」。

しかしヘイリーは、女性というものに関するこの深淵で一般的な見解に従って、特にちゃんとした道へ向かうという気をみせなかった。きっぱりとした口調で、別の道のほうを行くと言った。そしてサムにどれくらいでその入り口にさしかかるかと尋ねた。

「もうちょっと行ったところでさ」とサムは言った。それから、アンディにだけ見えるほうの目で目配せして、まじめな顔でつけ加えた。「だども、よくよく考えてみっと、そっちへ行くべきじゃねえってのが、はっきりしてんですがね。おらも、そっちには行ったことがねえですから。人っ子一人通らないし、道に迷ってしまうかもしんねえですぜ。どこに出られるかは、神のみぞ知るってやつですだ」

「それでも、おれはその道を行くよ」とヘイリーが言った。

「いまになってよく考えてみっと、そっちの道は、小川に沿ったところあたりで、ずっと柵囲いされてるって聞いたことがあるような気がすっけどな。そうじゃないかい、アンディ?」

アンディも確かではなかった。その道のことは「人が話してるのを聞いた」という程度で、行ったことがなかったのだ。つまり、彼は正確には何も知っていなかったのだ。

ヘイリーは、大きな嘘と小さな嘘とがどんなふうに現われるかを見抜くことに慣れていたので、前述のでこぼこ道を選ぶほうがよいと考えていた。というのは、サムが最初にでこぼこ道のことを口に出したのは、何気なしのことだと思えたし、改めて考え直したサムが、エライザを捕まえさせたくないために、ヘイリーを思いとどまらせようと、しどろもどろの努力で、必死の嘘をつこうとしていたと判断したからであった。

そこで、サムがその道を指し示したとき、ヘイリーは勢いよくそこへ突き進んで行った。そのあとにサムとアンディが続いた。

さて、実際問題としてその道は旧道で、昔は川へ行く道として使われていたけれども、新たに立派な道ができてからは、長い間、放っておかれていた。馬で一時間ほど進むことはできたが、その先は、いろいろな農場や柵で遮られていた。この事実をサムはよく知っていた。まさに、アンディがこの道のことを聞いたこともなかったのは、この道が長いこと閉鎖されていたためであった。そこでサムは、仕方なく従っているという様子を装って馬を進めていったが、ときどき「こりゃひでえでこぼこだ、これじゃあジェリーの足がだめになっちゃう」などと不平を言ったり、わめきたてたりした。

「いいか、言っておくがな」とヘイリーが言った。「お前の了見は分かっているんだ。ご託を並べて、おれをこの道から引き返させようたって、そうはいかねえぞ。うるせえから、黙ってろ！」

「旦那は、ご自分の好きなように進んでいらっしゃる！」気乗りはしないが仕方ないといった態度で、サムが言った。同時に、彼はもったいぶった顔でアンディに目配せして見せたので、アンディはもうこれ以上我慢できないとばかりに喜んだ。

サムはまったく意気軒昂だった。常に自分は油断なく見張り続けているんだと言いながら、あるときは遠くの山のてっぺんに「女の帽子」が見えると叫んだり「あの谷間にいるのは、リジーじゃないか」とアンディに呼びかけたりした。サムがこういった叫び声を上げるのは、決まって、一行の誰もが急にスピードを早めることなどできないような、ごつごつした、岩の多い道だったので、ヘイリーは常にあたふたした状態に置かれ続けていた。

こんなふうにして一時間ほど馬で駆けたあとで、一行が急な勾配をさんざんな思いで下っていったとき、ある大農園に付属している納屋の前庭に降り立った。農園の使用人はみな畑に出払っているらしく、人影はなかった。しかし、その納屋は誰の目から見ても明らかに道をどんと遮って建っていたので、彼らのこの方向へ向けての旅が、完全に終息を迎えたということははっきりしていた。

「おらの言ったとおりじゃないかね、旦那」とサムが言った。その様子は、自分の言うことを信じてもらえず、傷ついたといわんばかりだった。「よそ者の旦那が、そこで生まれ育った人間よか、その土地のことをよく知っているなんてことがあるんですかね？」

「この悪党め！」ヘイリーが言った。「お前は全部知っていたんだろう」

「おらは知ってるってちゃんと言わなかったですかい。旦那がおらを信用しなかったんだ。道は全部ふさがっているし、柵で遮られていると、旦那に言いましたぜ。通り抜けられるなんておらは思っちゃいなかった。アンディも聞いてましたぜ」。

それは抗いようのない事実だったので、運の悪いヘイリーは、できる限り体裁を取り繕って、自分の怒りを自分の胸におさめる以外になかった。そんなわけで、一行三人は回れ右をして、大通りに向かってもと来た道を進んで行った。

こんなふうにさまざまに遅れた結果、エライザが子供を村の宿屋のベッドに寝かしつけてからほぼ四五分後に、一行は馬でやっと同じ場所に乗り込んできた。そのときエライザは窓際に立ち、別の方角を眺めていた。そんな彼女の姿を、サムがすばやく目にとめた。ヘイリーとアンディは二ヤードほど後ろだった。この危急のときに、サムはわざと帽子を吹き飛ばし、大きな、特徴のある叫び声をあげたので、エライザはすぐにはっと驚き、慌てて身を引いた。一行は窓際を通り越して、正面の入口のほうへまわって行った。

エライザにとっては、千もの命がこの一瞬に凝縮しているかに思えた。彼女のいた部屋は、横に出口があり、川に出られるようになっていた。彼女は子供を抱きかかえ、川へ向かう階段を駆け降りた。ちょうど彼女が土手の下へ姿を消そうとしたとき、奴隷商人は彼女の姿をはっきりと捉えた。彼は馬から飛び降りるや、大声でサムとアンディに呼びかけながら、鹿を追いつめる猟犬のように、彼女のあとを追った。めくるめくようなこの瞬間、彼女は足が地面についていないかに思えた。一瞬後には、水際まで来ていた。追っ手はすぐ後ろに迫っていた。エライザは、絶望した人間に神が与える力で勇気づけられ、一声つんざくような叫び声をあげて飛び上がると、川岸近くのどんよりした流れをまっすぐ飛び越えて、向こうにある氷の筏に飛び乗った。それは、気が狂っているか、絶望した人間にしかできない、死にものぐるいの跳躍だった。彼女がそうしたとき、ヘイリーもサムもアンディも思わず叫び声を上げ、両手を上げた。

彼女の降り立った青く透き通った大きな流氷は、彼女の重みで上下に動き、きしみ音をたてた。だが、彼女は一瞬たりともその上にとどまっていなかった。悲痛な叫び声を上げながら、死にものぐるいで、もう一つ、そしてもう一つと流氷の上を飛んでいった。よろめき、飛び、滑り、また飛び上がった！　靴はなくなり、ストッキングはちぎれ落ち、一足ごとに血の跡がついた。しかし、彼女は何も目にせず、何も感じなかった。とうとう、オハイオ側の川岸が、まるで夢でも見ているようにぼんやりと目に入り、一人の男が手を貸して彼女を土手から引き上げようとしてくれていた。

「誰か知らんが、勇ましい娘さんだな！」その男は驚嘆しきったように言った。

エライザはその男の顔と声に見覚えがあった。彼女のかつての家の近くに農場を持っている男だった。

「ああ、シムズさん！　私を助けてください、どうか助けてください、かくまってください！」とエライザは言った。

「これはどうしたというんだ？」男が言った。「お前はシェルビーのとこの娘じゃないか！」

「私の子供！　この坊や！　御主人様がこの子を売ってしまわれたんです！　あそこにこの子の新しい主人がいるんです」と彼女は、ケンタッキー側の川岸を指さして言った。「ああ、シムズさん、あなたにも男のお子さんがいましたよね！」

「ああいるよ」。男はそう言うと、力まかせに、だが思いやりを込めて、彼女を急な川岸から引っ張りあげた。「それに、お前のことを本当に勇ましい娘だと思うよ。わしは勇敢なのが好きなのさ。いつ見てもいいものだ」。

彼らが川岸の土手の上に着いたとき、男は立ち止まった。「何かお前さんのためにしてやれるといいんだが」と彼は言った。「だが、お前さんを連れていってやれる場所がないんだ。せいぜいわしにできるのは、ただ、あそこに行けばいい、と教えてやることだけだ」と彼は言って、村の大通りからはずれてぽつんと一軒だけ建っている、白い大きな家を指さした。「あそこに行きなさい。あの人たちは親切な人たちだ。危険なことはない。きっと助けてくれるだろう。あの人たちは、喜んでそういうことをする人たちだ」

「神様のご加護があなたの上にありますように！」エライザは心を込めて言った。

「いや、いや、そんなことはせんでもいいよ」と男は言った。「わしのやったことは、大したことじゃないんだから」

「それから、あの、このことを誰かに言ったりなど絶対にしないでください！」

「なんてことを言うんだ、お前は！　わしをどんな人間だと思っているんだ？　もちろん、そんなことはしないよ」と男は言った。「さあ、いいかい、いつものお前らしく、聞き分けのよい、よい子になりなさい。わしの目から見れば、お前は自分の手で自由を勝ち取ったんだよ。これからもずっとそれを手放すんじゃないよ」。

女は、子供を胸に抱きかかえ、しっかりした足どりですばやく立ち去って行った。男は立ったまま彼女を見送っていた。

「こんなことをすれば、たぶん、シェルビーはわしが隣人にふさわしくないことをしたと思うだろうな。でも、どうすればよかったというのだ？　もし同じような目にあっているわしのところの女たちに彼が出会ったとしたら、彼もわしと同じことをしてくれて一向に構わない。何とかしようともがき、あえぎ、犬に追いかけられながらも、それでも必死で逃げようとしているものたちを、わしはどうにも見るに忍びない。ましてや、他人のために逃亡奴隷を追いかけたり、捕まえたりするなるんてことはまっぴらご免だ」。

この貧しい、異端的なケンタッキー人は、こんなふうに一人で呟いていた。逃亡奴隷に関するこの国の法律[3]のことを、彼は何も知らなかった。そのせいで、結果的に、キリスト教徒にふさわしいある種の行為をすることになってしまったのだ。もし彼がもっとよい境遇にあって、もっと文明人らしく啓蒙されていたとしたら、決してこんなふうな行動をとることはなかっただろう。

ヘイリーはこの光景をただ呆然と突っ立って、見ているだけだった。最後にエライザが土手の上から姿を消したとき、彼はうつろでいぶかしげな眼差しをサムとアンディに向けた。

「ありゃまあ、なんともすっごいこったですね」とサムが言った。

「あの女には、悪魔が七人宿っているに違いねえ、まったく」とヘイリーが言った。「まるで山猫みたいに飛びやがった！」

「ところで」とサムが頭をかきながら言った。「あんなふうにこの川をいくのは、勘弁していただきますぜ。あんな元気はおらにゃありゃしませんからね、本当に！」サムは喉の奥でくすくすと笑った。

「てめえ笑いやがったな！」。奴隷商人は怒鳴った。

「後生ですぜ、旦那、笑わずにはいられませんや」。サムは長く閉じ込められてきた喜びを、心のなかから吐き出すかのように言った。「まあエライザのすごいのすごくないのったら、なかったでしょうが。飛んだり、跳ねたり、氷がカチーンと割れかかったりで、音だけでもポーン！カチャーン！パシャ！って言ってましたっけね。そんでもってまた、飛ぶんだから！　ああ、神様！　本当にすげえ逃げ方でしたね！」サムとアンディは笑いに笑って、頬の上に涙が伝わり落ちるほどだった。

「頭の裏側にも穴を開けてやる！」そう言うと、奴隷商人は二人の頭を乗馬用の鞭で打ちまくった。

二人はひょいと頭を下げて鞭をかわし、大声をあげながら土手の上を走って、ヘイリーが追いつく前に馬に飛び乗った。

「さいなら、旦那！」サムがまじめな顔で言った。「きっと奥様はジェリーのことを心配していらっしゃると思うんでね。ヘイリーの旦那は俺たちにゃもうご用はないでしょう。奥様は、今夜リジーが渡った橋を、絶対にこの馬たちにゃ渡らせっこありませんからね」。サムはおどけてアンディの脇腹をつつくと、全速力で馬を走らせた。アンディもそのあとに続いた。彼らのたてる笑い声が、風にのって微かに聞こえてきた。

第8章 エライザの逃亡

Eliza's Escape

エライザが必死の思いで川を越えて逃げたのは、ちょうど夕闇がせまるなかでのことだった。夕暮れの灰色のもやがゆっくりと川から立ちのぼってきて、土手を上がって消え去る彼女の姿をすっぽりと包み込んでしまった。水かさの増した川の流れと、のたうっているような氷の塊が、彼女と追っ手のあいだに立ちはだかって、越えることのできない障壁となっていた。そこでヘイリーは、むしゃくしゃした気持ちを抱えたまま、ゆっくりと小さな宿屋へ戻り、これからどうすればいいかを考えることにした。宿のおかみが、狭い談話室へのドアを開けてくれた。そこには粗末なカーペットが敷かれ、黒光りする油布の掛かったテーブルと、さまざまな形の、細めで背の高い木の椅子が置かれていた。かすかに煙を出している火格子の上の暖炉棚には、きらびやかな色の石膏像がいくつか並べられていた。暖炉のそばには、堅い木製の長椅子がひとつ、不格好なほどの長さで横たわっていた。ヘイリーはそこに腰をおろし、人間の抱く希望とか幸福といったものが、いかにはかないものでしかないかということについて、漠然と思いをめぐらしていた。

「あの黒んぼのちびに何を望んだからっていうんで、この俺様が、まるで木の上に追いつめられたあらい熊みてえに、こんな手荒らな仕打ちを受けなければならねえんだ?」と彼は独り言を言った。それから、手当たりしだいに自分を罵り始めた。そうやって、呪文のように、繰り返し何度でも自分を罵ることで、何とか自分自身の気持ちを鎮めることができるのだった。まあ、言うなれば、そうした罵り言葉はそのまま彼にぴったり当てはまると言ってよいのだが、趣味の問題として、ここでは省略することにしよう。

戸口のところで、馬から降りようとしているらしいある男の大きな耳ざわりな声が聞こえてきた。ヘイリーははっと驚き、窓のところへ駆け寄った。

「しめた! これこそ天の助けってものじゃなくて、なんだと言うんだ」とヘイリーは言った。「あそこにいるのは、ありゃ絶対にトム・ローカーだ」。

ヘイリーは急いで談話室の外に出た。そこの部屋の隅にはバーがあり、筋骨たくましい一人の男が立っていた。背の高さはたっぷり六フィートはあり、肩幅もそれに見合って広かった。その男は、バッファローの毛の側を表にして作った革のコートを着ており、それが彼に毛むくじゃらで獰猛な印象を与え、その面構えのかもし出す全体的な雰囲気と完全に合っていた。頭や顔の作りとか輪郭は、粗暴で、すぐ暴力をふるうだけでなく、それが極端にまで走ることを示していた。一頭のブルドッグが人間界にやってきて、帽子やコートを着て歩き回っているところを想像していただければ、彼の体つきの持つ雰囲気やその効果についておおよその見当がつくだろう。彼には道連れが一人いたが、そっちの男はいろいろな点で彼とまったく対照的だった。道連れのほうは背が低く痩せており、しなやかで動作は猫のようだった。彼の刺すような黒い目には、何かをじっと見つめて狙いをつけるといった表情があり、彼の顔立ちはその黒い目とぴったりと調和していた。鼻は細長く伸び、何事であれ事柄の本質に突き入りたがっているかのようだった。つやのある細い黒髪は前に突き出ていた。身振りや動作はすべて、用心深く冷静な計算づくだということを表わしていた。大男のほうは生の酒を大きなコップに半分注ぎ、何も言わずに一気に飲みほした。小男のほうは爪先立ちの格好で、頭をまず一方に傾け、次いで反対方向に傾けなおしながら、いろんな種類のボトルを慎重に鼻で嗅ぎわけていた。そうしておいてから、やっとか細い震え声で、いかにも慎重この上なしと言わんばかりに、ハッカ入りカクテルを注文した。飲み物が出されると、彼はそれを手にし、やるべきことをやって、それがまさに適切だったと思っているかのように、抜け目のない、満足した様子でそれを見つめ、少しずつ慎重にすすり始めた。

「やあやあ、こんな幸運が俺に巡ってくるなんざ、いったい誰が考えたことがあるかってんだい？　どうだい、ローカー、元気か？」とヘイリーは言いながら、大男のほうに近づき手を差し出した。

「やあ、悪党、お前かよ！」というのがご丁重な返事だった。「なんでお前がこんな所にいるんだ、ヘイリー？」

マークスという名の、探るような目つきの男は、すぐに酒をすするのをやめて頭を前に突き出し、この新参者を鋭く見つめた。それは、猫がときどき、舞っている枯れ葉や、何か追いかけるに価するものを見つめるときに示す目つきにそっくりだった。

「やあ、トム。お前に会えるなんて、こりゃ世界中で一番の幸運だよ。俺は本当に困っちまってるんだ。一つおれを助けてくれないか」

「なんだと？　そうか！　大方そんなこったろうさ！」ヘイリーの友人のほうは、満更でもなさそうな表情で、鼻を鳴らして言った。「お前が誰かに会ってうれしいなんてときは、誰だって分かってるさ。なんかしてもらいたいんだろ？　それで今度はいったいなんだってんだい？」

「お連れさんがいるようだが？」探るようにマークスのほうを見ながらヘイリーが言った。「相棒かい？」

「そうだ。こっちは、マークスってんだ！　そっちは、俺がナッチェズで一緒に仕事をしていた男だ」

「お近づきになれて光栄です」とマークスは言って、カラスの爪のように細長い手を差し出した。「ヘイリーさんですよね」

「こちらこそ」とヘイリーが言った。「それじゃ、せっかくこうして会えたことだし、おふた方、そこの談話室でちょっと一杯俺のおごりでやろうじゃないですか。おい、そこの黒んぼ」と彼はバーにいる男に向かって言った。「お湯と砂糖と葉巻を持ってこい。それから、本物の酒もたっぷりとだ。大いに景気よくやるからな」。

かくして、目を見張るような光景が展開されることとなった。蠟燭の火が灯され、火格子の上では火がどんどん燃え盛り、先程列挙した、深い友情に必要な品々が所狭しと並べられたテーブルを囲んで、我らの三人の御仁が席を陣取ったのだ。

ヘイリーは、特別な災厄について哀れな口調で話し始めた。ローカーは口をぎゅっと結び、粗野で無愛想な表情を浮かべて、彼の話に耳を傾けていた。マークスは、コップ一杯のパンチを特別に自分だけの好みに合わせようと、熱心にまた気ぜわしそうに混ぜながら、ときたまその作業から顔を上げ、尖った鼻と顎をヘイリーの顔のほうにくっつきそうに突き出しては、話の一部始終を注意深く聞いていた。話の結末部分が、彼をひどくおもしろがらせたようだった。というのも、内心おかしくて仕方がないといったふうに、声を出さずに肩と脇腹を揺すり、薄い唇をひんまげて見せたからである。

「それで、いまじゃにっちもさっちもいかねえんですかい？」と彼は言った。「ヒ！　ヒ！　ヒ！　おまけに、うまく出し抜かれたもんですな」

「この、子供の取り引きっていうのは、商売のなかでもやっかいなことが多いんだよ」とヘイリーが沈んだ様子で言った。

「いや、もしもですね、てめえの産んだ子供のことなんか、いっさいおかまいなしって品種の女たちが作れたらですね」とマークスが言った。「そりゃ、あんた、わっしの知る限りじゃ、近代最大の改良ってやつですよ」。マークスは、まず前置きとなるような低いクスクス笑いをしてから、自分で自分の冗談を面白がった。

「その通りだよ」とヘイリーが言った。「俺には本当に理解できないんだ。子供ってのは、女にとっちゃあ苦労の種だ。普通ならそう思って、子供と別れられれば、せいせいしてうれしがるはずだ。けど、あいつらはそうじゃないんだな。手がかかればかかるほど、また役に立たなければ立たないほど、たいていの場合、あいつらはその子によけい愛着を抱くんだ」

「いやいや、ヘイリーさん」とマークスは言った。「ちょっとそこのお湯を取ってくれませんか。そう、そうなんですよ。あんたはわっしが常々そうだと感じてきた、その通りのことを言ってくれますね。いえね、わっしもむかし奴隷商人をしてたときに、一人の娘っこを買ったことがあるんですよ。身体のひきしまった、感じのいい娘でしたよ。おまけにかなり目端の利くほうでね。その娘に子供がいたんですが、そいつがひどい病気持ちでした。背中が曲がっているとか、そんなことだったんですがね。その子はただ同然だったんで、そいつを育てて儲かるもんならそれで儲けようと考えていた男に、わっしはその子を譲り渡したんですよ。いいですか、わっしは娘がそのことであんなふうに騒ぎ立てるなんて、全然思ってもみなかったですよ。ところが、いやはや、ほんとの話、娘がどんなだったかあんたに一つ見せたかったですよ。わっしの見たところじゃ、その子が病弱で、厄介もので、あの娘を悩まし続けるからってんで、あの娘はその子をよけいに大事にしているんじゃないかって思えましたね。見せかけでやってなんかいませんでしたよ、本当に。まるで友達を全部なくしちまったみてえに、そのことで泣き叫びましたよ。本当に泣き叫び、あたりを走りまわっていましたよ。考えてみれば、本当におかしな話ですがね。いやはや、女ってものを分かろうとするのは、難しいもんですな」

「いやね、俺の場合も同じだったよ」とヘイリーが言った。「去年の夏のことなんだがね、レッド川[1]を下った所で娘を一人買い取ったんだ。かわいい男の子が一緒だった。その子の目ときたら、あんたの目みてえに輝いてたよ。ところがよくよく見てみると、その子はまったくの盲目ってことが分かったんだ。本当に、その子はまるっきり目が見えねえんだ。いや、分かってもらえると思うけど、その子を何も言わずに売り飛ばしても、別に支障があるなんて俺はこれっぽちも思っていなかったよ。で、うまい具合に、その子をウイスキーの小さい樽一つと交換する手筈が整ったんだ。しかし、いざ娘からその子を引き離そうとすると、その娘は虎みてえに暴れ出しやがった。まだ俺たちが出かける前のことだったんで、そいつらを俺は鎖で繋いでおかなかったんだ。それで娘がしたこととといったら、甲板員の一人が持ってたナイフをひったくり、綿を梱包してある包みの上に猫みてえに駆け上がったのさ。そんでもって、娘はしばらくみんなを寄せ付けなかった。でも、結局、そんなことをしても何の役にも立たないってことが分かると、娘はくるりと振り向いて、子供もろとも頭から川へ飛び込んだんだ。ドブン、と落ちていったっきり、上がってこなかった」

「ふん！」二人の話を、あからさまにうんざりだという表情で聞いていたトム・ローカーが言った。「だらしがねえなあ、お前ら二人とも！　俺んとこの娘っ子で、そんなふざけた真似をするような奴はいないぜ。まったく！」

「なるほど！　で、あんたのやり方ってのはどんなふうなんだい？」と、マークスが勢い込んで聞いた。

「どんなふうだかって？　なに、俺が娘っ子を買うだろう。もしその娘が売れそうな子供を連れていたら、俺はただその娘に近づいて行って、娘の顔の前に拳骨を突き出してこう言ってやるんだ。『さあ、いいか、もしもお前が一言でも文句を言ったら、お前の顔をめちゃめちゃにしてやるぞ。俺は一言も聞く気はねえ。いろはの『い』の字だって聞く気はねえからな』。やつらにそう言ってやるのさ。『このガキは俺さまのもんだ。お前のもんじゃねえ。お前にゃなんにも関係のねえことだ。買い手がつきしだい、俺はこいつを売りとばすつもりだ。よーく覚えとけよ。このことでお前がもし大騒ぎを起こして暴れでもしたら、生まれてこなけりゃよかったって具合にしてやるからな』。まったくのところ、俺がやるとなったら、そいつぁ冗談じゃねえってことが、あいつらにも分かるんだ。俺はあいつらを、完全に黙らせちまうのさ。もしあいつらの一人でもきゃんきゃん文句を言い出そうもんなら、そんときゃ……」。ここまできて、ローカー氏は拳骨を音立てて振り降ろした。そのすさまじい音は、口で言わなかった意味を十二分に伝えていた。

「そいつがあんたの言うこわもてってやつだね」。マークスはそう言うと、ヘイリーの脇腹を突っつき、再びほとんど声を出さずに笑った。「トムってのは特別ですよね？　ヒ！　ヒ！　ヒ！　トム、あんたならあいつらに分からせることができると思うよ。なぜって、あいつらの頭はみんなぼんやりしているんだから。あいつらは、あんたの言おうとすることなら、疑問を抱きっこないよ、トム。もしあんたが悪魔そのものでないとしても、トム、あんたは悪魔の双子の兄弟だよ。請け合ってそう言えるね！」

トムはこのお世辞をそれにふさわしい態度で受けとめ、いかにもジョン・バニヤンが言う「犬のような性質」[2]まるだしに、ご機嫌な顔つきになり始めた。

その晩の目玉である本物の酒をふんだんに飲んだヘイリーは、道徳観がすっかり高揚し、それがどんどん広がっていくのを感じ始めた。こうしたことは、このような状況下にある真面目で自省的な傾向の紳士方にとっては、そんなに珍しい現象ではなかった。

「なあ、トム」と彼は言った。「いつも俺が言ってただろう、お前ってやつはほんとに悪い奴だ。トム、お前も知っての通り、俺とお前はこういう問題についちゃナッチェズでよく話し合ったよな。それで俺はお前にいつもはっきりさせてきたぜ。あいつらにやさしくしてやって、この世でできるだけ儲けてうまくやった上に、いよいよという段になってもう他にどうしようもねえってときには、天国に召されるいいチャンスにもしようってな。覚えてるだろう」

「ふん！」とトムが言った。「覚えているかだって？　お前のそんな戯言で俺の気分を悪くさせないでくれ。俺の腹はちっとばかしむかついてきたぜ」。トムはコップ半分の生のブランデーを飲みほした。

「いいか」と椅子の背にもたれ掛かりながら、思い入れたっぷりにヘイリーが言った。

「この商売をやってて、まず何よりも第一に俺がずっと追っかけてきたのは、誰もと同じように、金を儲けるってことだ。だが、だからといって商売がすべてってわけでもないし、金がすべてってわけでもない。だって俺たちゃみんな魂を持ってるんだから。こうなりゃ、誰が俺の言うことを聞いていようとかまわねえ。このことについちゃ俺は大いに考えてきたんだから言っちまうが、俺は信仰ってものを信じているんだ。いつか近いうちに、事柄をうまい具合に安定させることができたら、俺は魂やそういったことを大事にするつもりなんだ。だから言うんだが、本当に必要以上にひどいことをしたってしょうがねえじゃないか？　そんなのは、俺にはちっとも分別のあることのようには見えないな」

「てめえの魂を大事にするだって！」トムは吐き捨てるようにヘイリーの言葉を繰り返した。「お前のなかに魂があるかどうか、よーく気をつけて見るこったな。その点についちゃ、お前はわざわざ気にするまでもないぜ。たとえ悪魔がお前のことを目の詰んだ髪の毛のふるいにかけたって、魂なんて見つけられっこないからな」

「なんだい、トム、不機嫌だなあ」とヘイリーが言った。「なんで、お前のためを思って人が言っているときに、喜んでそれを受け入れないんだ？」

「つまらねえおしゃべりはやめろ」とトムがぶっきらぼうに言った。「俺はお前のたいていの話は我慢できるが、その宗教的な話だけは我慢がならねえ。ちゃんちゃらおかしくって、どうしようもないぜ。結局のところ、いったい俺とお前のあいだにどんな違いがあるっていうんだ？　あいつらのことを、お前のほうがちっとでも多く気にかけているとか、思いやりがあるなんてことはちっともありゃしねえんだ。お前のは、悪魔を騙し、自分だけ助かろうっていう、明らかに、まったく犬のような下司っぽい話さ。それが俺に見抜けないとでも思っているのか？　お前の言う『信仰を得る』ことだって、結局は誰にとっても胸くその悪くなるような下司なことよ。一生のあいだずっと悪魔から借金をしまくって、いざ支払いのときがくるってえと、こっそり逃げちまうってことなんだからな！　ばかばかしくって、お話にもならねえや！」

「まあ、まあ、お二人さん、言っときますがね、これは商売とは違うんですよ」とマークスが言った。「すべて物事には、いろいろな見方がありまさあ。ヘイリーさんは、確かに、いい人ですよ。彼には、彼なりの良心がありまさあ。それに、トム、あんたには、あんたなりのやり方ってもんがあるでしょう、それもとっても素晴らしいやつが、ええ、トム。だが、それでお二人が喧嘩したって何のためにもなりゃしませんよ。それよりか、仕事の話をしましょうや。さてと、ヘイリーさん、何だって言うんです？　あんたのお望みは、あの娘を捕まえるのを、わっしたちに引き受けて欲しいってことですかね？」

「あの娘のことは、俺には関係ないんだ。あいつはシェルビーの持ち物だ。俺が所有してるのは子供のほうだけだ。あんな猿みてえなガキを買うなんて、俺もまぬけだった！」

「お前はいつだってまぬけだったさ！」トムがつっけんどんに言った。

「さあさあ、ローカー、ここで怒っちゃいけないよ」。唇を舐めながらマークスが言った。「ある意味じゃ、ヘイリーさんは、わっしたちにいい仕事をまかせてくれようとしているんだから。ちょっと静かにしてたほうがいいよ。こういう取り決めごとは、わっしの得意分野だろう。そこで、その娘ですがね、ヘイリーさん、どんな女で、どのくらいの値打ちものなんですかね？」

「そうだね！　色が白くてきれいだ、育ちもいい。あの娘の値段として、シェルビーに八〇〇ドルか一〇〇〇ドル出すつもりだったが、それでもかなりの儲け仕事にはなったはずだ」

「色が白くてきれい、おまけに育ちもいい！」とマークスが言った。彼の刺すような目、そして鼻と口、それらはみんな、大仕事と聞いて生き生きとしてきた。「さあ、ローカー、いいかい、ローカー、こいつぁ素晴らしいチャンスだよ。ここでわっしたちの仕事をしようよ。わっしたちが逃げたやつらを捕まえる。子供のほうは、もちろん、ヘイリーさんに渡す。そんでもって、わっしたちは一儲けするために、娘をニューオーリンズへ連れていく。どうだい、すばらしいじゃないか？」

この会話のあいだ中、大きな重い口を開きっぱなしにしていたトムは、まるで大きな犬が一切れの肉に噛みついたときのように、突然その口をパッと閉ざすと、この儲け話のことをじっくりと時間をかけて味わっているかに見えた。

「お分かりでしょう」とマークスが、例によってパンチをかき混ぜながらヘイリーに言った。「あんたもご存知のように、川沿いのどこの場所にも、便利な判事がいますよね。わっしたちの仕事のどんなちっぽけなんでも、こっちの都合のいいようにしてくれまさ。(3) トムはですね、もっぱら、力技とかそんなんをふるう役なんです。わっしのほうは、証言が行なわれようとする段なんかに、すっかりめかしこんで、ブーツなんかもピカピカにして、すべて一流品を身につけて現われ出るってあんばいなんです。いや、わっしがどんなふうにことをうまくやらかすかってところを、あんたにも見せたいですな」と、職業上の誇りに顔を輝かせながらマークスが言った。「たとえばですね、わっしはあるときにゃニューオーリンズから来たトイッケム氏になります。またあるときにゃ、パール川[4]にある七〇〇人もの黒んぼを使っている農園からやってきたばかりの男だったりするんでさ。さらには、ヘンリー・クレイ[5]の遠い親戚だったり、ケンタッキーの地方ボスだったりもします。ご承知の通り、それぞれの違った才能ってものがあるんですよ。トムは、殴り合いや喧嘩のときは大声で怒鳴り立てるのが得意ですが、嘘をつくときにゃ役に立たない。トムはだめなんですよ。嘘をつくのは、彼の本分じゃないんです。どんなこと、あらゆることにも、それに応じた証言を行ない、すべての状況を申し述べ、何食わぬ顔をみせつけるってなことで、わっしがやるよりうまくやり通せる、そんな人間がここらあたりにいたら、お目にかかりたいものですな。本当に！　わっしは自分の面の皮の厚さを信じていますさ。たとえ判事たちが、いままで以上にやかましく詮議だてしても、わっしは彼らとうまくやって、切り抜けていけますよ。ときにゃ、わっしは、彼らがもっとうるさくてもいいとさえ思うんですよ。そうなれば、いままでよりずっと刺激的ってもんでさ、もっと面白味がありますよ」。

これまでお分かりのように、トム・ローカーは思考も動作ものろい男だったが、ここで、マークスを遮って重い拳をテーブルに打ち下ろしたので、またもやテーブルの上のあらゆるものが、がちゃがちゃと音をたてた。「よし、やろうじゃないか！」と彼は言った。

「お願いだから、トム、コップを全部壊さないでくれよ！」とマークスが言った。「必要なときまでその拳骨はとっておいたほうがいいよ」

「ところでご両人、俺もあんたたちの儲けの分け前にはあずからせてもらえるんだろうね？」とヘイリーが聞いた。

「ガキを捕まえてやるだけで、お前のほうは十分だろう？」とローカーが言った。「何が欲しいってんだ？」

「いや」とヘイリーは言った。「俺があんたたちに仕事話を持ち込んだんだから、それはいくらかになるはずだ。そうだなあ、必要経費込みで、あんたたちの儲けの一〇パーセントってのはどうだい」

「やい」と、ひどい悪態とともに、重い拳をテーブルに打ちつけてローカーが言った。「俺がお前のことを知らないとでもいうのか、ダン・ヘイリー？　この俺につけ込もうなんて考えてるんじゃないだろうな！　もしもだぞ、マークスと俺がお前みたいな男たちのために捕獲の仕事を請け負ったとして、俺たちが結局空振りに終わったとしたらどうするってんだ？　お前の分け前なんて、とんでもない話だ！　その女は完全に俺たちのものだ。お前は黙ってろ。さもないと二人ともいただいちまうぜ。それで何がいけねえってんだ？　お前が俺たちに獲物を示したんだろうが？　その獲物は誰のものでもねえ、お前さんのものでもあるし、俺たちのものでもあるってことだろうが。もしお前やシェルビーが俺たちを追いかけたいってんなら、おととい来いってんだ。そんでもって、お前があいつらのことや俺たちのことを見つけたら、そりゃそれで結構じゃねえか」

「そ、そうかい、分かったよ。それじゃ、そういうことにしよう」と、恐れをなしてヘイリーが言った。「あんたたちは仕事で俺のために子供を捕まえてくれるわけだ。仕事につ いちゃ、あんたはいつも俺に公平だったよな、トム。あんたは自分の言ったことは守ってきた」

「お前にはそのことが分かってるはずだ」とトムが言った。「お前みたいなおためごかしのやり方をしようなんて気は、俺にはない。だけど、金の支払いにかけちゃ、俺は悪魔にだって嘘をつくことはねえんだ。俺は言ったことはやる、ぜったいやる。それはお前だって知ってるだろう、ダン・ヘイリー」

「その通りだ、その通りだよ。俺もそう言ったじゃないか、トム」とヘイリーは言った。「一週間以内に、どこでもいい、あんたが指定する場所に子供を連れて来ると約束さえしてくれればいいんだ。俺が望むのはそれだけだ」

「でも、俺が望むのはそれだけじゃない。だいぶ隔たりがある」とトムは言った。「俺が、お前と一緒にナッチェズで仕事をして、何も学ばなかったなんて思ってないだろうな、ヘイリー。俺は、鰻を捕まえたら、それを放さねえでいるやり方を学んだよ。お前はすっぱり五〇ドル支払わなきゃならねえ、そうでなきゃ子供は渡せねえ。俺はお前がどんな奴か知っているんだからな」

「おいおい、一〇〇〇ドルから一六〇〇ドルぐらいの収益のあがる仕事を手にしているっていうのに、おいトム、それじゃむちゃくちゃだよ」とヘイリーは言った。

「とんでもねえ。いいか、俺たちはこれから先五週間分の仕事を引き受けちまってるんだ。どれも俺たちなら確実にできる仕事だ。それらをみんな放り出して、お前のガキを捕まえにやぶのなかをあちこち探しに行って、結局、娘を捕まえられなかったとしたら、どうなる？　娘っこちゅうのは、いつでもすごく捕まえるのが難しいもんだ。そうなったとき、お前は俺たちに一セントだって払わないだろう、それとも、払うかね？　へん、お前が一セントを払ってる姿が目に浮かぶぜ！　だめだ、だめだ、ポンと五〇ドル耳を揃えて出しちまえよ。もしこれが仕事になり、それで俺たちが儲かれば、そんなもん返してやるよ。もしそうじゃないんなら、それは俺たちの手間賃だ。それが公平ってもんだろう、ええ、マークス？」

「そりゃ、確かだな」と取りなすような口調でマークスが言った。「言うなりゃ、それは弁護士への着手金みたいなもんでさ。ヒ！　ヒ！　ヒ！　わっしたちは弁護士ってわけですよ。いいですか、わっしたちゃみんな気持ちよくやっていく必要がありますぜ。ひとつなごやかにやりましょうや。あんたの言う所ならどこへでも、トムがその子をお連れしますよ。そうだろ、トム？」

「もしガキを見つけたら、シンシナティへ連れて行って、船着き場にあるベルチャーばあさんの所に預けておくよ」とローカーが言った。

マークスはポケットから脂じみた札入れを取り出すと、そこから長い紙を引き抜いて、座り、刺すような黒い目でじっとそれを見つめながら、内容をぶつぶつ読みあげ始めた。

「シェルビー郡(6)バーンズ家のジム、男子、生死に関わらず、賞金三〇〇ドル。エドワーズ家のディックとルーシ、夫婦もの、賞金六〇〇ドル。女ポリーと二人の子供、賞金六〇〇ドル、女を生けどりにした場合でも死んで首実検の場合でも。いま引き受けた仕事を手際よく始められるかどうか、ちょっと調べているんだよ。ローカー」と、彼は一息入れると続けて言った。「アダムズとスプリンガーたちを使って、こいつらのあとを追わせなきゃいけないなあ。以前からあいつらとは契約しているんだから」

「あいつらはふっかけてくるぞ」とトムが言った。

「そいつは、わっしがなんとかするよ。あいつらはこの仕事の経験が浅いし、当然報酬は安いと思ってもらわなくちゃならないさ」とマークスは言って、なおも読み続けていった。「簡単なのが三件ある。ただそいつらを撃ち殺すか、撃ち殺したって誓うだけでいいんだ。もちろん、これについちゃ、連中もふっかけるわけにはいかないだろうがね。他の件は」と紙を折りたたみながら続けた。「しばらく延ばしておいてもいいだろう。それじゃ、ヘイリーさん、あんたの件を詳しく話しましょうや。あんたは、その娘が向こう岸へ渡ったのを見たんですね？」

「そうとも、あんたをこの目で見ているのと同じくらいはっきりと見てたさ」

「そいで、一人の男が娘を助けて土手へ引っ張り上げたってわけだな？」とローカーが言った。

「確かに、そうだった」

「ありそうなこった」とマークスは言った。「そいでもって、どっかに連れて行ったんだ。でもどこへだ、それが問題だ。トム、あんたはどう思う？」

「今晩中に川を渡らなければだめだな。絶対に」とトムが言った。

「でもこのあたりには船がないよ」とマークスは言った。「流氷がものすごいよ、トム、危険じゃないかい？」

「そんなこたぁ知ったことか。だが、やらなきゃならねえんだ」とトムは断固とした口調で言った。

「えーっ」と、マークスはそわそわしながら言った。「そうかもしれない、だけど」。窓のほうへ歩いて行きながら、言葉を続けた。「外は狼の口みたいに真っ暗だぜ。それに、トム」

「とどのつまり、お前は恐いってことだろう、マークス。だけど、どうしようもないぜ。お前も行かなきゃならねえんだ。一日ないし二日延ばしてしまえば、お前が発つ前に、地下鉄道で娘はサンダスキー(7)かそこいらに運ばれちまうぜ」

「いや、違うよ。わっしはちっとも恐がってなんかないよ。ただ」とマークスが言った。

「ただ、なんだって言うんだ？」とトムが言った。

「いや、船のことさ。どこにも船なんかないよ」

「俺は、店のおかみから、今晩一そう出るというのを聞いた。ある男が、船で川を横切るそうだ。是が非でも、その男と一緒に行かなくちゃなんねえ」とトムは言った。

「あんたらはいい犬たちを連れているんだろう」とヘイリーが言った。

「とびっきりのやつどもをね」とマークスは言った。「だけど、それがどうしたっていうんでさ？　あの娘のもので、犬に臭いをかがせるようなものは、何も持っていないでしょうに」

「いや、それがあるんだ」と、ヘイリーが得意げに言った。「ここにあの娘のショールがある。急いでいたんで、ベッドに置き忘れていったんだ。ボンネットも忘れていった」

「そりゃついてる」。ローカーが言った。「寄こせ」

「だけど犬が娘の不意をついたら、娘の顔が傷物になるかもしれないな」とヘイリーは言った。

「そいつは考えとかなきゃいけないことですぜ」とマークスが言った。「深南部のモービル(8)で、わっしたちの犬が、引き離す間もなく、ある男を半ばずたずたにしちまったことがあるからね」

「そうだな。顔の器量の良さで売れるような女の場合は、そりゃ困ったことだよ、当然」とヘイリーが言った。

「言われる通りですよ」とマークスは言った。「それに、娘が地下鉄道で運ばれるとなりゃ、犬じゃどうしようもない。奴らが運ばれていく北部の州じゃ、犬は何の役にも立ちゃしない。もちろん、犬に追跡させることなんかできませんからね。犬は、ただ南部の農園でしか役に立たないんですよ。南部じゃ黒んぼは逃げるとき、自分の足で逃げるわけだし、他に助けもないですからね」

「おい」とローカーが声をかけてきた。彼はバーのところまで出て行って、何かを尋ねてきたところだった。「船を持ってる男が来るってことだ。さあ、マークス」。

そう声をかけられた男は、立ち去ろうとしている居心地のいい部屋を残念そうに見まわしていたが、言われた通りにゆっくりと立ち上がった。ヘイリーは今後の手筈について二、三やりとりを交わしたあと、いかにも気乗りがしないといった様子で、トムに五〇ドルを手渡した。その夜、このとっておきの三人組は、こんな具合に別れたのだった。

洗練されたキリスト教徒である読者の皆さんのなかには、このような場面を通じて、こういった連中と付き合わされることに異を唱える方もいらっしゃるでしょうが、いつかはそういった偏見を克服なさるようお願いしたい。人間狩りというこの仕事は、合法的かつ愛国的な職業として、いまやその威厳を高めつつあるということを忘れないでいただきたい。もしミシシッピー川と太平洋とのあいだの広大な地域のすべてが、人間の肉体と魂を売り買いする一大市場となり、奴隷という商品が、この一九世紀を通じて、汽車のようにあちこち動きまわり続けていれば、奴隷商人と人間狩りを職業とする輩が、われわれの時代の貴族へと仲間入りすることもあるのだ。

これらの場面が宿屋で展開されているころ、サムとアンディは意気揚々と家路を急いでいた。

サムはすこぶる上機嫌で、突拍子もないうなり声や叫び声を上げたり、身体全体を使って、さまざまに奇妙な動きをしたり、くねくねさせたりして喜びを表現した。ときどき後ろ向きに跨《また》がって、馬の尻尾や脇腹に顔をくっつけたり、ときの声をあげながらとんぼ返りをうって、またもとの場所に正しく跨《また》がったりした。そうかと思うと、真面目な顔をして、道化の笑い方とか演じ方について、甲高い声でアンディに講釈をたれたりした。ときには、腕で横腹を叩きつつ、けたたましい笑い声をあげて、通りかかった昔ながらの森に笑い声を轟かせたりもした。こんなふうに大騒ぎをしながらも、サムは馬たちを全速力で駆けさせ続けたので、一〇時と一一時のあいだには、彼らの馬のひずめの音がバルコニーの端の砂利の所で鳴り響くこととなった。シェルビー夫人が手すりの所へ飛んで出てきた。

「サムなの？　他の人たちはどこにいるの？」

「ヘイリーの旦那は宿屋で休んでまさあ。ひでえお疲れの様子でね、奥様」

「それでエライザは、サム？」

「えーと、彼女はみんごとヨルダン川を越えやした。人の言うカナンの地にいますだ」

「なんですって、サム。いったいどういうことなの？」と、それらの言葉を死の意味に理解して、あやうく気を失いそうになりながら、息をつまらせたシェルビー夫人が言った。

「なーにね、奥様。神様はご自分のいとし子をちゃんと心に留めておられますだ。リジーは川を越えて、オハイオ州へ渡りましたよ。まるで神様が、二頭立ての火の馬車に彼女を乗せてお連れになったみてえに、そりゃあ見事なもんでした」。

サムの信心深い傾向は、夫人の前に出ると、いつもとりわけ強いものとなった。聖書のなかの人物やイメージを大いに引き合いに出してきた。

「ちょっとこっちにこい、サム」。あとからヴェランダへ出てきたシェルビー氏が言った。

「奥様の知りたいと思っていることをお話しするんだ。さあ、さあ、エミリー」と、妻の身体に腕を回しながら彼が言った。「寒いんじゃないか。それに震えている。あまりにも気を遣いすぎているんじゃないのかい」

「気を遣いすぎるですって！　私は女ですよ、母親ですよ、そうでしょう？　私たちは二人とも、このかわいそうな娘のことで、神様に対して責任がないとでも言うんですか？　ああ、神様！　この罪を私たちの責任にさせないでください」

「何の罪だって、エミリー？　私たちはしなければならないことをしただけのことだ。お前にも分かっているだろう」

「でも、やっぱり恐ろしい罪の意識がありますわ」とシェルビー夫人は言った。「私は自分に罪がないと納得させることはできません」

「ほら、アンディ、この黒んぼ、シャキッとしろ！」ヴェランダの下でサムの声がした。「馬っこどもを納屋まで引っ張っていけってんだ。旦那様がおらのことを呼んでいらっしゃるのが、おめえにゃ聞こえねえだか？」まもなくサムが、手に棕櫚の葉帽子を持って、広間のドアのところに現われた。

「さあ、サム、どんな具合だったのか、私たちにはっきりと話してくれ」とシェルビー氏が言った。「もしお前が知っていればの話だが、エライザはいまどこにいるんだ？」

「へい、旦那様。おらは、彼女が流氷の上を渡っていくのを、この目で見てましただ。まったく驚くほどみごとに渡って行きましたよ。そりゃあ、まさに奇跡ってもんでした。そんでもって、一人の男が彼女をオハイオ州の岸に助け上げるのも見ました。そのあと、彼女は夕闇のなかへ見えなくなってしまいましただ」

「サム、この奇跡っていうのは、どうも疑わしいな。流氷の上を越えていくなんて、そう簡単にできることじゃない」とシェルビー氏は言った。

「簡単ですって！　神様のお助けなしには、誰にもとてもできっこありゃしませんよ」とサムは言った。「いいですかい、そいつぁこんな具合だったんです。ヘイリーの旦那とおらとアンディとが、川のそばにある小さな宿屋へ近づいて行ったんでさ。おらはちょっとばかし先に進んでいましてね(おらはリジーを捕まえようと一生懸命だったので、どうにも気がせいてたんです)。それで、おらが宿屋の窓のところまで来るってえと、確かに彼女がそこにおりましただ。はっきりと見えました。追っ手の二人はすぐ後ろから来てまさあ。そこでおらは帽子を飛ばして、死人でも起きちまうぐらいの大きな声を上げやんした。もちろん、リジーはそいつを聞き、すばやく身を隠しましたよ。ヘイリーの旦那がドアから入ろうとしたときのこってすが、そんとき、いいですか、彼女は横のドアから逃げ出して、川の土手まで降りて行ったんです。ヘイリーの旦那は彼女を見つけて、大声を出しましてね。それで旦那とおらとアンディとであとを追ったんでさあ。彼女は川のところまで来ましたけど、岸の近くでは一〇フィートもの幅で水が流れていましただ。その向こうには、氷が大きな島みてえに、キーキー音をたてながら上下に揺れていましただ。おらたちはすぐ後ろまで追いついていたんで、おらは、本当のところ、ヘイリーの旦那がもう間違えなく彼女を捕まえちまうと思いましたよ。そのときでさあ、おらがいままで聞いたこともない、つんざくような声で彼女が叫んで、その急流の向こう側の氷の上に行っちゃったんですよ。そんでもって、そのあとも、彼女は叫び声を上げながら飛び続けていったんです。氷がバリバリッっていったですよ! カシャ! ピシッ! バチャン! ってね。でも、彼女はまるで雄ジカみてえに飛びましただ! 本当のところ、あの娘っこに備わっているバネは、ただもんじゃありませんぜ。それがおらの考えですだ」。

シェルビー夫人はサムが話をしているあいだ、興奮で顔を青白くし、まったく黙ったまま座っていた。

「あの子は死ななかったんだわ! 神様、ありがとうございます」と彼女は言った。「でも、あの子はいまどこにいるのかしら?」

「神様が助けてくだせえますよ」と、サムが信心深そうに目玉をぎょろりとさせて言った。「さっきも言ったけんど、奥様がいつもおらたちに教えてくださってるように、こんこたぁ間違いなく神様の思し召しですだ。神様のご意志をかなえる手段ってえもんが、必ず現われますだ。たとえばの話が、もし今日おらがいなかったとしたら、彼女はなんべんも捕まえられてしまっていたこってしょうね。午前中だって、馬っこどもをおっ放して、昼めしどき近くまでみんなで追いかけまわしていたのも、おらがいたからでしょうが? 午後だって、ヘイリーの旦那を、五マイルほどもまわり道させたのもおらですだ。さもなきゃあん人は、犬がアライグマを追いつめるみてえに、リジーにすぐに追いついちまっていたでしょうよ。こういったこたぁみな神様の思し召しですだ」

「そういうたぐいの思し召しを、お前はあまり悪用してはいけないね、ええ、サムの旦那。このお屋敷で、紳士方に対して、そんなことをするのは私が許さないよ」と、シェルビー氏はいまの事情が許す範囲内で厳しく言った。

ところで、子供に対しても黒人に対しても同じことだが、怒っているような振りをしてみせても、何の役にも立たない。両者とも、いくら反対の効果を与えようとしても、本能的に真相を見抜いてしまう。この場合も、サムは、もの悲しげな真面目くさった様子で、いかにも後悔しているといわんばかりに、口をへの字にむすんで突っ立っていたが、叱責には決して気落ちしなかった。

「旦那様のおっしゃるとおりですだ。本当に、いかんこってした。言い抜けなんてできやしませんだ。もちろんのこと、旦那様や奥様が、そんなことをしろって言われたわけのもんでもねえですし。そこんところは、おらはよく承知してますだ。だども、おらのような哀れな黒んぼは、ヘイリーの旦那みてえに、とんでもねえことをする人がいると、ときどきけしからんことをどうしてもしたくなっちまうんです。あん人はどう見たって紳士なんてもんじゃねえです。おらみてえな育ち方をしたものなら誰だって、そいつは見てとれますだ」

「分かったわ、サム」とシェルビー夫人が言った。「お前は自分が間違っていたということにちゃんと気づいているようだから、もう行っていいわ。それからクロウおばに言って、昼の残りの冷たいハムをもらいなさい。お前もアンディもおなかがすいているでしょう」

「奥様は、おらたちにとってもよくしてくださいますだ」とサムは言い、さっとお辞儀をして出て行った。

前にもちょっと触れておいたことだが、サムの旦那というのは、政治に関わる人生を選べば、確実に高い地位にまでのし上がっていける才能、つまり、どんなことが出てきても、称賛と栄光を勝ち取るためにそれをうまく利用してしまうという生まれつきの才能を持っていた。自らの敬虔さと謙遜さに関して、広間にいる人々を十分に満足させえたと信じた彼は、すっかりいい気分になり、いかにもうちくつろいだという様子で、棕櫚の葉帽子をぽいと頭の上にのせると、台所で大いに自慢してやろうという考えを胸に、クロウおばの持ち場へと進んで行った。

「あの黒んぼどもにいっちょう演説でもぶってやるか」サムは独りごちた。「いまこそチャンスだからな。いっぱいしゃべって、あいつらの目を見張らせてやるべ！」

ここで述べておかなければならないことは、サムの特別な楽しみの一つが、主人につき従って、あらゆる種類の政治集会へ馬で出かけていくことだったという事実である。そうした場所にくると、彼は柵の上に座ったり、木の枝高くに腰を下ろしたりして、はた目にも分かる熱の入れようで、演説者に見入っていた。そうこうするうちに、同じ用事で集まっていた同じ人種の仲間のなかへと降り立ち、滑稽この上なしといった仕草や物まねで、教えをたれたり、楽しませたりした。そうしたときの彼の顔つきは、表情一つ変えることなく、真面目かつ厳粛そのものだった。聴衆のうち、すぐ近くで彼を取り囲んだのはたいていが彼と同じ肌の色の黒人たちだったが、端で遠巻きにしている人のなかには、白人たちが相当数入り交じっていることも珍しくなかった。そうした白人たちは、笑ったり、目配せしあったりしながら耳を傾けていたので、サムもすっかり有頂天になったりしたものだった。事実、サムは演説を彼の天職と考えており、その任務を果たす機会は一つとして逃さなかった。

　ところで、サムとクロウおばとのあいだには、昔からの一種の宿怨のようなものが介在していた。というよりも、二人の間柄はむしろ決定的な冷戦状態だったというべきかもしれない。しかしながらいまのサムは、彼の活動を明らかに支え、必要不可欠でもあるような食料供給場の品目のことを考えていたので、この場合はとりわけ下手に出ようと心に決めていた。というのも、間違いなく「奥様の言いつけ」は形通りに実行されることは承知していたが、そこに精神が加われば、大いに得をするということが分かっていたからである。そんなわけで、彼はクロウおばの目の前に、いじらしいほど従順で打ち沈んだ表情を浮かべてやってきた。その様はまるで、迫害された仲間のために、はかり知れないほどの困難を堪え忍んできた者のようだった。彼は、飢えや渇きをいやすのに必要なものはなんでも、クロウおばの所へ行ってもらいなさいと奥様が指示したということを、くどくどと言いたてた。こうして彼は、台所におけるクロウおばの権利や優位、またそうしたことに付随するすべての事柄をはっきりと承認してみせたのだった。

　事柄は予想通りに進んだ。選挙運動中の政治家に簡単に丸め込まれる愚かで単純で高潔ぶったどんな人間も、サムの旦那の慇懃な態度にたやすくのせられたクロウおばほどのことはなかった。もしサムが聖書に出てくる「帰ってきた放蕩息子」当人であったとしても、クロウおばから受けた惜しみない母性愛の恵み以上のものを受け取ることはなかっただろう。うきうきと上機嫌ですぐ席についた彼の前には、大きな錫製の鍋が置かれ、そのなかにはこの二、三日のあいだ食卓にのぼった、いろんな物の入ったシチューが入っていた。おいしそうなハムの切れ端、コーンケーキの黄金色の塊、ありとあらゆる幾何学的な形をしたパイのかけら、鶏の手羽肉、鶏の砂肝、鶏の足など、まったく独創的な取り合わせのご馳走が出てきた。目にするものすべてに君臨する君主のように、アンディを右側に従えて座ったサムは、うれしそうに棕櫚の葉帽子を小粋に斜めに傾げてかぶっていた。

　台所は、その日の手柄話の結末を聞こうと、さまざまな小屋から急いで集まってきた彼の仲間たちで満ちあふれていた。いまやサムの栄光のときだった。話は、効果を高めるために欠かすことのできない、あらゆる種類の装飾や粉飾を交えてまた語られていった。というのも、サムは、当世流行の芸術愛好家たちのように、彼の手を通すことで、物語をけばけばしく飾り立てずにいられなかったからである。語るにつれ大笑いが起こった。笑いは、床の上に数えられないほど寝転がったり、四方の隅にうずくまったりしていた子供たちに引き継がれ、引き伸ばされていった。しかし、その大騒ぎと笑いの真只中でも、サムは、ただ時折目玉をぎょろりとさせたり、言うに言われぬさまざまなおどけた視線を聴衆に投げかけたりするだけで、警句混じりの雄弁の調子はいささかも落とさず、あくまで生真面目な重々しさを保ち続けていた。

「さて、いいだか、みなの衆」。サムは、七面鳥の足を持ち上げながら力を込めて言った。「おめえたちみんなの寵児であるこのおらが、おめえたちみんなを守るために何をしようとしているかってことが、いまとなりゃおめえたちにも分かっただろう。そうさ、おめえたちみんなを守るためなんだ。おらたちの一人でも捕まえようとする奴は、おらたち全員を捕まえようとするのと同じだからな。理屈は同じなんだ、分かるだろう。はっきりしてるだ。おらたちの仲間を追いかけて嗅ぎ回るような追っ手は誰でも、このおらがその邪魔をしてやる。そういった追っ手は、まずおらのことを片付けなければなんねえだ。おらこそみんなが頼りにすべき男だ。みなの衆、おらはあんたたちの権利を守るだ。死んでも、おらはみんなの権利を守り抜いてみせるだ！」

「だけどサム、今朝、お前はおいらに、ヘイリーの旦那がリジーのこと捕まえるのを手伝うって言ってたじゃないか。お前の話はどうもつじつまがあわねえよ」とアンディが言った。

「いいか、アンディ」と、サムはえらく尊大な口調で言った。「何も知らないことについて話すもんじゃないぞ。お前のような青二才はな、アンディ、聞いたふうなことを言うが、行動の偉大な原則に通底することができてるとは思えねえ」。

アンディは、特にその通底するという難しい言葉に恐れいりましたといった顔つきをしたので、一座の多くの若い者たちは、この件の決着がついたと考えたようだった。サムは話をなおも続けた。

「ありゃなあ、アンディ、良心の問題だったんだよ。おらがリジーを捕まえようって考えたとき、旦那様もそう考えていなさるっておらは本当に思ってた。だども、奥様が反対のことを考えておいでなのが分かったとき、おらの良心はそっちのほうにさらにもっと傾いただ。なぜって、奥様の側にくっついていたほうが、いつもうまくいくからさ。というわけで、おらは旦那様と奥様のどちらの側にも立ってたし、良心にも従い、原則も守り通したってわけよ」。サムはそう言いながら、鶏の首を激しく揺すった。「そうさ、問題は原則だ。もしもおらたちがこだわり続けなかったら、原則なんていったいなんの役に立つんだ？　そこが知りてえよ。そら、アンディ、この骨をやるよ。まだ肉が残っているぜ」。

サムの聴衆は、口をぽかんと開けて彼の語りに聞き入っていたので、彼は話し続けるしかなかった。

「この、こだわるっていうことについてだが、みなの衆」とサムは、いかにも難解きわまりない問題を扱っているといわんばかりの雰囲気を漂わせながら言った。「この、こだわりってことなんだが、誰にでもはっきり分かるってもんじゃないんだ。いいかい、誰かがあることをある日は支持して、その次の日には反対のことを言うとなると、他の連中はこう言うんだ（もちろんそう言うのももっともなことだが）、なんだ、あいつは変わり身の早いいい加減なやつだってね。ちょっと、アンディ、そのとうもろこし菓子を少しとってくれ。だが、よーく考えてみようじゃないか。そこでだ、紳士方や女性の皆さん方、ありきたりのたとえを持ち出すのを許してくださいよ。つまり、こういうこった！　おらが、干し草のてっぺんに登ろうとしてるわな、そんで、おらが梯子をこっちの側に置くとする。だが、それじゃだめだってんで、それ以上こっち側で試すのをよしにして、梯子をまさに反対の側に置くとする。そんときにゃ、俺はこだわってねえってことになるだか？　おらが梯子をどっちの側に置いたとしたって、てっぺんまで登りてえってことにおらはこだわっているだろう。そうではねえか、みなの衆？」

「お前さんがこれまでにこだわってきたことと言えば、それぐれえのもんさ。神様だってご存知だ！」と、少々意固地な気分になってきていたクロウおばが横やりを入れた。この夜の賑やかさは、気重な彼女にとって、聖書の比喩で言えば「ソーダの上に酢を注いだ(9)」ようなものだった。

「いや、まったくその通り！」とサムは食事と栄光にすっかり満足し、しめくくりの言葉を述べようと立ち上がって言った。「そうなんだ、同胞の皆さん方ならびに女性の皆さん方よ、おらには原則ってもんがあるだ。おらは、自分にそうしたものがあるってことに、誇りを持っているだ。それは、いまだって、またいつの時代だって、なくっちゃなんねえもんだ。おらは原則を持っており、それにものすごくこだわっている。原則だとおらが考えたものに、おらは従うだ。おらは自分が生きたまま焼き殺されたってちっともかまわねえ。おらは火あぶりの柱に向かって、真っ直ぐ歩いていくだ。そうともさ。そんでもって、おらはこう言うだ。おらは、おらの原則のために、おらの国や社会のみんなの利益のために、最後の血を流しに来たってね」

「そうさね」とクロウおばが言った。「あんたの原則のうちの一つは、今夜のうちにベッドへ寝に行って、みんなを朝まで起こしておかねえってことさ。さあ、頭を叩かれたくねえって思っとる子供らは、みんなここから出て行くことだね。それもさっさとしとくれよ」

「黒んぼのみなの衆」と、サムは棕櫚の葉帽子を慈愛に満ちた様子で振りながら言った。「お前様方に神様の思し召しがありますように。さあ、寝に行くだよ。いい子でな、子供たち」。

この感動的な祝福を受けて、一同は解散した。

第9章 ここで上院議員も一人の人間だということが見えてくる

In Which It Appears That a Senator Is But a Man

よく燃えている暖炉の明かりが、居心地のいい居間の敷物と絨毯の上に光を投げかけ、茶碗の表面とよく磨かれたティーポットの上でキラキラ光っていた。バード上院議員はブーツを脱いで、彼が議員活動で留守をしていたあいだに妻が作った、新しいきれいなスリッパに足を入れようとしているところだった。バード夫人は、うれしくてしかたがないといった様子で、食卓の用意を指示したり、あの大洪水以来、世の母親たちを無数のおふざけと悪戯で驚かせてきたたくさんの子供たちがはしゃぎまわるのに、ときどき小言をはさんだりしていた。

「トム、ドアの取っ手をいじってはいけません。おや、誰か来てますよ！　メアリー！　メアリー！　猫のしっぽをひっぱっちゃだめよ、かわいそうでしょ！　ジム、テーブルの上には乗らないこと、だめだめ！　今晩あなたがお帰りになって、みんながどんなに驚いているか、あなたにはお分かりにならないでしょうね！」彼女は、夫に声をかけるひまをやっと見つけて、最後にそう言った。

「そりゃ、分かってるよ。ちょっと仕事を休んで、今晩は家で少しゆっくりしようと思ったんだ。死ぬほど疲れたし、頭痛もするもんだから！」

バード夫人は、半開きになった戸棚のなかのカンフル剤(1)の瓶をちらっと見やって、それを取りに行こうかと考えているようだったが、夫がそれをさえぎって言った。

「いや、いや、メアリー、薬はいらないよ！　きみがいれてくれる熱いお茶を一杯と、わが家の心地よい雰囲気が欲しいだけだ。それにしても、厄介な仕事だよ、法律を作るっていうのは！」

こう言って上院議員は笑ったが、自分が国の犠牲になっていると考えるのが気に入っている様子であった。

「それで」と、お茶の支度が一息ついたところで夫人が言った。「上院ではいま何をしてらっしゃるの？」

分別をわきまえており、これまで自分の家を気遣うだけで十分だと考えてきた、やさしくてかわいらしい夫人が、州議会で起こっていることに気を回すというのは、きわめて珍しいことだった。だから、バード氏はびっくりして目を丸くしながら言った。

「いや、たいしたことじゃないよ」

「そう。でも、この州にやってくるかわいそうな黒人たちに、食べ物や飲み物を与えることを禁止する法律(2)のことを通過させたっていうのは本当なの？　そんなふうな法律のことを討議しているって聞きましたけど、キリスト教国の議会がそんな法律を通すなんてとても考えられませんわ！」

「おや、メアリー、きみは、急に政治家にでもなろうってつもりなのかい」

「まあ、なんてことを！　私は、ふだんはあなたたちの政治のことなんてちっとも興味ありませんわ。でも、これはあまりに残酷だしキリスト教徒らしくないと思っていますの。だから、あなた、私はそんな法律が通ってしまわないほうがいいと望んでいますの」

「ケンタッキーから逃げてくる奴隷を助けてやるのを禁止する法律なら、通過してしまったよ。あの無茶な奴隷制廃止論者の連中があんまりにもやり過ぎてしまったんで、ケンタッキーのわが党の仲間がすっかり興奮しちゃったんだ。この興奮を静めるために、うちの州でも何かをするっていうのが、キリスト教徒にふさわしく、親切でもあり、必要なことだと思えたんだよ」

「それはどんな法律なんですの？　あのかわいそうな人たちを一晩泊めてやることまで禁止しているわけじゃないんでしょう？　温かい食べ物や古い服を二、三枚やったり、逃げ出すのを黙って見ていたりすることまで禁じているわけじゃないんでしょう？」

「いや、禁止しているんだよ。そうすることも、逃亡の手助けだったり、そそのかすことになったりするってわけさ、分かるだろう」。

バード夫人は内気で慎み深い小柄な女性で、背は四フィートくらいしかなかった。瞳は穏やかな青色で黄味がかったピンク色の肌をしており、その声はこの世でもっともやさしく美しかった。勇気のほどは、たいして大きくもない七面鳥がごろごろ一声鳴いても真っ先に逃げ出すことで知られていたし、普通の大きさのたくましい犬が歯を見せただけで、立ちすくんでしまうほどであった。彼女にとっては夫と子供が世界のすべてであって、命令したり議論したりするよりは、頼んだり納得してもらうことで家をきりまわしていた。だが、ただ一つだけ彼女を怒らせてしまうものがあった。なんであれ残酷なものの表われには、彼女は激しい憤りを示したが、それは彼女の並外れてやさしい思いやりの気持ちからきていた。日ごろが穏やかなだけに、こうした際の憤りの激しさは、いっそうの驚きと不可解さの念をもって受けとめられていた。

たいていは世の母親と比べても、一番甘やかしてくれるし、なんでも聞きいれてくれる母親であったので、あるとき子供たちが、近所のいたずらっ子たちと一緒になって、まったく無防備な子猫に石を投げつけているのを見て激しく彼らを叱ったことは、子供たちにとって、畏怖すべき思い出として記憶されていた。

「あのときのことだけどさ」と、大きくなってからもビルはよく口にしていた。「おっかなかったよ。母さんがぼくのところへすごい剣幕で向かって来たときなんて、母さんの気が違っちゃったのかと思ったよ。ぼくはぶたれて、自分たちがどんなことをしたのか理解するまで食事も抜きでベッドに押し込められちゃったよ。その後、母さんがドアの外で泣いているのが聞こえてきたんだが、ぼくにはそれが何よりもこたえたね。だからさ」と、彼は言葉を足して続けたものだった。「それからはもう猫に石なんか投げたりしなくなったよ」。

そしていまの場合、バード夫人は頬をほてらし、そのためいつもよりきれいに見えたが、すっと立ち上がると、決然とした様子で夫のほうに歩いて行き、きっぱりと次のように言った。「ねえ、ジョン、そんな法律を正当でキリスト教徒にふさわしいと思ってらっしゃるわけじゃないんでしょうね？あなたのご意見を聞かせてください」

「そう思っていると言ったら、私を撃つんじゃないだろうね、メアリー！」

「あなたがそんなふうに考えていらっしゃるとは思ってもみませんでしたわ、ジョン。あなたは賛成票を投じたりしなかったでしょうね？」

「残念ながら投じたよ、ご立派な政治家さん」

「恥ずかしいと思うべきよ、ジョン！　かわいそうな、家も家族もない人たちなのよ！　恥ずかしくてひどくて、唾棄すべき法律だわ。機会があれば、私一人でもまずそんな法律は破って見せます。そんな機会がぜひ来てほしいと望んでいます、ええ、ぜひ来てほしいものだわ！　かわいそうな、お腹をすかせた人たちに、女性が温かい食事をあげることもベッドを与えることもできないなんて、世の中もひどいことになったものだわ。奴隷というだけで、一生虐待されたり抑えつけられたりしてきたということなんですからね。なんてかわいそうなんでしょう！」

「だけどね、メアリー、私の言うことも聞いてくれないか。きみの気持ちはまったく正しいし、大いに興味があるよ。そういうきみが好きだよ。しかし、いいかい、感情で判断力を鈍らせてしまってはいけないんだ。これは個人的な感情の問題じゃないってことを分かってほしいね。大きな公共の利益が絡んでいるんだ。世間がこんなにも騒ぎ立てている状態なんだから、われわれも個人的な感情は脇に置いておく必要があるんだ」

「ねえ、ジョン。私は政治のことは分からないけれど、聖書は読めるんですよ。聖書には、飢えたものには食事を、裸のものには衣類を、うちひしがれているものには慰めを与えよとあります。その聖書に私は従うつもりです」

「しかしね、きみがそうすることで、世間に害をなすような場合もあるんだよ」

「神に従っていれば、世間に害をなすなんてことはありません。そんなことがありえないってこと、私はよく承知しています。神の命ずることをしているのが、結局は、いつだって一番確かなことなんです」

「いいかい、メアリー、聞いてくれ、とても分かりやすい話をしよう、つまり」

「ジョン、無意味よ！　あなたは一晩中でも話していらしていいわ。でも、私はご免こうむりますからね。それより、ジョン、あなたにお聞きしたいの。いま、かわいそうな、おびえて、お腹をすかしている人間があなたの戸口にきたら、逃亡奴隷だという理由で、あなたはその人を追い返してしまいますか？　そうしますか、いま？」

本当のことを言えば、この上院議員は不幸にもとりわけ人間味のある、親しみやすい性質の男だった。だから、困っているものを追い返すなどということは、とても彼にはできようがなかった。議論がこのように特に不利になってきているときに、彼にとってさらに都合の悪いことは、妻がそうしたことをよく知っており、当然とはいえ、その弱点を突いてきていたということであった。そこで彼は、そういうときにいつもするように、時間稼ぎという手段に出て、「えへん！」と咳払いをしたり、何回も咳こんだり、あるいはポケットからハンカチを取り出して、眼鏡を拭き始めたりした。バード夫人は、敵陣の無防備な状態を見て取ると、自分の優位な立場を押し進めるのにいささかのやましさも感じなかった。

「あなたがそうなさるのをこの目で見てみたいわ、ジョン、本当に！　たとえば、吹雪のなか、女を戸口から追い返してしまうとか、そうでなければ、捕まえて監獄に入れてしまうとかするんでしょう、そうなんでしょう？　あなたなら、とてもうまくおやりになれるでしょうね！」

「もちろん、とても辛い義務になるだろうがね」とバード氏は抑え気味に言った。

「義務ですって、ジョン！　そんな言葉は使わないでください！　そんなことが、義務なんかでないことは、あなただってお分かりでしょ。義務なんかでありようがないんです！　奴隷たちを逃がしたくないのなら、彼らを大事に扱ってやることです。それが私の考えです。たとえ私が奴隷を所有していても（そんなことは決してないように望みますが）、ジョン、私やあなたから逃げ出したいという気持ちを起こさせるように仕向けるでしょう。しあわせであれば奴隷は逃げ出したりするものではありません。あの人たちが逃げるのは、かわいそうに、たとえまわりの人々が彼らに辛く当たらなくても、寒さと飢えと恐怖で耐えられないほど苦しんでいるからなんです。法律があろうとなかろうと、私はあの人たちを追い払うようなまねはしません。絶対に！」

「メアリー！　メアリー！　頼むから、理性的に話そう」

「理性的になれるわけがないじゃないですか、ジョン。特にこのことについては。あなた方政治をする人たちは、明らかに正しいことをあれやこれや言いつくろって、何とか避けるやり方を編み出します。いざ実行という段になれば、ご自分でもそんなことは信じてなんかいらっしゃらないくせに。私はあなたという人をよく知っています、ジョン。私と同じように、あなたもそれが正しいとは思っていらっしゃらないのよ。私と同じように、あなたもそんなことをしたいと思っていらっしゃるわけではないでしょう」。

ちょうどこの重大なときに、雑役夫として雇われている黒人の老カジョウが、戸口に顔を出して言った。「奥様、台所へおいでになってくださいまし」。わが上院議員は救われた思いでほっとし、うれしさと腹立たしさとが入り交じった妙な気持ちで、妻を見送った。そして、肘掛け椅子に座って新聞を読み始めた。

少しすると、戸口から妻の声が聞こえた。それはせわしなく真剣な響きを持っていた。

「ジョン！　ジョン！　ちょっとこちらに来てちょうだい」

彼は新聞を置いて台所に入っていったが、そこで目にした光景にびっくりして飛びのいた。若いすらりとした女性が、破れて凍り付いた衣服を身にまとって、二つ並べた椅子の上に、死んだように気を失って横たわっていた。靴は片方しか履いておらず、破れて裂けた靴下から傷つき血を流している足が見えた。彼女の顔には、あの蔑まれている種族特有の特徴があったが、誰もが、その悲しみと哀愁に満ちた美しさには圧倒されざるをえなかった。しかしまた、その無表情な険しさ、冷ややかな、じっと動かない死人のような形相には、彼も背筋の凍る思いがした。彼は気ぜわしく息をし、黙って立ち尽していた。妻と、彼らの唯一の黒人召使である老いたダイナおばとが、必死に息をふき返させようとしていた。老カジョウは、膝に男の子を乗せ、靴と靴下を脱がせて、冷え切った小さな足をこすって暖めるのに忙しかった。

「ほんとに、まったく、見ていられないね！」と、ダイナおばが不憫そうに言った。

「この娘が気を失ったのは熱のせいだろう。ここへ入って来て、しばらく暖まらせてくださいって頼んだときは、まだ元気だったよ。おらがどこから来たんだいって聞いてたら、突然気を失って倒れてしまったのさ。この手の様子から判断して、そんなに激しい仕事はさせられてきていないようだね」

「かわいそうに！」バード夫人が同情して言った。そのとき、女が大きな黒い目をゆっくりあけて、焦点のまだ定まらぬ目を彼女に向けた。突然、女の顔に苦悶の表情が走り、飛び起きて言った。「ああ、私のハリー！　あの子は捕まえられてしまったのでしょうか？」

これを聞くと、男の子は老カジョウの膝から飛び降りて、彼女のそばに駆け寄り、両腕を伸ばした。「ああ、お前！　ここにいたのね！」と彼女は叫んだ。

「奥様！　私たちをお守りください！　この子を捕まえさせないでください」と、彼女はバード夫人に激しく言った。

「ここではあなたたちに手を出すようなものはいませんよ。かわいそうに」と、バード夫人が勇気づけるように言った。「大丈夫ですからね。怖がらなくていいのよ」

「ありがとうございます！」女は手で顔を被い、すすり泣きながら言った。小さな男の子は母親が泣くのを見て、膝に乗ろうとした。

バード夫人にしかできないような、いろいろなやさしい女らしい心遣いを受けて、この不幸な女は、やがてもっと気持ちを落ち着かせていった。暖炉のそばの長椅子に、即席の寝床が用意されると、しばらくして、彼女は子供と一緒に重い眠りに入った。男の子も母親に劣らず疲れていたようで、母親の腕のなかですやすやと眠っていた。というのも、不安にかられた母親は、男の子を別に寝かそうという親切な申し出も断っていたからであった。だから、眠っていても、まるで断じて油断をつかれないといわんばかりに、腕をしっかりと子どもの身体に巻きつけていた。

バード夫妻は居間に戻っていったが、不思議なことに、どちらも先程までの話には触れようとしなかった。バード夫人のほうは編み物に精を出し、バード氏は新聞を読んでいるふりをした。

「あの娘はどこの誰なのだろう！」ついに新聞を置いて、バード氏が言った。

「目を覚まして、少し落ち着いたら、聞いてみましょう」と夫人は言った。

「ねえ、きみ！」新聞を開いたまま黙って考え込んだあとで、バード氏が言った。

「なんですの、あなた！」

「きみのガウンのうち、どれか一つ裾をおろしたりしたら、あの娘に着られるんじゃないかね？　彼女はきみよりずいぶん大柄のようだね」。

はっきりと見てとれるような微笑が夫人の顔に広がった。彼女は答えた。「見てみましょう」。

またしばらくして、バード氏が切り出した。

「ねえ、きみ！」

「はい、今度は何ですの？」

「いやね、私の昼寝用に使おうってんで、きみがとっておいてくれてある古い綾織りのコートだがね、あれをあの娘にやったらどうかね。彼女は服が必要だろう」。

このときダイナが顔を出し、女が目を覚まして、奥様にお目にかかりたいと言っていると知らせにきた。

バード夫妻は台所に入っていった。上の二人の男の子が、そのあとに続いた。下の子供たちは、もうベッドですやすやと寝ていた。

女は暖炉のそばの長椅子の上に起きあがっていた。先ほどの取り乱したような激しさとは違う、静かな、やるせない表情で、じっと炎を見つめていた。

「何かご用？」とバード夫人はやさしく言った。「少しは気分がよくなっているといいんだけど、お気の毒に！」

女は長い、震えがちなため息を漏らしただけだった。しかし、彼女は黒い瞳をあげ、頼りなげで、哀願するような表情を込めてじっと見つめたので、小柄な夫人の目には涙があふれてきた。

「何も怖がることはないのよ。私たちはここではお友達なんですから、かわいそうに！　どこから来たの？　何か欲しいものがあったら言ってちょうだい」と彼女は言った。

「ケンタッキーからやってきました」と女は言った。

「いつだね？」と質問を引き取って、バード氏が言った。

「今晩です」

「どうやって？」

「氷の上を渡ってきたんです」

「氷の上だって！」と居合わせたみんなが言った。

「そうです」。女はゆっくりと言った。「渡ったんです。神様のおかげで、氷の上を渡ってこれたんです。だって、追っ手があとに来ていたんです、すぐあとに。他に方法がなかったんです！」

「なんとまあ、奥様」と老カジョウが言った。「氷はみんな割れた塊になって、水のなかをあっちこっち、揺れ動いとりますだ！」

「そうです。分かっています！」女は激しく言った。「でもやったんです！　私もできるなんて思いませんでした。渡れるなんて考えませんでした。でも、かまいませんでした！　そうしなかったら、死ぬしかなかったんです。神様が助けてくださったんです。試みるまでは、神様のご加護の大きさは誰にも分かりません」と、女は目を輝かせて言った。

「あんたは奴隷だったのかね？」とバード氏が言った。

「はい、そうです。ケンタッキーのある方のものでした」

「その人は、あんたに不親切だったのかね？」

「いいえ、違います。よい御主人様でした」

「じゃ、奥さんのほうが親切でなかったのかい？」

「いいえ、違います。そんなことはありません！　私の奥様はいつも私によくしてくださいました」

「それなら、どうしてそんないい家を出て、逃亡し、こんな危険を冒さなければならなかったんだね？」

女は、バード夫人を鋭く詮索するように見上げ、夫人が喪服姿であることを見逃さなかった。

「奥様」と、女は突然言った。「お子様を亡くされたことがおありでしょうか？」

この思いがけない質問は、まだ生々しい傷にぐさっと突き刺さった。というのも、バード家のかわいい子供の一人が墓に葬られてから、まだほんの一カ月しか経っていなかったからである。

バード氏はくるりと背を向けて、窓のほうへ歩き去った。夫人はわっと泣き出してしまったが、何とか気を取り直して言った。

「どうしてそんなことを聞くの？　小さな子供を亡くしたばかりよ」

「それなら、私のことを分かっていただけると思います。私はつぎつぎと二人亡くしました。その子たちをお墓に残したまま逃げてきたんです。残っているのはこの子だけなんです。一晩だって、この子なしで眠ったことはないんです。この子が私のすべてなんです。この子は昼も夜も私の慰めで、誇りでした。それなのに奥様、あの連中がこの子を連れ去ろうとしたんです。売ってしまおうっていうんです。奥様、生まれてから母親のもとを離れたことのない、こんな子供を、たった一人で南部に売るっていうんです！　私には我慢できませんでした、奥様。もしそんなことになったら、私はもう何もする気がなくなってしまうでしょう。契約がすんで、この子が売られてしまったってことが分かったとき、私は夜中にこの子を連れて逃げ出したんです。連中は追ってきました。この子を買った男と、それから御主人様のところの者たちが何人かで。彼らは私のすぐ後ろまで迫ってきました。声を聞きました。そこで、私は氷の上に飛び乗ったんです。どうやって渡ったのか、自分でも分かりません。でも、気がついてみると、一人の男の人が私を土手に引き上げる手助けをしてくれていたんです」。

女はすすり泣きもしなければ涙も出さなかった。涙など枯れはててしまうほどだったのだ。しかし、彼女の周りのものはみんな、それぞれ自分なりのやり方で心からの同情を示していた。

二人の男の子は、ポケットのなかを一生懸命に探ってハンカチを出そうとしていたが、母親にはそこにハンカチがないことは分かっていた。子供たちはやるせない思いで母親のガウンの裾に身を投げ、そこですすり泣きながら、気のすむまで涙と鼻を拭いていた。バード夫人は顔をハンカチにすっかり埋めていた。ダイナおばは正直なその黒い顔に涙を流し、野外祈禱集会のときの熱心さで叫んでいた。「主よ、われらにお慈悲を！」また、老カジョウは袖口でしきりに目をこすり、顔をいろいろにしかめ、ときどきものすごい熱心さでダイナおばに唱和していた。わが上院議員は政治家であったので、当然、他の人たちと同じように泣くなどということは考えられなかった。そこで、彼はみんなに背を向けて、窓の外を眺め、せわしなく咳払いをしたり、眼鏡を拭いたりしていたが、もし皮肉な見方をする気になったら、疑われそうな身振りで鼻をかんでいた。

「あんたは、どうして親切な主人だったなどと言うのかね？」くるりと女の方に身体を向き直した上院議員が、喉にこみ上げてくるものをごくりと飲みくだしながら、突然大声を上げた。

「本当に親切な御主人様だったからです。あの方のことを、私はいつもそう言い続けるでしょう。それに奥様も親切でした。でも、あの方たちにはどうすることもできなかったんです。借金をなさっていたんですから。どういうふうにしてそうなったのかは分かりませんが、ある男が御主人様たちの首根っこを押さえてしまい、御主人様たちはその男の意のままにならざるをえなくなってしまったんです。私は、御主人様が奥様にそうおっしゃっているのを聞きました。奥様は私のために懇願し、弁護してくださいました。御主人様は、どうすることもできない、書類は作成されてしまったんだと奥様に言われました。それで、私はこの子を連れ、家を出て、逃げてきたのです。もしこの子が売られてしまったら、生きていこうなんていう気持ちも持てません。だって、この子が私のすべてだと思っているんですから」

「夫はいないのかね？」

「います。けれどもあの人は別の主人のものなんです。あの人の主人は彼にとても辛くあたり、私のところへほとんど会いに来させてくれませんでした。だんだん私たちにひどい仕打ちをするようになって、あの人を深南部へ売ると脅かすんです。そうしたら私は、もう二度とあの人には会えないでしょう」。

物事の表面だけしか見ない人は、こう言ったときの女の静かな口調から、彼女は完全に感情のない人だと思ったかもしれない。しかし、彼女の大きな黒い瞳には深い苦悩が静かに宿っており、それが彼女のなかに感情のなさとはほど遠い何ものかがあるのを指し示していた。

「それで、あなたはこれからどこへ行くつもりなの？」とバード夫人が聞いた。

「方角さえ分かれば、カナダへ行こうと思っています。カナダはここからずいぶん遠いんですか？」と、相手を素朴に信じ切っている様子を示して、バード夫人の顔を見上げながら彼女は言った。

「かわいそうに！」思わずバード夫人は言った。

「ずっと、ずっと遠くなんですか？」女は真剣な面持ちで言った。

「あなたが思っているよりずっと遠いのよ！」と夫人は言った。「でも、あなたのためにできることを考えてみましょう。さあ、ダイナ、台所のそばのお前の部屋に寝る用意をしてあげてちょうだい。どうしたらいいかは、明日の朝考えましょう。そのあいだは、怖がらなくてもいいのよ。神様を信じていなさい。守ってくださるから」。

バード夫人と夫はふたたび居間へ戻って行った。暖炉の前の小さな揺り椅子に腰を下ろすと、彼女は物思いにふけりながら椅子を前後に揺すった。バード氏は部屋を大股で行ったり来たりして「ふん！　えい！　やっかいなことになったもんだ！」とブツブツ言っていたが、ついに妻の前にやってきてこう言った。

「ねえ、きみ、あの娘は今晩のうちにここから出ていかなくちゃならない。話のなかの男が明日の朝早く、かぎつけてやってくるだろう。もしあの娘だけなら、ことが収まるまで静かにしていられるだろうが、あの男の子は馬や追っ手の一団が来たら、じっと静かにしていることはできないさ、間違いなしだよ。窓とかドアから顔を出して、すべてを明るみに出してしまうだろう。こういった時期に、ここで私が彼らと一緒にいるところを見られたら、それこそ厄介なことになる！　だめだ、二人とも今夜のうちにここを離れさせなくっちゃいけない」

「今夜ですって！　どうやったらそんなことできるの？　それに、どこへ？」

「うん、行き場所のことならまかせておいてくれ」。そう言うと、上院議員は、何かを思い巡らすようにしながら、ブーツをはき始めた。半分ほど足を入れたところで手を止め、両手で膝を抱えると、自分の考えに深く入り込んでしまったように見えた。

「こりゃなんて厄介で間が悪く奇妙なことなんだ」。彼はついにそう言うと、また靴ひもを結び始めた。「でも、これは事実だ！」。片方のブーツをきちんと履き終えると、上院議員はもう片方を手にして座り込み、絨毯の模様にじーっと目を注いだ。「しかし、よく分からんが、これはやらねばならんことだ。ええーい、どうとでもなれ！」と言って、もう一方の靴を気ぜわしげに履くと、窓の外を眺めた。

ところで、小柄なバード夫人だが、彼女はまことに分別のある女性だった。「だから言わないことないでしょう！」などというようなことは、これまで一度も口にしたことがなかった。いまの場合も、夫がどんなふうに思考を巡らせているかはよく分かっていたが、言葉をはさむことは慎重に差し控え、ただ黙って椅子に座っていた。夫がすっかり準備が整ったと考えたとき、はじめて彼女の大君の考えを喜んで聞くという態度をとった。

「きみも知っていると思うけど」。彼が口を開いた。「私の昔の取り引き相手で、ケンタッキーからやって来たヴァン・トロンプという男がいるだろう。自分の奴隷を全部解放して、ここから支流を七マイルほど上ったところに土地を買った男だ。そこは、特に用のあるものでなけりゃ行かないような森の奥だから、探そうたって簡単に見つけられるようなところじゃない。あそこならあの娘も安全だろう。だが、困ったことに、今晩そこへ馬車を御して行ける人間は私しかいないんだ」

「どうして？　カジョウはいい御者よ」

「うん、まあね。しかし、事情があるんだ。あそこへ行くには、支流を二回も越えなくちゃならないんだ。二回目は私のように、よく知っているものでないと危険なんだ。私は馬で一〇〇回以上も通っているから、どこで曲がるかよく分かっている。だから、しょうがないだろう。カジョウに一二時ころ、できるだけ静かに馬の用意をさせておくれ。そうしたら、私が彼女を連れていくことにする。そのあとで、事柄を本当らしく見せるために、隣町の宿屋までカジョウに送らせて、三時か四時ごろのコロンバス行きの駅馬車に私は乗るよ。(3)そうすれば、そのために私が馬車を用意させたように見えるだろう。私は明朝早くに仕事に取りかかるさ。しかし、州議会であういうことが言われたりなされたりしたあとだから、あそこで私は自分のことを俗悪だと感じるだろうな。でも、ええーい、それも仕方のないことだ！」

「今回のことでは、あなたの心情はあなたの理性なんかよりずっと立派よ。ジョン」と言って、夫人は小さな白い手を夫の手の上に重ねた。「あなたのことをあなた以上に私が分かっていなかったら、私はあなたのことを愛せたかしら？」目に涙を光らせた小柄な夫人がとても素敵に見えたので、こんなにかわいらしい人に、こんなに情熱的な称賛の言葉をはかせるなんて、自分は本当にすぐれた男なんだと上院議員は思った。とすれば、あとは馬車の様子を見に、落ち着きはらって出て行くしかなかった。しかし、ドアのところで、彼はちょっと立ち止まると、やがて戻ってきて、ためらいがちにこう言った。

「メアリー、きみがどう思うか分からないが、つまり、あの、その、かわいそうなヘンリーのものがいっぱい入っている引き出しがあったよね」。そう言うと、彼はくるりと向きを変え、ドアを閉めて出て行った。

夫人は自分の部屋に続く小さな寝室のドアを開けると、ローソクをとって、そこのタンスの上に置いた。部屋の隠し場所から鍵を取り出し、考え込みながら引き出しの鍵穴に差し込んだが、突然その手を止めた。いかにも男の子らしい様子で母親のあとについてきていた二人の子供が、黙ったまま意味ありげな眼差しで母親を眺めて立っていた。ああ、これを読んでいる母親たちよ、あなたたちの家には、あなたにとって、もう一度小さなお墓を開けるような気になる引き出しや戸棚がないだろうか？　もしそういったものがなければ、あなたたちはなんというしあわせな母親だろう！

バード夫人はゆっくりと引き出しを開けた。そこにはさまざまな形やデザインの子供用コートや前掛けの山や何列にも並んだ小さな靴下などが入っていた。つま先のところが破れてすり切れた一足の小さな靴も包み紙から顔をのぞかせていた。また、おもちゃの馬や馬車とかこまやボールなどもあった。これらは、涙ながらに胸が張り裂けるような思いをして集めた思い出の品々であった！　彼女は引き出しのそばに座り、両手に頭を埋めて泣いた。涙が指から伝わって引き出しのなかに落ちていった。それから突然頭を上げると、癇にさわるようなせわしなさでもっとも地味でもっとも役に立ちそうなものを選んで、ひとまとめにした。

「お母さん」と子供の一人が、そっと母親の腕に触れて言った。「これらをあげちゃうの？」

「あのね」と彼女は真剣な眼差しで静かに言った。「もし私たちの大好きなヘンリーが天国から見ていたら、私たちがこうすることを喜んでくれるでしょう。これらの品々を、しあわせな暮らしをしている普通の人たちにあげようなんて気はないわ。でも、私よりももっと悲しみ、苦しんでいる一人の母親にあげるのよ。神様もこの品々を祝福してくださるでしょう！」

この世には、自分の悲しみのすべてを他人の喜びへと化してしまう清らかな心の持ち主がいるものだ。たくさんの涙とともに墓に葬り去った彼らのこの世の希望は、孤独で苦しんでいる人々の傷をいやす芳しい花や慰めの木がそこから芽を出す種である。涙を流しながらランプのそばに座り、寄る辺なくさまよう奴隷に、死んだ自分の子供の形見をそろえてやっているこの繊細な女性もそんな人の一人だった。

しばらくして、バード夫人は衣装ダンスを開け、そこから質素だがまだ着られる服を一つ二つ取り出すと、忙しげに裁縫台の前に座り、針とはさみと指ぬきを手近かに置いて、黙々と夫の勧めた「裾おろし」を始めた。部屋の隅の古時計が一二時を告げるまで、忙しく手を動かし続けていたが、ついに馬車のごとごという音が戸口でした。

「メアリー」と、夫はコートを手に持って入ってきた。「彼女を起こしてきなさい。もう行かなくちゃならない」。

バード夫人は集めておいたいろいろな物を急いで質素な小型トランクに詰めると、鍵を掛け、それを馬車まで運ぶよう夫に頼んで、自分は女を呼びにいった。すぐに、恩人のコート、帽子、ショールを身にまとった女が、子供を抱いて戸口に現われた。バード氏は彼女を馬車に急がせ、夫人も女のすぐあとについて馬車のステップのところまでやってきた。エライザは馬車から身を乗り出して手をさし出した。その手はそれに応えて出された夫人の手と同じように柔らかく美しかった。彼女は、大きな黒い瞳に万感の思いを込めてバード夫人の顔をじっと見つめ、何かをしゃべろうとした。唇が動き、一、二度試みられたが、声にはならなかった。決して忘れられないような表情をして、彼女は天を指さすと、座席に深々と座り、手で顔を被った。扉が閉められ、馬車が動き出した。

この一週間のあいだずっと、逃亡奴隷とそれをかくまったり煽動したりする者にこれまで以上の厳しい決議案を通そうと、生まれ故郷の州議会を煽り立て続けてきた愛国的な上院議員にしてみれば、いまのこの事態はいったいなんということだろう！

不滅の名声を勝ちうる雄弁という点にかけては、生国オハイオ州のわが善良なる上院議員は、ワシントンの国会議員の誰にも引けを取るものではなかった！　偉大なる州の利益よりも、惨めな数人の逃亡奴隷の幸せを優先させる人々が示す感情的な弱さを、悠然とポケットに手を入れたまま議員席に腰を下ろして、どれほど小馬鹿にしてきたことか！

彼はライオンのように大胆であったし、自分だけでなく、彼に耳傾けるすべての者に、この問題を「大いに得心」させてもきた。しかし、逃亡奴隷に対する彼の考えというのは、逃亡奴隷という綴り文字が示す意味以上に出なかったし、せいぜいのところが「何某のもとから逃亡」という見出し付きで小さな新聞広告の絵[4]が伝える、棒きれに包みをぶら下げた男のイメージ程度でしかなかった。懇願する人間の眼差し、か細く震える人間の手、どうにもできない苦悶にあえぐ絶望的な訴え、現実に存在するこうした苦悩の魔力に直面するという試練を、彼はこれまで経験したことがなかった。逃亡者が、哀れな母親であるなんてことは、考えたこともなかった。まして、自分の死んだ子がよくかぶっていた帽子をいま頭にのせている無力な子供が逃亡奴隷だなんてことは、夢想だにしなかった。しかし、われらの上院議員は石でも鋼鉄でもなく、人間であり、その上まぎれもない高貴な心も持っていたので、誰にも推察のつく通り、彼はいま愛国心との板挟みにあって、哀れな状態に陥っていた。南部諸州のよき兄弟たちよ、彼に対してそれ見たことかと勝ち誇ることはない。いくつかの表われが示している通り、同じ状況に立たされれば、あなた方の多くも彼と同じようなことをするはずである。というのも、ケンタッキー州にも、またミシシッピー州にも、高貴で寛大な心の持ち主がおり、彼らに向かって語られた苦難の物語が、決して無駄に終わらなかったことをわれわれは知っているからである。ああ、よき兄弟たちよ！　もしあなた方がわれわれの立場であったなら、勇敢で高潔なあなた方の心が決してなせとは言わないような役目を、われわれに期待するというのは果たして正しいことだろうか？

さて、こうしたことはともかくとして、われらの善良な上院議員が政治上の罪を犯したとしても、この夜の難行苦行がそれを償ってあまりあるものであることは確かだった。このところの長雨続きの天候と、柔らかくて肥沃なオハイオの土が重なれば、誰もが知っている通り、泥の製造にこれ以上最適な条件はない。また、この道は古き良き時代の逃亡奴隷用オハイオ地下鉄道であった。

「こいつはいったい、なんて道だ！」鉄道といえば、滑らかに速く走るものという以外の観念を持ち合わせていない、東部からの不慣れな旅行者は、そう言ったということである。

何も知らない東部の皆さん、知っておいていただきたい。西部の未開の地では、泥がどうしようもないくらい深く、道は荒削りの丸太を横に並べ、太古の時代からの土や芝やその他なんでも手に入るものでその表面を覆っているだけだが、陽気な地元の人々はそれを道路と呼んで、その上をじかに馬車で通ろうとする。ときの経過とともに、雨が表面の芝や草を洗い流し、丸太をあちらこちらへと移動させてしまう。その丸太の様子は、上になったり下になったり、交差したり、おまけにあいだの黒土にはさまざまなひび割れや轍の跡が残っているので、まるで絵に描いたような美しい構図を形づくる。

このような道路の上を、わが上院議員は、この状況下で当然予測されることだが、絶えず道義上の物思いにふけりつつ馬車をよろよろと駆りたてていった。馬車は、ドスン！　ドスン！　バシャ！　と音を立ててぬかるみに落ちたりしながら進んでいった。上院議員と女と子供はあまりに唐突に座席から放り出されたり、もとの位置に戻る間もなく、傾いたほうの窓にまたぶつけられたりした。馬車がまったく身動きとれなくなったこともあった。外でカジョウが馬どもにかけ声をかけているのが聞こえ、いろいろと引っ張ったり押したりしてみてもすべて効果がなく、上院議員がもう堪忍袋の緒を切ろうとしたその矢先に、突然一跳ねして馬車が位置を元に直したかと思うと、またもや二つの前輪が別の窪みにはまってしまい、上院議員と女と子供は、みんないっしょくたになって前の席に転がっていった。押しつぶされた上院議員の帽子が無遠慮に目と鼻をおおったので、彼は自分の息が止まってしまうのではないかと思った。なかでは子供が泣き出し、外ではカジョウが懸命に馬に声をかけるのだが、繰り返し打たれる鞭の下で、馬はただ蹴ったり、もがいたり、身を堅くして励むだけだった。馬車はまた一跳ねして進み出したが、次に今度は後輪が下に落ちてしまった。上院議員と女と子供は、後ろの席に放り出され、彼の肘が女の帽子にぶつかったり、彼女の両足が震動ですっ飛んできた上院議員の帽子のなかに突っ込まれたりした。しばらく行くと「ぬかるみ」は越え、馬たちが息を整えながら立ち止まった。上院議員は自分の帽子を見つけ出し、女も自分の帽子をまっすぐに直したあとで、泣いている子供をあやしにかかった。こうして、彼らはまだこれから起こることに備えて心を引き締めた。

しばらくは、ドスン！　ドスン！　という音が続き、ときどき変化をつけるように、片側に大きく傾いだり、複雑な揺れ方をしたりしただけだった。そこで彼らが、結局この程度ならそんなにひどいことではないと安心し始めた途端に、馬車がまともにドシーンとつんのめった。みんな棒立ちになったかと思った途端、信じられないほどの速さで今度は座席にたたきつけられた。馬車は完全に停止してしまった。外でしばらくごそごそと動き回っていたカジョウが、扉のところに現われた。

「どうも、こりゃなんともひどい道ですだ。どうやって切り抜けりゃいいんだか、あっしには見当もつかんです。横木を手にいれなきゃならないって考えとるんですが」。

上院議員はやけくそな気分で外へ出てみた。用心してしっかりした足場を選ぼうとしたが、片足が底知れない深みにはまってしまい、引き抜こうとすると体のバランスを崩して、泥沼のなかにはまり込んでしまった。どうにもみっともない格好で、カジョウに助け出された。

しかし、読者の皆さんの身体を気遣って、上院議員の難行苦行の描写はもうこのあたりでやめることにしよう。西部の旅行者のうちには、泥沼から馬車を梃子で引き出すために柵の横木を引き抜くというおもしろい仕事で、真夜中の退屈しのぎをしたことのある者もいるだろう。そうした人なら、このわれらの不運な主人公に、敬意のこもった痛ましい同情心を覚えるはずである。そうした人たちに、彼のために黙って涙を流してもらうことにして、われわれは先に進もう。

支流を出て、滴を垂らしたり水を跳ね返らせたりしながら、馬車が大きな農家の戸口の前に止まったのは、夜もかなり更けたころであった。

家の者を起こすには、かなり骨が折れた。しかし最後には、その家の尊敬すべき所有主が現われ、戸を開けた。彼は、背の高い、毛むくじゃらのむくつけき大男で、靴を脱いでも優に六フィート以上あり、赤いフランネルの狩猟用のシャツを着ていた。もじゃもじゃにもつれた薄茶色の髪、何日も伸びたままのひげが、この立派な人物の風貌を、少なくともあまり感じのよいものにしていなかった。彼は、しばらくローソクを掲げて立ち、物憂くけげんそうな表情を浮かべて、目をぱちくりさせながら訪問者たちを見ていた。その様はいかにも滑稽だった。彼にいまの事態をすっかり理解させるには、上院議員の側でのかなりの努力が必要だった。上院議員がこれに全力を尽くしているあいだに、読者の皆さんにこの男のことをちょっと紹介しておこう。

正直者の老ジョン・ヴァン・トロンプは、かつてはケンタッキー州の大地主でかなりの数の奴隷を所有していた。しかし、「皮膚以外は、熊とは似ても似つかぬ」人間なのに加えて、身体の大きさにふさわしく、根が正直で公正で大きな心の持ち主だったので、支配する側にも支配される側にも等しく有害な制度の仕組みを、何年間も、表には出さない不安な思いでじっと見てきていた。ある日ついに、ジョンの大きな心はさらに大きく膨れ上がり、これ以上自分の奴隷たちを酷使することに耐えきれなくなった。そこで、彼は机から財布を取り出すと、オハイオ州へ行き、肥えた良質の土地を一区画買い、彼の使用人全員の解放証明書を作成した上で、男も女も子供もすべてまとめて荷馬車に乗せ、そこに送って住まわせた。それから正直者のジョンは、自分の顔を支流の上方に向け、人里離れた気持ちのよい農場に落ち着くと、自分の良心と思索中心の生活を楽しむようになった。

「あなたはかわいそうな女や子供を奴隷狩りからかくまってやる人間でしょう?」と、上院議員は腹蔵なく言った。

「自分ではそうだと思っとります」。正直者のジョンがやや言葉を強めて言った。

「そうだと思ってましたよ」と上院議員は言った。

「どんな奴が来たって」とこの善良な男は、背の高い筋肉のりゅうと盛り上がった身体をぐっと伸ばして言った。「いいですかい、わしはそいつとここでやり合ってみせますさあ。息子も七人おりますし、みんな背は六フィートだし、こいつらも奴らに立ち向かう準備はできとりますだ。追っ手の連中によろしく言ってやってくだせい」とジョンは言った。「いますぐ来たってかまわねえってね。こっちにとっちゃ、どっちにしたって同じこってす」とジョンは言って、もじゃもじゃ頭に指をつっこむと、大声をあげて笑った。

エライザが、ぐっすり眠っている子を腕に抱え、身体を引きずるようにして戸口のところへやってきた。へとへとに疲れきり、すっかり元気をなくしていた。毛むくじゃらの男は、彼女の顔のほうへローソクを向け、やさしい言葉をつぶやきながら、みんなの立っていた大きな台所に続く小さな寝室の戸を開けると、なかに入るようにと身振りで示した。彼はローソクを一本取り出すと、火をつけ、テーブルの上において、エライザに話しかけた。

「さあ、いいかい、娘さん、どんなやつがここへ来たって、ちっとも怖がることはないからね。わしはそういうことにちゃんと備えているんだ」。そう言うと、炉棚の上にかけてある、立派な二、三挺のライフルを指した。「それにこのわしを知っとるもんは、たいてい、わしが反対しているのに、この家から人を連れ出そうとするのは危険だってことをよく知っとるよ。だから、いまは、おふくろさんに揺すって寝かしてもらってるみてえに、静かに休みなせい」。そう言い終えると、彼は戸を閉めた。

「まったく、すげえ美人だ」と彼は上院議員に言った。「まあ、美人ちゅうのは、きちんとした女が持ってるような感情があれば、ときには逃げなきゃならんような大きなわけを抱え込むもんだ。よく分かっとりますよ」。

上院議員は、エライザの身の上を手短かに説明した。

「おお! おお! そうですか?」とこの善良な男は気の毒そうに言った。「うん! うん! 無理もない、かわいそうに! 鹿みたいに追いかけられるなんて。母親なら誰だって持ってる当たり前の気持ちを持って、母親なら誰だってするようなことをしただけなのに、追いかけられるなんて!

いいですか、こういうことを聞くってえと、わしはこの世のほとんどすべてのことを罵りたくなるんですよ！」と、正直者のジョンは、大きな、シミのある黄ばんだ手の裏で目を拭いながら言った。「ねえ、あんた、わしは長いこと教会ってもんに加わろうって気がせんでしたよ。だって、わしらの地域の牧師たちは、聖書はこういった嘆かわしいことを支持しとるといつも説教していたですからな。わしは、あの牧師たちのギリシャ語やヘブライ語のちんぷんかんぷんにかなわなかったんですが、あの連中や聖書やそんなことすべてに反対だった。だから、わしは教会には加わらなかったんです。でも、ギリシャ語やそうしたことで、ちゃんと連中に太刀打ちできる牧師さんがいて、その牧師さんが連中とまったく反対のことをおっしゃっただ。それで、わしも正しいとっかかりができたんで、教会に加わるようになったってわけです。そうなんですよ、本当に」とジョンは言った。この話をしているあいだ中、彼はしゅーと泡のたつリンゴ酒の瓶のコルクをぬこうとしていた。そして、ちょうどよいときに、彼はリンゴ酒を差し出した。

「夜が明けるまでここに居なさるがいい」と彼は心を込めて言った。「うちのかかあを起こして、すぐにベッドを用意させますよ」

「ありがとう、あなたはいい人だ」と上院議員は言った。「でも、コロンバス行きの夜の駅馬車に乗るんで、もう行かなくちゃならんのです」

「なるほど！　そうですか。それじゃ、ちょっとそこまで一緒に行って、あんたが来た道よりももっと楽に目的地へ行ける脇道を教えてあげましょう。あの道はかなりひどいですからね」。

ジョンは身支度をし、手にランプを持ち、彼の住まいの裏側の谷間へと続く道へ上院議員の馬車を案内した。別れ際に、上院議員は彼の手に一〇ドル紙幣を握らせた。

「彼女にやってください」と上院議員はあっさりと言った。

「ああ、分かりました」とジョンも同じようにあっさりと言った。

二人は握手して別れた。

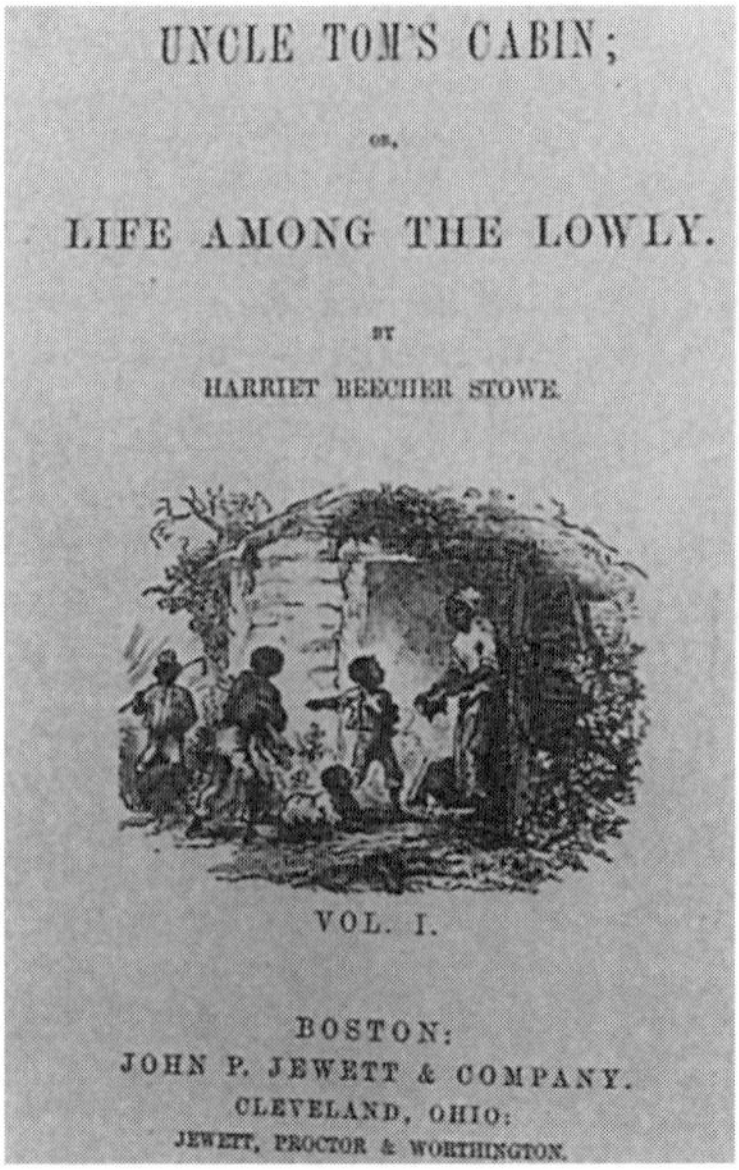
UNCLE TOM'S CABIN;

OR,

LIFE AMONG THE LOWLY.

BY

HARRIET BEECHER STOWE.

VOL. I.

BOSTON:
JOHN P. JEWETT & COMPANY.
CLEVELAND, OHIO:
JEWETT, PROCTOR & WORTHINGTON.

『アンクル・トムの小屋』初版本

▲売却をトムに告げるエライザ
▼トムとエヴァ

氷上を渡るエライザ

第10章　売り物として連れ去られる

The Property Is Carried Off

アンクル・トムの小屋の窓から見える二月の朝は、曇っていて、いまにも霧雨が降り出しそうだった。その天空が、悲しみに沈んだ心の反映ともいえるうつむいた人々の顔を眺めおろしていた。小屋のなかでは、暖炉の前に小さなテーブルが置かれ、アイロンかけのための一枚の布がその上を覆っていた。アイロンかけを終えたばかりの、粗末だがきれいに洗ってあるシャツが一、二枚、暖炉のそばの椅子の背に吊るされ、クロウおばがテーブルの上にもう一枚のシャツを広げていた。彼女はシャツの折り目や端々も入念に皺を伸ばして、申し分のない気遣いでアイロンをかけていたが、ときどき顔に手をやって頬を流れる涙を拭った。

そばでトムが聖書をひざの上に広げ、頭をかかえこんで座っていた。しかし、二人とも口をきかなかった。まだ朝が早かったので、子供たちはみんな一緒に、小さくて粗末な折り畳み式ベッドの上でぐっすり眠っていた。

トムは、きわめてやさしく家族思いな心の持ち主だったが、悲しいことに、こうした性向は不幸なこの種族によく見られる特徴であった。彼は立ち上がると、静かに子供たちの寝顔を見に行った。

「これが最後だな」と彼は言った。

クロウおばはそれに答えず、これ以上もうピンときれいにしようのない粗末なシャツに、何度も何度もアイロンをかけていた。しかし、突然絶望したようにアイロンを投げ出すと、テーブルにくず折れ「声をあげて泣き」[1]出した。

「あきらめなきゃなんねえっていっても、ああ神様、どうしてそんなことができるだか？　あんたがどこへ行くか、どんな目にあわされるか、少しでも分かっていればねえ！　奥様は、一、二年のうちに買い戻すって言ってくださるが、これまで深南部にやられて戻ってきた者は、一人だっていやしねえ！　殺されちまうよ！　深南部の農園じゃ死ぬまでこき使うってみんなが言っとるだ」

「あそこにだって、ここにいらっしゃるのと同じ神様がいらっしゃるだよ、クロウ」

「たとえ」とクロウおばは言った。「いらっしゃるとしても、神様はときどきひどいことをなさる。そんなんじゃ何の慰めにもならねえだ」

「おらは主の御手のなかにいるだ」とトムは言った。「何ごとであれ主の思し召し以上にゃできねえ。主に感謝できることが一つあるだ。売られて深南部にやられるのが、お前や子供たちでなく、おらだってことさ。ここにいりゃお前たちは安全だ。何かが起こるとしても、それはおらにだけだ。主はおらを助けてくださる。おらには分かってる」。

ああ、なんと勇敢で雄々しい気持ちの表われか！　愛する者たちを慰めるために、自分の悲しみを押し殺すとは！　トムは喉がすっかり詰まり、くぐもった声でしゃべっていたが、それは勇気にあふれ力強かった。

「主のお慈悲を考えるだ！」と、彼は震え声でつけ加えた。その様子は、神様のお慈悲に感謝の念を本当に捧げる必要があると確信しているかに見えた。

「お慈悲だって！」とクロウおばは言った。「今度のことじゃ、そんなもの見出せないよ！　こんなこたあ間違ってる！　こんなんじゃおかしい！　旦那様も借金のためにあんたを売るなんてことをしちゃなんねえだ。あんたは、旦那様があんたにしてくれたことの二倍も働いてあげたじゃないか！　旦那様はあんたに自由の借りがあるんだ。何年も前に自由にしてくれていなきゃならなかったんだ。いまはどうすることもできねえかもしんねえけど、そらぁ間違ってる。あたしはその考えを絶対に変える気はないね。あんたは、どんな場合でも自分のことより、いつも旦那様の仕事を優先してきたし、自分の女房や子供たちよりも、旦那様のことを考えてきた！　あんたはそんなふうにずっと忠実だった。なのに自分の難儀をきりぬけるのに、そうなふうに心を捧げてきたものの愛や血を売ろうなんて、神様はこんなことを見逃すはずがねえ！」

「クロウ！　おらを愛してるんなら、そんなふうに言うのはやめてくれ！　これが一緒にいられる最後のときだっていうのに！　それに言っとくが、旦那様のことを一言でも悪く言うのは、おらは好きではない。あの方は、赤んぼうのとき、おらの腕に抱かれていたんだぞ。あの方のことをこれほど思うのもあたりまえだ。けどなあ、あの方がこの哀れなトムのことを、おらが考えるほどに考えてくださると思うわけにゃいかねえんだ。旦那様たちっていうのは、自分のためにいろいろしてもらうことに慣れていなさるんだ。だから、そんなにありがたく思わないのもあたりまえなんだ。旦那様たちにそんなことを望んじゃいけないんだ。うちの旦那様をよその旦那様たちと比べてみろ。このおらが旦那様にしていただいたようなことや暮らしを、どこの誰がしてもらった？　もし旦那様が今度のことを前から分かっていなさったら、こんなことがおらの身にふりかかるようにはなさらなかっただろうよ。おらには分かってるんだ！」

「けど、それはどっかおかしい」とクロウおばは言った。彼女のなかでもっとも支配的なものは、頑固なまでの正義感だった。「あたしにゃ、どこだとは言えないが、どっか間違ってるよ。それだけは言えるね」

「天の神様を崇めなきゃいけねえだ。神様はすべてのものの上にいらっしゃる。雀一羽だって神様がいなきゃ、落ちてきやしねえ」

「そんなこと言っても、慰めにゃならない。だけど、そうしなきゃいけないんだろうね」とクロウおばは言った。「でも、こんなこと言っててもしょうがない。いますぐコーンケーキをこねて、おいしい朝ご飯を作るよ。今度いつになったら、おいしいものが食べられるか分からないからね」。

南部へ売られる黒人の苦しみを理解するためには、この人種の持つ本能的な情愛の気持ちが著しく強いということを知っておく必要がある。住んでいる土地に対して彼らが抱く執着心は、ほとんど不変といってよい。本来、彼らは、必ずしも冒険心や起業家精神に富んでいるとは言えないが、家庭を愛し、愛情が深いということは確かである。これに加えて、無知なものが未知のものへ向ける恐怖心がある。さらに、黒人にとって、南部に売られるということは、子供のころから、もっともきびしい罰だと信じ込まされてきた事実を加えておく必要がある。鞭打ちを含むどんな虐待よりも彼らをもっと脅えさせることは、深南部へ売られるということなのだ。われわれは実際に、彼らがそういう気持ちを口にするのをこの耳で聞いたことがあるし、彼らが座って雑談しているときに、掛け値なしの恐怖心を表わしつつ「深南部」の恐ろしい話をするのを目撃したことがある。「深南部」とは、彼らにとってまさに

「いかなる旅人もそこより帰り来るものなき未知の国[2]」

なのである。

カナダの逃亡者のあいだで仕事をしている牧師が、われわれに語って聞かせてくれた話によれば、逃亡者の多くは比較的親切な主人のところから逃げてきており、しかもそのほとんどの場合が、南へ売られるという絶望的な恐怖心に駆られて、あえて逃亡という危険を冒す気になったと告白しているとのことだった。南へ売られるということは、彼ら自身の上に、またその夫や妻や子供の上におおいかぶさっている宿命だった。そのために、内気で、生まれつき我慢強く、それほど進取の気性に富んでいるわけでもないアフリカの黒人が、英雄的な勇気を奮い起こして、飢え、寒さ、苦痛、荒野の危険、それにもっと恐ろしい、ふたたび捕まったときに蒙る刑罰なども耐え忍んでみようという気になるのだ。

質素な朝食がテーブルの上で湯気をたてていた。というのも、シェルビー夫人がその朝は、お屋敷へ来るのを休んでよ

いと、クロウおばに許可していたからだった。哀れなクロウおばは、この最後のごちそうのために精一杯の腕をふるってみせた。選りすぐった鶏をつぶして調理し、夫の口に合うようにていねいにコーンケーキを焼き、この小屋では見慣れない壷も炉棚に出してあった。その壺は、お屋敷の特別のときでなければ、お目にかかれないジャムの壷だった。

「ほら、ピート、すごい朝飯だぞ!」モーゼが意気揚々としてそう言うやいなや、鶏の切れはしをさっと手でつかんだ。クロウおばは、いきなり彼の耳に平手打ちを食らわせた。「何すんだ! 気の毒なとうちゃんが、家で食べる最後の朝飯にそんなにギャアギャア言うなんて!」

「まあ、まあ、クロウ」とトムはやさしく言った。

「どうしようもねえだよ」と、クロウおばはエプロンで顔を隠しながら言った。「気が動転してるんで、みっともないことをしてしまうだ」。

男の子たちはすっかりおとなしくなって立ったまま、まず父親を見、それから母親を見た。赤んぼうが母親の服の上に這い上ると、有無を言わせぬ力で、あたり構わず泣き出した。

「ほら、ほら!」と、クロウおばは自らの目を拭き、赤んぼうを抱き上げながら言った。「さあ、さあ、母ちゃんはもう大丈夫だからね。何か食べとくれ。これは、あたしのいちばんおいしい鶏だよ。ほら、モーゼたち、お前たちも少しお上がり。悪かったよ! 母ちゃんはむかっ腹を立ててしまったみたいだね」。

子供たちにもう一度勧める必要はなかった。彼らは夢中で食べものに食らいついていった。それでよかったのだ。この連中には、これ以外に、何かこの場にふさわしいことでやれることは、ほとんどなかったのだから。

「さあ」とクロウおばは、朝御飯がすむとせわしなく動きまわりながら言った。「あんたの着るもんを荷造りしとかなきゃね。たぶん、あの奴隷商人があんたのものを全部とっちまうんだろうね。あの人たちのやり方は分かってるんだから、卑劣で汚いんだ、あの人たちは! リューマチのときに使うネルの布は、この隅だよ。大事にするんだよ。もう、誰もこれを作ってくれる者はいねえんだからね。そいから、ここにはあんたの古いシャツ、こっちには新しいのを入れとくよ。ゆうべ、靴下はみんな繕っといたからね。靴下を繕うときに使う木の球も入れといたよ。ああ、でも、これからは、誰があんたのために繕いものをしてくれるのかね」と、クロウおばはまたこらえきれなくなって、荷物を入れる箱の横に顔を伏せてすすり泣いた。「そのことを思うと、たまらないよ! 病気のときも、そうでないときも、あんたのために何かをしてくれる人は、もう誰もいないんだねえ! これじゃ、いくらおとなしくしてたって、どうしようもないじゃないか!」

モーゼたちはテーブルの上のものを全部たいらげてしまったので、今度は、この場の様子を少し気にし始めた。母親が泣き、父親がひどく悲しそうな顔をしているのを見て、くすんくすんと鼻をならし、自分たちも目に手を当て始めた。アンクル・トムは赤んぼうを膝に乗せて、赤んぼうが好き勝手に楽しむのにまかせていた。赤んぼうは彼の顔をひっかいたり、髪の毛をひっぱったり、明らかに自分の心の動きにあわせて、ときどき喜んでけたたましい笑い声を上げたりした。

「ああ、いまのうちにうんとはしゃいでおくがいい、かわいそうに！」とクロウおばは言った。「そのうちお前もこんな目にあうんだよ！　お前も大きくなって、亭主が売られるか、それともお前自身が売られるか、そんなことを経験することになるんだろうね！　この坊主たちにしたって、何かに役に立つようになるとたぶん売られちゃうんだ。黒んぼに家族があったっていったい何の役に立つって言うんだい！」

そのとき、子供の一人が大声で言った。「奥様がいらしただぞ！」

「奥様がいらしたってどうなるものでもない。何しにいらしただ？」とクロウおばは言った。

シェルビー夫人が入って来た。クロウおばは、まさに素気なく無愛想な様子で椅子を差し出した。夫人は、クロウおばの動きや態度が目に入らないようだった。その顔は青ざめ、心配そうだった。

「トム」と彼女は言った。「私が来たのはね」。ここまで言うと、急に言葉を切り、まわりで沈黙している人々の顔を見、椅子に腰を下ろして、ハンカチで顔をおおうと、すすり泣き始めた。

「まあ、奥様、泣かねえでくだせえ、お願えですだ！」と、クロウおばは言いながら、今度は自分が泣き出した。しばらく、みんなで一緒に泣いていた。身分の高いものと低いものとが一緒になって流しあったこの涙のなかに、虐げられている者たちの恨みも憤りも、すべて溶け去っていった。ああ、あなたが苦しみ悩む者たちを訪れ、冷淡に顔をそむけながら、お金で買えるものをいくら与えたところで、あなたの与えるものは、心から同情して流す涙の一滴ほどの値うちもないということをあなたはご存知だろうか？

「ねえトム、私はいまお前の役に立つものを何一つあげられないわ。お金をあげたとしても、それはお前から取り上げられてしまうでしょう。でも、私は神様に誓って言うわ。お前がどこへ売られようと、いつもその行き先をつきとめておいて、お金が自由になり次第お前を買い戻しますからね。だから、そのときまで、神様を信じて待っていてちょうだい！」

このとき、子供たちが大声を上げて、ヘイリーの到来を告げた。それと同時に、ドアが無遠慮に蹴り開けられた。昨夜あれほど馬を乗り回したにもかかわらず、獲物をつかまえそこなった悔しさをどうにも抑えかねるといった様子で、不機嫌そうにヘイリーがそこに立っていた。

「さあ、来るんだ」と彼は言った。「黒んぼ、用意はいいか？　これは失礼、奥さん！」シェルビー夫人がそこにいるのを見て、彼は帽子をとって言った。

クロウおばは荷物の箱にふたをし、紐でしばりあげた。それから、立ち上がると、奴隷商人を無愛想に睨んだ。彼女の涙は突然怒りの火花に変わったかのようだった。

トムは素直に立ち上がり、重い荷物を肩にかついで、新しい主人のあとについて行った。彼の妻は赤んぼうを腕に抱き、馬車まで彼と一緒に行った。泣きながら、子供たちがそのあとにぞろぞろと続いた。

シェルビー夫人は奴隷商人のところへ近づくと、真剣な様子で彼に話しかけて、ちょっと彼を引き止めにかかった。彼女がこうして話しているあいだに、家族のもの全員が馬車のほうへ向かって進んで行った。馬車はいつでも出発できるように馬具をつけて戸口のところで待っていた。子供から老人まで、お屋敷中のすべての使用人たちが、昔からの仲間に別れを告げようと、馬車のまわりに集まっていた。トムは召使頭としても、またキリスト教徒の教師としても、みんなから尊敬されていたので、多くの心からの同情と悲しみが、特に女たちから寄せられた。

「まあ、クロウ、あんたって人は、あたいたちよりずっと立派に悲しみをこらえてるんだね！」と、あたりかまわず泣いていた一人の女が、馬車のそばで沈みがちに黙って立っているクロウおばに気づいて言った。

「あたしはもう涙も出し尽しちまっただよ！」と、彼女はこっちへやって来る奴隷商人をじろっとにらんで言った。「あんな悪党の前では泣く気もしねえだ、まったく！」

「乗れっ！」眉をひそめてヘイリーを見つめる召使たちのあいだを大股で通り越すと、ヘイリーはトムに向かって言った。

トムが乗り込むと、ヘイリーは座席の下から一組の重い足枷を引っ張り出して、しっかりとトムの両足首にはめた。

息を押し殺した憤りのうめき声が、取り巻いているすべての人々のあいだを駆け抜けた。シェルビー夫人がヴェランダから言った。

「ヘイリーさん、わたしが請け合いますわ。そんな用心はまったく必要ありません」

「分かったもんじゃないですな、奥さん。この場所でわたしゃ五〇〇ドルもの損をしてるんですぜ。もうこれ以上危険を冒すわけにゃいきませんや」

「奥様は、こんな人からこうしたこと以外にどんなことが期待できるって思っていなさるだ？」クロウおばが腹だたしげに言った。二人の男の子はやっといま父親の運命が分かったらしく、母親の服にすがりつくと、激しくうめき声を上げて泣き出した。

「ジョージ坊っちゃまがお出かけになっていて残念だ」と

トムが言った。

ジョージは、近くの屋敷で友達と二、三日過ごすため出かけていっていなかった。彼は、トムの不運がみんなに知らされる前の朝早くに出発してしまったので、このことについては何も知らずにいたのだ。

「ジョージ坊っちゃまに、くれぐれもよろしくと伝えておいてくれ」と、彼は心を込めて言った。

ヘイリーが馬に鞭をあてた。最後まで悲しそうなまなざしをなつかしのお屋敷にじっと注いだまま、トムはまたたくまに連れ去られて行った。

シェルビー氏はこのとき家にいなかった。彼は、自分が恐れを感じていた男の支配下から脱しようと、駆り立てられるような気持ちに衝き動かされてトムを売ったのだった。取り引きがすんでまず最初に感じたことは、ほっとした安堵感だった。しかし、妻の抗議で、それまで半ば眠っていた後悔の念が呼びさまされた。さらに、トムの高潔無私な態度が、自分への不快感を募らせていった。自分にはそうする権利があるんだ、誰でもそうしているし、そうせざるをえない理由もないのにそうしている者だっているんだからと、自分に言いきかせても無駄だった。どうしても自分の気持ちを納得させることができなかった。そこで彼は、最後の不愉快な場面を見ないですまそうと、戻ったらすべてのけりがすっかりついてしまっていることを望みながら、ちょっとした仕事にかこつけて田舎への小旅行に出かけてしまったのだ。

トムとヘイリーはほこりっぽい道をガタガタと進んで行った。すべての慣れ親しんだ場所を通りすぎ、シェルビー家の敷地の境をかなり行ったところで、彼らは公道に出た。そこから一マイルほど行くと、ヘイリーは突然鍛冶屋の戸口に馬を止め、一対の手枷を取り出すと、それをちょっと直してもらおうと、店のなかへ入っていった。

「これは、こいつの身体にゃちょっとばかり小さすぎるんだ」と、ヘイリーはトムを指さしながら、手枷を差し出して言った。

「おやっ！ シェルビー家のトムじゃないか。シェルビーさんがトムを売ったっていうんじゃないだろうね？」と鍛冶屋が聞いた。

「いや、そうなんだ」とヘイリーが答えた。

「本当か！ まさか」と、鍛冶屋は言った。「そんなこたぁ考えられない！ いいかい、そんなふうにトムに手枷なんかかける必要はないよ。彼ほど忠実で、善良な人間はいやしないんだから」

「分かった、分かった」とヘイリーは言った。「でもな、お前さんの言うその善良な連中っていうのが、逃げ出したがっている奴らなんだ。どこへ連れて行かれようと頓着しない馬鹿な連中とか、どうなったってかまわねえっていうやる気のない呑んだくれとかは、いつも身分相応で、あちこち売り回されたってかえって喜んだりするぐらいなんだ。だが、お前さんの言う質のいい連中というのは、売り回されるのが大嫌いなんだ。だから、枷をはめとかなきゃならねえんだ。足があるからね、奴らはそれを使うのさ、間違えっこなしさ」

「そんなもんかね」と、道具のなかに手を突っ込みながら、鍛治屋は言った。「ところで、お客さんよ、南部の農園ってのは、ケンタッキーの黒んぼたちが行くのを嫌っているところだろう、あそこへ行くと、連中はすぐに死んじまうっていうじゃないかい？」

「まあ、そうだな。すぐに死んじまうようだ。気候やなんだかんだですぐに死んじまうので、市場が結構にぎわうってもんよ」とヘイリーは言った。

「それじゃ、なおさらだ。善良でおとなしくて人に好かれるトムのようないい奴を、砂糖農園に連れてってていいように擦り潰しちゃうってのを考えると、誰でも相当気の毒に思わざるをえねえよ」

「トムは運がいいんだ。俺は、奴を特別扱いすると約束したんだ。奴を、どこか由緒ある立派な家の召使にさせようと思っている。そんでもって、奴が熱病とか気候とかに耐えられれば、黒んぼなら誰でも望むようないい居場所を手に入れることになるだろうよ」

「彼は、妻や子供をここに残して行くんだろう？」

「そうだ。でも、奴はあっちで別のを手に入れるよ。どこにも女はたくさんいるんだから」とヘイリーは言った。

このような会話がなされているあいだ、トムは店の外でうち沈んだ気分で座っていた。突然彼は、背後で、息せききって駆けてくる馬の蹄の音を聞いた。驚きからさめやらぬまに、若主人のジョージが馬車のなかに飛び込んできて、興奮しきった様子でトムの首に腕を回すと、すすり泣きつつ激しく罵った。

「本当に卑劣だ！　みんながなんと言おうとかまわない！　こんなことは、胸のむかつく卑劣で恥さらしなことだ！　もし僕が大人だったら、こんなことはさせやしない、絶対にさせない、そうとも！」と、ジョージは声を押し殺し気味に言った。

「ジョージ坊っちゃま！　ありがとうごぜえます！　坊っちゃまにお会いせずに行っちまうなんて耐えられなかったですだ。口で言えねえほど、本当にうれしいですよ！」このとき、トムが足をちょっと動かしたので、足枷の上にジョージの目がいった。

「なんて恥知らずなことを！」両手をあげて、彼は叫んだ。「あいつを殴り倒してやる、ぜったいに！」

「そんなことをしてはいけません、坊っちゃま。そんなに大声で怒鳴らないでくだせえ。あの人を怒らせることは、おらにはありがてえことではねえですだ」

「分かった。お前のために、やめとくよ。それにしても、考えただけでもひどいよ、そうじゃないかい？ うちの人は誰も僕を呼びに来てくれなかったし、一言も知らせてくれなかった。もしトム・リンカーンがいなかったら、僕はこのことを何も聞かずにいたんだ。だから、僕はみんなに、家中のみんなに文句を言ったんだ！」

「それはすべきじゃないと思いますだ、ジョージ坊っちゃま」

「そうせずにいられなかったんだよ！ 本当にひどすぎる！ ほら見て、アンクル・トム」。店の方に背を向けると、彼は意味ありげな声で言った。「僕、一ドル銀貨を持ってきてあげたよ」

「そんなものをいただくなんて、考えるだにできませんよ、ジョージ坊っちゃま、とんでもねえだ！」とても感動して、トムが言った。

「是非もらってほしいんだ！」と、ジョージは言った。「ほら見てごらん、僕はクロウおばにそうするよって話したんだ。そうしたらクロウおばは、そこに穴をあけて紐を通せば、お前がそれを首にかけ、人から見えないようにしまっておけるって教えてくれたんだよ。そうしないと、あの意地汚いごろつきが取り上げてしまうからって。ねえ、トム、僕はあいつをぶんなぐってやりたいよ！ そうすれば僕の気がすむんだけど！」

「いけません、ジョージ坊っちゃま、そんなことしてもらっても、おらにはありがたくねえですだ」

「分かった、お前のために、やらないよ」と、ジョージは言って、手早くトムの首に銀貨を掛けた。「さあ、コートのボタンをしっかりはめて、しまっておくんだよ。これを見たら必ず、僕がお前のあとを追って出かけて行き、お前を連れ戻す気でいるってことを思い出しておくれ。クロウおばと僕とでそのことを話していたんだ。クロウおばには、心配しなくていいと言っておいた。僕はきっとそうするよ。もしお父さんがそうしないんなら、お父さんを困らせてやるんだ」

「ああ！ ジョージ坊っちゃま、お父様のことを、そんなふうにおっしゃっちゃいかんです！」

「でもトム、僕は何も悪いことをしようというんじゃないんだ」

「いいですか、ジョージ坊っちゃま」とトムは言った。「いい子になんなくちゃだめですよ。どんなに大勢の人があなたのことを心配しているか、忘れちゃなんねえですよ。いつでもお母様のそばにいてあげてくだせえ。大きくなって、自分の母親のことをないがしろにするような、そんなばかげた真似だけはしねえでくだせえよ。いいですか、ジョージ坊っちゃま、神様はたくさんのいいものを二回与えてくださることもありますが、母親というもんは一度しか与えてくださらんのです。ジョージ坊っちゃま、あなたが一〇〇歳まで生きたとしても、あなたのお母様のような女性に、二度とお目にかかるようなことはありゃしねえです。ですから、いつもお母様のそばにいて、大きくなり、お母様の慰めになってあげてくだせえ。それこそおらのジョージ坊っちゃまでしょうが、そうしてくだせえますよね？」

「うん、そうするとも、アンクル・トム」と、ジョージは真剣に言った。

「それから、どうかご自分の使う言葉に気いつけてくだせえまし、ジョージ坊っちゃま。若い男の子ってえもんは、あなたぐらいの年頃になると、ときどき意固地になるもんです。それが、あたりまえですがね。でも、おらが坊っちゃまになってもらいたいと思っとる、本当の紳士っちゅうもんは、ご両親に失礼な言葉なんて、一言も使わねえですだ。気い悪くなさったですかね、ジョージ坊っちゃま？」

「もちろん、そんなことないよ、アンクル・トム。お前は、いつだって僕にいい忠告をしてきてくれたじゃないか」

「おらは坊っちゃまより年をくっとりますだ」。トムは、少年のなめらかな巻き毛の頭を、大きなごつい手で撫でながら言った。しかし、その声は、女性のようなやさしい声だった。「坊っちゃまの身に備わっとるもんがみんな、おらには見えとりますだ。ああ、ジョージ坊っちゃま、あなたは何もかも持っとります、学問も特権も読むことも書くことも。坊っちゃまは、大きくなって、偉大な、学問のある、立派な大人になるでしょう。お屋敷中のみんなもお母様もお父様も坊っちゃまを誇りに思うでしょう！　あなたのお父様みてえな立派な御主人様になってくだせえ。また、あなたのお母様みてえなキリスト教徒になってくだせえ。あなたと同じぐれえの若いころのキリスト様みてえにふるまってくだせえ、ジョージ坊っちゃま」

「ああ、本当にいい人になるよ、アンクル・トム」とジョージは言った。「僕は第一級の人間になるよ。お前を失望させはしないよ。でも、いいかい、僕はお前を屋敷に連れ戻すつもりだ。今朝もクロウおばに話したことだけど、僕が大人になったら、お前の家を建てて、絨毯の敷いてある居間を作ってあげるよ。幸せにしてあげるよ！」

ヘイリーが手錠を手に持って、戸口に現われた。

「おい、きみ」とジョージは馬車から出ながら、相手を見下した態度で言った。「きみがアンクル・トムをどんなふうに扱っているか、僕の父さんと母さんに言いつけるからな！」

「どうぞご勝手に」と奴隷商人が言った。

「男や女を買ったり、彼らを家畜のように鎖でつないだりして一生を過ごすなんて、恥ずかしくないのか！　卑劣だと感じないのか！」とジョージは言った。

「お前さん方みてえなご立派な連中が男や女を買いたいと望んでおるんだから、私もお前さん方も五十歩百歩ってとこさ。同じように善良ってことよ」とヘイリーは言った。「買うより売る方が卑しいってわけのもんでもないだろうが」

「僕は大人になっても、そんなことはどっちもしないぞ」とジョージは言った。「今日、僕は自分がケンタッキー人であることが恥ずかしい。いままでは、いつもそうであることを誇りに思っていたのに」。そう言うと、ジョージは馬の上でしゃきっと背筋を伸ばし、ケンタッキー中が彼の意見に深い感銘を受けるはずだといわんばかりに、あたりを睥睨《へいげい》した。

「じゃ、さようなら、アンクル・トム。どんなことがあっても、頑張ってくれ」とジョージは言った。

「さようなら、ジョージ坊っちゃま」。いとおしそうに、また惚れ惚れとジョージを見ながら、トムは言った。「全能の神があなたに祝福を賜りますように！　ケンタッキーには、あなたのような方はそう多くはおられねえだ！」と、トムは胸を詰まらせながら言った。しかし、そのときには、素直な少年らしい顔は見えなくなっていた。ジョージは立ち去ってしまっていた。その馬の蹄のかたかたいう音が聞こえなくなるまで、トムはそっちに目をやっていた。それは、彼の故郷の最後の音であり、最後の光景だった。しかし、彼の胸には、一か所温かい場所が残っているように思えた。そこには、あの若者の手で首にかけられたあの尊い銀貨があった。トムは手を上げ、胸のところでしっかりとその銀貨を握りしめた。

「いいか、トム、お前に言っておくことがある」。馬車に近寄って、手枷を投げ込みながら、ヘイリーが言った。「俺は、いつも黒んぼたちとやっているように、お前ともちゃんとやりたいと思っている。そこでまず最初に言っておくが、お前が俺の言うことをちゃんと聞けば、俺もお前をちゃんと扱ってやる。俺は、自分の黒んぼたちをひどく扱う気はない。俺の黒んぼには、できるだけのことをしてやりたいと思っている。だから、お前も気楽に構えて、変な小細工なぞしようと考えないほうがいい。黒んぼの小細工なら、どんなことでも俺の知らないものはないんだから、やったって所詮無駄なんだ。黒んぼたちがおとなしくしていて、逃げようなんて了見を起こさなければ、俺と楽しくやっていけるってもんよ。もしそうじゃないんなら、それは奴らがいけないんで、俺のせいではないんだ」。

自分にはいま逃げる意思など毛頭ないということを、トムはヘイリーに請け合った。実際、足に大きな一対の鉄の足枷をはめられている男にとって、この訓戒は余計なもののようだった。しかしヘイリーには、自分の商品との関係を、こういったちょっとした訓戒で始める習慣があった。彼の考えでは、そうすることで、黒人たちに元気を出させ、信用させ、不愉快な場面を避けることができるということになっていた。

さてここでしばらくトムに別れを告げ、物語の他の人物たちの運命を追ってみることにしよう。

第11章 ここで売り物があるまじき精神状態に陥る

In Which Property Gets into an Improper State of Mind

ケンタッキー州N——村の小さな地方ホテルの入口に、一人の旅人が馬車から降り立った。霧雨の降るある日の午後遅くのことだった。ホテルのバーには、種々雑多な人間たちが集まっていた。悪天候に追い立てられ、仕方なくここに避難してきた連中たちだったが、そこではこういった集まりによく見られる光景が展開されていた。その絵柄のなかの目立った特徴といえば、大きくて背の高い、痩せたケンタッキー人たちで、彼らは狩猟服に身をつつみ、この人種特有の気楽でぞんざいな身ごなしで広い室内をぶらぶらと歩き回っていた。隅のとある一画にライフルが積み重ねられ、火薬入れとか獲物袋とか猟犬とか黒んぼの少年たちといったようなものは、いろいろな隅にまとめて放りだされていた。暖炉を取り囲んだそれぞれの端には、足の長い紳士が一人ずつ座り、椅子を後ろに傾け、帽子をかぶったまま、泥の付いたブーツのかかとを尊大に炉棚の上に載せていた。読者の皆さんにお教えするが、この格好は西部の酒場などでよく見かけるもので、考え事をする姿勢としては実に都合がよく、かの地では、旅人たちが自分の理解力を深めようとする際に、断固としてこの風変わりな姿勢をとるのである。

バーの後ろに立っているのは、われらがホテルの主人で、その土地の他の男たちと同じように大柄で、人がよく、ぞんざいな身ごなしの男だった。頭は毛が多くてもじゃもじゃで、その天辺には大きな山高帽が一つ載っていた。

しかし、よく見ると、その部屋のすべての者たちが、頭にこの独特な男性的権威の象徴をかぶっている。フェルト帽であれ、棕櫚の葉帽であれ、小汚いビーバー帽(1)であれ、あるいは新種のハイカラなフレンチ帽であれ、それぞれの帽子は、真の共和主義的な独立心を示して頭の上におさまりかえっている。それは本当に各人の個性を表現しているかのようだった。ある者たちは粋に帽子を片側に傾けてかぶっていた。そういう者たちは、ユーモアに富み、陽気でくったくのない男たちであった。また、ある者たちはわざわざ鼻の上のところにくるまで目深に帽子を下げてかぶっていた。そういう者たちは、帽子をかぶるときは、自分がかぶりたいからかぶるのだし、それも自分の思い通りにかぶるのだといったふうに、何事にも筋を通さないと気のすまない頑固な性格の男たちであった。さらに、帽子を頭のずっと後ろのほうまでずらしてかぶっている男たちがいたが、そうした者たちは、はっきりした見通しを持ちたがる抜け目のない男たちだった。それに対して、自分の帽子がどんなふうに頭の上に載っかっているかなど、知りもしないし、一向におかまいなしといった無頓着な者たちもいた。そういう連中は、帽子をやたらあちこちに向きを変え続ける男たちだった。実際のところ、さまざまな帽子の考察はシェークスピア研究にも匹敵した。

ゆったりめのズボンと、ぴったりしたシャツを身につけた濃淡いろいろの黒人たちが、あっちに行ったりこっちに来たりして動き回っていた。彼らは、主人とそのお客たちのためなら、喜んで宇宙のすべてをひっくり返して見せると言わんばかりの、この人種らしい意気込みを示しはするものの、これといって何か特別な結果をもたらすというようなことはなかった。この光景に加えて、パチパチと陽気に音を立てて燃え上がり、大きな広い煙突を勢いよく登っていく炎とか、大きく開かれたドアと窓とか、湿って冷たい一陣の強い風にあおられて、ぱたぱたとはためくキャラコ地のカーテンなどを想像すれば、読者の皆さんにも、ケンタッキーの宿屋のにぎわいがある程度お分かりいただけるだろう。

現代のケンタッキー人は、本能や特性といったものが遺伝するという学説のよい見本である。彼らの祖先は優れた狩人たちで、森に住み、星明かりをローソク代わりに、自由な広い空の下で眠った。だからその子孫は、現代でも、いつも自分の家があたかも野営地であるかのように振る舞っているのである。どんなときでも帽子をかぶり、あたり構わずごろりと横になり、椅子や暖炉の上に靴のかかとを載せたりする。それは、まるでその祖先が緑の草地を転げ回り、その靴のかかとを木や丸太の上に載せていたのとそっくりだ。彼らは、夏冬かまわず、大きな肺にたっぷり息を吸い込めるように、窓も扉もみんな開け放している。誰のことでも、無頓着な親しさを込めて「あんた」と呼ぶような、まったくあけっぴろげで、気楽な、この上なく陽気な連中だ。

こうした自由で気楽な連中の集まりのなかへ、われらが旅人は入っていった。彼は背が低く、がっちりした体格だったが、洋服を隙なく着こなし、人の良さそうな丸顔の男だった。しかし、その外観にはどこか凝ったところがあり、幾分気むずかしげだった。自分の鞄と傘がとても気掛かりなふうで、自らの手でそれらを運び、お持ちしましょうという召使たちの申し出はすべて頑なに断っていた。彼はやや不安げな様子で酒場を見渡していたが、その大事な鞄と傘を抱えて一番暖かそうな一隅に引きこもると、荷物を自分の椅子の下に入れ、腰を降ろしてから、相席となった御仁をやや気遣わしげに見上げた。相手の男は靴のかかとを暖炉の上に置き、弱々しい神経と気むずかしげな態度の紳士たちをむしろびくつかせるような剛毅さと精力を示しつつ、ところかまわず唾を吐き散らしていた。

「よう、あんた、調子はどうだい?」と相席の御仁が言い、この新来者へのとてつもないあいさつとして、嚙み煙草の汁を吐きかけた。

「調子はいいですよ」。それが、少々びくつきながら、このおっかない挨拶から身をかわして、相手が行なった返事だった。

「何かニュースはないかい?」と、件の御仁が嚙み煙草の塊と、大きな狩猟用ナイフをポケットから取り出しながら聞いた。

「ありませんね」と紳士が言った。

「嚙むかい?」最初に話しかけた男が、兄弟みたいにすっかり打ち解けて、老紳士のほうに嚙み煙草の一片を差し出しながら言った。

「いや、結構。どうも私の性に合わないんでね」と小柄な男の方が、少しずつ距離をとりながら言った。

「やらないのかい、ええ?」と相手は気さくな調子で言うと、自分の口のなかにその切れ端を入れてしまった。いつ誰とでもあいさつが交わせるように、嚙み煙草の汁の補給を欠かさないでおこうというわけだ。

老紳士は、その大男の兄弟が自分のほうに唾を吐きかけるたびに、きまってちょっとビクっとした。その様子を見てとった相手は、いかにも人のよさそうな態度で、自分の砲撃を別の方角へ向け直すと、一つの都市を攻め落とせるほどの軍事的手腕を発揮して、そこにあった暖炉用鉄具に集中砲火を浴びせ始めた。

「あれは何なんです?」老紳士が、大きなビラの周りに集まっている人だかりに目をとめて言った。

「逃亡奴隷の広告さ!」人だかりのなかの一人がぶっきらぼうに言った。

老紳士の名前はウィルソン氏といったが、彼は椅子から立ち上がると、自分の鞄と傘の位置を注意深く直したあとで、慎重な身振りで眼鏡を取り出して、鼻の上に掛けた。この作業を終えると、ビラを読み始めた。

『ジョージという名の混血黒人が当広告主の手から逃亡。身長六フィート。きわめて色の白い混血で、髪は茶色の巻毛。非常に聡明。みごとな英語を話し、読み書きができる。おそらく白人男性になりすますつもり。背中と肩に深い傷跡あり。右手にHの焼き印。生け捕りにした方には四〇〇ドル提供。また、殺害の場合には、その確たる証拠を示された方に、同額を提供』

老紳士は、あたかもこの広告を研究しているといわんばかりに、低く声に出して端から端まで読み上げていった。

暖炉用鉄具の包囲作戦に携わっていた足の長い古参兵が、このとき、扱いにくい長い足を下に降ろし、背の高い身体を空中に起こすと、ビラのところまで歩いてきて、これみよがしの態度でビラの上に噛み煙草の汁をたっぷりと吐きかけた。

「これが俺の気持ちだ！」とぶっきらぼうに言うと、彼はまた座りこんだ。

「おい、そこのあんた。そりゃ何の真似だ？」われらが宿の主人が言った。

「もしあの紙の文句を書いたやつがここにいたら、そいつに同じことをしてやるさ」と大男は言い、落ち着いておなじみの噛み煙草を刻む作業にまた戻った。「あそこに書かれているような黒んぼを所有していながら、もう少しましな扱いができないなんて奴は、逃げられて当然なんだ。あんなビラはケンタッキーの面汚しだ。言っとくが、それが俺の正直な気持ちだ！」

「なるほど、まあ、そういやあそうだな」と、われらが宿の主人は帳簿への記帳を行ないながら言った。

「俺だって黒んぼを大勢所有しとるんだよ、旦那」と、大男は暖炉用鉄具への攻撃を再開しながら言った。「俺は連中にこう語ってる。『お前たち』と俺は言うのさ。『さあ、逃げろ！　出ろ！　行っちまえ！　いつでもそうしたいときにな！　お前たちにちょっかいを出そうなんて気は俺にゃねえ！』これが、あいつらを逃げさせない俺流のやり方なんだ。あいつらに、いつでも逃げ出せるってことを知らせておいてやるのさ。そうすると逃げ出そうって気持ちがなくなるんだ。おまけに俺は、万一のことが俺にあった場合に備えて、連中全部のために解放証明書を作成してあるんだ。それを連中も知っている。いいかい、あんた、このあたりで、俺以上に黒んぼたちから儲けさせてもらっている奴はいないぜ。そうなんだ、俺のところの黒んぼたちは、五〇〇ドル相当の仔馬を何頭か連れてシンシナティに行き、その金を持って帰って来るんだ、全然ごまかしっこなしさ、それも何回もだぜ。連中がそうするのは、当たり前なんだ。奴らを犬なみに扱えば、奴らは犬なみにしか働かないし、犬なみの活動しかしない。奴らを人間として扱えば、人間なみの仕事をしてくれるってわけさ」。正直者の家畜商人は自分の話に熱くなり、噛み煙草の汁を完璧な勝利の祝砲として暖炉に吐きかけ、その道徳的な気持ちの裏書きとした。

「まったくあなたのおっしゃる通りですよ」。ウィルソン氏が言った。「この広告に描かれている若者は立派な男です。その点に間違いはありません。私の麻布工場で五、六年も働いてくれていたんですから。最良の働き手でしたよ、あなた。また、創意工夫に富んだ男でしてね、麻の繊維を洗浄する機械を発明しました。その機械は実に役に立つ代物で、いくつかの工場が実際に使用しています。特許権は彼の主人が握っているんですけどね」

「請け合ってもいいがね」と家畜商人が言った。「そういう手合いは、特許権を握り、それで金を儲けた上で、次にくるりと態度を変えて、黒んぼの右手に焼き印を押したりするのさ。機会さえあれば、俺はその主人ってえのをぶちのめしてやりたいよ。そうすりゃ、そいつは当分のあいだ焼き印みたいにその傷跡を引きずることになるだろうよ」

「こういったわけ知り顔の黒んぼってのは、いつだって小癪で生意気なもんさ」。粗野な顔つきの男が、部屋の向こう側から口をさしはさんできた。「だから、鞭打たれたり、焼き印を押されたりするんだ。おとなしくしてれば、そんな目にはあわないんだ」

「つまり、それは、神様が連中を人間としてお造りになられ、牛馬みてえに搾り取るってえのには、無理があるちゅうことなんだ」と、家畜商人は冷淡な口調で言った。

「利口な黒んぼたちってのは、持ち主にとっちゃ都合のいいものじゃないんだ」。相手は、粗野で無意識な愚鈍さのなかにすっかり立てこもって、論敵の蔑みから身を守りながら、なおも言い続けた。「もしあいつらの才能とかそういったものをあんたが利用できないんなら、そんなものが何の役に立つっていうんだい？　連中が自分の才能でやることといったら、せいぜいあんたの裏をかこうってことぐらいだ。俺んとこにも、そんな奴が一人、二人いたが、遅かれ早かれ、深南部に売っちまったよ。俺がそうしなくても、そいつらは逃げ出していただろうよ」

「神様に特別注文でもして、魂をまったく抜き取った、お前さん向きの一群の黒んぼたちを造ってもらうことだな」と家畜商人が言った。

そのとき小さな一頭立ての馬車が宿屋に近づいて来たため、会話は中断された。黒人の召使が御者を務めるその馬車は上品な造りで、なかにはきちんとした身なりの紳士然とした男が座っていた。

集まっていた者たちは一人残らず、この新たに来た人物をじろじろと眺めやった。そこには、雨の日にぶらぶらしている男たちが、新参者を一人一人審査するときに示す好奇心があった。新たに来た人物は背が高く、スペイン人のような浅黒い肌の色をしていた。その黒目は美しく、表情豊かだった。同じく漆黒でつややかな髪の毛は、短かかったがウエーブがかかっていた。形のいい鷲鼻、一文字に結ばれた薄い唇、見事な輪郭の美しい肢体などが、即座に、その人物はただ者でないという印象を一同に抱かせた。彼はみんなのあいだをゆったりと歩いて行き、ポーターに一つうなずいて旅行鞄の置き場所を指示すると、一同に軽く会釈をした。それから、手に帽子を持ち、悠然とした足取りでバーまで行き、シェルビー郡オークランドから来たヘンリー・バトラーという者だと名乗った。そのあとで、さりげなく振り返ると、ぶらぶらと広告のほうへ行き、それを初めから終わりまで読み通した。「ジム」と、彼は自分の召使に向かって言った。「私たちはこんな感じの黒んぼを、バーナンの店で見かけたように思うんだが？」

「さようで、旦那様」とジムが言った。「ただ、手のことは確かじゃありませんが」

「そうだな。もちろん、私も見なかった」。屈託なげにあくびをしながら、この新着の人物が言った。それから宿屋の主人のところへ行き、直ちに書き物に取りかからなければならないので、個室を用意してくれと頼んだ。

宿の主人は満面これ追従笑いだった。すぐに老若男女、大小取り混ぜて黒人七人ほどが、ウズラの群れのように、数珠繋ぎとなって駆け去って行った。押し合いへし合い、大あわてで、お互いの爪先を踏み付けたり、ぶつかったりしながら、躍起で紳士の部屋の準備をしようというのだった。そのあいだ、彼のほうは部屋の真ん中の椅子にゆったりと腰をおろし、隣に座っていた男と話し始めた。

工場主のウィルソン氏は、紳士が入ってきたときから、不安で落ち着かない好奇の眼差しで見守っていた。その紳士にどこかで出会い、見知っているような気がするのだが、どうにも思い出せないといった様子だった。その男が話したり、動いたり、微笑んだりするたびごとに、ビクっとし、男に目をやった。しかし、男の輝く黒い目で誰はばからず平然と見つめ返されると、即座に自分のほうから視線をそらした。突然、ウィルソン氏の記憶が甦ったらしかった。というのも、あからさまな驚きと不安の念を込めて男にじっと目を注ぎ続けていたからである。その結果、男のほうから彼のほうへ近づいてきた。

「ウィルソンさんでしたね」と男は、手を差し出しながら、見覚えがあるという口調で言った。「失礼しました。先程まで思い出せなかったものですから。あなたのほうは、私のことを覚えておいていただいているようですね。シェルビー郡オークランドのバトラーです」

「え、ええ。そう、そうですな」。ウィルソン氏は、まるで夢うつつで話している人のように言った。

ちょうどそのとき黒人少年が入ってきて、紳士の部屋の用意ができたと告げた。

「ジム、旅行鞄を頼んだよ」。紳士は無造作にそう言い放つと、今度はウィルソン氏のほうに向き直り、次の言葉を付け足した。「もしよろしければ、私の部屋で、少し仕事の話をしたいのですが」。

ウィルソン氏は、紳士のあとをまるで夢遊病者のようについていった。彼らは階上の大きな部屋に向かって進んでいったが、そこでは、起こしたばかりの火がぱちぱちと燃え、大勢の召使が、部屋の最後の仕上げのために飛び回っていた。

すべての準備が整い、召使たちが出て行くと、青年は注意深くドアに鍵を掛け、その鍵をポケットにしまってから振り向いた。胸の上で腕を組み、ウィルソン氏を真正面から見つめた。

「ジョージ！」ウィルソン氏が言った。

「そう、ジョージです」。青年が言った。

「思ってもみなかったよ！」

「うまく変装しているでしょう」。青年は微笑みながら言った。「クルミの皮を少しばかり使って、黄色い肌を淡い褐色にしたんです。髪も黒く染めました。あのビラの男だとはとても思えないでしょう」

「その通りだ、ジョージ！　でも、お前のしていることは、危険な賭けだ。私にはとてもこんなことは勧められないね」

「私の責任でやっていることです」と、ジョージは先程と同じ誇らしげな微笑を浮かべて言った。

ついでにここで述べておくが、ジョージの父親は白人の家系であった。母親は、その美しい容姿のために所有者の情欲の奴隷とされた、不幸な黒人女たちの一人であり、子供の母親となっても、その子供たちは父親のことを知ることがなかった。しかしながら、ジョージは、ケンタッキー州のもっとも誇り高き家柄の一つから、ヨーロッパ人のみごとな容姿と、高貴で不屈な精神を引き継いでいた。母親からは、混血児としての薄い肌の色を受けとったが、同じ母譲りの豊かな黒い目が十分その償いを果たしていた。したがって、肌の色合いや髪の色をちょっと変えれば、いま見せかけているスペイン系の顔立ちの男への変貌が可能だった。また、優美な身ごなしや紳士的な態度はいつでも完全に彼の身に備わっていたものなので、召使を連れて旅する紳士という彼の選んだ大胆な役柄も、何の苦もなく演じきっていた。

ウィルソン氏は善良な人柄だったが、非常に心配性で用心深い老紳士でもあったので、まるでジョン・バニヤン言うところの「心の中で七転八倒(2)」といったおもむきで、部屋のなかを行ったり来たりしていた。なんとかジョージを助けてやりたいという望みと、法と秩序を守らなければならないという混乱した気持ちとのあいだで板挟みになっていたのだ。部屋のなかをあちこち歩き回りながら、彼は次のように自分の胸のうちをぶちまけた。

「ジョージ、お前は逃亡中なんだろう。お前の法律上の主人のもとを立ち去ってな、ええ、ジョージ、私はお前がそうするのを当然だと思うよ。でも同時に、ジョージ、お前のしていることが悲しいんだ、そうなんだ、本当に、そう言わなければいけないと思うんだ、ジョージ、お前にそれを言うのが私の義務だからな」

「なぜ悲しいんですか？」とジョージは穏やかにきいた。

「つまり、言うならば、お前が自分の国の法律を犯しているのを目にしていなければならないんだからね」

「私の国ですって！」とジョージが強い、苦々しい語調で言った。「墓場以外のどこに私の国があるっていうんです。私は神様に願っているんですよ、どうぞ墓場に私を横たえさせてくださいってね！」

「おい、ジョージ。だめだよ。いけない。そいつはだめだ。そんな言い方はよくない。聖書の教えにそむくものだ。ジョージ、お前の主人は苛酷な主人だ。本当に彼はひどい。非難されても仕方がないことをしている。私も彼を弁護する気はない。だが、天使がハガルに、女主人のところに戻り、彼女に従うよう命じたという聖書の話(3)をお前も知っているだろう。また、使徒の一人がオネシモを彼の主人のところへ戻したという話(4)もある」

「私にそんなふうな聖書の引用はしないでください、ウィルソンさん」と、ジョージは目をぎらぎらさせて言った。「やめてください！　いいですか、私の妻はキリスト教徒なんです。それに、もしそうなれる所に行けたら、私だってキリスト教徒になるつもりです。ですが、いまの私のような状況の男に聖書をそんなふうに引用するのは、キリスト教徒になろうという気持ちを断念させるだけです。私は全能の神に訴えるつもりです。喜んで私の訴えを彼のもとに持って行き、自由を求めるのが間違っているかどうか、お尋ねするつもりです」

「お前のそういう気持ちはもっともだ、ジョージ」と、人のいいウィルソン氏は鼻をかみながら言った。「そうさ。むりもないよ。だが、それを助長させないようにするのが私の役目だ。そうなんだ、ジョージ、私はいまお前にすまないと思うよ。そうさ、お前の場合はひどい。とってもひどい。でも、使徒も言っていらっしゃる。『おのおの召されたときの身分にとどまっていなさい(5)』とね。私たちはみんな、神の思し召しに従わなくてはならないんだよ、ジョージ。分かるだろう？」

ジョージは頭をぐっと後ろに反らし、広い胸の上で堅く腕組みをして突っ立っていた。苦々しい笑みが、彼の唇を歪んだものにさせていた。

「ウィルソンさん、インディアンがやってきて、妻子からあなたを引き離して捕虜とし、彼らのために鍬を持って一生とうもろこし作りをさせることにしたとしましょう。それでも、与えられたその状態に安んじているのが、あなたの義務だとお考えになりますか。迷い馬を見つけたら、それこそ神様の思し召しと考えて逃亡するのではないですか。いかがですか？」

小柄な老紳士は、事柄をこんなふうに例証されて、ただ目を見張るだけだった。彼はあまり理詰めな人間ではなかったが、この特殊な問題については、ある種の理論家の論破しえない感性に頼ることができた。それは、何も言うことができない場合には、何も言わないという感性である。そこで、彼は傘を丹念になでつけ、一つ一つの折り目を畳んだり軽く叩いたりしていた。それから、一般論のレベルで、なおも自分の忠告を続けた。

「ねえ、ジョージ、お前も知っているように、私はいつだってお前の味方をしてきた。私が何か言うときは、いつでもお前のためを思って言ってきたはずだ。そこで、いま、言いたいのだが、お前は大変な危険を冒していると思うよ。うまくやり遂げられる望みはない。捕まえられたら、いままでよりずっとひどいことになる。連中はお前をただ痛めつけ、半殺しにした上で、深南部へ売り飛ばしてしまうだろう」

「ウィルソンさん、そんなことはみんな分かってます」とジョージは言った。「確かに私は危ない橋を渡っています。ですが」。彼は、ぱっとオーバーの前を開けて、二丁のピストルとボーイーナイフ[6]を見せた。「ごらんなさい！」と、彼は言った。「奴らに対する用意はできてるんです！　深南部になんか、絶対に行きません。いやです！　そんなことになるくらいなら、その前に死んで、少なくとも六フィートほどの自由な土地を自分の手で勝ち得てみせます。ケンタッキー州で、私が所有することになる最初にして最後の土地をね！」

「何てことだ、ジョージ、そんな了見は恐ろしい。やけというものだ、ジョージ。私は心配だ。お前の国の法律を犯すなんて！」

「またしても、私の国ですか！　ウィルソンさん、あなたには国があります。だが、奴隷の母から生まれた私や私のようなものに、どんな国があるっていうんです？　私たちのためにどんな法律があるっていうんです？　そんなものは私たちが作ったものじゃありません。同意もしていません。私たちには何の関係もないのです。国や法律が私たちにすることは、私たちを押し潰し、抑えつけることだけです。七月四日に繰り返される独立宣言の演説を、私が聞かなかったとでもいうんですか？　政府の正当な権力の拠り所は、支配される者の同意にあると、年に一度、あなた方は私たちみんなに語ってきかせるじゃありませんか？　そういうことを聞いた者が、ものを考えちゃいけないって言うんですか？　あれとこれを結びつけて、その結果がどうなるかというようなことを見てとっちゃいけないって言うんですか？」

ウィルソン氏のような人間の心を、梱包された綿花にたとえて表現しても、決して不適切とは言えないだろう。それはふわふわとしていて柔らかく、善意のゆえに朦朧としていて曖昧だった。彼は心の底からジョージに同情はしていた。また、漠然かつ不明瞭ながら、ジョージを駆り立てている心の動きも分かっていた。にもかかわらず、限りない根気強さで分別ある行動をとるようジョージに説くことが、自分の義務だと考えていた。

「ジョージ、それはよくない。私は、友達として言いたいが、そんなふうな考えにかかずり合わないほうがいい。そんな考えはよくない、ジョージ、お前のような事情の青年には、非常によくない、本当に」。ウィルソン氏はテーブルの方に向いて座ると、神経を患った者のように、傘の柄を噛み始めた。

「いいですか、ウィルソンさん」。ジョージはそう言うと、ウィルソン氏に近寄り、意を決したように、その前に座った。「さあ、私を見てください。あなたの前に座っている私は、何から何まであなたと同じ人間じゃありませんか？　私の顔を見てください、手を見てください、身体を見てください」。青年は誇らしげにその身体を伸ばした。「なぜ私が他の人と同じ人間じゃないいんですか？　いいですか、ウィルソンさん、私の言うことを聞いてください。私には父親がいました。いわゆるケンタッキー紳士の一人でしたよ。でも、彼は私のことなんて、これっぽっちも考えてくれてなんかいなかった。彼が死んで、財産を整理して借金を清算する段になると、私は彼の犬や馬と一緒に売られなければならなかった。私の母は、七人の子供たちと一緒に公設の競売[7]に出されましたよ。子供たちは一人ずつ、母の目の前で、別々の主人の所へ売られていったんです。私が一番小さかった。母は大旦那様の前に行ってひざまずき、せめて一人だけでも子供を手元においておけるよう、母と私とを一緒に買ってくれと頼んだんです。するとと、彼は重いブーツで母を蹴とばしました。私はこの目で彼がそうするのを見てたんです。私が最後に耳にしたのは、母のうめき声と悲鳴でした。それから私は、大旦那様の馬の首にくくりつけられ、お屋敷に連れてこられたんです」

「それで？」

「私の御主人が自分の所有している男奴隷の一人と交換に、私の一番上の姉を買いました。バプティスト教会所属の姉は、信心深い善良な娘で、哀れな母と同じほど美しい女性でした。育ちもよく、立派な行儀作法を身につけていました。最初私は、姉の買われたことがうれしかった。自分のそばに心を打ち明けられる人間がいるんですからね。しかし、私はすぐにそれを悔やむことになったのです。いいですか、ドア越しに姉が鞭打たれるのを、私のむき出しの心臓に食い込むかに思われました。立って聞いているときなど、鞭の一打ち一打ちが、私のむき出しの心臓に食い込むかに思われましたよ。私には、姉を助ける手だてが何もないんですからね。いいですか、姉は、慎み深いキリスト教徒として生きたいと望んだがゆえに、鞭打たれたのです。あなた方の法律は、そのように、奴隷娘に生きる権利を与えていないのです。挙げ句の果てに、姉は奴隷商人の手で他の一団と一緒に鎖につながれ、ニューオーリンズの奴隷市場へ送られていきました。慎み深いキリスト教徒として生きたい、ただそう望んだだけで、ニューオーリンズへ送られたんです。それが、姉を見た最後でした。私は、何年も何年ものあいだ、父も母も姉もなく育ちました。犬にだって、私の場合以上に気遣ってくれる人がいますよ。私にあるものといえば、鞭打ちと叱責と飢えだけです。まったくのところ、私はひどく腹をすかせていたので、彼らが犬にやる骨でさえ、喜んで横取りしました。でも、小さかったころ、一晩中目をさまして泣いたりしていたことがありますが、それは飢えのためでも鞭打たれたためでもありませんでした。そうではないのです。母と姉たちを求めていたのです。この世に私を愛してくれる心の友が、誰もいなかったからなのです。私は、平安とか慰安といったものがどういうものか、知らなかった。あなたの工場へ働きに行くまで、やさしい言葉一つかけられたことがなかったんです。ウィルソンさん、あなたは私によくしてくれました。行ないを正し、読み書きを習い、何者かになれと、あなたは私を励ましてくれました。そのことを私がどんなに感謝しているか、神様もご存知です。そんなとき、私は妻にめぐり会ったんです。あなたも、彼女のことは知っていますよね。どんなに美しいかも、お分かりだ。その彼女が私を愛していると知ったとき、そしてその彼女と結婚したとき、私は自分が生きているなんて、ほとんど信じられないくらいでした。それほど幸せでした。そのうえ、彼女は美しいだけでなく、性格も申し分ありません。それが、いまはどうでしょう？　私の主人がやってきて、仕事や心の友、その他私の愛するものすべてを取り上げ、私を散々な目にあわせて、塵か芥に変えてしまおうとしているんです！　なぜでしょう？　彼に言わせると、私が身分をわきまえないからなんだそうです。黒んぼでしかないことを、私に教えてやるためだと言うんです！　しかも、こともあろうに、私と妻との仲を裂き、彼女を諦めて他の女と暮らせと言うんです。神様や人間性に逆らって、こんなふうなことをする権利を、あなた方の法律は彼に与えているんです。ウィルソンさん、考えてみてください！　母や姉、それに妻や私の心をうちのめした、こうした事柄のどれ一つたりとも、あなた方の法律で認められていないものはないんです。ケンタッキー州の男性一人一人にそうする力を与えているんです。それを彼らに拒むことが誰にもできないのです！　こういった法律を私の国の法律と呼べますか？　いいですか、私には父はいません。同じように、私には国もありません。しかし、私は自分の国を持つつもりです。あなたの国に望むのは、私を放っておいて無事に脱出させてくれること、ただそれだけです。カナダへ着けば、カナダの法律が私を認め保護してくれるでしょう。それが私の国であり、そうした国の法律になら、私も従うつもりです。しかし、そんな私を止めようとするものがいたら、誰であれ、よほど気をつけるべきでしょう。というのも、私は命がけなんですから。私は息の根が止まるまで、自分の自由のために闘います。あなた方がおっしゃっている通り、あなた方の建国の父祖はそうやって闘いました。彼らにとってそうすることが正しかったとすれば、私にだって正しいはずです！」

これらの言葉は、テーブルの前に座って語られたり、部屋のなかを行ったり来たりして語られた。また、涙が流されただけでなく、ぎらぎらした目つきや絶望的な身振りも伴っていた。これらの言葉は、聞かされている善良な老人にとって、まったく予想を越えたものだった。老人は大きな黄色い絹のハンカチを取り出すと、しゃにむに顔を拭った。

「この国の人間に呪いあれ!」老人は突然声をはりあげた。「いつも私はそう言ってきた。悪魔のような人間たち! いや、いまは、神を冒瀆するような言葉は慎しもう。よし! 行きなさい、ジョージ。行くんだ。気をつけるんだよ、いいかい。人を撃ったりしてはいけないよ、ジョージ。ただし、いや、いや、私に言えるのは、人を撃ったりしないほうがいいってことだけだ。少なくとも私は人に当てたりしたことはなかった。ところで、お前のつれ合いはどこにいるんだ、ジョージ?」最後にそう言い足すと、彼は興奮して席を立ち、部屋のなかを歩き始めた。

「行ってしまいました。逃亡したんです。子供を腕に抱いてね。行き先は分かりません。北極星だけが頼りです。私たちがいつまた会えるか、あるいはこの世で再び巡り合うことがあるのかどうか、誰にも言えません」

「信じられない! 驚きだ! あんな親切な家から逃げ出すなんて?」

「親切な家だって借金をするんです。私たちの国の法律は、借金を支払うために、子供を母親の胸から取り上げて売ってしまうことを許しているんです」。ジョージは苦々しげに言い放った。

「そうか、そうだったのか」。誠実な老紳士は、ポケットを手探りしながら言った。「たぶん、私は自分の良識に従っていないのかもしれない。くそ、いまいましい、私は良識なんかには従わんぞ!」突然、さらに言い足した。「さあ、これを取ってくれ、ジョージ」。財布から札束を抜き取ると、それをジョージに差し出した。

「いや、それはいけません、ご親切なウィルソンさん!」とジョージは言った。「あなたは、いままでにも本当によくしてくださった。こんなことをすれば、あなたに迷惑がかかるかもしれない。必要なだけ遠くへ行けると思える金は、私にもあります」

「迷惑なんてことはない。それに、これは受け取っておきなさい、ジョージ。お金はどこへ行っても役に立つものだ。正直に手に入れたものであれば、多すぎるということはない。持っていきなさい。さあ、どうか、受け取ってくれ、ジョージ!」

「それでは、いつかお返しするという条件付きで。きっとお返しします」と言って、ジョージはお金を受け取った。

「ところで、ジョージ、いつまでこんなふうな旅を続けるつもりなんだい? あんまり長くなく、そんなに遠くまでじゃないほうがいいね。うまくいっているようだが、あまりに大胆すぎる。それに、あの黒人の男だが、誰なんだい？」

「一年以上前にカナダに逃亡した、信用できる男です。カナダへ行ったあと、その逃亡をひどく怒った主人が、年老いた彼の母親を鞭で打ちのめしたという話を聞かされたので、彼女を慰め、自分の手で逃亡させようと、戻ってきたんです」

「それで、母親は連れ出せたのかい？」

「まだです。農園のまわりで様子をうかがっていたんですが、まだその機会を見出せないでいるんです。そのあいだに、彼を助けてくれた協力者のところへ私を届けるべく、オハイオ州まで一緒に行ってくれるんです。そのあとで、母親を連れ出しにまた戻ってくる予定です」

「危険だ、実に危険だ！」と老紳士は言った。

ジョージは身体をぐいと起こすと、相手の言葉を意に介さないといったふうに笑った。

老紳士は、無邪気な驚嘆の面持ちで、彼を頭の先から爪先まで眺めた。

「ジョージ、なぜだかお前は素晴らしい人間になったようだね。頭をしゃんと持ち上げて、話し方も身振りもまるで別人のようだ」とウィルソン氏は言った。

「それは私が自由な人間になったからです！」誇らしげにジョージが言った。「そうなんです。私は、もう誰に対しても『御主人様』なんて言いません。私は自由です！」

「気をつけるんだよ！　まだ、お前は安全とは言えない。捕まるかもしれないからね」

「いざとなれば、死にます。墓場のなかでは、すべての人間は自由で平等ですから、ウィルソンさん」とジョージは言った。

「お前の大胆さには、まったくあきれてものも言えないよ！」とウィルソン氏は言った。「よりによって元いた場所に最も近い宿屋に来るなんて！」

「ウィルソンさん、大胆だからこそ、そしてこの宿屋が近いからこそ、連中は疑わないんです。連中は、もっと先のほうで、私のことを捜していますよ。あなただって、私だと分からなかったじゃありませんか。ジムの主人はこの郡の住人じゃありません。このあたりで、ジムの顔を見知っているものもいません。おまけに、彼のことはもう諦められているんです。誰も彼を捜していないし、またあの広告を見て、私だと気づく者もいないでしょう」

「だが、お前の手の焼き印は？」

ジョージは手袋をとり、ほとんど癒えかかった手の傷痕を見せた。

「これこそ、前の主人だったハリスさんが、別れ際に見せた思いやりの証拠です」と、彼は吐き捨てるように言った。「一週間前、突然彼はこれを私に与えようと思いついたんです。私が近いうちに必ず逃げ出すと信じたからだって、彼は言ってました。面白いじゃありませんか?」と、彼はまた手袋をはめながら言った。

「本当に、お前の置かれた状況と危険を考えると、血が凍ってしまうよ!」とウィルソン氏は言った。

「私の血はもう何年も凍りついたままですよ、ウィルソンさん。いまは沸騰点に達しようとしていますがね」とジョージが言った。

しばしの沈黙のあとで、ジョージが続けた。「ああ、善良なウィルソンさん。あなたが、さっき、私のことに気づかれたのが分かりました。あなたの驚いた顔で私の正体がばれないように、こうしてあなたにお話ししておくほうがいいと考えました。私は明朝早くに発ちます、日の出前にね。明日の晩までには、オハイオ州で安全に眠っていたいものです。昼日中に移動し、一番いいホテルに立ち寄り、ケンタッキーの紳士方と一緒に食事をするつもりです。そういうわけですので、これでお暇します。もし私が捕まったと聞いたら、死んだものと思ってください!」

ジョージは巌のように立ち上がり、貴公子のような態度で手を差し伸べた。親切な小柄な老紳士は、心を込めてその手を握った。そして用心するようにと、くどくど言ったあと、手に傘を持ち、おぼつかない足取りで部屋から出ていった。

ジョージは老人がドアを閉めると、考え込むようにそのドアを眺めて立っていた。ある考えが不意に浮かんできたようだった。彼は急いで歩み寄ると、ドアを開けて言った。

「ウィルソンさん、もう一言だけ言わせてください」。

老紳士は再び部屋に入ってきた。ジョージは先ほどと同じように鍵をかけ、しばらく決断しかねるといった様子で床を見つめて立っていたが、やがて思い切ったように頭を上げて言った。

「ウィルソンさん、あなたは、私とのつき合いで、ご自身がキリスト教徒たることを十分に示してくださいました。もう一つだけ、キリスト教徒としてのあなたのご親切におすがりしたいんですが」

「何が望みなんだい、ジョージ」

「確かに、あなたのおっしゃったことは、本当です。私はとてつもない危険を冒しています。私が死んだとしても、それを気にかけてくれる人間は、この世に一人もいません」。彼は息を荒げ、大変な努力でつけ加えた。「私は犬のように殺され、埋められるでしょう。その翌日になれば、誰もそんなことなど覚えていないでしょう。ただ、私の哀れな妻を除いては! かわいそうに! 彼女は嘆き悲しむことでしょう。ウィルソンさん、なんとかしてこの小さな飾りピンを彼女に渡していただけないでしょうか。これは彼女がクリスマスの贈り物にくれたものです、かわいそうな彼女が! これを彼女に渡してください。そして、最後まで私が彼女を愛していたと伝えてください。そうしていただけますか？　やっていただけますか？」彼は真剣な面持ちで頼み込んだ。

「いいとも、確かに引き受けた。気の毒にな、ジョージ！」老紳士は悲しげに声を震わせてそう言うと、目に涙を浮かべて飾りピンを受け取った。

「彼女にこう言ってください」。ジョージが言った。「もし到達できうるなら、彼女にカナダへ行ってもらうのが、私の最後の望みだったと。シェルビーの奥様がどんなに親切な方であろうと、どんなに彼女があの家を愛していようと、そこには戻らないようにと。なぜなら、奴隷であることの結末は、いつでも惨めなものでしかないのだから。息子は自由人に育てるようにって、言ってやってください。そうすれば、あの子は私のように苦しまなくてもすむでしょう。彼女にこのことを伝えてください、ウィルソンさん、伝えていただけますね？」

「分かった、ジョージ、伝えるよ。でも、お前は死んだりなんかしないさ。気をしっかり持つんだ。お前は勇敢な男だ。神様を信じることだ、ジョージ。お前が無事切り抜けられるよう、心のなかで祈っているよ。それしかできないが」

「信じられる神様なんているんでしょうか？」老紳士が思わず言葉を失ってしまうほど、ひどく絶望的な調子で、ジョージが言った。「私のいままでの生涯は、神様なんていないと思わせられるような出来事の連続でした。あなた方キリスト教徒には、そうした出来事が私たちにどう映るかなんてお分かりにならないでしょう。神様はあなた方にはいるでしょう。しかしながら、私たちのために、どんな神様がいるというのでしょうか？」

「いけない。いけないよ、ジョージ！」と、老紳士は言いながらほとんどすすり泣きそうだった。「そんなふうに思ってはいけない！　いらっしゃる。神様はいらっしゃる。『密雲と濃霧が主の周りに立ちこめ、正しい裁きが王座の基をなす(8)』ってね。神様はいらっしゃるんだよ、ジョージ。信じることだ。神様を信用するんだ。そうすれば、神様はきっとお前を助けてくださる。すべてのものは、正されることになるよ。もしこの世でないとしても、あの世で」。

こうした言葉を口にしているうちに、素朴な老紳士の真の信心深さと慈悲の心が、つかの間ではあったが、彼を威厳と権威で包み込んだ。取り乱したように、部屋を行ったり来たりしていたジョージが、そうするのを止め、一瞬考え込んで立ちつくした。そしてそれから、静かに口を開いた。

「お言葉に感謝します、我が良き友よ。おっしゃったことを、よく考えてみます」。

第12章 合法的な取り引きが招いた事例

Select Incident of Lawful Trade

「ラマで声が聞こえる。苦悩に満ちて嘆き、泣く声が。ラケルが息子たちのゆえに泣いている。彼女は慰めを拒む（1）」

ヘイリー氏とトムは馬車に揺られて進んでいきながら、しばらくのあいだは、それぞれの思いにふけっていた。隣り合わせに席を占めた二人の男の抱くもの思いには、奇妙なところがある。同じ座席に座り、目とか耳とか手とかその他身体のすべての器官が等しく同じで、しかも目の前を同じ物体が通り過ぎていくのに、二人の抱く同じもの思いがまったく別なのだから、なんとも興味深い！

たとえばヘイリー氏だが、彼はまずトムの座高のこと、次にその肩幅や身長のこと、さらに市場へ連れていくまで太らせて元気にしておけば、どれくらいで売れるかなどと考えていた。また、どうやって売買用の黒人奴隷の一団をこしらえあげていくかということも考えた。その一団を構成する男や女や子供のことを想定して、それぞれの市場価格を計算したり、その他の取り引きについても思いをめぐらした。その次に、自分自身のことを考えた。他の連中は「黒んぼども」の手も足も鎖でつなぐのに、自分はトムに足枷だけをはめて、行儀よくしている限り、手は使えるようにしておくのだから、なんと人間的だろうと思った。しかるに、人間の性質というものは恩知らずだから、トムも彼の情けをありがたく思っているかどうか怪しいものだと考えて、ため息をついた。目をかけてやった「黒んぼども」からそんなひどい扱いを受けてきたのに、それでも自分がこんなに善良でいられることが、彼にはわれながら不思議だった！

トムのほうは、もうあまり読まれなくなった一冊の古い本のなかに出てくる、ある言葉に思いをはせていた。頭のなかを繰り返しかけめぐるその言葉は、次のようなものであった。

「私たちはこの地上に永続する都を持っておらず、来るべき都を探し求めています。それゆえ、私たちの神と呼ばれることを、神ご自身は恥じないのです。というのも、神は私たちのために都を用意なさったからです」(2)。古い書物のこの言葉は、主に「無知で教養のない人々」によって記憶され、トムのような貧しく単純な人々の心に、時代を越えて、どういうわけか、不思議な力を及ぼし続けてきた。その言葉は、心の奥底から人を揺り動かし、絶望の暗闇しかなかったところに、まるでトランペットの合図のように、勇気と力と熱情を呼び覚ました。

ヘイリー氏はポケットからいろいろな種類の新聞を引っぱり出し、そこに載っている広告を夢中になって眺め始めた。彼はそれほどすらすらと文字が読めるほうではなかったので、音読調で半ば声に出して、目で推測したことを耳で確かめながら読む癖があった。そんなふうにして、次の広告を彼はゆっくりと読んでいった。

「管財執行人による競売。黒人！　二月二〇日、火曜日、ケンタッキー州ワシントンの郡庁舎前にて、裁判所の命に従って次の黒人たちを競売に付す。ヘイガー、六〇歳。ジョン、三〇歳。ベン、二一歳。ソウル、二五歳。アルバート、一四歳。上記の者をジェシ・ブラッチフォード氏の財産の債権者及び相続人のために売却する。

管財執行人

サミュエル・モリス

トーマス・フリント」

「こりゃ、のぞいとかなきゃなんねえな」。彼は、他に誰も話し相手がいなかったので、トムに向かって言った。

「いいか、トム、俺はとびっきりの黒んぼ集団を組んでお前と一緒に深南部に連れて行くつもりだ。きっとなごやかないい旅になるさ。一緒にいる奴がいいとそういうもんだ。まず第一にまっすぐワシントンへ向かおう。そこに着いたら、俺が仕事をしているあいだは、お前に牢屋のなかに入っていてもらうぞ」。

トムは、この耳ざわりのよい情報をごく従順に受けとめた。ただ心のなかで、呪われたこれらの男たちの何人が妻子持ちか、また妻子との離別にあたって、彼らは自分と同じ思いを抱くことになるのだろうかと考えただけだった。彼が牢屋に入れられるというあからさまで唐突な通知に関しては、常に正直で、真っ当な人生を誇りとしてきた哀れな男に、決して快い印象を与えなかったということは言っておかなければならない。そう、かわいそうに、トムは、他に誇りうるものがなかったので、自分の正直さを精一杯誇りとしてきたのだ。もし彼がもっと上の階級に属していたら、このような辛い羽目に陥ることもなかっただろう。しかし、一日はどんどん暮れていき、ヘイリーとトムは夕方にはワシントンでそれぞれ居心地のよい場所に落ち着いた。それは、一方が宿屋で他方が牢屋であった。

次の日一一時ごろ、郡庁舎の階段の周りには、さまざまな人々が集まってきた。好みと性格に応じて、葉巻をすったり、噛み煙草を噛んだり、つばを吐いたり、悪態をついたり、会話をしたりしながら、競売の始まるのを待っていた。売りに出される男と女は、離れたところでひとかたまりになって座り、低い声でお互いに話し合っていた。ヘイガーという名で広告に出ていた女は、典型的なアフリカ人の顔立ちと格好だった。年齢は六〇歳かもしれないが、きつい仕事や病気のために、それよりも老けて見えた。半分目が見えず、リューマチのためにややびっこを引いていた。彼女の傍らには、ただ一人手許に残った息子、一四歳の賢そうなアルバートが立っていた。たくさんの子供たちのうち、彼だけを残して、他の子供たちはつぎつぎと母親から引き離されて南部の奴隷市場へ売り飛ばされていった。母親は、震える両手で息子をしっかりつかまえ、彼の品定めに来るすべての人々を極度におびえた眼差しで見ていた。

「おっかながるこったねえよ、ヘイガーおば」と一番年かさの男が言った。「トーマスの旦那に言っといてあるから。何とかお前たち二人を一緒に売るように考えてくれるはずだ」

「あたしゃね、もう使いものにならねえって言われたくねえよ」。彼女は震える手をあげて言った。「まだ料理だって、掃除だって、洗濯だってやれる。安くたって買う価値はあるだ。あの人たちにそう言っておくれ、お前さん、そう言っておくれ」と彼女は熱心につけ加えた。

このときヘイリーが群衆をかき分けて、年かさの男のところへ歩み寄り、その口を引っ張り開けて、なかをのぞき込んで、歯に触ったり、立たせたり、背伸びをさせたり、背を折り曲げさせたり、筋肉が浮き出るようなさまざまな動作をさせたりした。それから、次の男のところへ行き、同じことをやらせた。最後に少年のところへ歩み寄り、腕に触ったり、手をまっすぐに伸ばさせたり、指を見たり、機敏さをはかるため飛び上がらせたりした。

「この子は、あたし抜きじゃ、売れねえようになっとるですだ！」と、老婆は熱情を込めて必死に言った。「この子とあたしは二人で一組ですだ。旦那様、あたしゃまだほんとに丈夫ですよ。いっぺい仕事をやれますだ。たっぷりとね、旦那様」

「農園の仕事もかい？」ヘイリーはばかにしきった目つきで言った。「大いに、そうだろうよ！」そして、あたかも自分の品定めに満足したと言わんばかりに、群衆の外に出、あたりを見回し、葉巻を口にくわえ、帽子を斜めにかぶり、両手をポケットに突っ込んで立ち、次の行動にそなえた。

「彼らをどう思うかね？」ヘイリーの品定めをずっと見て

いた男が、それ次第で自分の決心を固めようとするかのようにきいてきた。

「そうさね」。唾をぺっと吐きながら、ヘイリーが言った。「俺は若い奴らと男の子を落札しようと考えている」

「男の子とばあさんは一緒で売ってもらいたがってるみたいだな」。男が言った。

「そりゃ無理ってもんだ。ばあさんは骨だらけじゃないか。役に立たないよ」

「じゃ、あんたは、ばあさんを買う気はないわけだ」と男が言った。

「買おうなんていうやつは、どうかしてるよ。ばあさんは半分目が見えないし、リューマチで腰は曲がってるし、おまけにアホときている」

「こういう年取ったのを買いとって、思ったよりもずっと使いでがあるって言っとる連中もいるぜ」と、男は考え込みながら言った。

「まったく見込みなしさ」とヘイリーが言った。「贈り物としてばあさんをくれるっていっても、貰わないね。事実、俺はこの目で確かめたんだから」

「そうか、ばあさんを息子と一緒に買わないなんて、ちょっとかわいそうだな。ばあさんの気持ちはあの子のことでいっぱいだ。連中がばあさんを二束三文で叩き売るっていったらどうする」

「そんなふうに金を使える人には、結構な話さ。俺は、農園用の奴隷としてあの子にせり値をつけるつもりだが、ばあさんは願い下げだな。ばあさんをくれるといったってごめんだ」とヘイリーは言った。

「ばあさんは、ひどく悲しむだろうな」と男が言った。

「もちろん、そうさ」。奴隷商人は冷淡に言いきった。

会話は、ここで、群衆のにぎやかなざわめきで遮られた。背の低い、せかせかしてもったいをつけた競売人が、群衆を肘で押し分けながら進んで来た。老婆は、息をのみ、思わず息子をつかんだ。

「母ちゃんにぴったりくっついているだよ、アルバート。ぴったりとね。そうすりゃ、一緒にせり台へのっけてくれっから」と彼女は言った。

「母ちゃん、だめじゃないかな」と男の子が言った。

「そうしてくれなきゃなんねえのさ、お前。でなきゃ、あたしゃもう生きちゃいけねえよ」と老婆は激しい調子で言った。

競売人が道を空けるようにどら声を張り上げ、競売の開始がもうすぐだということを告げた。場所が一カ所空けられ、入札が始まった。リストに載っていた他の男たちはすぐに競り落とされていった。彼らの競り値は、かなり活発な需要が市場にあることを示していた。二人の男がヘイリーに競り落とされた。

「さあ来い、小僧」。競売人が、男の子を競売用のハンマーでちょっと突っつきながら、言った。「さあ、立ち上がって、飛んでみろ」

「二人一緒に売ってくだせえ。旦那様、どうかお願いです」。老婆が、男の子にしがみついて言った。

「離れてろ」。競売人が、彼女の両手をはらいのけながら、つっけんどんに言った。「お前は最後だ。さあ、黒んぼ、飛んでみろ」。そう言いながら、競り台のほうへ男の子を押したてた。後ろで、一つの重苦しいうめき声が上がった。少年は立ち止まり、後ろを振り返った。しかし、とどまっている暇はなかった。きらきら輝く大きな目から涙をこぼしながら、彼は一瞬のうちに競り台の上に立った。

彼の見事な容姿、機敏に動く手足、利発そうな顔立ちは、たちまち競争を呼び、数人からのつけ値が競売人の耳にいっせいに届いた。男の子は、入札の声があちこちから上がるのを聞いたとき、不安そうに、なかばおびえた様子で、きょろきょろした。ついにハンマーが振り下ろされ、彼はヘイリーのものとなった。彼は競売台から、新しい主人のほうへ押しやられたが、一瞬立ち止まり、振り返った。哀れな年老いた母親が、身体全体をわななかせながら、彼に向かって両手を差し出した。

「旦那様、後生だから、あたしも一緒に買ってくださいな。買ってくださいまし。でなきゃ、あたしは死にます」

「俺が買っても、どうせお前は死ぬさ。そこが問題だ」とヘイリーは言った。「だめだ！」彼はくるりと踵を返した。

老婆の競りは簡単にすんだ。ヘイリーに話しかけた、情のなくもなさそうな男が、わずかな値段で彼女を手に入れた。見物人たちは散り始めた。

競売の哀れな犠牲者たちは、長年一つ場所でともに養われてきた間柄だったので、絶望した老婆のまわりに集まってきた。彼女の苦悩は見るも哀れだった。

「一人もあたしの許に残しておいてはくれんのかい？ 御主人様は、一人は残しておいてやるといつもおっしゃって、実際そうしてくれただ」。悲嘆にくれて、彼女は何度も何度も同じことを繰り返した。

「神様を信じることだ、ヘイガーおば」。年かさの男が悲しげな口調で言った。

「それで何かよいことがあるんかね」。激しく泣きながら老婆は言った。

「母ちゃん、母ちゃん、泣くな、泣くな」。男の子が言った。「母ちゃんの御主人はよい人だって、みんなが言ってるよ」

「どうでもいいことだ、そんなのはどうでもいい。おお、アルバート。ああ、お前！ お前は、あたしの最後の子供なんだよ。神様、あたしゃどうしたらいいんですか」

「さあ、ばあさんを連れていけ。誰かできねえのか。そんなこと続けてたって、ばあさんのためにゃならんぞ」と、へイリーが冷たく言い放った。

仲間うちの年長の男たちが、口で言いきかせたり、あるいは力ずくで、あくまで必死にしがみつこうとするあわれな老婆を引き離し、新しい主人の馬車のところへ連れていくと、一生懸命になって慰めた。

「さあ、いいか!」ヘイリーはそう言って、新たに購入した三人を一カ所にまとめ、一束の手錠を取り出すと、彼らの手首にはめ始めた。それから、それぞれの手錠を一本の長い鎖につないだ上で、その三人を先にして牢屋へと追い立てていった。

二、三日後、ヘイリーと彼の所有物たちは、無事オハイオ川の汽船のなかにおさまりかえっていた。これが、彼の黒んぼ集団の始まりであった。汽船が進むにつれ、彼自身やその代理人たちが岸沿いのさまざまな場所に預けておいた、同じような商品の数々が付け加えられていった。

美しいオハイオ川にちなんで名付けられた、華やかで美しい「ラ・ベル・リヴィエール」(3)号は、頭上に自由の国アメリカの星条旗をぱたぱたとはためかせながら、晴れ渡る空の下、意気揚々と川を漂い下っていった。デッキの手すりには、美しく着飾った紳士や淑女が群がっていた。彼らはこの素晴らしい日を楽しんで、歩き回らずにはいられなかったのだ。すべてが、生命に溢れ、弾むような喜びに満ちていた。ただし、ヘイリーの一行は、船の他の荷物と一緒に下甲板に押し込められていた。ひとかたまりとなって座り込み、低い声で話をかわし合っている様子は、自分たちのさまざまな特権を享受しているようには見えなかった。

「なあ、みんな」。ヘイリーが姿を見せ、溌剌とした調子で言った。「めげずに元気をだせ。いいか、不機嫌な面はやめろ。頑張れよ、みんな。俺に尽してくれりゃ、俺もお前たちによくしてやるからな」。

話しかけられた黒人たちは、いつもの「はい、旦那様」という返事を返した。それが、何世代にわたって、哀れなアフリカ人たちが培ってきた合い言葉であった。しかし、傍目にも、彼らは特に元気な様子には見えなかった。もう二度と会えない妻や母や姉妹や子供たちのことばかりを考えていたのだ。「私たちを嘲る民が、楽しもうとして」(4)歌を要求するけれど、歌はすぐには出てこなかった。

「俺には女房がいるんだ」と、広告の項目で「ジョン、三〇歳」と書かれていた男が、鎖でつながれた手をトムのひざにおいて言った。「でも、女房の奴は、俺が売られたことをまったく知らされてねえ。かわいそうに!」

「かみさんは、どこに住んでいるんだ」とトムがきいた。

「ここをちょっと川下にいったところにある宿屋だよ」とジョンが言った。「生きているうちに、もう一度会いたいもんだ」。

哀れなジョン! しかし、それはむしろ自然の情というものだった。彼は話しながら、まるで白人のように、自然に涙を流した。トムは心を痛めて、深いため息をつき、不器用だが彼流に慰めようとした。

一方、彼らの頭上の船室では、腰を下ろして座っている父や母たち、夫や妻たちを取り囲んで、陽気な子供たちが、小さな蝶よろしく、舞い踊っていた。そこでは、すべての者が気楽でくつろいだ雰囲気のなかにあった。

「あのね、母さん」。下甲板から戻ってきたばかりの男の子が口を開いた。「この船に奴隷商人が乗っていたよ。四、五人の奴隷を連れて、下にいるんだ」

「かわいそうに！」母親が、悲しみとも怒りともつかない調子で言った。

「どうなすったの？」別の婦人が尋ねた。

「下に、かわいそうな奴隷たちがいるんですって」と母親が言った。

「おまけに、鎖につながれているんだ」と男の子が言った。

「この国で、いまだにそんな光景を目の当たりにするなんて、恥ずかしいわ！」先ほどの婦人が言った。

「その問題については二つの面があって、賛成と反対どちらの側にも言うべきことがたくさんあるんですのよ」。個室のドアのところに座って縫い物をしていた品のいい婦人が口をはさんだ。小さな女の子と男の子が、彼女のまわりで遊んでいた。「私は、南部に住んでいたから言えるんですが、黒人たちは自由でいるより、奴隷でいるほうがいい暮らしをしていますわ」

「ある面では、奴隷のなかにはいい暮らしをしているものもいるでしょうね、それは認めますわ」。自分の発言に口出しされた先程の婦人が言った。「でも、私から見ると、奴隷制度のもっともひどいところは、人間の感情と愛情が非道にも踏みにじられてしまうということですわ。たとえば、家族がバラバラにされてしまいますでしょう」

「確かにそれはひどいことですわ」。そう言いながら、品のいい婦人のほうは、いま仕上ったばかりの赤ん坊の服を持ち上げ、その縁飾りの部分にじっと目を注いだ。「でも、そういったことは、そんなにしょっちゅう起こるわけでもないと思いますわ」

「いいえ、しょっちゅう起こってます」。最初の婦人が気持ちを込めて言った。「私は長年ケンタッキーとヴァージニアに住んでいて、誰もがぞっとするようなことをたくさん目にしてきました。たとえば、そこにいるあなたの二人のお子さんが、あなたの許から連れ去られて、売りとばされるとしたら、どうなさいますか」

「あの階級の人たちの気持ちを、私たちの気持ちから推測しようなんてとてもできませんわ」。品のいい婦人がひざの上で長めの毛糸をより分けながら言った。

「いいえ、奥様、そんなふうにおっしゃっていたのでは、あの人たちのことを理解なんてできません」。最初の婦人が、興奮して言った。「私は、あの人たちのなかで生まれ、育ってきました。ですから、あの人たちが、私たちと同じように、いいえ、たぶん私たち以上に鋭敏な感情を持っているということを知っています」

「あら、そうですの！」相手の婦人はそう言いながらあくびを一つして、船室の窓から外を眺めやった。それから、この議論にケリをつけようとして「結局のところ、私の考えでは、黒人たちは自由でいるより、奴隷でいるほうがいい暮らしができますわ」と、最初に自分が述べた意見をまた繰り返した。

「アフリカ人が、低い身分にとどまり、召使でいるというのは、疑いもなく、神のご意志なのです」。船室の戸口に座っていた一人の牧師、いかめしそうな顔つきの黒服の紳士が口を開いた。「『カナンは呪われよ。奴隷の奴隷となり兄たちに仕えよ』(5)と、聖書にもありますからな」

「あの、そこのあんた、聖書が言っているのはそういう意味かね」。そばに立っていた、背の高い男が言った。

「もちろんです。アフリカ人がいにしえから奴隷の身であったということは、われわれの推し量りえぬ理由で、神の摂理にかなったことだったのです。私どもは、それに異を唱えることはできません」

「そうか、それじゃ、みんなで繰り出してって、黒んぼどもを買いあさろうじゃねえか」と男が言った。「それが神のご意志というものならばだがね、ええ、そうじゃねえかい、そこの旦那？」と、彼はヘイリーのほうを向いて言った。ヘイリーは手をポケットに突っ込んで乾燥室のそばに立ち、会話に聞き耳をたてていた。

「そうさ」。背の高い男は続けた。「俺たちはみんな神の命に黙って従わなければいけねえ。黒んぼどもは、売りとばされ、取り引きされ、抑えつけられなければならねえ。連中はそのために生まれてきたってわけだ。こういう考えもまたおもしろいじゃねえか、ええ、あんた？」と彼はヘイリーに言った。

「これまで、そうなふうに考えたことはないですね」とヘイリーが言った。「私自身としてはそこまで言うことはできませんよ、学問ってもんがないですから。奴隷の売買に手を染めたのは、生活のためだったんです。それが正しくないならば、そのうちに悔い改めなきゃいかんでしょうな、あなたもお分かりでしょう」

「いまはもう、悔い改める必要なんてないじゃないか、ええ？」と背の高い男が言った。「いまや、聖書を知るってことがどんなことか、分かっただろうが。このお偉い方みたいに、聖書を研究しさえすれば、もっと前にこうしたことに気づいたかもしれねえ。面倒もすっかり省けたこったろうよ。あんたはただこう言ってりゃいいんだ。『呪われよ――』ええと、名前はなんだったっけ？『かくて、すべてが正されん』ってね」この見知らぬ男は、皆さんが既にご存じの、ケンタッキーの宿屋にいた正直な家畜商人その人であった。彼は腰を下ろし、感情を押し殺した面長の顔に、奇妙な笑いを浮かべながら、煙草をすい始めた。

このとき、豊かな感性と知性あふれる顔つきをした背の高い、すらっとした一人の若い男が、会話のなかに割って入ってきて、聖書の言葉を繰り返した。「『人にしてもらいたいと思うことは何でも、あなた方も人にしなさい(6)』」彼はさらに付け加えて言った。「この言葉もまた、『カナンは呪われよ』と同じように、聖書の言葉だと思います」

「うん、そいつはとてもわかりやすい教えだね、あんた」と家畜商人ジョンが言った。「わしらみたいな心貧しきものにとっちゃ、まさにそうだ」。ジョンは、火山みたいに煙草をふかした。

いったんしゃべり終えた若い男は、もっと何かを言おうとしているかに見えた。しかし、そのとき、突然船が止まった。すると一同は、どんな船着き場に着いたのかを見ようと、いつも通りデッキに殺到した。

「あの人たちは、二人とも牧師さんなんだろう？」ジョンが、表に出ていこうとしていた男たちの一人に、聞いた。

聞かれた男はうなずいた。

船が停まったとき、一人の黒人女が、まるで気が狂ったように渡り板の上を駆けわたり、群衆のなかを突き抜けると、奴隷集団の座っているところへすっ飛んできた。女は「ジョン、三〇歳」と広告のなかで数えあげられていた不運な一個の商品に腕を回し、これは自分の夫だといって、すすり泣き、涙を流しながら、嘆き悲しんだ。

しかし、あまりにもしばしば語られてきた話、いやほとんど毎日といっていいほど語られている話、心をかきむしり、引き裂くような話、弱者が強者の利益や便宜のために破壊され、めちゃくちゃにされる話を語る、どんな必要があるだろうか！　語られる必要などない。毎日がそれを語っている。長いあいだ沈黙したままだが、耳が聞こえないわけではない神の耳にも、それは届いているはずだ。

先ほど、人間性と神の大義のために弁じたてようとした若い男が、この場面を見ながら、腕を組んで立っていた。彼が振り返ると、横にヘイリーがいた。「わが友よ」と、彼は涙のためにくぐもりがちの声で言った。「あなたは、どうしてこんな取り引きができるのですか？　どうしてこんな取り引きをあえてするのですか？　このかわいそうな人たちを見てご覧なさい！　いまここにいるこの私は、心のなかで、妻や子供のいる家に帰れるのを喜んでいます。その私を家族のもとへと運ぶ同じ出発のベルが、このかわいそうな男と妻とを永遠に引き離してしまうのですよ。間違いなく、神はこのことであなたをお裁きになるでしょう」。

奴隷商人は黙って身体の向きを変えた。

「俺の思うところじゃ」と、家畜商人がヘイリーの肘を突っつきながら言った。「牧師さんにもいろいろとあるもんだねえ。『カナンは呪われよ』のほうの牧師さんは、どうにもこの牧師さんとは意見が合わないようだね、ええ、そうじゃないかい？」

ヘイリーは、不愉快そうに唸った。

「それはまだいいほうだよ」とジョンは言った。「みんなと同じで、いつか、お前さんが神様と決着をつけなければならねえときに『カナンは呪われよ』ってのは、神様とも意見が合わねえんじゃねえかな。俺はそう思うよ」。

ヘイリーは、考え込みながら船のもう一方の端まで歩いていった。

「売買用の黒んぼ集団を、あと一つか二つ組んでしこたま儲けたら」と彼は考えた。「この稼業はもうやめにしよう。本当にやばいことになるからな」。それから、彼は札入れを取り出し、勘定書の計算を始めた。ヘイリーに限らず多くの紳士方は、やましい良心を鎮めるのに、この行為が特に効き目があるとみなしていた。

船が堂々とした様子で岸から離れると、すべてのことが以前と同じように楽しく取り運ばれていった。男たちはおしゃべりをし、船内を歩き回り、本を読み、葉巻をふかした。女たちは縫い物をし、子供たちは遊びにうち興じ、そして船は前へと進んでいった。

ある日、ケンタッキーの小さな町に船がしばらく停泊したとき、そこでちょっとした用事を片付けるために、ヘイリーは上陸していった。

トムは、足枷をはめられていたが、ある程度船内を動き回ることができたので、舷側に行き、何をするでもなく手すり越しに外を眺めやっていた。しばらくすると、ヘイリーが、腕に小さな子供を抱いた一人の黒人女性を連れて、急ぎ足で戻ってきた。彼女は非常にきちんとした身なりをしており、小さなトランクを持った黒人の男をあとに従えていた。女性は、トランクを運んでいる黒人と陽気に話しながらやってきて、渡り板を渡ると船に乗り込んだ。ベルが鳴り、汽笛がボーッと響き、エンジンがシュッシュッと音をたてた。船はすべるように川下へ向かって進んでいった。

女性は、下甲板の箱や梱のあいだを歩いてきて、そこに腰を下ろすと、余念なく赤ん坊をあやし始めた。

ヘイリーは船内を一、二度ぐるりとまわったあとで、彼女に近寄り、そのそばに座ると小さな声で彼女に何げないふうに何かを言い始めた。

トムはまもなく女性の顔が重く翳るのを目にした。早口に、また非常に激しい調子で答えているのにも気づいた。

「そんなこと信じない！　信じたくない！」そう彼女の言うのが、トムの耳に達した。「あなたはただ私をからかっているだけよ」

「信じないなら、これを見てみな！」一枚の書類を取り出しながら、ヘイリーが言った。「これは売買証明書だ、ここにあんたの主人の署名もある。それに、言っておくが、俺はこれにかなりの額の現金も払っているんだ。いいな、分かったな！」

「御主人様がそんなふうに私のことを騙すなんて、信じられない。嘘に決まっている！」次第に動揺を露にしながら、女性が言った。

「誰でもいい、そこいらにいる字の読める人に聞いてみろ。ああ、そこの人！」ちょうど通りかかった男に、彼は声を掛けた。「ちょっとこれを読んでやってくれませんか、いいでしょう！　これがなんだか話してやっても、この女は私を信用しないんでね」

「うん、これは奴隷売買証明書だ。ジョン・フォスディックと署名してある」とその男は言った。「ルーシーという女とその子供を、あんたに譲渡するという内容だ。見たところ、どこにも問題はないようだ」。

女性が激しい叫び声をあげたので、彼女のまわりに群衆が集まってきた。奴隷商人は、女性の取り乱した理由を簡単に説明した。

女性が言った。「夫が働いているのと同じ宿屋で、料理人として働いてもらうことにしたから、ルイヴィル(7)まで行ってくれ、御主人様は私にそうおっしゃった。それが、御主人様の言われたことよ。御主人様が私に嘘をつくなんて、信じられない」

「かわいそうだが、あんたの主人はあんたのことを売ってしまったんだ。その点は疑う余地がない」。書類を吟味していた善良そうな顔つきの男が言った。「彼はそうしてしまった。間違いない」

「それじゃ、いくら言っても仕方がないんですね」と女性は言い、突然静かになった。自分の子供をさらに強く腕に抱きしめ、荷箱の上に腰をおろすと、くるりと背を向け、川をぼんやりと見つめ始めた。

「気楽にやっていくつもりなんだ、結局は！」と、奴隷商人は言った。「女ってえのは、肝っ玉が座っとるわい」。

船が進んでいっても、女性の見かけは静かだった。心地よい穏やかな夏のそよ風が、情け深い精霊のように彼女の頭上を通りすぎた。顔が黒いか白いかなど一向に気にせず、吹きよせるやさしいそよ風。川面で金色の細波となってきらめく太陽の光が、彼女の目に映った。周りの至る所から、くつろぎと楽しさに満ちた陽気な歓声が、彼女の耳に達した。しかし、彼女の心は、まるで大きな石を載せたようだった。赤ん坊が彼女の腕のなかで伸びをし、小さな手で彼女の頬を撫でた。身体を上下に揺すったり、キャッキャッ言ったり、片言のおしゃべりをしたりして、なんとしてでも彼女を元気づけようとしているかに見えた。彼女は腕のなかの赤ん坊を、突然きつく抱きしめた。涙がゆっくりと一粒ずつ、きょとんとして何も分からない子供の顔の上に落ちた。彼女は少しずつだが、徐々に落ちつきを取り戻し、また赤ん坊の世話と面倒をみることに没頭していった。

一〇カ月になるその男の子は、歳の割にとても大きく、力も強く、手足もしっかりしていた。一瞬たりともじっとしていることがなかったので、母親は彼を腕のなかに抑えておいたり、飛びはねようとするのを見張るのに、たえずおおわらわであった。

「たいした子だ！」一人の男が突然子供の前で立ち止まり、ポケットに手を突っ込んだまま、言った。「いくつだい？」

「一〇カ月半になります」と母親が答えた。

男は子供に向かって口笛を吹き、棒キャンディの一切れを与えた。子供はうれしがってそれをつかむと、赤ん坊がものを何でもしまい込む場所、つまり口のなかへすぐおさめてしまった。

「なかなかの子だ！」と男は言った。「ちゃんと分かってるんだ！」彼はまた口笛を吹き、歩き去った。彼が船の反対側に来たとき、ヘイリーに出くわした。ヘイリーは積み上げられた箱荷の上で葉巻をすっていた。

見知らぬ男はマッチを取り出すと、葉巻に火をつけながら言った。

「あそこにいるのは、かなり上物の女だね、ええ、君」

「まあね、俺もかなりの上玉だって思ってるよ」と、ヘイリーは口から煙を吐き出しながら言った。

「南部につれていくとこかい？」と男は言った。

ヘイリーはうなずいて、葉巻をふかし続けた。

「農場で働かすのかい？」と男は言った。

「まあね」とヘイリーは言った。「ある農場から一人注文を受けているもんだから、あの女をそれにあてようかと思ってるんだ。話では、あの女は料理が上手らしい。農場じゃ彼女をそれ用に使えるし、さもなきゃ綿摘みに使ってもいい。あの女は綿摘みにもってこいの指をしているよ。俺はちゃんと見たんだ。いずれにしても、高く売れるさ」。ヘイリーはまた葉巻をふかしはじめた。

「農場じゃ、子供のほうは要らんだろう」と男が言った。

「買い手がつき次第、売るつもりだ」。もう一本葉巻に火をつけながら、ヘイリーが言った。

「あんたはあの子をかなりの安値で売るんだろう？」そう言うと、男は箱荷の山にのぼってきて、気持ちよさそうに腰を下ろした。

「それはどうかな」とヘイリーが言った。「あの子はとても利口なチビだ。どこも変なところはないし、肉付きもよく、丈夫だ。筋肉だって、煉瓦みたいに硬い！」

「まったくその通りだ。でもな、育てるとなると厄介だし、金もかかる」

「ばか言っちゃ困る！」とヘイリーは言った。「あいつらは、そこらにいる家畜と同じくらい簡単に育つのさ。小犬と同じで手がかからないよ。こいつだって、一カ月もすればそこら中を駆け回っているさ」

「私はね、あんな子を育てるのにおあつらえ向きの土地を持ってるんだ。それで、ちょっと頭数を増やそうかって考えてるんだ」と男は言った。「先週、ある料理女が子供をなくしちまってね。洗濯物を干しているときに、子供がたらいのなかでおぼれちゃったんだ。それで、この子をそいつに育てさせるってのも、結構いけるかなと思ってるんだ」

ヘイリーと男はしばらく黙って葉巻をすっていた。どちらにも、相手の意向をさぐろうとする質問を、先に切りだす気はないようだった。とうとう、男の方がまた続けた。

「いずれにしろ、あんたはあの子を厄介払いしなきゃならんのだろう。だから、あの赤ん坊で、一〇ドル以上も要求しようなんて思っちゃいないだろう？」

ヘイリーは首を振り、これみよがしに唾を吐いた。

「それじゃ、まるでお話にならん」。そう言うと、彼はまた葉巻をすい始めた。

「それじゃ、あんたはいくら欲しいんだ？」

「そうだな」とヘイリーは言った。「自分であの子を育ててもいいし、誰かに育てさせるって手もある。あの子はめったにないほど見込みがあるし、健康だ。あと半年もたてば、一〇〇ドルにはなるな。それに、売り場所さえよけりゃ、一、二年で二〇〇ドルになる。だから、いまなら五〇ドルってとこで、それより一セントもまけられないな」

「えっ、なんだって！　そりゃ、まったくばかげた話だ」と男が言った。

「本当の話さ！」とヘイリーは言い、きっぱりとした調子でうなずいた。

「三〇ドル出そう」男が言った。「それ以上は一セントも出さん」

「それじゃ、こうしよう」。そう言うと、ヘイリーはまたつばを吐き、新たに決心をし直した。「あいだをとって、四五ドルでどうだ。これがぎりぎりの線だ」

「よし、それでいい！」ちょっと間合いをおいてから、男は言った。

「決まりだ！」とヘイリーが言った。「あんたはどこで上陸するんだ？」

「ルイヴィルだ」と男は言った。

「ルイヴィルか」とヘイリーは言った。「そいつはいいや。ルイヴィルに着くのは、夕暮れどきだ。赤ん坊は眠っているだろう。すべてが好都合だ。一悶着なしに連れ出せる。ギャアギャア騒ぎたてることもないだろう。見事に運ぶさ。物事は何でも穏やかに進めるのがいい。騒動や混乱などはまっぴらだ」。男の財布から奴隷商人の財布に札束が移動したあとで、奴隷商人はまた葉巻をすい始めた。

船がルイヴィルの波止場に着いたのは、冴え冴えとした平穏な夕暮れどきだった。女は、ぐっすり眠り込んだ子供を腕に抱えて、ずっと座り込んだままでいた。だが、ルイヴィルの名前が告げられるのを耳にすると、彼女は箱荷の間のくぼみを小さなベッドに見立てて、まずていねいに外套を広げ、その上に急いで赤ん坊を寝かせた。それから、波止場に集まってきているさまざまな宿屋の使用人たちのなかに、自分の夫がいるかもしれないという望みを抱いて、舷側に駆け寄った。この希望を胸に、彼女は前方の手すりまでにじり寄ると、身を乗り出して、河岸にいる人間たちの頭の動きに目をじっと注いだ。そのうちに、群衆が彼女と子供とのあいだに押し入ってきた。

「さあいまだ」とヘイリーは言い、眠っている子供を抱き上げ、男に手渡した。「子供の目をさまさせて、泣かせたりするな、いまはな。さもないと、あの女がどえらい騒ぎを引き起こすから」。その男はくるんだ赤ん坊を慎重に受け取ると、波止場に押し寄せてきていた群衆にすぐ紛れ込んだ。

船は波止場から離れた。きしみ音を立てたり、うなったり、喘いだりしながら、ゆっくりと前進を始めた。女が元の場所に戻ってきた。そこに座っていたのは奴隷商人だった。子供はいなくなっていた！

「あら、あの子はどこにいったのかしら？」びっくりしてうろたえながら、彼女は言った。

「ルーシー」と奴隷商人が言った。「お前の子供はいないよ。いずれ分かることだから言っておくが、あの子を南部に連れてはいけねえんだ。それで、お前さんよりもよく育ててくれるいい家庭があったんで、いい機会だから、あの子を売ってしまったよ」。

最近、北部の牧師や政治家たちは、キリスト教的な見地や政治的な見地から、すべての人間的な弱さや偏見を完全に克服して、完璧な人間の段階にいたらなければならないと推奨している。奴隷商人が到達していたのは、まさにその段階である。彼の心は、あなたがた読者の皆さんや私の心が、適切な努力と修練を積めば至りうるものなのだ。女が彼に投げかけた、苦悩とこの上ない絶望の狂おしい表情は、彼ほど経験を積んでいない者をうろたえさせたかもしれない。しかし、彼は慣れていた。何百回となくそうした表情を見てきていた。友よ、あなた方も、そうしたことに慣れることができるのだ。連邦の栄光という名目で、北部の社会全体をそれに慣れさせようというのが、最近の大きな努力目標とされている。それゆえ、あの黒い顔つき、堅く握りしめられた拳、息を詰まらすような息づかいなどのなかに表現されている人間的な苦悩を、奴隷商人は単に取り引きに伴う不可欠な出来事とみなしていた。彼の気にかけていたものと言えば、女が泣き叫び、船の上で大騒ぎを引き起こすかどうかということだった。というのも、わが国のこの奇妙な制度を支持する他の者たち同様、彼もまた騒ぎが心から嫌いだったからである。

しかし、その女は泣き叫ぶことはなかった。弾丸がまともに彼女の心を直撃したので、泣くことも涙を流すこともできなかったのである。

ふらふらと彼女はへたり込んだ。力の抜けた腕がぶらりと体の横に垂れ下がっていた。その目はまっすぐ前を向いていたが、何も見てはいなかった。船の雑音とか騒音とか機械のうなる音とかすべての音が、夢をみているかのように、彼女の乱れた耳のなかでごちゃ混ぜになっていた。完全に打ちのめされた哀れな心というものは、その徹底的な惨状を示しうる叫び声とか涙などを持っていなかった。彼女はまったく静かだった。

わが国のある種の政治家たちとほぼ同程度の人間味を持ち合わせている奴隷商人は、これから先のことを考えて、事情の許す範囲で、慰めておく必要があると感じたようだった。

「最初のうちは、これがかなり辛いもんだってことは、俺にも分かるよ、ルーシー」と彼は言った。「でもな、お前のような賢くて、ものの分かった女は、こんなことに負けやしないさ。こりゃ、どうしても必要なことだからな、ええ、そうだろう。どうしようもなかったんだ」

「ああ、やめてください、旦那様、やめてください！」女は息も絶え絶えに言った。

「お前は賢い女だ、ルーシー」と、彼はなおもしつこく言った。「お前のことは特別目をかけてやるよ。深南部のいい農園をお前にあてがってやる。すぐに別の亭主も持てるさ。お前のようないい女は……」

「ああ、旦那様、いまはどうか私に話しかけないでください」。女の声には、切迫したむき出しの苦悩がにじんでいた。さすがの奴隷商人も、いまの事態には、彼流のやり方では対処できないものがあると感じ取った。奴隷商人が立ち上がると、女は身体の向きを変え、外套に顔をうずめた。

奴隷商人は、しばらくのあいだ、その場を行ったり来たりし、時折立ち止まっては、彼女を眺めやった。

「かなり深刻に受け取めているな」と彼は一人呟いた。「でも、様子は静かだ。しばらくこのまま悲しませておこう。やがて元気になるだろう」。

トムは、このやりとりのすべてを最初から最後まで見ていた。その結果の持つ意味についても、完全に理解していた。それは、トムにとって、口では言えぬほど恐ろしく残酷なことに見えた。というのも、哀れで無知な黒人として、彼は物事を一般化する仕方とか大きな視野で見るやり方を修得せずにきていたからである。もし彼が、キリスト教のある種の牧師たちの教えを受けてさえいれば、いまとは別の見方に立って、これは日常茶飯のことであり、合法的に行なわれた取り引きだと見なしたかもしれない。こうした取り引きによって、奴隷制度というものは根底から支えられているのである。アメリカのある種の聖職者たちは、この制度のなかには、この国の社会生活あるいは家庭生活の諸関係と深くかかわる悪以外のどんな悪も含まれていないと、私たちに語り聞かせる。しかしトムは、われわれも知っているように、読書といえば新約聖書だけという哀れで無知な人間だったので、こういった考え方で自分を慰めたり、なだめたりすることなどできなかった。彼の魂は血を流していた。惨めに苦しむものが蒙った不当な仕打ちと思えることのために。その被害者は押しつぶされた葦の葉のように荷箱の上に横たわっていた。感情を持ち、生命を持ち、血を流し、しかも不滅であるそのものを、アメリカの州法は冷酷にも、彼女がその身を横たえている荷物や梱や荷箱と同じ項目に分類しているのだ。

トムは近寄って何か話しかけようとしたが、彼女はうめき声をもらすだけだった。頬に涙を浮かべつつ、彼は思いのたけをこめて天上の愛の心、情け深いイエスのこと、永遠の家庭のことなどを話した。しかし、苦悩によって耳はふさがれ、麻痺した心は何も感じ取ることはできなかった。

夜が訪れた。静かで、不動で、神々しい夜。キラキラと輝き、美しいが無言を守る無数の厳かな天使の目が、地上を照らしていた。遙かなる空の彼方からは、どんな語りかけの文句も言葉も、また情けある声や救いの手もなかった。船上では、仕事や喜びの声が一つずつ消えていった。船にいるすべてのものが眠りにつき、舳先に砕ける波の音がはっきりと聞こえるようになった。トムは自分の身体を箱の上に横たえた。そこで寝ながら、ときどき、うつ伏せた女の抑えた嗚咽やしのび泣きを耳にした。「ああ！　どうしたらよいのでしょう？　神様！　神様、私をお助け下さい！」そのつぶやきは何回か繰り返されていたが、最後には沈黙のなかに消えていった。

真夜中に、トムはびくっとして、突然目を覚ました。何か黒いものが、足早に彼のそばを通りすぎて舷側へ向かって行った。水の跳ねかえる音がした。トム以外には、それを見たり聞いたりしていたものはいなかった。彼は頭を上げた。女のいたところは空っぽだった！　彼は起きあがり、あたりを探してみたが、無駄だった。哀れな痛ましい女の心はやっと静まったのだ。川は星明かりのなかで細波をたて、波紋を広げていた。まるで、哀れな痛ましい女の心など、飲み込まなかったと言わんばかりに。

我慢せよ！　我慢せよ！　汝ら、こうした悪に対して心を憤りで膨れ上がらせるものたちよ。苦悩のうずき一つたりとも、また抑圧されたものたちの涙一粒たりとも、悲しみの人であり栄光の神であるものによって、忘れ去られることはない。神は世界の苦悩を、我慢強く、寛大な胸の内で耐えておられるのだ。汝らも、神のごとく、耐えよ。愛をもって、いそしめ。なぜなら、彼は神なのだから、「確実に彼の贖いの年はくる[8]」のだから。

奴隷商人は、明け方早くに目を覚まし、自分の家畜たちの見回りにやってきた。今度は彼がうろたえて探し回る番だった。

「あの女はいったいどこで息していやがるんだ?」と彼はトムに言った。

トムは、黙っていることの賢明さを知っていたし、自分の見たことや気づいたことを言う気にもなれなかったので、知らないと言った。

「あの女が、夜のあいだに、どっかの船着き場で降りるなんてことは絶対にできない。船が停まるたびごとに、俺は必ず起きて見張っていたんだからな。こういうことは他の連中にまかせておけねえんだ」。

この言葉は、まるでトムに特別興味のあることのように、打ち解けた調子で発せられた。トムは何も答えなかった。

奴隷商人は、箱、梱、樽の間、機械のまわり、煙突のそばを含めて、船首から船尾まで船中を探したが、無駄だった。

「おい、トム、これについちゃ、正直に言ってくれ」。捜索が不首尾に終ったとき、奴隷商人はトムの立っているところへやって来て、言った。「なあ、お前は何か知っているだろう。知らねえなんて、言わせねえぞ。お前が知ってるってことは、お見通しだ。一〇時ころ、俺はあの女がここで横になってるのを見たんだ。それから、一二時にもだ。一時と二時のあいだにも見た。そいでもって、四時には、あの女はいなかった。そのあいだ中、お前はそこで眠っていた。となりゃ、何かお前は知っている。知らねえわけがない」

「ええ、旦那様」とトムは言った。「朝がた近く、何かがおらのそばをすり抜けていったもんで、おらは半分目を覚ましただ。それからざぶんという大きな水の音を聞いただよ。それでぱっちりと目が覚めたら、女は消えていましただ。おらが知っているのはそれだけですだ」。

奴隷商人は衝撃を受けなかったし、驚きもしなかった。なぜなら、前にも述べたように、彼という人間は、読者の皆さんが慣れていないような多くの事柄に慣れていたからである。恐ろしい死の訪れでさえ、彼を心胆寒からしめるというようなことはなかった。彼は多くの死を見てきていた。商売にからんで死と出会い、よく死のことを知っていた。だから、彼は死を、単に自分の財産運用を非常に不公平に邪魔だてする扱いにくい客みたいなものだと考えていた。そんなわけで、彼はただ罵り声をあげてみせただけだった。あの女はひどい女だ、自分はくそ忌々しいほど不運だ、物事がこのまま運んでいったらこの旅で一セントも儲けることができない、と。要するに彼は、自分を決定的に運のない人間だとみなしているらしかった。しかし、どうすることもできなかった。なぜなら、いまや女は、天国という、決して逃亡者を引き渡そうとしない州へと、逃げおおせてしまっていたからである。たとえ栄光ある連邦全体が要求しても無駄だった。そこで、奴隷商人は小さな会計簿を手に不承不承腰を下ろすと、失われた魂と肉体を損失という項目の下に記入した！

「この奴隷商人はひどい奴だ、そうじゃないか？　まったく、冷酷だ！　実に、度しがたい！」

「ああ、でも、こんな奴隷商人のことなんて、誰も問題にしていないよ！　連中はみんなから軽蔑されている。まともな社会に受け入れられることなんてないさ」。

　しかし、こうした奴隷商人を生み出しているのは、誰なのか？　誰にいちばん責任があるのか？　奴隷商人を生み出さずには済まない制度を支えている、学問も教養もある知的人間たちか、それともあわれな奴隷商人その人か？　まず、あなた方が、彼の商売をよしとするような国民感情を作りだす。次に、その商売が彼を人間的に堕落させ、腐敗させる。その結果、彼はその商売に携わっていても、何の羞恥心すら感じなくなる。とすれば、どの点で、あなた方のほうが彼よりましだと言えるのか？

　あなた方は教養があるのに対し、奴隷商人は無知だからか？　あなた方は身分が高いのに対し、彼は身分が低いからか？　あなた方は洗練されているのに対し、彼は粗野だからか？　あなた方は才能があるのに対し、彼は単純だからか？

　このように考えているとすれば、最後の審判の日には、あなた方よりも彼のほうがより軽い裁きを受けることになるかもしれない。

　こうした合法的な取り引きの小さな事例を書き留める作業を終えるにあたって、世界の人々にお願いしなければならない。アメリカの立法者たちが、まったく人間味に欠けているなんてことは、どうか考えないでいただきたい。この種の取り引きを保護し、永続させるために国民のなしている多大な尽力から、そんなふうに推論されがちなのだが、その推論は不当というべきだ。

　わが国の偉大な人間たちが、ものすごく頑張って、外国の奴隷貿易を糾弾しているのを知らないものなどいない。この問題に関しては、われわれのあいだからも、クラークソンとかウィルバーフォースといったような、本当に立派な人物たちが立ち現われてきている。[9]彼らの行為を見たり聞いたりするのは、非常に啓発的である。読者の皆さん、アフリカから奴隷を買うなんて、本当に恐ろしい！　そんなことは、考えるべきではない！　ところが、どうだろう、奴隷をケンタッキー州から買うということになると、話はまったく違ってきてしまうのである！

第13章 クエーカー教徒(1)の集落

The Quaker Settlement

　平穏な情景が、いま私たちの目の前に広がっている。大きくて、広々としていて、きちんと色を塗られた台所、その黄色い床はつやつやと光って、滑らかで、ちり一つ落ちていない。きれいに磨かれて黒光りする料理用レンジ。ぴかぴか光る鍋の列、それらは食欲をかきたてるとてつもなくおいしいものを連想させる。艶のある緑色の木製の椅子は、古いがしっかりしている。小さな籐製の揺り椅子には、ウール地のさまざまな色模様の小さな端切れを巧みに利用して作ったパッチワークのクッションがおいてある。大きいほうの揺り椅子は、経験に富んだ母親といった趣で、その広い腕は、羽毛のクッションとともに、われわれを温かく受け入れてくれるといった感じがする。本当に座り心地のよい、安心感を与える古い揺り椅子で、心の込もった家庭的なくつろぎという点にかけては、客間用として使われるビロード製やブロケード(2)製の上等な椅子一ダース分の価値がある。その椅子を前後にゆっくりと揺すり、きれいな縫い物の上に目を落として座っていたのは、われわれの旧知の友エライザであった。そう、エライザはここにいたのだ！　ケンタッキーの家のときよりも色は青白く、身体は痩せていた。外に表われない悲しみの世界が、長いまつげの影の下に広がり、穏和な口元をくっきりと型どっていた。少女のようだった彼女の心が、重い悲しみの試練を経て、どれほど成長し、どれほど堅固なものになっていったかが、はっきりと見てとれた。やがて、熱帯の蝶のように床の上をあちこちと飛び回って遊ぶ小さなハリーの姿を追い求めて、大きな黒い目が上に向けられたとき、以前の幸せな時代の彼女にはなかった、堅固な信念とゆるぎない決断力がそこにはうかがわれた。

　彼女の横には、ぴかぴか光る錫製の鍋をひざにおいた一人の女性が座り、乾燥桃をていねいに選り分けていた。年齢は五五歳ないし六〇歳といったところだが、その顔は、時間の経過とともに輝きを増し、美しさを加えていくという類の顔であった。雪のように白い柔らかな縮緬の帽子は、教義に厳しいクエーカー教徒ふうだったし、落ち着いた感じできちんと胸に懸けられているモスリンの白布や地味な灰色のショールや服などによって、彼女がどんな共同体に属しているかは一目瞭然であった。顔は丸くて血色がよく、まるで熟した桃のように、健康そうでふっくらとして柔らかだった。髪は、年齢のせいで所々白くなってはいたが、高い落ちついた額から後ろへきれいに分けられていた。ときがその額に刻み込んだものと言えば、この世の平和と人間への善意だけだった。額の下には大きく、澄んだ、誠実で、かわいらしい茶色の目が輝いていた。彼女の目をまっすぐ見さえすれば、女性の胸のなかでこれまで脈打った善良で正直な心というものを、その奥底まで見通したという気になることができた。これまで若く美しい女性についてはたくさんのことが言われ、たくさんの歌が歌われてきたが、年を重ねた女性の美しさに、どうして誰も目覚めないのだろうか。この主題について、霊感を呼び起こしたい方がおられるならば、ちょうどいま小さな揺り椅子に腰掛けているわれらがよき友レイチェル・ハリデイを紹介しよう。彼女の椅子は、最初のころに風邪をひいたせいか、それとも喘息疾患のせいか、それともおそらくは神経の錯乱のせいか、ギシギシ、キーキーというような音を立てる傾向があった。他の椅子の場合には耐え難いのだが、彼女がやさしく前後にこの椅子を揺らすと、一種の和らいだ「キシキシ、キュッキュ」という音を出し続けた。しかし、よく口に出して言われたことだが、その音は老シメオン・ハリデイには音楽と同じくらいよい音色だったし、子供たちもみな、母親の椅子の音は世界中の何物にも代えがたいと断言していた。それはなぜだろうか？　この二十数年間あるいはそれ以上の歳月、愛情に満ちた言葉とかやさしい教訓とか母親らしい思いやりとかが、この椅子から出てきたせいである。頭痛や心の痛みが何度となくそこで癒されてきた。精神的に尾を引く困難、あるいはその時々の苦境がそこで解決されてきた。こうしたことのすべてが、一人の善良な慈愛にみちた女性の手で行なわれてきたのである。彼女に祝福あれ！

「エライザ、それじゃあなたはまだカナダに行こうと思っているのね？」静かに乾燥桃を選り分けながら彼女が言った。

「ええ、奥様」。エライザはきっぱりと言った。「私は前へ進まなければなりません。止まろうなんて思いません」

「カナダに着いたら、どうするの？　そのことを考えておかなきゃいけないよ、いとしい娘」

「いとしい娘」という言葉は、自然にレイチェル・ハリデイの口から出た。彼女の顔かたちは「母親」という言葉をもっとも自然に思い起こさせた。

エライザの手は震え、きれいな縫い物の上に涙が落ちた。しかし、彼女はきっぱりと答えた。

「私は何でもやります。何かが見つけられると思います」

「分かっているでしょうけど、ここに居たいだけ居てかまわないのよ」とレイチェルは言った。

「本当に、ありがとうございます」。エライザが言った。「でも」。エライザはハリーを指さした。「あの子が心配で夜も眠れないし、心の休まることがありません。昨夜は、あの奴隷商人がここへ入ってくる夢を見ました」と、身震いしながら彼女は言った。

「かわいそうに！」と、レイチェルは涙を拭きながら言った。「でもね、そんなふうに考える必要はないのよ。神様のおかげで、私たちの村からは、一人の逃亡者もさらわれることもなかったわ。あなたの子供がその最初になるなんてことはないと、信じています」。

そのときドアが開いた。熟れたリンゴのような、明るい、生気に満ちた顔付きの、小柄で、丸っこい、針山のような女性が戸口に立った。彼女は、レイチェルのように、地味な灰色の服を着て、ふっくらとした小さな胸元には、きちんとモスリンの白布をつけていた。

「おや、ルース・ステッドマンね」と、レイチェルがうれしそうな様子で戸口へ出ていった。「ご機嫌いかが、ルース？」そう言いながら、レイチェルは心を込めてルースの両手をとった。

「申し分ないわ」。そう言うと、ルースは小さくて地味な色のボンネットを脱ぎ、ハンカチでボンネットのほこりをはらった。おかげで、彼女の小さな丸い頭が現われたが、そこにはクエーカー帽がちょこんと気取って載っていた。にもかかわらず、彼女は小さな太った両手で、叩いたり、なでたりしてせわしなくクエーカー帽を整えようとした。というのも、ものすごい巻毛がほぐれてあちこちから飛び出しており、それらをもとに戻すため、なでつけたり、なだめたりしなければならなかったからである。それから、二五歳ぐらいと思われるこの新しい訪問者は、身だしなみを整えるために見入っていた小さな鏡から向き直ると、とてもうれしそうな顔つきをした。彼女の顔を見た人なら、きっと多くの人が同じようにうれしそうな顔つきになっただろう。なぜなら彼女は、男性の心をさらに一層うきうきした気分にさせる、健全で、真心のある、陽気な女性だったからである。

「ルース、こちらの友人がエライザ・ハリスよ。それからこれが、あなたに話した男の子よ」

「お会いできてうれしいわ、エライザ、とても」。そう言うと、エライザがずっと会いたいと思っていた懐かしい友人であるかのように、ルースはエライザと握手した。「この子があなたのかわいいお子さんね。お菓子を持ってきたのよ」と言って、彼女は小さなハート型のお菓子を差し出した。ハリーは、近づいてきて、巻毛のあいだからじっとそれを見ていたが、最後に恥ずかしそうに受け取った。

「ルース、あなたの赤ちゃんはどこにいるの？」とレイチェルが訊いた。

「いま来るわ。ここに入ってくるとき、お宅のメアリーがあの子を抱いて、子供たちに見せるんだって納屋のほうへ走っていっちゃったのよ」。

このとき、ドアが開いて、メアリーが赤ん坊を連れて入ってきた。彼女は、誠実そうな、血色のいい女の子で、母親似の大きな茶色の目をしていた。

「ほら、ほら！」とレイチェルは言った。彼女は近づくと、大きくて色白の、太った赤ん坊を自分の腕に抱きとった。「なんてかわいいんでしょう、こんなに大きくなって！」

「ええ、本当に大きくなったわ」と、小柄で元気なルースは言った。彼女は、子供を受け取ると、小さな青い絹のフードや、何枚も重ね着をした上着を脱がし始めた。それから、あっちをぐいと引いたりこっちを引っ張ったりして、赤ん坊の服装をいろいろに直したり、整えたりした。そのあとで、愛情の込もったキスをすると、赤ん坊が考えを集中できるようにと床の上に下ろした。子供はこうしたやり方にすっかり慣れているらしく、親指をくわえて（まるでこれが一つの順序であるかのように）、まもなく自分の思考の世界に入り込んだように見えた。一方、母親は椅子に腰を下ろして、青と白の毛糸の混ざった長いストッキングを取り出すと、いそいそと編み始めた。

「メアリー、鍋に水を入れてきたほうがよくないかしら？」と、母親がやさしくほのめかした。

メアリーは鍋を持って井戸へ行き、またすぐに戻ってきて、レンジの上に置いた。鍋はすぐに音をたて、湯気を出し始めた。その様は、歓待と喜びの香炉とも言うべきところだった。さらにレイチェルが二言、三言やさしく囁くと、その言葉に従って、メアリーはすぐ火の上のシチュー鍋に乾燥桃を入れた。

レイチェルは今度は、真っ白なこね板を取り出し、エプロンをつけて、静かにビスケットを作り始めた。その前に、彼女はメアリーに言った。「メアリー、ジョンに鶏を用意するよう言いに行ったほうがよくないかしら？」その言葉に応じて、メアリーは出て行った。

「アビゲイル・ピーターズの様子はどんなふうかしら？」ビスケット作りを続けながら、レイチェルが聞いた。

「ええ、よくなってきているようよ」とルースは言った。「今朝、彼女の家に行って、ベッドを整えたり、家の中を片付けたりしてきたの。今日の午後には、リー・ヒルズが行って、数日分のパンとパイを焼いてきたわ。私は、また今晩出かけて行って、彼女の身体をベッドから起こしてあげるって、約束してきたの」

「私も明日行ってみることにしましょう。洗濯ものがあれば、全部してくるし、繕い物も見てくるわ」。そうレイチェルが言った。

「ああ、それがいいわね」とルースは言った。「そうそう」。

彼女はつけ加えた。「ハンナ・スタンウッドが病気なんですって。昨晩はジョンが行ってくれたわ。明日は私が行かなくちゃいけないの」

「あなたが一日中そこに行ってなきゃならないんなら、ジョンはここへ来て食事をすればいいわ」とレイチェルが言った。

「ありがとう、レイチェル。明日の様子しだいでそうさせてもらうわ。あら、シメオンが戻ったわ」。

地味な色のコートとズボンを身につけ、つば広の帽子をかぶったシメオン・ハリデイが入ってきた。彼は背の高い、姿勢のいい、筋肉質の男だった。

「元気かね？ ルース」と彼はねんごろに言い、彼女の小さな丸々した手を包もうとするかのように、その大きな手を広げた。「ジョンは元気かね？」

「ええ、ジョンは元気よ。家族のものもみんな元気だわ」。ルースが快活に言った。

「何かニュースでもありましたか、お父さん？」と、レイチェルがビスケットをオーブンに入れながら言った。

「ピーター・ステビンズが今晩友人たちを連れてやってくるって言っていたよ」。裏側の小さなポーチにあるこぎれいな手洗い場で手を洗いながら、意味ありげにシメオンが言った。

「そうですか！」レイチェルが心配そうな様子でエライザをちらっと見て、言った。

「あんたの名前はハリスって言ったね」。シメオンが部屋に戻ってきて、エライザに聞いた。

エライザが震えながら「そうです」と答えたとき、レイチェルはすばやく夫に目をやった。一瞬たりとも恐怖の去らぬエライザは、自分の人相書でも出回り出したのではないかと、考えているような様子だった。

「母さん、ちょっと！」シメオンがポーチに立ってレイチェルを呼んだ。

「何ですの、お父さん？」レイチェルが粉だらけの手をこすりながら、ポーチに出ていった。

「あの娘さんの夫が新開地の村まで来ているんだよ。今晩ここを訪れる手筈になっているんだ」とシメオンは言った。

「まあ、本当ですの、お父さん！」喜びで顔をぱっと輝かせながらレイチェルが言った。

「本当だよ。ピーターが昨日馬車で地下鉄道の別の寄り場に行ってみると、そこには一人の年老いた女性と二人の男が待っていたんだ。男の一人はジョージ・ハリスと名乗ったってことだ。彼の過去の話から考えて、私はエライザの夫に間違いないと確信している。彼も、頭のよさそうな、感じのいい男らしいよ」

「いまあの娘にこの話をすべきだろうか？」とシメオンが訊いた。

「ルースに相談してみましょう」とレイチェルは言った。「ねえ、ルース、ちょっと来てちょうだい」。

ルースは編み物をおいて、すぐに裏側のポーチへやってきた。

「ルース、あなたの考えを聞かせて?」とレイチェルは言った。「お父さんが言うには、最近会った人たちのなかにエライザの夫がいて、今晩ここに来ることになっているっていうの」。

小柄なクエーカー教徒の女性は思わず喜びの声を上げ、レイチェルの話を遮った。彼女は小さな手を叩き、床を飛び跳ねた。クエーカー帽の下から、二束の巻き毛がほぐれて、色も鮮やかに白布の上に垂れた。

「静かに、ルース!」レイチェルがやさしく言った。「静かに、ルース! 言ってちょうだい、いま彼女に話したほうがいいかしら?」

「いま話すべきよ! 絶対だわ。いまこの瞬間に。いいこと、もしこれが私のジョンだったら、私がどう感ずると思う? 話してあげて、いますぐに」

「ルース、あんたって人は、汝の隣人を愛せという教えを守るにあたっても、ひたすら自分自身にたとえて考えようとするんだね」。そう言いながら、シメオンは、満面の笑みをたたえてルースを見た。

「ええ、そうよ。人間ってそういうものじゃないのかしら? もし私が夫のジョンと私の赤ちゃんを愛していなかったら、エライザの気持ちを分かってあげることもできないわ。さあ、いま、彼女に話してあげてちょうだい。どうか、そうして!」ルースは説き伏せるようにレイチェルの腕に手をおいた。「彼女をあなたの寝室に連れていくといいわ、さあ、行って。そのあいだに、私がチキンを揚げておくわ」。

レイチェルは、エライザが縫い物をしている台所へ入っていくと、小さなベッドルームのドアを開けやさしく言った。「ここへいらっしゃい、いとしい娘。あなたに伝えたいことがあるの」。

エライザの青ざめた顔に、血の気が走った。彼女は、おののくような不安に震えながら立ち上がり、自分の子供のほうを見た。

「違うの、そうじゃないわ」。小柄なルースが飛んで行き、エライザの手を握って言った。「心配しなくてもいいの。いい知らせなのよ、エライザ。さあ、お入りなさい!」ルースはエライザをそっとドアのほうに押しやり、エライザが入るとドアを閉めた。それから向き直ると、かわいいハリーを腕に抱え、彼にキスをし始めた。

「坊や、あんたはお父さんに会えるのよ。分かる? あんたのお父さんがもうすぐくるのよ」。彼女は何度も何度もそう言った。ハリーは不思議そうに彼女を見つめていた。

一方、ドアのなかでは、別の場面が進行していた。レイチェル・ハリデイは、エライザを自分のほうへ引き寄せて言った。「神様が、あなたにお恵みを与えてくださったのよ、いとしい娘。あなたの夫は束縛の館を脱出しました」。

突然血がのぼり、エライザの青ざめた頬を輝かせたかと思うと、またさっと心臓へ逆流していった。彼女は青くなり、気を失いそうになって座り込んだ。

「勇気を出して、ねえわが子」。レイチェルは、エライザの頭に手を載せて言った。「あなたの夫はいま、友人たちと一緒にいて、その人たちが今晩彼をここへ連れてきてくれることになっているの」

「今晩！」エライザは繰り返した。「今晩ですって！」言葉からすべての意味が失われていった。彼女の頭は夢を見ているようで、すっかり混乱していた。一瞬、すべてに霧がかかった。

意識を取り戻したとき、エライザは自分が毛布を掛けられて、ベッドにきちんと寝かされており、小柄なルースがカンフル油を手に塗りこんでくれているのが分かった。エライザは夢うつつの甘美な気怠さに包まれた状態で目を開けた。その気怠さは、長いあいだ背負ってきた重荷がたったいまなくなり、これでもう身体が休められるといった人が抱く気怠さと似ていた。逃亡の最初の瞬間から、一時として止むことのなかった神経の緊張感がいまは消えさり、安全と休息という慣れない感覚が彼女に訪れていた。彼女は、大きな黒い目を開けてベッドに横たわったまま、音のない夢の世界にいるかのように、まわりの人々の動きを目で追った。彼女は、別の部屋へ通ずるドアが開けられるのを見た。そこには、真っ白な布のかかった食卓があった。お茶のためのやかんが、心地よい低音の呟きを響かせていた。ルースが、ときどき足を止めて、ハリーの手にケーキを握らせたり、頭をなでたり、自分の白い指にハリーの長い巻き毛を絡ませたりしながら、ケーキの大皿やジャムの受け皿を持って前後に動き回っているのが見えた。慈愛に満ちた大柄なレイチェルの姿も目に入ってきた。レイチェルはときどきベッドの脇にやってきて、夜具をならしたり、整えたり、あちこち引っ張ったりして、やさしい気持ちを表現した。レイチェルの大きく、澄んだ、茶色の目で見られると、太陽の光のようなものが彼女の上に注がれてくるかのような気になった。次に、エライザはルースの夫が向こうの部屋に入ってくるのを見た。ルースが夫のところに飛ぶようにして近づき、何かを熱心に囁き始めた。思い入れたっぷりに、ときどき小さな指でこちらの部屋を指さしたりしていた。また、ルースが赤ん坊を抱いて、椅子に腰掛けてお茶を飲んでいるのを見た。みんなが食卓につき、レイチェルの大きな翼の陰の下で、小さなハリーが高椅子に座っているのを見た。低い話し声が聞こえ、ティースプーンがやさしい音をたて、カップと皿がかちゃかちゃと音楽の調べのように鳴り、すべてが休息という素晴らしい夢のなかで溶け合った。エライザは眠った。子供を連れて凍りつくような星空の下を逃げたあの恐ろしい真夜中以来、ずっと眠ったことがなかったかのように。

彼女は夢のなかで美しい国を見た。その土地は、彼女にとって、休息の土地のように見えた。緑の海岸線、気持ちのよい島々、美しくきらめく海、そこには一軒の家があり、やさしい声がそこがあなたの住処だと告げた。自分の息子がそこで自由に、幸せそうに遊び回っているのが見えた。彼女は自分の夫の足音を聞いた。彼が近づいてくるのを感じた。彼の手が彼女を抱き、彼の涙が彼女の顔にかかった。彼女は目を覚ました！　それは夢ではなかった。もうとっくに日は暮れていた。子供が横で静かに眠っていた。ローソクが一本おぼろに燭台の上にともっていた。彼女の夫が、彼女の枕のそばでむせび泣いていた。

翌朝、クエーカー教徒の家では、さわやかな朝を迎えた。「母さん」は、早く起きて、忙しく立ち働く子供たちに囲まれていた。昨日は、読者の皆さんに、この家の子供たちのことを紹介する時間が持てなかった。しかし、いま、子供たちは、レイチェルが穏やかに「こうしたらどうかしら」とか、あるいはもっとていねいに「こうしたほうがいいんじゃないかしら」という言い方でものを頼むのに従って、朝食の準備の仕事に動き回っていた。というのも、インディアナの豊かな渓谷地帯の朝食は複雑で、多彩なものであり、天国でバラの葉を摘んだり、枝を刈りこんだりという具合に、聖母の手だけでは間に合わないような仕事だったからである。それゆえ、ジョンが新鮮な水を汲みに泉へ走ったり、シメオン二世がコーンケーキのための粉をふるいにかけたり、メアリーが珈琲豆をひいたりしているあいだ、レイチェルは一つ一つの動きに太陽光線のような輝きを行き渡らせつつ、ビスケットを作ったり、チキンを切ったりして、やさしく静かに動き回っていた。これだけたくさんの子供たちが度を越した熱心さで働くために、摩擦や衝突の起こる危険もあったが、そうした場合でも、レイチェルの「ほらほら！」とか「いまはやめときましょうね」といったやさしいかけ声があれば、そうした危機的状況を鎮めるのに十分であった。吟唱詩人たちは、何世代にもわたって、人々を恋い狂いさせるようなヴィーナスの帯(3)のことを詩に詠んできた。しかし、われわれには、頭を狂わせるのではなく、すべての調和を保って進ませていくレイチェル・ハリデイの帯があったほうがよいだろう。はっきり言って、そのほうがずっと現代にふさわしいと思える。

他の準備が進んでいく傍らで、父シメオンのほうはシャツ姿で隅にある小さな姿見の前に立ち、髭剃りという反家父長的な行為にいそしんでいた。大きな台所では、あらゆることが非常になごやかに、静かに、調和を保って進行していった。

それぞれの人間が自分のしていることを大いに楽しんでいるように見えたので、いたる所に相互信頼と仲間意識の雰囲気がみなぎっていた。ナイフやフォークまでもがテーブルに運ばれてくると、カチャカチャとなごやかな音を立てた。チキンやハムも、こうして料理されることを何よりも喜んでいるかのように、鍋のなかでジュージューと元気で楽しげな音を立てていた。ジョージとエライザとハリーが顔を出したとき、家中のものたちが心から喜んで彼らを歓迎した。彼らにそれが夢のように思われたのも不思議ではない。

ついに、全員が朝食のテーブルについたとき、メアリーは料理用レンジの前に立ってホットケーキを焼いた。まさに完璧な狐色に焼き上げられたケーキが、手際よく次から次へテーブルに運ばれた。

レイチェルがテーブルの上座に座っていたときほど、しあわせをみんなと心から分かち合っているように見えることはなかった。ケーキの大皿を手渡したり、珈琲を注いだりするレイチェルの仕草のなかにさえ、十分な慈愛とやさしさが込められていたので、彼女の手で差し出された料理や飲み物には霊魂がこもっているかと思われた。

ジョージはこれまで対等の資格で白人の食卓に座を占めたことがなかったので、最初は窮屈でぎこちない感じがした。しかし、やさしい朝の光のように、くまなく行き渡る簡素な親切に触れているうちに、そうした感じは身体からどんどん出ていき、すべてが霧のように消え去っていった。

これがまさに家庭だった。家庭、そう、これこそジョージが意味を知りえなかった言葉だった。神への信仰、神慮への信頼が彼の心を包み始め、加護と自信の念が黄金色の雲となって広がった。それにつれて、黒々とした、厭世的で、ぐちっぽい、無神論の疑念や恐ろしい絶望感が溶け去っていった。代わって目の前に現われてきたのが、生きた福音の光だった。この光はいきいきとした顔のなかで息づき、愛と善意に基づく数知れぬ無意識の行ないを通して説かれ続けてきたものだ。そうした行ないは、洗礼という神の使徒の名において与えられる一杯の冷水のように、必ずその報いを受けるものである。

「お父さん、もしまた見つかったらどうするの？」シメオン二世がホットケーキにバターを塗りながら口を開いた。

「罰金を払うさ」。シメオンが静かに言った。

「でも、監獄に入れられたらどうするの？」

「お前たちと母さんとで、農場をうまくやっていくことはできないかい？」と、シメオンは微笑んで言った。

「お母さんはだいたい何だってできちゃうからね」と子供は言った。「でも、そんな法律を作って恥ずかしくないのかな？」

「シメオン、上に立つ人たちのことを悪く言ってはいけない」。父親がおごそかに言った。「神は、ただ私たちが正義を行ない、慈悲を施すことができるようにと、この世の財貨を私たちに与えてくださったのだ。もしこの世の統治者たちが財貨に関連して私たちにその代償を要求すれば、私たちはそれを渡してやらなければいけないんだよ」

「そうはいっても、僕はあんなふうな奴隷所有者どもが大嫌いだ！」と子供は言った。彼は、新しい時代の改革者として、キリスト教徒らしくなく感ずるところがあった。

「お前には驚かされるね」とシメオンは言った。「母さんはお前にそんなことを教えなかった。奴隷所有者だろうと奴隷だろうと、もし神が困っている人を私の家の戸口にやってこさせたら、私は分け隔てなくその人を遇するだろうよ」

シメオン二世は真っ赤になった。しかし母親はただ笑って、次のように言った。「シメオンはいい子よ。やがてもっと大きくなって、お父さんのようになるでしょう」

「私たちのせいで、皆さんが何か面倒に巻き込まれたりしないといいのですが」と、心配そうにジョージが言った。

「何も心配することはありませんよ、ジョージ。私たちは、こうしたことのために、この世に送られてきているのです。もし私たちが、大義を行なうにあたって、困難を避けていたら、私たちはその名に値しません」

「しかし、それが私のためだったとしたら」とジョージは言った。「私には耐えられません」

「気になさらなくてもいいんですよ、わが友ジョージ。あなたのためではないのです。神と人間のために私たちはしているのです」とシメオンは言った。「さあ、いまは静かに休みなさい。今夜一〇時に、フィニアス・フレッチャーがあなたたちとお仲間を地下鉄道の次の寄り場へ連れていくことになっています。追っ手は懸命になってあなたたちを探しています。ぐずぐずしてはいられないのです」

「もしそうなら、どうして夕方まで待つんですか？」とジョージは言った。

「昼間はここにいたほうが安全です。この新開地の人たちはみな友人ですから、みんなが目を光らせているんです。移動は、夜のほうがずっと安全です」。

第14章 エヴァンジェリン

Evangeline

「幼き星！　この世に
輝きぬ――人の世の鏡には、あまりにいとおし！
形をなしたかなさぬかの、愛らしきもの。
芳しきその花びらをいまだ開かざりし、一輪の薔薇(1)」

ミシシッピー川！　思いもかけぬ不思議な植物や動物のあいだをとうとうと流れ、壮大で途切れることのない孤独に包まれし川、こんなふうにシャトーブリアン(2)はミシッシッピー川を散文詩のなかで描写した。そのとき以来、まるで魔法の杖がふるわれたかのように、ミシシッピー川の光景はすっかり変わってしまった。

しかし、一時間も下ると、多くの夢と荒々しい空想を生み出してきたこの川が、以前と違った意味だが、同じ程度に幻想的で壮麗な姿をまとって立ち現われてくる。熱帯から極地に至るすべてのものを生産するような国！　そんなもう一つの国が生み出す豊かさと進取の精神を、大洋へと通ずるその内懐に抱え込んでいるような川が、世界のどこにあるだろう？　逆まき、泡立ち、突進するその濁った川の流れは、旧世界では見られない熱情と精力にあふれた人々が川沿いで興した事業の勢いのよい流れと、まさに瓜二つだ。ああ！　その流れが、虐げられている者の涙、寄る辺なき人々のため息、どこにいるとも知れぬ神に向かって哀れで無知な心が捧げる悲痛な祈り、こうしたさらに恐ろしい積み荷をその身に負っていなければよいのだが。神は、どこにいるとも知れぬし、見られたこともなく沈黙したままだが「この世のすべての哀れなものたちを救うため、その御座から出てこられる(3)」ことだろう！

沈みいく太陽が、海のように広い川面に、斜光をきらきらと投げかけている。積み荷を満載した蒸気船が進んでいく。それにつれて、細かくゆれ動くサトウキビや、暗く陰気な苔を花冠のようにぶらさげた背の高い黒々とした糸杉が、金色の光を浴びて輝きわたる。

あちこちの農園から運んできた綿の梱が、甲板にも船べりにもたくさん積み上げられているので、遠目には、船はまるで大きな四角い灰色の塊のように見える。その船がいまノロノロと手近の市場を目指して動いていく。われわれの謙虚な友トムをふたたび見出すまでには、そのごみごみした甲板をしばしのあいだ探しまわらなければならない。上甲板のずっと上、至る所に積み上げられた綿の梱のあいだの小さな隅っこで、ようやく彼の姿を見つけ出すことができる。

半分はシェルビー氏の説明に基づく信頼感と、また半分は、人並みはずれた悪気のない物静かな性格によって、トムはヘイリーのような男からもかなり信用されるようになっていた。

ヘイリーは当初、トムを日中はずっと厳重に見張り、夜も足枷なしで寝かせるというようなことはしなかった。しかし、不平も言わずに辛抱し、明らかに心安んじたふうなトムの態度に、徐々にこれらの束縛をゆるめていった。ここしばらくというもの、トムは一種の名誉ある仮釈放の身となり、船の上を自由にどこへでも行き来することが許されていた。

常に物静かで親切なトムは、下甲板で働く船員たちに何か急用が起こったりすると喜んで手を貸したので、みんなから好感を持たれるようになっていた。彼のほうでも、ケンタッキーの農場で働いていたときと同じように、心のこもった善意から何時間も彼らの手助けをした。

他に何もすることがないときには、彼は上甲板の綿の梱のあいだの隅っこに登り、一生懸命に聖書を勉強した。いまわれわれが目にしているのは、そんな彼である。

ニューオーリンズまでの一〇〇マイルほどのあいだ、川は周囲の土地よりも高く、二〇フィートもある頑丈な堤防のあいだを、すさまじい水量をたたえて流れていた。蒸気船の甲板にいる旅人には、まるで漂い流れる城郭の天辺にいるかのように、何マイルにもわたって広がる周囲の土地が見渡せる。だから、眼前につぎつぎと現われる農園のなかに、トムは自分がこれから過ごすことになる人生の地図を広げて見ていたと言ってもよい。

彼は苦役に従事する奴隷たちの姿を遠目にした。また、はるか彼方に連なって立ち並ぶ農園の奴隷小屋の集落が、主人の立派な屋敷や遊戯場から隔てられたところで、夕日を浴びて光っている様子も目にした。それらの景色が目の前を通りすぎていくにつれて、彼の哀れで愚かな心は、ブナの老樹が日陰をつくるケンタッキーの農場、広くて涼しい広間のある御主人のお屋敷、そしてそのそばに建つノイバラやノウゼンカズラに覆われた自分の小さな小屋などへと立ち戻っていった。彼は目の前に、子供のころから一緒に生い育った仲間たちの親しげな顔を見る思いがした。彼の夕食の支度で忙しく立ち働く妻の姿も見えてきた。遊んでいる子供たちの楽しげな笑い声や、自分の膝にのってはしゃぐ赤ん坊の声も聞いた。はっとした次の瞬間、すべては消え去り、ふたたびサトウキビの茂みや糸杉の連なり、滑るように次から次へと過ぎ去っていく農園が目に入ってきた。船の機械のたてるきしり音やうなり音も耳にした。それらのすべてが、あの日々の生活は永遠に過ぎ去ってしまったということを、あまりにもはっきりと告げていた。

こういうときあなた方なら、妻に手紙を書き、子供たちにことづてを送るだろう。しかしトムは字を書くことができなかった。郵便というものは彼には存在しないも同然だったので、別離による深淵は、やさしい言葉や信号で埋めることができなかった。

聖書を綿の梱の上に置き、辛抱強く、指でゆっくりと一語一語たどりながら、彼が聖書の数々の約束を読みとろうとしているときに、その聖書の頁の上にいく粒かの涙をしたたり落とすというのは、不思議なことだろうか？　トムは年をとってから字を習ったので、ゆっくりとしか読めず、一行一行苦労して進んでいった。幸いなことに、彼が夢中になっている本は、ゆっくり読むことで損なわれるような種類のものではなかった。むしろ、その貴重な価値を理解するためには、金塊と同様に、しばしばその言葉を一語一語秤にかけて吟味する必要があるものであった。ここでしばらく、彼が半ば声に出しつつ、一語一語を指さしながら読み進んでいくあとを追ってみよう。

「心……を……騒がせる……な。わたしの……父の……家……には……住むところ……が……たくさん……ある。あなたがたの……ために……場所……を……用意しに……行く」[4]

キケロ[5]がいとしい一人娘を埋葬したとき、彼は、哀れなトムと同じような心からの悲しみを経験した。なぜなら、二人ともただの人間だったのだから。しかしキケロは、おそらくトム以上ということはなかったろう。トムと違ってキケロは、このような希望を表現する崇高な言葉を前にしてじっくりと考えたり、このような未来の再会といったものに期待を寄せたりすることはできなかった。たとえこうした言葉を目にしたとしても、キケロは十中八九それを信じようとしなかっただろう。というのも、彼はまずはじめに、その文献の信憑性や翻訳の正確さに関する幾千もの質問で頭をいっぱいにしたに違いないのだから。しかし、哀れなトムにとっては、まさに必要なものがそこにあった。それが真実で神聖であることはあまりにも自明だったので、彼の単純な頭には疑問など入り込む可能性さえなかった。それに、それは真実でなければならないのだ。なぜなら、もしそれが真実でなかったとしたら、この先彼はどのように生きていくことができるだろう？

トムの聖書の欄外には、学識ある注解者たちの注釈や脚注は全然ついていなかった。だがその代わりに、トムが自分で考えだしたいろいろな印や手引きがぎっしり書き込まれていた。それらはもっとも博識な注解より彼の役に立った。彼は、昔から、主人の子供たち、特にジョージ坊っちゃまに聖書を読んでもらうことを習慣としていた。彼らが読むのを聞きながら、とりわけありがたく聞こえる一節や心ひかれる一節などに出会うと、ペンとインクで、くっきりと太字のしるしや線を書き入れた。その結果、彼の聖書は始めから終わりまで、さまざまな形のしるしでいっぱいだった。そのため、好きな箇所なら、その前後をわざわざ読み直さなくとも、すぐに見つけ出すことができた。聖書を前にしていると、すべての箇所が、懐かしい家庭の光景を思い出させ、過ぎ去った楽しい日々を甦らせた。彼の聖書は、彼にとって、未来の生活を約束するばかりでなく、この世で送った彼の人生のすべてを表わしているかに思われた。

船の乗客のなかに、ニューオーリンズに住む、財産家で家柄のいいセント・クレアという名前の青年紳士がいた。五、六歳になる娘と、親戚らしい一人の婦人を伴っていたが、婦人のほうは特に女の子の世話をしているようだった。

トムは、しばしばこの女の子に目を留めた。というのも、この女の子は、太陽の光や夏のそよ風と同じで、あちらこちらを元気に飛び回り、とても一箇所にじっとしていられないといった様子だったのに加えて、一度見たらすぐには忘れ去れないような子供だったからである。

彼女の姿かたちは、普通の子供によくあるように丸々としたり痩せ過ぎるといったところがなく、子供らしい美しさの極致だった。そのまわりには、神話や寓話の人物を彷彿とさせる、そこはかとなくたゆたうような優美さがあった。その顔は、完璧な美しさのためというより、この世ならぬ独特な誠意のみなぎった表情のために際だっていた。彼女のその表情を見ると、理想主義者ははっと驚愕したし、まったく鈍感で想像力のない者でも、わけもなく強い感銘を受けた。頭の形や首と胸の線には特別の気品があった。長い褐色がかった金髪が雲のように顔のまわりに漂っていた。濃いすみれ色の瞳は、前髪の陰から、深い精神的な落ち着きをみせていた。こうしたもののすべてが、彼女を他の子供たちと違う存在にさせていた。彼女が船の上をあちこち滑るように飛び回ると、誰もが振り返って彼女を見た。とはいえ、この小さな女の子は陰鬱な子でも悲しそうな子でもなかった。それどころか、快活で無邪気ないたずらっぽさが、まるで夏の木漏れ日のように、ちらちらとそのあどけない顔の上や快活な姿のまわりで輝いていた。彼女は、そのバラ色の口もとにいつもかすかな笑みを浮かべて、常に動いていた。波打つ雲のような歩みであちこち飛び回りながら、まるでしあわせな夢のなかで動いているかのように一人で歌を歌っていた。父親と付き添いの婦人は、いつも女の子のあとを忙しく追いかけ回していた。しかし、捕まえたかと思うと、またすぐに夏の雲のように彼らのもとから消え去ってしまった。何をしようと小言やとがめが彼女の耳に届くことはなかったので、女の子は船の上を好き勝手に歩き回った。いつも白い服を着て、まるで影のようにあらゆる場所を自由に出入りしながら、一点の染みや汚れも身につけていないかに思われた。上甲板だろうと下甲板だろうと、その妖精のような足跡が滑るように忍び込まなかった角や隅っこは一カ所としてなかった。深い青い目をしたあの夢のような金髪の頭が、飛ぶように走りすぎなかったような角や隅っこもなかった。

火夫が汗みずくの仕事から顔を上げると、時折、燃えさかる炉の底を不思議そうにのぞき込む彼女の目と合うことがあった。その目は、彼が恐ろしい危険に瀕していると思っているかのように、こわごわと気の毒そうに彼を見たりした。ときには、絵のような金髪が操舵室の丸い部屋の窓をきらめかせたかと思うと、次の瞬間には消えていなくなるようなことがあった。そんなとき、舵輪を握っていた舵手は、仕事の手を止め、微笑んだりした。彼女が通りかかると、一日に何千回となく荒くれた声が彼女を祝福し、めったにないやさしい微笑みが、いつの間にか、険しい顔に浮かんだ。彼女が恐れげもなく危険な場所を飛び歩いたりすると、すすけてごつごつした手が思わず差し出され、彼女のために障害物を道から取り除いた。

やさしい人種に特有な柔和で感じやすい性質のトムは、いつも無邪気な子供らしさに心惹かれるものがあったので、日ごとに募る興味関心を抱いて、この小さな女の子を見守っていた。彼にとって、彼女はほとんど神聖なものに思えた。その金髪の頭と深い青い目が、くすんだ綿の梱の後ろから彼をじっと見つめているときや、荷物の山の上から見下ろしているときなどは、天使の一人が新約聖書から出てきたのではないかと、半ば信じたほどだった。

彼女は、ヘイリーの一行の男女が鎖に繋がれて座っているまわりを、悲しそうに何度も何度も歩き回った。また、よく彼らのあいだに入り込み、困惑した、悲しそうな真剣な眼差しで彼らを見つめることがあった。時折そのほっそりした手で彼らの鎖を持ち上げたりしたあとで、その場をそっと立ち去るにあたって、痛ましそうにため息をついたりした。キャンディーや木の実、オレンジなどを両手にいっぱい持って突然立ち現われ、それらを楽しそうに彼らへ配り、また去って行くということが何回もあった。

この小さな淑女と知り合いになれるよう何かを試みる前に、トムはじっくりと彼女の様子を見ていた。彼には、子供の気持ちをほぐしたり、また子供のほうから近づきやすくする、ちょっとした手業がたくさんあった。トムはそれらを上手に使おうと決心していた。さくらんぼの種を削って、気のきいた小さなバスケットを作ったり、ヒッコリーの実に奇妙な顔を細工したり、ニワトコの髄を使って、奇妙に飛び跳ねる人形を作ったりするだけではなかった。いろんな形や大きさの笛を作ることにかけては、彼はまさにフルートの名手たる牧羊神(6)そのものと言ってよかった。彼のポケットには、子供の興味を引くようないろいろなものがいっぱい詰まっていた。昔の主人の子供たちのために蓄えておいたものだ。彼はいま、細心の配慮と手際のよさを見せつつ、それらを一つずつポケットから取り出して、知己と友情を得ようとしていた。

少女は、何かがあればどんなことにでもすぐ興味を示すわりに、恥ずかしがり屋だったので、親しくなるのは容易なことではなかった。しばらくのあいだ、トムが前述した例の小さな手業に夢中になっているときなどに、彼女はまるでカナリアのように手近かの箱や荷物の上にとまり、彼の差し出す小さなオモチャを大いにはにかんで受け取ったりしていた。しかし、ついに彼らはすっかり打ち解けた間柄となった。

「お嬢さまのお名前は、何ていいますだ?」もうそろそろこういう質問をしてもいい頃合いだと思ったとき、トムはついに聞いてみた。

「エヴァンジェリン・セント・クレアっていうの」と少女は答えた。「でも、パパも他の人もみんなエヴァって呼ぶわ。それじゃ、あなたのほうは何というお名前なの?」

「おらの名前はトムですだ。ずっと向こうのケンタッキーじゃ、みんなはアンクル・トムって呼んでましただ」

「それじゃ、私もあなたのことをアンクル・トムって呼ぶことにするわ。だって、あのね、私はあなたのことが好きなんですもの」とエヴァが言った。「それで、アンクル・トム、あなたはどこへ行こうとしているの?」

「分かりません、エヴァ様」

「分からないですって?」とエヴァは言った。

「はい。誰かに売られるんですが、それが誰かは分からないですだ」

「私のパパならあなたを買えるわ」とエヴァはすぐに言った。「もしパパがあなたを買えば、きっとしあわせに暮らせるわ。今日、すぐにパパに頼んでみるわ」

「ありがとうございますだ、お嬢さま」とトムは言った。

このとき、船は木材を積み込むために、小さな船着き場に停まった。エヴァは、父親の声を聞くとすばやく飛んでいった。トムも立ち上がり、積み込みを手伝おうと出かけていき、すぐに人夫たちと一緒に忙しく立ち働き始めた。

エヴァと父親は、船が船着き場から離れていくのを見ようと、一緒に欄干のそばに立っていた。船の外輪が水中で二、三度回転を始めた。そのとき、船の突然の何かの動きで、少女がバランスを崩し舷側からまっさかさまに川のなかへ落ちていった。父親は自分が何をしようとしているのかほとんど意識もせずに、娘を追って飛び込もうとしたが、後ろにいた人に引き留められた。その人は、父親よりもっと有能な救助の手が子供のあとを追って、すでに川へ飛び込んだのを見ていたのだ。

少女が落ちたとき、トムはちょうど少女の真下に位置する下甲板に立っていた。少女の身体が水面を打ち、それから沈んでいくのが目に入ったその瞬間、彼は少女を追って飛び込んでいた。胸幅の広い、腕っぷしの強い男だったので、子供が水面に浮き上がってくるまでのほんの少しのあいだ、水面で浮いていることなど何ほどのことでもなかった。彼は少女を両腕でつかまえると、抱きかかえて船べりまで泳いでいき、ずぶ濡れの少女を受け取ろうと、まるで一人の人間から出ているかのように、熱心に差し出されているたくさんの手に渡した。数瞬後には、父親がずぶ濡れで気を失った少女を婦人用の客室へと運んでいった。そこでは、こういう場合によくあることだが、女性客のあいだで、善意と親切心からの争いが起こり、われ先に邪魔をしあって、ありとあらゆる方法で回復を妨げるようなことをした。

翌日は、息のつまるような蒸し暑い日だった。蒸気船はニューオーリンズの近くまでやってきていた。上陸への期待や準備などで、船中が大騒ぎだった。船室では、それぞれの人々が上陸準備のために荷物をまとめたり整理をしたりしていた。ボーイや船室づきのメイドたちなどが総出で、堂々の入港準備にそなえて、豪華客船の掃除をしたり、磨いたり、いろいろと整えたりして忙しく立ち働いていた。

下甲板では、われわれの友人トムが腕を組んで座り、時折心配そうに、船の反対側にいる人たちに目をやっていた。

そこには美しいエヴァンジェリンが立っていた。前日よりもやや青ざめてはいたが、それ以外には身にふりかかった災難の痕跡はどこにも見られなかった。彼女のかたわらには、上品で立派な身なりの青年が、自分の前に大きな札入れを開いたままにして、綿の梱の上に無造作に片肘をついた姿勢で立っていた。この紳士がエヴァの父親であることは、一目で明らかだった。上品な頭の形、大きな青い目、褐色がかった金髪、みな彼女と同じだった。しかし、表情ということになると、それはまったく異質だった。大きな澄んだ青い目には、形や色はまったく同じでも、あのふわっとした、夢みるような表情の深みがなかった。すべては澄みきって、大胆で、輝いてはいたが、その光はまったく俗世間のものだった。美しく整った口もとには、誇り高い、幾分皮肉そうな表情が浮かんでいた。見事な身体のすべての動きや身ごなしには、何も気にかけるものなどないといった、人を見下すような態度が、上品さを損なわない程度に表われていた。彼はいま半ばおもしろがり、半ば軽蔑しているように、交渉中の商品の値打ちをぺらぺらとまくしたてるヘイリーの話に耳傾けていた。その態度には、気さくさと同時に投げやりなところがあった。

「すべての道徳とキリスト教的な美徳が、この黒い羊のなめし皮のなかにくるまれているというわけか、それも完璧なやつが！」と、彼はヘイリーが喋り終わると言った。「さて、それで、きみ、ケンタッキー流に言うと、どのくらいぼるつもりなんだい？　つまり、この取り引きにいくら支払えばいいんだ？　私からいくら騙し取るつもりだい？　はっきり言ってくれないか！」

「そりゃ」とヘイリーは言った。「あの男に一三〇〇ドルと言ったとしても、私のもうけはないんですよ、まったく。本当に」

「それはお気の毒に！」と青年は、その鋭く嘲るような青い目で相手を見据えて言った。「だが、私のことを特別に考えて、その値段で私に売ってくれてもいいのではないかね」

「でも、そちらのお嬢さんが、あいつをめっぽう気にいられた様子なんで、まあ、それも当然ですがね」

「ああ！　確かに、君の善意にお願いしようってわけだ。さあ、キリスト教的な思いやりの問題として、彼を特に気に入っているこの娘を喜ばせるために、どのくらい安く手放すことができるかね？」

「そうですね。ちょっと考えてみてくださいよ」と奴隷商人は言った。「この手足や、馬のようにがっしりとした広い胸を見てくださいよ。頭もご覧になってください。あの広い額は、何でもできる目端が利く黒んぼの証拠ですよ。その点は見逃せませんや。あれだけがっしりした体格の黒んぼは、たとえ間抜けだったとしても、その身体だけでも、相当な値打ちがありますよ。それに、あいつの目端が利く点を加えるとですね、それもずば抜けてるってことは確かなんですから、値が張るってえのも当たり前でさ。あの男は、主人の農場をぜんぶ切り盛りしていたんですよ。仕事にかけちゃどえらい才能を持っているんでさ」

「だめ、だめ、まるでだめさ。何でもよくわきまえている奴だって！」と青年は、例の嘲りの笑みを口元のあたりに浮かべながら言った。「そういうのは、まったくだめなんだ。君のいう抜け目のない奴らっていうのは、いつでも逃げたり、馬を盗んだり、大騒ぎを起こすんだ。彼が賢いというなら、その分だけ二、三〇〇ドルは割り引くべきだと思うがね」

「そうですね、あいつの性格を考慮にいれなけりゃ、あなたのおっしゃるのもごもっともでさぁ。でも、あいつが、本当に信心深い奴だってことをを証明するために、あいつの主人や他の人たちの推薦状だってお見せできますぜ。あいつは、あなたがこれまでにお目にかかったなかで、もっとも慎ましくって、祈りを忘れたことのねえ、敬虔なやつでさあ。それにあいつは、もといたところじゃみんなから牧師と呼ばれていたんですからね」

「そうか、じゃ、ことによると、彼を家付き牧師にも使えるってわけだ」と青年は、冷ややかに付け加えた。「それはいい。宗教的なことがわが家では著しく欠けているからね」

「ご冗談でしょ、ええ」

「冗談じゃないさ。君はいま、彼は牧師だと請け合ったじゃないか。彼は、どこかの教会会議かなんかで審査でもされたことがあるのかね？　さあ、きみのいうその推薦状ってののを見せてくれ」。

もしも奴隷商人が、青年のその大きな目の輝きのなかにある種の愛想のよさを見出し、こうした冷やかしも結局は金となってはね返ってくると確信していなかったら、どうにもこうにも、こうしたやりとりに我慢できなかったかもしれない。しかし、行きがかり上、ヘイリーは油染みた札入れを綿の梱の上に置き、そのなかの書類を熱心に調べ始めた。その間、青年はそばに立ち、成り行きなどどうなってもかまわないといった、ゆとりのある気楽さでヘイリーを見下ろしていた。

「パパ、あの人を買ってちょうだい！　いくらだってかまわないじゃない」と、エヴァは荷箱の上に乗り、父親の首に腕をまわしながらそっと囁いた。「パパがお金をたくさん持ってること、知ってるわ。わたし、あの人が欲しいの」

「何のためにだい、お嬢ちゃん？　がらがら箱か揺り木馬か、それとも何かの代わりにでもするつもりかね？」

「あの人をしあわせにしてあげたいの」

「それはまた変わった理由だね、本当に」。

そのとき、奴隷商人がシェルビー氏の署名入りの証明書を差し出した。青年は長い指の先でそれを受け取り、無造作にざっと眺めた。

「紳士らしい筆跡だ」と彼は言った。「綴りもきちんとしている。だが、この宗教ごとに関しては、やっぱりはっきりとしないねえ」と彼は言い、ふたたび意地悪な表情の目に戻った。「この国は、信心深い白人のせいで、ほとんど滅びそうなほどだ。選挙直前になると現われる信心深い政治家やら、教会や政府のどの部門も、何かと言えばすぐ信心を持ち出してくるものだから、お次は自分が誰に騙されるものやら、とんと見当もつかないありさまだ。市場に引っぱり出されてきた宗教のことも、私には分からない。それがいくらに売れるのか、最近新聞を見ていないんでね。さあ、君はこの宗教ってもんに何百ドルの値段をつけるんだい？」

「あなたは本当に冗談がお好きなようだ」と奴隷商人は言った。「でも、まあ、なにごとにも裏ってもんがありまさあ。宗教にもいろいろあるってこたぁ、私も承知しています。ひどいのもありますよ。集会用の信心もあれば、歌ったりわめいたりするだけの信心もある。そんなのは、白人にとっても黒人にとっても、価値はありゃしません。でも、本物もあるんですよ。そういうのを、私は黒んぼのなかでも他と同じぐらい見てきました。えらく物静かで、穏やかで、安定していて、誠実な信心なもんですから、世界中の誰がそそのかしたって、自分で悪いと思ってることをそいつにやらせることができねえんです。トムの前の主人があいつについてどんなことを言っているか、この手紙を見ればお分かりでしょう」

「さて」と、青年は自分の札入れのほうにゆっくりと身を傾けつつ言った。「本当にその手の信心深い男を私が手に入れるんだということ、また、そうした買い物が天上の私の勘定書で私の取り分をよくすることになるということ、そうしたことを君が保証してくれるのなら、その分少し余計に出したってかまわんが、どうかね？」

「いや、実際に、そりゃ無理ってもんですよ」と奴隷商人は言った。「その、何ですな、天上のことってのは、誰でも自分の責任でやっていかなきゃならないんでね」

「宗教のために余分に支払い、もっとも宗教が必要だと思っている方面で、宗教と取り引きできないなんてのは、ちょっときついね。そうじゃないかい？」そう言いながら青年は札束を取り出した。「そら、これでどうだい、数えてみな、大将！」と、札束を奴隷商人に手渡しながら青年は付け加えた。

「ええ、これでようがす」と、ヘイリーは喜びで顔をいっぱいにして言った。それから、古い角製インク入れを取り出すと、売り渡し証書に書き込みを始め、すぐにそれを青年に渡した。

「ところで、もしこの私がばらばらに分解され、そのそれぞれを財産目録に記入されるとして」と、青年は書類にざっと目を通しながら言った。「どのぐらいの値段になるんだろう。私の頭の格好にいくら、広い額にいくら、両腕、両手、両足にいくら、それから教育、学識、才能、誠実さ、宗教にいくら、いくらってね！　やれやれだ！　私の場合、最後の宗教にはあまりいい値段はつかないだろうな。でも、まあいいか、さあ、おいで、エヴァ」と彼は言い、娘の手をとると、船の向こう側に歩いて行き、気軽にトムの顎に指先をかけて、気さくな調子で言った。「顔をあげてごらん、トム。お前の新しい主人が気に入ったかい？」

トムは顔を上げた。その陽気で若々しく美しい顔を見て、喜びの感情が湧かないはずはなかった。「神様のお恵みがありますように、旦那様！」目に涙が滲んでくるのを感じながら、トムは心を込めて言った。

「うん、そうあってほしいものだ。お前の名前は、トムだったね？　いろいろの点からみて、お前が願ってくれたほうが神様のお恵みもあるだろう。ところで、御者はできるかい、トム？」

「馬の扱いはずっとやってましただ」とトムは言った。「シェルビーの旦那様は、たくさん馬を飼っていました」

「では、お前を御者にしようかな。特別な場合を除いては、週に一度以上は酔っ払わないという条件でね、トム」。

トムはその言葉に驚き、心を傷つけられた様子で、次のように言った。「わしはお酒は一滴も飲みませんですだ、旦那様」

「そうだってことは聞かされたよ、トム。まあ、そのうちに分かるさ。もしお前が本当に飲まなけりゃ、みんなにとって実に好都合だ。気にするな、トム」と、彼はトムがまだ深刻な顔をしたままなのを見て、陽気に付け足した。「お前が一生懸命やるつもりだってことは、疑っていないよ」

「確かに一生懸命やりますだ、旦那様」とトムは言った。

「そうすれば、あなたはしあわせになれるわ」とエヴァが言った。「パパは誰にでも親切よ。でも、いつも人をからかってばかりいるの」

「おほめにあずかって、パパは大いに感謝しております」。セント・クレアは笑いながらそう言うと、くるりと向きを変えて歩き去った。

第15章 トムの新しい主人と、他の諸々のことについて

Of Tom's New Master, and Various Other Matters

われわれの慎ましい主人公の人生の綾なす糸が、いまや高い身分の人々の糸と綯《な》い合わされてきたので、そうした人々のことについて簡単に紹介しておく必要があるだろう。

オーガスティン・セント・クレアは、ルイジアナ州の富裕な農園主の息子だった。その一族の出身地はカナダだった。気質も性格も非常に似た兄弟二人のうちの一人が、ヴァーモント州の景気のいい農場に落ち着き、もう一人がルイジアナ州の裕福な農園主となったのだ。オーガスティンの母はユグノー派(1)のフランス人女性で、その一族は開拓時代の初期にルイジアナへ移住してきていた。オーガスティンともう一人の兄弟の二人だけが、両親の子供だった。オーガスティンは母親からきわめて繊細な体質を受け継いでいたので、医者の勧めで、子供のころの大半は、身の引き締まるような風土の寒さで身体をきたえるため、ヴァーモントの叔父の厄介になっていた。

子供のころの彼は、通常の男らしい逞しさより、女性の柔和さに近い、極度に感じやすい性格が目立っていた。しかし、ときがたつにつれ、この柔和さは男性的な荒々しい外観に覆い隠されていき、それが依然として心の奥底にいきいきと剥きだしのまま息づいていることを知るものはほとんどいなかった。彼の才能は一級品だった。心はいつも理想的なものや審美的なものにひかれ、実生活に対する嫌悪感のようなものがつきまとっていたが、これは、才能の均衡を保つための結果としてよくあることだった。大学を終えるとすぐ、彼の本性はすべてロマンティックな情熱の虜となり、激しく熱く燃え上がった。一生に一度しかやってこない決定的なとき、そんなときが彼にやってきた。運命の星が地平線にのぼったのだ。無駄に終わることが多く、夢の一つとしてのみ記憶されるような星、彼にとっても、それはやはり虚しい星でしかなかった。こんな比喩的な言い方はもうやめよう。彼は北部のある州で心気高く美しい女性に会い、その愛をかちえて、婚約したのだ。結婚の準備のために彼が南部へ帰っていたとき、

まったく思いがけないことに、彼女の後見人の短信つきで、彼の出した手紙が送り返されてきた。それには、彼の許へこの手紙が届く以前に、その女性は他の人の妻となっているだろうということが書き記されていた。気も狂いそうなほど傷ついた彼は、多くの者がするように、自棄を起こして、自分の心からすべてのものを振り捨ててしまいたいと虚しく望んだ。懇願したり、釈明を求めたりするにはあまりにも自尊心が強すぎたので、彼はただちに社交界の渦のなかへと自らを投じた。致命的な手紙を受け取って二週間もしないうちに、社交界のその年の華ともてはやされた女性の公認の恋人となっていた。そして、すべての準備が整うやいなや、彼は美しい容姿と輝く黒い双眸《そうぼう》と一〇万ドルを持った女性の夫となった。むろん、誰もが彼をしあわせものだと考えた。

　結婚した二人が、ポンチャートレーン湖[2]近くのすばらしい別荘で、蜜月を楽しみ、華やかな社交界の友人たちをもてなしていたある日、あのよく見慣れた筆跡の一通の手紙が、彼のもとに届けられた。陽気で巧みな談笑の最中、部屋いっぱいの友人たちのいるなかで、彼はその手紙を受け取った。その筆跡を見たとたん、彼は真っ青になったが、平静さを保ち続け、向かいの席の婦人と交わしていた陽気な冗談の掛け合いを最後までやり通した。しばらくして、彼の姿はその場から消えていた。自分の部屋で一人っきりになったとき、彼は手紙を開けて中身を読んだ。いまとなっては、その手紙を読むことは、無意味で無駄などころか、もっとひどいことだった。手紙は彼女からのもので、後見人の家族によるひどい責め苦の果てに、彼らの息子と結婚させられるに至った経緯が長々と書かれていた。また、ずっと彼の手紙が届かなくなっていたこと、彼女自身何度も何度も彼に手紙を書いたが、ついにはくたびれ果て、疑心暗鬼にとらわれてしまったこと、心配のあまり健康を害したこと、そしてついに、二人に対して企まれたすべての策略に気づいたことなどもしたためられていた。手紙は、希望と感謝の念と変わらぬ愛の告白で終わっていたが、それはかえって不幸な青年にとって死よりもつらいことだった。彼は直ちに返事を書いた。

「手紙は受け取りました。でも、もう遅すぎます。私は他人から聞いたことをすべて信じました。そして、自暴自棄になりました。私は、いま結婚しています。すべては終わりです。忘れてください。われわれ二人に残されているのは、それだけです」。

　こうして、オーガスティン・セント・クレアにとって、人生の全ロマンスと理想は終わりを告げた。しかし、現実は残った。現実、それは単調であからさまな、潮に打ち寄せられたじめじめする泥のようなものだ。すべるように進む船や白い帆船、オールと水が呼応する楽の音、それらとともに青くきらめく波が消え去った後には、退屈でねばねばするむき出しのすさまじい現実が残る。

もちろん小説ならば、登場人物たちが胸の張り裂ける思いをし、死んでしまえば、一巻の終わりだ。話としてはこれはたいへん便利である。しかし現実の生活では、人生を輝かすすべてが終わっても、われわれは死なない。食べる、飲む、着る、歩く、訪問する、買う、売る、話す、読むといった、いわゆる一般に生きると呼ばれることを構成する、一連のもっとも忙しい、だが重要な繰り返しがあり、われわれはそれをくぐり抜けていかなければならない。オーガスティンにもそれが残されていた。もし彼の妻が健全な女性であったなら、人生の絶ち切られた糸をつなぎ直し、ふたたび美しい織物へと織りあげてみせるといった、女性のできるなんらかの努力をしていたかもしれない。しかしマリー・セント・クレアには、夫の人生の糸が絶ち切られていたということすら理解できなかった。前述した通り、彼女は美しい容姿と輝く黒い双眸と一〇万ドルから成り立っていた。だが、このどれ一つとして、傷ついた心を癒すようなものではなかった。

　オーガスティンがソファで死んだように青ざめて横になっていたのを見出し、変調の理由として急にひどい頭痛に見舞われたからだと訴えられたとき、その彼にマリーは炭酸アンモニア水[3]を嗅ぐようにと勧めた。また、その青ざめた顔色と頭痛が何週間も続くのを見て彼女の口にしたことは、セント・クレアが病身だなんて思ってもみなかったということだった。しかし、彼がたいへんな頭痛持ちだということは、彼女にはとても不運なことのようだった。というのも、そのために彼が一緒に出かけるのを好まなくなり、結婚したばかりなのに、しょっちゅう彼女一人で外出するのが傍目にも奇妙なことと映ったからである。オーガスティンは、これほどまでに物事の見分けのつかない女と結婚したことを、内心で喜んでいた。しかし、新婚生活当初にあった見せかけや遠慮がなくなっていくにつれ、生まれてからずっとちやほやされ、かしずかれ通しで暮らしてきた美しい若い女が、家庭生活ではきわめてやっかいな女主人になりうることが分かってきた。

　マリーには、人を愛する能力とか人を思いやる感受性があるとはとても言えなかった。あったとしてもそれはごくわずかで、しかもきわめて強烈かつ無意識の自己中心主義のなかに埋もれてしまっていた。その自己中心主義は、自足した鈍感さ、つまり自分以外の人間の要求にはまったく気づかないでいられるものだったので、どうにも手の施しようがなかった。幼いころから、ただ彼女の気まぐれに付き合うことだけをこころがけるといった召使たちに囲まれていた彼女には、ほんのかすかな形であれ、彼らにも感情があり権利があるのだなどという考えは起こりようもなかった。一人娘だったせいもあって、父親は人間にできることならどんなことでも彼女に拒否したことはなかった。彼女が美貌と教養とを兼ね備えた女相続人として社交界にデビューしたとき、もちろん資格のあるものもないものも含めて、ありとあらゆる男性がため息まじりに彼女の足下に跪いた。だから彼女は、自分を手に入れたオーガスティンは一番幸運な男だと信じて疑わなかった。心の貧しい女は、愛情のやりとりにおいて、相手に対する要求がきびしくないと思うのは、たいへんな誤りである。完全に自己中心的な女ほど、他人の愛情を情け容赦なく強要する。そうした女は、自分に愛情の持ち合わせがなければないほど、執念深く最後の一片に至るまで徹底的に人の愛情を強要するのだ。だから、求愛の習慣として最初セント・クレアがふんだんにまきちらしていた艶めいた言葉やちょっとした心遣いなどをやめ始めたとき、彼のほうから跪いていった王妃が、愛の奴隷をいささかも諦める気のないのを知るはめとなった。泣いたり、拗ねたり、ちょっとした感情の激発などがしょっちゅう起こった。不満、愁嘆、小言が発せられた。セント・クレアは、気立てがよくまたあまり物事に拘泥しないほうでもあったので、贈り物やお世辞などでその場しのぎをしようとした。しかし、マリーが美しい娘の母親になったときは、しばらくのあいだだったが、やさしい感情が本当に自分の心のなかに湧き起こるような気がした。

セント・クレアの母親は、並はずれて気品のある純粋な心の持ち主だった。彼は、他愛なくも、自分の娘が自分の母親の姿を再現してくれることを願って、娘に母親の名をつけた。彼の妻はこの事実を拗ねた気分のまざった嫉妬心で捉えた。また、彼女は夫があまりにも子供を溺愛するのを疑いと反感の目で見ていた。子供に与えられたものは、すべてその分だけ彼女自身から奪われたように思えたのだ。この子の誕生のときから、彼女の健康は徐々に衰えを見せ始めた。肉体的かつ精神的な無為の生活、つまり絶え間のない倦怠と不如意の気持ちが引き起こす心の葛藤、さらにそこに妊娠期間中の通常の身体の不調などが重なって、二、三年もしないうちに、花のように咲きほこっていた若い女性が、黄ばんだ皮膚の病気がちでやつれた女になっていった。彼女は、日がな一日、さまざまな病気をあれこれ想定して暮らしていただけでなく、あらゆる点から見て、自分がこの世でいちばん虐待され苦しんでいる人間だと考えていた。

彼女の上げるさまざまな不平にはきりがなかった。なかでも筆頭にくるのが頭痛で、ときに六日間のうち三日も彼女を自室に閉じこもらせることがあった。もちろん、家事のすべては召使まかせとなり、セント・クレアにとって、家政は頭痛の種だった。一人娘は非常に繊細だったので、世話をやいたり面倒を見たりするものがいなければ、彼女の健康と生活は母親の無能さの犠牲になってしまうと彼は恐れた。そこで娘を連れてヴァーモントへ旅行し、従姉《いとこ》のオフィーリア・セント・クレア嬢に、南部の彼の屋敷へ一緒に来てくれるよう説得したのだった。その結果、先に読者の皆さんに三人を紹介した船で、彼らは帰途についたわけである。

さて、ニューオーリンズのドームや尖塔が遠くに見えてきたのは確かだが、オフィーリア嬢を紹介するだけの時間はまだある。

　ニューイングランドの諸州を旅したことのある人なら誰でも、とある涼しげな村で、きれいに掃き清められた芝生の庭のある大きな農家が、サトウカエデの厚いずっしりとした葉の茂みで覆われていたのを覚えているだろう。また、その場所全体に息づいているかのような、秩序と静けさ、永続性と不変の安らぎといった雰囲気も記憶に留めているかもしれない。そこでは、何一つ失われず、秩序が乱されることはない。垣根の杭一本ゆるんでおらず、窓の下にはライラックが茂り、その茂みのある芝生の庭にはごみ一つ落ちていない。家のなかに入れば、広いきちんとした部屋がいくつもあったのを覚えているだろう。部屋のなかでは、何かがなされている最中とか、これからなされようとしているといった様子はまったくうかがえない。すべてのものが、ひとたびある場所を得たら、永久に変えられることはなく、家のなかの整理整頓は、部屋の隅の古時計の正確さとぴったり歩調を合わせている。家族の「居間」と呼ばれる部屋には、どっしりと風格のあるガラス戸付きの本棚があり、なかにはローランの『歴史』、ミルトンの『失楽園』、バニヤンの『天路歴程』、スコットの『家庭聖書』が、他の同じように真面目で立派なたくさんの書物といっしょにきちんと並んでいる[4]のを思い出すだろう。家には召使などといったものはおらず、まっ白い頭布をかぶって眼鏡をかけた婦人がいるだけだ。彼女はいつも午後には縫物をしながら自分の娘たちと一緒に座っている。その様子は、まるで何かをなしたことなどないし、これから何かをなすということもないといわんばかりである。実際は、その日の午前中の思い出せないほどずっと前に、彼女も娘たちも仕事はすべて片づけてしまっていたので、残りの時間、つまりあなた方が彼女たちの姿を見かけるような時間には、いつも仕事は終わってしまっているのである。古い台所の床が汚れているとか、シミがついているように見えることなど決してない。テーブルや椅子、料理器具が散らかっていたり、乱雑に置かれているかに見えることもありえない。ところが、一日に三回、ときには四回の食事がそこで作られたり、家族の洗濯や、アイロンがけもそこで行なわれ、物音もたてずにまったく不思議としかいいようのないやり方で、何ポンドものバターやチーズがそこで産み出されてくるのである。

　従弟のセント・クレアが南部の自分の屋敷へ来てくれと言い出すまで、オフィーリア嬢はそのような農場の、そのような家と家庭で、四五年ものあいだ、ひっそりと暮らしていた。一番年上ではあったが、両親から見れば彼女はまだ「子供たち」の一人だったので、彼女へのオーリンズ行きの申し出は、家族全体にとってこの上ない由々しい事態だった。年老いた白髪の父親は、本箱からモース[5]の地図帳を引っ張り出し、正確な緯度、経度を調べただけでなく、その土地の風土がどのようなものかを推し量ろうとフリント(6)の南部や西部への旅行記に目を通したりした。

善良な母親は、「私には、サンドウィッチ諸島(7)か異教徒の国へでも行くようなものとしか思えないね」と言いながら「オーリンズって、恐ろしい罰当たりな町なんじゃないのかね」と心配そうに尋ねた。

オフィーリア・セント・クレアが従弟と一緒のオーリンズ行きを「口にした」という噂は、牧師の家や医者の家やビーポディ婦人帽子店などを通して広く行き渡っていった。すると当然、村中が、この件の慎重な議論で沸き上がった。奴隷制廃止論者の考えに大いに傾斜していた牧師は、こうした一歩が南部の人たちの奴隷所有を助長しかねないという強い疑念を表明した。一方、強硬な植民主義者の一人である医者のほうは、われわれが本当は彼らをそれほど不快に思っていないことをオーリンズの人々に示すため、オフィーリア嬢は行くべきだという意見に傾いていた。実を言うと、彼は南部の人々は大いに応援されてしかるべきだという考えの持ち主だったのだ。彼女が行くと決心を固めたという事実がすっかり公になると、二週間ものあいだずっと、彼女は友だちや隣人から正式にお茶へ招かれ、その考えや計画を念入りに点検され、調査された。服を仕立てる手伝いで家に来ていたモズレイ嬢は、オフィーリア嬢の衣装に関して何か新たな展開があると、毎日、それをネタに注目の的になっていた。近所の人々から、短く郷士シンクレアと呼ばれていたオフィーリア嬢の父が、彼女に一番上等だと思う服を買うようにと言って、五〇ドルもの金を与え、その結果、ボストンに新しい絹の服二着と帽子が一つ注文に出されたいうことが、確かな話として行き渡った。この法外な金の拠出をどう見るかについては、一般の人々のあいだで意見は二つに分かれた。ある人々は、結局、一生に一度のことなのだから大いに結構なことだと言い、別の人々は、頑固に、そのお金は伝道活動に従事する宣教師たちに送られたほうがよかったと主張した。だが、ニューヨークから発送されてきたパラソルはこのあたりでは見たことのない代物だとか、オフィーリア嬢が注文した一着の絹服は、持ち主についてどう言われようとも、それだけで十分並ぶべきもののないものだとかいう点に関しては、みんなの意見は一致した。また、一枚のハンカチの周囲が透かしかがりを施されているという噂もまことしやかに流された。その噂はどんどん大きくなっていき、オフィーリア嬢は周囲にレースのついたハンカチを持っており、しかもそれは、四隅に刺繍がほどこされているというおまけまでつくようになった。もっとも、最後の点については、今日に至るまで、納得のゆく確証は得られていない。

オフィーリア嬢は、ご覧のとおり、非常に光沢のある茶色のリンネルの旅行服を身につけて、いま読者の皆さんの前に立っている。彼女は背が高く、角ばったやせぎすの女性である。顔は細く、輪郭の線はかなり鋭かった。すべての問題に対して自分で決断を下すことが習慣になっている人によく見られるように、唇は真一文字に結ばれていた。一方、射るような黒い目は、特別なものを求めているように慎重な動き方をし、まるで何か世話をやくものがないかと言わんばかりに、あらゆるものの上を動き回っていた。

彼女の動作はどれをとっても、素早くて、てきぱきとし、力にあふれていた。おしゃべりではなかったが、いったん口を開けば、その言葉は驚くほど率直で的を射ていた。

生活習慣の面では、秩序と規律と正確さの生きた見本といってもよかった。時間を守ることにかけては、時計のようにきちんとしており、汽車のように正確無比であった。そうでないものには、それが何であれ、断固たる軽蔑と憎悪の目を向けた。

彼女にとって、罪のなかの最大の罪、すなわち諸々の悪の寄せ集めは「だらしのなさ」という一語で表現された。この表現は、彼女の言葉遣いにしょっちゅう出てきたが、きわめて重要なもので、彼女流の軽蔑の最後通牒かつ最終場面は「だらしがない」という言葉を大いに強めて発音することで成立していた。この言葉によって彼女が特徴づけようとしたのは、ある目的をあるときにはっきり心に抱いていながら、それを成し遂げるにあたって、直接的かつ必然的な関係が少しもないような事柄にかかずらうすべての態度のことであった。何もしようとしなかった人、自分のしようとしていることがはっきりと分からなかった人、手がけたことを成し遂げるためにもっとも直接的な方法をとらなかった人、こうした人々は彼女にとって完全な軽蔑の対象であった。彼女はこの軽蔑を、しばしば、まるで僅かでもそのことに触れることを蔑んででもいるかのように、言葉よりも石のように厳しい表情で表わした。

知的教養に関しては、彼女には、明瞭で強靭で積極的な精神が宿っていた。歴史やイギリスの古典によく通じ、それらを徹底的に読破するとともに、ある種の狭い範囲内ではあったが、大いなる力で思索もしていた。彼女の神学上の見解は、この上なく明確できちんとした形に整えられ分類された上で、ちょうど彼女の継ぎ布製のトランクのなかのそれぞれの包みのように仕舞い込まれていた。そうやって蓄えられたものは、必要なものだけであり、余計なものは何もなかった。この点は、たとえば、いろいろな家政のこととか、生まれ故郷の村のさまざまな政治的諸関係といった、実生活上の多くの事柄に対して彼女の抱く考え方にも、同じようにあてはまった。ところで、こうしたことすべての基礎をなし、彼女のなかで何より深く、高邁かつ広範に根を張っているものは、「良心的でありたい」とするもっとも強い存在原理だった。ニューイングランドの女性ほどに、良心的であろうとすることに支配され、全身全霊を捧げているような存在は、他のどこにもいない。それは、もっとも深いところにありながら、もっとも高い山脈の頂上にすら現われる花崗岩の地層のようなものであった。

　オフィーリア嬢は何々をなすべきだという観念の絶対的奴隷だった。ひとたび、彼女の言うところの「義務の道」が一定方向に向かって確定したとすれば、もはや火でも水でも彼女を止めることはできなかった。彼女はそこに道があると信ずれば、井戸のなかへもまっすぐに降りていったし、弾丸の詰まった太砲の口元へすら向かって行った。彼女の正義の基準はとても高く、きわめて広範囲で、あまりにも事細かなのに加えて、人間の弱さに譲歩するというようなことがほとんどなかった。したがって、英雄的なまでの熱意でそこへ達しようと努力しても、実際には決してそこに到達することがなかった。当然のことながら、彼女は自らの至らなさに絶えず思いを致し、しばしば苦しんだ。このことが、彼女の宗教的特性にきびしい、そしてどこか暗い傾向を与えていた。

　しかし、オフィーリア嬢のような女性が、陽気で気楽で時間を守らず、実際的な能力もなく、懐疑的で、彼女のもっとも重んじている習慣や意見のすべてをぶしつけで無頓着な自由さで踏みにじって歩くオーガスティン・セント・クレアのような男と、いったいどのようにすればうまくやっていけるというのだろう？

　本当のところを言えば、オフィーリア嬢は彼に愛情を抱いていた。子供のころ、教義問答を教えたり、服を繕ったり、髪をとかしたり、彼が進むべきだと思う方向へだいたいにおいて育て上げようとしたのは彼女だった。彼女の心はそういうことを大事にしようする面を持っていたので、オーガスティンは、ほとんどの人々に対していつもそうであったように、彼女のそうした心の大部分を独り占めにしていた。したがって「義務の道」はニューオーリンズの方角にあり、自分と一緒に行ってエヴァの世話をし、彼の妻が病気のあいだにすべてが壊れ、だめになってしまわぬようにすべきだと、いとも簡単に彼は彼女の説得に成功した。家の世話をみるものが誰もいないということが、彼女の心に強く響いた。また、皆と同じで、彼女もあのかわいらしい少女を愛した。彼女はオーガスティンをまったくの異教徒とみなしていたが、それでも彼に愛を感じたし、彼の冗談が面白いと思った。また、彼を知る者たちからは全く信じられないほどにまで、彼の欠点に寛大であった。しかし、もしオフィーリア嬢に関してもっと他に知るべきことがあるとすれば、それは読者の皆さんが個人的に彼女を知ることで、発見していただくこととしよう。

　いま、彼女はものすごく真剣な面持ちで一等船室に座って、それぞれに大切な品物の入っている大小さまざまないくつもの旅行カバン、箱、籠に取り囲まれながら、それらの一つ一つをひもでしばったり、包んだり、とめたりしていた。

「さて、エヴァ、荷物の数がちゃんとあるか数えていてくれた？　もちろん、していないわね。子供ってものはみんなそうだわ。まだら模様のボストンバッグはあるわね。あなたのよそゆきの帽子が入った小さな青色のボール紙の箱、これで二つね。それから、インド産ゴム皮鞄で三つ。わたしの巻尺とお針用の箱で四つ、わたしの段ボール箱で五つ。わたしの替え襟用の箱で六つ。その小さい毛皮のトランクで七つ。あなたの日傘はどうしたの？　わたしに寄こしなさい。わたしの日傘と一緒に紙をまいて、雨傘に結わえつけておきましょう。さあ、これでいいわ」

「まあ、おばちゃま。わたしたちは家へ帰るだけでしょう？　なぜそんなことをするの」

「きちんとしておくためよ、あなた。何か持っていようというつもりなら、それを大事にしなくてはだめなの。ところで、エヴァ、あなたの指ぬきはしまった？」

「おばちゃま、わたし知らないわ、本当に」

「じゃ、いいわ。あなたの箱のなかを調べてみましょう。指ぬき、鑞、糸巻きが二つ、はさみ、ナイフ、紐通し針。大丈夫ね、それはここに入れて。パパと二人っきりで来たときは、どうしたの、あなた？　持っていたものはみんなどこかへなくしてしまったんじゃないの」

「ええ、おばちゃま、ほんとにたくさんなくしちゃったわ。だから、どこかに停まると、パパが同じ物をもっとたくさん買ってくださったの」

「まあ、なんというやり方でしょう！」

「とても便利なやり方よ、おばちゃま」とエヴァは言った。

「恐ろしいほどだらしのないやり方だわ」とおばちゃまは言った。

「あら、おばちゃま、今度はどうするの？」とエヴァが言った。「そのトランクは、閉まらないほどいっぱいつまっているわ」

「閉まるはずです」とおばちゃまは、まるで将軍のような言い方で言い、ぎゅうぎゅういろいろなものを詰め込んで、旅行鞄のふたの上に飛び乗った。それでもまだ旅行鞄の口はふさがらず、少しすきまが残っていた。

「エヴァ、ここに上って！」と、オフィーリア嬢は雄々しくも言った。「一度閉まったのですもの、もう一度できるはずよ。この旅行鞄は絶対閉まって鍵がかかるはずなの。そうでなければいけないの」。

すると、旅行鞄は、決然としたこの言葉にきっと恐れおののいたのだろう、ついに降参した。掛け金がぱちんと鍵穴にかかった。オフィーリア嬢は鍵をまわして、それを勝ち誇ったようにポケットへ入れた。

「さあ、用意ができたわ。あなたのパパはどこ？　そろそろこの荷物を運び出さなきゃならないころだと思うけど。エヴァ、いいこと、あなたのパパを見てきてちょうだい」

「いいわ。きっと向こう側の紳士用船室でオレンジを食べているんだわ」

「もうすぐ着くってこと分かってないのね」とおばちゃまは言った。「走っていって知らせたほうがいいんじゃない？」

「パパはどんなことにもあわてないのよ」とエヴァは言った。「それに、まだ船着き場に着いてもいないわ。おばちゃま、見晴らし場に来てみて。ほら！　あの通りの向こうにわたしたちのお家が見えるわ！」

このとき船は、疲れきった巨大な怪物のように、重いうなり声をあげると、波止場にいるたくさんの船のあいだに突き進んでいく準備を始めた。エヴァは、自分の生い育った街の目印となるさまざまな尖塔やドームや道標をうれしそうに指さした。

「ええ、ええ、そうね。とてもすてきだわ」とオフィーリア嬢は言った。「でも、どうしましょう！　船が停まったわ！　あなたのお父様はどこにいるのかしら？」

上陸時のいつもの騒ぎが続いた。船客係たちが一度に四方八方に駆け出していった。男たちは旅行鞄やボストンバッグや段ボール箱を引きよせ、女たちは心配そうに自分たちの子供に声をかけた。人々は密集したかたまりとなって、波止場に差し渡された渡り板に向かってどっと群がり寄っていった。

オフィーリア嬢はさっき征服したばかりの旅行鞄の上に決然とした調子で腰を下ろし、軍隊式の規律で自分の荷物や所持品をきちんと整列させ、最後までそれらを守り通す覚悟をしているかのようだった。

「旅行鞄をお持ちしましょうか、奥様？」。「そのお荷物をお持ちしましょうか？」。「奥様、お荷物の世話をしましょうか？」。「これらを運びましょうか？」。こういった言葉が、男手のない彼女に、雨のように浴びせかけられた。彼女は、刺繡板につきささった縫い針のように背をまっすぐにして、束ねた雨傘と日傘をにぎりしめ、辻馬車の御者もびっくりするような決然たる口調で返答しつつ、頑としてこの場を動かないという決意を示して座っていた。合間、合間に、いぶかしそうにエヴァに声をかけた。「あなたのパパはまったく何を考えているんでしょうねえ？　こんなときに海に落ちたわけでもないでしょうに。でも、何かあったに違いないわ」。

ちょうど彼女が本当に心配をし始めたとき、彼はいつものように無頓着な様子で姿を現わし、食べかけのオレンジの四分の一かけをエヴァに分け与えながら言った。

「さてと、ヴァーモントの従姉《ねえ》さん、すっかり準備はできているようですね」

「そうよ。一時間近くも待ってたんですからね」とオフィーリア嬢は言った。「あなたがどうかしたんじゃないかと、本気で心配し始めたところですよ」

「頃合いをみていたんですよ」と彼は言った。「馬車は待たせてあるし、もう混雑もすんだから、クリスチャンらしく上品に歩けるし、押されたり突き飛ばされたりせずにすむでしょう。さあ」と言って、後ろに立っていた御者に「ここにあるものを運び込んでくれ」と言い添えた。

「わたしも行って、積み込むのを見てますわ」とオフィーリア嬢が言った。

「えっ、よしてください、従姉さん。何のために、そんなことをするんです?」とセント・クレアは言った。

「でも、とにかく、これとこれとこれは、わたしが持って行きます」。箱を三つと小さなボストンバッグを一つ選び出しながら、オフィーリア嬢が言った。

「ヴァーモントの従姉さん、私たちに対して、絶対にそんなふうな北部のグリーン・マウンテン風(8)のやり方を押しつけないでください。少なくとも一つくらいは、南部風のやり方を受け入れてくださらなくっちゃ。こんなに荷物を背負って歩いていると、小間使だと思われます。荷物をこの男に渡してください。この男は卵を扱うみたいに慎重に運んでいってくれますよ。さあ、さあ」。

オフィーリア嬢は従弟が自分の大事な持ち物をすべて取り上げてしまったとき、絶望的な顔つきをしてみせたが、それらが馬車のなかにちゃんと保管されているのを見て喜んだ。

「トムはどこ?」とエヴァが言った。

「ああ、馬車の外にいるよ、お嬢ちゃん。平和の贈り物として、トムをお母さんのところへ連れていこうと思ってるんだ。馬車をひっくり返すようなあの飲んべえの御者の代わりにしようってわけさ」

「まあ、トムはいい御者になるわ、わたしには分かるの」とエヴァは言った。「トムは酔っぱらうなんてことはしないもの」。

馬車は、ニューオーリンズの一部の地域でよく見られる、スペイン風とフランス風の建築様式が奇妙に混ざり合った古い邸宅の前に停まった。全体の作りはムーア式(9)で、四角い建物が中庭を取り囲んで建てられていた。馬車はアーチ型の門をくぐると、中庭へ入っていった。内側から見ると、中庭は明らかに絵画趣味と官能的な想像力を満たすように作られていた。広い回廊が四方をぐるりと取り囲み、ムーア式のアーチやほっそりした円柱やアラベスク風の装飾品が、まるで夢のなかのように、人々の心をスペインで東洋趣味が流行していた時代へと引き戻していった。庭の真ん中では、噴水が銀色の水を高く吹き上げ、香り豊かなすみれの花で縁を飾られた大理石の水盤へ、止むことのないしぶきをあげながら落下していた。噴水の水は水晶のように透き通り、そのなかをたくさんの金色、銀色の魚が生きた宝石のようにきらきらと勢いよく泳いでいた。噴水のまわりには、小石を敷き詰めて、さまざまに粋を凝らしたモザイク模様の遊歩道がめぐっていた。さらにこの遊歩道のまわりには、緑のビロードのようになめらかな芝生があり、その全体を馬車の通り道が取り囲んでいた。香りもかんばしく、ちょうど花が全開中の二本の大きなオレンジの木が、妙なる木陰を作っていた。芝生の周縁をめぐるかたちで、アラベスク風の彫刻のある大理石の花入れが並べられ、それぞれの花入れには、選りすぐった熱帯の花が植えられていた。光沢のある葉と炎のような赤い花をつけた大きなざくろの木、銀色の星を散りばめた葉の色の濃いアラビア・ジャスミン、ジェラニウム、たくさんの花の重みで身を垂れた豊麗なバラ、金色のジャスミン、レモンの香りのするバーベナ、これらの花々が一体となって咲き誇り、あたりに芳香を投げかけていた。また、庭のあちこちには、異様な形の葉をたくさんつけた、神秘的な雰囲気を放つ老齢のアロエが植えられていた。その様は、周囲のはかない命の花や香りのなかにあって、不思議なほど威風堂々としており、まるで白髪の年老いた魔法使いといった風情であった。

中庭のまわりを取り巻く回廊は、ムーア風の布地のカーテンで飾られ、太陽の光を遮りたいときには、いつでもそれを引くことができた。全体的に言って、屋敷のたたずまいは豪奢でロマンティックだった。

馬車がなかに入っていったとき、エヴァは荒々しいほどの激しい喜びを示した。その様子は、まるで鳥かごから飛び出さんばかりの鳥のようだった。

「きれいでしょう！　すてきでしょう！　わたしの大好きで大事なお家！」エヴァはオフィーリア嬢に言った。「きれいでしょう？」

「素敵なところね」と、オフィーリア嬢は馬車から降りながら言った。「でも、私にはちょっと古風で、異教徒的に見えるわ」。

トムが馬車から降りたち、静かな落ちついた喜びの気持ちを表にあらわしながら、まわりを見回した。ここで忘れられるべきでないのは、黒人というものが、世界中でもっとも華美で壮麗な国々からきた異邦人であり、心の奥底深くに、華麗、豊饒、奇想に連なるすべてのものへの情熱を秘めているということである。ただし、その情熱を享受する仕方が剝きだしで、あまりにも粗野な風情をかもしだすので、反応がより冷たくより端正なものを好む白人の嘲りをまねいてしまうのである。

詩趣をたたえた官能的な感性を心に抱くセント・クレアは、オフィーリア嬢による自分の邸への評言を聞いて笑った。そして、感嘆の思いで黒い顔を輝かせてまわりを見回して立っているトムに向かって言った。

「トム、お前はここが気に入ったようだね」

「はい、旦那様、申し分ないようでごぜえますだ」とトムは言った。

トランクがつぎつぎと降ろされ、御者への支払いが済まされているわずかのあいだに、年齢や大きさもまちまちの、男や女や子供たちが群となって、階上からも階下からも、主人を迎えようと回廊を走り出てきた。彼らの先頭に立っていたのは、立派な身なりの若い混血青年だった。彼はいかにも洗練された物腰の人物で、流行の先端をいく服装をしており、香水のついた白麻ハンカチを手に持って、それを優雅に振っていた。

この人物は、非常にてきぱきとした調子で、召使の群れをヴェランダの向こうの端へ追っ払ってしまった。

「みんな下がって！　みっともないぞ」。彼は威張りくさって言った。「旦那様がお帰りになったそうそうに、お身内の方々の邪魔をするつもりなのか？」

みんなは、居丈高に言われたこの体裁ぶった言葉に恥じ入り、適度な距離を保って、ひしめき合いながら立っていた。ただ、がっしりした二人のポーターだけがやって来て、荷物を運び始めた。

セント・クレアが御者に支払いを済ませて振り返ってみると、アドルフの手際のよいはからいで、そこにはアドルフを除いて、誰の姿も見えなかった。アドルフはサテンの上着に金の鎖、白いズボンといった派手ないでたちで、言いようもなく優雅でていねいなお辞儀をした。

「ああ、アドルフ、お前か」と、主人は手を差し出して言った。「元気か、ええ？」。アドルフは、きわめて流暢に、即席での迎えのあいさつを述べ始めたが、実際には二週間も前から念入りに準備していたものだった。

「よし、よし」。セント・クレアは、いつものこだわりのない剽軽な態度で、彼の前を素通りしながら言った。「そのあいさつはとてもよくできているよ、アドルフ。ところで、荷物がきちんと片づけられるように、気をつけておくれ。すぐに、みんなのところへ顔を出すから」。そう言うと、彼はオフィーリア嬢を伴って、ヴェランダに面した大きい広間の方へ立ち去っていった。

こうしたやりとりが行なわれているあいだに、エヴァは小鳥のように玄関と応接間を通り抜け、同じようにヴェランダに面した婦人用居室へと向かった。

背の高い、黒い瞳の、顔色の悪い婦人が、横になっていた長椅子から半分身を起こした。

「お母さま！」とエヴァは言い、喜びいさんで母親の首に飛びつき、何度も何度も抱きしめた。

「もういいわ、気をつけてちょうだい、お前。もうよして、お前は頭痛を起こさせるわ」と母親は言い、気だるそうにキスをした。

セント・クレアが入ってきて、妻をきちんと世間並みの夫らしい態度で抱擁し、それから従姉を紹介した。マリーはいくらか好奇心を抱いた様子で大きい目を上げ、物憂げだが礼儀正しく従姉を迎え入れた。このとき、大勢の召使たちが部屋の入口に押し寄せてきた。非常に立派な顔つきをした混血の中年女性が先頭に立ち、戸口のところから期待と喜びで身をぶるぶると震わせていた。

「まあ、ばあやだわ!」と言って、エヴァは部屋を横切ると、彼女の腕のなかに飛び込み、何度も何度もキスをした。

この女性のほうは、エヴァが頭痛を起こさせるなどと言わなかっただけでなく、逆に彼女を抱きしめて、正気が疑われるほどに笑ったり泣いたりした。エヴァは彼女の抱擁から解放されると、今度は待っている一人一人のところへ飛んで行き、握手やキスをした。その様子は、オフィーリア嬢があとで本当に胸がむかむかしてきたと言ったほどのものだった。

「本当ね!」オフィーリア嬢は言った。「南部の子供たちは、わたしにはできないことがやれるのね」

「えっ、何ですって?」とセント・クレアが言った。

「いいこと、わたしは誰にでも親切でありたいと思っているし、人を傷つけるようなことはしたくないと思っているわ。でも、キスするなんて」

「黒んぼにということですか」とセント・クレアは言った。「とてもがまんできないと言うんですね、そうですか?」

「ええ、そうよ。エヴァはどうしてあんなことができるのかしら?」

セント・クレアは笑いながら廊下へ出ていった。「やあ、みんな、元気か! ここで、何かいいことでもあるのかい? みんな揃って。ばあや、ジミー、ポリー、サッキー、みんないるね。旦那様に会うのが、そんなにうれしいのかい?」そう言いながら、彼は一人ずつ次から次へと握手をしていった。

「おっとあぶない、赤ん坊だ!」彼は、四つ這いではいはいしていた色の黒い小さな子供に蹴つまずいて、そう言った。「私が踏んづけたんなら、そいつにそうしたと言わせるんだね」。

セント・クレアが彼らに小銭を分け与えると、笑い声と主人を祝福する言葉が溢れた。

「さあ、みんな、いい子だから、あっちへ行ってくれ」と彼が言った。すると、そこに集まっていたものたちは、真っ黒いのも色の薄いのもみんな、ドアから大きなヴェランダへ消えていった。エヴァが大きな肩掛け鞄を抱えて、そのあとから出ていった。鞄には、帰りの道中で彼女の集めた、りんご、木の実、キャンディ、リボン、レース、その他いろいろのおもちゃがいっぱい詰まっていた。

セント・クレアが部屋に戻ろうとして振り返ったとき、トムがもじもじと落ちつかなそうに立っているのに気づいた。ヴェランダの手すりには、アドルフが物憂さそうに身をもたせかけ、伊達者めいた格好でトムをオペラグラス越しに観察していた。

「何してるんだ! 生意気に」主人がオペラグラスをはたき落として言った。「それが仲間をもてなすやり方か? それに、ドルフ」。彼はアドルフが着ている上品な模様のサテンのチョッキに指をあてて言った。「こりゃ私のチョッキじゃないか」

「ああ！　旦那様、このチョッキはワインでシミだらけなんです。旦那様のような身分の紳士にゃ、とても着られません。私が頂戴してもいいと思ったんです。私のような哀れな黒んぼにちょうどいいんですよ」。

アドルフは頭を横から上に軽くふりあげ、気取った様子で香水の匂いのする髪の毛を指でかき上げた。

「そうか、そういうことかい？」セント・クレアはこともなげに言った。「ところで、私はこのトムを奥様に紹介してくるから、それが終わったら、彼を台所へ連れてってみんなに引き合わせてやってくれ。ただし、言っておくが、彼に偉そうなふりをするなよ。トムはお前みたいな若造二人分の値打ちがあるんだからな」

「旦那様はいつもご冗談をおっしゃる」とアドルフは笑って言った。「でも、こんなにご機嫌な旦那様を見るのはうれしいですよ」

「さあ、おいで、トム」と、セント・クレアは彼を招きよせながら言った。

トムは部屋に入った。ビロードの敷物や、鏡、絵画、彫刻、カーテンなどそれまで想像したこともないようなすばらしいものを、物珍しげに眺めやった。ソロモンの前に出たシヴァの女王(10)のように、息もとまるような思いであった。足を下に下ろすことさえ怖がっているように見えた。

「さあ、いいかね、マリー」とセント・クレアは妻に言った。「やっと注文通りの御者を買ってきたよ。彼は、よく見る霊柩車みたいに真っ黒だしいつも素面《しらふ》だ。お望みなら、葬式へ行くようにしめやかに馬車を走らせてくれるよ。さあ、目を開けてよく彼を見てごらん。これで、留守にしているあいだ、私がきみのことを考えていなかったなんて、もう言わせないよ」マリーは目を開けて、起き上がろうともせずに、トムをじっと見た。

「この男が酒を飲んで酔っぱらうのは分かっているわ」と彼女は言った。

「いや、彼は信心深くて、酒など一滴も飲まんという保証つきなんだ」

「そう、結果がよいといいわね」と夫人が言った。「でも、期待しても無駄でしょうけどね」

「ドルフ」とセント・クレアが呼んだ。「トムを下へ連れて行って、案内してやってくれ。それから、さっき言ったことを忘れるなよ」と付け加えた。

アドルフが気取った様子で先を行き、トムが重そうな足取りであとに続いた。

「まるでグロテスクな巨獣（ビヒモス）(11)ね！」とマリーが言った。

「さあ、さあ、マリー」。彼女の長椅子のそばにある腰掛けに腰を下ろして、セント・クレアは言った。「やさしくして、僕に気の利いたせりふの一つも言ってくれないか」

「予定より二週間も長く行ってらしたのね」と夫人はふくれっつらで言った。

「わけは手紙で知らせただろう」

「あんなに簡単で素っ気ない手紙なんて！」と夫人は言った。

「おやおや！　ちょうど郵便が出ようとしているところだったんで、あれがやっとだったんだ。さもなきゃ何にも出せないところだったんだよ」

「いつだって、そうなのね」と夫人は言った。「いつだってそんなふうに旅を長引かせて、手紙を短くすることが起こるのね」

「ほら、見てごらん」と言って、彼はポケットから美しいビロード地のケースを取り出して開けた。「きみのためにニューヨークで手に入れた贈り物だよ」。

それは、彫刻のようにくっきりとした、しかもやわらかい感じの銀板写真で、エヴァと父親とが手をつなぎ合って座っている姿が写っていた。

マリーは不満足そうな表情でそれに目をやった。

「どうして、こんなへんな格好で座っているの？」と彼女は聞いた。

「うん、格好についちゃ、いろいろな意見もあるだろう。でも、よく似てるだろう、どう思う？」

「座り方のことでわたしの意見を無視なさったんですから、他のことで何を言っても同じでしょう」と彼女は、銀板写真を閉じながら言った。

「なんて女だ！」心のなかでセント・クレアはそう思ったが、声に出して言ったのは、次の言葉だった。「さあ、さあ、マリー、本物そっくりのこの写真のことをどう思う？　ばかなことを言ってるんじゃないよ、ねえ」

「あなたって人は、思いやりのない方ね、セント・クレア」と夫人は言った。「あたしに話させたり見させたりばかりして。頭痛がして、一日じゅう横になっているのを知っているでしょう。あなたがお帰りになってからずっと家じゅう大騒ぎなのよ、私は半分死にそうだわ」

「頭痛になりやすいんですの、あなたは？」と突然、オフィーリア嬢が深々と腰掛けていた大きな肘かけ椅子から立ち上がって言った。彼女は、それまで静かに椅子に腰かけ、部屋の家具の品定めをしたり、その値段の計算などをしたりしていたのだ。

「ええ、完全にそのとりこですわ」と夫人が答えた。

「ねずの実のお茶が頭痛にはいいそうですよ」とオフィーリア嬢が言った。「少なくとも、オーガストというアブラハム・ペリー助祭の奥さんがよくそう口にしていました。その人は優秀な看護婦ですの」

「それじゃ、湖のそばにあるうちの菜園で最初に熟したねずの実を採ってこさせよう。そうした特別の目的のために、あの菜園は買い入れたんだからね」。セント・クレアはそう言いながら、ベルの紐をゆっくりと引っ張った。「ところで、従姉さん、旅のあとだということもあるし、自分の部屋に引き上げて、しばらく休んでいてください」。さらに、彼はつけ加えて言った。「ドルフ、ばあやにここへ来るように言ってくれないか」。先刻エヴァが夢中になって抱きついた、あの品のいい混血女性がすぐに入ってきた。彼女は、こざっぱりとした身なりで、頭には、丈の高い赤と黄色のターバンを巻いていた。それはエヴァからもらったばかりのおみやげで、エヴァが彼女の頭に巻いてやったものだった。「ばあや、このご婦人の世話をしておくれ。疲れて、お休みになりたいんだ。部屋へお連れして、くつろげるようにして上げてくれないか」とセント・クレアは言った。オフィーリア嬢は、ばあやのあとについて出ていった。

第16章 トムの女主人と彼女の考え方

Tom's Mistress and Her Opinions

「ところで、マリー」とセント・クレアが言った。「きみにとって一番しあわせなときが始まろうとしているよ。このニューイングランドの従姉《ねえ》さんは、てきぱきと仕事を片付けることのできる有能な人なんだ。気苦労な家のなかのことをみんな引き受けてくれるとさ。そうすれば、きみも生気を取り戻し、若さと美しさを保つための時間ができるじゃないか。家中の鍵すべてを、いますぐ正式に、彼女に渡してしまったほうがいいと思うが、どうだい」。

この言葉が口にされたのは、オフィーリア嬢が到着して数日たった、朝の食卓でのことだった。

「そうしてくれるとありがたいわ」と、気だるそうに頭を片方の手にもたせかけながら、マリーは言った。「やってみれば、あなたの従姉さんも一つのことは分かってくれると思うわ。ここ南部では、本当の奴隷は、家庭を守る私たち女主人のほうだってことがね」

「確かに、彼女もそれに気がつくだろうよ。さらに、たくさんの真理の本当の姿もね、間違いないさ」とセント・クレアは言った。

「奴隷を手元においているのは、私たちの便宜のためだみたいに言われているけど」とマリーは言った。「もし私たちの便宜のためということなら、すぐにでも彼らに家から出ていってもらいたいわ」。

エヴァンジェリンは、当惑しつつもまじめな表情で、大きくて真剣な眼差しを母親の顔に注いでいたが、無邪気に口を開いた。「それじゃ、どうしてあの人たちをおいておくの、ママ？」

「分からないわ。確かなのは、悩みの種だってこと。奴隷たちは、私の生活の悩みの種なの。私の具合が悪いのも、他でもない彼らのせいよ。私の家の者たちが、一番ひどいわ」

「ねえ、マリー、もうおよし。今朝はとても気分が悪いようだね」とセント・クレアは言った。「そうじゃないっていうことは、きみにも分かっているはずだ。ばあやがいるじゃないか、最高の人間だよ。彼女がいなかったら、きみはどうするつもりだい？」

「ばあやは最高よ、私の知る限りではね」とマリーは言った。「でもいまでは、ばあやも身勝手なの、すごく身勝手だわ。それがあの人種全体の欠点ね」

「身勝手というのは恐ろしい欠点だよ」とセント・クレアはまじめに言った。

「それで、ばあやのことだけど」とマリーは言った。「毎晩ぐっすりと寝てしまうんだから、身勝手だと思うわ。私の具合がとても悪いときには、ほとんど一時間おきに、ちょっとした注意が必要だってことは分かってるはずなのに、彼女は全然起きないのよ。今朝こんなに調子が悪いのも、昨夜彼女を起こすのにとても苦労したからなの」

「ばあやは、このところ、幾晩も付き添って起きていてくれたんでしょ、ママ？」とエヴァは言った。

「どうしてお前がそんなことを知ってるの？」と鋭くマリーが言った。「彼女が不平を言ったんだね」

「ばあやは不平なんか言わなかったわ。ただママがとてもつらい夜を過ごされていたって、私に話してくれただけよ。

立て続けに、幾晩も幾晩も」

「ジェーンやローザに、一晩か二晩ほど、代わりをさせればいいじゃないか」とセント・クレアは言った。「どうして、ばあやを休ませてやらないんだい？」

「あなたはどうしてそんなことを言うの？」とマリーは言った。「セント・クレア、あなたって人は本当に思いやりがないのね。私はとても神経が過敏なの。だから、ほんのちょっとした他の人の息づかいでも、私の気持ちは乱されるの。それに、まわりにいるのが不慣れな召使では、私は完全にだめなの。ばあやが私のことを気にかけてくれていれば、すぐに起きるべきだし、起きるはずよ。ええ、もちろん、起きるはずだわ。そういう献身的な召使を持った人々の話を聞いたことがあるもの。でも、私は決してそんな運に恵まれないの」とマリーはため息をついた。

オフィーリア嬢は、鋭い観察力のある真剣な面持ちでこの会話を聞いていた。彼女は、自分が関わる前に、自分の位置と立場を十全に確かめておこうと決心しているかのように、口を堅くつぐんだままだった。

「確かに、ばあやにもまあいいところはあるわ」とマリーは言った。「落ちついているし、ていねいだもの。でも、心のなかは自分本位なのよ。いいこと、彼女は自分の夫のことで気をもんだり、心配するのを決してやめないわ。私が結婚してここに来たとき、もちろん、私は彼女を連れてこなければならなかったんだけど、彼女の夫のほうは父が手放せなかったの。その男は鍛冶屋だったから、もちろん、絶対に欠かせないのよ。だから、そのとき、ばあやとその男が一緒に暮らす方便はもうないんだから、お互いに諦めたほうがいいと考えて、私はそう言ってやったの。いま思うと、そのことを強く言い張って、ばあやを他の誰かと結婚させておけばよかったんだわ。でも、私はおばかさんで大甘だったし、そう言い張りたくもなかった。そのとき、私は、ばあやに言ってやったのよ。この先一生で一度か二度しか夫に会うことを期待しちゃいけないって。どうしてかって言うと、お父様の所の空気は私の身体によくないから、そこへは私は出かけて行けないんだってことも。だから、ばあやに誰か他の人と親しく付き合えばって忠告したんだけど、彼女は絶対そうしようとはしなかったわ。ばあやはいろいろと頑なところがあるのよ。誰も知らないけど、私には分かっているの」

「彼女には子供はいるの?」とオフィーリア嬢が聞いた。

「ええ、二人」

「彼女は子供たちから引き離されたと思っているでしょうね?」

「でも、もちろん、私は子供たちまで連れてくることはできなかったわ。あの子たちは汚くて、そばになんておいておけないし、おまけに、子供たちの世話でばあやの時間がたくさん取られてしまうでしょう。ばあやはそのことでいつも不満を抱いていると思うわ。彼女は他の誰とも結婚しないでしょうね。私にとって彼女がどれほど必要か、私の健康がどれだけ弱っているかってことをいまの彼女はよく知っているはずだけど、もしできれば、彼女は明日にでも自分の夫のところに戻って行くと思うわ。ええ、本当にそう思うわ」とマリーは言った。「あの連中はまったく自分勝手だもの。ええ、最良の連中だってそうよ」

「考えただけでも、うんざりだね」と、そっけない調子でセント・クレアは言った。

オフィーリア嬢はきっと彼を見据えた。しかし、彼がその言葉を口にしたとき、無念さとぐっと抑えた苛立ちで顔を紅潮させ、唇が皮肉にゆがむのを目にした。

「いいこと、ばあやはいつだって私のお気に入りだったわ」とマリーは言った。「北部の召使たちが、彼女の洋服だんすを一目でも見てくれたらって思うの。何着かの絹やモスリンの洋服、それに本物のリンネルのドレスも一着かかっているわ。私はときどき午後の時間全部を使って、彼女の帽子に縁飾りをつけてやったりして、パーティに行く用意なんかをしてあげたのよ。奴隷への虐待なんていったって、彼女には何のことか分からないでしょうね。生まれてこのかた、鞭で打たれたことは一度か二度しかないんですもの。毎日濃い珈琲やお茶を飲んでいるのよ、しかも白砂糖を入れてね。よくないことだわ、確かに。でも、セント・クレアは、階下の使用人たちによい生活をさせているの、だからみんな好きなように暮らしているの。結局、うちの召使たちは甘やかされすぎよ。あの連中が自分本位だったり、甘やかされた子供みたいに振る舞ったりするのも、ある程度は私たちの落ち度だと思うわ。うんざりするほどセント・クレアには言っているんですけどね」

「僕もまた、うんざりだよ」と、朝刊を取り上げながらセント・クレアが言った。

エヴァ、美しいエヴァは、母親の話を、彼女特有の深刻で謎めいた真剣な表情で聞いていた。彼女は母親の椅子のところに静かに歩み寄ると、母親の首に腕を回した。

「おや、エヴァ、今度は何かしら？」とマリーは言った。

「ママ、一晩だけでいいからわたしがお世話してはいけないかしら、一晩だけ？　ママをいらいらさせたり、わたしのほうが眠っちゃいけないってことは、よく分かっているわ。わたしはときどき夜中にいろいろ考えたりして、眠らずにいることがあるの」

「まあ、なんてことを言うの、お前。とんでもないわ！」とマリーは言った。「あなたって本当におかしな子ね！」

「でもいいでしょう、ママ？」とおずおずと彼女は言った。「ばあやは具合がよくないと思うの。このごろいつも頭が痛いって、わたしに言ってたわ」

「それはね、単にばあやのいらいらの一つなのよ！　ばあやも他の人たちとまったく同じなの。ちょっと頭が痛かったり、指が痛かったりするだけで大騒ぎするの。それを助長するようなことをしちゃだめ。絶対に！　このことについては、私にも原則というものがあります」。ここで、彼女はオフィーリア嬢のほうに向いて言った。「あなたも、この原則が必要だってことがきっと分かりますわ。あなたが、召使たちの抱くちょっとした不愉快な感情を気遣ったり、取るに足らない病気でぶつぶつ言うのを放っておいたりすれば、結局あなた自身の首を絞めることになりますよ。私は自分に泣き言を一切言わせないようにしてきていますの。どれだけ私が我慢しているかなんてこと、誰も知らないでしょう。黙って耐えるのが私のつとめだと思っていますから。ええ、本当に」。

オフィーリア嬢の丸い目は、この結びの言葉を聞いてあからさまな驚きを表わした。セント・クレアにとって、それは途方もなく滑稽に思えたので、彼は大声で笑い出した。

「セント・クレアは、私がちょっとでも病気のことを口にすると、いつも笑い出すの」と、マリーは悩める殉教者といった調子で言った。「彼がこのことで後悔する日が来ないよう望むわ！」そう言うとマリーは、目にハンカチをあてた。

もちろん、どちらかといえば気恥ずかしい沈黙があった。とうとう、セント・クレアが立ち上がり、時計を見て町で約束があると言い出した。エヴァは彼のあとについて出ていった。オフィーリア嬢とマリーだけがテーブルに残った。

「ほら、いかにもセント・クレアらしいわ！」とマリーが言い、ハンカチの力を感じさせるべき当の相手がいなくなったので、どこか元気のいい素振りで顔からハンカチを離した。「私が苦しんできたことを、あの人は理解しようとしないの。

理解できないし、これからもしないでしょうね。ずっと、何年間もそうだったわ。たとえ私が愚痴っぽい人間で、病気のことで大騒ぎしたとしても、それなりの理由があるのよ。でも、男の人は、愚痴を言う妻に当然うんざりするわ。だから、私は自分のなかにだけ抑えて、耐えに耐えてきたの。ところが、セント・クレアが邪魔をして、私という人間はそうじゃないって思わせるの」。

オフィーリア嬢は、この言葉にどう答えたらいいのか、はっきり言って分からなかった。

彼女が何と言うべきかを考えているあいだに、マリーはゆっくりと涙を拭き、にわか雨のあとの鳩が身繕いをする要領で、全体的にざっと身なりを整えなおした。それから、オフィーリア嬢と、家のなかの戸棚や納戸やたんすや物置やそういった類のものについて、家庭の主婦らしいおしゃべりを始めた。それらの管理をオフィーリア嬢が引き受けるというのが、共通の理解だったからだが、あまりに事細かな注意事項とか責任項目があったので、オフィーリア嬢ほどの体系だった頭と処理能力を持たない者だったら、完全に目を回し混乱してしまったことだろう。

「それでは」とマリーは言った。「これであなたに全部お話ししたと思うわ。だから、今度また私の具合が悪くなったときは、私に相談せずにすべてを進めていけるでしょう。ただ、エヴァだけは注意してもらわないといけないわ」

「彼女はいい子に見えるけど、とってもね」とオフィーリア嬢は言った。「あんないい子は見たことないわ」

「エヴァは変わっているのよ」と母親は言った。「とってもね。ものすごく変なところがあるの。私みたいじゃないわ、よくって、ちっとも似ていないの」。これが本当に憂鬱なことだと言わんばかりに、マリーはため息をついた。

「似ていなくてよかった」と、オフィーリア嬢は内心で思ったが、口に出さないだけの慎重さは持ち合わせていた。

「エヴァはいつも召使と一緒にいたがるの。子供によっては確かにそれもいいでしょう。ほら、私も小さかったころ、父親の召使たちといつも遊んでいたわ。それで何の害もなかったのよ。でも、エヴァは自分のそばへ来る者をみんな、自分と対等だと思ってしまうところがあるみたいなの。それがあの子の変なところだわ。私にはこれまでそうするのをやめさせることができなかった。セント・クレアが彼女のそういう面を助長しているのよ。本当のことを言えば、セント・クレアはこの家の屋根の下にいるすべての人間を、甘やかしているの。ただし、自分の妻を除いてね」。

またオフィーリア嬢は黙って座っていた。

「召使は、抑えつけ、頭を下げさせておくしか方法がないのよ。子供のころから、そうするのが私には自然だった。エヴァは家中の者を甘やかしているの。あの子が家を仕切るようになったらどうするか、私には見当もつかないわ。私も召使にはやさしくすべきだと思うし、実際いつでもそうしているわ。でも、彼らには自分たちの立場を分からせてやらなければいけないの。ところが、エヴァは全然そうしない。召使の立場がどのようなものかってことのイロハさえ、あの子の頭には入っていないの！　ばあやに睡眠をとらせようというので、夜に私の世話をするってあの子が言い出したのを、お聞きになったでしょ！　あの子は放っておいたら、いつもあんなふうにするというのよ。あれがいい見本よ」

「でもね」と、オフィーリア嬢はつっけんどんに言った。「あなただって、召使たちが人間で、疲れたら休みをとるべきだって、考えているでしょう」

「ええ、もちろんよ。彼らに都合がよく、こちらも困らないことならそうさせてあげようって、私も非常に気を遣っているわ。ばあやは睡眠不足をいつだって補うことができるのよ。そんなに難しいことじゃないわ。彼女みたいな眠たがり屋さんは、これまで見たことないもの。縫い物をしていても、立っていても、座っていても、いつでもどこでも眠ちゃうの。ばあやが寝不足になる心配なんてないわ。でも、こんなふうに、召使たちをまるで異国の花か磁器の花瓶みたいに慎重に扱うなんて、本当に変なことね」とマリーは言って、大きなふわふわした寝椅子へ気だるそうに深々と身体を沈めると、上品な切り子細工の気付け薬入れを自分のほうへ引き寄せた。

「お分かりでしょう」枯れかかったアラビアのジャスミンの最後の吐息か、同じように何かはかないもののごとくに、弱々しく、しとやかな声で彼女は言った。「オフィーリア従姉《ねえ》さん、私はあまり自分のことは口にしません。そういう習慣の持ち合わせがないし、みっともないって思ってます。実際のところ、そんな力もないわ。でもそこが、セント・クレアと私との考えの違うところなの。セント・クレアは一度も私を理解してくれないし、評価もしてくれません。それが、私の病気の原因だと思うわ。セント・クレアの善意は信じてます。でも、男の人って生まれつき、自分本位で女性には思いやりがないでしょう。少なくとも、私はそういう印象を抱いているの」。

オフィーリア嬢は、純粋なニューイングランド人特有の慎重さを少なからず持ち、また夫婦間の問題に巻き込まれることも非常に嫌悪していたので、何かそれらしきものがいま、差し迫りつつあると感じ始めていた。そこで彼女は、厳粛な中立という表情をつくり、一ヤードと四分の一の長さのストッキングをポケットから取り出した。ワッツ博士[1]によれば、人は手持ち無沙汰になると、個人的にサタン的な習慣だと思えることをやるようになるというが、それを防ぐ特効薬として、彼女はそのストッキングをいつも手近かに持っていた。彼女はすごい勢いでそのストッキングを編み始めた。真一文字に閉じられたその口元は、はっきりした言葉で、まるで

「私に喋らせようとしても無駄ですよ。あなたの問題に関わりを持ちたくはありません」と言っているかのようだった。実際、彼女は石像のライオンと同じ程度の共感ぶりしか、その顔つきに見せていなかった。しかし、マリーはそんなことは気にしていなかった。誰か話す人がいれば、話すのが自分の義務だと考えており、それで十分だった。また気付け薬の匂いをかいで気を取り直すと、彼女は話し続けた。

「ご承知と思うけど、私はセント・クレアと結婚したときに、こちらに自分の財産と召使を持ってきたわ。法的に言えば、それらを自分の好きなやり方で管理できるんです。セント・クレアにも自分の財産と召使があるわ。彼がそれらを自分流のやり方で管理しても、私には異存なんかない。でも、彼のほうは私のやり方に口出しをするでしょう。彼は、世の中の事柄に対して、向こう見ずで、突拍子もない考えを抱いているのよ。特に召使たちの扱いについてはそうだわ。本当に、まるで私よりも、そして自分よりも召使たちが大切みたいに扱うの。というのも、彼らがどんな面倒を起こしても、指一本動かさないんですもの。たいていの場合は人がよさそうに見えるけど、ある種のことになると、セント・クレアは本当にひどくなる。怖いくらいよ。そう、彼はどんなことが起ころうとも、彼か私がしない限りは、この家のなかでは鞭打ちがあってはならないと決めてしまったの。それも、私が反対できないようなやり方で、そうしたんですからね。ええ、その結果、どういうことになったかお分かりでしょう。セント・クレアは、彼らのうちの誰が自分に何をしようとも、決して手をあげようとはしないわ。かといって、私に力をふるわせようとするなんて、どれほど残酷かお分かりでしょう。そんなわけで、この家の召使たちは、身体だけ大きな子供みたいになっちゃているの」

「私にはそういうことは分からないし、分からないってことを神に感謝してますわ」と、オフィーリア嬢は素気なく言った。

「ええ、でも、ここにいれば、あなたもこうしたことを、少しは知ることになるわ。苦い経験をしてね。あなたは彼らが、いかに腹の立つ、ばかで、軽率な、子供みたいに聞き分けのない、恩知らずな連中かということをまだ知らないのよ」

マリーはこの話題になると、いつも素晴らしく元気になった。いまも、目を大きく見開き、身体の気だるさなどまったく忘れているかのようだった。

「あなたは、一人の主婦が、毎日、毎時間、あらゆる所で、あらゆるやり方で彼らからこうむる試練を知らないし、知ることもできないわ。でも、セント・クレアに不平を言ってもだめなの。あの人は本当に変なことばかり口にするんですもの。あの人に言わせると、彼らをあんなふうにしたのは私たちなんだから、私たちが我慢しなければならないってことになるの。彼らの欠点はみんな私たちの責任なのだから、欠点を作っておいて、さらにそれを罰するっていうのは残酷だって言うの。彼らの立場になったとき、私たちには彼ら以上のことなんて何もできないってことも言っているわ。まるで、彼らを根拠にして私たちのことを判断できるとでも言わんばかりなのよ」

「あなたは、神様が私たちと同じ血で彼らをお造りになったとは、考えていないの?」オフィーリア嬢は言葉少なにそう言った。

「とんでもない、とても、考えられないわ! 他愛のないお話よ、本当に! 彼らは卑しい人種だわ」

「彼らも不滅の魂を持っているとは思わないの?」と、オフィーリア嬢は次第に怒りを募らせながら言った。

「ええ、まあね」とマリーはあくびをしながら言った。「もちろん、誰もそのことは疑わないわ。でも、どんなことであれ、私たちと比較できるみたいに、彼らを対等の立場におくのはまったく不可能よ! ところが、セント・クレアは、ばあやをその夫から引き離しておくのは、私をセント・クレアから引き離しておくみたいなものだって、私に向かって本当に言ったことがあるのよ。そんな比べ方ってないでしょう。ばあやは私の感じるような気持ちを持ちようがないもの。まったく違うんですから。当然、違いがあるわ。でも、セント・クレアは、その違いが分からないみたいなふりをするの。まるで、私がエヴァを愛するように、ばあやもあのうす汚れた自分の子供たちを愛することができるとでも言わんばかりによ! しかも、私が身体の具合が悪く、ひどく苦しんでいるっていうのに、ばあやを帰らせてその代わりを誰かにやらせるのが私の義務だみたいに、セント・クレアは実際まじめになって、私を説得したことさえあったわ。それには、さすがの私もちょっと我慢できなかった。私はあまり自分の感情を外に出さないわ。黙ってすべてに耐えることを、自分の主義にしているんですから。それが妻のつらい運命でしょう、だから、私は耐えているの。でも、そのときは、さすがに堪忍袋の緒が切れた。だから、それ以降、彼はそのことには触れないわ。でもね、彼の表情や言葉の端々から、彼が相変わらず同じことを考えているのは分かっている。それが本当につらいし、腹だたしいの!」

オフィーリア嬢は、何かを言わなければならないのが恐ろしいといったような顔つきをしていた。しかし彼女は、マリーが理解しさえすれば、たくさんの意味がそこに込められているのが分かるような仕草で、せっせと編み針を動かし続けた。

「あなたにも分かるでしょう」とマリーは続けた。「これからあなたが何をしなければいけないかってことが。まったく規律というものがない家なのよ。この家じゃ、病弱な私の手が届かないところでは、召使たちが自分勝手にやっているわ。

好きなように振る舞い、欲しいものを手に入れているの。私は牛皮の鞭を持ち歩いて、ときどきそれを使うわ。でも、鞭打ちは私にはいつでもつらすぎるの。他の人がやるように、セント・クレアがやってくれさえすればいいんだけど」

「どんなふうに?」

「留置所か、あるいはどこか鞭打ちをしてくれるところへ、彼らを送り込むのよ。それが唯一の方法だわ。たとえ私がこんなふうに哀れなか弱い女性でなくとも、私の場合にはセント・クレアの二倍の力が必要だと思うわ」

「セント・クレアのやり方ってのは、どんなふうなの?彼は一度も鞭でぶったりしないって言ったわよね」とオフィーリア嬢は言った。

「ええ、男の人はもっと威厳をもってやれるの。男の人にはずっと簡単なの。それに、あの人の目をまともに見てご覧なさい。あの目は、特別よ。彼が断固たる調子で話すときには、火花が散るみたいよ。私自身あの目が恐ろしいわ。召使たちも、用心しなければいけないってことに気づいているの。セント・クレアが本気になって、ぱっと目を向けるだけででできることを、いつものように私が怒鳴ったり、叱ったりしたって、私ではできないもの。セント・クレアのまわりには、何も問題がないのよ。だから、彼は私の立場になって感じられないんだわ。しかし、あなたもご自分でやってみれば、厳しくしなければうまくいかないってことが分かるでしょうね。彼らはとても悪で、ずる賢くて、怠け者なんだから」

「またいつもの話かい」と、セント・クレアがぶらっと入ってきて言った。「あの邪悪な連中は、とりわけ怠け癖のために、すさまじい精算をさせられることになるだろうね!いいですか、従姉さん」。彼はそう言いながら、マリーの向かいの寝椅子に長々と身を横たえた。「私とマリーが彼らに示してやっている見本に照らして、あの連中の怠け癖はまさに弁解の余地なしです」

「まあ、セント・クレア、ひどすぎるわ!」とマリーが言った。

「そうかい? どうして? 僕にしては非常にいいことを言ったつもりなんだがね。いつだって、マリー、きみの言ってることを後押ししようとしているんだけどね」

「そんなつもりじゃないでしょう、セント・クレア」とマリーは言った。

「ああ、それじゃ僕が間違えていたんだ。ありがとう、きみが直してくれて」

「本当に私をいらつかせたいのね」とマリーは言った。

「冗談じゃないよ、マリー。どんどん気温も上がってきているっていうのにかい。まして、僕はドルフと長々しい口論をしてきたばかりで、ひどく疲れてるんだ。どうか、いまは、愛想よくしてくれないかい。きみの笑顔で心をなごませてほしいもんだね」

「ドルフがどうかしたの？」とマリーが言った。「あの男の失礼なことといったら、私にはもう耐えられないほどよ。しばらく、彼を私の思い通りにさせてくれたら、あの男の鼻っ柱をへし折ってやるわ！」

「ねえ、きみの言うことは、いつも的を射ていて、いい線いっているよ」。セント・クレアが言った。「ドルフの件っていうのはこういうことさ。奴は長いこと、僕のおしゃれやたしなみを真似してきたものだから、とうとう自分が御主人様だと思い込んじゃったんだ。それで、その間違いを少し気づかせてやったってわけさ」

「どうやって？」とマリーが聞いた。

「なにね、僕の服の何着かは僕自身が着られるようにしたいんだってことを、奴にはっきり分からせてやったのさ。奴の身だしなみについても、コロン水の使用に枠を設けた。薄いキャンブリック地(2)のハンカチも、奴には厳しく一ダースだけに制限した。ドルフは、それについてはとりわけ怒っていたので、奴を丸め込むため、父親みたいに話してやったさ」

「まあ！　セント・クレア、いつになったらあなたは召使の扱い方が分かるのかしら？　あなたのその甘やかしぶりは、度しがたいわ」とマリーは言った。

「でもね、結局のところ、哀れな犬が自分の主人のようになりたがったからといって、何が悪いんだい？　おまけに、奴の一番の喜びがコロン水とかキャンブリック地のハンカチにあると思うように育てたんだとしたら、どうしてそういうものを奴にやってはいけないんだい？」

「それじゃ何でもっとまともに育てなかったの？」と、オフィーリア嬢がぶっきらぼうに言い放った。

「ひどく面倒だからでしょう。怠惰、従姉さん、怠惰ですよ。それが無数の人間の心をだめにしてしまう。もし怠惰ということがなければ、私は非の打ち所のない天使でしょうね。私は、怠惰というのは、バーモント州の老ボザレム博士が言っているように『道徳的悪の本質』だと考えてます。確かに、恐ろしい考え方ですがね」

「あなた方奴隷所有者は、非常な責任を自分に負っているんじゃないかしら」とオフィーリア嬢は言った。「わたしは何があってもそういう責任は負いたくないわ。あなた方は、奴隷を教育して、分別あるもの、つまり、あなた方と一緒に神の裁きの場所に立てるような不滅の人間として扱うべきよ。わたしはそう思うわ」。この善良な女性は、午前中ずっと心のなかで力をため込んでいた激情をほとばしらせて言った。

「おや、まあ、まあ」。そう言うと、セント・クレアは素早く立ちあがった。「あなたが私たちの何を知っているっていうんですか？」彼はピアノの前に座り、陽気な曲を弾き始めた。セント・クレアには、明らかに音楽の才能があった。指使いは素晴らしく、しっかりしていた。指はすばやく、まるで鳥のような動きで、優美にしかも確固として鍵盤の上を踊っていた。彼は、弾くことで機嫌をよくしようとしているかのようにつぎつぎと曲を弾いた。やがて楽譜を脇にどけて立ち上がり、陽気に言った。「ええ、そう、従姉さん、あなたはいいことを言ってくれました。なすべきことをなさったんだと思います。全体として、あなたに対する印象が一層よくなりましたよ。あなたが、まさに真実というダイヤモンドを私に投げたのは、確かです。でも、あまりまともに顔に当たったので、最初は、正しくそれを評価できませんでした」

「私には、そんな話何の役にも立たないわ」とマリーが言った。「私たち以上に奴隷によくしてやる人がいたら、教えてほしいものね。だからといって、それはちっとも彼らのためになっていないのよ。少しもね。彼らはどんどん悪くなっているだけ。彼らに話を聞かせるということだって、彼らの義務とか他のいろんなことを、私はこれまで本当にくたくたになって声が枯れるほど話して聞かせてきたわ。確かに、彼らは行きたいときに教会にも行ける。でも、豚同様に、彼らには牧師の説教など一言も分からないの。いいこと、行ったって何の役にもたたないけど、それでも彼らは教会へ行くわ。そういうわけで、彼らはあらゆる機会を与えられているのよ。でも、前にも言ったけど、彼らは卑しい人種なの。これからも、ずっとそうでしょう。これは、彼らにとってはどうしようもないことなのよ。あなたが何かしようたって、どうにもしてやれないわ。よくって、オフィーリア従姉さん、私はいろいろやったのよ。あなたはまだ何もしていないわ。私は彼らのなかで生まれ、一緒に育ってきたのよ。だから、私は分かってるの」

オフィーリア嬢は自分がもう十分に話をしたと考えていたので、黙ったまま座っていた。セント・クレアが口笛を吹いた。

「セント・クレア、口笛を吹かないで」とマリーが言った。「ますます頭が痛くなるわ」

「もう吹かないよ」とセント・クレアは言った。「他に何か僕にしてほしくないことっていうのがあるかい?」

「私の苦しみに少しでも同情してほしいわ。私のことなど、一度も気にかけてくれたことがないじゃない」

「愛する僕の非難がましい天使さん!」とセント・クレアが言った。

「そんな言い方をされると、腹がたつわ」

「じゃ、どう話しかけたらいいんだい? きみのご要望どおりに話しかけますよ。きみのおっしゃるとおり、ただきみにご満足いただくためにね」。

中庭から陽気な笑い声が、ヴェランダの絹のカーテンを通して聞こえてきた。セント・クレアが歩み出ていった。カーテンを持ち上げながら、彼も笑った。

「何なの?」と、手すりに近づきながらオフィーリア嬢が尋ねた。

トムが中庭の小さな苔むした椅子に座っていた。トムの着ている上着のボタン穴のすべての穴には、八重クチナシの花が差し込まれていた。エヴァが陽気に笑いながら、トムの首のまわりにバラの花飾りをかけようとしているところだった。それが終わると、彼女はまるでちゅんちゅん鳴く雀のように、笑いさんざめきつつトムのひざの上に乗った。

「ああ、トム、あなたとてもこっけいよ!」

トムは落ちついたやさしい微笑を顔に浮かべ、彼なりの穏やかなやり方で、小さな女主人と同程度に楽しんでいるように見えた。主人の姿を見つけると、トムは半ば哀願するように、言い訳がましい目つきで仰ぎ見た。

「エヴァをどうしてあんなふうにしておけるの?」とオフィーリア嬢が言った。

「どうしていけないんです?」とセント・クレアは言った。

「いえね、よく分からないんだけど、とても嫌なことのように思えるの!」

「子供が大きな犬をかわいがっていても、あなたはそこに何か悪いところがあるなんて思わないでしょう。たとえ、それが黒いやつだったとしてもね。ところが、考え、判断し、感じることができ、さらに不滅の魂まで持っている人間に対して、あなたは身震いする。そうじゃないですか、従姉さん。あなた方北部のある種の人たちが、どんなふうに感ずるかは十分分かっていますよ。私たちがそんな感情を持っていないからって、それは少しも美徳なんかじゃないんですけどね。でも、私たちが習慣的に行なっていることは、キリスト教の教えがなせと命じていることと同じなんです。私たちには、個人的な偏見の感情がないんです。北部を旅したとき、南部よりいかに北部の人間のほうに、こうした偏見の感情が強いかってことをしばしば気づかさせられましたよ。あなた方は蛇やガマガエルを嫌うように、黒人を嫌っています。それでいて、彼らの権利が侵害されていると言って、腹をたてる。彼らを虐待はしないけれど、あなた方自身は彼らと関わりを持とうとしない。あなた方は彼らをアフリカに送ってしまい、見たり嗅いだりしないですむようにする。そのあとで、宣教師を一人か二人送り込んで、彼らを手っ取り早く向上させる禁欲的な仕事をさせて、口を拭っている。そうじゃありませんか?」

「そうね、セント・クレア」オフィーリア嬢は考え深そうに言った。「確かにあなたの言うことには、一理あるわ」

「貧しくて卑しい者たちは、子供がいなかったら、どうしたらいいんでしょうかね?」セント・クレアは手すりに寄り掛かって、ちょうどトムを連れて軽やかに駆けていくエヴァを見やりながら、そう言った。「小さな子供たちこそ、本当に、唯一の民主主義者ですよ。トムはいまやエヴァにとっては英雄です。彼の話は、彼女の目には驚きだし、彼の歌やメソジスト派の賛美歌はオペラよりも素晴らしく、彼のポケットにあるたくさんのがらくたは宝の山といっていいでしょう。彼はまず何よりも、最高に素晴らしいトムであって、たまたま黒い肌をしているというだけです。これは、貧しくて卑しい者たちのために、特に神がこの地上に落としてくださったエデンの園のバラの一つだと言えます。この連中には、他のものはほとんど手に入らないんです」

「妙だわ、セント・クレア」とオフィーリア嬢は言った。「あなたの話を聞いていたら、誰でもあなたをほとんどプロフェッサーだって思うでしょうね」

「プロフェッサーですって?」とセント・クレアが言った。

「ええ、プロフェッサー、宗教に対する信仰告白者のことよ」

「とんでもない。あなたたち町の人たちの言う信仰告白者なんてもんじゃないですよ。残念ながら、あいにく宗教の実践家でもないですけどね」

「それじゃ、どうしてそんなふうな話し方をするの?」

「話すことほど簡単なことはありませんからね」とセント・クレアは言った。「シェイクスピアも作中人物の一人に言わせていますよ。『何をしたらよいか二〇人の人に教えるのはやさしいけれど、自分の教えを守る二〇人のうちの一人になるのは難しい』(3)ってね。何事も分業が一番ってわけですよ。私の強みは話すことにあり、従姉さん、あなたの長所は行動することにあるんじゃないですか」。

このころのトムを取り巻く外的な状況は、世間から見て、文句のつけようがなかった。かわいらしいエヴァは、高貴な生まれからくる、彼女の本能的な感謝の念や愛らしさのせいですっかりトムになつき、散歩したり、馬に乗ったりするのに付き添いの召使が必要なときは、いつでも、トムを彼女の特別のお付きとしてくれと父親に頼みこんだ。その結果トムは、エヴァが望む場合にはいつでも、何を差し置いても彼女に仕えるように指示されていた。こうした指示は、読者の皆さんも想像されるように、トムにとっては嫌なものであるはずがなかった。加えて、トムはいつもきちんとした身なりをしていた。というのも、この点については、特にセント・クレアの好みがうるさかったからである。また、彼の馬小屋での仕事は名ばかりのもので、単に毎日馬のところへ行って様子を見て、下働きの者に仕事の指示をするだけでよかった。こうなったのは、マリー・セント・クレアのおかげだった。彼女は、トムが自分の近くに来たときの馬の臭いに耐えられないし、自分の神経構造は、そうした苦痛にはまったく不向きだから、自分を不快にさせるような仕事に彼をつかせてはならないと、はっきり言いわたしていた。彼女の説明によれば、嫌なものの臭いを一度でもかげば、一巻の終わりで、彼女のこの世のすべての苦難も直ちにけりがついてしまうということだった。それゆえ、よくブラシのかかった黒ラシャの服を身につけ、つやつやしたビーバー帽に、よく磨かれたブーツを履いて、申し分のない袖口とカラーをつけたトムは、落ち着きのある善意に満ちた黒い顔をしていることもあって、黒人の男としては、古代カルタゴ[4]の主教に匹敵するほど立派に見えた。

トムはまた、美しい場所のなかに身を置いてもいた。これは繊細な彼らの人種が無関心ではいられない点だった。鳥、花、泉、香り、中庭の光と美しさ、絹のカーテン、絵画、燭台、小像、金箔などが、彼に静かな喜びを与え、お屋敷の広間が、彼には、まるでアラジンの宮殿のなかのように思われた。

いつの日か、人類の発展という壮大なドラマのなかで、アフリカが主役を演ずるときがくるはずだが、そのとき、もしアフリカに高度な文明を享受する人種が現われれば、われわれのような冷たい西洋の種族の思いもおよばぬ豪華さと壮麗さで、人類の生命の花が咲くことになるだろう。黄金、宝玉、香辛料、揺れる椰子の木、不思議な花々、驚くべき豊饒さ、こうしたもので満ち満ちた遙か遠くの神秘の大地が、新しい形の芸術、新しい形式の壮麗さに目覚めることになるだろう。黒人たちはもはや軽蔑されず、踏みつけにもされず、おそらくは、人間の生のもっとも新しく、もっとも崇高な啓示のいくつかを指し示すことだろう。そのやさしさ、心の慎ましい素直さ、高貴な精神や崇高な力に基礎をおく才能、子供のような澄んだ情愛、許しを与えうる能力などにおいて、彼らはきっとそれらを明示するだろう。こうした彼らの特性において、彼らはすぐれてキリスト教的な人生の最高形態を示すだろう。おそらく、神は愛するものに試練を課すように、わざわざアフリカを選んで苦悩という炉のなかに置いたのだ。他のすべての王国を試し失敗したいま、神が打ち立てるもっとも高貴でもっとも高尚な王国となりうるものがあるとすれば、それはアフリカだ。というのも、最初のものこそ最後であり、最後のものこそ最初なのだから。

これが、日曜の朝、豪華に着飾り、すらりとした手首にダイヤのブレスレットをはめてヴェランダに立っているときに、マリー・セント・クレアが考えていたことであろうか？　大いに、ありうることだ。たとえそうでなくとも、それに近い何か別のことだっただろう。というのは、マリーはよきものの愛護者だったからである。彼女は、いま、とりわけ信心深くあろうとして、ダイヤ、絹、レース、宝石などあらゆるものを総動員して着飾り、一流の教会へ行こうとしているところであった。日曜日には、マリーは、いつもとても敬虔であろうとこころがけていた。彼女はすらりと、優雅なたたずまいでヴェランダに立っていた。身体を軽やかに波打たせ動かすたびごとに、レースのスカーフが霧のように彼女を包み込んだ。彼女はしとやかな人間に見えたし、自分でもとても善良で、優雅だと感じていた。彼女の横に立っていたオフィーリア嬢は、まさに彼女と好対照だった。それは、何もオフィーリア嬢がすてきな絹のドレスやショール、あるいはすばらしいハンカチを持っていなかったということではない。堅さ、几帳面さ、硬直性といったものが、漠然とだがそれはそれなりに評価しうる存在感でオフィーリア嬢を包み、与える印象ということで言えば、優雅さが美しいマリーを包むのと同じ程度だったからである。しかしマリーの享受する優雅さは、神の恩寵ではない。それとはまったく別物だ！

「エヴァはどこかしら？」とマリーが言った。

「階段のところで、ばあやに何か話しかけて立ち止まっていたわよ」。

エヴァはばあやに階段で何を言っていたのだろうか？　読者の皆さん、どうか聞いてください。マリーには聞こえないでしょうが、皆さんには聞こえるはずです。

「ねえ、ばあや、頭がすごく痛いんでしょう？」

「ありがとうございます、お嬢様！　このところ、いつも頭が痛むんです。でも、心配なさらないでください」

「あのね、わたしはばあやが外出できてうれしいわ。ほら」と少女は彼女に腕を回した。「ばあや、わたしの気付け薬入れをあげるわ」

「まあ、ダイヤのついた、お嬢様の美しい、金のあれですか？　ねえ、お嬢様、それはだめです、いただけません」

「どうしていけないの？　ばあやには必要だけど、わたしには必要ないもの。ママは頭が痛いときは、いつもそれを使っているのよ。ばあやもきっとよくなるわ。さあ、受け取ってちょうだい、わたしを喜ばせると思って」

「まあ、なんてやさしいことをおっしゃってくださる！」とばあやは言った。エヴァは気付け薬入れを彼女の胸に押しつけ、キスをして、階段を降りて母親のところにかけていった。

「何をぐずぐずしていたの？」

「ばあやにわたしの気付け薬入れをあげていただけよ、教会に持って行かせようと思って」

「エヴァ！」いらいらと地団駄を踏んでマリーが言った。「ばあやにあなたの金の気付け薬入れをあげたですって！　いつになったら、やっていいことと、そうでないことを区別できるの？　すぐに行って、取り戻してきなさい！」

エヴァは顔をうつむけつらそうな表情をして、ゆっくりと身体の向きを変えた。

「マリー、あの子の好きにさせなさい。あの子は、したいことをすればいいんだ」とセント・クレアが言った。

「セント・クレア、こんな調子で、あの子はどうやってこの世間を渡って行けるでしょう？」とマリーは言った。

「神のみぞ知るさ」とセント・クレアは言った。「でもあの子は、天国じゃ僕やきみよりもうまくやっていくだろうよ」

「ああ、パパ、やめて」。エヴァが父親の肘をそっと触って言った。「お母様の気に障るわ」

「さあ、セント・クレア、あなたは礼拝に行く用意はできたの？」オフィーリア嬢がまっすぐセント・クレアのほうを向いて言った。

「僕は行きません、おあいにくさま」

「セント・クレアが一度でも教会へ行ってくれたらと思うわ」とマリーは言った。「でも、彼はこれっぽっちも信仰心を持ち合わせていないの。世間に恥ずかしいわ」

「分かっているさ」とセント・クレアは言った。「きみたち女性方は、世間をうまくやっていくために教会に行くんだろう？　きみの信心のおかげで、僕たちも体面を保てるというわけだ。でも、もし僕が教会に行くとしたら、ばあやの行っているところへ行くね。少なくとも、あそこには、僕の目を覚ましておいてくれるものがあるから」

「なんですって？　あのやかましいメソジスト教会へですって？　恐ろしいこと！」とマリーは言った。

「きみのご立派な教会のひっそりと静まり返った雰囲気とは、まるで違うのは確かだね、マリー。男に、きみの教会に行くのを望むのは、あんまりだよ。エヴァ、お前は行きたいのかい？　ほら、家にいてパパと一緒に遊ぼうよ」

「ありがとう、パパ。でもわたし、教会に行きたいの」

「ひどく退屈じゃないかい？」とセント・クレアは言った。

「退屈よ」とエヴァは言った。「それに眠くなるの。でも、目を覚ますようにしてるの」

「じゃあ、何のために行くんだい？」

「それは、パパだって知っているでしょ」と彼女は囁いた。「おばちゃまがおっしゃってたわ。神様はわたしたちをご自分のものにしたいんですって。神様はわたしたちにすべてを与えてくださるんですって。だから神様がわたしたちにそうしてほしいのなら、そうするのはたいしたことでもないわ。本当は、それほど退屈でもないんですもの」

「お前はやさしい、親切な子だね！」セント・クレアはそう言うと彼女にキスをした。

「さあ、お行き。いい子だ。私のために祈ってきておくれ」

「もちろんよ、いつもそうしているわ」と子供は言い、母親のあとから馬車に飛び乗った。

馬車が去っていくとき、セント・クレアはヴェランダの踏み段から、彼女に向かって投げキスをした。彼の目には、大粒の涙が浮かんでいた。

「ああ、エヴァンジェリン！　何てお前にふさわしい名前だ」と彼は言った。「神様は、お前を、私への一つの福音として、造りたもうたのではないだろうか？」

彼はしばらくそのことを実感していた。それから葉巻をすい、ピカユーン紙[5]を読んだ。かわいい福音のことは頭から離れていった。彼という人間は、他の人とそれほど大きな隔たりがあったのだろうか？

「ねえ、エヴァンジェリン」と母親は言った。「召使に親切にするのは、いつでも、間違っていないし、いいことよ。でも、親戚とか同じ階級の人たちみたいに彼らを扱うのは、いいことだとは言えないわ。たとえばよ、ばあやの具合が悪くなったからって、お前のベッドに寝かせたいとは思わないでしょう」

「わたしはそうしたいって思うの、ママ」とエヴァは言った。「だって、そうすれば、ばあやの世話をしてあげやすいでしょう。それに、わたしのベッドのほうが上等なんですもの」。

マリーは、この答えのなかに示された道徳意識の完全な欠如にまったく愕然とした。

「この子に、私の言うことを分からせるためには、どうしたらいいのかしら?」と彼女は言った。

「することなんて、何もないわ」と、オフィーリア嬢がいかにも意味ありげに言った。

エヴァはしばらく申し訳なさそうに、困った顔をしていた。しかし、幸いなことに、子供というものは、一つことにずっととらわれているようなことはない。馬車がごとごとと進んでいくにつれ、しばらくすると、窓から見えるいろいろなものを見て、彼女は陽気な笑い声をあげていた。

「さて、ご婦人方」セント・クレアは、彼らが気持ちよく昼食の席に着いたとき、こう口火をきった。「今日の教会の献立はいかがでしたかな?」

「ああ、G――博士が素晴らしい説教をなさったわ」とマリーは言った。「まさにあなたが聞くべき説教よ。私の考えていることを、正確に表現してくれたもの」

「それは、ひどくためになるものだったに違いない」とセント・クレアは言った。「テーマは広範囲にわたったんだろうね」

「まあ、そうね、でも、私の言いたいのは、社会に対する私の考えとかそんなふうなことよ」とマリーは言った。「説教の題目は『主はすべてのものを季節にあわせて美しく造りたまえり』というものだったわ。彼は、社会におけるすべての秩序や区別がどのようにして神から生まれたかということを、示してみせたの。あるものは身分が高いのに、あるものは身分が低いとか、あるいはまた、あるものは支配するために生まれ、あるものは他に仕えるために生まれたということが、いかに適切で美しいかってことを示してくれたわ。彼はそれを、奴隷制をめぐるこのばかげた大騒ぎに見事に当てはめたの。聖書は私たちの味方をしているってはっきり証明した上で、説得力をもって私たちのすべての制度を支持なさったわ。あなたに聞いてほしかった」

「いや、そんな必要はないよ」とセント・クレアは言った。「その程度のことなら、肝心なことはいつでもピカユーン紙から十分学べるから。しかも、葉巻をすいながらね。教会では、そんなことはできないだろう」

「まあ」とオフィーリア嬢が言った。「あなたはこういう考え方を信じていないの?」

「誰が、私が? 私は恩寵から見放された輩ですから、この問題に対する宗教的な見方で啓発されるような人間じゃないですよ。もしこの奴隷制という問題に関して私が何か言うとすれば、声を大にしてきっぱりとこう言います。『われわれは奴隷制を支持する。われわれは奴隷たちを確保し、所有し続けるつもりだ。それはわれわれの便宜と利益のためである』ってね。つまり、これが問題の要なんです。結局、宗教的に正当化して言おうとしていることも、すべてはここに帰着します。これなら誰でもどこへ行ってもはっきり分かると思いますがね」

「オーガスティン、あなたは不遜だわ」とマリーが言った。「あなたのそんな言い方は驚きよ」

「驚きだって! これが真実さ。奴隷制を宗教で擁護しようっていうのならだね、うん、そうさ、どうしてもう少し話を先に進めていかないのかね。たとえば、僕たち若い連中がよくするように、酒を飲み過ぎたり、トランプ遊びで夜更ししたりとか、そういったさまざまな神慮にかなったことが、それぞれの時期にふさわしい美しい行為だって、どうして示さないのかね。僕たちはそうしたことも正しくって、神々しいんだってことを聞きたいものだね」

「それじゃ」とオフィーリア嬢は言った。「奴隷制度は正しいと思っているの、それとも間違っていると思っているの?」

「従姉さん、あなたみたいな、恐ろしいほどのニューイングランド的率直さを、私は持ちあわせていませんよ」と、セント・クレアは陽気に言った。「もしその問いに私が答えれば、今度は半ダースもの他の質問をしてくるでしょう。しかも、その一つ一つが、その前のものより難しいってわけだ。私は自分の立場をはっきりさせるつもりはないんです。他人様の温室に石を投げて生きている人間であって、自分の温室を建てて、他の連中に石を投げさせようって気はありません」

「これが、彼流のいつもの話し方よ」とマリーが言った。「彼と話していたってらちがあかないわ。これも、ただ彼が宗教を好きでないからなんでしょうね。だからいつもいまみたいに話をそらすのよ」

「宗教だって!」とセント・クレアが言った。その声の調子は、二人の婦人が驚いて彼を見るほどのものだった。「宗教ねえ! 君たちが教会で耳にするのが、宗教かね? 手前勝手なこの世の社会のあらゆるねじ曲がった側面につじつまをあわせるために、曲げたり、向きを変えたり、下げたり、上げたりすることができるものが宗教だっていうのかね? 不信心で、世俗的で、物の見えないこの僕の本性よりも、さらに節操がなく、不寛容で、不当で、人間に思いやりのないものが宗教かい？　違うね！　僕が宗教を求めるとしたら、僕以下のものではなく、僕以上のものを求めるね」

「それじゃ、あなたは聖書が奴隷制を正当化しているとは信じていないのね？」とオフィーリア嬢は言った。

「聖書は、私の母の愛読書でした」と、セント・クレアは言った。「聖書とともに彼女は生き、死んでいったんです。だから、聖書が奴隷制度を正当化していたなんて考えると残念でならないんです。それならむしろ、聖書によって母がブランデーを飲み、噛みタバコを噛み、罵ったりできたってことを、証明してもらったほうがいいぐらいです。そういったことをしている私が、正しいんだって自分を満足させられますからね。といって、そういうことをしている自分が内心でより満足するものでもないわけですから、そうなると母を尊敬する慰みを奪われてしまうでしょうね。何であれ、この世で尊敬できるものを持っているってことは、本当に慰みなんですよ。要するにですね」と、突然陽気な調子に戻ってセント・クレアは言った。「私が望むのは、異なるものは異なる箱に入れておくべきだということなんです。ヨーロッパでもアメリカでも、社会全体の枠組みは、道徳の理想的な基準に照らせば、厳密な意味でその基準に耐ええないさまざまなものから成り立っています。人間というものが、絶対的な正義を追い求めたりせず、他の人間たちとだいたい同じ程度のことをしようとしているだけだというのも、おおかたが認めていることです。とすればですよ、ここで、誰かが男らしく声高に、奴隷制はわれわれには必要だ、奴隷制なしにはやっていけない、奴隷制を失ったら乞食にならざるをえない、だからわれわれはもちろん奴隷制にしがみついているんだってなことを言えば、これは力のある、明瞭な、意味の通った言葉ですよ。そこには、真実にそなわる見事さがあります。その上で、行ないに則して判断してもらえば、この世の多くの人たちが私たちを支持してくれるでしょう。しかし、その男がいかにも浮かぬ顔をして、哀れっぽい声で聖書を引用しだしたら、私ならその男の価値を本来のものよりずっと値引きして考えます」

「あなたって情け容赦のない人ね」とマリーは言った。

「そうかな」とセント・クレアは言った。「何かの事情で綿の値段がこれを最後に下がりっきりとなり、奴隷資産が市場で売れない商品になってしまったと仮定しよう。そうしたら、われわれはすぐに聖書の教えをまったく別に解釈すると思わないかい？　洪水のような光が教会へ一挙に流れ込み、たちどころに聖書と道理のすべてが正反対の方向へ向かうだろうよ！」

「まあ、とにかく」と、マリーは長椅子に横になりながら言った。「私は奴隷制度のあるところに生まれて感謝しているわ。それに、奴隷制度は正しいと信じているし、正しくなければならないとも感じている。いずれにしても、私がそれなしでやっていけないことは確かだわ」

「ところで、お前はどう思っているのかな、お嬢ちゃん?」そのとき一輪の花を手にして入ってきたエヴァに、父親は聞いた。

「なんのお話、パパ?」

「いやね、お前ならどっちのほうがいいと思うかってことさ。ヴァーモントの叔父さんのところのように暮らすのと、私たちのように召使を家中いっぱい抱えて暮らすのと、どっちがいい?」

「もちろん、わたしたちのが一番いいわ」とエヴァは言った。

「どうしてだい?」と彼女の頭を撫でながら、セント・クレアは言った。

「だって、そのほうが、自分のまわりに愛さなければならない者をたくさん作ってくれるからよ、分かるでしょ」と、エヴァは真顔で見上げながら言った。

「まあ、本当にエヴァらしいこと」とマリーは言った。「またいつものあの子の変な言い方ね」

「変かしら、パパ?」と、エヴァは父親の膝の上に乗りながら囁いた。

「まあね。こんなふうな世の中が続いているあいだはね、お嬢ちゃん」とセント・クレアは言った。「だけど、パパのかわいいエヴァはお昼ご飯のあいだ中いったいどこへ行っていたんだい?」

「トムの部屋にいて、トムが歌うのを聞いていたの。ダイナおばがお昼ご飯をつくってくれたわ」

「トムが歌うのを聞いていたって、本当かい?」

「ええ、本当よ! トムったら、新しきエルサレムとか輝かしき天使とか約束の地カナンとか、そりゃ美しいことばかりを歌うの」

「たぶんオペラよりよかったんじゃないかい、ええ?」

「そうなの。私にもそういう歌を教えてくれるって」

「歌のレッスンだって、本当かい? いい加減なことを言ってるんじゃないだろうね」

「本当よ。トムが私のために歌ってくれて、私は聖書を読んであげるの。そうすると、トムがその意味を説明してくれるの。分かるでしょ」

「おや、まあ」とマリーが笑いながら言った。「これは、今季最新の笑い話だわ」

「いや、トムの聖書の解釈はなかなかのものだと思うよ、保証するね」とセント・クレアは言った。「トムには、生まれながらの宗教の才能がある。今朝、早いうちに馬を出したかったので、馬小屋の向こうにあるトムの小部屋へそっと忍び寄って行ったんだ。そしたら、トムが一人でお祈りをしているのが聞こえた。いや、実際、このところ、トムの祈りみたいに気持ちのいいのは聞いたことがなかったね。使徒のような熱心さで、私のためにも祈ってくれていたよ」

「たぶん、あなたが聞いているのに気づいたのよ。そんな手口を前にも耳にしたことがあるわ」

「もしそうだとしたら、彼のやり方は下手だな。だって、彼は、僕に対する評価を、かなり率直に神に話していたからなあ。僕には、改めるべき所が絶対にあるって、トムは考えているようなんだ。僕が改宗すべきだって、大真面目で思っているみたいなんだ」

「そのことをよく心に刻んでおくことね」とオフィーリア嬢が言った。

「従姉さんも、トムと同じ意見なんでしょう」とセント・クレアは言った。「まあ、どういうことになりますかね、そのうち分かるでしょう。ええ、そうだろ、エヴァ?」

第17章 自由人の防衛

日が暮れようとするころ、クエーカー教徒の家は、あたりをはばかるような慌ただしい雰囲気に包まれていた。レイチェル・ハリデイが物音をたてないようにしながら行ったり来たりして、その晩旅立つことになっている逃亡者たちのために、家の貯蔵品のなかから、最小限にまとめられるような旅の必需品を集めていたのだ。午後の影は東へ長く伸び、丸く赤い太陽は、物思いに耽っているかのように地平線の上にかかり、その黄色い穏やかな光は、ジョージとその妻が腰掛けている小さな寝室のなかへ差し込んでいた。彼は子供を膝の上に乗せ、妻の手を握って座っていた。二人とも考え込んでいるような、真剣な顔つきをしており、頬には涙の跡があった。

「そうとも、エライザ」とジョージは言った。「お前の言うことはみんな本当だよ。お前はいいやつだ。俺なんかよりもずっと立派だ。お前の言うようにやってみるよ。自由人にふさわしく振る舞うつもりだ。キリスト教徒らしい感情を持つようにするよ。何もかもうまくいかなかったときでも、俺はちゃんとするつもりだったし、一生懸命にがんばっていたことを、全能の神はご存知だ。いまは過去のことはすべて忘れ、辛く苦しい思いは捨てて、聖書を読み、立派な人間になれるよう学ぶつもりだ」

「カナダへ着いたら」とエライザは言った。「私はあなたの手助けができるわ。裁縫だって上手にやれるし、洗濯やアイロンのかけ方だってちゃんと知っている。私たちだけで生活していける、何かが見つけられると思うわ」

「そう、エライザ、俺たち二人がお互いのためにあり、その上この子がいてくれさえすれば、それだけでいい。ああ！　エライザ。一人の男にとって、妻や子供が自分のものだと思えることの喜びがどんなものか、みんなが分かってくれたらな！　俺はよく、妻や子供たちを自分のものだと呼べる人たちが、何か他のことでいらいらしたり悩んだりするのを見て、不思議な気持ちがしたものさ。俺たちは、この二本の素手以外何も持っていないが、俺は自分が豊かで力強いと思うよ。これ以上何も神様にお願いするものなんかないって気がする。そうだよ、二五歳まで、俺は毎日必死に働いてきたが、一セントだって持っていないし、自分を覆ってくれる屋根もなければ、自分の物と呼べるわずかな土地もない。でも、もし彼らがいま俺を放っておいてくれさえしたら、俺はそれで満足さ。ありがたく思うよ。俺は働いて、お前とこの子の代金を送り返すさ。前の俺の主人については、あの男が俺のために使った金の五倍も、俺は儲けさせてやった。だから、俺はあいつに借りなんか何もないんだ」

「でも、まだすっかり危険から逃れたわけではないのよ」とエライザは言った。「まだ、カナダへ着いてはいないんですからね」

「それはそうだ」とジョージは言った。「でも、まるでもう自由の空気を吸ったかのような気がして、力が湧いてくるんだ」。

このとき、外の部屋で熱心に話し合う声が聞こえ、すぐにドアを叩く音がした。エライザははっと立ち上がりドアを開けた。

ドアの前には、シメオン・ハリデイともう一人のクエーカー教徒の男が立っていた。シメオンは、彼をフィニアス・フレッチャーだと紹介した。フィニアスは背が高くやせており、赤毛で、その顔には相当な鋭敏さと抜け目のなさがうかがわれた。シメオン・ハリデイのような、静かで落ちついた、超俗的な雰囲気などはなく、かえって逆に、その見かけは非常に如才なく、有能そうで、自分が何をしているかをわきまえ、はっきりと先行きにそなえていることにむしろ誇りを感じるといったような男だった。その特徴は、つば広帽子や型どおりの言葉使いとは、あまりうまく釣り合いがとれていなかった。

「わが友フィニアスが、君と君たち一行に何か関係のある、重要なことを聞きつけてきてくれたんだ」とシメオンが言った。「君たちもそれを聞いておいたほうがいいと思ってね、ジョージ」

「そうなんだ」とフィニアスは言った。「いつも言っていることだけど、場所によっては、つねに片方の耳を開けて眠る必要があるってことが、今度も証明されたってわけさ。昨晩、僕は街道から引っ込んだ、小さなさびれた宿屋に泊まったんだ。君も覚えているだろう、シメオン、去年、大きなイヤリングをつけたあの太った女にリンゴを売ったところだ。馬をひどく走らせてきたので、僕はすっかり疲れてしまっていた。夕食後、ベッドの用意ができるまでのあいだと思って、隅に積んである荷物の上に身体を伸ばし、バッファロー皮の上掛けをひっかぶった。すると、あとはもうぐっすり眠ってしまったというわけさ」

「耳を片方開けたままでかい、フィニアス？」とシメオンが穏やかに聞いた。

「いや、一、二時間ほど、耳も何もかもおかまいなしで、すっかり眠り込んじゃったんだ。かなり疲れていたからね。しかし、ちょっと目が覚めてふと気づくと、部屋には何人かの男たちがテーブルを囲んで、飲んだり喋ったりしているところだった。起きあがって連中に声をかける前に、彼らが何をしようとしているのか、それを知ったほうがよいと考えた。というのは、特に彼らがクエーカー教徒のことを話しているのが聞こえてきたからなんだ。『だから』と一人の奴が言っていた。『あいつらがクエーカー教徒の集落にいるっていうのは、間違いねえ』。そう彼は言い足した。それで、僕は両耳で聞き始めた。そうしたら、まさにここにいるこの一行のことを奴らは話しているってのが分かってきた。それで、僕は横になったまま、奴らが計画を練るのを全部聞いていたんだ。奴らが言うには、ここにいるこの青年は、ケンタッキーの彼の主人のところへ送り返すってことだった。その主人は、他の黒んぼたちが逃亡しないよう、彼を見せしめにするつもりだそうだ。それから、彼の妻は、奴らのうちの二人がニューオーリンズまで連れていき、売りとばして自分たちの儲けにするって言っていた。一六〇〇ドルか一八〇〇ドルぐらいは儲かるって奴らは計算していたな。子供は、その子を買った奴隷商人の手に渡ることになっていた。また、黒人ジムとその母親は、ケンタッキーの彼らの主人のところへ返す予定だった。奴らによると、少し先に行ったところの町には、逃亡者を捕えるため奴らに手助けする保安官が二人いるということだった。さらに、若い女性のほうは判事の前に引き出して行って、連中のなかの一人で小柄のよく喋る男が、彼女を自分のものだと偽証して引き渡してもらってから、深南部へ連れていくつもりらしい。奴らは、今夜われわれが行こうとしている道筋についてもよく知っていた。奴らはすぐあとを追いかけてくる。屈強そうな六人か八人でね。さて、そこで、どうしたらいいと思う？」

この知らせを聞き終えたあと、その場にいた人々のとったさまざまな態度は、描きとめるだけの価値があった。レイチェル・ハリデイはこの知らせを聞き、一山のビスケット生地から手を出すと、粉だらけのその手を上に上げ、非常に心配そうな顔つきで立っていた。シメオンは深く考え込んでいる様子だった。エライザは、両腕で夫を抱き、彼を見上げていた。拳を固め、目をぎらつかせたジョージは、キリスト教徒の国の法律の庇護のもとに自分の妻が競売で売られ、息子が奴隷商人のところへ送られようとしている男なら、誰でもそうするような顔つきで立っていた。

「どうしたらいいの、ジョージ？」とエライザは弱々しく言った。

「俺がどうすべきかは分かってる」とジョージは言い、小部屋へ入ってピストルを点検し始めた。

「ああ、ああ」とフィニアスは言い、シメオンに頷いてみせた。「どんなことが起こるか、君にも分かるだろう、シメオン」

「そうだな」とシメオンはため息をつきながら言った。「そういうことにはならないように、祈っている」

「私たちのために誰かを一緒に巻き添えにする気はありません」とジョージは言った。「もし、馬車を貸して道を教えてくだされば、私たちだけで次の寄り場まで行きます。ジムは巨人のような力持ちだし、死や絶望をものともしない勇気があります。私もそうです」

「ああ、しかし、友よ」とフィニアスは言った。「いずれにしても、君たちには御者が必要だ。闘いに関しては、君たちにすべてをまかせよう。でも、道路については、僕は君たちの知らないことを多少は知っているよ」

「でも、あなたを巻き添えにしたくはない」とジョージは言った。

「巻き添えねえ」とフィニアスは、奇妙な鋭い顔つきで言った。「僕を闘いの巻き添えにさせそうなときは、そうだって言ってくれればいいさ」

「フィニアスは賢明だし、いろいろな手だてを知っている」とシメオンは言った。「彼の判断に従っていればうまくいくよ、ジョージ。それから」とジョージの肩にやさしく手を置き、ピストルのほうを指してつけ加えた。「これらを早まって使ってはいけないよ。若い人はすぐかっとなるからね」

「私は、自分のほうから誰も攻撃するつもりはありません」とジョージは言った。「私がこの国にお願いしたいことは、私たちを放っておいてほしいということだけです。そうしたら、私はおとなしく出ていきます。でも、いいですか」と、彼はここで言葉をのみ、眉を寄せ、顔をひきつらせた。「私には姉が一人いたんですが、あのニューオーリンズの市場で売られました。そういった女性たちが何のために売られていくのか、よく分かっています。しかも、妻を守るために、神は私に二本の強い腕を与えてくださった。それなのに、連中が妻を連れ去り、売ってしまおうとするのを、手をつかねて私は見ているわけですか？　いや、とんでもない！　連中が妻と息子を連れ去る前に、私は死ぬまで闘うつもりです。あなた方は、私を非難なさいますか？」

「どんな人間でも君を非難なんてできないよ、ジョージ。生身の人間ならそうするしかないだろう」とシメオンは言った。「だが、マタイ伝にあるように『世は人をつまずかせるから不幸だ。だが、つまずきをもたらす者も不幸[1]』なんだよ」

「私の立場だったら、あなたでさえ同じことをなさらないでしょうか？」

「そんなことを試されないよう、祈るしかないね」とシメオンは言った。「肉体を持った人間は弱いものだから」

「そんな場合、僕の肉体はかなり耐えられると思うよ」と、フィニアスが両腕を風車の翼板のようにぐいっと伸ばしながら言った。「わが友ジョージ、もしも君がかたをつけたい男がいたら、君のためにそいつを押さえつけないでいられるかどうか、僕には自信が持てないね」

「もしも、人間が悪にどうしても抵抗しなければならないときがあるとすれば」とシメオンは言った。「ジョージ、いまこそ君がそうすべきときかもしれない。でも、私たちクエーカー教徒の指導者たちは、もっと卓越した道を説いているんだ。人間が怒っても、それは神の正義を招かず、かえって人間の完全ならぬ意志をねじ曲げて作動させ、結果は、怒った人間にその怒りの結果がはねかえることになるだけだってね。私たちがそんなふうに誘惑されないよう、祈ろう」

「僕もそう祈るよ」とフィニアスが言った。「でも、もしわれわれの誘惑があまりに強かったらだね、まあ、そのときは、奴らのほうに気をつけさせることとしよう」

「君が生まれながらのクエーカー教徒と言えないことは、はっきりしているね」と、笑いながらシメオンは言った。「昔の気質がまだかなり強く残っているようだ」。

実は、フィニアスはかつては頑健な、腕っぷしの強い辺境住いの精力的な狩人で、鹿撃ちの名手だった。しかし、かわいいクエーカー教徒の女性に求愛し、彼女の魅力にひかれて、近隣のクエーカー教徒の仲間入りをしたのだった。彼は正直で真面目で、いろいろ役に立つ教徒であり、彼について特に異議の申し立てがなされるようなことはなかった。しかし、教徒のなかでもより教義を重んじる者たちは、彼の成長に宗教的な面が著しく欠けているとはっきり指摘するものもあった。

「クエーカー教徒としてのフィニアスは、これから先も、彼流にしかやれないでしょう」と、微笑みながらレイチェル・ハリデイが言った。「でも、結局のところ、彼の心は真っ当なんだって私たちはみな思っています」

「ところで」とジョージは言った。「逃げるのを急いだほうがいいんじゃないですか?」

「僕は朝の四時に起きて、全速力でやって来たんだ。奴らが予定通りに出発したとしても、たっぷり二、三時間は奴らの先を越しているよ。とにかく、暗くなるまで出かけるのは危ないんだ。というのは、この先の村にも何人か悪い連中がいるからね。彼らは、もしわれわれの馬車を見かければ、手出しをする気になるかもしれない。そうすれば、いまこうやって待っているよりもっと遅れることになる。しかし、二時間以内には、出発しよう。ところで、僕はマイケル・クロスのところへ行ってくる。彼は足の速い馬を持っているから、その馬で僕たちのあとからついてきて、道路をよく見張っていてもらい、もし誰かがあとから来るようなら僕たちに警告してくれって頼んでみるつもりだ。マイケルの馬は、他のどんな馬より速く走れるからね。もしも何か危険があれば、さっと先にきて僕たちに知らせてくれるだろう。それから、僕はジムと母親に準備にとりかかるように言ってくるよ。馬の様子も見ておこう。われわれはかなり幸先のいい出発をして、奴らが追いついてくる前に、次の寄り場までたどり着ける十分な見込みがあるよ。だから、わが友ジョージ、勇気を出せ。僕が君のお仲間と一緒に、こうしたひどい窮地に陥ったのは、何もこれが初めてのことじゃないんだ」と、ドアを閉めながらフィニアスは言った。

「フィニアスはなかなか目端のきく男です」とシメオンは言った。「あなた方のために、できるかぎりのことをするでしょう、ジョージ」

「ただ、私が申し訳ないと思っているのは」とジョージは言った。「あなた方におよぶ危険です」

「お願いですから、そのことはもう言わないでください、わが友ジョージ。良心がなすよう命じたことをやっているだけなんです。私たちはこうする以外のことができないんです。ところで、母さん」と彼はレイチェルのほうを向いて言った。「この人たちの食事の支度を急いでくれないか。お腹をすかせたまま旅に出すわけにはいかないからね」。

レイチェルと子供たちが忙しくコーンケーキを焼いたり、ハムや鶏肉を調理したり、その他いろいろ急いで夕食の用意をしているあいだ、ジョージと妻は、彼らの小部屋に座って互いの身体に腕をまわし、あと二、三時間で永の別れとなるかもしれない夫と妻が交わすような会話をしていた。

「エライザ」とジョージは言った。「俺たちは、自分たち以外には何も持っていない。でも、友人や家、土地、お金、その他多くの物を持っている人たちだって、俺たちみたいには愛せない。エライザ、お前と知り合う前は、哀れでうちひしがれた母と姉の他には、誰も俺を愛してはくれなかった。哀れなエミリーが奴隷商人に連れていかれてしまったあの日の朝、俺は彼女と会った。彼女が俺の眠っている片隅へやって来て、こう言ったんだ。『かわいそうなジョージ。お前の最後の心の友も行ってしまうのよ。お前はいったいどうなるのかしら、かわいそうな子』。それで俺は起き上がって、両腕で彼女を抱き、すすり泣いたんだ。彼女も泣いたよ。それがこの一〇年もの長いあいだ、やさしい言葉を聞いた最後だった。それ以来、お前に会うまで、俺の心はひからびてしまい、まるで灰のように乾ききってしまっていた。お前の俺への愛、それはまるで死んだ人間を甦らせるようなものだった！ それ以来、俺は新しく生まれ変わった！ だから、いいかい、エライザ、血を最後の一滴まで流そうとも、俺からお前を引き離させはしない。お前を連れていくものが誰であれ、そいつは俺の死体を踏み越えて行かなければならない」

「ああ、神様、どうかお慈悲を！」と、エライザはすすり泣きながら言った。「もし神様が私たち二人を一緒にこの国から無事出してくれさえしたら、それ以上何も望みません」

「いったい神は連中の味方なのだろうか?」ジョージは妻に話しかけるというより、むしろ自分自身の苦々しい思いを吐き出すようにして言った。「連中がやっていることをすべてご存知なんだろうか? なぜこんなことを起こさせるのだろう? 連中は聖書が自分たちの味方だと言っている。確かに、すべての権力は連中に加担している。連中は金を持っているし、健康で、幸福だ。教会に所属し、天国へ行けるものと期待している。この世の中をうまく渡り、好きなようにしている。ところが、貧しくて、正直で、信心深いキリスト教徒、いや、連中と同じくらい、あるいはそれ以上に善良なキリスト教徒が、埃に埋もれて奴らの足元に横たわっている。奴らはその人々を売り買いし、その人々の心の血とうめき声と涙を取り引きする。神が連中にそうさせているのだ」

「わが友ジョージ」とシメオンが台所から声をかけた。「この詩編を聞いてほしい。いくらか気が休まるかもしれない」。ジョージは椅子をドアの近くへ寄せた。エライザも涙を拭いて、朗読を聞こうと身を前へ乗り出した。シメオンは読み始めた。

「それなのにわたしは、あやうく足を滑らせ、一歩一歩を踏み誤りそうになっていた。神に逆らう者の安泰を見て、わたしは驕る者をうらやんだ。誰にもある労苦すら彼らにはない。誰もがかかる病も彼らには触れない。傲慢は首飾りとなり、不法は衣となって彼らを包む。目は脂肪のなかから見まわし、心には悪だくみが溢れる。彼らは侮り、災いをもたらそうと定め、高く構え、暴力を振るおうと定める。(民がここに戻っても、水を見つけることはできないであろう)。そして彼らは言う。『神が何を知っていようか。いと高き神にどのような知識があろうか[2]』」

「あなたもこんなふうに感じているのではないですか、ジョージ?」

「まさに、その通りです」とジョージは言った。「まるで私が自分で書いたみたいです」

「ならば、さらにお聞きなさい」とシメオンは言った。

「わたしの目に労苦と映ることの意味を知りたいと思い計り、ついに、わたしは神の聖所を訪れ、彼らの行く末を見分けた。あなたが滑りやすい道を彼らに対して備え、彼らを迷いに落とされるのを。わが主よ、あなたが目覚め、眠りから覚めた人が夢を侮るように、彼らの偶像を侮られるのを。あなたがわたしの右の手を取ってくださるので、常にわたしは御もとにとどまることができる。あなたは御計らいに従ってわたしを導き、後には栄光のうちにわたしを取られるであろう。わたしは、神に近くあることを幸いと

し、主なる神に避けどころを置く」(3)

親切な老人が囁くように読んだ神聖なる信仰の言葉は、悩まされいらだっているジョージの魂に聖なる音楽のように染み込んでいった。シメオンは読み終えると、その立派な顔だちに穏やかで落ちついた表情を浮かべて腰を下ろした。

「もしも、現世がすべてだったとしたら、ジョージ」とシメオンは言った。「あなたは、それこそ、神様はどこにおられるのだと、尋ねてもいいでしょう。しかし、神がその王国に入れるためにお選びになるのは、しばしば現世の生活でほとんど何も持てなかった人たちです。神を信頼しなさい。現世であなたに何が起ころうとも、来世では神がすべてを正しくしてくださいます」。

もしもこれらの言葉が、気楽で放縦な説教者の口から、単に苦しんでいる人々にふさわしい信心のための美辞麗句として言われたのだとしたら、おそらくそれほどの感銘は与えなかっただろう。しかし、日々、静かに、神と人間の大義のために罰金と投獄の危険にさらされている人の口から語られると、それは重く感じざるをえない力を持っていた。二人の哀れで孤独な逃亡者は、これらの言葉から落ち着きと力が身体に吹き込まれてくるのを感じた。

やがてレイチェルはやさしくエライザの手を取り、夕食のテーブルへ連れていった。彼らが座ろうとしていたとき、ドアを軽く叩く音がして、ルースが入ってきた。

「ちょっと立ち寄っただけなのよ」と彼女は言った。「坊やのために、素敵で暖かいウールの小さなストッキングを、三足持ってきたの。ご存知でしょうけど、カナダはとっても寒いから。頑張れるわよね、エライザ?」エライザのいるテーブルのそばへ回りながら、そう付け加えた。それから、心を込めてエライザの手を握ったあとで、ハリーの手に一切れの種入りケーキをそっと握らせた。「坊やのためにこのお菓子を一包み持ってきたの」。そう言うと、彼女はポケットからその包みを取りだした。「ご存知でしょう、子供はいつも食べているものだから」

「ああ、ありがとうございます。本当にご親切に」とエライザは言った。

「さあ、ルース、一緒に食事の席について」とレイチェルが言った。

「だめなの、どうしても。ジョンに赤ん坊を預けてきてるし、ビスケットもオーブンのなかに入れっぱなしだから。すぐ行かなくちゃ。でないと、ジョンがビスケットを真っ黒焦げにしてしまうし、赤ん坊に壺の砂糖を全部あげてしまうから。彼っていつもそうなのよ」と、小柄なクエーカー教徒の女性は笑いながら言った。「それじゃ、さようなら、エライザ。さようなら、ジョージ。ご無事な旅を祈っています」。ルースは軽やかな足取りで二、三歩進むと、部屋から出ていった。

夕食後しばらくして、大きな幌馬車が一台、戸口の前に停まった。その夜は晴れた星空だった。馬車に乗る者の席を整えるため、フィニアスが勢いよく御者台から飛び降りてきた。ジョージは、片方の腕に子供を、もう一方の腕に妻をかかえて戸口を出た。その足取りは力強く、顔つきは落ち着き払い、決然としていた。レイチェルとシメオンも彼らのあとから出てきた。

「ちょっとのあいだ、降りてもらえませんか」と、フィニアスがなかにいる人々に言った。「ご婦人方と子供のため、馬車の後ろのほうを整えますから」

「二枚のバッファロー皮の膝掛けがあるわよ」とレイチェルが言った。「できるだけ座りごごちをよくしてあげてね。一晩中乗っているというのは大変なことだから」。

まずジムが降りて、それから年老いた母親を注意深く支え降ろした。彼女は彼の腕にすがり、いまにも追っ手が来るのではないかと心配そうにあたりを見まわした。

「ジム、ピストルは用意万端だろうな?」ジョージが低いしっかりした声で聞いた。

「うん、もちろんだ」とジムが言った。

「奴らが来たらどうするか、分かっているな?」

「分かっているよ」。そう言うと、ジムは広い胸をぐっと反らし、大きく息を吸った。「おっ母をまたあいつらに連れていかせるとでも思っているのかい?」

二人がこの短い会話をしているあいだに、エライザは親切な友人のレイチェルに別れを告げ、それからシメオンに手を貸してもらって馬車に乗り込むと、子供と一緒に後部のほうへ這っていき、バッファローの毛皮の敷いてある場所に座った。次いで老女が乗せられ、腰を下ろした。ジョージとジムは、彼女たちの前にある、堅い板の上に座を占めた。それからフィニアスが御者台にのぼった。

「さようなら、わが友人たち」。シメオンが外から声をかけた。

「神様のお恵みがありますよう!」なかからみんなが答えた。

馬車は凍てついた道をガラガラと音をたて、揺れながら進んでいった。

道が悪い上に車輪の音もうるさかったので、話をする機会などなかった。長く続く暗い森林のなかを、馬車はガラガラと音をたてて進んで行った。荒涼とした広い平原を越え、丘を登り、谷を下り、どんどん、どんどん、何時間も何時間も、彼らは揺られていった。子供はすぐに眠りに落ち、母親の膝の上にその身を重く横たえた。哀れに怯えていた老女も、やがて恐怖を忘れた。夜が更けるにつれ、たくさんの心配事を抱えたエライザでさえ、目を開けていられなくなった。一行のなかでは、おおむね、フィニアスがもっとも元気がよさそうで、道々、まるっきりクエーカー教徒らしからぬ歌を口笛で吹きながら、長い道中の退屈を紛らわせていた。

しかし夜中の三時ごろ、ジョージの耳は、まだ距離はあるものの、自分たちの後ろからやってくる慌ただしい馬の蹄の音をはっきりと聞きつけ、フィニアスを肘でつついた。フィニアスは馬を止め、耳をすませた。

「あれはマイケルに違いない」と彼は言った。「あの馬の足音には聞き覚えがある」。彼は立ち上がり、心配そうに道の後方へ首を伸ばした。

ものすごい勢いで馬を走らせる男の姿が、早くも遠くの丘の上にぼんやりと現われた。

「彼だ、間違いない！」とフィニアスは言った。ジョージとジムは二人とも、われを忘れて馬車から飛び降りた。重くおし黙ったまま、みんなは待ち望んでいた使者のほうに顔を向けて立っていた。彼はどんどんやってきた。やがて谷間へ入り、姿が見えなくなった。しかし、鋭く慌ただしい蹄の音はさらに近づいてきた。ついに、呼べば声の届く高台の上に姿を現わした。

「やはり、マイケルだ！」そうフィニアスは言うと、声を張り上げて叫んだ。「おーい、マイケル！」

「フィニアス！　あんたかい？」

「そうだ。何かあったのか？　奴らがやって来るのか？」

「すぐ後ろまで来ている。八人か一〇人ぐらいだ。ブランデーをあおって熱くなり、狼みたいにわめいたり、猛り立っている」。

ちょうど彼がそう言ったとき、馬をせき立てながらこちらへ突進してくる遠くの物音が、風に乗って聞こえてきた。

「なかへ入れ、早く、二人ともなかへ入れ！」とフィニアスが言った。「闘わなければならないとしても、もう少し先へ行くまで待つんだ」。その言葉で二人はなかへ飛び込み、フィニアスは馬に鞭を当てて走らせた。馬上のマイケルは、馬車の横にぴったりとくっついていた。馬車はガラガラと音をたて、上下に揺れたが、凍った道をまるで飛ぶように走った。しかし、追っ手の馬の蹄の音はますますはっきりとしてきた。女性たちもその音を聞き、心配そうに外を見た。赤い光の筋目の入った夜明けの空を背景として、はるか後方の遠く離れた丘の崖っぷちに、一団の男たちがぼんやりと立ち現われるのが目に入ってきた。次の丘の上で、追っ手たちは明らかに彼らの馬車を見つけた。馬車の白い幌布は、かなり離れたところからでも、よく見えたからである。勝ち誇った獣のようなわめき声が、風に乗って聞こえてきた。エライザは気分が悪くなり、子供をしっかりと胸に抱きしめた。老女は祈り、うめき声をあげた。ジョージとジムは絶望的な思いで、ピストルを握りしめた。追っ手たちはどんどん差を詰めてきた。馬車は突然向きを変え、険しく突き出ている岩棚のほうへ向かった。その岩棚は、まわりが平坦に開けたこの広大な土地で、そこだけぽつんと孤立して立つ尾根とも岩山ともつかぬところから突き出ていた。この孤立した岩山あるいは岩場の連なりは、輝き始めた空を背に黒く重々しく立っていたので、避難所にも隠れ場所にもなるかと思われた。この場所は、フィニアスが猟をしていたころによく来ていたところだったので、彼にはお馴染みだった。彼が馬を全速力で走らせたのも、この場所へ来るためだった。

「さあ、ここだ！」と彼は言い、突然馬の手綱を絞ると、御者台から飛び降りた。「みんな馬車から出るんだ。急いで、みんなだ。僕と一緒にこの岩山を登るんだ。マイケル、君は自分の馬を馬車につないで、アマリアの家へ行き、彼と彼の息子たちを連れて、この追っ手の連中と話をつけに戻ってきてくれ」。

一瞬のうちに、彼ら全員は馬車から出た。

「さあ、いいか」フィニアスがハリーを抱き上げて言った。「君たちはそれぞれのご婦人方に気をつけてやってくれ。さあ、いいいまだ、走れるもんなら走るんだ！」

彼らにわざわざそう言う必要はなかった。言うより早く、全員が垣根を越え、全速力で岩棚へ向かっていた。一方、マイケルは馬から飛び降り、馬車に馬勒を結びつけると、素早く駆け去った。

「先へ進むんだ」。みんなが岩棚のところへとたどり着いたとき、フィニアスが言った。星明かりと夜明けの光が混じり合っているなかに、自然のままだが、はっきりそれと分かる小道が、岩のあいだを上に続いているのが見えた。「ここは、僕たちが昔使っていた狩猟用の根城の一つなんだ。さあ、登ろう！」

男の子を腕に抱え、山羊のように飛び跳ねながら、先頭に立ってフィニアスは岩を登っていった。ジムが、震えている年老いた母親を肩にかついで次に続いた。ジョージとエライザがしんがりをつとめた。追っ手の一団は、もう垣根のところまで来ていた。叫び声とも罵声ともつかぬ声を張り上げ、あとを追おうと馬から降りた。フィニアスたちは、しばらくよじ登ると、岩棚の頂に着いた。そこから小道は一度に一人しか通れないほど細い隘路となっていたが、それを進んでいくと突然彼らは、幅一ヤード以上もある裂け目というか割れ目に出くわした。その向こうには、岩棚から離れて、城のようにけわしく垂直にそそりたつ、高さが三〇フィートは十分にある岩山が横たわっていた。フィニアスは軽々と裂け目を飛び越すと、カサカサに縮れた白苔が表面を覆う滑らかで平らな岩の台場に子供を降ろした。

「飛び越えるんだ！」と彼は叫んだ。「さあ、一生に一度の跳躍だ！」と彼が言い、一人一人がつぎつぎと飛び越した。岩山から転がり落ちた岩の断片が一種の胸壁となり、下にいる連中から彼らの位置を隠していた。

「よし、これで全員だ」。フィニアスはそう言うと、岩の胸壁越しに、岩山の下を騒々しく登ってくる追っ手の様子をうかがった。「捕まえられるものなら、捕えてみるがいいさ。ここへ来ようとするやつは、あの二つの岩のあいだを一列縦隊で歩いてこなければならない。君たちのピストルの格好の標的だ。そうだろう?」

「そうですとも」とジョージは言った。「ところで、これは私たちの問題ですから、危険や闘いはすべて私たちに任せてください」

「君が闘う分には大いに結構だ、ジョージ」とフィニアスは、ヒメコウジの葉を噛みながら言った。「僕は高見の見物としゃれこむことにしよう。でも、見てごらん、止まり木に飛び上がろうとするめんどりみたいに、上を見上げながら、奴らは何か下で言い合いをしているから。奴らが上がってくる前に、もし上がってきたら撃たれるぞって堂々と伝えて、奴らに忠告しといたほうがいいんじゃないか?」

下の一行は、夜明けの光のなかで、いまはよりはっきりとその顔が見分けられた。そこには、われわれのすでにお馴染みのトム・ローカーとマークス、保安官が二人、それに先の酒場でかき集められたならず者の一隊がいた。ならず者たちは、少しばかりのブランデーで、面白半分に一群の黒んぼを捕まえるのに手を貸すような連中だった。

「なあ、トム、おめえの黒んぼどもを、うめえ具合に追い込んだじゃねえか」と一人が言った。

「そうだな。あいつらがここから登って行くのを見た」とトムは言った。「ここに道がある。おれはここを登っていく。あいつらが自分から飛び降りるってことはねえだろう。奴らを狩り出すのに、そんなに時間はかからねえさ」

「だがトム、奴らは岩の後ろから撃ってくるかもしれないよ」とマークスが言った。「そいつはまずいさ、そうだろう」

「フン!」とトムはせせら笑って言った。「マークス、お前はいつだっててめえの身の安全ばかりを考えていやがる! 危険なんてありゃしねえよ! 黒んぼどもは、すっかりびくついてるさ!」

「自分の身の安全をはかって何が悪いのか分からんね」とマークスは言った。「わっしにとって、それが一番大事なんだから。それに、黒んぼってのは、ときに悪魔みたいに抵抗するもんだよ」。

ちょうどそのとき、ジョージが連中の頭上にある岩の頂に姿を現わし、落ち着いた明快な声で問いかけてきた。

「下にいる皆さん、あなた方は誰だ? なんの用があるんだ?」

「俺たちは逃亡中の黒んぼの一団に用があるんだ」とトム・ローカーが答えた。

「ジョージ・ハリスとエライザ・ハリスとそいつらの息子、それにジム・セルデンとそのばあさんの一団だ。保安官もここにいるし、逮捕状だってある。俺たちは、そいつらをとっつかまえるつもりだ。分かったか？　そういや、お前はケンタッキーのシェルビー郡に住むハリス氏のとこのジョージ・ハリスじゃないのか？」

「そうだ、私はジョージ・ハリスだ。ケンタッキー州のハリス氏とかいう人物は、確かに私のことを彼の財産だとほざいていた。だが、私はもう自由な人間だ。神様の自由な土地の上に立っている。妻と子供は私のものだ。ジムと彼の母親もここにいる。私らには自分の身を守る武器があるし、本気で自分の身を守るつもりだ。望むなら、登って来るがいい。だが、私らの弾の届くところへ来た最初の人間は死ぬぞ、次も、その次もだ。そうやって、最後の人間も死ぬことになる」

「おい、こら！　こら！」と背の低い太っちょの男が前に進み出て、鼻を鳴らしながら言った。「若いの、そんな口のきき方はお前のためにならないぞ。いいか、俺たちは正義を守る役人だ。法律が俺たちの後ろについている。権力も他のものもな。おとなしく諦めたほうがいいぞ、そうだろ。最後はどうせ諦めることになるんだから」

「法律も権力もあんたたちの味方だってことは、百も承知だ」とジョージは吐き捨てるように言った。「あんたたちのやろうとしていることは、私の妻を捕らえてニューオーリンズで売りとばしたり、息子を子牛みたいに奴隷商人の檻のなかに押し込めたり、ジムを虐待できないために代わりに年老いた母親を鞭打ちにして虐待した、獣みたいな人間の所へ送り返したりすることだ。あんたたちが望んでいることは、私とジムを主人と呼ばれている奴らのところへ送り返し、鞭打ちや拷問をして、踵の下で踏みにじることだ。あんたたちの法律は、そうしたことを支持するだろう。そういうあんたたちや法律を、それだけ一層恥ずかしいとは思わないのか！　だが、まだあんたたちは私らを捕まえたわけじゃない。私らはあんたたちの法律なんて認めない。あんたたちの国も認めない。私らはここ、神の空の下に、あんたたちと同じ自由な人間として立っている。私らをお造りになった偉大なる神にかけて、私らは自由のために死ぬまで闘うつもりだ」。

この独立宣言を行なったとき、ジョージはその雄姿をくっきりと岩の頂の上に浮き上がらせた。夜明けの光が浅黒い頬を赤く染め、苦々しい怒りと絶望が黒い目を燃え立たせた。まるで人間が神の正義に訴えかけるかのように、彼は話しながら片手を高く天に向けて突き上げた。

もしもこれがオーストリアからアメリカへと向かうハンガリーの若者で、(4)ある山の要塞で、自分たちの逃亡を勇敢に守ろうとするものであったなら、それはこの上ない英雄的な行為とみなされたであろう。しかし、それがアメリカからカナダへと向かうアフリカ人の血をひく若者で、自分たちの逃亡を守っているものであるがゆえに、そこになんらかの英雄的な行為を見出すには、もちろん、私たちはあまりにも一方的な教育を施され、愛国的でありすぎるというべきだろう。読者の皆さんのなかで、ここに英雄的行為を見出される方がおられるとしても、その方の個人的な責任でやらなければならないのである。絶望したハンガリーの逃亡者たちが、彼らの合法的な政府の捜索令状や権威に抗してアメリカへ渡ろうとするとき、アメリカの新聞も内閣も喝采と歓迎とで沸き立つ。だが、絶望したアフリカ系の逃亡者が同じことをするとき、それはいったいどうなるのか？

それはともかくとして、この演説者の態度、目つき、声、物腰などが、下にいる連中の心を打ち、しばし沈黙させたことは確かだった。その勇敢さと決然とした態度にはどんな粗暴な人間をも、しばし黙らせてしまうような何かがあった。唯一人マークスだけは少しも心を動かされなかった。彼は、慎重にピストルの打ち金を起こし、ジョージの演説のあとにきた沈黙の一瞬に、彼に向けて発砲した。

「ケンタッキーじゃ、死んでいようが生きていようが、わっしたちのもらえるものは同じさ」と、服の袖でピストルを拭きながら彼は冷ややかに言った。

ジョージは後ろへ飛び下がった。エライザが金切り声をあげた。弾は彼の髪の毛すれすれを通り、妻の頬をあやうくかすめて、彼らの頭上の木に当たった。

「何でもないよ、エライザ」とジョージは素早く言った。

「演説をするときは、奴らから見えないようにしたほうがいいぞ」とフィニアスが言った。「あいつらは、卑怯なならず者なんだから」

「さあ、ジム」とジョージは言った。「君のピストルは大丈夫だろうな。俺と一緒にあの道を見張るんだ。最初に出てくる男は俺が撃つ、君は次の奴を撃ってくれ。そんなふうに順番でやっていこう。一人に対して同時に二発も撃つような無駄はしたくない」

「だが、もしあんたが撃ち損なったら？」

「必ず撃ちとるさ」とジョージは冷静に言った。

「よし！　この男、なかなか根性があるじゃないか」とフィニアスは小声で呟いた。

下にいる一行は、マークスが撃ったあと、しばらくは決心がつかないかのように突っ立っていた。

「きっと誰かに当たったに違いない」と一人が言った。「悲鳴が聞こえたからな！」

「俺は一人でも登って行くぜ」とトムは言った。「黒んぼなんか怖いと思ったことはねえし、いまだってそうだ。誰があとについて来るんだ？」と、彼は岩に飛び上がりながら言った。

ジョージはその言葉をはっきりと聞いた。彼はピストルを引き寄せ、点検し、最初の男が現われるであろう細い道のところに狙いを定めた。

一行のなかでも一番勇気のある男がトムのあとに続いた。

それで方針が決定し、全員が岩を登り始めた。後ろの者が、自分の意志だけで行くときよりも気がせくらしく、前の者をグングン押しやった。連中はどんどん近づき、トムのがっしりとした身体が、あっという間に岩の裂け目の端に現われた。ジョージが発射した。弾はトムの脇腹に命中した。しかし、トムは傷ついても引き下がらず、狂った雄牛のような叫び声をあげて、裂け目を越えてこちらの一行のなかへ飛び込んできた。

「わが友よ」。フィニアスはそう声をかけながら、突然前に進み出ると、その長い腕でトムを突き飛ばした。「ここじゃ、あんたに用はない」。

割れ目のなかに落ちたトムは、木や藪、丸太、砕石のあいだを音たてて転がっていき、最後は三〇フィート下で傷だらけになり呻いて倒れ込んだ。もし彼の服が大きな木の枝に引っ掛かって、その落下を中断せず、勢いを弱まらせなかったら、彼は死んでいたかもしれない。しかしながら、かなりの勢いで落下していったので、木の枝にひっかかっても、それが幸いだったとかちょうどよかったというわけにはいかなかった。

「神様、お助けを！　奴らはまったくの悪魔だ！」マークスはそう叫ぶと、登りに加わったときとは比較にならないほどの意志を示して、岩山を真っ先に駆け下りた。もちろん、他の連中もみな慌てて彼のあとを追った。特に、例の太っちょの保安官は、はあはあ息を切らし、ものすごく喘ぎながらついていった。

「おい、みんな」とマークスが言った。「あんたたちはあっちへ回って、トムを助けてやってくれ。わっしは大急ぎで馬に乗り、助けを求めに行ってくる。頼んだぜ、あんたたち」。仲間の野次や冷やかしなどものともせず、自分の言葉通りに、マークスはたちまち馬をとばして行ってしまった。

「あんな汚いウジ虫みたいな奴を見たことあるかい？」と追っ手の一人が言った。「自分の仕事で来ておきながら、自分だけさっさと引き上げて、おれたちをこんなふうに放ったらかしにするなんて！」

「でもよ、あっちの野郎を助けねえわけにもいかんだろう」と別の一人が言った。「生きていようが死んでいようが、おれの知ったこっちゃないんだがね」。

男たちは、トムの呻き声に導かれて、切り株や丸太や藪のあいだを這いずりまわったり、がさがさ音を立てながらかき分けていった。件の英雄は、猛烈な激しさで、呻き声と罵り声とを交互に上げながら横たわっていた。

「えらく派手に喚いているじゃないか、トム」と一人が言った。「ひどい傷か？」

「分からねえ。起こしてくれねえか、ええ？　あのくそいまいましいクエーカー野郎め！　あいつさえいなかったら、やつらの何人かをここに投げ落として、目にもの見せてやったのに」。

ものすごい苦労と喚き声のはてに、この転落した英雄は助け起こされた。両肩をそれぞれが一人ずつ支えあい、馬のところまで連れていった。

「あの宿屋まで一マイルほど俺を連れ戻してくれさえすりゃいいんだ。ハンカチか何か寄こしてくれ。ここに詰めて、このいまいましい血を止めなきゃなんねえ」。

ジョージが岩山越しに見下ろすと、連中はトムのがっしりとした身体を鞍の上へ何とか持ち上げようとしているのが見えた。二、三回試みたがうまくいかず、彼はよろめいて、ドスンと地面に落ちた。

「ああ、あの人、死なないといいんだけど!」みんなと一緒に成り行きを立って見ていたエライザが言った。

「どうしてだい?」とフィニアスが言った。「当然の報いじゃないか」

「だって、死後には裁きがありますもの」とエライザは言った。

「そうともさ」と、この衝突のあいだ中ずっと、メソジスト派のやり方で、呻き声をあげたり祈ったりしていた老婆が言った。「そうなると、あの哀れな男の魂にとっちゃ恐ろしいことになるからね」

「きっと、あの連中は奴を置き去りにするぞ。絶対だ」とフィニアスが言った。


それは本当だった。しばらくのあいだは、躊躇したり相談したりする様子が見られたが、一行は全員馬に跨がり、行ってしまった。連中の姿がすっかり見えなくなったとき、フィニアスは活動を開始した。

「さあ、下に降りて少し歩こう」と彼は言った。「僕はマイケルに、先に行って助けを連れて馬車でここへ戻ってくるよう頼んでおいた。だが、彼らに会うには道を少し歩かなきゃならん。神様のご加護で、彼はすぐに戻ってくるだろう!朝も早いし、いまのうちなら歩いたってたいしてことはない。次の寄り場まで二マイルと離れていないんだ。昨夜、道があんなにひどくなかったら、完全に奴らから逃げおおせていたんだが」。

一行が垣根に近づくと、はるか彼方の道を彼らの馬車が戻ってくるのが見えた。馬に乗った数人の男たちが馬車につき従っていた。

「あそこにやって来たのはマイケルとスティーヴンとアマリアだ」とフィニアスがうれしそうに叫んだ。「僕たちは成功した、もう着いたも同じで安全だ」

「じゃ、ちょっと待ってください」とエライザが言った。「あのかわいそうな人に何かしてあげてください。あんなにひどく呻いているんですもの」

「それこそキリスト教徒のなすべきことだ」とジョージは言った。「助け起こして連れていってやろう」

「それから、クエーカー教徒のあいだで奴を人間らしく治療し直そうってわけか！」とフィニアスは言った。「そいつは、まったくもって結構なこった！　まあ、そうしたからって、僕はかまわんがね。どれ、ひとつ様子を見てやるとするか」狩猟や辺境の森林地帯での暮らしのなかで、少々荒っぽいが、傷の治療の経験をつんでいたフィニアスは、傷ついた男の横に膝をつき、傷の状態を注意深く調べ始めた。

「マークス」とトムが弱々しく言った。「お前か、マークス？」

「いや。わが友、見込み違いだね」とフィニアスは言った。「自分の身が安全なら、マークスもお前さんの世話を大いにするだろうがね。あの男はとっくの昔に逃げちまったよ」

「俺はもうだめらしい」とトムは言った。「くそいまいましい卑怯な犬め。置き去りにして、俺を一人で死なせようってのか！　年取ったお袋さんはいつも、俺がこんなことになるだろうって言ってたっけな」

「あれまあ！　あのかわいそうな男の言うことをちょっくら聞いてやれや。あいつにもお袋さんがいるんだってよ」と黒人の老婆が言った。「すこしばっかし哀れだねえ」

「静かに、静かに、そんなにワーワーギャアギャアやんなさんな」と、痛さに縮みあがったトムに手を押しのけられて、フィニアスが言った。「血を止めなくちゃ、助からないぞ」。フィニアスは、大わらわで、自分のハンカチや仲間からかき集めたもので応急の外科処置をほどこした。

「あんたが俺を突き落としたんだな」とトムは弱々しく言った。

「そうだ。そうしなかったら、あんたがわしらを突き落としていたんだろう、なあ」とフィニアスは、包帯をしようとかがみこんで言った。「さあ、さあ、包帯をさせてくれ。好意でしているんで、悪気はないんだ。お前さんをいちばんよく面倒見てくれるところへ連れていくよ。あんたのお袋さんみたいによくしてくれるぞ」。

トムは呻いて目を閉じた。彼みたいな種類の人間にとって、活力と決断は、完全に肉体的な事柄なので、血が流れ出るのと一緒にそれらも体内から抜け出ていった。だから、図体ばかりでかい大男も、手も足も出ない無力な状態では本当に哀れなものだった。

マイケルの一行がやって来た。馬車から座席がはずされた。四つにたたんであったバッファローの毛皮が馬車の片側にずっと広げられ、男四人がかりでやっとトムの重い身体を持ち上げてなかに入れた。馬車に入れられる前に、トムは完全に気を失っていた。憐れみの心に満ちた黒人の老婆は、馬車の床に座り込んで、彼の頭を膝の上に載せてやった。エライザとジョージとジムが、空いているところに何とか身を落ちつけたあとで、一行は出発した。

「彼の様子はどうですか？」御者台のフィニアスの手近に

座を占めていたジョージが聞いた。

「そうだね、単なる深手の傷で、内蔵などの傷はないけど、ずいぶん転がったり引っかかれたりしたのが、よくなかった。出血がかなりひどいから、気力とかそんなものもすっかり流れ出てしまった。でも、よくなるだろう。今度のことで、何か一つや二つは学ぶかもしれんぜ」

「それを聞いて安心しました」とジョージが言った。「たとえ正当な大義のためにしろ、私が死なせたとなると、ずっと気が重いですからね」

「そうだよ」とフィニアスは言った。「相手が人間でも獣でも、またどういうやり方でやるにせよ、殺しっていうのはいやなもんだからね。僕も昔はちょっとした狩人だったから言えるんだが、射とめて死にかけている雄鹿の目がじっとこっちを見据えているのを見てると、殺しっていうのはほんとにやっちゃいけないことだって気になってくるよ。ましてや、相手が人間ならもっと重大に考えなくちゃいけないよね。君の奥さんの言うように、死ねば裁きが待ってるんだから。こういったことに対するクエーカー教徒の考え方が厳しすぎるかどうかは分からんが、僕の過去のことを考えると、僕も相当彼らの考えに影響されたもんだね」

「このかわいそうな男をどうするつもりですか?」とジョージが聞いた。

「ああ、アマリアのところへ連れていこう。あそこには、みんながドーカスと呼んでいるスティーヴンばあさんがいるんだが、これが素晴らしい看護婦なんだ。ごく当たり前みたいに看病するのが好きで、面倒見る病人のいるときが彼女のもっともいいときなんだ。二週間ほどあいつを彼女に預けておけばいいんじゃないかね」。

馬車でさらに一時間ぐらい進んだとき、一行はこぎれいな農家に着いた。そこで疲れきった旅人たちは、朝食をたっぷりとごちそうになった。トム・ローカーはすぐに、いつもの彼のものよりずっときれいでずっと柔らかいベッドの上にていねいに寝かしつけられた。傷は注意深く手当され、包帯を巻かれた。彼は疲れた子供のように横たわり、病室の窓の白いカーテンやそっとすべるように動く人影に対して、物憂げに目を開けたり閉じたりしていた。ここで、とりあえずわれわれはこの一行と別れることにしよう。

第18章 オフィーリア嬢の経験と考え方

Miss Ophelia's Experiences and Opinions

われらの友トムは、素朴なもの想いにふけるようなとき、奴隷の境遇とはいえまだ幸運なほうだと思える自分の運命を、エジプトにおけるヨセフ(1)の運命と比べてみることがよくあった。実際、ときが経つにつれ、主人の監督下で彼がますます力を発揮してくると、両者の類似点はいっそうはっきりしてきた。

セント・クレアは、金銭に関しては無頓着でいい加減なところがあった。生活用品の調達や買い物はこれまで主にアドルフの手で行なわれてきていたが、その彼が主人と同様まるでいい加減な浪費家だった。つまり二人して、すごい勢いで散財してきていたのである。トムは、長年、主人の財産は自分が管理すべきものと思うことに慣れていたので、屋敷の無駄の多い支出ぶりを見て、不安な気持ちを抑えかねていた。そこで、しばしば彼は、黒人の身につけている遠回しでおだやかな言い方を用いて、改善策を示唆したりした。

セント・クレアは、最初はそんな彼を折にふれて使うだけだったが、その心の誠実さとすぐれた実務能力にうたれ、どんどん彼を信頼するようになり、そのうち、家族のための買い物や生活用品の調達はすべて彼の手に任せるようになった。

「いや、いや、アドルフ」。ある日、セント・クレアは、アドルフが自分の手から権限が去っていくのに不平をもらしたとき、口にした。「トムにやらせておけ。お前は自分の欲しいものしか分かっていないが、トムはものの値段や将来のことなども理解している。誰かにそういうことをさせないと、いつかはお金が底をついてしまうかもしれない」。

よく見もしないで請求書を渡したり、つり銭を数えもせずにポケットにしまい込むような無頓着な主人に限りなく信用されているのだから、トムには不正行為をやろうとすれば、いくらでも機会や誘惑があった。キリスト教の信仰で強められた、揺るぎない性格的な純真さが、まさに彼にそうした行為をさせなくしていたのは確かだった。だが、そのような性分の人間にとっては、自分の上に置かれた限りない信頼というものが、この上なく几帳面な正確さを発揮しなければならないとする抑制であり封印でもあった。

　アドルフの場合は違っていた。厳しく取り締まるより、甘やかせておくほうが楽だと思っている主人に放任され、無思慮でわがままな過ごし方をしてきていたので、彼は自分と主人に関して、どれが自分のものでどれが主人のものなのか[2]まったく分からなくなってしまっていた。これには、さすがのセント・クレアも困ってしまうことがあった。彼自身の良識も、召使をこんなふうにしつけるのはよくないことだし、危険なことだと教えていた。すべてのことで、ある種の慢性的な後悔の念が彼につきまとっていたが、こういうやり方をきっぱりと変えてしまおうとするほど強いものではなかった。かえってその後悔の念は反動的なかたちで作用して、ふたたび召使たちを甘やかす結果となった。重大な失敗があっても、主人としての役目を自分が果たしていればそんなことにはならなかったはずだと自分に言い聞かせて、彼はそうした失敗を大目にみた。

　トムは、陽気で屈託のない、ハンサムな自分の若い主人を、忠義と敬意と父親めいた気遣いなどの奇妙に混じりあった気持ちで眺めていた。一度も聖書を読まないこと、教会へ行ったことがないこと、自分の機知の対象となるものなら何でも冗談を言ってからかうこと、日曜の夜はオペラや演劇で過ごすこと、酒席やクラブや夕食会にも適当と思われる以上に多く出かけて行くこと、他の者が目をとめるこういった類のことはトムの目にもはっきりと見えていた。そこで彼は、こうしたことに基づいて「旦那様はクリスチャンではねえんだ」という確信を抱いた。だが、彼はその確信を他の誰にもなかなか話そうとはせずに、かわりに自分の小さな部屋に一人でいるようなときに、彼流の素朴なやり方でそうしたことについていろいろとお祈りをした。ときどきは、トムなりに、彼の階級によく見受けられる気転めいたものを働かせて、自分の気持ちを口にしなかったわけではない。たとえば、前に述べた例の安息日のまさに翌日のことだが、セント・クレアがお歴々の集まる宴席に招かれていき、夜中の一時か二時ごろ、肉体が知能を完全に凌駕するといった状態で、人に助けられながら帰ってきたことがあった。トムとアドルフは、その夜何とか彼を落ち着かせて寝かせる手助けをした。アドルフのほうは上機嫌にその事柄を一つのよくできた冗談と受け取り、トムの示した暗澹たる気持ちを野暮だといって心から笑った。トムは本当に素直な気持ちから、若い主人のためにお祈りをして、その夜はほとんど寝ずに起きていた。

　「さて、トム、何をお前は待っているんだい？」翌日、部屋着にスリッパという格好で、書斎に腰をおろして、セント・クレアが言った。彼はトムにいくらかの金を渡し、いろいろな用事を言いつけ終わったところだった。「それで大丈夫だろう、トム？」彼はトムがまだそこに立って待っているのを見て、付けたした。

「大丈夫じゃねえです、旦那様」。トムは真剣な面持ちで口を聞いた。

セント・クレアは新聞とコーヒーカップを下に置き、トムに目をやった。

「何だって、トム、どうしたって言うんだ？ そんな棺桶みたいに深刻な顔をして」

「どうにも気分がすぐれねえんです、旦那様。おらはいっつも、旦那様は誰に対しても親切だと思っておりました」

「そうさ、トム、私がそうじゃなかったことがあるかい？ さあ、言ってごらん、何が欲しいんだい？ 足りないものがあるんだろう？ これがその始まりというわけだね」

「旦那様はいっつもおらによくしてくだせえます。そのことについちゃ、おらは何も不平なんかありゃしません。けど、旦那様がよくしてあげてねえ方が一人だけおりますだ」

「おやおや、トム、何を考えているんだい？ 遠慮せずに話してごらん。どういうことなんだい？」

「昨日の夜一時か二時ごろ、おらはそう思いましただ。それから、そのことをよく考えてみましただ。旦那様はご自分を大切になさってねえです」。

トムがこれを口にしたのは、主人に背を向け、ドアの取っ手に手を置いたときだった。セント・クレアは顔がぱっと赤くなるのを感じたが、笑い声を上げた。

「ほう、それだけかね？」彼は陽気に言った。

「それだけですだ！」トムは突然向きを変え、ひざまずいて言った。「ああ、おらの大事な若旦那様！ おらにゃ、旦那様が全部をなくしちまうんでねえかと心配なんです、身も心もみんななくしちまうんでねえかと。聖書じゃこう言っとります。『それは蛇のように咬み、蝮の毒のように広がる(3)』とね。ああ、旦那様！」

トムの声は詰まり、涙がその頬を伝って流れ落ちた。

「ばかだね、お前は！」セント・クレアも目に涙を浮かべて言った。「さあ、立つんだ、トム。私は泣いてもらうほどの価値はないよ」。

しかし、トムは立とうとはせず、懇願するような顔つきをしていた。

「分かった、もうあんなばかげたことは二度としないよ、トム」と、セント・クレアは言った。「名誉にかけて、絶対にしない。どうしてもっと前にやめなかったのか、自分でも分からないんだ。私はいつもああいうことを軽蔑していた。それにああいうことをするこの自分もね。そう、だからトム、涙を拭いて、お前の仕事にかかっておくれ。ほらほら」。彼はつけ加えた。「祝福の言葉などよしてくれ。私はそれほどすばらしいわけじゃないよ、まだね」。そう言うと、彼はトムをドアのほうへそっと押しやった。「さあ、名誉にかけて、お前に誓うよ、トム、もう二度とあんな私を見せはしない」

と彼は言った。そこで、トムは涙をふきながら、大いに満足して出ていった。

「私も彼との誓いは守り抜こう」。セント・クレアはドアを閉めながらそう言った。

事実、セント・クレアはその通りにした。というのは、どんなものにせよ、下品な酒色は彼をとりわけ惹きつけるということがなかったからである。

ところで、この間ずっと、南部の家政を切り回す仕事を始めていたわれらの友オフィーリア嬢のかずかずの困難については、いったい誰が詳述するのだろうか？

南部のお屋敷にいる召使たちの世界というものは、彼らをしつける女主人の性格や能力によって、さまざまに異なる。北部と同様、南部にも、統率力があり人の適否を見抜いて教育できるような、非凡な能力を持った婦人たちがいる。彼女たちは、厳しい態度など一切示さずに、見るからに易々と、小さな屋敷のさまざまな人間たちを自分の意志に従わせ、調和のとれた組織だった秩序のなかに引き入れることができる。つまり、ある者の足りない点は別の者のありあまる点で補って、釣り合いをとりつつさまざまな特徴を調整し、なごやかな、秩序だった一つの体系を生み出すのだ。

すでにこの作品でお馴染みのシェルビー夫人は、こういった主婦の典型だった。読者の皆さんも、こういう女性に出会われた記憶がおありだろう。もし南部にこういう女性が少ないとすれば、世界中でこういう女性が少ないからであり、他の土地と同じ程度に、こういう女性は南部でもよく見受けられる。事実、そうした女性たちは、南部というこの独持な社会状態のなかで、自分たちの家政の才能を見事に発揮しているのである。

マリー・セント・クレアは、そのような主婦ではなかったし、それ以前の彼女の母親も、そうではなかった。怠け者で子供っぽく、無秩序で、先見の明がなかった。したがって、彼女のもとでしつけられた召使たちが、彼女と同様にならないなどということは、期待すべくもなかった。その意味で、彼女はオフィーリア嬢に、この家でこれから予想されるごたごたを正確に伝えていたとも言える。もっとも、そのごたごたの原因がどこにあるのかは、正しく指摘してはいなかったのだが。

家政を取り仕切る最初の朝、オフィーリア嬢は四時に起きた。それから、部屋付きの女中をすっかり驚かせたことだったが、屋敷に来て以来ずっとしてきたように、自分の部屋をすべてきちんと整え終えてから、自分が鍵を持っている屋敷の食器棚や戸棚への猛攻撃をしかける準備にとりかかった。

物置き、リネン用タンス、陶器棚、台所、地下室、こうしたもののすべてが、その日、すさまじいまでの検査の対象となった。それまで暗闇に隠されていた物が、明るみに引き出されてきたのだ。その度合いのすさまじさは、台所や各部屋の責任者や権力者をびっくりさせ、家政担当者たちから「北部のああしたご婦人方」に対する警戒と不平の囁きを引き出すほどのものだった。

台所部門のすべての支配と権力を司ってきた料理頭のダイナおばは、自分の特権への侵害だと考えられることに、猛烈に腹をたてた。大憲章[4]時代のいかなる封建貴族でも、王権による侵害に対して、彼女ほど徹底的に憤慨することなどできなかっただろう。

ダイナは彼女流にひとかどの人物だったので、読者の皆さんに、彼女の人となりを少し述べておかなければ、彼女の名声に対して不当な扱いをしたことになるだろう。彼女は、クロウおばと同じように、根っからの料理人として生まれついていた。その意味で言えば、料理というものは、アフリカ系人種の天賦の才能だと言える。しかし、クロウが、秩序だてて家事を行なう、よく訓練された手際のよい料理人であるとすれば、ダイナは独学の天才で、天才一般がそうであるように、あくまでも自信過剰で我が強く偏屈だった。

近代哲学者のある一派のように、ダイナはあらゆる形の論理や理性を完全に軽蔑し、つねに直感的な確実性のなかに立てこもってみせた。こうなると、もはや彼女は一向に動じることがなかった。どのような才能や権威や説明をもってしても、彼女のやり方より他のやり方のほうがいいと信じさせることはできなかったし、また、ささいな事柄でも、彼女の追求している方向に一切変更を加えることはできなかった。これは、彼女の前の女主人であるマリーの母親も、譲らざるをえない点だった。「マリーお嬢さま」、ダイナは若い女主人が結婚してからもそう呼んでいたが、彼女もこのことではダイナと争うより、言いなりになったほうが楽だと気づいていた。そこで、ダイナは絶対的な支配権をふるうことができた。これは彼女の場合、いっそう簡単なことだった。というのも、やり方に関してはきわめて頑固で、物腰の面ではきわめて卑屈という、この二つのものの結びついた外交術を完璧に身につけていたからである。

ダイナは、どんな事柄でも言い抜けするあらゆる技と秘法に長けていた。まず、彼女の場合、料理人は誤らないというのが原則だった。次に、南部の台所にあっては、料理人が自分の完全無欠さを保っておくために、すべての罪や弱点を転嫁する頭や肩などに事欠かなかった。もし正餐のどこかに失敗があっても、それには反論しようのない真っ当な理由が五〇もあった。つまり、それらは疑いもなく彼女以外の五〇人の犯した落ち度であり、ダイナはその五〇人を情け容赦なく叱りつけた。

とはいえ、ダイナの料理の最終結果に、何らかの失敗があるなどということは、滅多になかった。確かに、彼女の流儀は何を作るときでも、奇妙にあっちこっちしてとりとめがなく、時と場所のことなどまるでおかまいなしだった。台所の様子もおおむねハリケーンが通りすぎたあとのようだったし、それぞれの料理道具も一年の日数と同じくらいの雑多な場所に置かれていた。しかし、それでも、彼女の決めるちょうどよい頃合いをしんぼう強く待ってさえいれば、料理は完璧な順序と、美食家もけちをつけがたい調理具合で食卓に供された。

いまは食事の準備がそろそろ始まろうかという頃合いだった。すべての手筈を整えるにあたって、ダイナは熟考と休養をたっぷりと必要としたし、余裕も心がけていた。台所の床に腰を降ろした彼女は、短いずんぐりしたパイプをくゆらしていた。このパイプは彼女の病みつきで、仕事に霊感が必要だと感じたときには、一種の香炉(5)のようにしていつも火をつけた。それが、家政の女神たちを呼び出すためのダイナ流のやり方だった。

彼女のまわりに座っているのは、南部の家庭に満ちあふれつつあるあの新興種族のさまざまな連中で、えんどう豆のさやを取ったり、じゃがいもの皮をむいたり、若鶏の細い羽毛をむしったりして、料理の下準備をしていた。ダイナはときおり瞑想を中断して、そばにあるプディング棒で若い者の頭をつついたり、叩いたりした。実際のところ、鉄の棒でダイナは若い者のもじゃもじゃ頭を支配していたと言ってよいが、彼女の言によれば彼らは「彼女の手間を省く」ためだけに生まれてきたとみなしているところがあった。それが、彼女の育ってきた制度の精神であり、彼女はそれを目いっぱい遂行していたのだ。

オフィーリア嬢は、矯正すべき点はないかと屋敷内の他の場所をすべて見まわったあとで、ついに台所へ入ってきた。ダイナはいろいろな筋から、何が行なわれつつあるかを聞いていたので、防御と保守の姿勢を貫こうと決めていた。つまり、表だった目に見える争いはせずに、新しいどんな方策にも反対し無視する決心を内心で固めていたのである。

台所はレンガ敷きの大部屋で、片側いっぱいに、どでかい旧式の炉がでんと場所を占めていた。セント・クレアは、便利な新式の料理用の炉に取り替えるようダイナに言ったのだが、無駄に終わり、いまだにこうなっていた。彼女はだめなのだ。どんなピューズィ主義者(6)も、また他のどんな保守主義者も、ダイナほどに昔ながらの不便さに断固しがみついている者はいなかっただろう。

はじめて北部へ行ったとき、セント・クレアは叔父の家の台所の設備がきちんと組織だっていることに感銘を受けて帰ってきた。そこで、自分の家の台所にも体系だった規則性を取り込もうとして、食器戸棚セットや引き出しやその他の台所用具をできるだけ備えつけさせた。そこには、ダイナが整頓するのに助けとなるだろうとの楽天的な幻想もあった。しかし、結果は、リスやカササギのためにそれらを備えたも同然だった。引き出しや戸棚が増えれば増えただけ、ダイナにとっては、古いぼろ布、櫛、古靴、リボン、捨てられた造花とか、あるいは彼女の道楽である骨董品などを入れるための隠し場所が増えただけだった。

オフィーリア嬢が台所へ入っていったとき、ダイナは立ち上がらなかった。この上なく落ち着き払って煙草を吸い、目の端から斜向かいに相手の動きを眺めながら、いかにも自分の周りの動きに神経を集中しているかに見せていた。

オフィーリア嬢は、まず手はじめに、一並びの引き出しを開け出した。

「ダイナ、これは何を入れる引き出しなの?」と、彼女が言った。

「何でも入れられる便利な引き出しでさ、奥様」と、ダイナは言った。いかにも、そんな具合だった。なかに入っているさまざまな物のなかから、オフィーリア嬢がまず取り出したのは、血で汚れた紋織りのテーブル掛けだった。明らかに、何かの生肉を包むのに使われたらしかった。

「ダイナ、これは何なの? お前の女主人の一番いいテーブル掛けで肉を包んでいるんじゃないでしょうね?」

「あれまあ、奥様、そんなこたあねえでさ。タオルがみんなどっかへいっちまったもんで、それでちょっとそれを使っただけでさ。洗おうと思っておいといたんで、それでそこに入っているんでさ」

「だらしない!」オフィーリア嬢はそう独り言を言いながら、引き出しをつぎつぎとひっくり返していった。引き出しのなかから現われたのは、ナツメグのおろし金と二、三個のナツメグ、メソジスト派の賛美歌の本、二、三枚の汚れたマドラス織りのハンカチ、毛糸と編み具、一袋の煙草とパイプ、クラッカー少々、ポマードの入った一、二枚の金めっき製陶器の受け皿、一、二足の薄皮の古靴、いくつかの小さい白い玉ねぎを注意深くピンでとめて包んだフラノ地の布切れ、何枚かの紋織りのナプキン、粗い平織りの数枚のタオル、より糸とかがり針などの品々だった。また、破れた何枚かの紙包みからは、さまざまな香りの薬草が引き出し中に振りまかれていた。

「ダイナ、お前はナツメグをどこへしまっておくの?」オフィーリア嬢は、ひたすら忍耐を請い願う人のように言った。

「ほとんどあらゆるとこでさ、奥様。ほら、そこにある欠けたティーカップのなかとか、それからあの食器戸棚にもいくつか入ってまさ」

「このおろし金のなかにもいくつかあるわ」。オフィーリア嬢は、ナツメグをつまみ上げながら言った。

「そういやあ、今朝方そこに入れといたんでさ。何でもすぐ手の届くところにあるのが好きでしてね」とダイナは言った。「こら、ジェイク! なんで手を休めてんだ! どつくぞ! そこで、じっとしとれ!」彼女はそう言葉を付け足しながら、その罪人を彼女の棒で小突いた。

「これはなんなの？」オフィーリア嬢は、ポマードの入った受け皿を持ち上げて言った。

「なにって、おらの髪の油でさ。手近かに置いとこうってんで、そこに入れてますのさ」

「お前は女主人の一番上等な受け皿を、そんなことに使うの？」

「いや、その！　おら駆けずり回っていて、忙しかったもんですから。今日中には入れ換えとくつもりでしたのさ」

「ここにダマスク織りのナプキンが二枚あるわ」

「そのナプキンはいつか洗おうと思って、そこに入れてあるんでさ」

「洗い物を入れておくための場所を決めていないの？」

「ええ、セント・クレアの旦那様が、洗い物用にってあすこの箱を手に入れてくだせえましたよ。でも、おらはその上でビスケットをこねたり、ちょっとのあいだ自分の物を置いといたりしとくんでさ。それに、あれは蓋を持ち上げにくいんでね」

「どうして、お前はそこの練り粉台でビスケットをこねないの？」

「どうしてって、奥様、練り粉台の上は皿とか、なんだかんだのでいっぱいでさ、場所の余裕なんかねえですよ」

「それじゃ、お前はお皿を洗って、片づければいいじゃないの」

「おらが皿を洗うですと！」ダイナは甲高い口調で言った。怒りが高まって、いつもの慇懃無礼な態度を凌駕しそうになったからである。「奥様方は仕事について何を分かっとるって言うですかい？　おら知りたいもんでさ。おらが一日中皿を洗ったり片づけたりしていたら、旦那様はいつ食事ができるんですかね？　マリーお嬢様は、そんなことおらにおっしゃったことはねえでさ」

「ところで、ここに玉ねぎがあるわね」

「おや、まあ！」ダイナが言った。「おらがそこに入れといたまんまだ。思い出せなかったんでさ。このシチューに使おうと、特別にとっといた玉ねぎでね。あの古いフラノの布に包んでおいたのを忘れとりましただ」。

オフィーリア嬢は、いい匂いのするハーブを包み込んだ穴だらけの紙包みをとり出した。

「奥様、それにさわらねえでくだせえ。おらの物は、どこに入ってるかおらが分かってる場所においときたいんでね」と、ダイナはきっぱり言った。

「でも、包み紙がこんなに穴だらけでは、どうしようもないじゃないの」

「ふるうのに便利でさ」とダイナが言った。

「でも、引き出し中にこぼれてるわよ」

「ええ、そうでさ！　奥様がそうやって物をひっくり返しや、こぼれもしますさ。奥様がそんなにして、えろうこぼしてたんでさ」。ダイナはそう言うと、いらいらしながら引き出しのほうへやってきた。

「おらの大片付けのときがくるまで、奥様が二階のほうへ行っててくださりゃ、何もかもきちんとしますよ。だけど、奥様方が周りにいて邪魔すりゃ、おらはなんにもできやしねえです。こら、サム、赤んぼうに砂糖壷なんかやっちゃだめでねえか！　気をつけねえと、たたきのめすぞ！」

「一度、台所を全部調べて、すべてをきちんとしておくわ、ダイナ。そのあとは、お前がその状態をきちんと守るようにしてね」

「まあ、オフィーリア様、何を言いなさる！　そんなことは、奥様方のなさることじゃねえでさ。奥様方がそんなことなさるのは見たこともねえ。大奥様も、マリーお嬢様もそんなことはせんだった。それに、そんなことする必要はねえと思いまさ」。そう言うと、ダイナは憤然としてあたりを歩き回った。そのあいだに、オフィーリア嬢はさまざまな皿を集めて分類したり、あちこちに散らばっている砂糖壺を一つの容器に入れ替えたり、ナプキンやテーブル掛けやタオルのうちで洗濯の必要なものを仕分けしたりした。彼女自身の手を使って、洗ったり拭いたり片付けたりしたのだが、それはダイナがまったく目を見張るような素早さと手際の良さだった。

「本当にまあ、あきれたもんだ！　もしも、これが北部の奥様方のなさることなら、あん人たちゃもう奥様方なんかじゃねえ」。相手に聞こえないところで、ダイナは取り巻きの一人に向かって言った。「おらは、大片付けのときがくりゃ、誰にも負けねえくらえにきちんとするさ。けど、奥様方が周りで邪魔して、おらのもんをおらが分かんねえとこに置いたりするのは好きじゃねえ」。

ここでダイナのために、公平を期して言っておかなければならないことがある。彼女には、不定期にだが「大片付けのとき」と彼女が呼んでいる、改善と整頓のための激しい発作のときがあった。そのときがくると、彼女はものすごい勢いで、すべての引き出しや戸棚を床やテーブルの上へひっくり返し、通常の混乱をさらに七倍も上回るすさまじい状態にした。それから、彼女はパイプに火をつけ、おもむろに段取りを点検し、まわりの物を眺めてあれこれ注釈を加えたあとで、若いもんを総動員して鍋類を猛烈な勢いで磨かせたりして、数時間も精力的にこの混乱状態を持続する。彼女によれば、この混乱状態は「大片付け」中ということであって、その言葉であらゆる人が得心いくまで説明した。「おらは、物事をいままであったようなままにさせておくことはできねえ。それに、ここの若いもんにゃもっと秩序を守らせせなきゃなんねえ」。これが、彼女の言い草である。というのも、どういうわけか、ダイナ自身は自分が秩序の権化であって、この点で完璧を期せない理由が何かあるとすれば、それは若いもんたちと屋敷内の自分以外の全員のせいだと思い込んでいたからである。すべての鍋類が磨かれ、テーブルは雪のように白くごしごしと擦られ、目障りなものはあちこちの穴や隅の見えないところへ突っ込まれると、ダイナは素敵な洋服に着替え、清潔なエプロンを身につけ、派手なマドラス縞のターバンを高々と巻き、なかの物をきちんとした状態に保っておきたいという理由で、うろつき回る「若いもんたち」に台所から出ていくよう命じた。本当を言えば、この間欠的な発作はしばしば家全体にとって不便なところがあった。というのも、ダイナは磨きあげた鍋に極端な愛着を示し、少なくとも「大片付けのとき」の熱がさめてしまうまでは、どんな目的だろうとこれらの鍋をまた使ってはいけないと言い張ったりしたからである。

数日のうちに、オフィーリア嬢は家のなかのあらゆる場所をすっかり組織だったものに改善した。しかし、召使の協力なしにはやっていかれないすべての部署での彼女の骨折りに関して言えば、それはまるでシジフォスやダナイデスの骨折り[7]と同じであった。絶望した彼女は、ある日セント・クレアに訴えた。

「この家には、何かを組織だててやっていくということがないのね！」

「確かに、ないでしょうね」とセント・クレアは言った。

「こんなだらしのないやり方、こんなむだ使い、こんな混乱はいままで見たことがないわ！」

「そうだろうと思います」

「もしあなたが家事を自分で担っていれば、この事態をそんなに平然と受けとめていられないでしょうね」

「従姉さん、あなたに理解しておいてもらいたいので、この際はっきり言っておきますが、私たち奴隷の主人というものは、圧迫する者と圧迫される者の二種類に分かれます。善良で荒っぽいことの嫌いな私のような主人は、多くの不便を覚悟しています。もし私たちの便宜のために、だらだらして無責任で無学な連中をこの共同体のなかで養っていこうとすれば、いいですか、私たちはその結果を引き受けなければなりません。荒っぽいことなど一切せずに、秩序や組織を作り出すことのできる特別なやり方を心得た人々の、稀な場合も知っていますが、私はそういう人間ではありません。だから、好きなように連中にやらせておこうって、ずっと前に決心したんです。私はあの哀れな連中を棒や鞭でずたずたにする気はありませんし、彼らもそれを知っています。とすれば、もちろん、彼らは主導権が自分たちの手にあるって分かっているんです」

「でも、時間を守らず場所もわきまえず秩序も考えないで、すべてがこんなふうにだらしないやり方で続いていくなんて！」

「ヴァーモントの従姉《ねえ》さん、あなたたち北極点近くで生まれた人々は、時間にとんでもない価値をおいてるんですよ！

自分の時間の二分の一は、いったいどう使ったらいいか分からない人間にとって、時間の有効活用がなんの役に立つと思っているんですか？　秩序とか組織にしたって、ただソファでくつろいで本を読む以外に何もすることがない場所では、朝食や夕食の時間が一時間早かろうが遅かろうが、たいした問題ではありません。ところがですよ、現に素晴らしい食事をあなたに作ってくれるダイナがいます。スープ、シチュー、鳥のロースト、デザート、アイスクリームその他なんでも、彼女はあの台所の混沌と暗闇のなかから作り出します。私はほんとに大したもんだと考えているんです、あの彼女流のやり方が。でも、神もご笑覧あれってやつですが、もしもですよ、私たちが下へ行き、彼女が煙草をすったり、しゃがみ込んだりするのや、また準備の最中のテンヤワンヤを目にしたとしたら、もう二度と食べる気がしません！　だから、従姉さん、どうか手を引いてください！　従姉さんのやろうというのは、カトリック修行僧の苦行以上のことだし、なんの効果もありません。ご自分でもただイライラし、ダイナを完全に困らせるだけです。彼女の好きなようにさせておきましょう」

「でも、オーガスティン、あなたはわたしがどんな有様を目にしたのかご存知ないでしょ」

「知らないですって？　麺棒はベッドの下に、ナツメグおろし金は煙草といっしょに彼女のポケットのなかにあるってことを、私が知らないって言うんですか？　いろんな形の砂糖壺が六五個もあって、そいつが家中の穴という穴に一つずつ入っているということや、彼女がある日は食事用のナプキンで皿を洗うかと思うと、次の日には古いペチコートの端布で洗ったりすることだって知ってますよ。でも、結果として、彼女はすばらしい食事を作り、とびきりおいしいコーヒーをいれてくれます。だから、従姉さんも、軍人や政治家の評価を下すように、結果で彼女を評価しなくっちゃいけないんです」

「しかし、物を無駄に使いすぎるわ、お金の浪費よ！」

「ああ、その通りです！　それじゃ、できるものすべてに錠をとりつけ、鍵を持っていて、少しずつ渡してやることにしましょう。でも、残りものが出ても、そのことを問いただしたりしないでください。それはだめです」

「そこがわたしの悩みどころよ、オーガスティン。この召使たちは厳密な意味で正直ではないって、わたしには思えるの。彼らは信頼できるのかしら？」

こう問いただすオフィーリア嬢の真面目で心配そうな顔つきを見て、オーガスティンは無遠慮に笑った。

「ああ、従姉さん、こいつは傑作だ。正直かどうかですって！　まるで連中にそれが望めるみたいじゃないですか！正直たれ！　ってわけですね。とんでもない、もちろん、彼らは正直じゃありません。どうして正直でなきゃいけないんです？　いったい全体どうやったら彼らを正直にさせられるんですかね？」

「どうしてあなたは教育しようとしないの？」

「教育ですって！　ああ、ばかばかしい！　この私が何を教育するっていうんです？　この私がそんなふうに見えますか！　マリーなら、確かに、管理を任されれば全農場をぶっ潰してもやり抜くくらいの気力はあります。しかし、その彼女でも、あの連中からごまかしをなくさせることはできないでしょうね」

「正直者はいないの？」

「まあ、ときには、いますよ。自然が、手に負えないほど単純で誠実で忠実にそいつを作り上げたので、考えられる最悪の影響でさえも、そいつの正直さを壊すことができないってほどのやつがね。でも、いいですか、黒人の子供というのは、母親の胸にいるときから、自分には陰でこそこそやる道しかないんだってことを、感じとったり見てとったりするんです。両親だろうが女主人だろうが、あるいはお坊ちゃまやお嬢様の遊び友達だろうが、そういった人たちに対しては、彼はそれでなければやっていけないんです。うまく立ち回ったり、ごまかしたりすることが、必然的で止むをえない習慣になるんです。彼にそれ以外の何かを期待するほうが、まともじゃないんです。彼はそのことで責められるべきではありません。正直ということで言えば、所有権を理解させるとか、主人の物は手に入れても自分の物ではないと思わせるとかいうことは一切抜きにして、まったく頼り切った、半ば子供のような状態に、奴隷は閉じ込められているんです。とすれば、私には、彼らがどのようにして正直でありうるのか分かりませんね。トムような人間は、この世の道徳的奇跡です！」

「それじゃ、彼らの魂はどうなるの？」とオフィーリア嬢は言った。

「そのことは私に関係ありません」とセント・クレアが言った。「ただ現在の生活の事実にのみ、私は関わっているだけです。あの人種の全体があの世でどうなろうとも、この世では私たちのために悪魔に引き渡されているというのが、一般の理解です。それが事実です！」

「それじゃあまりにひどすぎるわ！」とオフィーリア嬢が言った。「あなたたちは自分が恥ずかしくないの！」

「さあ、どうでしょう。こうした事実にもかかわらず、私たちはかなり仲良くやってますよ」とセント・クレアは言った。「普通に大通りを行く者たちがやっている程度にはね。世界中の上層階級と下層階級を見てごらんなさい。みんな同じです。上層階級の幸せのために、下層階級の者は身も心も精神も使い果たしているんです。イギリスでもそうです。どこでも同じです。それなのに、私たちのやり方が彼らと少し違っているというので、すべてのキリスト教徒たちは、高潔ぶった憤りを感じて、慄然としているのです」

「ヴァーモント州はそうじゃありませんよ」

「ああ、そうですね、ニューイングランドや自由州は、私たちよりうまくやってますね、それは認めます。しかし、食事の鐘がなっていますよ。従姉さん、しばらく、私たちの地域的な偏見は脇においといて、食事に行きましょう」。

オフィーリア嬢がその午後遅く台所にいると、黒人の子供たちが叫び出した。「やーやー！　プルウがやって来たぞ、いっつもみてえにぶつくさこいてらあ」。

背の高い骨ばった黒人女が、ラスクと焼きたてのロールパンの入った籠を頭にのせ、台所へ入って来た。

「おや、プルウ、来たね」とダイナが言った。

プルウはものすごく陰気な顔つきと、ぶすっとした不機嫌な声の持ち主だった。彼女は籠をおろして、しゃがみ込むと、両肘を膝においてロを開いた。

「ああ、神様！　おら死んじまいてえ！」

「どうして、死んでしまいたいなんて思うの？」とオフィーリア嬢が聞いた。

「そうすりゃ、この惨めさから抜け出せるだ」。女は目を床から離さず、ぶっきらぼうに言った。

「それじゃ、なんでまた酔っぱらって、空騒ぎなんかするのさ、プルウ？」こぎれいな混血の小間使が、珊瑚の耳飾りをぶらぶらさせながら言った。

女は、気難しそうな険しい目つきで彼女を見やった。

「お前さんもそのうちそうなるさ。そんときのお前さんを見てえもんだ、本当に。そんときゃ、お前さんもおらみたいに、惨めさを忘れるために酒で憂さ晴らしをするこったろうよ」

「さあ、プルウ」とダイナが言った。「お前のラスクを見せとくれ。ここにいる奥様が買ってくださるから」。

オフィーリア嬢は何ダースか取り出した。

「棚の上に、ちょっと縁の欠けた古い水差しがあるだろう、そこにチケットが何枚か入ってる」とダイナは言った。「ジェイク、上がって下ろしとくれ」

「チケット？　なんなのそれは？」とオフィーリア嬢が聞いた。

「プルウの主人からチケットを買っといて、プルウからパンを買ったらそれで払うんでさ」

「家に帰ると、あの人たちはチケットと金を数えて、おらが釣り銭をちゃんと持って帰ったか確かめますだ。もし釣り銭がねえと、半殺しにされますだ」

「自業自得ね」。小生意気な小間使のジェーンが言った。「御主人様のお金をとって飲んじまえばね。この人はそんなことをするんですよ、奥様」

「そうさ、そうするよ。そうでもしなきゃ、やっていけねえだ。飲んで惨めさ忘れるしかないんだよ」

「お前はひどく性悪なおばかさんなのね」とオフィーリア

嬢は言った。「御主人のお金を盗んで、それで自分を猷みたいにするなんて」

「そうなんです、奥様。けど、おらはそうしますだ、ええ、やります。ああ、神様！　おら、死にてえ、ほんとに。死んでこの惨めさから逃れてえ！」そう言うと、この老いた女はゆっくりとぎこちなく立ち上がり、また籠を頭に載せた。しかし、出て行く前に、まだそこに立って耳飾りをもてあそんでいた混血娘のほうを見やった。

「そんな耳飾りつけて、ちゃらちゃらして、頭をつんとあげて、みんなを見下してりゃ、かっこいいと思ってんだろ。でも、覚えていな。いまに、おらみてえな、みじめな、おいぼれの空騒ぎばかりするやつになるから。そうなるよう神様におらも祈ってるだ、ほんとに。そしたら、おめえが飲んで飲んで飲んだくれて、苦しまねえか見ててやる、おめえも自業自得さ！　ふん！」敵意に満ちた喚き声をあげて、女は台所を出ていった。

「いやな婆あだ！」主人のひげそり用の水を取りに来たアドルフが言った。「おれが奴の主人だったら、いまよりもっとひどくぶちのめしてやるんだが」

「そんなことできやしないさ、絶対に」とダイナが言った。「あれの背中はいまだってひどいもんさ。服を背中でよせ合わせることもできねえほどなんだから」

「あんな下品な輩が、上品な家庭へ出入りするなんて許されるべきじゃないと思うわ」とミス・ジェーンが言った。「ミスター・セント・クレア、あなたはどう思われます？」彼女はアドルフに向かって、あだっぽく頭をふりながら尋ねた。

お分かりとは思うが、アドルフは主人のものを流用しているうちに、主人の名前と住所も使うくせがついていたので、ニューオーリンズの黒人仲間のあいだでは、彼は「ミスター・セント・クレア」という名前で通っていたのだ。

「あなたとまったく同じ意見ですよ、ミス・ブノワ」とアドルフは言った。

ブノワというのは、マリー・セント・クレアの実家の名前で、ジェーンはマリーの召使の一人だった。

「ところで、ミス・ブノワ、お尋ねしたいのですが、その耳飾りは明日の晩の舞踏会のためのものですか？　ほんとに、お美しいですね！」

「まあ、ミスター・セント・クレア、男の人って、なんて厚かましくなれるもんなんでしょう！」そう言うと、ジェーンは美しい頭をつんと上げたので、耳飾りがまたきらきら光った。「これ以上わたしに何か質問しかけようとしたら、わたしは明日一晩中あなたとは踊りませんからね」

「ああ、いまからそんな残酷なことを言わないでください！　僕はただ、あなたがピンクの薄地モスリンを着て現われるかどうか、それだけを知りたいんですから」とアドルフは言った。

「なんのこと?」と、ちょうどこのとき階段を踊るように降りて来た、陽気できびきびした小柄な混血娘のローザが口をはさんできた。

「あのね、ミスター・セント・クレアはとても厚かましいのよ!」

「誓いますが」とアドルフが言った。「その判断はミス・ローザにまかせます」

「この人はいつも図々しいのよ」。ローザは小さい片足でバランスをとって立ち、アドルフを恨みがましく見つめながら言った。「この人はいつもわたしを怒らせてばかりいるわ」

「ああ! お嬢さん方、きっと僕の心はあなた方お二人のために張り裂けてしまうでしょう」とアドルフは言った。「ある朝、僕はベッドの上で死んでいるところを発見されるでしょう。その責任はあなた方にあるのですよ」

「お聞きなさいよ、このいやらしい男の口の利きかた!」二人の淑女方は、けたたましく声をあげて笑った。

「さあ、出てっておくれ、お前さんたち! お前さんたちを台所で群がらせとくわけにゃいかないよ」とダイナが言った。「おらの邪魔して、ぶらぶらされてちゃ困るのさ」

「ダイナおばは舞踏会へ行けないもんだから、それで機嫌が悪いのね」とローザが言った。

「お前らみてえになまっ白い連中の舞踏会なんか行きたくもねえ」とダイナは言った。「これみよがしに飛び跳ねたりして、白人ぶりやがってさ。だども結局、お前らもおらと同じ黒んぼさ」

「ダイナおばは毎日、ちぢれ毛を伸ばそうとして、こてこてに油をつけているのよ」とジェーンが言った。

「でも、しょせん、ちぢれっ毛よね」。ローザは、意地悪そうに自分の長い絹のような巻き毛を揺すりながら言った。

「神様の目にゃ、いつだって、ちぢれっ毛も同じ髪の毛さ、違うかえ?」とダイナが言った。「お前たち二人とおらのような者と、どっちのほうが値打ちがあるか、奥様に聞いてみてえもんだ。さあ、出てっとくれ、この見掛け倒しめ、周りでうろうろなんかしないどくれ!」

ここで、この言い争いは、二重に遮られた。一方で、階段の上からセント・クレアの声がして、ひげそりの水を持ったまま一晩中つっ立っているつもりなのかとアドルフに尋ねた。他方で、オフィーリア嬢が食堂から出てきて、次のように言った。

「ジェーンもローザも、どうしてこんなところで油を売ってるの? さあ行って、モスリン地の服の手入れをしなさい」

われらの友トムは、ラスク売りの老婆とみんなが話をしていたとき台所にいたのだが、彼女のあとを追って通りに出て行った。彼は彼女がときどき押し殺したような呻き声を上げながら歩いていく様子を見ていた。彼女はついにある家の戸口の石段に籠を降ろすと、肩の色あせた古ショールを掛け直し始めた。

「おらがあんたの籠をちょっと運んでってやろう」。トムが思いやりを込めて声をかけた。

「なんでだね？」と女が言った。「助けなんかいらねえ」

「あんたが病気か困った状態にあるか、何かそんなふうに見えたんでね」とトムは言った。

「おらは病気なんかじゃねえ」。女はつっけんどんに言った。

「おらはなぁ」と、トムはプルウの顔を真剣な面持ちで見ながら言った。「できれば、あんたが酒をやめるようにって言ってきかせたいんだ。酒は身も心もだめにするちゅうことが分からねえだか？」

「果てが地獄の苦しみだっていうのは分かってるさ」と、女はむっつりした調子で言った。「そんなこと、お前さんに言われる必要はねえ。おらは性悪だし、罰当たりだ。真っ直ぐ地獄の苦しみに行くさ。ああ、神様！　早くそこへやってくだせえ！」

トムは、こんな恐ろしい言葉が、暗い熱情から本気で口にされるのを聞いて身ぶるいした。

「おお、神様があんたに憐れみを与えてくださいますように！　かわいそうに。あんたは、イエス・キリストのことを聞いたことないだか？」

「イエス・キリスト、誰だね、それ？」

「いいかい、主のことだよ」とトムは言った。

「主とか審判とか責め苦のことなんかは聞いた気がするだ。ああ、聞いたな」

「けど、おらたち貧しい罪人を愛し、おらたちのために死んでいった主イエスのことを、誰もあんたに話してくれなかっただかね？」

「そんなことはなんにも知らねえだ」と女は言った。「おらのとっさまが死んでから、誰もおらを愛してくれた者なんかいねえだ」

「どこで育っただ？」とトムは聞いた。

「ケンタッキーのほうだ。ある男が、市場へ売る子供を産ますために、おらを養ってただ。子供らは十分大きくなると、すぐに売りとばされた。その男は最後におらを投機師に売り飛ばしただ。投機師からいまの御主人様がおらを買っただ」

「どうして、こんなひどい酒の飲み方をするようになっただかね？」

「惨めさを忘れるためさ。ここに来てから、おらは子供を一人産んだ。御主人様は投機師じゃないから、おらはその子を自分で育てられると思った。とびっきりかわいい子だった！　それに奥様も、はじめはその子のことを気にかけてくださってるように思えただ。ぜったい泣かねえ子で、愛くるしくってよく太ってた。けど、奥様が病気にかかって、おらが看病してるうちに、熱がうつって、乳が出なくなっちまった。子供は骨と皮にやせこけちまったんだけど、奥様はその子にミルクを買ってくれなかっただ。乳が出なくなったと言っても、聞いてくれなかっただ。他の人の食べるもので育つはずだと言っただよ。子供はやせこけちまって、昼も夜も泣いて泣いて泣きやまなかった。すっかり骨と皮だけになっていっただ。奥様は子供に腹たてて、むずかるばかりでどうしようもないと言った。奥様は、その子が死ねばいいと言った。そんで夜もおらにその子の面倒をみさせてくれなかった。その子のせいで、おらがずっと起きてなくちゃならなくなり、おらが役立たずになるからだというんだ。奥様はおらをご自分の部屋へ寝かせた。おらは子供を小さい屋根裏部屋へ置きっぱなしにしておかにゃならなかった。ある晩、その子はそこで泣き死んじまっただ。本当に死んじまっただ。それから赤ん坊の泣き声を聞くまいとして、酒を飲むようになったんだ！　おらは飲んださ、これからも飲むつもりだ！　それで地獄へ行くことになっても、おらは飲むさ！　御主人様は、おらが地獄へ行くことになるぞと言われるけど、おらはもう地獄へ来てるって言い返しているだ！」

「ああ、かわいそうに！」とトムは言った。「主イエスがどんなにあんたを愛し、あんたのために死んでくださったか、あんたに話してくれた人はいなかったんだね？　主があんたを救ってくださり、あんたは最後には天国に行って休めるんだと、誰も話してくれなかったんだね？」

「おらは天国へ行くのかね」。女は言った。「そこは、白人の行くところじゃねえのか？　そこでも、白人がおらを自分の物にするだか？　だったら、おらは地獄のほうがええ。そうすりゃ、御主人様や奥様から離れていられる。地獄ならよく知っとるだ」。そう言うと、いつもの呻き声とともに籠を頭にのせ、彼女は暗い足取りで歩き去って行った。

トムは踵を返し、悲しそうに家へ帰って行った。中庭で小さなエヴァに会った。彼女は頭にオランダ水仙の花輪をつけ、瞳は喜びで輝いていた。

「あら、トム！　ここにいたの。見つかってよかった。パパがね、仔馬たちを出して、あの小さな新しい馬車であなたに連れ出してもらってもいいって言ってくれたわ」と、彼女はトムの手をつかんで言った。「でも、どうしたの、トム？深刻な顔つきをして」

「気分がよくないんです、エヴァお嬢様」とトムは悲しそうに言った。「けど、馬は出して上げますだ」

「でも言ってちょうだい、トム、どうしたの？　わたし、不機嫌なプルウばあさんにあなたが話しかけていたのを見かけたわ」。

トムは、熱のこもった飾らぬ言葉で、女の身上話をエヴァに話した。彼女は、他の子供のように大声をあげたり、驚いたり、泣いたりはしなかった。彼女の頬は青ざめ、深い心からの翳りが瞳を横切った。彼女は、両手を胸にあて、深いため息をもらした。

第2巻

· *Volume 2* ·

聖書を読むトム

第19章 オフィーリア嬢の経験と考え方（続き）

Miss Ophelia's Experiences and Opinions, Continued

「トム、馬は出さなくてもいいわ。わたし行きたくないから」とエヴァが言った。

「行きたくねえですだと、エヴァお嬢様？」

「いまのあなたの話がわたしの胸に突き刺さるの、トム」と彼女は言った。「胸に突き刺さるの」。彼女は真剣な面持ちで繰り返した。「行きたくないの」。彼女はトムに背を向け、家のなかに入っていった。

　それから数日後、プルウばあさんに代わって別の女がラスクを持ってやってきたとき、オフィーリア嬢は台所にいた。

「あれ、まあ！　プルウに何かがあっただか？」とダイナが言った。

「プルウはもう来ねえよ」と、その女は意味ありげに言った。

「どうしてもう来ねえんだ？　まさか死んだんじゃないだろうね」とダイナが言った。

「おらたちにも正確なこたあ分からねえんだが、プルウは地下室に入れられているだ」と、その女はちらっとオフィーリア嬢を見やりながら言った。

　オフィーリア嬢がラスクを受け取ったあとで、ダイナはその女のあとについて戸口のところまで行った。

「いったいプルウに何があったんだい？」と彼女は言った。

　女は、話したいような話したくないような素振りだったが、低い、いわくありげな調子で答えた。

「いいかい、誰にも言っちゃなんねえだぞ。プルウはまた飲んだくれた、そんでもって地下室に入れられた、そこに一日中置きっ放しにされていたんだ。おらは家の人たちが蠅がたかってたと言うのを耳にしただ。そんなわけで、彼女は死んじまっただよ」。

　ダイナは両手をあげた。振り向くと、まるで幽霊のようなエヴァンジェリンの姿が、自分のすぐそばにあるのに気がついた。その大きくて神秘的な目は、恐怖の色を浮かべて見開かれており、唇からも頬からもすっかり血の気が引いていた。

「あんれまあ！　エヴァお嬢様が気を失っちまうよ！　こんな話を聞かせてしまうなんて、おらたちどうしたっていうんだろう？　旦那様がえらくお怒りになるこったろう」

「気を失ったりしないわよ、ダイナ」と、子供はしっかりした口調で言った。「それにどうしてわたしがその話を聞いてはいけないの？　かわいそうなプルウの苦しみに比べたら、わたしがそれを聞くことなんか大したことじゃないわ」

「とんでもねえ！　こりゃお前様みてえな、やさしくて繊細なお嬢様方の聞くようなもんじゃねえです。こういう話は違えますだ。死ぬ思いをさせますだ！」

エヴァはまたため息をついて、ゆっくりと物思いに沈んだ様子で階段を上がっていった。

オフィーリア嬢はその女の話をしきりに聞きたがった。ダイナがまず饒舌な調子で説明したあとで、トムがあの朝当人の口から聞いていた詳しい話をつけ加えた。

「まったくひどい話だわ、本当に恐ろしい」。セント・クレアが寝そべって新聞を読んでいた部屋に入ってくるなり、彼女は大声で言った。

「おや、今度はどんな邪悪なことが露見したっていうんですか？」と彼は言った。

「今度はどんなですって？　あの人たちがプルウを鞭で打ち殺してしまったのよ！」そう言うと、オフィーリア嬢は熱を込めて細かく話していったが、もっとも衝撃的な部分は微細な点にまで分け入って物語った。

「いつかはそうなるんじゃないかって思っていましたよ」。そう言い終わると、セント・クレアは新聞を読み続けた。

「そう思っていたですって！　何とかしようという気はないの？」とオフィーリア嬢が言った。「町の行政委員とか誰かに、こういうことに介入させて、どうにかさせられないの？」

「こういう場合、一般の理解では、所有権というものが十分な防壁になるんですよ。もし人々が自分たちの所有物を破壊するほうを選んだとしたら、手の施しようはありません。その気の毒な奴隷は、盗人で酔っぱらいだったようですから、彼女に対する同情を喚起する見込みはあまりないでしょうね」

「まったく言語道断だわ。ひどすぎるわ、オーガスティン！　きっとあなたに天罰がくだされるでしょう」

「従姉《ねえ》さん、私がそれをやったわけではないんですよ。私にはどうすることもできないんです。もしできるんなら、やりますよ。でも、下劣で、残忍な人間が自分のしたいようにしたとしたら、どうすればいいんですか？　連中には絶対的な支配力があります。連中は責任を問われることのない専制君主なんです。介入したって無駄です。こんな場合に実際のところ役に立つ法律はありません。私たちにとっての最善策は、目と耳を塞いでいることです。私たちにはその方策しか残されていません」

「どうしてあなたは目も耳も塞ぐことができるの？　どうしてこんなことを放っておけるの？」

「従姉さんは子供みたいだ、私にどうしろというんですか？　卑しめられ、教育もなく、怠惰でうるさいだけのある階級のすべてが、無制限かつ無条件に、この私たちの世界の多数派の手にすっかりゆだねられているんですよ。その多数派は、思いやりも自制心もないし、自分に関わる利害でさえ、道理にかなった方向で考えたりしません。だって、そうでしょう、人類の大半がそうなんですから。そんなふうに組織化された社会にあっては、高潔で人間的な感情を持ったものは、もちろんのこと、できるだけ目をつぶり、心を冷淡にしている以外にないじゃないですか？　私が、目にしたかわいそうな連中をすべて買うことができるわけではありません。義侠の士となって、このような都市の不正をいちいち是正するなんてこともできません。私にせいぜいできることと言えば、そのようなことにかかずらわらないようにしていることなんです」。

セント・クレアの繊細な顔つきが一瞬曇り、いらいらした表情を見せたが、すぐに陽気な笑顔を取り戻して次のように言った。

「さあ、従姉さん、そこで運命の女神(1)の一人みたいな格好で突っ立っていないでください。従姉さんは、世界中でいろんな形で起こり続けていることの一つの例証を、カーテン越しにちらっと見たにすぎないんですよ。もし私たちが生活に潜むあらゆる陰鬱なものに分け入り、注意深く調べようというのなら、私たちはどんなものにも情けをかけるべきではないんです。それはダイナの台所をごく近くで細々と覗き込むみたいなものなんです」と言うと、セント・クレアはまたソファに寝そべり、熱心に新聞を読み続けた。

オフィーリア嬢は腰をおろし、彼女の例の編み物を取り出すと、憤りに満ちた怖い顔で座り込み、編むことに熱中し始めた。物思いに耽りながらも、憤りの炎は燃え盛っていた。ついにこらえきれなくなって彼女は口を開いた。

「ねえ、オーガスティン、たとえあなたにできても、わたしにはこういったことを見て見ぬふりをすることができないの。あなたがこんな制度を擁護するなんて、本当に不快だわ。それがわたしの気持ちよ！」

「今度はなんですか？」顔を上げながらセント・クレアが言った。「またそのことですか、ええ？」

「あなたがこんな制度を擁護するなんて、本当に不快だって言ったのよ」と、オフィーリア嬢はだんだん興奮を募らせながら言った。

「私が擁護してるですって、ええ従姉さん？　この制度を私が擁護してるなんて、誰がいったい言ったんですか？」とセント・クレアは言った。

「もちろん、あなたは擁護しているわ。あなた方みんなそうよ、南部の人たち全員がね。もし擁護していないって言うのだったら、あなた方はなんのために奴隷を所有しているの？」

「この世の中の人間について、正しくないと思ったことを誰もやろうとしないと考えるほど、あなたという人はお人好しなんですか？　あなたは自分でまったく正しくないと思ったことは絶対やらないし、またやらなかったっていうんですか？」

「もしやったら、そのことを後悔するわ、ええ、そうですとも」そう言いながら、オフィーリア嬢は音の出るほど力を込めて編み針を動かした。

「私も同じです」。セント・クレアはオレンジの皮をむきながら言った。「私だっていつも後悔してますよ」

「じゃ、どうして続けているの？」

「従姉さんは一度後悔したら、あとは悪いことをやらないでいられるんですか？」

「そうね、誘惑がとても強いときは別ね」とオフィーリア嬢は言った。

「そうなんですよ、私も誘惑に弱いんです」とセント・クレアは言った。「それがまさに私の弱点なんです」

「でも、わたしは誘惑に負けないようにっていつも心に誓ってきたし、それを断ち切ろうって努力しているつもりよ」

「ええ、私もこの一〇年間折にふれて、そうすまいと心に誓ってきました」とセント・クレアは言った。「でも、どうにも手を切れませんでした。従姉さんは自分のすべての罪から手を切りましたか？」

「オーガスティン」。オフィーリア嬢は編み物を下に置くと、真顔で言った。「あなたがわたしの欠点を咎めだてるのは当然だと思うわ。あなたの言っていることは大いに正しいし、そうだってことをわたし以上に感じている人はいないくらいよ。でも、結局のところ、あなたとわたしのあいだには違いがある。わたしは、自分の悪いと思っていることを毎日し続けるくらいなら、自分の右手を切り落としたほうがましだと思っているの。といっても、わたしのしていることは、口で言っていることと大いに矛盾しているから、あなたがわたしを非難しても不思議じゃないわ」

「ほらこれだ。いいですか、従姉さん」。そう言うと、オーガスティンは床の上に座り、仰向けに寝転がりながら彼女の膝に頭をのせた。「そんなに大まじめに受け取らないでくださいよ！　私がいつだって役立たずの生意気な子供だったってことは知ってるでしょう。ただあなたにちょっかいを出して、あなたが真剣になるのを見たかっただけなんですから。それだけのことですよ。あなたは痛ましいほど絶望的によい人間だ。そのことを思っただけでも、死ぬほどうんざりしちゃいますよ」

「でもねえ、オーガスト、これは真剣な問題なのよ」。オフィーリア嬢はセント・クレアの額に手を置きながら言った。

「いやになるほどにね」と彼は言った。「でも私は、暑いときに真面目な議論をしようという気になれませんね。蚊だのなんだのかんだのがいるところで、崇高な道徳的高揚に目覚めるなんてできっこないじゃないですか。思うに」。そこで、突然セント・クレアは体を起こした。「そうか、問題の鍵はそこにあったのか！　なぜ北部の人がいつも南部人より道徳的なのか、たったいまその理由が私に分かりましたよ。ことの真相が見えました」

「ああ、オーガスト、あなたって本当に軽薄な人ね！」

「私がですか？　そう、そうかもしれません。それじゃ、ひとつ今度は真面目になりましょう。でも、従姉さんは私にそのオレンジの籠をとってくれなくちゃいけません。お分かりでしょう、私がこういう努力をするについては、『ぶどうのお菓子でわたしを養い、リンゴで力づけてください[2]』ですよ。さて」。そう言うと、オーガスティンは籠を自分のほうに引き寄せた。「それじゃ、始めましょう。人間のさまざまな出来事のなかで、一人の人間が二、三ダースの虫けらのような輩を捕囚の身にしておくことが必要になったとき、社会のさまざまな意見に対する一つの寛大な見方が要求するものと言えば――」

「あなたが前より真面目になったとは思えないわ」とオフィーリア嬢は言った。

「待っていてください、真面目にやろうとしているんですから。まあ、聞いていてくださいよ。事柄の要はですね、従姉さん」。そう言うと、突然彼の整った顔立ちが、熱のこもった真剣な面持ちになった。「私の考えでは、この奴隷制という抽象的な問題については、たった一つの見方しか成り立ちようがないんです。奴隷制によって金儲けをする農園主たち、彼らを喜ばせる聖職者たち、奴隷制によって支配しようとする政治家たちは、世間もびっくりするほどの巧妙さで、言葉や倫理をねじ曲げ、歪めています。連中は、自然や聖書や他のなんやかやを自分たちに奉仕させることができるんです。しかし、結局のところ、連中も世間の人も、そのことで奴隷制をもっと信ずるようになんかなりゃしません。奴隷制は悪魔の産物です。それが事柄の要なんです。私の目から見れば、奴隷制は悪魔本来の作業を、かなり体裁よく仕立てあげている好例です」。

　オフィーリア嬢は編み物をやめ、驚いた表情を浮かべた。セント・クレアは、彼女のびっくりした様子をあからさまにおもしろがり、さらに続けた。

「驚いているようですね。もしあなたがこれに関して私の言うことを公平に受け入れてくれるのであれば、私も思っていることを洗いざらいぶちまけますよ。神と人間を冒瀆するこの忌まわしきもの、その正体は何か？　すべてのその虚飾を剥ぎ、全体の根っこと核心へそれを追いつめていってごらんなさい。そのとき、そこにあるのはなんでしょうか？　いいですか、我が同胞《はらから》なる奴隷のほうは無知で弱いのに私は知恵があり強いという理由、そしてまた私のほうは方法を心得、それを実行できるという理由、そうした理由のゆえに、私は彼の持っているすべてのものを奪い、自分のものとなし、私の好みに従って、あるものを一定量だけ彼に与えたりすることができるのです。私に辛く、汚く、不快なものは何であれ、私は奴隷にやらせることができるのです。私は働きたくないがゆえに、奴隷に働かせるのです。私は陽に焼けるのがいやだから、奴隷を太陽の下にとどまらせるのです。奴隷に金を稼がせ、私がそれを使うのです。奴隷をすべての水溜まりで横たわらせ、その上を私は足を濡らさずに歩いていくのです。奴隷は生きているあいだ、自分の意志にではなく、私の意志に従い、私に都合のよいときにやっと天国にいく機会を得るのです。これこそ、奴隷制とは何かということで私が考えていることです。この世の誰でもいいから、私たちの法律書のなかにある奴隷法を読んで、これ以外の読み方ができるかどうか見てみたいものです。奴隷制の濫用なんて言い方があります！　まったくのペテンです！　奴隷制そのものが、本質的に濫用なんです！　この国がソドムとゴモラ(3)のように滅びてしまわない唯一の理由は、この国の奴隷制が実情より見せかけよく施行されているからなんです。私たちは女性から生まれた人間であって、野蛮な動物ではありませんから、哀れみの心や恥を持っています。そのため、私たちの多くは、残忍な法が私たちに委ねた全権力を使ったり、使ってみようとはしません。むしろそうすることを軽蔑するほどです。また、もっともひどく、もっともあくどいことをする者も、法が与えた力を限界内で行使しているだけです」。

セント・クレアはすっかり熱くなっていた。興奮しているときの常で、彼は足早に部屋を行ったり来たりした。ギリシャ彫刻のような古典的で、美しい彼の顔は実際、感情の炎熱で燃えているように見えた。大きな青い目は輝き、動作も無意識のうちに熱を帯びていた。オフィーリア嬢は、彼がこんな様子になったのを一度も見たことはなかったので、ただひたすら沈黙して座っていた。

「私は断言します」。急に彼はオフィーリア嬢の前で立ち止まって言った。「(この問題について口で言ったり、感情を吐露しても何の役にも立ちはしませんが) 私は断言します。この国がすっかり滅んで、目の前からあらゆるこうした不正や悲惨が見えなくなってしまうのだったら、私も一緒に喜んで滅びようと考えたことが何度もありました。船でミシシッピーを行ったり来たり、また集金旅行であちこち旅をしたりして、私の目にとまる、残忍でうんざりするような低劣でけちくさい連中が、いかさまをしたり、盗んだり、ばくちをして儲けた金で買った数多くの男や女や子供たちの完全な専制君主になるのを、この国の法律が許していると考えたとき、さらにそういう連中が、寄る辺ない子供や少女や若い女性たちの実際の所有者であるのを目にしたとき、私は自分の国を呪い、人類を呪ってやりたいと思いましたよ！」

「ああ、オーガスティン、オーガスティン！」オフィーリア嬢が言った。「あなたはもう十分言ったわ。これまでわたしは、北部でだって、こんなふうに話されるのを聞いたことがなかったわ」

「北部でですって！」セント・クレアは突然表情を変え、いつもの投げやりな調子に戻って言った。「噴飯者だ！　あなた方北部の人というのは冷血漢そのものです。すべてのことに冷静です！　私たちがこの悪弊をまともに攻撃するときみたいに、徹底して罵り始めることはできやしませんね」

「でも、問題は」とオフィーリア嬢が言いかけた。

「ええ、そうですとも、確かに問題はなんです。本当にそいつはくそ忌々しい問題なんです！　どうやったらあなたが、この罪と悲惨さに満ちた状況を実感できるようになるんでしょうかね？　いいでしょう、かつて日曜ごとにあなたが私に教えてくれたように、分かりやすいお馴染みのやり方で答えてみましょう。私はごく普通の世代交代でこうなったんです。私の召使たちは、父の所有していたものと、それから母の所有していたものでした。彼らはいまは私の所有物です。彼らと彼らの産んで増やしたものですがね、そうなるとかなりの額の品目ということになりますかね。私の父は、ご存知の通り、はじめはニューイングランドから移り住んできました。だから、彼はあなたの父上とまったく同じような人間だったと言えます。いわばよくあるタイプの家長です。正直で、精力的で、高潔で、鉄の意志の持ち主でした。あなたの父上は、岩や石を支配すべくニューイングランドに定住しました。自然からなんとか生存の糧を引き出そうとしたわけです。私の父のほうは男や女を支配すべく、ルイジアナに定住することにしました。彼らから何とか生存の糧を引き出そうとしたのです。私の母は」。この言葉を口にしたとき、セント・クレアは立ち上がり、部屋の端に懸かっている絵のほうへ歩いて行き、敬愛に満ちた表情で絵のある上方を見上げた。「彼女は天上に住む人のようでした！　ああそんなふうに私を見ないでください！　私が言いたいことはお分かりでしょう！　彼女もたぶん人間の生まれでした。しかし、私の見知っている限り、彼女には少しも人間的な弱さや過ちなどといったものがなかったのです。奴隷も奴隷でないものも、まだ生きていて彼女を覚えているものは、召使も知り合いも親戚も、みな口をそろえて同じことを言います。いいですか、従姉さん、長年母があいだに立っていてくれたからこそ、私は完全な不信心者にならずにすんだのです。彼女は、まさに新約聖書の成り代わりであり具現者でした。新約聖書とはこういうものだということを説明し、また新約聖書の真実によってのみ説明がなされうるということを示すための生きた証拠でした。ああ、母さん！　母さん！」そう言うと、セント・クレアは忘我の状態で手をぎゅっと握りしめた。それから、唐突に自己抑制を働かせ、戻ってきて長椅子に座り、話し続けた。

「兄と私は双子です。ご存知のように、双子はお互いに似るのが当然なのに、私たちはあらゆる点で対照的でした。兄は燃え立つような黒い瞳、漆黒の髪、立派な力強いローマ人のような横顔、そして豊かな褐色の肌をしていました。私のほうと言えば、目は青く、金髪で、ギリシャ人のような顔立ちで色白でした。兄は活動的で、隙がないのに、私は夢見がちで、非行動的でした。彼は友人や対等な人間には寛大ですが、自分より劣った人間に対しては、高慢で威圧的で尊大で、彼に楯つくものにはまったく容赦がありませんでした。しかし、理由は違いますが、私たち二人はともに正直でした。彼のほうは自尊心と勇気のゆえに、私はある種の抽象的な理想のゆえにそうだったのです。私たちは、少年が普通そうするように、お互いを愛し合っていました。ときにはそうでない場合もありましたが、全体としてはそうだったと言っていいでしょう。また、彼は父のお気に入りでしたが、私のほうは母に気に入られていました」

「私のなかには、すべての事柄に病的に反応してしまう感受性と敏感さがあります。それは、兄や父に理解されるようなものではなく、彼らの同情を引くことはできませんでした。しかし、母は分かってくれました。だから、私がアルフレッドと言い合いになり、父が厳しい目つきで私を見やるようなとき、私は母の部屋に行き、彼女のそばに座っていたものでした。いま思い出しても、青白い頬とやさしく生真面目で深みのある目をした、白い服の彼女がどんな様子をしていたかが目に浮かびます。彼女はいつも白い服を着ていました。だから、私は『黙示録』などのなかで、美しい亜麻布を身にまとった、白くて汚れのない聖人たちのことを読むたびに、母を思い出したものです。彼女は多彩な才能、特に音楽の才能に恵まれていました。よくオルガンの前に座り、カトリック教会の古い荘厳な音楽を奏で、地上の女性とも思えぬ天使のような声で歌っていたものです。私は母のひざに頭を乗せ、涙を浮かべ、夢を見、言葉で言い表わせないいろいろなこと、ああ、本当に計り知れないほど多くのことに感じ入ったものです」

「当時、奴隷制の問題は、いまのように論議されることなどありませんでした。誰もそこに何らかの悪があるなどと夢にも考えませんでした」

「父は生まれながらの貴族ともいうべき人でした。この世の前の聖霊界では、高い身分に属し、この世に生まれたとき、その昔ながらの宮廷の誇りをすべて持ち込んだに違いありません。というのも、もともと彼の生家は貧しく、とても高貴な家柄とはいえないにもかかわらず、彼の誇りは深く染みつき、骨の髄にまで達していたからです。私の兄はこの点で父そっくりなのです」

「ご存知のように、世界中どこでも、貴族というものは社会の一線を越えると、その先にいるものに人間としての共感を持つことがありません。この一線がどこに引かれているかということでは、イギリスとビルマとアメリカでそれぞれ異なっていますが、これらすべての国々の貴族は、それぞれが引いた一線は絶対に越えません。別の階級ではまったく当たり前のことが、この階級には辛苦であり悩みであり不正義なんです。私の父の境界線は、肌の色でした。父と同等の人間のあいだでは、父ほど公正で寛大な人間はいません。しかし、父はさまざまに可能な肌の色の度合いがあるということを通して、黒人を人間と動物のあいだにある連結の環とみなし、この仮説の上に立って、公正や寛容に対する彼の見方を段階づけました。もし誰かが真っ当かつ露骨に、黒人というものは人間の魂を持っているかと尋ねたら、父は一瞬返答に窮して咳払いをし、口ごもったあとで、確かに肯定的な返事をしたでしょう。でも私の父は、あまり精神の問題に気をもむといった人間ではありませんでした。上流階級の家長たる断固とした立場から、神への尊敬の念は持っていたとはいえ、それ以上の宗教的感情は持ち合わせていませんでした」

「そうですね、父は五〇〇人ほどの黒人を働かせていました。意志堅固で、精力的で、几帳面な経営者でした。すべてが組織だって行なわれ、誤ることのない正確さと的確さで維持されるべきだと考えていました。ところが、生まれてこの方、あなた方ヴァーモントの人たちが言うところの『怠ける』こと以外には何一つ学ぼうという動機もなく成長した、怠惰で、無駄口ばかりたたく、だらしのない働き手によってこうしたことのすべてが成し遂げられなければならないわけですから、私のような敏感な子供には身の毛のよだつような悲惨な出来事が、当然父の農園でたくさん起こっただろうことは予想がつくでしょう」

「その上さらに、父のところには、大きくて、背が高く、ひょろっとした感じの、元気旺盛なヴァーモント州出身の背信的な若い奴隷監督がいました（口が悪くてすみません）。彼は苛酷さと野蛮さとを叩き込まれる正規の徒弟奉公を経て、自分の習ったことを実践する許可を得ていました。母も私も、彼には我慢がならなかった。しかし、彼は父から完全に信頼されていたので、農園では絶対的な専制君主でした」

「私は当時小さな子供でした。しかし、いまと同様人間に関わるあらゆる種類の事柄がとても好きでした。つまり、どんな形をしていようと、人間を探求したいというある種の情熱があったのです。だから、私の姿は奴隷小屋や、野良働きの使用人のあいだでよく見かけられたものです。もちろんとても人気者でした。その結果、あらゆる不平や悲しみが私の耳に届きます。私はそれを母に話しました。母と私は二人で、不当な行為を是正する委員会のようなものをつくりあげ、たくさんの残酷な行為をやめさせたり鎮圧したりして、大いによいことをしたと喜び合いました。ときどき私の熱意が行きすぎたりすることもありました。奴隷監督のスタッブズが、これじゃ使用人の管理ができないから、自分はやめざるをえないと父に不平をこぼしました。父はやさしい寛大な夫でしたが、必要だと見なしたことがらは断固やり遂げる男です。そこで彼は、巌のように私たちと野良働きの使用人とのあいだに立ちはだかりました。母に向かって、きわめてていねいにかつうやうやしく、しかしきっぱりとした口調で、母は家の召使たちに対しては完全な支配権をふるうべきだが、野良働きの使用人に関しては一切くちばしを入れてはいけないと言ったのです。父は母をこの上なく尊敬し、大事にしていました。でも父は、母でなく、たとえ聖母マリアが彼のやり方に干渉してきても、まったく同じことを聖母マリアに向かって言ったことでしょう」

「私は母がよく父に道理を説こうとしているのを耳にしたものです。懸命になって父の同情心を喚起しようとしたんです。しかし父は、ものすごく哀切な母の訴えに、この上なく気をそぐような慇懃かつ落ち着き払った調子で耳傾けるだけでした。『この問題は結果としてこんなふうになるのだよ』と父はよく言っていました。『つまり、スタッブズを首にすべきか、それとも雇い続けておくべきか、そのどちらかなんだ。ところが、スタッブズは、几帳面で、正直で、有能な人間だ。仕事を徹底してやり抜ける使用人だし、概して人情味もある。完璧な人間なんていやしない。もし彼を雇い続けるとすれば、ときに途方もないことがあるとしても、全体として彼のやり方を支持する以外にないんだ。どんな支配の体制にも苛酷さはついてまわる。全体のための規則は、個別に対しては苛酷になることがあるものなのさ』。残酷なことがはっきりと証明されたような場合には、父はいつもこの最後の格言を口にすることでけりがつけられると考えていたようでした。だから、その言葉を言い終えると、父はまるで一仕事終えた人間のように、決まってソファに足を投げ出し、場合によって一眠りしたり新聞を読んだりしました」

「実際のところ、父はまさに政治家にふさわしい才能を示したのです。彼なら、オレンジを割るように簡単にポーランドを分割したり、人間がごく平然と足取り乱さず歩くようにアイルランドを踏み潰すことができたでしょう。結局、母は絶望して諦めてしまいました。彼女のように高貴で繊細な性格の人間が、周囲の人間たちにそうは見えない不正と残酷の深淵のなかへまったく無力のまま投げ込まれたとき、いったいどんな気持ちになるかは、最後の瞬間まで誰にも理解されないでしょう。そのような性格の人間が、地獄の世界ともいうべきこの南部に身を置くということは、長い年月にわたって悲しみのときを過ごすということなんです。自分の子供を、自分の考えと感性でしつけること以外の、いったい何が彼女に残されていたでしょう？　しつけるといっても、言うべきことを言ったあとは、結局のところ子供というものは、実質的に生まれついたようにしか成長していきません。たとえばアルフレッドですが、彼は揺りかごにいたときから貴族的でした。成長とともに、彼の感情や思考回路は本能的にその方向へ育っていきましたから、母の訓戒は何の影響力も持ちませんでした。私の場合は、母の訓戒が身体の奥深くまで染みわたりました。形の上では、母は父の言ったことに反駁したり、直接彼に異を唱えるということはありませんでした。しかし、母は深遠で生真面目な性格に備わったあらゆる力で、私の魂そのものに、もっとも卑しい人間の心にも尊厳と価値があることを刻印し、焼き付けました。母が夕空の星を指さし、『オーガスト、あそこを見てごらん！　あそこの星がすべて消え去っても、私たちのこの土地にいるもっとも貧しく哀れな人間たちは、生き続けていくことでしょう。そう、神があられる限り生き続けていくでしょう！』と言ったとき、私は厳粛な畏敬の念をもって母の顔を仰ぎ見ました」

「母は素晴らしい数枚の古い絵を持っていました。特にそのなかの一枚は、イエスが盲人を治療している絵[4]で、本当に素晴しいものでした。その絵を見るたびに、私は強い感銘を受けたものです。母はよく言いました。『いいこと、オーガスト。この盲人は、哀れで忌まわしい乞食なの。でも、だからといって、イエス様は遠く隔たったところから彼を治そうとなんかなされなかったわ！　イエス様は自分の元に乞食を呼び寄せ、彼の身体に直接自らの手をかざされたのよ！　このことをよく覚えておきなさい、坊や』。もし私が母の庇護のもとで成長し続けていたら、私は自分でも予想だにしなかった熱情で何かに打ち込む人間になっていたことでしょう。聖人、社会改良家、殉教者になっていたかもしれません。でも、まったく悲しいことに、私はわずか一三歳で母から引き離され、生前は以来二度と彼女に会えませんでした」

セント・クレアは頭を両手で抱えて、しばらく黙っていた。ほどなく、彼は顔を上げ、話し続けた。

「人間の美徳といったって、そんなものは実にみじめでちっぽけな取るに足らぬものでしかありません！　大部分が単なる緯度や経度の問題なんです。つまり、地理上の位置が自然の気質に働きかけるっていうことでしかないんです。偶然が大きく支配するんです！　たとえばあなたの父上ですが、彼は自由で平等なヴァーモントの町に落ち着き、教会の正会員や世話役となり、やがて時間の経過にしたがって奴隷制廃止協会に参加し、私たちのことを異教徒同様な人間と考えたりしています。でも、気質や習慣などの点から言えば、彼は私の父とまるっきり瓜二つです。私には、二人に共通のあの意思堅固で、高慢で、威圧的な精神が、異なった五〇もの形でそれぞれに表われ出ているのが見てとれます。父上を郷士シンクレアと呼んでいるあなたの村の人間たちに、父上が彼らを見下していないと思わせようしても、とても無理だってことはあなたもよくご存知でしょう。彼は民主主義の時代に生まれあわせ、民主主義的な考えを抱いているけれども、事実を言えば、五〜六〇〇人の奴隷の上に君臨している私の父と同程度に、根っからの貴族主義者なのです」。

オフィーリア嬢は、自分の父親に対するこうした見方に異議を唱えたいという気になり、まず手始めに編み物を下に置いた。しかし、セント・クレアがそれを制止した。

「ああ、あなたの言いたいことなら、一語残らず分かっています。私は、実際に二人が同じだったなんて言うつもりはありません。一人は、すべての事柄が本来の気質に逆らって働くような状況に身を置くことになったのに対し、別の一人は、すべてが自分の気質にぴったりするような状況に身をおくことになりました。その結果、一人はかなり恣意的で強情で高慢な老民主主義者になっていき、もう一人は恣意的で強情な老いた専制君主になっていきました。でも、もし二人がルイジアナで農園を持っていたとしたら、同じ鋳型で作られた二つの古びた銃弾みたいだったでしょうね」

「あなたはなんて親不孝な子供なんでしょう！」とオフィーリア嬢が言った。

「私は彼らを軽蔑なんかしていませんよ」とセント・クレアは言った。「ただ、敬意を払ってみせるのが私の得手じゃないってだけのことなんです。でも、私自身の話のほうに戻りましょう」

「父が死んだとき、彼はすべての財産を私たち双子の兄弟に遺しました。私たちが納得づくで分割することが条件でした。対等な身分の人間のこととなると、アルフレッドほどに性格が高貴で、寛大な人間はこの世にいません。だから、私たちは、兄弟にふさわしからぬ言葉や感情など一度も交し合うことなく、見事にこの財産問題を処理しました。私たちは共同で農園を経営することにしたのです。アルフレッドは、社会的な生活と能力にかけては私より二倍も力がありますから、情熱を込めて農園経営に乗りだし、見事に成功をおさめました」

「しかし、二年やってみて、私は自分が農園の共同経営者にはなれないということがはっきり分かりました。個人的に見ず知らずで、いささかも興味関心の持てない七〇〇人もの奴隷の大群を所有するんですよ。その連中は家畜のように金で買われ、追い立てられ、住まいと食べ物を与えられ、働かせられるんです。しかも、軍隊式の厳格さでぎりぎりまでこき使われます。どのようにすれば、人生の些細な慰安を切り詰めるだけ切り詰め、それでもなお連中を働ける状態にしておけるかというのが、つねに考えて**いなければ**ならない問題でした。奴隷監督や取り締まる人間が絶対に不可欠であること、また絶えず振るわれる鞭が最初で最後のそして唯一の説得法だということ、こういったことの全体が私には耐え難いほど嫌でおぞましいことでした。一人の哀れな人間の魂を母がどう評価していたかを考えたとき、こうしたことがそら恐ろしくさえなりました！」

「奴隷たちがこうしたすべてを喜んで受け入れているなんて、私に向かって言ってもだめです！　庇護者ぶった北部のある人々が、熱心に私たちの罪の言い訳をやろうとして作り上げたまったくの戯言には、いまでも私は我慢がなりません。私たちのほうがずっとよく知っているんですから。この世の人間の誰が、一日中、夜明けから暗くなるまで、つねに主人に監視され、たわいのない自分の意志一つ発揮する力もなしに、一年にたった二本のズボンと一足の靴、そして働き続けさせられるためだけのぎりぎりの食事と寝床を与えられて、退屈で、単調で、変わることのない苦役に就きたいなどと思うでしょう！　人間はそうした生活を他の生活と同じように、全体としては、快適だと見なせるものだなんて考える人がいたら、その人が自分でそういう生活をしてみたらいいんです。私なら犬を買って、それを働かせたほうがずっと気が楽でしょうよ」

「わたしはね」とオフィーリア嬢が言った。「あなた方南部の人は、全員がこうしたことを認めていて、聖書に照らしてそれを正しいと考えているんだってずっと思ってきたわ」

「とんでもない！　私たちはまだそこまでは落ちぶれちゃいませんよ。アルフレッドは誰よりも断固たる暴君ですが、そんな弁解はしません。そうではなくて、彼は昂然と頭を上げ、最強の者の権利というあのお馴染みの筋の通った口当たりのよい論拠の上に立っているんです。私の目から見てももっともなところがあると思いますが、彼はこんなふうに言います。アメリカの農園主は『イギリスの貴族や資本家たちが下層階級の人間を使ってやっていることを、ただ別の形でやっているだけなんだ』ってね。つまり、イギリスの場合も、貴族や資本家が下層階級のものたちの肉体や精神をまるごと、自分たちの必要と便宜のために収奪しているというわけです。彼はイギリスもアメリカもどちらも擁護しますが、少なくとも私には筋が通っているように思えます。彼はまた、名目的であれ実質的であれ、大衆を奴隷化することなしに、高い文明は存在しえないと言っています。彼の言うところに従えば、肉体労働に専念し、動物的な性質の枠内に押し込められた下層階級というものがどうしても必要なんです。そのおかげで、上流階級はより広い知性と進歩のための余暇と富を獲得し、下層階級を指導する人間になれるというのです。これが彼の論法です。というのも、前に言ったように、彼は生まれつきの貴族なんですから。でも、私は生まれながらの民主主義者ですから、そんなことは信じません」

「いったいどうやったら、イギリスとアメリカの二つのものが比較できるって言うの？」そうオフィーリア嬢は言った。

「イギリスの労働者は売られたり、取り引きされたり、家族から引き離されたり、鞭打たれたりなんてしないわ」

「イギリスの労働者は、まるで売られたも同然に、雇い主の意のままですよ。奴隷所有者は、手に負えない奴隷を死ぬまで鞭打つことができますが、資本家は労働者を飢え死にさせることができます。家族の安全という点では、子供たちが売られるのと、子供たちが家で飢死するのを見ているのと、どちらのほうが悪いかなんて簡単に言えませんね」

「でも、奴隷制度が他の悪い制度と比べてそんなにひどくないなんてことを証明したって、奴隷制度の弁明にはならないわ」

「私は一方の弁明をしたんじゃありません。いや、それどころか、私たちの奴隷制度のほうがより厚かましくて、あからさまな人権への侵害だと言ってもいいですよ。実際、人間を馬のように買うってこと、つまり歯を調べたり、関節を試しに叩いたり、歩かせてみたりしたうえで金を払うなんてことや、人間の肉体と精神を取り扱う投機師、飼育人、奴隷商人、仲買人がいるなんてことは、文明世界の目の前に事柄をより明白な形でさらけだしているわけですからね。とはいえ、結局のところ事の本質はどっちにしても同じです。だって、一群の人間の便宜や進歩のために、別の人間たちの意志を一切無視して収奪するんですから」

「この問題をそんなふうに考えたことはなかったわ」とオフィーリア嬢は言った。

「いや、私はイギリスをちょっと旅したときに、下層階級の状態に関するたくさんの記録を調べてみたことがあるんですが、アルフレッドの言っていたように、彼の所有する奴隷たちのほうがイギリスの大部分の住民よりよい暮らしをしているのも一概に否定できないなって、本当に思いました。いいですか、私がこれまでに言ったことから、アルフレッドがいわゆる厳しい主人だなんて推測してはいけませんよ。だって、彼はそうじゃないんですから。彼は独裁者ですし、不服従に対しては容赦しません。彼に逆らうものがあれば、まるで雄鹿を撃つように良心の呵責など少しも感じずに、彼はその男を撃つでしょう。でも、概して言えば、自分の奴隷たちにたっぷり食べさせ、ちゃんと住まわせていることに一種の誇りを感じています」

「私が彼の共同経営者だったとき、私は奴隷たちの薫育《くんいく》のために何かをなすべきだと主張しました。それで、私を喜ばせるために、彼は牧師を雇い、日曜日に奴隷たちに教義問答をさせたりしました。でも心のなかでは、自分の犬や馬に牧師をあてがうのと同じことだと思っていたんじゃないでしょうかね。事実、生まれ落ちたときからあらゆる悪影響のために知覚を麻痺させられて動物のようになり、すべての週日を何も考えずにひたすら苦役に従事しなければならないといったような精神に対して、日曜日の二、三時間で大したことができる道理がありません。イギリスの工場労働者やこの国の農園の働き手たちを教えていた日曜学校の先生たちは、イギリスでもアメリカでも恐らく結果は同じだと証言するはずです。でも、黒人は生まれつき白人よりも宗教的感情に感化されやすいという事実がありますから、アメリカにはびっくりするような例外もあるでしょう」

「ところで」とオフィーリア嬢が言った。「どうしてあなたは農園経営の生活をやめてしまったの？」

「そうですね、私たちはしばらくのあいだなんとか一緒にやっていたんですが、ついにアルフレッドは私が農園経営に向いていないということをはっきり見てとりました。彼は私の意向に沿うべくあらゆる点を改めたり、変えたり、よくしたりしたあとでも、依然として私が不満を抱き続けていることをばからしいと思うようになりました。事実は、結局のところ、ああした類の男や女を使うこと、またこうしたすべての無知や野蛮さや悪徳を永続させるといった『事柄』そのものが、私には嫌だったんです。まして、ただ自分の金儲けのためなんですからね！」

「おまけに、私はいつも細々としたことに干渉しました。私は人間のうちでももっとも怠惰な部類に属しますから、怠惰な人間にとても共感を覚えます。哀れでだらしのない者たちが、自分の綿摘み籠の重さを増やすため、籠の底に石を入れたり袋に土を詰めてその上に綿を乗せたりするようなとき、もし彼らの立場だったらいかにも私のやりそうなことだったので、そのことで彼らを鞭打つなんて私にはできなかったし、またそんな気持ちも抱きませんでした。それで、農園の規律はもうないも同然でした。アルフと私は、何年か前に、私と敬愛する父とが陥ったのと同じ状態になってしまったんです。そんなわけで彼が口火を切って、私が女みたいな感傷家で、事業生活に向いていないと言い、農園の経営は彼に任せて、私のほうは銀行の株とニューオーリンズの屋敷を所有して、詩作三昧の生活を送ったほうがいいと助言してくれたんです。それで私たちは別々になり、私がここにやってきたというわけです」

「でも、どうしてあなたは自分の奴隷を自由にしてやらなかったの？」

「そうですね、私にはそうする気がなかったんです。彼らを金儲けのための道具として所有するなんてことは、私にはできませんでした。でも、金を使うのを手伝ってもらうために彼らを所有するっていうのは、私にはそれほど醜いことは思えませんでした。彼らのうちの何人かは昔からの召使で、私のとても好きな連中でしたし、若い者はその子供たちです。みんな、それまでの状態にとても満足していたんです」。彼は話を止め、物思いにふけるように部屋を行ったり来たりした。

「私にも」とセント・クレアは言った。「ただぶらぶらと暮らしているだけでなく、この世で何かをしてやろうという希望や計画を持っていたときもありました。自分の生まれた土地から汚点やしみをなくすという、いうなればある種の解放者みたいになりたいという不確かで漠然としたあこがれを持っていました。若いときはみな、ときにこんな熱情の発作に駆られたりするもんですがね。しかし、そのときは――」

「どうしてそうしなかったの?」とオフィーリア嬢は言った。「聖書にもある通り、鋤に手をかけてから後ろを顧みるべきではない[5]のよ」

「ええ、まあ、物事が期待通りにいかず、ソロモンと同じで私も生きることに絶望したってわけですよ。ソロモンと私の知恵からすれば、それもまた当然のことだったんでしょうね。でも、どういうわけか、それ以来、社会に参与したり改革したりする代わりに、一本の流木となって漂ったり、ぐるぐる回りを続けているんです。アルフレッドは、会うたびに私を叱ります。彼が私より優れているってことは、認めざるをえません。実際、彼はそれなりのことをしているんですから。彼の生活はその考え方の論理的な帰結であるのに、私の生活は情けないことに考え方とは違うんです」

「ねえ、あなた、大事な試練のときをこんなふうに過ごしていて、それで満足できるの?」

「満足できるかですって! いま、軽蔑してると言ったばかりじゃないですか? まあ、話をもとに戻しましょう。奴隷を解放するかどうかということを話していたんでしたね。私は奴隷制に対する自分の感じ方が特殊だとは思っていません。心のなかでは私と同じように考えている人が、たくさんいるのを知っています。この土地は奴隷制のもとで呻いているんです。奴隷制は奴隷にとってひどいのは当然ですが、どちらかというと、主人にはもっとひどいのです。私たちのなかにいて、一つの巨大な階級をなす御しがたく救われず堕落させられた人々は、自分たちに害をなしているだけでなく、私たちにも害をなしているということを見るのに、メガネなどいりません。イギリスの資本家や貴族は、私たちのように、自分たちが蔑んでいる階級と混じり合ったりしませんから、私たちのように感じることができないのです。私たちの奴隷は家のなかで私たちと一緒に暮らしています。私たちの子供の遊び相手であり、私たちよりずっと早く子供たちの心の形成にかかわります。というのも、彼らは子供たちが常にまとわりつき、心を通わせ合う人種だからです。もしエヴァがあんなふうに並外れた天使みたいな子供でなかったなら、取り返しようがないほどだめになっていたでしょう。奴隷たちを教育もせず、堕落したままに放置しておいて、私たちの子供がその影響を受けないだろうと考えるのは、天然痘を彼らのあいだに流行らせたままにしておいて、私たちの子供はそれにかからないだろうと考えるのと同じことです。しかし、この国の法律はどんな効率のいい普通教育制度も断固として完全に禁じているのです。賢明にもそうしていると言っていいかもしれませんね。なぜなら、もし一世代を完璧に教育し始めたなら、すべてのものが空高く吹っ飛んでしまうでしょうから。もし私たちが彼らに自由を与えなければ、彼らは自分でそれを奪い取ることになるでしょう」

「それで、こうしたことの終わりは、どうなるとあなたは考えているの?」とオフィーリア嬢は聞いた。

「分かりません。でも、一つのことだけは確かです。世界中で下層の大衆が集結しています。遅かれ早かれ、復讐の日がやって来るでしょう。同じことが、ヨーロッパでもイギリスでも、この国でも起こりつつあります。母はよく私に、キリストが君臨しすべての人が自由で幸福になる千年王国がやってくると語ってくれました。そして、私がまだ子供だったころ『御国が来ますように』[6]というマタイ伝にあるお祈りを唱えるよう教えてくれました。このやせこけた奴隷たちのため息や呻き声や身動きのすべては、彼女の言っていたことが近づきつつあることの予言ではないかと、私はときどき思うことがあります。しかし、キリスト再臨の日まで、誰が待てるというのでしょう?」

「オーガスティン、私には、あなたがその王国から遠いところにいるとは思えないときがあるわ」と、オフィーリア嬢は編み物を下に置き、従弟を心配そうに見ながら言った。

「そう言っていただくと、ありがたいですね。だけど、私の場合は、上もあれば下もありでしょう。考え方では天国の門へ、行ないでは地上の埃といったところですかね。それはともかく、午後のお茶のベルが鳴っています。行きましょう。でも、いいですか、私が生涯に一度も率直に真面目な話をしたことがないなんて、言わないでくださいよ」。

テーブルを囲んだとき、マリーがプルウの件を持ち出した。「従姉さん」と彼女は言った。「あなたは私たちがみな野蛮人だと考えるでしょうね」

「ええ、起こったことは野蛮ね」とオフィーリア嬢は言った。「でも、あなた方がみな野蛮人だなんて考えないわ」

「そう、でもね」とマリーは言った。「あの人たちのなかのある種のものとうまくやっていくのは、不可能だと思うわ。彼らはとってもひどいんですもの、生きていても仕方がないの。今度のような場合は、少しも同情する気になれないわ。あの人たちがちゃんと身を慎みさえすれば、こんなことにはならなかったでしょう」

「でも、ママ」とエヴァが言った。「かわいそうなあの人は不幸せだったのよ。だからお酒を飲まずにはいられなかったんだわ」

「まあ、ばかばかしい! そんなことが言い訳になるとでもいうの! 私なんかいつもふしあわせよ」と彼女は悲しげに言った。「私のほうがあの女よりずっと辛い試練を経てきているわ。あんなことになるのは、彼らがあまりにひどすぎるからなのよ。どんなに厳しくしても、しつけることのできないものがいるのよ。父のところに、とても怠け者の男がいたのを覚えているわ。その男は働くのが嫌で逃げ出しては、沼地に潜んで、盗みとかありとあらゆる恐ろしいことをするの。その男は何度も捕えられ、鞭打たれたけれども、全然効き目がなかった。最後には、這って逃げ出したけど、どこへも行けず沼地で死んだわ。そんなことをする理由なんてどこにもなかったのよ。だって、父のとこの使用人は、いつもやさしく扱われていたんですもの」

「僕もね、一度、ある男をしつけたことがあるよ」とセント・クレアが言った。「どこの監督や御主人方がやっても、うまくいかなかった男だがね」

「あなたがですって！」とマリーが言った。「でも、あなたがそんなことをしたと知ってうれしいわ」

「そうだね、その男はアフリカ生まれで、力の強い、大男だった。内に異常なほど激しい自由への衝動を持っているように見えた。真のアフリカの獅子だったと言ってもいい。スキピオって呼ばれていたよ。彼に対しては、誰もどうにもできなかった。それで、彼は監督から監督へとたらい回しに売り渡されていたんだが、最後にアルフレッドが彼を買ったんだ。アルフレッドは、自分ならうまくやれると思ったのさ。ところが、ある日、スキピオは監督を殴り倒し、遠くの沼地へ逃げ込んでしまった。僕がちょうどアルフの農園に遊びに行っていたときのことだった。というのも、これが起こったのは、僕たちがすでに共同経営を止めにしたあとだったからね。アルフレッドはものすごい怒りようだった。しかし、それは彼自身の過失じゃないかって、僕は言ってやった。その上で、僕がそいつを手なづけられるかどうか、彼と賭けたんだ。もし僕がそいつを捕まえたら、しつけられるかどうか試してみるということで、お互いに了解がついた。そこで、銃を持ち、犬を連れた六、七人のグループがかき集められ、そいつの狩り出しにかかった。人は、捕える相手が人間であっても、鹿を狩るのと同じぐらいに興奮するもんだよ。たとえ、それがいつものことでもそうなんだ。事実、僕も少々興奮したよ。もっとも僕がそこにいたのは、彼が捕まったときに、一種の仲裁役を果たすためだったんだがね」

「さて、犬が吠えたり唸ったり、僕たちも馬でそこらじゅうを駆けめぐった。その挙げ句、僕たちはそいつを狩り出すことに成功した。奴はまるで雄鹿みたいに飛んで逃げて行ったので、僕たちはなかなか追い付くことができなかった。でも、ついに密生したサトウキビの茂みへ奴を追い詰めた。奴は進退きわまったが、犬どもと本当に勇敢に戦った。犬どもを右に左に投げとばし、素手の拳だけで実際三匹の犬を殺したんだ。でもそのとき、銃が発射され、奴は傷つき血を流しながら、僕の足元のすぐそばに倒れ伏した。哀れにも、奴は僕を見上げたが、その目には男らしさと絶望の表情が浮かんでいた。僕は押し寄せてくる犬と追っ手たちを退かせて、奴は僕の捕虜だと主張した。狩りの成功にすっかりのぼせあがった連中に、奴をそれ以上撃たせないようにするのが、僕にできる精一杯のことだった。しかし、僕が執拗に賭の約束を言い続けたので、アルフレッドは僕に奴を売ってくれた。それで、僕はその男を手元に置き、二週間でこちらの思い通りに、従順でおとなしくさせたって次第さ」

「いったいあなたはその男に何をしたの？」とマリーが聞いた。

「まあ、きわめて単純なことをしただけさ。彼を僕の部屋へ連れていき、気持ちのいい寝床に寝かせ、傷の手当をしてやって、自分の足でちゃんと立てるようになるまで、僕自身の手で看病してやったのさ。それからしばらく時間をおいて、自由証書を彼に作ってやり、どこへでも好きなところへ行っていいと言ってやったんだ」

「それで、彼は出て行ったの？」とオフィーリア嬢が聞いた。

「いや。そのばかな男は証書を二つに裂き、僕のところから離れることを、断固として拒否したんだ。あんなに勇気があって、善良な男を僕はそれまで所有したことがなかった。鋼のように信頼できて正直だった。後に彼はキリスト教の信仰を得て、子供のように穏やかになった。彼にはよく湖畔の別荘の管理をしてもらったものだが、これも見事にやってのけていた。でも、最初にコレラが流行ったとき、僕は彼を失ってしまった。実際は、彼が僕のために自分の命を投げ出したんだ。というのも、コレラにかかった僕がほとんど死にそうになったとき、パニックに陥った他のみんなが逃げ出しても、スキピオだけは巨人のごとく僕に尽してくれた。それで、実のところ僕は生き返った。だが、かわいそうに！　そのあとすぐに彼のほうが病気にかかってしまったのだが、助けてやる手だてがなかった。僕はあのときほど人の死を悲しく思ったことはなかった」。

父親がこの話をしている間に、エヴァは次第に彼の近くににじり寄っていった。その小さな唇は開けられ、目は話に引き込まれて大きく見開かれるとともに、真剣な表情をたたえていた。

話が終わると、彼女は不意に両腕を父親の首に回し、どっと涙を流し、激しく身体を震わせながらすすり上げた。

「エヴァや、かわいい子！　どうしたんだい？」とセント・クレアが言った。子供の小さな身体は、感情の高ぶりからぶるぶると震えていた。「この子にこんな話を聞かせてはいけなかったな。この子は、神経が細やかすぎる」と彼は付け加えた。

「いいえ、パパ。わたしの神経のせいじゃないわ」。突然エヴァは、こんな子供には不似合いなほどの断固とした調子で、自分を抑えながら言った。「わたしの神経のせいなんかじゃないの。こういう話は、心に突き刺さってくるの」

「どういう意味なんだい、エヴァ？」

「口では言えないわ、パパ。わたしはいろいろなことを考えるの。そのうちいつか、たぶんパパにお話しするわ」

「まあ、いろいろと考えてみるのもいいだろう、ねえ、お前。ただ、泣いたりしてパパに心配させないでおくれ」とセント・クレアは言った。「ほら、見てごらん、お前のために買ってきたんだ。なんておいしそうな桃だろう！」

エヴァは桃を受け取って微笑んだ。しかし、口の両端のあたりには、まだ神経質そうな引きつりが残っていた。

「さあ、おいで。金魚を見てごらん」。そう言うと、セント・クレアは彼女の手を取り、ヴェランダへ出て行った。しばらくすると、楽しそうな笑い声が絹のカーテン越しに聞こえてきた。エヴァとセント・クレアは、互いに向かって薔薇を投げながら、庭の小道を追いかけ合っていた。

上流の人々の話にばかりかまけていると、われわれの慎ましい友トムのことがないがしろにされかねない恐れがある。しかし、もし読者の皆さんが、馬小屋の上にある小さな屋根裏部屋へわれわれと一緒についてきてくだされば、たぶん、彼の身の上に起こっていることを少しはお知りになれるだろう。それはそう悪くはない部屋で、ベッドと椅子と小さくて粗末な机が置かれていた。机の上には、トムの聖書と賛美歌の本が乗せられており、トムはいまそこに座って、石板を前にひどく気にかかることがあるかのように、何事かに熱中していた。

実は、トムは望郷の念が止み難くなり、エヴァに便箋一枚をおねだりし、ジョージ坊っちゃまの指導で習得したわずかばかりの文字を総動員して、手紙を書くという大胆な考えを抱いたのだ。いま、彼は石板の上でせっせと手紙の下書きをしているところだった。トムの苦労は並大抵のものではなかった。というのも、いくつかの文字の形をすっかり忘れてしまっていたからである。覚えている文字も、どれを使ったらいいのか分からなかった。荒い息をつきながら、彼がそうやって懸命に作業をしていると、エヴァが鳥のように彼の後ろにある椅子の横木に足を乗せ、肩越しに覗きこんだ。

「まあ、アンクル・トム！　あなたは、なんて奇妙なものをこしらえているの、ほら、そこよ！」

「おらのかわいそうな女房と子供たちに手紙を書こうとしとりますだよ、エヴァお嬢様」。トムはそう言うと、手の甲で両目をこすった。「ですが、どうにも、仕上がりそうもないんですよ」

「手伝ってあげたいわ、トム！　わたしも少し文字を習ったのよ。去年はアルファベットが全部書けるようになったんだけど、もう忘れてしまっているかもしれないわ」

そこで、エヴァは彼女の金髪の小さな頭を彼の頭にくっつけるように寄せ、おおまじめに二人で議論をし始めた。二人とも同じように熱心だったが、同じ程度に無知だった。一語ごとに大いに相談し、教え合っていくうちに、二人ともとても自信が出てきて、仕上がった文章がいかにも手紙らしく見え始めた。

「そうよ、アンクル・トム。とても見栄えがよくなったわ」と、エヴァはうれしそうにそれを眺めやりつつ言った。「あなたの奥さんがどんなに喜ぶことかしら。それに、かわいそうな小さな子供たちも！　みんなと離れなければならなかったなんて、本当にひどいわ！　いつかあなたがお家に帰れるようにパパに頼んでみるつもりよ」

「前のお屋敷の奥様も、おらを買い戻せるお金ができたら、すぐに送ってくださるとおっしゃってましただ」とトムは言った。「きっと、そうしてくださるとおらは思っとりますだ。ジョージ坊っちゃまも、おらを迎えに来るって言ってくださった。その印に、坊っちゃまはこの一ドル銀貨をおらにくださっただよ」。トムは、服の下から大事な一ドル銀貨を取り出した。

「ああ、それじゃ、彼はきっと来てくれるわよ！」とエヴァは言った。「わたし、とってもうれしいわ！」

「そんなわけで、おらがどこにいるかってみんなに知らせたり、おらが幸せにやっているってかわいそうなクロウに伝えるために、手紙を送りたかったんですよ。クロウはえらく心配しとりましたですからね、かわいそうなやつですよ！」

「おーい、トム！」このときドアのところでセント・クレアの声がした。

トムとエヴァは二人ともびくっとした。

「これはなんだい？」近寄ってきたセント・クレアが石板を見ながら言った。

「ああ、それはトムの手紙なの。書くのをわたしも手伝ってあげてたの」。そうエヴァが言った。「よく書けているでしょう？」

「私には、お前たち二人をがっかりさせるつもりは少しもないんだが」とセント・クレアは言った。「でも、トム、お前の代わりに、私に手紙を書かせてくれたほうがいいと思うよ。遠乗りから帰ってきたら、書いてやるよ」

「トムが手紙を書くことはとても大事なことなの」とエヴァが言った。「だって、前の奥様が、トムを買い戻すためのお金を送ってくださるのよ、パパ、分かるでしょう。そうするって約束してくださったって、トムはわたしに言ったわ」。

セント・クレアは、心のなかで、これは善良な奴隷所有者たちが、売られて行く召使たちの恐怖を和らげようと気休めに言っただけであって、こんなに興奮させるほどの期待をかなえてやる気などまったくないと思った。しかし、彼ははっきりと口に出してそうだとは言わなかった。ただトムに、遠乗りに行くから馬を出すようにと命じただけだった。

トムの手紙は、その夜、彼のためにきちんとした形で書かれ、無事に郵便局におさまった。

オフィーリア嬢は、依然として、家政を取り仕切る仕事に精励していた。ダイナから小さな悪餓鬼に至るまで、屋敷中のみんなが、彼女は明らかに「変な人」だということで一致した。南部の召使は、目上の人が自分とそりが合わないときには、そのことをほのめかすためにこの言葉を用いた。

お屋敷のなかのとり澄ました連中、つまりアドルフとかジェーンとかローザたちは、彼女は貴婦人ではないということで意見が一致した。貴婦人というものは、彼女のように働き回るということはないし、彼女には貴婦人らしい雰囲気が全然ないというわけである。そもそも、彼女がセント・クレア家の親戚だということが、彼らには驚きだった。マリーでさえ、オフィーリア従姉さんがいつもせわしなくしているのを見ると、本当に疲れてしまうと明言した。それに、事実、オフィーリア嬢の勤勉ぶりはまるで途切れることがなかったので、不平の温床を築きかねなかった。彼女は明け方から暗くなるまで、何か急用に追い立てられているかのように、せっせと縫い物や繕い物を片付けていった。陽射しがかげり、仕事の後片付けがすむと、反転して今度はいつもの編み物が現われてきたが、これもまた同じように休みなく続けられた。まったく、そうした彼女を見ているだけでも一仕事だった。

第20章 トプシー

Topsy

ある朝、オフィーリア嬢が忙しく家事をしていると、階段の下で彼女を呼ぶセント・クレアの声が聞こえた。

「下に降りて来てください、従姉さん。あなたに見せたいものがあるんです」

「何かしら?」と言いながら、手に縫い物を持ったままオフィーリア嬢が降りてきた。

「あなたの仕事に役立つだろうと思って、買い物をしてきましたよ。まあ、見てください」そう言うと、セント・クレアは八、九歳の黒人の少女を手前に押し出した。

その女の子は、彼女の人種のなかでも特に色が黒かった。くりくりした輝く目はガラス玉のようにきらきら光り、部屋中のすべての物をきょろきょろと落ち着きなく眺めていた。新しい主人の居間の素晴らしさにびっくりした様子で、半ば開いたままの口から白く輝く歯がのぞいていた。ちぢれ毛はいくつもの束に分けて細かく編み込まれており、それらが四方八方に突き出ていた。顔つきは賢そうなところと抜け目のなさそうなところとが奇妙に入り交じっていたが、表情全体には、いかにも憂鬱そうな重々しさとしかつめらしさとが、まるで一枚のベールのように覆いかぶさっていた。彼女はずた袋で作った汚らしいぼろぼろの服を身にまとい、両手を前に組んでおつにすまして立っていた。その様子全体には何か奇妙な小鬼のような雰囲気があった。それは、後にオフィーリア嬢が述べたように、この善良な婦人をうろたえさせるような、どこか「とてつもなく異教徒的な」ものであった。彼女は、セント・クレアのほうに向き直ると、次のように言った。

「オーガスティン、いったいどういうつもりでその子をここへ連れてきたの?」

「もちろん、あなたにこの子を教育してもらうためです。聖書にもあるでしょう、『若者を歩むべき道のはじめに教育せよ』(1)って、あれですよ。この子はジム・クロウたる黒人のなかでも、かなり面白い見本だと思ったものですからね。さあ、トプシー」。彼は犬の注意を引きつけるときのように、口笛を吹いてから付け加えた。「歌を聴かせてくれないか。それから踊りも見せておくれ」。

黒くガラス玉のような目が、いたずらっぽくおどけた光り方をしたかと思うと、その子は、かん高い澄んだ声で奇妙な黒人の歌を歌い始めた。歌に合わせて両手や両足で拍子を取り、激しく風変わりな調子でぐるぐる回ったり、両手を叩いたり、膝をぶつけ合ったりしながら、黒人音楽の特徴である奇妙な喉頭音を、喉から絞り出した。最後に、一、二回とんぼ返りをうち、蒸気船の汽笛のように、奇妙でこの世のものとも思われない、長く引き伸ばした締めくくりの音を出すと、唐突にカーペットの上に来て、両手を組み合わせて立った。顔には、いかにも私は従順で生真面目でしょうと言わんばかりの殊勝な表情を浮かべていたが、せっかくのその表情も、目の端から斜かいに見る抜け目のなさそうな視線で損なわれていた。

オフィーリア嬢は完全にびっくりしてしまい、身じろぎもせず黙って立っていた。

セント・クレアのほうは、いつものいたずらっ子めいた様子で、彼女の驚きようを楽しんでいるかに見えたが、ふたたび子供に向かって次のように話しかけた。

「トプシー、この人がお前の新しい奥様だ。これからは、お前をこの人にまかせるから、行儀よくするんだよ、いいね」

「はい、だんな様」と、トプシーは殊勝げな重々しさで言ったが、その言葉を口にしたとき、悪戯っぽそうなその目がきらっと輝いた。

「よい子になるんだよ、トプシー、分かるね」とセント・クレアは言った。

「もちろんです、だんな様」とトプシーはまた目を輝かせ、誠実そうに両手を組んで答えた。

「本当に、オーガスティン、これはいったいどういうことなの？」とオフィーリア嬢は言った。「この家ときたら、いまでもこういう小さな厄介者たちでいっぱいで、足の踏み場もないくらいじゃないの。朝起きてみると、ドアの後ろで寝ている子がいたり、テーブルの下から黒い頭を突き出している子がいるかと思えば、ドア・マットの上に寝ころがっている子もいるわ。その子たちは手すりのあいだで顔をしかめたり、歯をむき出して笑っているかと思うと、台所の床をどたどた転げ回ったりするのよ！　いったい全体、どんな理由からこの子を連れてきたの？」

「あなたに教育してもらおうと思ったんだって、さっき言いませんでしたか？　あなたはいつも教育の必要性について説いていらっしゃる。それで、一つ、まだ何も教え込まれていない生きのいいやつを贈り物にして、あなたの腕をふるってもらい、しかるべき道へ導いてもらおうって考えたんですよ」

「わたしは金輪際、あの子はいりません。いまでさえ、わたしは必要以上にああいった子供たちに関わっているんですからね」

「いかにもあなた方キリスト教徒らしい！　あなた方は一つの教会を設立し、ある哀れな宣教師をこの子のような異教徒のなかに送りこみ、そこで彼を日がな一日過ごさせたりする。でも、あなた方のなかの一人でもいいから、実際に自分の家に異教徒を連れてきて、自ら改宗させる努力をする人がいたらお目にかかりたいもんですね！　いやしませんよ。実際問題として、彼らは汚いし不快だし、多くの手間ひまをかけなければならなかったり、その他いろいろですからね」

「オーガスティン、そのことを、わたしはそんなふうな見方で考えてみたことがなかったわ」と、明らかに態度を軟化させて、オフィーリア嬢が言った。「そうね。それが本当の伝道のやり方かもしれないわ」そう言うと、彼女は子供を前より好意的な目で見やった。

セント・クレアはまさに正鵠を得たと言っていい。オフィーリア嬢の誠実さが、むくむくと頭を持ち上げてきたからである。「でも」と彼女は付け足した。「この子を買う必要性なんて、どこにもなかったんじゃないの。わたしの時間と技量のすべてを捧げてもまだ足りないほどの子供たちが、いまでもこの家にはいっぱいいるんですからね」

「そうですね、でも、従姉さん、ちょっと」。そう言うと、セント・クレアは彼女を脇のほうに引き寄せて言った。「役にも立たないお喋りなんかをしてしまって、ごめんなさい。あなたはほんとうによい人だ。あんなお喋りなんか、何の意味もありゃしない。実は、この子は安食堂を経営している飲んだくれ夫婦の持ち物だったんです。私は毎日その店の前を通らなければならないんですが、この子が悲鳴をあげたり、夫婦がこの子を叩いたり、罵ったりするのを聞くのにうんざりしちゃったんです。この子は利発そうで、なかなか面白いところがありそうに見えました。まるで何かすればどうにかなるんじゃないかと思わせたので、それであの子を買ったんです。あなたにまかせますから、試してみてください。伝統的なよきニューイングランドのしつけをして、それがあの子にどう作用するか見てやってください。あなたもご存知のように、私にはそんな才能がありません。でも、あなたには試してもらいたいのです」

「そうなの、それじゃ、できるだけのことはしてみましょう」。そう言うと、オフィーリア嬢は新しい自分の課題に向かって近づいていった。その様子は、自分たちが情け深い志を持っていると思われているがゆえに、どうしても黒クモに近づかねばならない人といった有り様であった。

「この子はとても汚いし、半ば裸ね」と彼女は言った。

「それじゃ、その子を下に連れていって、誰かに身体を洗わせて、着替えさせてやってください」。

オフィーリア嬢はその子を台所へ連れて行った。

「セント・クレア様は黒んぼをまた一人買ってらして、いったいどうなさろうちゅうだかね！」ダイナが新参者を冷たくじろっと見やりながら言った。「おらの足元あたりでうろちょろされたくねえもんだ、まったく！」

「おお、嫌だ！」とローザとジェーンが、嫌悪感をむき出しにして言った。「その子を、あたしたちの目の届かないところに置いといてほしいわ！　旦那様は何だってこんな卑しい黒んぼを、またもう一人欲しがるのかしら、あたしにはとんと分からない！」

「ばか抜かせ！　おらだってお前と同じで、黒んぼなんかじゃねえ、ええ、ミス・ローザ」。ローザの言葉の後半は自分への当てつけだと感じて、ダイナが言った。「お前は自分を白人と思っちょるようだが、お前なんかは黒人でも白人でもねえどっちつかずだ。おらなら、どっちか一方のほうがええだ」。

オフィーリア嬢は、この新参者の面倒をみて、洗ったり着替えさせたりするものがここには誰もいないのを見てとると、仕方なくいやいや手伝うジェーンとともに、結局はその作業を自分でやらざるをえなかった。

無視され、虐待され続けてきた子供のはじめての身繕いをこまごまと語ることは、品のいい方々のお耳にふさわしいものではない。実際、同じ人間として、その様子が描写されるのを聞いているだけでも、われわれの神経に大きな衝撃を与えるような状態で生きたり死んでいかなければならない人々が、この世にはたくさんいる。オフィーリア嬢は、実践的で強靭な意志の力をたっぷりと備えていたので、英雄的な完璧さで、こうした虫酸の走るこまごました事柄にも耐えた。とはいえ、見事にやれたわけではないと告白しておく必要がある。というのも、彼女の忍耐は、原則に基づいて行動しうるその限界にまで達していたからである。その子がこれまで育ってきた制度の消しようのない刻印が、大きなみみずばれや硬くなった鞭の跡となって、その背や肩に残っているのを目にしたとき、オフィーリア嬢の心の内は悲哀そのものとなった。

「ここを見てください！」とジェーンが傷跡を指し示しながら言った。「この子がいたずらっ子だってことの証拠ですよ。彼女には苦労させられると思いますよ。あたしはこういう黒んぼのチビどもが大嫌いです！　ほんとにぞっとするわ！　だんな様は、なんだってこんな子をお買いになったんでしょう！」

そのいわゆる「黒んぼのチビ」は、ジェーンがつけている耳飾りを、よく動く目で、鋭く、ちらちらと盗み見しながら、もう習慣になっているような、静かな、物憂い様子でこうした言葉の数々を残らず聞いていた。やっとそれなりにきちんとした洋服を身につけさせ、髪の毛を散切りに短く刈り込み終えたとき、オフィーリア嬢は満足げな様子で、その子が前よりずっとキリスト教徒らしく見えると口に出して言うとともに、心のなかでその子のための教育プランを練り始めた。

彼女は子供の前に座り、質問を始めた。

「年はいくつなの、トプシー?」

「知んねえだ、おく様」。人間の姿かたちをしたその子は、歯をすべてむき出しにしてニタリと笑いながら、言った。

「自分がいくつか知らないって言うの? 誰も教えてくれなかったの? お前のお母さんは誰なの?」

「そんなものいねえだ!」と、子供はまたニタリと笑って言った。

「お母さんがいないって言うの? どういうこと? お前はどこで生まれたの?」

「生まれたんじゃねえだ!」と、トプシーはまたニタリと笑って言い張ったが、その顔つきがあんまりにも小鬼みたいだったので、もしオフィーリア嬢がひどく神経質だったら、魔法使いの国から来た真っ黒な小人を捕まえてしまったのだと思ったかもしれない。しかし、彼女は神経質ではなく、物事をさっさと事務的に片づける性質だったので、少しきつく言った。

「いいかい、お前、私にそんな答え方をしてはいけません。お前と遊んでるんじゃないんだからね。お前がどこで生まれ、お父さんとお母さんが誰なのか、わたしに言ってごらん」

「生まれたんじゃねえです」。その子は前よりもっと強く繰り返した。「あたいには、父ちゃんも、母ちゃんも、何もねえです。あたいは、他のおおぜいと一緒に投機師に育てられたんです。スーばあさんがあたいたちの面倒を見てくれていたです」。

子供は明らかに真面目だった。ジェーンがちょっと吹き出しながら口を出した。

「まあ、まあ、奥様。こういう子たちがたくさんいるんですよ。投機師たちが小さいうちに安く買い上げて、市場用に育てているんです」

「お前は前の旦那様と奥様とどのくらい一緒に住んでいたの?」

「知んねえです、おく様」

「一年くらい、それとももっと多く、あるいはもっと少なく?」

「知んねえです、おく様」

「まあ、まあ、奥様、こういう下層の黒人たちは答えることができないんですよ。時間のことなんか何も知らないんですから」とジェーンは言った。「一年がどのくらいの長さかも知らないし、自分の歳なんて分かっちゃいません」

「神様についてこれまでに何か聞いたことはあるの、トプシー?」

子供は困ったような顔つきをし、いつもどおりニタリと笑った。

「どなたがお前をお造りになったか、お前は知っているの?」

「あたいの知ってるとこじゃ、誰でもねえです」と子供は短く笑って答えた。この考えは自分でもかなり面白かったらしく、彼女は目を輝かせて付け加えた。

「あたいは自分で育ったんだって思うんです。誰もあたいを造ったなんて考えられねえです」

「縫い物はできるの?」オフィーリア嬢は、質問をもっと身近なことに切り替えようと思って聞いた。

「できねえです、おく様」

「何ができるの? 前の旦那様や奥様に何をしてあげていたの?」

「水運んだり、皿洗ったり、ナイフ研いだり、店にくる人たちの給仕なんかです」

「その人たちはよくしてくれた?」

「そう思いますだ」。子供はオフィーリア嬢の顔色を抜け目なくうかがいつつ、そう言った。

オフィーリア嬢は、この対話からある種の見込みを感じとりつつ、腰を上げた。セント・クレアが彼女の椅子の背に寄りかかっていた。

「従姉さん、そこにあるのは処女地です。あなたの考えをこれから植え付けるんであって、そこから多くのものを引っ張り出そうなんて思わないでください」。

オフィーリア嬢の教育に対する考え方は、他のさまざまな彼女の考え方と同様に、とても固定的で明確だった。ニューイングランドで一世紀前にはやり、いまでも鉄道の来ないような辺鄙で都会ずれしていない場所で大事にされているといったようなものだった。できるだけはっきりした形にすれば、それはほんのわずかな言葉で言い表わすことができた。つまり、人から話しかけられたらよく気をつけて聞くようにしなければいけないということ、それから教義問答と縫い物と読み方を覚えること、さらに嘘をついたら鞭で打たれるということ、これだけである。もちろん、今日教育に注がれているあふれるほどの光明に照らしたとき、こういった考え方はずっと後ろのほうへ追いやられてしまっているが、われわれの祖母たちが、このやり方で十分に立派な男女を育て上げてきたということは疑いようのない事実であり、多くの人がいまでもそのことを覚えていて証言することができる。それはともかくとして、オフィーリア嬢はこれ以外のやり方をまったく知らなかった。だから、彼女は、自分にできる最善の努力で自分の異教徒に意を注ぐことにした。

この子はオフィーリア嬢付きの娘として家中に告知され、実際みんなからもそう見なされた。しかし、この子は台所では決してやさしい目で見られなかったので、オフィーリア嬢は彼女の仕事と教育の場を主に自分自身の部屋に限定することにした。そのために彼女が払わなければならなかった自己犠牲については、ある種の読者にご賢察いただけるだろう。彼女は自らのベッドを心地よく整えたり、部屋を掃除したり、はたきをかけたりする代わりに、トプシーにこれらの仕事を教え込むことに自ら殉ずる覚悟を決めたのだ。もともとこれらの仕事は、屋敷の女中たちが手助けしようと何度も申し入れてきたのに、彼女がまったく取り合わずに自分の手でやってきていたものである。ああ、それなのに、それを放棄しなければならないとは！　もし同じ経験を持っている読者であれば、彼女の自己犠牲がどれほどのものかが分かるだろう。

オフィーリア嬢は、最初の朝、まずトプシーを自分の部屋へ連れて行き、ベッドを整える術と秘訣を厳かに教えるということから始めた。

トプシーはと言えば、さっぱりと身を清め、これまでの彼女の心の喜びであった編み上げの髪の毛の尻尾をすべて短く刈り込み、清潔な服を着て、ぴしっと糊のきいたエプロンをかけ、まるで葬式にふさわしいような厳かな顔つきで、オフィーリア嬢の前にうやうやしく立っていた。まずは、そうしたトプシーをご覧あれ。

「さあトプシー、これからベッドの整え方を教えます。ベッドについては、私は特別の気持ちを持っていますから、きちんとやり方を覚えてちょうだいね」

「はい、おく様」。トプシーは深いため息をつき、痛ましいほど真剣な表情で答えた。

「いいこと、トプシー、ここを見て。これがシーツの縁よ。こちらが表でこっちが裏。覚えられるわね？」

「はい、おく様」。またため息をついて、トプシーが答えた。

「さて、そこで、下のシーツは枕の受け台の上に掛けなければいけないの、こういうふうにね。それからそのシーツをマットレスの下に皺のないようにきちんと折り込むのよ、こんなふうにね。分かったわね？」

「はい、おく様」。ものすごい注意力を示しながら、トプシーが言った。

「でも、上のシーツはね」とオフィーリア嬢は言った。「こっち側まで垂れ下げて、足元のほうでしっかりと皺のないように折り込むのよ、こんなふうに。シーツの縁縫いの狭いほうが足元のほうにくるようにね」

「はい、おく様」。トプシーは前と同じように答えた。しかし、ここで付け加えておこう。オフィーリア嬢には見えなかったことだが、この善良な婦人が背を向けて熱心に作業をしているあいだに、若い弟子のほうは手袋とリボンを素早く手でつかむとそれを巧みに自分の袖口のなかに突っ込み、さっきと同じように、両手を従順そうに組んで立っていたのだ。

「さあトプシー、お前がやって見せてちょうだい」。オフィーリア嬢はシーツを引きはがし、腰を下ろして言った。

トプシーは、オフィーリア嬢がすっかり気分をよくしたほどに、まったくまじめな調子でしかも巧みにその一連の動きをやってのけた。シーツを伸ばし、軽くポンポンとたたいて皺をなくしたりもした。やっているあいだ中ずっと真剣で真面目な様子を示していたので、教えるほうが大いに感化されたほどだった。しかし、ちょうど作業が終わりにかかったころ、不運なしくじりで、トプシーの片方の袖口からリボンの端がはためいているのに、オフィーリア嬢の注意がいった。すぐに彼女はリボンに飛びついた。「なんなの、これは？お前はなんて手に負えない罪深い子なんでしょう、盗んだのね！」

リボンがトプシー自身の袖から引き出されたというのに、彼女は少しも当惑する様子がなかった。いかにもびっくりし、自分は何も知らないという無邪気さを装って、それを見ているだけだった。

「あれっ！　まあ、フィーリィ様のリボンでねえですか？なんだってあたいの袖のなかに入ったんだろう？」

「トプシー、お前はいけない子ね。嘘をついてはだめ。お前が盗んだんでしょう！」

「おく様、誓ってもいいですが、あたいはやってねえです。いまのいままで、こんなもの見たこともねえです」

「トプシー」とオフィーリア嬢は言った「嘘をつくのは罰当たりなことなのよ、分からないの？」

「嘘じゃねえです、フィーリィ様」と、トプシーは真心のこもった真剣さで言った。「あたいの言ってることは本当です、嘘じゃねえです」

「トプシー、そんな嘘をつくなら、お前を鞭で打たなきゃならないわ」

「だけんど、おく様、一日中鞭で打たれたって、他に言いようがねえです」とトプシーは言って、べそをかき始めた。「あたいはそんなもん見たこともねえです。あたいの袖のなかに、そいつが勝手に入ってきたに違いねえです。フィーリィ様がベッドの上に置き忘れて、そいでもってそいつがシーツのあいだに入り、それからあたいの袖に入ってきたんです」

オフィーリア嬢はこの厚顔無恥な嘘にひどく腹を立ててしまい、彼女を捕まえると身体を揺すった。

「そんなこと二度とわたしに言ってはだめ！」

揺すったせいで、もう一方の袖から手袋が床に落ちた。

「ほらごらん！　これでもリボンを盗らなかったと言うつもりなの？」とオフィーリア嬢は言った。

トプシーは手袋については白状したが、リボンのことはなおも否定し続けた。

「さあ、トプシー」とオフィーリア嬢が言った。「全部を白状すれば、今回は鞭で打たないわ」。このように言われて、トプシーは、いかにも哀れっぽく後悔の気持ちを表わしつつ、リボンと手袋のことを白状した。

「それじゃ、言ってごらん。このうちに来てから、お前は他にも盗んだものがあるでしょう。分かっていますよ。昨日だって、一日中お前を好きにさせておいたんだから。さあ、盗ったものがあれば、言いなさい。鞭で打ったりはしないから」

「ああ、おく様！　エヴァお嬢様が首につけてた赤いものを盗りました」

「盗ったでしょう、おまえはいけない子ね！　それで、他には？」

「ローザのイヤリング、あの赤いのも盗りました」

「行って両方ともいますぐ持って来なさい」

「ああ、おく様！　むりです。燃やしちまいましたから！」

「燃やしちゃったって！　なんて戯言《たわごと》を言っているの！　持って来なさい、さもないと、鞭で打ちますよ」

トプシーは大声を張り上げたり、泣いたり、わめいたりして、できないと言い張った。「燃やしちまったんです。本当です」

「どうして燃やしてしまったの？」とオフィーリア嬢が聞いた。

「あたいが罰当たりだからです、ええ、そうです。あたいはすごい罰当たりなんです。どうしようもないんです」。

ちょうどこのとき、エヴァが何も知らずに部屋に入ってきたが、その首には問題の珊瑚のネックレスをしていた。

「まあ、エヴァ、どこでそのネックレスを見つけたの？」とオフィーリア嬢が言った。

「見つけたって？　変なこと言うのね、わたしは一日中ずっとかけていたわ」とエヴァが言った。

「昨日もしていた？」

「ええ。おかしいと思うでしょうけど、おばちゃま、わたしは寝るときこれを外すのを忘れて、夜中ずっとかけっぱなしだったの」。

オフィーリア嬢はすっかり戸惑ってしまったようだった。おまけに、そのとき、ローザがアイロンをかけたばかりのリンネル地のシーツ類を入れた籠を頭に乗せて部屋に入ってきたが、その耳には珊瑚の耳飾りが揺れていたのだ！

「こういう子をどう取り扱ったらよいのか、わたしには分からないわ、本当に！」彼女は絶望的に言った。「トプシー、いったいなんだってお前はこうしたものを盗ったなんて言ったの？」

「だって、おく様が白状しなきゃいけないって言ったけど、あたいには、他に白状するものが思いつかなかったんです」とトプシーは目をこすりながら言った。

「でも、もちろん、していないことまで白状しなさいと言ったわけじゃないのよ」とオフィーリア嬢は言った。「それも、同じように、嘘を言ったことになるの」

「まあ、そうなんですか?」とトプシーは無邪気な驚きの様子を示して言った。

「だめですよ、こんな悪餓鬼のなかには、真実なんてものはありゃしません」とローザが怒ったようにトプシーを見て言った。「もしあたしがセント・クレアの旦那様だったら、血が流れ出るまで鞭で打ってやります。ええ、やりますとも、鞭を食らわせますとも!」

「いけない、絶対にいけないわ、ローザ」。エヴァが命令的に言った。この子供はときどきそうした口調で言うことができた。「そんなこと言ってはだめよ、ローザ。そんなことを聞くのは、耐えられないわ」

「まあ、何をおっしゃいますだ! エヴァお嬢様、あなたはあまりにやさしいから、黒んぼどもの扱いをご存知ないんです。いいですか、血が出るほどぶったたかなきゃしようがないんですよ」

「ローザ!」とエヴァが言った。「おだまりなさい! それ以上そんなことを言ってはだめ!」エヴァの目がきらりと光り、頬の色は赤みを増した。

一瞬にしてローザは恐れをなした。

「エヴァお嬢様はセント・クレア家の血をはっきりと引いていらっしゃる。まったく、お父様そっくりの話し方をなさることができる」。そう言いながら、彼女は部屋を出て行った。

エヴァはトプシーを見つめながら立っていた。

そこには、社会の両極端を代表する二人の子供が立っていたと言ってよい。色白で育ちがよく、金髪に深い瞳、超俗的な気高い眉、それに王家の血筋を引く者のような身のこなしをした子供が一方にいた。その隣には、黒い肌で、抜け目がなく、捕らえどころがない上に卑屈だが、目端のよく利く子供がいた。二人はそれぞれの種族の代表だった。サクソン人のほうは生まれながらに、何世代にもわたる洗練、支配、教育、さらには精神的かつ肉体的な優越性を備えていた。アフリカ人のほうは生まれながらに、何世代にもわたる圧迫、従属、無知、労苦、それに悪徳を備えていた!

おそらく、こういった類の考えが、エヴァの心のなかで闘いあっていたはずである。しかし、子供の思考というものは、どちらかと言えば、ぼんやりしていて不定形で直感的なものだ。エヴァの高貴な本性のなかで、こうした考えが形を求めて動きまわっていたが、彼女にはそれを口にする術がなかった。オフィーリア嬢がトプシーの手に負えない、罰当たりな行ないのことを長々と言い立てたとき、エヴァは戸惑っているような、悲しんでいるような表情をしていたが、やさしくこう切り出した。

「かわいそうなトプシー、なぜ盗む必要があるの? あなたはこれからは十分に面倒を見てもらえるのよ。あなたに盗みをさせるくらいなら、わたしのものは何だってあなたにあげるわ、本当よ」。

それは、トプシーがこれまで生きてきて聞いた、はじめてのやさしい言葉だった。やさしい声の調子と言い方が、彼女の粗野ですさんだ心に、奇妙に反応した。何か涙のようなものが、突き刺すような丸くてきらきらする目に一瞬光った。しかし、それに続いて出てきたものは、短い笑い声と、いつものようにニタリと歯をむき出す表情だった。だめなのだ！これまで罵りの言葉しか聞いたことのない耳には、やさしさといったような美しいものはよそよそしくて信じられないのだ。エヴァの話は、トプシーには、どこか疑わしく不可解としか思えないのだ。彼女はそれを信じなかった。

しかし、トプシーに対してどうすればよかったのか？ オフィーリア嬢には、それは難問に見えた。彼女のしつけの基準は一向にあてはまりそうになかった。少し時間をかけて考えようと思い、時間をかせぐためにも、また暗い押し入れの持つ漠とした道徳的効果も期待して、トプシーを押し入れに閉じ込めてみた。その間にオフィーリア嬢は、この問題へのもっとましな考えをまとめようとした。

「鞭で打たないでも、あの子にいうことをきかせるにはどうすればよいのか、わたしには分からないわ」とオフィーリア嬢はセント・クレアに言った。

「まあ、それなら、気の済むまで鞭で打つことですね。私が全権を与えますから、お好きなようになさってください」

「子供というものは、いつも鞭で打たれる必要があるのよ」とオフィーリア嬢は言った。「鞭なしでしつけたなんてこと聞いたことがないわ」

「ええ、ええ、その通りです」とセント・クレアは言った。「もっともいいと思うようにやってください。でも一つだけ言っておきますが、この子はこれまで火かき棒で叩かれたり、ショベルや火箸など手近にあるものならなんでも使って殴り倒されてきたと思いますよ。ということから言えば、あの子はそういった類の仕置きには慣れっこになっていますから、鞭で打つにしても、かなり力を入れてやらないと、こたえないと思いますよ」

「じゃ、どうしたらいいの？」とオフィーリア嬢は言った。

「深刻な問題に手を付け始めましたね」とセント・クレアは言った。「鞭でしか支配できない人間をどう扱うべきか、ご自分で答えを見つけ出していただきたいものです。鞭での支配なんてうまくいきっこないんですが、ここ南部ではそれが当たり前になっているんです！」

「わたしには本当に分からないわ。こんな子は見たことがないんですから」

「ここでは、こういう子は珍しくありません。それに、同じような男や女もいます。そういった連中を、どうやって支配したらいいんでしょうかね？」とセント・クレアは言った。

「わたしに答が出せることじゃないわ」とオフィーリア嬢

は言った。

「私も同じです」とセント・クレアは言った。「ときどき新聞にのる恐ろしいほどの残酷さや非道さは、たとえばプルウの場合なんかがそうですが、どうして起こるんでしょうかね？　多くの場合、両方の側がだんだん態度を硬化させていったりします。使用人のほうが無感覚になればなるほど、所有者のほうも残酷になっていきます。鞭打ちも虐待も阿片みたいなもので、感覚が鈍るにつれて投薬量を倍化しなくちゃならなくなるんです。私は自分が奴隷所有者になって、すぐそのことに気づきました。どこで止めたらよいか分からなくなるのですから、私は最初からそうすまいと決心したんです。最低限、自分の道徳心だけは守ろうと思い定めたんです。その結果、私の召使たちは甘やかされた子供みたいに振る舞います。でも、両方で一緒に人間らしくなくなるのより、そのほうがずっといいって考えています。従姉さん、あなたは教育の責任についていろいろおっしゃってきましたね。南部にいる何千人もの子供たちの見本として、私はあなたがこの子供にどんなことができるか本当に試してもらいたかったんです」

「こういう子を作っているのは、あなた方の制度よ」とオフィーリア嬢は言った。

「分かっています。でも、この子たちはもう作られてしまっているんです。現に存在しているんです。この子たちに何をなすべきなんでしょうか？」

「分かったわ、あまりありがたくない実験ね。でも、義務のようだから、我慢してできるだけのことはやってみましょう」とオフィーリア嬢は言った。この後、この新しい課題に取り組むオフィーリア嬢の仕事ぶりは、称賛に値するほどの熱意と力の入れようだった。トプシーのためにきちんとした日課表を導入し、読み方と縫い物を教え始めた。

読むことに関しては、この子は上達が非常に速かった。まるで魔法のように字を覚え、簡単なものならすぐに読むことができるようになった。しかし、縫い物のほうはかなり厄介だった。この生き物は猫のようにしなやかで、猿のように活発だったので、縫い物のような、こもりっ切りの仕事は大嫌いだった。針をへし折ったり、こっそりと窓の外に投げたり壁の割れ目に捨てたりした。糸も絡ませて切ったり、汚してしまったり、糸巻きごとこっそり捨ててしまったりもした。彼女の動きは訓練を受けた手品師のようにすばしこかったのに加えて、顔の表情を取り繕うことにかけては並大抵のものではなかった。オフィーリア嬢は、立て続けにこんな出来事が起こるなんてありえないと思いはしたものの、他のことを一切する時間がないほど注意して見張っていない限り、現場を押さえることはできなかった。

トプシーはすぐに屋敷内で際だった存在になった。剽軽な仕草やしかめ面や物真似に関するいろんな才能、踊りやでんぐり返しや木登りや歌や口笛、さらに気に入った音はなんでも真似する才能などには、尽きるということがなかった。彼女の遊びの時間には、屋敷中の子供たちがいつも後ろに付き従っていた。子供たちはびっくりしたり、感心したりでぽかんと口を開けたままだった。エヴァも例外ではなかった。彼女は光る蛇に魅入られた鳩のように、この野生の妖術に惹きつけられたようだった。オフィーリア嬢は、エヴァがトプシーと一緒にいるのを大いに気に入っている様子に不安を感じ、セント・クレアに禁止するよう訴えた。

「とんでもない！　あの子の好きにさせておけばいいんですよ」とセント・クレアは言った。「トプシーは彼女にいい影響を与えてくれますよ」

「でも、あんなにだめな子よ。エヴァに悪いことを教えるんじゃないかって不安じゃないの？」

「悪いことをエヴァに教えるなんてことは、できやしませんよ。他の子供にはそういうこともあるでしょうが、悪いことは露がキャベツの葉っぱから落ちるようにエヴァの心からころがり落ちてしまいますよ。一滴だって彼女の心に染み込んでいきませんん」

「あまり過信しないことね」とオフィーリア嬢は言った。「私なら自分の子供をトプシーと遊ばせたりしないわ」

「ええ、従姉さんの子供たちなら、そうする必要もないでしょう」とセント・クレアは言った。「でも、私の子供には必要かもしれないんです。もしエヴァが悪くなっているとしたら、もう何年も前にそうなっていたでしょう」。

最初、トプシーはお高くとまっている家の召使たちからばかにされたり、軽蔑されたりしていたが、すぐに彼らは自分たちの意見を変える必要があることに気づいた。というのも、トプシーに軽蔑の眼差しを向ける者は、その後必ず不都合な出来事に出くわすようになることが、間もなく判明したからである。たとえば、イヤリングや大事にしている小物がなくなるとか、洋服一着が突然めちゃめちゃに汚されるとか、偶然お湯の入ったバケツに蹴つまずくとか、あるいは晴れ着を着ているときなどに、頭上から台所の汚れ水を浴びせかけられるとかいうようなことが起こった。ところが、こういうことが起こっても、調べてみると、このけしからぬことの責任を負わせるべき該当者がどこにも見つからなかった。何度もトプシーの名が上げられ、家庭内の裁判官の居並ぶ前に連れてこられたが、彼女はいつも見事なまでの無邪気さとまじめな表情で、自分への査問を切り抜けてみせた。誰がこういうことをしたかという点では疑う者などいなかったが、その想定をはっきりさせる直接的な証拠が一片たりとも見つからなかった。オフィーリア嬢は、証拠もなしに尋問を勝手に長引かせるには、あまりにも強い正義感の持ち主だった。

また、いたずらはいつも時機を入念に見計らって行なわれたので、犯人をさらに強固に隠す結果となった。たとえば、二人の部屋付き女中ローザとジェーンに対する復讐は、彼女たちが女主人の不興をかっているようなとき（それはよくあったことだが）、つまり二人が文句を言っても当然なんの同情も得られないときに限って行なわれた。かくして、やがてトプシーはかまわずにおくのが一番だと家の者から思われるようになり、結局一人で放っておかれることとなった。

トプシーは手仕事にかけては達者で、精力的だった。教えられたことはなんでも驚くほど迅速に覚えた。二、三回も練習すれば、口やかましいオフィーリア嬢でも欠点を見出すことができないほどに、きちんと彼女の部屋を整頓することができた。トプシーほど、シーツをぴしっと伸ばし、枕を正確に整え、ほうきで掃き、はたきを掛け、より完璧に整頓できる召使はいなかった。ただし、それは彼女がそうしようと思ったときだけのことで、彼女はめったにその気を起こすことがなかった。オフィーリア嬢が三、四日のあいだ辛抱強く注意して監督し、ようやくトプシーも自分のやり方に慣れたから見張っている必要がないと楽観して、部屋を離れて他のことに忙しくしていると、トプシーは一、二時間というもの、完全なお祭り騒ぎの混乱を引き起こしたものだった。ベッドづくりをする代わりに、枕カバーをはずして枕と枕のあいだにちぢれ毛の頭を突っ込み、しまいには頭のあちこちから羽毛の飾りが突き出たグロテスクな格好になることもあった。ベッドの柱によじのぼって逆さまに上からぶら下がったり、部屋中にシーツやベッドカバーを広げたり、オフィーリア嬢の寝巻きを長枕に着せていろいろなお芝居をさせたり、あるいは歌ったり、口笛を吹いたり、鏡を見ながらいろいろとしかめっ面をしたりした。つまり、オフィーリア嬢の言葉づかいで言えば、たいていが「大騒ぎ」に打ち興じていた。

あるときなど、オフィーリア嬢は、トプシーが自分のとっておきの緋色のインド製広東縮緬のショールをターバン代わりに頭に巻いて、鏡の前で大仰に舞台稽古をしているのを見つけたことがあった。オフィーリア嬢としては珍しいことだったが、うっかりして鍵を引き出しに入れたままにしておいたのだ。

「トプシー！」我慢の限界に達したとき、オフィーリア嬢はよく口にしたものだった。「お前はどうしてそんなことをするの？」

「分かんねえです、おく様。たぶんあたいが罰当たりだからでしょう！」

「お前をどうしたらいいのか、まるで分からないわ、トプシー」

「そんなことねえです、おく様。鞭であたいを打たなければ、いけねえんです。前のおく様はいっつもそうしていなさった。あたいは、鞭で打たれねえで仕事するのに、慣れてねえんです」

「ばかを言うんじゃないの、トプシー、わたしはお前を鞭でなんかぶちたくないの。その気になれば、お前はうまくやれるんだもの。なぜお前はその気になろうとしないの?」

「ああ、おく様。あたいは鞭に慣れてるんです。鞭があたいにはいいんです」。

オフィーリア嬢は試しにこの処方箋をやってみた。すると、トプシーはいつもすさまじく興奮して、わめいたり、うなったり、哀願したりするのだが、三〇分もするとバルコニーの突き出しのところに座り、取り巻きの一群の「がきども」に囲まれながら、いかにも軽蔑しきった口調で、この出来事のすべてを語ってきかせるのだった。

「へん、フィーリィ様が鞭で打つだって! あれじゃ、蚊も殺せないよ。前の御主人様の鞭打ちは、身体がぶっ飛ぶほどだった。見せてやりたかったよ。前の御主人様は、コツってものを知ってらした!」

トプシーはいつも自分の罪だとか悪行を大袈裟に吹聴し、明らかにそれらが何か特別に際だったことだと考えていた。

「ええだか、お前ら黒んぼたち」。よく彼女は何人かの聞き手を前にして言っていた。「お前らはみんな罪深い人間だってこと、知ってるか? うん、お前たちはそうなんだ、誰も彼もみんなそうなんだ。白人も罪人なんだ。フィーリィ様がそうだっておっしゃってた。でも、あたいが思うに、黒んぼてえものが一番悪いんだ。でも、ええか、お前らのうちであたいほどの者はいないよ。あたいは恐ろしく罰当たりだから、あたいにちょっかい出そうなんて人は誰もいやあしないのさ。前のおく様は、いつもあたいのことを罵っていらした。あたいがそうさせていたのさ。この世でいちばん罰当たりな生き物は、たぶんあたいだって思うよ」。ここでトプシーはとんぼ返りを一つ打って、見事にさっともっと高いところへ飛び上がると、これみよがしに自分の非凡さを自慢した。

毎週日曜日になると、オフィーリア嬢はトプシーに教義問答を教えるのに忙しかった。トプシーは言葉に関して抜群の記憶力があり、その澱みのなさには教えているほうが非常に勇気づけらた。

「こんなことが何かあの子の役に立つなんて期待してるんですか?」とセント・クレアが言った。

「そうよ、これはいつだって子供に役立ってきたわ。あなただって知っているでしょう、これは子供がいつも覚えなくてはならないものなのよ」

「理解してもしなくてもですか」とセント・クレアは言った。

「ええ、子供はそのときにはこれを理解しないわ。でも、大人になってから、これが蘇ってくるのよ」

「私の場合はまだ蘇ってきませんね」とセント・クレアは言った。「子供のころ、あなたが徹底的に私を仕込んでくれたのは確かですがね」

「ええ、いつもあなたは物覚えがよかったわ、オーガスティン。とっても期待していたのよ」とオフィーリア嬢は言った。

「じゃ、いまは期待してないんですか?」とセント・クレアは言った。

「あなたが子供のころみたいによい子だったらいいのにって思うわ、オーガスティン」

「実は私もそう思うんですよ、従姉さん」とセント・クレアは言った。「まあ、トプシーにどんどん教義問答を教えてごらんになればいい。そのうちあなたにも、いままで分からなかったことが分かってくるでしょう」。

この議論が取り交わされているあいだ中、黒い彫像のように、取り澄ました格好で手を組み合わせて立っていたトプシーは、オフィーリア嬢の合図で暗唱を続行した。

「自分自身の意志の自由に任されたわれらの最初の祖先は、彼らが造られたときの状態《ステイト》から転落した(2)」

トプシーの目がきらめき、何かものを尋ねたそうな様子を示した。

「なんなの、トプシー?」とオフィーリア嬢が聞いた。

「あのう、おく様、その状態《ステイト》ってのはケンタッキー州《ステイト》のことですか?」

「どのステイトのことを言っているの、トプシー?」とオフィーリア嬢が尋ねた。

「そこから転落したっていうステイトですよ。御主人様があたいたちはケンタッキー州から落っこってきたって話していなさるのを、あたいはよく聞いたことがあるもんだから」。

セント・クレアが高笑いした。

「彼女に意味を教えてやらなくちゃいけませんね。でないと、自分で意味を作りだしてしまいますよ」と彼は言った。「教義問答には移住の理論が暗示されているようですね」

「オーガスティン、黙っていてちょうだい」とオフィーリア嬢が言った。「あなたが高笑いなんかしたら、わたしに何ができるって言うの?」

「分かりました、もう誓って練習の邪魔はしませんよ」。そう言うと、セント・クレアは新聞を持って居間に行き、トプシーが暗唱を終えるまでそこに座っていた。暗唱はすべてとてもよくできていたが、ときどき、大事な言葉を奇妙に言い換えてしまい、そうではないとどんなに注意されても、同じところで同じような間違いを繰り返した。そこで、セント・クレアは、自分でも楽しもうという気になったときには、静かにしていると約束したにもかかわらず、トプシーを自分のそばに呼び寄せ、オフィーリア嬢の抗議にもかまわず、間違えた箇所を繰り返し暗唱させて、罰当たりにもそうした間違いを楽しんだ。

「オーガスティン、あなたがそんなふうにやり続けていたら、私にこの子をどうすることができるっていうのかしら?」そう彼女はよく言った。

「そうです、まったくよくありませんね。もう二度としません。でも、剽軽な年端もいかない子供が、こういった大袈裟な言葉につまずくのを聞くのは楽しいですね！」

「でも、それじゃ、あの子は間違ったほうを信じてしまうわ」

「どこに違いがあるって言うんですか？　どの言葉もあの子にとっちゃ同じようなものですよ」

「あなたは、わたしに、あの子をまともにしつけろって望んだのよ。あの子が理性的な生き物だってことを、忘れないでちょうだい。あなたがあの子に与える影響には、注意してほしいものね」

「そりゃ、おぞましいですね！　まさに私は注意すべきです。でも、トプシー流に言えば、『あたいはほんとうに罰当たり！』なんです」。

こんなふうな調子で、トプシーの教育は一、二年間続いた。オフィーリア嬢は、慢性の疫病にとりつかれたように、毎日毎日彼女のことで頭を悩ませていたが、人が神経痛や頭痛に慣れていくように、やがてそれにも慣れていった。

セント・クレアは、オウムやポインターに芸を教える人と同じような面白味を、その子に感じていた。トプシーは自分の罪で他の人々の不興をかうと、いつもセント・クレアの椅子の後ろに避難場所を見出した。セント・クレアのほうも、あれやこれやの方法で彼女のために取りなしをしてやった。

彼女は彼から小銭をたくさんもらったりすると、ナッツやキャンディなどを買ったが、屋敷の子供たちみんなに、持ち前の気前のよさで分けたりした。というのも、トプシーのために言っておけば、彼女は善良で気前のよい子だったのだ。ただ自分を守るために、底意地悪くしていただけだった。彼女はわれわれのバレエ群舞にうまく導入されたので、彼女の出番ではこれから折にふれて、他の踊り手たちとともにこの舞台に登場することになるだろう。

第21章 ケンタッキー

読者の皆さんも、しばらくのあいだ、ケンタッキーの農場のアンクル・トムの小屋に目を戻し、トムがあとに残してきた人々のあいだに、どんなことが起こったのかを見てみるのに反対ではないでしょう。

夏の午後も遅い時間だった。機嫌がよければ気まぐれに入ってくるそよ風を誘い入れようと、大きな居間の窓もドアもみんな開け放たれていた。シェルビー氏は、その居間へと通じ、家全体を貫いて両端でバルコニーに繋がっている広い廊下に座っていた。ゆったりと椅子にもたれかかり、両足のかかとをもう一つの椅子にのせ、昼食後の煙草を楽しんでいた。シェルビー夫人はドアのところに座り、何かきれいな縫い物にいそしんでいた。彼女は何か気にかかることがあるらしく、それを口に出す機会をうかがっているように見えた。

「あなたはご存知かしら？」と彼女は言った。「クロウがトムから手紙を受け取ったんですって」

「ほお、そうかい。トムもあっちで友達ができたようだね。どんな様子だい？」

「とてもよいご家庭に買われたようですよ」とシェルビー夫人は言った。「よくしてもらって、仕事も楽なんですって」

「そうか！　それはよかった。ほんとによかった」とシェルビー氏は心から言った。「トムはたぶん南部の家に慣れ親しんで、ここへ戻ろうという気にはあまりならないんじゃないかな」

「逆ですわ」とシェルビー夫人は言った。「いつ自分を買い戻すお金を工面してもらえるかって、しきりに尋ねています」

「それについちゃ、私にも確かなところは分からない」とシェルビー氏は言った。「いったん事業がうまく行かなくなると、際限がなくなるみたいだ。まるで沼沢地のなかで、こっちの沼からあっちの沼へ飛び移るようなものだ。こっちで借りて、あっちへ返す。そしてまた別の所で借りて、そっちへ返す。一服して態勢を立て直す間もなく、こういう忌々しい手形の支払い期限がくる。催促の手紙や督促状が、引きも切らずてんやわんやと押し寄せて来るってわけさ」

「ねえ、あなた、事態を解決するために何か打つ手があるんじゃありませんの。馬を全部売るとか、農場の一つを売るとかして、借金をすっかり清算できないものかしら？」

「ああ、エミリー、ばかなことは言わんでくれ！　お前はケンタッキー州で最高の女性だが、事業のことがお前に理解できないっていうことを、自分でも分かっていないんだ。女性には、こういうことは分からないし、分かるはずもないんだ」

「でも、少なくとも」とシェルビー夫人は言った。「あなたのお仕事の中身を、私にもいくらかは分からせていただけないものかしら。少なくとも、あなたの負債や借金のリストがどうなっているのかぐらいは、教えてください。倹約などをして、あなたの手助けができないものかどうか、私にも試みさせてください」

「ああ、やめてくれ！　エミリー、私を苦しめないでくれないか！　私にも正確なところは分からないんだ。何がどうなっているかは、おおよそつかんでいるものの、クロウおばがパイの皮のまわりをきれいに刈り込むように、事柄を整理したり清算したりはできないんだ。言っておくが、事業のことはお前には分からないよ」

シェルビー氏は声を張り上げた。というのも、自分の考えを相手に強いる他の方法を知らなかったからである。これは紳士たるものが自分の妻と事業のことで議論するような場合には、とても便利で効果的な方法だった。

シェルビー夫人は軽くため息をついて、話すのをやめた。彼女の夫は彼女を女だと言ったが、実を言えば、彼女は聡明で活動的で実際的な精神の持ち主であり、性格的な強さの点ではすべてにおいて夫よりもすぐれていた。だから、彼女に事業の経営能力があると認めることは、シェルビー氏が思っているほどばかげた想定ではなかった。夫人の心は、ただトムとクロウおばとの約束をどうしたら果たせるかということばかりに向いていたので、事態の失望感がますます色濃くなっていったとき、彼女はため息をついた。

「なんとかしてあのお金を工面できないものかしら？　かわいそうなクロウおば！　彼女はそのことばかり考えていますわ！」

「もしそうなら、申し訳ない。あんな約束をしてしまって、早まりすぎたと思っているよ。いまは、確信が持てないんだ、でもクロウに言って、諦めさせるのが一番じゃないかな。一、二年もすれば、トムも別の女房を持つだろう。だから、クロウも誰か別の奴と一緒になったほうがいいんだ」

「ミスター・シェルビーともあろう方がなんてことを言うんですか。私は自分の召使たちに、彼らの結婚は私たちの場合と同じように神聖なものだと教えてきました。クロウにあなたのおっしゃったような助言をするなんて、考えることとすらできません」

「ねえ、お前、彼らの状況や将来の見通しを無視した道徳観をお前が彼らに負わせてきたのは、遺憾なことだったんだよ。私はいつもそう思っていた」

「私はただ聖書の道徳観を教えてきただけです、ミスター・シェルビー」

「まあ、まあ、エミリー。私はお前の宗教上の考えにまで干渉するつもりはない。ただ、お前の考えは、ああいう状況にいるものたちにあまりにもそぐわないように見えるんだ」

「確かに、そうでしょう」とシェルビー夫人は言った。「だからこそ、私はすべてのことが心の底から嫌で嫌でたまらないんです。いいですか、あなた、あの無力な人たちにした約束から、この私は免れることができません。もし他にお金を得る方法がないのなら、私は音楽の弟子をとります。たくさんの弟子を得て、私の収入を稼ぐことができるはずですから」

「そんなふうに自分を貶めることはないだろう、エミリー？　そんなことに私は賛成できないね」

「貶めるですって！　寄る辺ない人たちと交わした私の約束を反故にすることは、自分を貶めることにはならないとでも言うんですか？　とんでもないことです、本当に！」

「いいかい、お前はいつも勇敢で超越主義者のように考えている」とシェルビー氏は言った。「でも、ドン・キホーテ(1)みたいな観念的な行動をする前に、よく考えてみたほうがいいと思うよ」。

このときクロウおばがヴェランダの端に現われたので、会話は中断された。

「よろしいですか、奥様」と彼女は言った。

「ええ、クロウ、どうしたの？」そう言うと、女主人は立ち上がり、バルコニーの端に行った。

「こっちへきて、このどえらいポエトリイを見てくだせえ」。

クロウは、好んで鶏肉《ポウルトリイ》を詩《ポエトリイ》と呼ぶくせがあった。それは彼女がこだわる言葉づかいの一つで、屋敷の若い連中にいくど訂正されたり助言されても直そうとしてこなかったものだった。

「なんだと！」とよく彼女は言っていた。「お前さんたちの言うこたあよく分からないね、ポウルトリイもポエトリイも同じようにええでないか。とにかく、ポエトリイでどこが悪いちゅうだかね」。そんなわけで、クロウは相変わらずポウルトリイをポエトリイと呼び続けていた。

シェルビー夫人は鶏やアヒルが地面にたくさん横たわっているのを見て微笑んだ。クロウはそれらの上に覆いかぶさるようにして立ち、真剣な顔つきで何か考えごとをしていた。

「あたしが考えてんのは、これだけのチキンパイを奥様が必要となさっているかどうかってことなんです」

「もちろん、クロウ、私はどちらでもいいわ。お前の好きなようにしてちょうだい」

クロウは心ここにあらずといった様子で鶏肉をいじっていた。明らかに彼女の考えていることは、鶏肉のことではなかった。黒人の種族がうまくいくかどうか疑わしいような提案を持ち出そうとするときによくやるように、ちょっと笑ってから、やっと彼女は切り出した。

「ええですか、奥様！　旦那様も奥様も何でお金のことを自分たちばかりで苦労なさっていて、ご自分の手のなかにあるものをご利用なさらねえんですかね？」そう言うとクロウはまた笑った。

「お前が何のことを言おうとしているのか、私には分からないわ、クロウ」とシェルビー夫人は言ったが、クロウのやり方をよくわきまえていたので、彼女が自分と夫との会話を一言残らず聞いてしまったことは疑わなかった。

「いやですよ、本当に、奥様は！」クロウはまた笑いながら言った。「よその旦那様方は、自分のとこの黒んぼどもを賃貸しに出して、お金をこしらえてますだ。ああいった連中をお屋敷やご家庭を潰してまで、ただ食わせておくこたぁねえです」

「それじゃ、クロウ、お前は誰を賃貸しに出せって言いたいの？」

「あれまあ！　あたしには何も言いたいことなんかねえです。ただ、サムの言っとることでは、ルイヴィルにカーキ屋と呼ばれているもんがあって、ケーキだのパンだのを作る腕のいい使用人を欲しがっとるんだそうです。一人あたり週に四ドル払うちゅうことです、ええ、そう言っとりました」

「それで、クロウ」

「はあ、そいで、あたしは考えましただ、奥様。そろそろサリーも何かをさせてもいいころじゃないかってね。サリーはずっとあたしの下で働いてきましたんで、もういまじゃ、ほとんどあたしと同じくらいにやれますだ。だから、奥様があたしをそこへ行かせてくれりゃ、お金を稼ぐ手助けになりますだ。あたしのケーキやパイは、どんなカーキ屋と比べても負ける心配はねえです」

「ケーキ屋でしょ、クロウ」

「あれまあ、奥様！　同じこっちゃないですか。言葉っちゅうのは奇妙なもんで、どうもうまくいかねえです」

「でも、クロウ。お前は子供たちと離ればなれになりたいの？」

「いやですよ、奥様！　坊主どもは自分たちの仕事ができるほど、もう十分大きくなっとりますし、よくやってくれとります。それに、サリーが赤ん坊は引き受けてくれますだ。赤ん坊はえらく元気がいいんで、ちっとも手がかかんねえです」

「ルイヴィルはずいぶん遠いのよ」

「あれまあ、奥様！　誰が恐がりますだ？　そこは深南部の、たぶん、うちの人のいる近くなんでしょう？」クロウは最後の言葉を、もの問いたげにシェルビー夫人のほうを見やりながら言った。

「いいえ、クロウ。トムのいるところは、もっと遠くの何百マイルも離れたところよ」とシェルビー夫人は言った。

クロウの表情が沈んだ。

「大丈夫よ。お前の行くところは、ここよりずっとトムのいるところに近くになるわ、クロウ。ええ、行きなさい。お前の賃金は、一セントも残さずお前の夫を買い戻すために蓄えておくわ」。

明るい太陽の光が黒雲を銀色に変えるときのように、クロウの黒い顔はたちまち明るくなった。その顔は本当に輝いていた。

「まあ！　奥様は、なんておやさしいんだ！　あたしはそのことばっかり考えとりましたよ。だって、あたしにゃ服も靴も何にもいらねえんですから。だから、全部貯められますだ。ところで奥様、一年には何週間ありますんかね？」

「五二週よ」とシェルビー夫人は言った。

「ほお、そんなにありますか？　なら、毎週四ドルで、えぇと、どんくらいになりますだかね？」

「二〇八ドルよ」とシェルビー夫人は言った。

「へぇえ！」とクロウは驚きとうれしさを声に表わして言った。「それじゃ、どれくらいの期間あたしが働けばいいんですかね？」

「四、五年でしょうね、クロウ。でも、お前が全部を出す必要はないのよ。私もいくらか足してあげられると思うわ」

「あたしゃ、奥様が人にものを教えたりするのなんかは、絶対耳にしたくねえです。そのことについちゃ、旦那様のおっしゃることが正しいです。そんなのはだめです、絶対にだめです。あたしが働けるうちは、お屋敷のどなたにだってそんなふうになってもらいたくねえです」

「心配しなくてもいいわ、クロウ。私も家の名誉には気をつけるつもりよ」。微笑みながらシェルビー夫人は言った。

「でも、お前はいつ行くつもりなの？」

「そうですね、まだ何も決めとりません。ただ、サムが仔馬どもをオハイオ川まで運ぶ予定でして、あたしも一緒についてってもええって言っとりました。そんだもんで、荷物だけはまとめておきましただ。もし奥様がよろしけりゃ、明日の朝サムと出かけることにしますだ。でも、あたしの通行許可証と推薦状は、奥様に書いてもらわなくちゃなんねえです」

「いいわよ、クロウ、ミスター・シェルビーが反対しなければ、そうしてあげましょう。私はこのことを彼に伝えなくてはいけないわ」。

シェルビー夫人は階段を上っていった。喜んだクロウおばは、準備のため自分の小屋へ戻って行った。

「あれまあ、ジョージ坊っちゃま！　あなたは、明日あたしがルイヴィルへ行くってことを、ご存知なかったでしょう！」ジョージが小屋に入ってきて、赤ん坊の服を選り分けるのに忙しくしているクロウおばを見出したとき、クロウおばは彼に向かってそう言った。「この赤ん坊のものを調べて、きちんとしておこうと思いましてね。でもね、ジョージ坊っちゃま、あたしは週に四ドル稼ぎに行こうとしとるんですよ。奥様はうちの人をまた買い戻すために、それを全部貯めておいてくださるだ！」

「それはすごい！」とジョージは言った。「たしかに、大仕事だね！　どうなふうにして出かけるの？」

「明日、サムと一緒に出かけますだ。だから、ジョージ坊っちゃま、いまここに座ってうちの人に手紙で、このことを全部知らせてくだせえますね、いいでしょう？」

「もちろんだよ」とジョージは言った。「僕たちから手紙をもらえば、アンクル・トムもきっと喜ぶよ。すぐ家に戻って、紙とインクを取ってくるよ。そしたら、クロウおば、新しい仔馬のことやなんかも全部書いてあげるよ」

「そうですとも、そうですとも、ジョージ坊っちゃま。お行きなせえ、あなたのために、鶏とか何かそうしたものをこしらえますよ。これからはもうそんなに、あなたのかわいそうなお馴染みのあたしと一緒に、晩御飯を召し上がるなんてこともありませんからね」。

第22章 「草は枯れ、花はしぼむ(1)」

"The Grass Withereth — the Flower Fadeth"

誰にとっても、人生は一日一日と過ぎていく。われらの友トムにとっても、時間は同じように過ぎていき、二年の歳月が流れていった。彼が心から愛していたすべてのものから引き離され、またこの世ならぬものへの思いをしばしば掻き立てられはしたものの、それでも彼は特に意識して自分が惨めだとは感じなかった。というのも、人間の感情という竪琴は非常に巧妙に弦がはってあるので、すべての弦を断ち切ってしまうほどの衝撃でなければ、その調和を完全に打ち壊すことができないからである。回想では零落や試練だと見えていた時期を再現してみると、その一刻一刻には、実際の時の経過に伴って、気晴らしとか気散じとかがあったわけで、われわれは完全にしあわせではなかったとしても、完全に惨めでもなかったのである。

トムは、彼の所有している唯一の書物である聖書のなかで「自分の置かれた境遇に満足することを習い覚えた(2)」人間のことを読んだことがあった。これは、トムにとってはまことに理にかなった教えで、同じ書物の読書を通して身につけた、静かで思いやりに満ちた習慣ともよく調和しているように見えた。

前章で述べたように、トムが家族に宛てた手紙に対して、やがてジョージ坊っちゃまから返事がきた。手紙はきちんとした、丸っこい、学生らしい文字で書かれており、トムによれば「ほとんど部屋の向こう側から」でも読めるほどであった。そこには、読者の皆さんがよく知っているような、家族のさまざまな生気あふれる情報が詰まっていた。たとえば、クロウおばがルイヴィルのケーキ屋に賃貸しで出稼ぎに行き、そこでパイ作りの腕をかわれてびっくりするほどのお金を稼いでいること、またわざわざトムに告げ知らされたことだが、お金はトムを買い戻す代金の足しにするためそのすべてが貯金されるということ、さらにモーゼとピートは健やかに成長しており、赤ん坊はサリーや家族みんなの世話を受けながら、家中をよちよち歩きしているといったことなどが述べられていた。

トムの小屋はいまのところ閉ざされているが、トムが戻ってきたら、小屋にさまざまな飾り付けをし、増築もしたいとジョージは生き生きと説明していた。

この手紙の残りの部分に、ジョージの学校の授業科目のリストが書かれていたが、それぞれの科目の頭文字は飾り文字になっていた。また、トムがいなくなったあと屋敷で生まれた四頭の仔馬の名前が語られたり、同じ文脈で、父と母も元気であるということが述べられていた。手紙の文体は、きわめて簡明な単語と飾り気のない表現からなっていた。しかしトムは、それは現代に現われた文章のうちでもっとも素晴らしい見本だと考えた。トムはその手紙をいく度見ても、見飽きるということがなかった。彼は手紙を額縁に入れて、部屋の壁に掛ける工夫をエヴァと相談しさえした。手紙の裏と表を同時に見られるようにするという困難が立ちはだからなければ、この企ては成立していたかもしれない。

トムとエヴァの友情は、エヴァの成長につれて深まっていった。エヴァが忠実な従者たるトムの、やさしく、感受性の強い心のどの部分を占めていたのかは、言うのが難しい。彼は彼女を壊れそうな現世の何物かとして愛していたが、またほとんど天上界の神聖な何物かとして崇拝もしていた。彼は、イタリア人の船乗りが、尊敬とやさしさの入り混じった気持ちで幼いキリストの像を見つめるように、彼女を見つめた。トムの何よりの喜びは、エヴァの優雅な空想力を満たし、七色の虹で子供時代を彩る無数の素朴な欲求に答えることであった。朝、市場に行ったときなど、トムの目は、彼女用の珍しい花束を探そうと、絶えず花台に向けられた。また、屋敷に戻って彼女にあげようと、選りすぐりの桃やオレンジをポケットにそっとしのばせることもあった。彼の気持ちがもっともなごむ情景は、遠くから近づいてくる彼の姿を門からじっと見ている彼女の黄金色の頭と、それに伴って発せられる子供らしい質問「ねえ、アンクル・トム、今日はわたしのために何を持ってきてくれたの？」だった。

トムに対するエヴァのやさしい気遣いも、それに負けないくらい気持ちのこもったものだった。子供ではあったが、エヴァは本を読むのが上手だった。音楽的にすぐれた耳、鋭い詩的想像力、壮大で崇高なものへの本能的な共感、そうしたものが彼女をこれまでトムの聞いたことのない素晴らしい聖書の読み手にしていた。最初、彼女は自分の慎ましい友人を喜ばすために読んでいたのだが、すぐに生まじめな性格が蔓を伸ばし、この荘厳な書物に自ら自身で巻き付くように関わっていった。その結果、エヴァは聖書を愛するようになった。聖書が、情熱的で想像力のある子供が好んで感じるような不思議な憧れや、強力な茫漠とした感情を、彼女のなかに目覚めさせたからである。

聖書のなかで彼女がもっとも気に入ったのは黙示録と数々

の予言書の部分だった。そこでは、茫漠とした不可思議な表象《イメジャリー》と、熱情的な言葉が使われていたが、それだけ一層そうしたものが彼女の心に焼き付けられたのだ。彼女はそれらが何を意味しているのか問うてみたが、答えは得られなかった。彼女とその素朴な友人、年老いた童子と幼い童子は、その点ではまったく同じように感じていた。彼らに分かったことは、ただそれらがやがて啓示されるはずの栄光について述べているということだけであった。その栄光は、まだ形を表わさない不可思議な何かだが、彼らの魂は訳もなくそれに包まれて歓喜に浸るのだ。物理科学ではありえないかもしれないが、精神科学では、理解されえないことが必ずしもつねに益をもたらさないわけではない。というのも、魂は茫漠とした二つの永遠、つまり永遠の過去と永遠の未来とのあいだで、身を震わせつつ、さ迷える存在として目覚めるからである。そうした存在としての彼女の周りで、光が照らし出しているものといえば、ほんの狭い空間でしかないが、それゆえにこそ彼女は未知のものへの憧れを抱かざるをえない。霊感といういわく言いがたい支えを通して彼女に伝えられるさまざまな声やおぼろげな動きは、何かを待ち望んでいる彼女の本性のなかで、一つ一つが反響音を響かせ、彼女からの反応を引き出す。その結果としての神秘的な表象は、いまだ解読されない象形文字で刻まれたたくさんの護符であり珠玉である。彼女はそれらを胸に収め、ベールの向こう側に行ったときに読むことを期待している。

物語のこの時点で、セント・クレアの家のもの全員は、しばらくのあいだ、ポンチャートレーン湖畔の別荘に出かけていた。夏の暑さのため、蒸し暑く、健康に悪い町から出られる人はみな、湖の岸辺や涼風を求めて町を去っていた。

セント・クレアの別荘は、東インド風の田舎家(3)で、竹製の明るいヴェランダが家をぐるりと取り囲み、そこに設けられている四方八方の出口から、庭と遊び場に出て行くことができた。皆の集まる居間は、広い庭園に向かって開かれていた。その庭園のなかは、絵のように美しい熱帯の植物や花々の香りで溢れかえり、曲がりくねった小道が湖岸へと通じていた。銀色の湖面は、陽光を浴びて上下にたゆたい、一時間として同じ様相をしていることがないだけでなく、刻一刻とさらに美しくなっていく様は、さながら一幅の絵画であった。

いましも強烈な黄金色の夕暮れどきで、水平線は輝く炎となって燃え上がり、湖面をもう一つの空に変えていた。白い帆の小舟が数多くの精霊のようにあちこち滑っているのを除けば、湖はバラ色とも金色ともつかぬ縞模様の光線に包まれて静かに横たわっていた。夕日の輝きのあいだで、小さな金色の星がきらめき、水面で揺らめき動く自らの姿を見下ろしていた。

トムとエヴァは、庭園の端にある四阿《あずまや》で、苔むした小さな椅子に座っていた。日曜日の夕暮れどきだった。エヴァはひざの上に聖書を広げていた。彼女は黙示録の一節を声に出して読みあげた。「わたしはまた、火が混じったガラスの海のようなものを見た[4]」

「トム」とエヴァは突然読むのをやめ、湖を指さして言った。「ほらあれがそうよ」

「なんです？　エヴァお嬢様」

「ほら、見えないの？　あそこ」。そう言いながら、子供は黄金色に輝く空を映して上下にたゆたう鏡のような水面を指さした。「あそこに『火が混じったガラスの海のようなもの』があるわ」。

「本当にそうですね、エヴァお嬢様」。そう言うと、トムは歌い出した。

「ああ、もし私に朝の翼があるならば
カナンの岸まで飛ぶだろう
輝ける天使が私を故郷へ運ぶだろう
ニューエルサレムの地へ[5]」

「あなたの考えでは、ニューエルサレムってどこにあるの、アンクル・トム？」とエヴァが聞いた。

「ええ、雲の上です、エヴァお嬢様」

「それなら、わたし見てると思うわ」とエヴァが言った。「ほら、あの雲を見て！　大きな真珠の門[6]みたいでしょう。その向こうも見えるわ、ずっとずっと遠くまで。全部が黄金色をしているわ。トム『輝かしき精霊』について歌って」。

トムはよく知られているメソジスト派の賛美歌の詞を歌った。

「私は見る、一団の輝かしき精霊を
天上にて栄光を糧となし
汚れなき白き衣を身にまとい
勝利の棕櫚を捧げ持つもの[7]」

「アンクル・トム、わたし彼らを見たことがあるわ」とエヴァが言った。

トムは彼女の言葉を少しも疑わなかった。また、その言葉は彼を驚かせることもなかった。エヴァが天国へ行ったことがあると言っても、トムは本当にありうることだと考えたことだろう。

「彼らはときどき寝ているわたしのところへやってくるの、あの精霊のことよ」。そう言うと、エヴァは夢見ごこちになり、低い声でハミングを始めた。

「汚れなき白き衣を身にまとい
勝利の棕櫚を捧げ持つもの」

「アンクル・トム」とエヴァは言った。「わたしはあそこへ行くわ」

「どこへですか、エヴァお嬢様?」

エヴァは立ち上がり、その小さな手を空に向けて差し出した。夕陽の輝きがエヴァの金髪を照らし、この世のものとは思えない輝きで頬を染めた。エヴァの目は真剣に空の彼方に向けられていた。

「わたしはあそこへ行くわ」と彼女は言った。「輝かしき精霊のところよ、トム。わたしはもうすぐ行くことになるの」。

トムの忠実な心は突然ぎくっとした。この半年のあいだ、エヴァの小さな手がどんどんやせ細り、皮膚がますます透き通り、呼吸がせわしくなっていっているのに、しばしば気づいていた。それだけでなく、以前は何時間も庭園で走ったり遊んだりできたのに、いまはすぐに疲れて元気がなくなってしまうことも気になっていた。オフィーリア嬢が彼女の咳にふれて、どんな薬も効き目がないとよく話していたのを聞いたこともあった。いまでさえ、その熱い頬と小さな手は消耗熱で火照っていた。しかし、エヴァの言葉が暗示することを、トムはこれまで一度も考えたことがなかった。

エヴァのような子供がいままでにいただろうか? そう、確かにいたことはいた。しかし、そのような子供の名前はいつだって墓石に刻まれており、彼らのやさしい笑顔、神聖な瞳、素晴らしい言葉や行為は、彼らを懐かしむ人々の心のなかに埋め込まれた宝玉となっている。生きている子供のやさしさ、気高さは、亡くなった子供の特別な魅力と比べたら何ものでもないという話を、あなた方はいかに多くの家庭で耳にしてきたことか。それはまるで、天国には特別な一群の天使がいて、この世にある時期滞在し、気まぐれな人間の心を自分たちへ惹きつけ、その心とともに天国へ帰る役目を負わされているのではないかと思わせるほどである。もしあなた方が、子供の目に深い神聖な光を見たようなとき、あるいはその子供が普通の子供以上にやさしく賢い言葉で自らの魂を表わすようなときには、その子供をこの世にとどめておこうと望んではいけない。なぜなら、その子供には天国の紋章がついており、その目からは永遠の光が放出されているからである。

いとしいエヴァ! 汝の住処の清らかなる星! たとえいま述べたことがそうであったとしても、汝はまさに天国に召されようとしている。だが、汝をこよなく愛するものたちはそのことを知らない。

トムとエヴァのあいだで交わされていた会話は、オフィーリア嬢のあわただしい呼びかけの声で遮られた。

「エヴァ、エヴァ! まあ、夜露が降りているじゃないの。あなたは外に出ていてはいけません」。

エヴァとトムは急いでなかに入った。

オフィーリア嬢は年もとっており、看護の技には長けていた。彼女はニューイングランド出身だったので、緩慢だが狡猾この上ないこの病気(8)の忌まわしい最初の症状がどんなものかをよく知っていた。この病気は、たくさんの最高に美しくかつ愛らしいものたちに襲いかかり、生命の繊維の一筋が切れたとも見えぬうちに、取り返しようのない死の封印を彼らの上に押しつける。

オフィーリア嬢は軽い空咳とか日々赤みを増す頬の色などに気づいていた。目の輝きとか、熱からくる陽気な快活さは、決して彼女を欺けなかった。

彼女は自分の不安をセント・クレアに伝えようとした。しかし、いつもの無頓着な機嫌のよさはどこへやら、彼はいらいらと不機嫌になり、彼女の忠告をはねつけた。

「不吉なことを言わないでください、従姉さん、そんな話は聞きたくもありません！」セント・クレアはいつもそう言った。「あの子は、成長しているだけです、それが分からないんですか。子供が急激に成長するときは、元気がなくなるものです」

「でもあんな咳をするのよ！」

「ああ、あんな咳なんて何の意味もありゃしない！　たいしたことはないですよ！　たぶん、ちょっと風邪をひいただけでしょう」

「でも、エライザ・ジェーンが病気になったときもあんなふうだったわ。それにエレンやマリア・サンダーズのときも同じよ」

「ああ！　そんな子供だましの病気物語はやめてください。あなたのようなベテランの看護人は気を回しすぎて、子供が咳やくしゃみをしただけでもう絶望的になり、すぐに死ぬんじゃないかと思ってしまうんです。よく気をつけていて、夜の空気に触れたり、激しい遊びをさせないようにしていれば、彼女は十分元気になりますよ」。

そんなふうにセント・クレアは言っていたが、彼も不安になり落ち着きをなくしていった。エヴァを見守る態度にも日ごとに熱が入っていった。「この子はまったく元気だ」とか「あんな咳は別に問題じゃない」とか「子供にはよくあることで、ちょっと胃の具合が悪いだけだ」と、何度も何度も繰り返すその度合いから、そのことは明白だった。しかしセント・クレアは、前よりも彼女のそばにいることが多くなり、馬車で一緒に出かける回数も増えていった。また、二、三日ごとに、いろいろな薬の処方箋や強壮剤を持ち帰るようになった。「いやね、あの子に、必要だからっていうんじゃないが、飲んでも害にはならないだろうからね」そう彼は言った。

もしここで語るべきことがあるとすれば、セント・クレアの心に他の何にもまして深い苦悩を与えていたのは、エヴァの精神と感情が日ごとにその完成度を増していったということであった。子供らしい気まぐれな愛らしさはまだ残していたものの、エヴァは霊感としか思えない非常に深みのある考えや、この世のものならぬ不思議な知恵を、しばしば無意識に口にすることがあった。そんなとき、セント・クレアは思わずぞっとして、まるでそうすれば救えるかのように、彼女を両腕でやさしく抱きしめた。そんなとき、彼の心は彼女を引き留め、決して行かせはしないという激しい決意で燃え上がった。

エヴァは心と魂のすべてを捧げて、愛とやさしさの善行だけに没頭しているかに見えた。いつでも彼女は心の赴くままに寛大だったが、いまの彼女からは、誰もが気づくほどの心にしみいる、女性的な思いやりが感じられた。彼女はいまでもトプシーや他の黒人の子供たちと一緒に遊ぶのが好きだった。しかし、いまでは彼女は彼らの遊び仲間の一人というよりも、それを見る側に回っていた。トプシーの突拍子もない悪戯に笑いこけながらずっと三〇分も座っていたあとで、彼女の顔をある影が横切り、涙で目を曇らせつつ、どこか遠くに思いを馳せているかのように見えるときがあった。

「ママ」。ある日突然エヴァは母親に話しかけた。「どうして召使たちに読むことを教えてあげないの?」

「お前はなんてことを聞くの！　誰だってそんなことはしやしません」

「どうしてしないの?」とエヴァは言った。

「だって読むことを覚えたって、彼らに何の役にも立たないからよ。仕事がよくできるようになるわけでもないし、それに第一彼らは生まれつき仕事をするようにできているのよ」

「でも召使たちだって、神様の意志を知るために聖書を読むべきだわ、ママ」

「まあ！　彼らは必要なところは読んでもらえるんだから、それでいいのよ」

「でも、ママ、聖書は誰でも自分で読むべきだと思うんだけど。誰も読んでやる人がいないようなときなどに、いつもあの人たちは聖書を必要としているわ」

「エヴァ、お前はおかしな子ね」と母親は言った。

「ミス・オフィーリアはトプシーに読むことを教えたわ」とエヴァは続けた。

「ええ、それがどれほど役に立ったって言うの。トプシーは、いままで見たなかでもっとも性悪な子よ！」

「かわいそうなばあやがいるわ！」とエヴァは言った。「ばあやは聖書がとっても好きよ。だから自分で読めたらどんなにいいかって願ってるわ！　それにわたしが読んであげることができないときは、どうしたらいいの?」

マリーは次のように答えながら、忙しく引き出しのなかのものを引っかきまわした。

「ところで、エヴァ、もちろん、お前も召使に聖書を読んでやること以外にも、そのうち考えなければならないことがたくさんできるわ。聖書を読んでやるっていうのが、いけないことだっていうんじゃないのよ。私だって健康なときにはそうしたもの。でも、あなたが盛装して、社交界に出るようになったら、そんな時間もなくなるわ。ほら見てごらん！」と彼女は言い、さらにつけ加えた。「お前が社交界に出るときに、この宝石をあげようと思っているの。私がはじめての舞踏会のときにつけていったものよ。あのときの私は、そりゃ大変な評判だったわ、エヴァ」。

エヴァは宝石箱を受け取り、なかからダイヤのネックレスを取り出した。彼女の大きな、思慮深い目はそれを見ていたが、気持ちがどこか別のところにあるのは明らかだった。

「お前はうれしくないの、ええ！」とマリーが言った。

「これはとても高価なものなの？　ママ」

「ええ、そうよ。お前のおじいさまがフランスから取り寄せたんですからね。ちょっとした財産よ」

「わたしそれが欲しいわ」とエヴァが言った。「好きなことをするために！」

「何をするつもりなの？」

「それを売って、自由州で土地を買うの。それから召使たちをみんな連れていって、先生を雇って、読み書きを教えるの」。

エヴァの言葉は、母親の笑い声で遮られた。

「寄宿学校を作るですって！　召使たちにピアノを弾いたり、ベルベット地に絵を描いたりすることは教えないのかい？」

「あの人たちには、自分で聖書を読むことや、自分で手紙を書くことや、自分宛に来た手紙を読むことを教えるの」とエヴァは落ち着いて言った。「ママ、こうしたことができないってことはとても辛いの。わたしはそれを知っているわ。トムがそうだし、ばあやもそうよ、他にもたくさんの人がそう感じているわ。そういうことは間違いだと思うの」

「さあさあ、もういいわ、エヴァ。お前はまだほんの子供よ！　こういうことはお前に何も分からないわ」とマリーは言った。「それに、あなたのおしゃべりは、私の頭を痛くさせるわ」。

マリーは、いつも自分にぴったりこない話になると、すぐに頭痛を起こした。

エヴァはそっと部屋から出ていった。しかし、そのあと彼女はばあやに熱心に読み方を教えた。

第23章　ヘンリック

Henrique

ちょうどこのころセント・クレアの兄アルフレッドが、一二歳になる長男を伴って湖畔の別荘にきて、セント・クレアの家族と一緒に一、二日を過ごすこととなった。

この双子の兄弟を目にすることほど、奇妙で素敵な見ものは考えられない。自然は、彼らのあいだに類似点を与える代わりに、あらゆる点で二人を対照的に造りあげていた。しかし、ある奇妙なつながりが、彼らを通常以上に親密な友情で結びつけているらしかった。

彼らは腕を組み合い、庭の小道をよくぶらぶらと行ったり来たりしながら散歩していた。青い目に金髪のオーガスティンのほうは、軽快でしなやかな体つきと生き生きした容貌を持っていた。黒い目に高慢そうなローマ人的顔つきのアルフレッドのほうは、しっかりと引き締まった四肢ときっぱりした態度の持ち主だった。彼らは絶えず相手の考えや生活振りを非難し合っていたが、それでいて相手と一緒にいるのが嫌になるというふうではなかった。実際のところ、両極の磁石がお互いを引き寄せ合うように、二人の正反対なところが彼らを結びつけているようだった。

アルフレッドの長男のヘンリックは、品のいい、黒い目をした王子のような少年で、快活さと活気にあふれていた。はじめて紹介されたときから、従妹のエヴァンジェリンの優美な上品さに、すっかり惹きつけられてしまったようだった。

エヴァは、雪のように白い、お気に入りのポニーを持っていた。それは揺りかごのように乗り心地がよく、女主人のようにおとなしかった。いま、このポニーがトムの手に引かれて裏のヴェランダに連れてこられていた。一方、一三歳ぐらいの一人の混血少年が、ヘンリックのために大金を払って外国から取り寄せたばかりの小さな黒いアラビア馬を引いてきた。

ヘンリックはこの新しい所有物に対して、少年らしい誇りを持っていた。彼は前に進み出て、小さな馬丁から手綱を受け取ると、注意深く馬を点検した。途端に、その額が険しくなった。

「これはなんだ、ドド、この怠け犬め！　今朝、お前はこの馬にブラシをかけなかったな」

「かけました、坊っちゃま」とドドはおとなしく答えた。「その埃は馬が自分でつけたものです」

「この悪党、黙れ！」ヘンリックは乗馬用の鞭を荒々しく振り上げながら言った。「よくもそんな口がきけるな」。

整った顔立ちで、目元の涼しい混血のその少年は、背丈がヘンリックと同じぐらいで、高く秀でた額に巻毛を垂らしていた。彼の血管には白人の血が流れていた。その証拠に、熱心に何かを言おうとしたとき、その頬がさっと紅潮し、目には生気がやどった。

「ヘンリック坊っちゃま！」と少年が言いかけた。

ヘンリックは少年の顔を乗馬用の鞭で打ち据え、片腕をつかむと無理矢理ひざまずかせたうえで、自分の息がきれるまで少年を打ちのめした。

「さあこれでどうだ、生意気な犬ころめ！　僕がお前に何かを言うときには、決して口答えをしてはいけないってことが分かったろう？　馬を連れていって、ちゃんときれいにしてこい。いいか、身のほどをわきまえろ！」

「若旦那様」とトムが言った。「おらの思いますに、この子の言おうとしてたことは、この馬はひどく元気がいいので、馬小屋から引っ張ってこられるとき、自分のほうからゴロリと転がったってこっちゃないですかね。それが、この馬の埃をかぶっちまった理由ですよ。おらはあの子がブラシをちゃんとかけてるとこを見てましただ」

「人から聞かれるまで、黙ってろ！」とヘンリックは言い、くるりと向きをかえると、乗馬服姿で立っていたエヴァに話しかけようと近づいていった。

「かわいいエヴァ、あのばか者のために君を待たせてしまってごめんよ」と彼は言った。「あいつらが戻ってくるまで、ちょっとここに座っていよう。どうしたんだい、エヴァ？　ひどく憂かない顔をしてるけど」

「どうしてあのかわいそうなドドに、あんなに残酷で意地悪になることができるの？」とエヴァは聞いた。

「残酷で、意地悪だって！」と少年は心底びっくりして言った。「いったいどういう意味なんだい、かわいいエヴァ？」

「あんなことするんだったら、わたしをかわいいエヴァなんて呼ばないで」とエヴァは言った。

「かわいいエヴァ、君はドドのことが分かっちゃいない。ああするより他に、あいつをしつけられないんだよ。いつも嘘や言い訳ばっかり言っているからね。その場で懲らしめるには、あれが一番なんだ。あいつに喋らせちゃだめなんだ。それがパパのやり方さ」

「でも、アンクル・トムは、あれは偶然だったたって言ってたわ。トムは本当のことしか言わないの」

「そいつは珍しい年取った黒んぼだ！」とヘンリックは言った。「ドドときたら、口を開けば嘘をつくんだ」

「あなたがそんなふうに扱うから、怖くなって嘘をつくのよ」

「おやおや、エヴァ、君は本気でドドがお気に召したようだね。ちょっと妬けちゃうなあ」

「だって、あなたはあの子を鞭打ったわ。打たれるようなことなんか、あの子は何もしなかったのに」

「ああ、それじゃ、しばらくのあいだは、あいつが鞭打たれるようなことをしても、打たないようにするよ。ちょっとくらいの傷なんて、ドドには何でもないんだ。あいつはまさに生きがいいからね、本当だよ。でも、君がそんなに気にするのなら、君の前ではもうあいつを鞭打ったりしないよ」。

エヴァはそれで満足したわけではなかった。しかし、彼女は、この美しい従兄に自分の気持ちを分からせようとしても無駄だと思った。

ドドがすぐに馬を連れて戻ってきた。

「よし、ドド。今度はよくやったな」と若主人は、前よりずっとやさしい態度で言った。「さあ、ここへきて、エヴァお嬢様を僕が鞍に乗せてあげているあいだ、馬を押さえていてくれ」。

ドドはやってきて、エヴァのポニーの傍らに立った。顔の表情にはかき乱されたところがあった。その目はいままで泣いていたかのようにみえた。

女性の扱いにかけては、十分に紳士らしく振る舞えると誇ってきたヘンリックは、すぐに美しい従妹を鞍に乗せ、手綱を取りまとめて彼女の手に持たせた。

しかしエヴァは、反対側に立っているドドのほうへ身をかがめ、ドドが手綱を手放したとき、彼に向かって声をかけた。「ドド、あなたはいい子ね。ありがとう！」

ドドは驚いて、やさしい少女の顔を見上げた。さっと彼の頬に赤みがさし、目に涙が浮かんだ。

「こっちに来い、ドド」。若主人が有無を言わせぬ調子で言った。

ドドはパッと飛んでいき、若主人が馬の上に乗ろうとしているあいだ、馬を押さえていた。

「ドド、この金をやるから、キャンディでも買え」とヘンリックが言った。「さあ、もう行っていいぞ」。

ヘンリックはエヴァのあとから遊歩道を馬でゆっくりと駆けていった。ドドはその二人の子供のあとを目で見送りながら立っていた。一人のほうは、彼にお金をくれた。もう一人のほうは、ドドがもっとずっと欲しがっていたものをくれた。つまり、親切な言葉でやさしく話しかけてくれたのである。ドドは母親から引き離されてからまだ二、三カ月しかたっていなかった。彼の御主人様が、美しいポニーにはハンサムな彼の顔だちが似合うと思い、奴隷市場で彼を購入したばかりだった。そしていま、その若主人の手で仕込まれている最中だった。

ドドが鞭打たれる様子は、庭園の別の場所からセント・クレア兄弟によって目撃されていた。

オーガスティンの頬には血がのぼっていた。しかし彼は、いつもの皮肉な無頓着さで、次のように言っただけだった。

「アルフレッド、あれがいわゆる共和国流の教育ってやつなんだろうね？」

「ヘンリックは頭に血がのぼると、まったく手に負えなくなるんだ」。そうアルフレッドはこともなげに言った。

「君は、こういうことが、あの子の実践的な教育になると考えているんだろう」とオーガスティンは冷ややかに言った。

「たとえ僕が違うと言っても、どうしようもないんだ。ヘンリックは、まさに小型台風みたいな子でね、あれの母親も僕もとうの昔に彼のことは諦めているんだ。だが、あのドドもまったく威勢のいい子だよ。どんなに鞭打たれたって、へこたれるような子じゃないな」

「こういうやり方で、共和国の教義問答第一条『人間はすべて生まれながらにして自由かつ平等である！』(1)ってことをヘンリックに教えようってわけだ」

「ばか言え！」とアルフレッドは言った。「そんなのは、トム・ジェファーソンのフランス式感傷とペテンからなる文章の一節さ。いまごろ、そんなものを僕たちのあいだにはやらせておこうなんて、まったく滑稽きわまるね」

「その通りだと思うよ」とセント・クレアは意味ありげに言った。

「なぜって」とアルフレッドは言った。「すべての人間が生まれたときから自由かつ平等でないってことは、誰もがはっきり知っていることなんだ。人間はそうでなく生まれてきている。僕に言わせりゃ、この共和国流の話の半分はまったくのでたらめさ。平等の権利を持つべきなのは、教養や知性があり、裕福で洗練されている人たちであって、下層階級の烏合の衆じゃないね」

「たとえ君が下層階級をそんなふうに見下し続けることができたとしても」とオーガスティンは言った。「彼らはフランスで一度は政権をとっているんだよ」

「もちろん、どんなときでも確実に、連中を抑えつけておかなければいけないのさ、こんなふうに」そう言うと、アルフレッドはまるで誰かの上に立っているかのように、足を踏んばった。

「彼らが立ち上がったら、ズドーンと倒れることになるね」(2)とオーガスティンは言った。「たとえば、サント・ドミンゴで起こったみたいに」

「ばか言っちゃ困る！」とアルフレッドは言った。「この国ではあんなことにはならないさ。いま広まっている、連中の教育だの精神の向上だのという話には、真っ向から反対しなくちゃいけないんだ。下層階級に教育を施すべきではないんだ」

「そんなことは、どう望んでも無理だよ」とオーガスティンは言った。「彼らは教育を受けることになるさ。問題は教育の仕方だね。私たちの制度は、彼らに未開状態と野獣性の教育を施しているんだ。私たちは、彼らの人間的な諸関係をすべて絶ち切り、彼らを野蛮な獣にしているんだ。もし彼らが支配力を手にしたら、私たちは野獣のような彼らを見ることになるだろう」

「連中が支配権を握るなんてありえないことさ！」とアルフレッドは言った。

「その通りだ」とセント・クレアは言った。「蒸気を起こし、安全弁を固く閉ざし、その上に座って、結果がどうなるか見てみることだね」

「まあ」とアルフレッドは言った。「いまに分かるさ。ボイラーが頑丈で、機械の調子がよければ、僕は安全弁の上に座ることも恐くないね」。

「ルイ一六世時代の貴族たちはまさににそんなふうに考えてたんだよ。それに昨今では、オーストリア(3)や法王ピウス九世(4)も同じように考えている。だから、ある気持ちのいい朝、ボイラーが一気に爆発したとき、君たちみんなが空中に吹き飛ばされ、そこでお互いに会うことになるかもしれないね」

「時が教えてくれるさ」とアルフレッドは笑いながら言った。

「予言しておくよ」とオーガスティンは言った。「現代の摂理の力で啓示されるものがあるとすれば、それは大衆が立ち上がり、下層階級が上流階級に取って代わるということだよ」

「それは君流の過激な共和国的たわごとだよ、オーガスティン！ どうして君は演説して回らなかったんだい。素晴らしい民衆扇動家になれるだろうに！ まあ、僕は君のいう卑しい大衆どもの黄金時代が到来する前に、この世からおさらばしていたいね」

「卑しかろうと、卑しくなかろうと、その時代が来れば、彼らは君たちを支配することになるさ」とオーガスティンは言った。「彼らはまさに君たちが作り上げた通りの支配者になるだろう。フランスの貴族たちは、過激な共和派（サン・キュロット(5)）の民衆を持つ道を選び、過激な共和派の統治者たちにぎゅうの音もでないほどの目にあわされた。ハイチの民衆はだね」

「ああ、もう止してくれ、オーガスティン！ あのクソいまいましい唾棄すべきハイチの話はうんざりだ！ ハイチ人はアングロ・サクソンじゃない。もしそうだったら、話はまた違っていただろう。アングロ・サクソンは世界を支配する民族であり、またそうあるべきなんだ」

「そういえば、この国の奴隷のなかにもアングロ・サクソン系の血がかなりたくさん流れ込んでいるよ」とオーガスティンは言った。「彼らのなかには、アングロ・サクソン系の理詰めの意志と洞察力に、南国的な心情と情熱を重ね合わせる程度にアフリカ系の血を混在させている者がたくさんいるんだ。もしもサント・ドミンゴのような事態が訪れるとすれば、アングロ・サクソン系の血筋を持った者が先頭に立つことになるだろうね。私たちと同じような誇り高い感情をその血管で燃やしている白人の父を持つ息子たちは、これから先も、売り買いされたり交換されたりばかりはしていないだろうよ。彼らは立ち上がるさ。それに伴って、彼らの母の人種も奮い立たせられることになるだろう」

「くだらない！　ばかげている！」

「そうかな」とオーガスティンは言った。「こういう意味の古来からの言い伝えがある。『ノアの時代と同じことが、これからも起こるだろう。当時人々は食べたり飲んだり種をまいたり建てたりしていた。洪水が襲って来て一人残らずさらっていかれるまで、誰も気づかなかった』(6)」

「全体的に言って、オーガスティン、君の才能は巡回牧師向きだと思うよ」とアルフレッドは笑いながら言った。「君に僕らのことを心配してもらう必要はない。所有はほぼ完璧だ。僕らには力がある。この従属民たちは」と彼は、足を踏ん張って言った。「立ち上がれないでいる。将来も立ち上がれないままでいるだろう！　僕らは自分の火薬を管理するだけの十分な活力を持っているさ」

「君のヘンリックみたいに教育された子供たちは、君らの火薬庫のご大層な管理人になるだろうよ」とオーガスティンは言った。「冷静で落ち着いているからね！　諺にもあるじゃないか。『自らを統治できない者に他の者は統治できない』(7)って」

「そこに問題があるのは確かだ」とアルフレッドは考え深げに言った。「僕らの制度が子供の教育にふさわしくないということは、疑いない。この制度のもとでは、情熱に歯止めがきかなくなる。こういう気候風土だけでも、情熱は十分激しいものになるからね。ヘンリックには手を焼いている。あの子はやさしい思いやりのある子なんだが、いちど興奮すると、まったくのかんしゃく玉になってしまう。教育のために、あの子を北部にやろうと思っているんだ。向こうでは、従順の教えがもっと行き渡っているし、それに、あの子も同等の者たちともっと付き合って、下位の者との交わりを減らせるだろう」

「子供たちを教育するってことは、人類の重要な仕事だよ」とオーガスティンは言った。「私たちの制度がその点でうまくいっていないってことは、一考に値することだね」

「この制度は、ある種の事柄に対しては機能しないが」とアルフレッドは言った。「別の事柄に対しては効果がある。子供たちは男らしく勇敢になっていく。卑しい人種の悪徳が、反対の徳を子供たちのなかで強固なものにさせるんだ。おしなべて奴隷の持っている特徴が嘘や偽りだということを見てきているから、いまでは、ヘンリックは真実という美に対して、人並み以上の鋭敏な感覚を持っていると思うね」

「いかにもキリスト教的な見方だね！」とオーガスティンは言った。

「キリスト教的であろうとなかろうと、これは真実だよ。それに、この世の他の大抵のものがキリスト教的なんだから、それと同程度にはキリスト教的なのさ」とアルフレッドは言った。

「そうかもしれない」とセント・クレアは言った。

「ところで、議論ばかりしていても仕方がないよ、オーガスティン。僕らは、このお馴染みの場所をぐるぐるともう五〇〇回も回ってるんじゃないかな。西洋すごろくでもやろうじゃないか、どうだい？」

二人の兄弟はヴェランダの階段を駆け上がり、西洋すごろくの盤をはさんで、洒落た竹の台に腰掛けた。それぞれの駒を置きながら、アルフレッドが言った。

「ねえ、オーガスティン、もし僕が君みたいに考えていたら、僕なら何かをやっているけどね」

「たぶん、そうだろうね。君は行動派だから。でも、君だったら何をするんだい？」

「そりゃあ、自分の召使たちを向上させて、他の見本にするさ」と、アルフレッドは半ば軽蔑するような笑いを浮かべて言った。

「社会という塊に押しつぶされている私の召使たちを向上させろと言うなんて、エトナ山(8)を彼らの上にどしんと載せて、その下から立ち上がれと命じるようなもんだよ。社会全体を向こうにまわしたら、一人の人間には何もできやしないさ。何らかの効果をあげようとするのなら、教育は国家規模のものでなければならないよ。これを時代の流れとするためには、十分な賛成を得る必要があるね」

「君が先手で始めていいよ」とアルフレッドが言った。兄弟はすぐゲームに夢中になり耳には何も入らなくなったが、やがてヴェランダの下のほうで馬が地面に足をこする音が聞こえてきた。

「ああ、子供たちが帰ってきた」とオーガスティンが言い、立ち上がった。「見てみろよ、アルフ！　あんなに美しいものを見たことがあるかい？」本当に、それは美しい光景だった。秀でた額に黒光りする巻毛のヘンリックが、頬を輝かせて美しい従妹の方へ身をかがめ、陽気に笑いながらこちらへやって来ようとしていた。少女のほうは水色の乗馬服を着て、同じ色の帽子をかぶっていた。運動をしたため、その頬は輝きを増し、異常なほど透き通った肌と金髪が一層引き立って見えた。

「これはすごいや！　まったく、まぶしいほどの美しさだ！」とアルフレッドは言った。「いやあ、オーガスティン、あの娘はいずれ誰かの心をかきむしるようになるだろうね？」

「ああ、本当にそうだろう。そうなるのを、私が心配しているということは、神様だけがご存知だ！」急に苦々しくそう言ったかと思うと、セント・クレアは彼女を馬から降ろすため、急いで近づいていった。

「エヴァや！　お前はとても疲れているんじゃないのかい？」そう言いながら、彼は両腕で彼女を抱きしめた。

「パパ、そんなことはないわ」とエヴァは言った。しかし、そのせわしく激しい息づかいが、父親をびっくりさせた。

「どうしてそんなに速く馬を走らせたんだい？　お前の身体に悪いってことは、分かってるじゃないか」

「とっても気分がよかったの、パパ。それに、とても楽しかったものだから、忘れてしまったの」。

セント・クレアは、彼女を腕に抱いて居間へ連れて行くと、ソファに寝かせた。

「ヘンリック、エヴァにはもっと気をつけておくれ」と彼は言った。「この子と一緒のときは、馬を速く走らせたりしちゃいけないんだ」

「彼女の世話は僕がします」とヘンリックが言い、ソファに腰をおろすとエヴァの手をとった。

エヴァはすぐ気分がよくなったので、彼女の父親と叔父はゲームに戻った。子供たちはまた二人だけになった。

「ねえ、エヴァ、残念だけど、パパはここにあと二日しかいないんだ。そうしたら、もう長いこと君に会えなくなっちゃう！　もし君と一緒にいれば、僕はいい子になって、ドドに腹を立てたりとか、そんなふうなことをしないように努力するよ。僕だってドドにひどいことをするつもりじゃなかったんだ。だけど、分かるだろう、僕はすぐかっとなっちゃうんだよ。でも、本当は彼に悪気なんか持っていない。ときどき小銭だってやってるし、服だって彼はいいのを着てるだろう。全体としちゃ、ドドはいい暮らしをしてると思うよ」

「もしあなたのそばに、自分のことを愛してくれる人が誰一人いなくても、それでもあなたは自分がいい暮らしをしてると思える？」

「僕が？　ううん、もちろん思えない」

「それなのに、あなたはドドからそれまでのお友達をみんな引き離して、連れてきてしまったのよ。いまでは彼を愛してくれる人が一人もいない。それじゃ誰だっていい子になれないわ」

「でも、僕にしてみれば、どうしようもないんだ。僕にはドドの母親を手に入れることができないし、ドドのことを僕自身が愛することもできないよ。僕の知る限りじゃ、誰だって彼を愛せないよ」

「どうして愛せないの？」とエヴァは言った。

「好きになることはできるかもしれない。でも君だって、自分の召使を愛してるわけではないだろう」

「愛してるわ、本当よ」

「それはあまりにも変だよ！」

「すべての人を愛せって、聖書は言っていないかしら？」

「ああ、聖書ね！　確かに、聖書はそんなことをいろいろ言ってるさ。でも、誰もそんなことをしようなんて考えていないよ。君だって知っているだろう、エヴァ、誰もそんなことをしてはいないよ」。

　エヴァは何も言わなかった。彼女の目は、何かを考えているように、少しのあいだじっと動かなかった。

「それはそれとして」と彼女は言った。「ねえ、やさしいヘンリック、かわいそうなドドを愛して、親切にしてあげてちょうだい、わたしのために！」

「君のためだったら、何だって愛せるよ、かわいいエヴァ。だって、本当に、君はこれまで見たことがないほど素晴らしいんだもの！」ヘンリックは、整った顔を紅潮させるほどの熱意を込めて言った。エヴァは顔色一つ変えず、まったく誠実にその言葉を受け取った。そして、ただこう言っただけだった。「あなたがそんなふうに感じてくれてうれしいわ、やさしいヘンリック！　このことをずっと覚えていてね」。

　昼食のベルが鳴り、二人の会話は終わった。

第24章 不吉な前兆

このことがあってから二日後、アルフレッド・セント・クレアとオーガスティンは別れた。若い従兄と一緒にいて、体力の限界を越えるほど刺激を受けたエヴァは、急速に弱り始めていった。セント・クレアは、ついに医者の診察を頼もうという気になった。彼は、これまでいつもそうすることをためらってきた。というのも、そうすることは、目を背けていたい真実を認めることになるからだった。

しかしこの一、二日、エヴァは家にこもりっきりでいなければならないほど具合が悪かった。そこで、とうとう医者が呼ばれた。

マリー・セント・クレアは、子供の健康と体力が、次第に弱まっていっているのにまったく気づいていなかった。というのも、彼女は、自分が患っていると信じ込んでいる病気の新たな徴候を二つも三つも見出して、その研究に完全に没頭していたからである。自分ほど病に苦しんでいるものはいないし、またいるはずもないというのが、マリーの信念の第一原則だった。だから、彼女のまわりの誰かが病気だとほのめかされても、常に憤然として、そんなことはありえないとはねつけた。彼女は、そういう場合、原因は怠惰か活力不足だと確信していた。そういう人たちも、自分と同じ苦しみを経験すれば、すぐに違いが分かるはずだと信じ込んでいた。

オフィーリア嬢は、何度か、彼女のエヴァへの母親らしい気遣いを目ざめさせようとしたが、無駄だった。

「あの子がどこか具合が悪いなんて思えないわ」と彼女はよく言っていた。「走り回って、遊んでるじゃないの」

「でも咳をしているわ」

「咳ですって！　この私に向かって、咳のことなんか言わないで。私はずっと咳に苦しめられてきたのよ。私がエヴァの年のころは、みんなに結核だって思われたわ。毎晩、毎晩、ばあやが寝ずに付き添っていてくれたものよ。ええ、そうですとも！　エヴァの咳なんて何でもないわ」

「でも、どんどん弱まってるし、息づかいも荒いわ」

「まあ！　私だってそうよ、何年も何年も。エヴァのは、ただの神経症よ」

「でも、毎晩、寝汗をかくのよ！」

「ええ、私だってここ一〇年間同じよ。しょっちゅうなんだから。毎晩、毎晩、寝巻きが絞れるほど濡れるわ。寝巻きの繊維一本だって、乾いたところがないほどだし、シーツだってそうよ。だから、ばあやが干して乾かさなければならないの。エヴァはそこまでひどくないでしょ！」

オフィーリア嬢はしばらくのあいだ口を閉ざしていた。しかし、エヴァの容態がはっきり目に見えて悪化し、医者が呼ばれた現在、マリーは突然態度を変えた。

「分かっていたわ」と彼女は言った。「自分が誰よりも惨めな母親になる運命だってことは、ずっと感じていたの。自分でもこんなに具合が悪いっていうのに、たった一人のかわいい娘が、目の前で死んでいこうとしているんですからね」。マリーはばあやを毎晩たたき起こしたり、この新しい惨めさに基づいて、もっと精力的に、終日空騒ぎをしながらばあやを叱りとばした。

「ねえ、マリー、そんな言い方はよくないよ！」とセント・クレアは言った。「そんなふうにすぐ諦めるもんじゃない」

「セント・クレア、あなたには母親の気持ちってものがないのよ！　あなたは、私の気持ちを分かってくれたことがなかったわ！　いまだってそうよ」

「でも、もうまるで手遅れだみたいな、そんな言い方はよくないよ！」

「私はあなたみたいに冷静ではいられないの、セント・クレア。一人娘がこの大変なときに、あなたは何も感じないかもしれないけれど、私は感じるの。これまで堪え忍んできたすべてに加えて、あまりにもひどすぎる打撃だわ」

「確かに、そうだよ」とセント・クレアは言った。「エヴァはとてもひ弱だ。それはよく分かっている。それに、あまり急速に成長したので、体力を使い果たしてしまっている。危険な状態だ。でも、あの子がいま伏せっているのは、ただ暑さと、従兄が来て興奮したのと、はしゃぎすぎたせいだけなんだ。医者はまだ見込みがあると言っている」

「ええ、もちろん、明るい面が見られるのなら、あなたはどうぞそうなさってちょうだい。人々が繊細な感性を持ち合わせていないとすれば、それはこの世の慈悲というものよ。本当に、私も自分がこんなに感じやすくなかったらいいのにと思うわ。まるっきり惨めになるだけですもの！　他の人々のように、私も気楽でいたいもの」

「他の人々」が、密かに彼女の願いが通じますようにと祈ったのには、十分な理由があった。というのも、マリーは、まわりのすべての人間に自分が苦痛を与える理由と言い訳として、この新しい彼女の惨めさを持ち出してきたからである。彼女にとっては、誰が何を言っても、どこで何をしてもらっても、あるいはしてもらえなくても、自分の特別な悲しみには無頓着な、冷淡で無感覚な人間たちが自分を取り巻いているという事実が、また証明されただけであった。かわいそうなエヴァは、母親のこういう繰り言を耳にし、自分のせいで母親がそれほどまでに苦しんでいるのを悲しみ、母親を哀れに思って、その小さな目を泣き潰さんばかりにして泣いた。

一、二週間して病状は大いによくなったが、それはこの無情な病が、死の淵においてなお、気をもむ者の心を惑わす、例の紛らわしい小康状態の一つであった。エヴァの足音がふたたび庭やバルコニーで聞かれるようになった。彼女はふたたび遊んだり笑ったりした。彼女の父親は有頂天になり、みんなと同じように元気になるのももうすぐだと断言した。オフィーリア嬢と医者だけは、この紛らわしい小休止にいささかの期待もかける気になれなかった。さらにもう一つ、同じように確信を抱いている心があった。それはエヴァの小さな心だった。現世の時間ははかないものだということを、こんなにも静かに、こんなにも明瞭に、時折、魂のなかで告げ知らせるものはなんなのであろうか？　それは死にゆくものの密かなる本能か、それとも永遠の世界が近づくときの、魂の衝動的な鼓動なのか？　ともあれ、天国は近いという確信が、静かに、やさしく、予言のようにエヴァの心のなかには宿っていた。ただ、心から自分を愛してくれるものたちへの悲しみだけが、彼女を思い悩ませたが、それを除けば、彼女の小さな心は夕映えのように静かに、秋の明るい静寂のようにやさしく憩っていた。

なぜなら、親切に看護され、愛と富のもたらすあらゆる輝きを放って、眼前の人生が展開されようとしていたとはいえ、この子供は死ぬことを少しも残念に思っていなかったからである。

彼女の素朴な年長の友人と一緒になって、何度も何度も読み返してきた本のなかに、彼女は幼子を愛する人の像を見出し、それを心に深く刻みつけてきていた。じっと目を凝らして瞑想していると、その人は遠い過去の像や絵ではなくなり、すべてを包む生きた現実となった。その人の愛は、彼女の子供らしい心を、人間のやさしさ以上のもので包み込んでくれた。彼女が赴こうとしているのは、その人のもとであり、彼の住む家なんだと、彼女は言った。

しかし、彼女の心は、あとに残していくすべてのものを、悲哀に満ちたやさしさで思いやった。とりわけ父親のことを。というのも、エヴァは、決して明確にそう思ったことはなかったが、自分は他の誰よりも父親の心を多く占めていると、本能的に感じていたからである。彼女は母親を情のある人間として愛していた。彼女は子供なりに、母親が悪いことなどできないと暗黙の信頼を寄せていたので、母親の利己的な点も、ただ彼女を悲しませ、困惑させるだけだった。母親には、どうしてもエヴァの理解を越えるところがあった。でも、結局、わたしのママなのだからと思うことでいつも自分を納得させ、本当に心から母親を愛した。

彼女はまた、気のいい忠実な召使たちのことも気にかけていた。彼らにとって、彼女は日光ないしは陽光であった。子供というものは、必ずしも物事を総合的に見ないものだが、エヴァは並外れて成熟した子供だったので、召使たちのおかれている社会の悪弊に関連して、彼女が目撃してきた事柄が一つ一つ、思索し思慮するその心にくい込んでいた。ぼんやりとではあるが、彼女は彼らのために何かをしたいと望んでいた。自分の家の召使だけでなく、同じ境遇にいるすべてのものを祝福し、救ってやりたかった。しかしこの望みは、悲しいことに、彼女の小さくてか弱い身体に比べて、あまりに大それたものであった。

「アンクル・トム」と彼女はある日、彼女の友人のトムに聖書を読んでやっているときに言った。「わたしには、どうしてイエス様が、わたしたちのために死のうと望まれたのかが分かるわ」

「エヴァお嬢様、どうしてでしょう?」

「だって、わたしも同じことを感じるんですもの」

「エヴァお嬢様、どういうことなんですか?　分かりません」

「うまく言えそうにないわ。でも、あなたとわたしが出会った蒸気船の上で、わたしはかわいそうな人たちを見たわ。ある人たちは母親と別れ、ある人たちは夫と別れ、幼い子供を思って泣いていた母親もいたわ。また、かわいそうなプルウの話も聞いたわ、悲惨なことよね!　他にもたくさんそんな話を聞いたわ。そんなとき、わたしが死ぬことでこの悲しみを終わらせることができるのなら、わたしは喜んで死にたいと思ったの。トム、できるならば、わたしはあの人たちのために死んでもいいわ」。エヴァは真剣にそう言うと、小さなやせ細った手をトムの手に重ねた。

トムは畏敬の念で子供を見た。彼女が父親の声を聞いて駆け去っていったとき、その後ろ姿を見ながら何度も目をこすった。

「エヴァお嬢様を、この世に引き留めておこうたって、無駄なこった」。すぐそのあとで出会ったばあやに向かって、彼はそう言った。「お嬢様の額にゃ、主に選ばれた印があるだ」

「ああ、そうだとも、そうだとも」。両手を上に上げながら、ばあやは言った。「わたしゃいっつもそう言ってきた。お嬢様は、この世で生きていくような子供じゃなかったのさ。目には深いもんがいっつもあったもの。何度も、わたしゃ奥様にそう申しあげてきた。いよいよそれが本当になるんだ。みんなにもそのことが分かるだ。ああ、かわいい、清らかな子羊みたいなお嬢様!」

エヴァはヴェランダの階段を上がって、軽快な足取りで父親のほうへやってきた。午後も遅い時刻だった。金色の髪、紅潮した頬、血管のなかで燃える緩慢な熱で不自然なほど輝く目をしたエヴァが、真っ白なドレスを着て進んできた。そのとき、後光のように、彼女の背後で太陽の光が射した。

セント・クレアは、彼女のために買ってきた小さな彫像を見せようと彼女を呼んだのだった。しかし、彼女が近寄ってきたとき、彼はその姿に突然痛いほど心を打たれた。とても正視に耐えられないような、あまりに神経を張りつめた、それでいてはかない美しさというものがある。父親は突然彼女を両腕に抱きしめ、自分が彼女に何を言おうとしていたのか、ほとんど忘れてしまった。

「ねえ、エヴァや、お前は最近調子がよくなってきたんじゃないかい？」

「パパ」。エヴァは突然きりっとした口調で言った。「ずっと長いあいだ、お話ししておきたいと思っていたことがあるの。わたしがもっと弱ってしまわないいまのうちに、お話ししておきたいの」。

セント・クレアは、エヴァが自分の膝の上に座ったとき、身体が震えた。彼女は頭を父親の胸にもたせかけ、次のように切り出した。

「パパ、もう自分の胸のなかだけにしまっておいても、仕方がないわ。パパのもとから離れなきゃならないときがきているの。わたしはもうすぐ行ってしまうの。もう戻ってくることはないわ！」そう言うと、エヴァはすすり泣いた。

「さあ、いいかい、私のかわいいエヴァ！」セント・クレアは声をふるわせながらも、快活に言った。「お前は神経が過敏で、弱気になっているんだよ。そんな暗いことを考えちゃいけない。ほら見てごらん、お前のために小さな彫像を買ってきてあげたよ！」

「いいえ、パパ」と、エヴァは彫像をやさしく脇に押しやりながら言った。「ご自分をごまかしちゃだめ！　わたしは少しもよくなってなんかいないわ。そのことは、よく分かっているの。もうすぐ行ってしまうの。神経が過敏でも、弱気になっているんでもないの。もしパパやお友達のことがなければ、わたしは本当にしあわせだわ。わたしは行きたいの、行くことを望んでいるんですもの！」

「まあまあ、エヴァや、どうしてそんな悲しいことを考えるんだい？　しあわせになるために、手にしうるものなら、お前は何だって持ってるじゃないか」

「むしろ、わたしは天国のほうがいいの。ただ、お友達のために生きていたいと思うけど、この世にはわたしを悲しくさせるような、恐ろしいことがたくさんあるわ。だから、むしろ、わたしは天国のほうがいいの。でも、パパのもとからは離れたくないわ。それを思うと、胸が張り裂けそうになるの！」

「何がお前をそんなに悲しくさせたり、恐ろしく思わせたりするんだい、エヴァ?」

「ああ、ここでなされていること、いつも行なわれているいろいろなことよ。かわいそうな人たちのためにわたしは悲しくなるの。あの人たちは、わたしによくしてくれるし、親切だわ。パパ、わたしはあの人たちがみんな自由であってくれたらいいって思っているの」

「おやおや、エヴァ、彼らはいまでも豊かに暮らしていると思わないかい?」

「ええ、でも、パパ、万一何かがパパの身に起こりでもしたら、彼らはどうなるの? パパみたいな人はとても少ないのよ。アルフレッドおじさんはパパみたいじゃないし、ママも違うわ。それに、かわいそうなプルウばあさんの主人たちのことを考えてみて! 人々はなんて恐ろしいことをしたり、できたりするのかしら!」そう言うと、エヴァは身震いをした。

「エヴァ、お前はあまりに感じやすいんだ。あんな話を聞かせてしまって、私が悪かったよ」

「ええ、パパ、それがわたしの悩みの種なのよ。パパはわたしにしあわせに暮らして、なんの苦痛も感じず、そう、なんの苦労も味わわず、悲しい話一つ聞かずに過ごしてほしいと望んでいる。でも、他のかわいそうな人たちが、生きているあいだずっと、苦しみと悲しみしか知らないでいるっていうのに、それじゃ利己的だと思うわ。わたしだってそういうことを知らなくちゃいけないし、そういうことを感じとらなきゃだめなのよ! そういうことは、いつもわたしの心のなかに染み込み、どんどん深まっていっているの。わたしは、ずっと、そういうことについて考えてきたの。パパ、すべての奴隷を自由にしてやる方法はないの?」

「それは難しい問題なんだ、かわいいエヴァ。いまのやり方がまったく間違っているというのは疑いもない。多くの人がそう思っている。私自身もそうだ。この国に奴隷が一人もいなければいいと、私は心から望んでいる。でも、そのためにどうしたらいいかが、私には分からないんだ!」

「パパはとってもいい人よ。こんなに気高く、やさしくて、いつもこころ楽しいことを言うやり方も心得ているわ。だとしたら、この制度を改めるよう人々を説得してまわるってことが、できないものかしら? わたしが死んだら、パパ、わたしのことを考えて、わたしのためにそういうことをやってちょうだい。もしわたしができれば、そうするわ」

「お前が死んだらだって、エヴァ」とセント・クレアは激しく言った。「ああ、お前、そんなことは言わないでおくれ! お前は、私がこの世で持っているすべてなんだから」

「かわいそうなプルウばあさんの子供だって、彼女の持っていたすべてだったのよ。それでも、プルウは子供が泣いているのを聞いているしかなかった、どうすることもできなかった！　パパ、こういうかわいそうな人たちだって、パパがわたしを愛するのと同じように子供たちを愛しているのよ。ああ！　この人たちのために何かしてあげて！　かわいそうなばあやも、自分の子供たちを愛してるわ。彼女が自分の子供たちのことを話しながら、泣いてるのを見たことがあるもの。トムだって自分の子供たちを愛しているのよ。パパ、いつもこんなことが起こってるなんてひどすぎるわ！」

「まあ、まあ、かわいいエヴァ」と、セント・クレアはなだめるように言った。「お願いだから自分を苦しめたり、死ぬなんてことを言ったりしないでおくれ。お前の望むことなら、私は何だってするよ」

「約束してちょうだい、愛するパパ、トムを自由にするって」。そこで彼女は言葉を切り、ためらいがちに付け加えた。「わたしが死んだら、すぐに！」

「分かったよ、エヴァ、必ずそうするよ。お前が望むことなら何だってするさ」

「愛するパパ」。燃えるような熱い頬を彼の頬に押しつけながら、子供は言った。「パパと一緒に行けたら、どんなにいいでしょう！」

「かわいいエヴァ、どこへだね？」とセント・クレアは言った。

「救い主キリスト様のお家よ。そこはとても安らかで平和よ、すべてが愛に満ち溢れているの！」子供は、意識せずに、まるで自分が何度も訪れたことのある場所みたいに語った。

「パパは行きたくないの？」と彼女は聞いた。

セント・クレアは彼女をぐっと引き寄せたが、何も言わなかった。

「パパは、わたしのところへ来てくれるでしょう」。彼女は、無意識のうちによく使う、静かな確信に満ちた口調でそう言った。

「あとから行くよ。お前のことを忘れるものか」。

セント・クレアがエヴァの弱々しい身体を胸に抱いて、黙って座っているあいだに、厳かな夕闇の影が二人のまわりで深まっていった。彼にはもう彼女の深い瞳は見えなかったが、その声は精霊の声のように彼の耳に達した。一瞬、最後の審判の幻影のように、彼の過去の人生のすべてが眼前に立ち現われてきた。彼の母親の祈りと賛美歌、幼いころに抱いた善きことへの憧れと大望。こういったものといまのこの時間とのあいだには、俗世間と懐疑主義それにいわゆる立派な生活にかまけて過ごしてきた幾年月があった。人は、一瞬のうちに、多くのことを、非常に多くのことを考えることができる。セント・クレアはいろいろ多くのことを目にし、心で感じたが何も口に出して言わなかった。夕闇がさらに暗さを増してきたので、彼は子供を彼女の寝室に連れていった。寝る準備が整ったとき、彼は召使たちを退出させ、両腕で彼女を抱いて揺すり、眠りに落ちるまで歌を歌ってやった。

第25章 小さな福音伝道者《エヴァンジェリスト》

The Little Evangelist

日曜日の午後だった。セント・クレアは、ヴェランダの竹製の長椅子に体を伸ばし、気晴らしに葉巻をふかしていた。マリーは、透明な紗の蚊帳の下で蚊の襲来をぴったり防ぎ、ヴェランダの窓を背にしたソファに横になっていた。手には装丁を上品に施した祈禱書を気だるそうに持っていた。今日は日曜日なので、それを手にしていたのである。実際は、本を開いたまま、ただうつらうつらしていただけだったが、自分ではずっとそれを読んでいたと思い込んでいた。

オフィーリア嬢はあちこち探したあげく、やっと馬で行けるところに小規模のメソジスト派の礼拝集会所を見つけ、それに参加するためトムを御者にして出かけていた。エヴァも一緒についていっていた。

「ねえ、オーガスティン」。しばらくうとうとしたあとで、マリーが言った。「掛かりつけのポージー先生を迎えに、町へ使いを出さなくちゃいけないわ。心臓の調子が確かにおかしいの」

「でも、どうして彼を呼ばなきゃいけないんだい？　エヴァを診てくれている先生も腕がよさそうじゃないか」

「重病のときは、彼じゃ信頼できないわ」とマリーは言った。「私の病気は、まさにそういうふうになりつつあるのよ！　このところの二晩か三晩、そうしなきゃって思っていたの。痛みがひどいし、奇妙な感触があるの」

「ああ、マリー、きみのは気分がふさいでいるだけだよ。心臓の調子が悪いとは思えないね」

「あなたはそう思わないでしょうよ」とマリーは言った。「そういうふうに言うと思ってました。エヴァが咳をしたり、何かちょっとでもおかしかったら、ひどく心配するくせに、私のこととなると少しも考えてくれないんだから」

「心臓病だっていうのが特にきみのお気に召すのならば、いいとも、きみがそうだってことにしようじゃないか」とセント・クレアは言った。「僕はそうだとは知らなかったよ」

「ええ、ええ、いいですとも、私が手遅れになったとき、あなたが後悔しないように願うだけだわ！」とマリーは言った。「でも、信じようが信じまいが、エヴァのことで悩んだり、あの大切な子供のためにしたいろいろな骨折りで、ずっとそうじゃないかと思ってきた病気が悪くなってしまったのよ」。

マリーの言う骨折りがどういうものか言い表わすのは、至難の業だったろう。セント・クレアは黙って自分にそう言い聞かせると、冷酷な心の持ち主のように、葉巻をふかし続けていた。やがて、ヴェランダの前に馬車がやってきて、エヴァとオフィーリア嬢が降り立った。

オフィーリア嬢は、いつものように一言も話さずに、ボンネットとショールを置きにまっすぐ自分の部屋に行った。一方エヴァは、セント・クレアが呼ぶとやってきて、膝の上に座り、聞いてきたばかりの礼拝の話をした。

ほどなく、彼らが座っているところと同じように、ヴェランダに面して開いているオフィーリア嬢の部屋から、大きな絶叫が上がったかと思うと、誰かに向けて激しく浴びせかける詰問の声が聞こえてきた。

「トプシーのやつ、今度はどんな新しい妖術を編み出したのかな？」とセント・クレアが聞いた。「あの騒ぎはトプシーの仕業だ、間違いっこない！」

すぐに、オフィーリア嬢がひどく怒って、犯人を引きずりながらやってきた。

「さあ、こっちへ来なさい！」と彼女は言った。「お前の御主人様に言いつけてやるから！」

「今度はどんな問題が持ち上がったんですか？」とオーガスティンが尋ねた。

「問題はね、もうこの子に煩わされるのはごめんだってことよ！　我慢の限界を越えてるわ。生身の人間には耐えられない！　部屋に閉じ込めて、賛美歌を勉強するようにいっておいたの。ところが彼女のしたことといったら、私の鍵の置き場所を見つけ出して、タンスに行き、ボンネットの縁飾りを探し出して、人形用のジャケットを作るために切り刻んでしまったのよ！　こんなことはいままでに見たこともないわ！」

「従姉さん、だから言ったじゃない」とマリーは言った。「こういう連中は厳しくしなければしつけなんてできないのよ、お分かりでしょう。私流のやり方でいけば」と、彼女はセント・クレアを咎めるように見ながら、言った。「今度はあの子を外へ送り出して、徹底的に鞭打たせるわ。立てなくなるまで打ちのめさせてやるわ！」

「きみなら間違いなくそうするだろうね」とセント・クレアは言った。「女性による麗しき支配の話を、一つお聞かせ願いたいもんだ！　もし女性が自分たち流のやり方を通そうものなら、馬だろうが召使だろうが、半殺しにしないような女性は一ダースもいないだろうよ、ましてその対象が男だったら、なおのことそうするだろうね」

「セント・クレア、あなたの優柔不断なやり方では、何の役にも立たないわ！」とマリーは言った。「従姉さんは分別があるから、今度こそ私みたいに事柄がはっきりと見えたでしょう」。

完璧を期すタイプの主婦にあることだが、オフィーリア嬢も激怒する能力を持っており、それがこの子供の悪戯と狼藉ですっかり火をたき付けられてしまったのだ。実際、女性読者の多くの方々も、彼女の立場になれば、同じ感情を抱かざるをえないと認められるに違いない。しかしマリーの言葉は、彼女の怒りの限度を越えており、彼女は怒りが少し冷めてくるのを感じた。

「わたしはどんなことがあっても、子供をそんなふうな目には合わせません」と彼女は言った。「でも、オーガスティン、わたしはどうすればいいのか分からない。繰り返し何度も何度も教えてきた。自分が疲れてしまうほど、語り聞かせもした。鞭でもぶった。思いつく限りの方法で罰を与えてきた。でも彼女は、最初のままで少しも変わっていないの」

「こっちへ来い、このいたずらっ子のトプシーめ！」セント・クレアはトプシーを呼び寄せた。

トプシーが近づいてきた。彼女の丸くて、鋭い目がきらりと光った。と同時に、その目は半ば不安の混じった例の奇妙な剽軽さをたたえて、しばしばと瞬《まばた》いた。

「どうしてお前はそんなことをするんだ？」とセント・クレアは言った。彼は子供の表情が面白くてたまらなかった。

「それは、あたいの心が罰当たりだからだって思います」。そうトプシーはすまして答えた。「フィーリィ様がそうおっしゃいます」

「どれほどオフィーリア嬢がお前のためにしてくれたか、お前には分からないのか？　彼女は考えつくことはすべてやったと言っているぞ」

「そりゃ、確かです、だんな様。前のおく様もよくそうおっしゃいました。前のおく様はもっと強く鞭でぶったし、よくあたいの髪の毛を引っ張って、頭をドアにぶっつけましたが、あたいには何の役にも立たなかったです！　頭から毛を全部ひっこぬいても、あたいはだめだって思います。あたいはほんとに罰当たりなんです！　どうしようもないんです！あたいはただの黒んぼだから、だめなんです！」

「これじゃ、この子はもう諦めざるをえないわね」とオフィーリア嬢が言った。「もうこんな面倒はご免だわ」

「そうですか、でも、一つだけ質問させてください？」とセント・クレアは言った。

「何ですの？」

「あなたの福音の言葉が、この家であなたにすべてを任された不信心な子供一人すら救う力がないのなら、こんな子供が何千といるなかに、福音の言葉を一人か二人のつまらない宣教師に持たせて派遣したところで、いったい何の役に立つんでしょうかね？　この子は、あなた方の言ういわゆる何千人もの不信心者たちの、格好な見本じゃありませんか」。

オフィーリア嬢はすぐには答えようとしなかった。ここまでの光景を静かに立って眺めていたエヴァが、そっとトプシーについてくるようにと合図した。ヴェランダの隅には、セント・クレアが読書用に使っていた小さなガラス張りの部屋があった。エヴァとトプシーはそのなかに消えていった。

「エヴァは何をするつもりなんだろう？」とセント・クレアは言った。「見てみよう」。

彼は爪先立ちで進んでいき、ガラスのドアにかかっていたカーテンを持ち上げて、なかをのぞき込んだ。すぐに彼は唇に手を当て、オフィーリア嬢に見に来るようにとそっと身ぶりで合図した。二人の子供は床に座り、彼らに横顔を向けていた。トプシーは、いつものあたりをはばからない剽軽さと無頓着そうな様子だったが、向かいにいるエヴァのほうは、感情の高ぶりで顔を紅潮させ、大きな目には涙を浮かべていた。

「トプシー、あなたはどうしてそんなに悪い子なの？　なぜよい子になろうとしないの？　トプシー、あなたは誰のことも愛していないの？」

「愛なんてなんのことだか分からねえ。あたいが愛しているのは、キャンディとかそんなものだけさ」とトプシーは言った。

「でも父さんや母さんは愛しているんでしょう？」

「そんなものいねえだ、あんたも知ってるように。このことは前にも言っただよ、エヴァお嬢様」

「ああ、そうだったわね」とエヴァは悲しそうに言った。「でも兄弟とか姉妹とか叔母さんとかはいないの」

「いねえよ、誰もいねえ。なんにもねえし、誰もいねえだ」

「でも、トプシー、もしあなたがよい子になろうとすれば、あなただって――」

「よい子になったたって、あたいは黒んぼでしかねえだ」とトプシーは言った。「皮をひん剝いて白人になれるっていうんなら、よい子になってもいいだ」

「でも、あなたが黒くたって、人はあなたを愛せるのよ、トプシー。オフィーリアおばちゃまだって、あなたがよい子でいれば、愛してくれるわ」

トプシーはいつも信じられないときにするように、短くぶっきらぼうに笑った。

「そう思わないの？」とエヴァは言った。

「そうは思わねえだ。あの人はあたいが黒んぼだから、あたいに我慢がなんないのさ！　あの人は、ヒキガエルに触れたほうがましだと思ってるんだ！　黒んぼを愛する人なんかいねえし、黒んぼには何もできねえだ！　だからって、どうでもいいことさ」。そう言うと、トプシーは口笛を吹き始めた。

「ああ、トプシー、かわいそうな子、わたしがあなたを愛しているわ!」そう言うと、エヴァは不意にこみ上げてくる感情を抑えきれずに、彼女の小さいやせた白い手をトプシーの肩の上に置いた。「わたしがあなたを愛しているわ。だってあなたには、父さんも母さんもお友達もいないんですもの。それに、あなたは子供なのに、かわいそうにも、ずっとひどい目にあわされてきたんですもの!　愛してるわ、あなたによい子になってほしいの。わたしは体の具合がとても悪いの、トプシー。もうあまり長くは生きられないと思うの。あなたが悪戯ばかりしているのは、本当にわたしには悲しいの。わたしのために、あなたによい子になってほしいの。あなたと一緒にいられるのは、ほんのわずかしかないんですもの」。

黒人の子供の丸くて、鋭い目に涙の陰がさした。大粒の、輝く涙が、一つ一つエヴァの小さな白い手にこぼれ落ちた。そう、この瞬間に、本物の信仰の光、天上の愛の光が、トプシーの不信心な魂の暗闇を刺し貫いたのだ!　彼女はひざのあいだに頭を埋めて、泣きじゃくった。一方、トプシーの上にかがみ込んでいる美しい子供は、罪人を改心させようとかがみ込んでいる輝かしい天使の姿さながらであった。

「かわいそうなトプシー!」とエヴァは言った。「イエス様はすべての人をみんな平等に愛してくださるのよ、知らなかった?　わたしがあなたを愛するように、イエス様はあなたを愛してくださるわ。いえ、わたし以上よ。だって、イエス様はもっと立派なんですもの。イエス様は、あなたがよい子になるのを、助けてくださるわ。そうしたら白人と同じように、最後には天国へ行って、永遠に天使でいられるのよ。トプシー、そのことだけを考えていて!　あなたも、アンクル・トムが歌う輝かしき精霊の一人になれるのよ」

「ああ、いとしいお嬢様、エヴァお嬢様!」とトプシーは言った。「あたいはやってみます、やってみます。以前は、こんなこと少しもしようって気にならなかったです」。

ここで、セント・クレアはカーテンをおろした。「母のことを思い出します」と彼はオフィーリア嬢に言った。「母の言ったことは本当ですね。盲人の目を見えるようにしてやろうと思ったら、私たちもキリストのように、進んでやらなければいけないんですね。キリストは彼らを自分の元に呼んで、自らの手をかざされましたからね」

「わたしはこれまでいつも黒人に偏見を抱いていたわ」とオフィーリア嬢は言った。「あの子がわたしにさわるのが、わたしには我慢できなかったというのは本当よ。でも、彼女がそれに気づいていたなんて、思いもよらなかったわ」

「どんな子供も、そういうことには気づくもんなんですね」とセント・クレアは言った。「そういうことを、彼らに悟られずにいることはできませんよ。でも、一人の子供のために、どんなにいいことをしてやっても、またどんなに多くの親切を施しても、あの嫌悪の気持ちが心にあるあいだは、感謝の気持ちを起こさせることなんてできないんですね。奇妙だけれど、それが事実です」

「どうしたらそういう気持ちを抱かないですむのかしら、わたしには分からないわ」とオフィーリア嬢は言った。「彼らはわたしには不快なの、特にこの子はそうなの。どうしたらそういう感情を持たずにいられるのかしら？」

「エヴァは持っていないようですよ」

「ええ、彼女はとても愛情に満ちているわ！ でも、結局、彼女はキリストみたいな子供なのよ」とオフィーリア嬢は言った。「わたしもエヴァみたいになりたいわ。エヴァを見習わないといけないわね」

「そういうことになっても、小さな子供が大人の弟子を教えるというのは、何も最初ではないでしょう」とセント・クレアは言った。

CHAPTER XXVI

第26章 死

Death

人生の早暁に、死の帳が
われわれの目から隠した者のために涙を流すな[1]

エヴァの寝室は広々とした部屋で、別荘の他の部屋と同じように、幅広のヴェランダに面して開かれていた。その側面の一つは両親の部屋へと通じ、もう一つの側面は、オフィーリア嬢に割り当てられた部屋とつながっていた。セント・クレアは、自分の目と趣味を満足させるために、エヴァの部屋を彼女の性格に特に調和するよう整えさせていた。窓にはバラ色と白のモスリンのカーテンが掛かり、床には自らデザインし、パリに注文した絨毯が敷かれていた。その絨毯の模様は、周囲をバラのつぼみと葉で縁取りし、中央には満開のバラの花があしらわれていた。ベッドや椅子や寝椅子は竹製で、特別に優雅で風変わりな形に編まれていた。ベッドの頭の上には、雪花石膏の張り出し棚があり、その上には、翼をたれ、ギンバイカの葉の冠を差し出している美しい天使の彫像が置かれていた。そこから、ベッドの上に、銀の縞模様の入ったバラ色の紗の薄いカーテンが垂れ下がっていたが、これは、ここの気候で快適な睡眠をとるのに欠かせない蚊よけの役目を果たしていた。優雅な竹製の寝椅子には、バラ色のダマスク織りのクッションがいっぱい置かれ、その上方にある彫像の腕からは、ベッドにかかっているのと同じ紗のカーテンが垂れ下がっていた。部屋の中央には、軽くて凝った造りの竹製テーブルがあり、その上には、蕾のついた白い百合の形をしたパロス島産大理石に似た白磁の花瓶が置かれ、花の絶やされることがなかった。テーブルの上には、エヴァが一生懸命書き方の練習をするのを見て父親が与えた、優雅なつくりの雪花石膏製の書き物用スタンドがあり、横にはエヴァの本と小さな装身具が置かれていた。部屋には暖炉があり、その上の大理石の棚には、子供たちを歓迎しているキリストの美しい小彫像があった。その両端には、大理石の花瓶が配置され、毎朝その花瓶に花を活けるのがトムの誇りであり、喜びであった。壁の飾りとしては、さまざまな姿態の子供たちを描いた二、三枚の見事な絵がかかっていた。つまり、この部屋のどこを向いても、目に入ってくるものといえば、ただ美と平穏と子供のイメージだけであった。朝の光のなかでエヴァが目覚めたとき、その小さな目は、心を和ませ美しい考えを想起させるものの上に必ず置かれることになっていた。

しばらくのあいだ、エヴァを元気づけさせていた偽りの力は、急速に衰えていった。ヴェランダで彼女の軽快な足音が聞こえることはどんどん少なくなり、彼女がその大きくて深い目を、上下に波打つ湖水にじっと注いで、開いた窓の側の小さな長椅子に横になっている度合いはますます多くなっていった。

そうした、とある午後の半ばにさしかかったころのことだった。エヴァが聖書を半開きにし、小さく透き通った指をページのあいだに力なく置いて、長椅子に寄り掛かっていると、突然ヴェランダから母親の鋭い叫び声が聞こえてきた。

「今度は何をしでかそうっていうの、この性悪が！　新手のいたずらかい！　花を摘んだりして、え？」エヴァの耳に、頬をぴしゃりと打つ音が聞こえた。

「ああ、おく様！　この花は、エヴァお嬢様のためのものですだ」という声がした。それはトプシーの声だった。

「エヴァお嬢様のためだって！　結構ないいわけだこと！　エヴァが、お前みたいな役立たずの黒んぼの花を欲しがるとでも思っているのかい！　あっちへ持ってお行き！」

すぐにエヴァは長椅子から立ち上がり、ヴェランダに出て行った。

「ああ、だめよ、お母様！　わたしはその花が欲しいわ。わたしに寄こしてください。本当に欲しいの！」

「まあ、エヴァ、お前の部屋には、花がいっぱいあるじゃないの」

「どんなにたくさんあっても困らないわ」とエヴァは言った。「トプシー、こっちへ持ってきてちょうだい」。

むっつりとうなだれて立っていたトプシーは、近づいてきて花を差し出した。とまどいがちに、はにかむように差し出すその様子には、いつもの得体の知れぬ図太さや快活さとは似ても似つかぬものがあった。

「まあきれいな花束だこと！」それに目をやりながら、エヴァが言った。

その花束はどちらかといえば人の目を惹くもので、鮮やかな緋色のゼラニュームと艶のある葉をつけた一本の白椿からなっていた。色の対照の妙を考えて束ねられていただけでなく、一枚一枚の葉にも注意深い気配りが施されていた。

「トプシー、あなたはとてもきれいに花を整えるのね」。エヴァがそう言うと、トプシーはうれしそうな顔つきをした。

「いいこと、ここにあるこの花瓶は、まだ花を活けたことがないの。これからは、毎日、あなたにこの花瓶で何かを活けてもらいたいわ」

「まあ、おかしなこと！」とマリーは言った。「いったいどうしてお前はそんなことをしたいの？」

「気にしないで、ママ。トプシーがしてくれれば、それでいいでしょう？」

「もちろんよ、お前の好きなようになさい！　トプシー、聞いていたでしょう、心しておやり」。

トプシーは手短かなお辞儀をして、うつ向いた。身体の向きを変えて立ち去って行ったとき、エヴァはその黒い頬に一粒の涙が転がり落ちるのを目にした。

「ねえ、ママ、トプシーはわたしのために何かをしたがっていたのよ」とエヴァは母親に言った。

「まあ、ばかばかしい！　あの子は単にいたずらがしたいだけのことよ。花を摘んではいけないのを知っているもんだから、そうするのよ。それだけのことだわ。でも、もしお前があの子に花を摘んでほしいのならば、そうすればいいわ」

「ママ、トプシーはいままでのトプシーとは違うわ。いい子になろうとしているのよ」

「あの子がいい子になるには、かなり長いあいだ努力をする必要があるわね」と、マリーは無頓着そうに笑って言った。

「でも、ママ、トプシーがかわいそうな子だったってことは知っているでしょう！　何もかもがトプシーにはつらかったのよ」

「ここに来てからはそんなことはありません。それは確かなことよ。皆から声をかけてもらったり、神様の話を聞いたり、皆と同じようにこの世でできることをしてもらわなかったとでも言うの。でも、あの子は根性が曲がっているわ、これからもずっとそうでしょうね。お前が、ああいう人間を何とかしようと思っても、それは無理よ！」

「でもママ、わたしみたいにたくさんのお友達がいて、いい子で幸せになれるものに取り囲まれて育ってきたのと、ここにくるまでのトプシーみたいな育てられ方をしてきたのとでは、まるで違うのよ！」

「そうでしょうね」とマリーはあくびをしながら言った。「まったく、なんて暑いんでしょう！」

「ママ、トプシーがキリスト教徒だったら、彼女も私たちと同じように天使になれるって信じているでしょう？」

「トプシーがですって！　何て突拍子もない考えだこと！　そんなことを考えるのは、お前だけでしょうね。でも、なれると思うわ」

「だって、ママ、わたしたちと同じように、神様があの子の天なる父なんでしょう？　イエス様があの子の救い主なんでしょう？」

「ええ、たぶんね。神様はすべての人間をお造りになられたんだと思うわ」とマリーは言った。「ところで、私の気付け薬入れはどこへ行っちゃったのかしら？」

「本当にかわいそうだわ、ああ！　本当にかわいそうだわ！」エヴァは、遠くの湖を眺めながら、半ば自分に言い聞かせるように言った。

「何がかわいそうなの？」とマリーは言った。

「だって、輝ける天使になって、他の天使たちと一緒に暮らせる人たちが、どんどん下へ下へと落ちていっているのに、誰も助けてやらないんですもの！　ああ、ひどいことだわ！」

「でも、どうすることもできないのよ。心配しても仕方がないわ、エヴァ！　どうしようもないのよ。私たちの恵まれた立場に感謝すべきね」

「わたしにはとてもできそうにないわ」とエヴァは言った。「何も持っていないかわいそうな人たちのことを考えると、とてもすまないって気がするの」

「それはまったく変だわ」とマリーは言った。「宗教が私に自分の幸運を感謝させてくれているのは確かよ」

「ママ」とエヴァが言った。「髪の毛を短く切ってちょうだい。たくさん切ってほしいの」

「どうして？」とマリーは言った。

「ママ、自分であげられるうちに、お友達に分けてあげたいの。おばちゃまにこっちへ来て、髪の毛を切ってくれるように頼んでくれない？」

マリーは大声を上げて、別の部屋にいたオフィーリア嬢を呼んだ。

オフィーリア嬢が入ってくると、エヴァは枕から半分身を起こし、金髪の長い巻毛を揺すって、おどけるように言った。「来て、おばちゃま、子羊の毛を刈ってちょうだい！」

「どうしたんだい？」エヴァのために果物を買いに出かけていたセント・クレアが、ちょうどそのとき部屋に入ってきて言った。

「パパ、おばちゃまに髪の毛を短く切ってもらうの。毛が多すぎて、頭が暑くなるから。それに、みんなに分けてあげたいの」

オフィーリア嬢が、鋏を手に入ってきた。

「気をつけてくださいよ。みっともなくならないように！」と父親は言った。「目立たない、下の方を切るようにしてください。エヴァの巻毛は私の自慢なんだから」

「まあ、パパ」とエヴァは悲しそうに言った。

「そうさ、それに、お前の叔父さんの農園に連れて行って、お前を従兄のヘンリックに会わせるときのためにも、きれいなままでいてほしいね」とセント・クレアは陽気に言った。

「そこへはもう行けないわ、パパ。もっと素敵な国へ行くんですもの。わたしを信じてちょうだい！　パパ、わたしが日に日に弱まっていっているのは分かるでしょう？」

「どうしてそんなひどいことを信じろなんて言うんだい、エヴァ？」と父親は言った。

「だって、それが真実なんですもの、パパ。それを信じれば、パパだってきっとわたしと同じ気持ちになるわ」

セント・クレアは口をつぐんだ。そして、長く美しい巻毛が、子供の頭から切り離され、一房ずつエヴァの膝に置かれていくのを、沈んだ様子でじっと見つめて立っていた。彼女はそれらを持ち上げ、熱心に見たり、細い指にからめたりしていたが、時折り、心配そうに父親のほうを見た。

「これこそ私が予感してきたことだわ！」とマリーが言った。「これが、日に日に私の身体を蝕み、私をお墓のなかへ引きずり込もうとしてきたものよ、誰もそのことを見ようとしてこなかったけれどもね。私には、こうなるってことが、ずっと分かっていたの。セント・クレア、私が間違ってなかったってことは、しばらくすればあなたにも分かるわ」

「そうしたら、きみは大いに気がすむだろうよ、きっと！」とセント・クレアは、冷ややかな苦々しげな口調で言った。

マリーは長椅子に身を横たえ直すと、麻のハンカチで顔をおおった。

エヴァの澄んだ青い目が、そんな二人の様子を交互にじっと見ていた。それは、この世の束縛からすでに半ば解き放たれた魂の、穏やかな、悟ったような眼差しだった。彼女がこの二人の相違に目をとめ、感じ、理解していることは明らかだった。

彼女は父親を手招きした。彼が彼女の傍らにやってきて、腰をおろした。

「パパ、わたしの力は日に日に弱まっているわ。わたしは行かなくっちゃならないの。言っておきたいことや、したいことがいくつもあるの、いえ、すべきことだと言ってもいいわ。パパはわたしがそのことについて話すのを嫌がっている。でも、どうしようもないの。延ばしておくわけにはいかないわ。だから、これから話すことを嫌がらずに聞いてちょうだい！」

「分かった、いまはそうするよ！」とセント・クレアは言い、片手で両目をおおい、もう一方の手でエヴァの手を取った。

「それじゃいいこと、屋敷のみんなを一緒に集めてほしいの。みんなに言っておかなくちゃならないことがあるの」とエヴァは言った。

「そうか」とセント・クレアは、涙をぐっとこらえて言った。

オフィーリア嬢が使いを出し、まもなく召使たちがみんな部屋に集められた。

エヴァは枕に身を寄せかけて横になっていた。髪の毛が乱れて顔に垂れ、真っ赤な頬は、青白い顔色やすっかりやせてしまった手足や身体つきと、痛ましい対照をなしていた。彼女の大きくて、魂そのもののような目が、一人一人にじっと注がれた。

召使たちははっと胸をつかれた。霊妙な顔つき、傍らの切った長い巻毛の房、顔をそむける父親、マリーのすすり泣き、そうしたものがたちまち繊細で感じやすい人種の胸を打った。みんなは部屋に入るなり、互いに顔を見合わせ、ため息をつき、頭をふった。まるで葬式のような深い沈黙が、その場を支配した。

エヴァは体を起こすと、一人一人をゆっくりと心を込めて見つめた。みんなは悲しそうな、不安な表情をしていた。女たちの多くはエプロンで顔を隠した。

「大事なお友達のみんなにここへきてもらったのは」とエヴァが切り出した。「わたしがみんなを愛しているからなの。みんなを愛しているわ。それにみんなに言いたいことがあるの。どんなときでも覚えていてもらいたいこと……わたしはあなたたちとお別れするわ。あと二、三週間もすれば、もう会えないでしょう」。

ここで、呻き声やすすり泣きや嘆きの声が、居合わせたすべての者からわき起こり、彼女のか細い声はそのなかにすっかりかき消されてしまった。エヴァは少し待ったあと、みんなのすすり泣きを抑えるような口調で続けた。

「わたしを愛してくれるなら、そうやって話を中断させないで、わたしの言うことを聞いてほしいの。わたしがあなたたちに話したいのは、魂のこと……あなたたちの多くは、残念だけど、まるで気にかけていないわ。この世のことしか考えていない。わたしがあなたたちに覚えていてほしいのは、イエス様のおられる美しい世界があるってことなの。わたしはそこへ行くわ、あなたたちもそこへ行けるのよ。そこは、わたしのための場所であるのと同じように、あなたたちの場所でもあるの。でも、そこに行きたいと思ったら、怠惰で、軽率で、無思慮な生活を送るべきではないわ。キリスト教徒でなければならないの。あなたたちの誰もが天使になれるし、永久に天使のままでいられるってことを忘れてはいけないわ。キリスト教徒になろうと望めば、イエス様が助けてくださるの。イエス様にお祈りをして、聖書を読むべきなの……」。

ここでエヴァは話すのをやめ、みんなを痛ましそうに見つめてから、悲しそうに言った。

「ああ、そうね！　あなたたちは読むことが<ruby>で</ruby>き<ruby>な</ruby>い<ruby>の</ruby>ね、かわいそうに！」そう言うと、彼女は枕に顔を埋めてすすり泣いた。だが、床にひざまずいて話を聞いていた多くの者たちから上がった、圧し殺したようなすすり泣きの声が彼女をわれにたち返らせた。

「でも、心配しなくてもいいわ」と彼女は顔を上げ、涙ながらに明るく微笑んで言った。「わたしがあなたたちのために、これまでお祈りを捧げてきているわ。たとえみんなが読めなくても、イエス様は助けてくださるわよ。だから、できるだけよい行ないをして、毎日お祈りをしてね。イエス様に助けてくださいってお願いするのよ、それから機会があればいつでも人に聖書を読んでもらいなさい。そうすれば、わたしはあなたたちと天国で会えると思うわ」

「アーメン」と返事のような呟きが漏れた。それを口にしたのは、トムとばあやとそれにメソジスト教会に属する何人かの年寄りたちだった。若くてもっと無思慮な者たちは、さしあたってすっかり気分的に圧倒され、膝の上に頭を垂れてすすり泣いていた。

「いいのよ」とエヴァが言った。「あなたたちみんなが、わたしのことを愛してくれているのは、分かっているわ」

「そうです。ええ、そうですとも！ 愛しています！ 神よ、お嬢様を祝福したまえ！」それが無意識のうちにみんなが口にした答だった。

「ええ、分かっているわ！ わたしにやさしくしてくれなかった人なんて、一人もいなかったもの。だから、みんなにあげたいものがあるの。それを見たら、いつもわたしのことを思い出してね。わたしの巻毛よ、これをみんなにあげるわ。これを見たときは、わたしがみんなを愛しながら天国へ行き、そこでみんなと会いたがっているってことを考えてちょうだい」。

涙を流し、すすり泣きながら、彼らが小さな子供のまわりに集まり、その手から最後の愛のしるしと思われるものを受け取ったその光景は、とても筆舌に尽しがたい。彼らはひざまずき、すすり泣き、祈りを口にし、エヴァの洋服の裾にキスをした。年かさの者たちは、感じやすい人種に特有の仕方で、祈りや祝福と親愛の言葉とを織りまぜて注ぎかけた。

一人一人が贈り物を受け取ると、オフィーリア嬢は、この場の興奮が小さな病人に与える影響を心配して、各人に部屋から出ていくように合図した。

トムとばあやを除いた全員が去っていった。「ここのきれいな巻毛はあなた用のものよ。アンクル・トム、天国であなたと会えると思うと、わたしはとてもしあわせだわ。だって、間違いなく会えるはずですもの。ばあや、わたしの大事なやさしいばあや！」そう言うと、彼女はいとおしそうに年老いた乳母を抱きしめた。「ばあやも天国にこれるわ」

「ああ、エヴァお嬢さま、あなたのいないこの世界で、わたしはどうやって生きていけばいいんでしょう、分かりません！」と忠実な召使は言った。「まるで、このお屋敷から何もかもいっぺんに持っていかれちまうようです！」ばあやはこらえきれず、激しく泣き崩れた。

オフィーリア嬢は、ばあやとトムをやさしく部屋から送り出し、これでみんないなくなったと思った。ところが、振り向くと、そこにトプシーが立っていた。

「お前はどこから現われたの？」と、不意をつかれて彼女は言った。

「ここにいましただ」とトプシーは、目から落ちる涙を拭いながら言った。「ああ、エヴァお嬢様、あたいは悪い子でした。でも、あたいにも巻毛をいただけねえですか？」

「よくってよ、かわいそうなトプシー！　もちろん、あげるわ。ほら、これを見るたびに、わたしがあなたを愛していたことや、あなたにいい子になってもらいたいって思っていたことを考えてね！」

「ああ、エヴァお嬢さま、あたいは頑張っているんです！」トプシーは真剣に言った。「だども、いい子になるってえのは難しいですだ！　慣れてねえからでしょう、どうしてもだめなんです！」

「イエス様はご存知よ、トプシー。あなたのことを気の毒に思っていらっしゃるから、助けてくださるわ」。

トプシーはエプロンで目を押さえながら、オフィーリア嬢にうながされて静かに部屋を出ていった。出ていきながら、彼女は大切な巻毛を胸のなかにしまった。

皆が出ていったので、オフィーリア嬢はドアを閉めた。この立派な婦人も、眼前の光景に何度も自分の涙を拭っていたが、彼女が一番気にしていたのは、先ほど来の興奮が幼い病人に及ぼす影響だった。

セント・クレアは、この間手で目を覆ったまま、ずっと同じ姿勢で座っていた。皆が去っても、彼はじっとしたまま動かなかった。

「パパ！」とエヴァは、自分の手を彼の手の上にやさしく置いて言った。

彼はびくっとして身震いしたが、何も答えなかった。

「愛するパパ！」とエヴァは言った。

「私にはできない」。セント・クレアは立ち上がりながら言った。「こんなのは耐えられない！　神様は、私のことをなんと辛くあしらうんだ！」セント・クレアは、苦々しげに激越した調子で、この言葉を口にした。

「オーガスティン！　神様にはご自分のものを好きになさる権利がないとでも言うの？」とオフィーリア嬢が言った。

「たぶんあるでしょう。でも、だからと言って、それで我慢しやすくなるというものでもありませんよ」。彼は素気なく頑なに感情を見せずにそう言うと、立ち去ろうとした。

「パパ、わたしを悲しませないで！」とエヴァが言った。彼女は起き上がり、彼の腕のなかに身を投げ出した。「そんなふうに感じてはいけないわ！」彼女は嗚咽し、どっと涙を流した。その激しさはみんなを驚かせた。父親もすぐに考えを改めた。

「さあ、エヴァ。大事なエヴァ！　静かにおし！　泣かないでおくれ！　私が間違っていた。私が悪かった。私の気持ちなんてどうとでもなるし、どんなことでもやれるんだから、お前はどうか苦しまないでおくれ。そんなに泣かないでおくれ。お前の言うとおりにするよ。あんなふうに言うなんて、私が悪かった」。

やがて、エヴァは疲れ切った鳩のように、父親の腕のなかに身を横たえた。彼は彼女の上に身をかがめ、思いつく限りのやさしい言葉でなだめた。

マリーは立ち上がると、部屋を飛び出して自分の部屋へ行き、激しいヒステリーを起こした。

「お前はまだパパに巻毛をくれていないよ、エヴァ」と父親は、悲しげに微笑みながら言った。

「そこにあるものは全部パパたちのものよ」と彼女は微笑みながら言った。「パパとママのものだわ。でも、大好きなおばちゃまにも、欲しいだけあげてね。ただわが家のかわいそうな人たちだけには、わたしの手で渡してあげたの。だって、パパ、わたしがいなくなったら、あの人たちは忘れられてしまうかもしれないでしょう。それに、この巻毛でみんながわたしのことを思い出してほしかったの。パパはキリスト教徒よね、そうでしょう、パパ?」エヴァは疑わしそうに言った。

「どうしてそんなことを聞くんだい?」

「知らないわ。パパがこんなにいい人なのに、どうしてキリスト教徒でないのかがわたしには分からないの」

「キリスト教徒であるってどういうことだい、エヴァ?」

「何にもましてイエス様を愛することよ」とエヴァは言った。

「お前はそうしているのかい、エヴァ?」

「もちろん、そうよ」

「彼と会ったことはないんだろう」とセント・クレアは言った。

「そんなことはどうでもいいの」とエヴァは言った。「イエス様を信じているの。二、三日したら、わたしはイエス様にお会いするわ」。若いその顔は喜びに燃え、輝いていた。

セント・クレアはそれ以上何も言わなかった。それは、かつて自分の母親のなかにみてとった感情だった。しかし、彼の心の琴線はそれに対して何も反応しなかった。

この後、エヴァは急速に衰えていった。結果がどうなるかについては、もはや疑いの余地がなかった。どれほどひいき目に見ても、もうごまかすことはできなかった。彼女の美しい部屋は、明らかに病人の部屋だった。オフィーリア嬢は昼夜を分かたず看護婦の義務を果たしていた。友人たちが彼女の能力をもっとも高く評価したのは、看護婦としての能力だった。申し分なく訓練された手と目を持ち、機転を利かせかつ実際的でもあるあらゆる術を完璧に駆使して、いつもきちんと快適に過ごせるようにするとともに、病気につきものの不愉快な事柄はいっさい目にふれさせないようにした。また、申し分のない時間の観念、明瞭で冷静な頭脳、医師たちの処方箋や指示をすべて記憶する厳密な正確さといった点で、彼女は医者にはなくてはならない存在だった。南部流の気ままな放縦さとはまるで違う、彼女のちょっとした特質や頑さに肩をすくめていた人々も、彼女こそがまさに必要とされている人であることを認めた。

アンクル・トムはほとんどエヴァの部屋にいた。彼女はたえず神経が高ぶり落ち着かなかったが、抱いてあちこち運んでもらうと楽になった。彼女のいまにも壊れそうな小さな体を、枕に乗せたまま腕に抱き、部屋を行ったり来たりしたり、ヴェランダの外へ連れて出たりするのは、トムにとって最大の喜びだった。彼女は朝が一番気分がよかったので、湖から涼しい海風が吹いてくるようなときなどは、ときどき、彼は彼女を庭のオレンジの木の下に連れていったり、二人の懐かしいベンチに腰掛けて、彼らの大好きなおなじみの賛美歌を歌ったりした。

彼女の父親もよく同じことをした。けれども、彼の体はトムよりも華奢だったので、彼が疲れると、エヴァはよく彼に向かって言った。

「ねえ、パパ、トムにやらせてあげて。トムはかわいそうなの！　わたしを運ぶのが彼にはうれしいの。いまの彼にできることはそれだけなんですもの。彼は何かをせずにいられないの！」

「私だってそうだよ、エヴァ！」と父親は言った。

「パパ、でも、パパは何でもできるし、わたしにとってはなくてはならない存在だわ。読んで聞かせてくれるし、夜だってずっと起きていてくれるもの。でも、トムにはこれと歌を歌ってくれることしかないの。それに、トムはパパよりずっと簡単にやれるわ。とても力強く運べるの！」

何かをしてあげたいという気持ちは、トムだけのものではなかった。屋敷中の召使がみな同じ気持ちを示し、彼ら流のやり方で、自分たちにできることをした。

かわいそうなばあやの心は、いとしいエヴァに切なる思いを寄せていたが、彼女には夜も昼もエヴァを世話する機会がなかった。というのは、マリーが自分の精神状態からしてとても安眠はできないと言っていたからである。もちろん、他の誰かに安眠させるということは、マリーの信条に反していた。ばあやは一晩に二〇回も起こされ、マリーの足をさすったり、頭を水で濡らしたり、ハンカチを探したり、エヴァの部屋の物音の理由を確かめに行かされたり、明るすぎるからという理由でカーテンを下ろしたり、暗すぎるからという理由でカーテンを上げさせられたりした。昼間などに、ばあやがお気に入りのエヴァの世話を少しでも分担したいと思っているときも、マリーが自分のことや家中のあちらこちらの用事で彼女を忙しくさせておこうと、無類の才能を発揮しているかのように見えた。だから、ばあやにはこっそりエヴァと会うか、ちらっとその姿を見ることしかできなかった。

「いまは、自分のことにとりわけ気を配るようにするのが、私の義務だと思うわ」とマリーはよく口にした。「ただでさえひ弱にできているのに、大事なあの子の世話や看病をみんな私が背負っているんですからね」

「そうかね、マリー」とセント・クレアは言った。「従姉さんがすっかり引き受けてくれていると思っていたけどね」

「あなたは男だから、そんなことが言えるのよ、セント・クレア。こんな状態の子供の世話をせずにいられる母親がいるとでもいうの。でも、まあ、いつものことだわ。私がどんなふうに感じているかなんて、誰にも分かりゃしないんだから！　あなたみたいに物事を放っておくなんてことは、私にはできないわ」。

セント・クレアは苦笑した。読者の皆さんは彼を許してあげてほしい。彼は笑わずにはいられなかったのだ。彼にもまだ笑うだけの余裕があった。小さな霊の死出の旅路は、あまりに輝かしく穏やかだったし、その小さな帆船は、あまりにやさしく芳しいそよ風に乗って天国の岸辺へ運ばれていたので、死が近づきつつあるのだとは信じることができなかった。子供は何の苦痛も感じなかった。ただ、日増しに、自分でも気づかぬほど緩やかに、少しずつ弱っていった。彼女はあまりに美しく、愛らしく、信じきって、幸せそうだったので、彼女のまわりに息づいていると思われる、無邪気で安らかな雰囲気に感化されない者はいなかった。セント・クレアは、不思議な穏やかさが自分に訪れてくるのを感じていた。それは希望ではなかった。そんなことはありようがなかった。かといって、それは諦めでもなかった。それは、未来のことなど考えたくなくなるほど美しく思われる、いまこのときの穏やかな安息だった。それは、輝く穏やかな秋の森の真ん中にいて、明るく紅葉した葉が木々を輝かせ、小川のそばにはまだ最後の花々が残っているようなときに感じる、あの魂の静謐のようなものであった。私たちは、それがすぐに消え去ってしまうことを知っているがゆえに、そこにより多くの喜びを見出すのだ。

エヴァの想像や予感をもっともよく知っていた友人は、彼女の忠実な担い手のトムだった。彼女は、父親に伝えて心配をかけたくないことでも、彼には話した。紐がほどけ始めるように、魂が永遠にその肉体を離れる前に感じる神秘的な徴候を、彼女はトムに伝えた。

とうとうトムは自分の部屋では寝なくなり、呼ばれればすぐに起きられるよう、一晩中外のヴェランダで横になった。

「アンクル・トム、どうしてお前は犬みたいにどこだろうとあたりかまわず寝るようになってしまったの？」とオフィーリア嬢は言った。「私はお前のことを、キリスト教徒らしくきちんとベッドで寝るのが好きな、行儀のいい人間だって考えていたわ」

「おらはそうですだ、フィーリィ様」とトムは意味ありげに言った。「そうなんですが、いまは……」

「いまはなんなの？」

「大声でしゃべってはいけねえですだ。セント・クレア様のお耳に届かせてはならねえですから。でも、フィーリィ様、花婿がくるのを見守っている者が必要ですだ」

「どういう意味なの、トム?」

「聖書にこう書かれているのをご存知でしょう。『真夜中に「花婿だ、迎えに出なさい」と叫ぶ声がした』(2)って。おらはそれを毎晩いまかいまかと待っているんでさ、フィーリィ様。それが聞こえねえところでは、どうにも寝ちゃいられませんので」

「でも、アンクル・トム、どうしてお前はそう思うの?」

「エヴァお嬢様がおらにそう言われたんです。神様は、魂のなかにその使者を送られるんです。おらはその場に居合わせていなきゃならねえんですよ、フィーリィ様。だって、あの祝福された御子が天国へ行かれるとき、天国への扉は広く開け放たれますから、その栄光をちらっと見ることができるんですよ、フィーリィ様」

「アンクル・トム、エヴァお嬢様が今夜はいつにも増して気分が悪いとでも言っていたの?」

「いいえ。だども、今朝おらにおっしゃいましただ。自分はどんどん近づいていっているって。お嬢様にお告げしているものたちがいるんですよ、フィーリィ様。天使たちですだ。『暁に、トランペット響きわたる』(3)ってね」。トムは大好きな賛美歌のなかから引用して言った。

この会話がオフィーリア嬢とトムのあいだで交わされたのは、ある夜の一〇時から一一時のあいだのことであった。夜の準備を全部すませ、外の扉にかんぬきをおろそうとしたときに、外のヴェランダの扉の側にトムが横になっているのを彼女は見出したのだ。

彼女は神経質でも感じやすいほうでもなかったが、トムの厳粛で心情あふれる態度には胸を打たれた。その日の午後、エヴァはいつになく明るく陽気だった。ベッドの上で身を起こすと、自分の小さな装身具や大事なものをすべて調べ、それらをあげたい友人たちの名前を名指した。彼女の物腰は、ここ数週間なかったほど生気に満ち、声の調子も自然だった。夕方父親が入ってきて、今日のエヴァは病気になって以来、以前の彼女に一番近いようだねと言った。おやすみのキスをしようとしたとき、彼はオフィーリア嬢にこう言った。「従姉さん、結局はあの子を引き留めて置くことができるかもしれませんね。確実によくなってきていますから」。何週間ぶりかで、胸のつかえを少しおろしながら、彼は部屋を出ていった。

しかし、不思議で神秘的な時刻!　あの真夜中という、はかない現在と永遠の未来とのあいだのベールが薄くなるときに、使者はやってきた!

エヴァの部屋で、まず足早に歩くものの足音がした。オフィーリア嬢だった。彼女は幼い患者のそばで一晩中起きていようと決心していたのだ。真夜中にさしかかったころ、経験をつんだ看護婦たちがある種の意味を込めて「変化」と呼んでいる状態がきたのを、彼女ははっきりと認めた。外への扉がさっと開けられたとき、外で見張りをしていたトムは、即座に身構えた。

「お医者様を呼んできて、トム！　大至急よ」。オフィーリア嬢はそう言うと、今度は部屋のなかを突っ切って、セント・クレアの寝室のドアを叩いた。

「オーガスティン」と彼女は言った。「来てちょうだい」。

その言葉は、まるで棺桶に落ちる土くれのように彼の心に響いた。なぜだったか？　起き上がった彼はすぐエヴァの部屋に行き、まだ眠っている彼女の上に身をかがめた。

彼の心を硬直させてしまうような何をいったい彼は見たのか？　二人のあいだでなぜ一言の言葉も交わされなかったのか？　最愛の者の顔の上にこれと同じ表情、つまり愛する者がもはやあなたのものではないと告げている、あの名状しがたい、希望のない、間違いようのない表情を見たことのある者なら答えることができるだろう。

しかし、子供の顔の上には、人をぞっとさせるようなものは微塵もなかった。気高く、ほとんど神々しいまでの表情、子供の魂が永遠の生活に入りかけている兆し、精霊の存在が影を落としている様子だけが見てとれた。

彼らはエヴァを見つめたまま静かに立っていたので、時計がときを刻む音さえ大きく響いた。しばらくしてトムが医者を連れて戻ってきた。医者は入って来て、一目見るなり他の者と同様に無言で立ち尽した。

「いつこの変化が起きましたか？」彼は、低い声でオフィーリア嬢に囁いた。

「真夜中すぎです」というのが、彼女の答えだった。

医者の入って来た物音で目を覚したマリーは、隣の部屋から急いで現われた。

「オーガスティン！　従姉さん！　ああ！　どうしたの！」

と、彼女は口早に言い始めた。

「静かに！」とセント・クレアはかすれ声で言った。「あの子が死にかかっている！」

ばあやはその言葉を聞くと、召使たちを起こしに飛んでいった。すぐに家中の者たちが目を覚した。灯りがともされ、足音が聞こえた。心配そうな顔がヴェランダに集まり、涙を流しながらガラス戸ごしになかを見ていた。しかし、セント・クレアは何も聞かず、何も言わなかった。彼はただ、眠っている幼き者の顔に浮かぶあの表情を見ているだけだった。

「ああ、目を開けて、もう一度ものを言ってくれたら！」と彼は言い、彼女の上に身をかがめ、耳元で話しかけた。

「エヴァ、かわいいわが子！」

大きな青い目が開き、微笑みが顔に広がった。彼女は頭を起こし、話そうとした。

「私が分かるかい、エヴァ？」

「愛するパパ」。エヴァはそう言うと、最後の力を振り絞って、父親の首に腕を回した。一瞬にして、腕はまた垂れ下がった。セント・クレアが頭を上げたとき、エヴァの顔に死にゆく者の苦悩の痙攣が走るのを目にした。彼女は苦しそうに喘ぎ、小さな手を上に突き上げた。

「ああ、神様、これはむごい！」と彼は言うと、苦しそうに顔をそむけ、自分でもほとんど意識せずにトムの手を握りしめた。「ああ、トム、私は死んでしまうよ！」

トムは主人の手を自分の両手のなかに包み込んだ。黒い頬に涙を流しながら、いつもそうしてきたように助けを求めて天を仰ぎみた。

「どうかこれが早く終わりますように！」とセント・クレアは言った。「胸が張り裂けそうだ」

「ああ、神に祝福を！　もう終わりです。もう終わりです、大事な御主人様！」とトムは言った。「お嬢様をご覧なさえ」。

エヴァは力を使い果たしたように、枕に身をもたせかけ、肩で息をしていた。大きく澄んだ目は上目となり、動かなかった。ああ、天国のことをあれほど多く語った目は、いまは何を物語っているのか。この世を去り、この世の苦しみも過ぎ去った。しかし、その顔の誇らしげな輝きは、むせび泣く悲しみさえ止めてしまうほどに荘厳で、神秘的だった。みんなは、息をのんで彼女のまわりに集まった。

「エヴァ」とセント・クレアはそっと言った。

声は届かなかった。

「ああ、エヴァ、何が見えるのか言っておくれ！　何が見えるんだい？」と彼女の父親は言った。

輝かしい栄光に満ちた微笑みがエヴァの顔に浮かぶと、彼女はとぎれとぎれに言った。「ああ！　愛、喜び、安らぎ！」一息つくと、死を越えて永遠の生へと去っていった。

「さらば、愛する子！　輝かしい永遠の扉はお前の後ろで閉ざされた。もうお前の愛らしい顔を見ることはない。ああ、お前が天国の門をくぐるのを見守っていた者たちが、目覚めて日々の冷たい灰色の空しか見出せないとき、彼らのために悲しんでおくれ。お前は永遠に逝ってしまった！」

第27章

「これがこの世での終わりだ」（ジョン・クウィンシー・アダムズ）[1]

"This Is the Last of Earth"

　エヴァの部屋の小彫像や絵画は、白い布で覆い隠されていた。圧し殺した息づかいと忍び足の足音だけが聞こえるだけだった。鎧戸で閉ざされ、ところどころ暗くなっている窓から、厳かな光が差し込んでいた。

　ベッドは白い布で覆われていた。翼を垂れた天使像の下にあるそのベッドには、二度と目覚めることのない眠りについた、小さな身体が眠っていた。

　彼女はそこで、生前好んで着ていた飾り気のない白いドレスを身にまとって横たわっていた。カーテン越しに差し込むバラ色の光線は、死の氷のような冷たさの上に、心温かい輝きを投げかけていた。長いまつ毛は清らかな頬に柔らかく垂れ、頭はまるで本当に眠っているかのように片側に少し傾いていた。しかし、恍惚と安らぎの混ざりあった、あの気高い神聖な表情が、顔の目鼻立ちすべてに広がっていた。しかも、それはこの世のつかの間の眠りではなく「主が愛する者にお与えになる」[2]永久の神聖な休息であった。

　お前のような存在に死などはないのだ、いとしいエヴァ！　死の闇も影もなく、ただ明けの明星が金色に輝く夜明けのなかで輝きを消していくときのように、一つの輝きがただ薄れ去っていっただけなのだ。お前という存在は、闘わずして勝利を得、争わずして王冠を得るのだ。

　セント・クレアは腕を組み、部屋のなかに立ってじっと凝視したままそう考えた。ああ！　彼が何を考えていたか、誰に言いうるというのだろうか。というのも、死の支配する部屋で「お嬢様が亡くなられた」という声が口にされたときから、すべてが荒涼たる霧、つまりすべてが重い「暗黒と苦悩」[3]になってしまったのだから。まわりのいろいろな声は聞こえていた。いろいろと問いかけられ、それに答えもした。葬式はいつ行なうつもりかとか、どこに彼女を埋葬すべきかといったことを人々は彼に聞いてきた。彼はいらいらとどうとでも好きなようにやってくれと答えただけだった。

　アドルフとローザが部屋を整えた。彼らはいつもは軽薄で、気まぐれで子供っぽいところがあったが、心はやさしく思いやりに溢れていた。オフィーリア嬢が、全般的に整然とかつていねいに細々したところまで指示を与えたが、その作業に柔らかい詩的な調子を付け加え、ニューイングランドの葬式によくある、いかめしく気味の悪い雰囲気を死の部屋から取り去ったのは、彼らの手腕であった。

棚には、やはり花が挿してあった。すべては白で、繊細な芳香を放ち、美しい葉はうなだれていた。エヴァの小さなテーブルには白い布が掛けられ、彼女のお気に入りの花瓶がその上に置かれ、白いこけばらの蕾が一輪さしてあった。覆い布のひだとかカーテンの垂れ具合も、黒人特有の細やかな眼でアドルフとローザがていねいに整え直していた。いましもまた、セント・クレアがそこに立って考えごとをしているときに、小柄なローザが白い花の入った籠を持って静かに部屋のなかに入ってきた。セント・クレアの姿が目に入ったとき、彼女はあとずさってうやうやしく立ち止まった。しかし、彼が自分を気にとめていないことが分かると、彼女は前に進み出て死者のまわりに花を供えた。彼女がエヴァの小さな手にそれぞれ美しいヤエクチナシの花を一本ずつ握らせ、他のさまざまな花々で寝台のまわりを見事に飾っているあいだ、セント・クレアはまるで夢のなかの出来事のように彼女を見ていた。

またドアが開くと、眼を泣きはらしたトプシーがエプロンの下に何かを持って現われた。ローザは素早く、ここに入ってきてはいけないという動作をしたが、トプシーは部屋に足を踏み入れた。

「出てお行き」。鋭くはっきりした囁き声でローザが言った。「ここはお前さんの来る所じゃない!」

「ねえ、あたいを入れてよ! 花を持ってきたんだ。とてもきれいな花なんだ!」咲きかけのコウシンバラの蕾を持ち上げて、トプシーが言った。「この一輪だけでも、置かせておくれよ!」

「さっさと出てお行き!」ローザは前より断固とした調子で言った。

「ここにいてもいいんだ!」セント・クレアが不意に足を踏みならして言った。「その子を来させなさい」。

ローザは、すぐに引き下がった。トプシーは前へ進み出てくると、亡骸の足下に供え物を置いた。それから突然、激しく苦しそうな叫び声をあげ、ベッド脇の床に身を投げ出すと、大声で泣きわめいた。

オフィーリア嬢が急いで部屋に入ってきて、彼女の身を起こして黙らせようとしたが、無駄であった。

「ああ、エヴァお嬢様! エヴァお嬢様! あたいも死んでしまいたいよう、死にたいよう!」

この叫びには胸を刺すような激しさがあった。セント・クレアの大理石のような白い顔に血の気がさし、エヴァが息を引き取って以来初めての涙が流れた。

「さあ、起き上がりなさい」オフィーリア嬢がやさしく言った。「そんなに泣くもんじゃありません。エヴァお嬢様は天国へ行ったの。天使になったのよ」

「でも、もう会えない！」とトプシーは言った。「あたいはもう二度とお嬢様に会えないんだ！」。彼女はまたすすり泣いた。

一瞬誰もが言葉を失って立ち尽した。

「お嬢様はあたいを愛しているとおっしゃっただ」とトプシーは言った。「ほんとにそうおっしゃっただ！　ああ、悲しいよ！　ああ、悲しいよ！　もう誰もいなくなっちまった、誰もいやしない！」

「それは本当だ」とセント・クレアが言った。「でも、なんとか」彼はオフィーリア嬢に向かって言葉をたした。「このかわいそうな子を慰めてやってくれませんかね」

「あたいなんて生まれてこなけりゃよかったんだ」とトプシーが言った。「生まれたいなんて思ったことはないし、生まれてきたってなんのいいこともありゃしない」。

オフィーリア嬢は彼女をやさしく、だがきっぱりとした態度で立ち上がらせると、部屋から連れ出した。その間、彼女の目からは涙が流れ落ちていた。

「トプシー、かわいそうな子」。オフィーリア嬢はトプシーを自分の部屋に連れて行くときに言った。「諦めちゃだめ！あのいとしい子のようにはいかないけれど、わたしがお前を愛することができるわ。あの子からキリストの愛がなんたるかを、少しは学んだと思うの。わたしはお前を愛することができるわ。本当よ。お前が立派なキリスト教徒の娘に育つようやってみるつもりよ」。

オフィーリア嬢の声には言葉以上のものが込められていた。いや、彼女の頬を流れ落ちる真心からの涙には、声に込められた以上のものがあった。このときから彼女は見放されていたトプシーの心をつかみ、二度とそれを失うことはなかった。

「ああ、エヴァ、お前がこの世で生きていたのはほんのわずかな期間だったが、たくさんの素晴らしいことを成し遂げた」とセント・クレアは考えた。「それに比べて、この私はこれほど長く生きていながら、何をしてきたというのだろうか？」

しばらくは、次から次へと人々がエヴァの亡骸を見ようとそっと部屋に入ってきたので、ささやき声や静かな足音が絶えなかった。それから、小さな棺が入れられ、次いで葬式があった。馬車が戸口に着き、見知らぬ人々がやってきて、席に着いた。白い襟飾りとリボン、クレープの喪章、黒いクレープの喪服をまとった会葬者たち、そして聖書が読まれ、祈りが捧げられた。セント・クレアは涙を流し尽してしまった人のように呼吸し、歩き、動いていた。最後まで彼が見つめていたのはたった一つのもの、棺のなかの金髪の顔だった。

やがて、それに布が掛けられ、棺にふたがされるのを目にした。彼は他の人々と並んで、庭の隅に歩いていった。トムとエヴァが腰掛け、話し、歌い、しばしば聖書を読んだりした苔むした椅子のそばに、小さな墓が作られていた。セント・クレアはその傍らに立ち、虚ろな目で見下ろした。人々が小さな棺を下ろすのが目に入った。厳かな聖書の文句がぼんやりと耳に達した。「わたしは復活であり、命である。わたしを信じる者は死んでも生きる」[4]。小さな墓に土がかけられ穴が埋められても、彼には自分の眼前から消え去ろうとしているのが娘のエヴァだとは信じられなかった。

違う！　それはエヴァではない。そこにあるものは、主イエスの前に進み出るあの輝かしい不滅の姿のはかない種子でしかない！

そして、それからすべての人がいなくなった。会葬者たちは、エヴァとは関係のない場所へと立ち戻っていった。マリーの部屋は暗くなり、彼女はベッドに横たわって、制御できない悲しみのなかですすり泣き、悶え、一瞬たりとも召使たちの注意がそれるのを許さなかった。もちろん、彼らに泣いている暇はなかった。なぜ、召使たちに泣く必要があるだろう？　この悲しみは彼女の悲しみだった。これほどまでの悲しみを感じたり感じることができたり感じるであろう者は、この世に自分しかいないと彼女は信じて疑わなかった。

「セント・クレアは涙一つ流さなかったわ」と彼女は言った。「エヴァのことがかわいそうじゃないのよ。エヴァがどんなに苦しんだか分かっているはずなのに、こんなに心の冷たい、鈍感な人だったかと思うと、本当に驚きだわ」。

人間というものは、目で見たり耳で聞いたりしたことにすっかり左右されがちなので、多くの召使は、この件で一番苦しんだのは奥様だと本気で思い込んでしまった。とりわけマリーがヒステリーの発作を起こして、医者を呼びにやり、挙げ句に死にそうだと訴えるに至ってはなおさらだった。走ったり、駆け回ったり、湯たんぽを持ち出したり、綿布を暖めたり、さすったり、大騒ぎをしたりして、悲しんだりしている暇など少しもなかった。

しかし、トムだけは、自分の主人と通じ合う感情を心のなかに抱いていた。主人が物思いに沈んで悲しそうに歩き回るところには、彼はどこだろうとついて回った。主人が青ざめた表情でじっとエヴァの部屋に座り、半開きの小さな聖書を目の前に掲げながら、何の文字も言葉も目に入れないでいる姿を見たときには、マリーの呻き声や悲しみの言葉などよりはるかに大きな悲しみが、セント・クレアのそのじっと固定した涙のない目のなかに宿っているのがトムには分かった。

二、三日して、セント・クレア一家はまた町に戻った。オーガスティンが悲しみで気持ちを落ち着かすことができず、思考の流れが変わるような別の光景を望んだからである。そんなわけで一家は屋敷と小さな墓のある庭をあとにして、ニューオーリンズに舞い戻ってきた。セント・クレアはせわしなく通りを行き来し、あれやこれやの大騒ぎや場所の変化で心の隙間を埋めようとしていた。彼の姿を通りで見かけたり、カフェで会った人々は、帽子につけられた喪章でかろうじて彼の不幸に気づくだけだった。というのも、そういう場所での彼は笑ったり、おしゃべりをしたり、新聞を読んでは政治についてあれこれと考えをめぐらしたり、ビジネスに精を出していたからである。このような上辺の微笑が、実際は陰鬱で沈黙の支配する墓所のような心を覆う虚ろな外殻でしかないということを、誰が見て取りえただろうか？

「セント・クレアは変わった人だわ」と、マリーはオフィーリア嬢に不満そうに言った。「もしこの世で本当にあの人が愛しているものがあるとすれば、それは私たちのかわいいエヴァだっていつも思っていたのよ。ところが、あの人はまるっきりあっさりとあの子を忘れてしまっているみたい。あの人に、あの子のことを持ち出させることもできないのよ。もっと感情というものを表わす人だと思っていたわ！」

「静かな水の流れは深いって、昔から言われているのよ」と、オフィーリア嬢は謎めいた口調で言った。

「まあ、私はそんなことは信じないわ。そんなのは、話のうえだけのことよ。もし、人が感情を持っていれば、表わすわよ、そうせざるをえないんですもの。でも、感情があればあったで、それは不幸なことよ。私もセント・クレアみたいだったらよかったわ。私は、感じすぎて苦しくなってしまうんですもの！」

「奥様、セント・クレア様は幽霊みたいにやせてしまったですよ、本当に。何もお召し上がりにならないって、みんなが言ってますだ」とばあやが言った。「旦那様はエヴァお嬢様を忘れるなんてできっこねえです。あんないとしい、かわいい、神聖な方を忘れるなんて、誰にもできやしねえです！」彼女は目を拭いながら付け加えた。

「まあ、いずれにしても、あの人は私になんの気遣いも見せてくれないわ」とマリーは言った。「気持ちのこもった言葉の一つもかけてくれないのよ。男の人より母親がどんなにつらいかってことを、あの人は知るべきよ」

「魂の苦しみを知るのは自分の心[5]」。オフィーリア嬢が厳かに言った。

「それこそ、私の考えていることだわ。私は自分が何を感じているのかが分かるの。他のみんなはそうじゃないみたいだけど。エヴァはそうだったわ。でも、彼女はもういなくなってしまった！」マリーは長椅子にもたれると、やるせない調子ですすり泣き始めた。

マリーという人間は、人が死んだりいなくなったりした途端に、その人が持ってもいなかったような価値を見出すといった不幸な体質の人間の一人であった。その人が持っているものがなんであれ、あらばかり探していたのが、いったんすっかり遠くへ行ってしまうと、その人に対する彼女の評価には際限がなかった。

こういった会話が広間でなされているあいだ、セント・クレアの書斎では別の会話が進行していた。

トムはずっと心配して主人のあとをついて回っていたが、数時間前にその主人が書斎へ入るのを見かけたものの、一向に出てくる気配がなく無駄に待ち続けていたあとに、ついに何か用事を作ってなかに入ろうと決心した。トムは静かになかに入っていった。セント・クレアは部屋の向こう端の長椅子に横になっていた。エヴァの聖書を少し離れたところに開いたまま置き、彼は俯せになっていた。トムは歩み寄って、ソファのそばに立った。彼は躊躇した。しかし彼が躊躇していると、セント・クレアが突然身を起こした。愛情と同情心のこもった哀願するような表情とともに、悲しみに満ちたトムの誠実な顔に、セント・クレアの心はうたれた。彼はトムの手に自分の手を重ね、そこに額をあてた。

「ああ、トム。この世はすべて卵の殻みたいにからっぽだ」

「分かります、旦那様、分かります」とトムは言った。「でも、旦那様が天を、いとしいエヴァお嬢様と敬愛する主イエス様のおられる天を、仰ぎ見ることさえできれば、ああ！」

「ああ、トム！　私も見上げているんだよ。でも、問題は私が見上げても何も見えないということだ。見ることができたらと思うよ」。

トムは深いため息をついた。

「私たちに見えないものが見えるのは、子供たちやお前のように哀れで正直な者だけに与えられていることらしいな」とセント・クレアは言った。「どうすればできるようになるんだろう？」

「あなたは『これらのことを知恵ある者や賢い者には隠して、幼子のような者にお示しになりました』とトムはつぶやいた。「『そうです、父よ、これは御心に適うことでした』(6)」

「トム、私は信じないし、信じられないんだ。疑う習慣が身についてしまっているんだよ」とセント・クレアは言った。「この聖書を信じたい。でも、できないんだ」

「敬愛する旦那様、善良なる主に祈りなさいませ。『信じます。信仰のないわたしをお助けください』(7)」

「いったい、誰が何かについて何を知っているというんだ？」セント・クレアは、ぼんやりと目を漂わせ、自分に言い聞かせるように言った。「あの美しい愛と信仰のすべても、人間の感情の絶えず変わってゆく一側面でしかなく、頼るべきものなど何もなく、はかない息が消滅すればそれとともに消えていってしまうものなのだろうか？　もう、エヴァも天国もキリストも、何もかも存在しないのだろうか？」

「おお、敬愛する旦那様、あります！　あります！　おらは知ってますだ。絶対にあります」。トムはひざまずいて言った。「どうか、どうか、敬愛する旦那様、信じてください！」

「どうしてキリストがいると分かるんだい、トム？　お前は主に会ったことがないじゃないか」

「心のなかで主を感じたんです、旦那様。いまだって感じています！　ああ、旦那様、おらが女房や子供から引き離されて、売られちまったとき、ほとんど打ちのめされましただ。もうなんにも残ってないような気がしましただ。そのときです、主がおらの傍らに立ち『恐れることはない、トム』と言ってくださいました。それから、主はこの哀れなおらの心のなかに光と喜びをもたらし、すっかり気持ちを落ち着かせましただ。おらはしあわせになり、みんなを愛し、喜んで主の僕となり、主の御意が行なわれ、主がお望みのところにわが身を置く気になりましただ。この気持ちは、おらの心のなかから出てきたものではねえです。なぜって、おらは単に哀れな不平屋なんですから。これは主がもたらしたものです。主は喜んで旦那様によかれと思うことをしてくださいますだ、おらには分かります」。

　トムは激しく流れ出る涙にむせびながら語った。セント・クレアは頭をトムの肩にもたせかけ、そのごつごつした忠実な黒い手を握りしめた。

「トム、お前は私を愛してくれるんだね」と彼は言った。

「旦那様がキリスト教徒になられるのが見られるなら、おらは今日でも喜んで命を差し出します」

「お前はなんて哀れで愚かなんだ！」セント・クレアは半ば身を起こしながら言った。「私はお前のように善良で正直な心の持ち主に愛されるのに値しないよ」

「ああ、旦那様、おらなんかよりずっとあなたを愛しておられる方がいます。主イエス様があなたを愛してくださっていますだ」

「どうしてそれが分かるんだい、トム」とセント・クレアは言った。

「心でそう感じますだ。ああ、旦那様！『キリストの愛は人の知識をはるかに超えて[8]』いますだ」

「不思議だ！」そう言うと、セント・クレアはトムから身を離した。「一八〇〇年も前に生きて死んでいった一人の人間の話が、いまなおこんなにも人々に影響を与えているとは。しかし、彼は人間ではなかった」。彼はふいに付け加えた。「どんな人間もこんなに長いこと生きた力を持ち続けたことはなかった！　ああ、母が教えてくれたことを信じ、子供のころのように祈ることができたらいいのだが！」

「旦那様さえよろしければ」とトムが言った。「エヴァお嬢様は、聖書のこの箇所をとてもじょうずに読んでくだせえました。旦那様が同じところを読んで聞かせてくだせえますと、おらはうれしいんですが。エヴァお嬢様がいなくなってしまってから、おらはほとんど読んでいただいてねえんです」。

　それはヨハネ伝第一一章のラザロ復活に関する感動的な話だった。セント・クレアは話の哀感に心うたれ、何度も中断して感情の高ぶりを鎮めつつ、声を張り上げて読んでいった。トムは両手をしっかりと握りしめて主人の前にひざまずいていたが、その静かな顔には愛と信頼と尊敬の念が浮かんでいた。

「トム」と主人は言った。「これはお前にはすべて現実なんだね！」

「この目に見えますだ、旦那様」とトムは言った。

「お前のような目を持っていたらと思うよ、トム」

「敬愛する主よ、どうか旦那様にその目をお与えくださいまし！」

「しかし、トム、私はお前よりもはるかにたくさんの知識を持っているんだよ。その私がこの聖書を信じないと言ったら、どうするんだい？」

「ああ、旦那様！」とトムは言いながら、両手をあげて異を唱えるような動作をした。

「それでも、お前の信心は少しも揺るがないのかい、トム？」

「これっぽっちも揺るぎません」とトムは言った。

「ほお、トム、私が何でもよく知っているってことは、お前も知っているはずだ」

「ああ、旦那様、主は知恵ある者や賢い者には隠して、幼子のような者にお示しになるって、いまお読みになったばかりじゃないですか？　でも、旦那様は本気でそんなことをおっしゃっているんではないですよね、確かにいまは？」とトムは心配そうに言った。

「違うよ、トム、本気じゃないさ。私だって、信じないというのじゃないんだ。信じる根拠はあると思っている。でも、やはり信じられないんだ。私の厄介な悪い習癖なんだよ、トム」

「お祈りなさりさえすれば！」

「祈らないってどうして分かるんだい、トム？」

「お祈りなさっていますか？」

「私が祈っているときに、誰かそこにいてくれれば私も祈るよ、トム。でも実際に私が祈っても、すべては無に向かって話しかけてるだけなのさ。しかし、どうだろう、トム、いまお前が祈って、どんなふうにやるか見せておくれ」。

トムは胸がいっぱいになった。彼は、長くせき止められていた水のように、自分の胸のなかのものを祈りに注ぎ込んだ。一つのことは十分に明白だった。実際に存在していようといまいと、ある人が祈りを聞いていることをトムは信じて疑わなかった。事実、セント・クレアは、トムの真心と感情の潮流に乗って、自分がくっきりと想像しているかのような天国の門まで運ばれていると思った。自分がエヴァのところへずっと近づいたように感じた。

「トム、ありがとう」トムが立ち上がったとき、セント・クレアは言った。「お前がそんなふうに祈るのを聞くのが好きだよ。でも、いまは行ってくれ、一人になりたいんだ。別の機会にもっと話をしよう」。

トムは黙って部屋を出ていった。

第28章 再会

Reunion

エヴァという小さな帆船が沈んでしまったセント・クレアの屋敷でも、月日はどんどんたち、生活の波は通常の流れに戻っていった。厳しく、苛酷で、無味乾燥でもある日常的な現実の推移は、すべての人間の感情を無視して、いかにも傲然と、いかにも冷酷に流れ続けていくからである！　われわれはなおも食べ、飲み、眠り、また起きなければならない。なおも商いをし、買ったり、売ったり、質問をしたり、答えたりしなければならない。つまり、そういったことに対する興味などすっかり消えてしまっていても、その無数の影を追い求めなければならないのだ。生気ある関心がすっかり消えてしまっても、生活の冷たい無機的な習慣が依然として残るからである。

セント・クレアの人生のすべての興味と期待は、無意識のうちにエヴァのまわりにからまっていた。彼が財産を管理したのもエヴァのためだったし、自分の時間のやりくりを考えたのもエヴァのためだった。エヴァのためにあれこれすること、たとえば、彼女のために何かを買ったり、改良したり、変えたり、整理したり、処分したりするというのが彼の長年の習慣だった。だから、彼女がいなくなってしまったいま、考えたり行なったりすることなど何もなくなってしまったかのように思われた。

確かに、もう一つの生活があった。いったんそれが信じられたために、もしそうでなければ以前は無意味な時間の符合にすぎなかったものが、神秘的で言葉にしえない価値の秩序に変容し、厳粛で意味あるものとして成立するような生活があった。セント・クレアは、このことをよく知っていた。しばしば疲れたときなどに、あのか細い子供らしい声が彼を天国へ呼び寄せるのを聞いたり、あの小さな手が人生の行く末を彼に指し示しているのを見たりしたのだから。しかし、悲しみの重い無気力状態が上にのしかかっていたので、彼は起き上がることができなかった。彼は、現実的で実際的なキリスト教徒たちよりも、自分の知覚と本能によって宗教的な事柄をよりよく、よりはっきりと理解できる性質を備えた人間たちの一人だった。道徳的な事柄の微妙な陰影や関係を正しく認識する才能とか、それらを感じとるといった感覚は、道徳的な事柄などに無頓着でそれらに関わろうとせずに生涯を送る人間たちの特質であるようだ。それゆえ、宗教的な感情に一生を支配された人間よりも、トマス・ムアやバイロンやゲーテ[1]たちは、しばしば、真の宗教的な感情をはるかにうまく描写している。前者のような精神にあっては、宗教を軽視することはより恐ろしい反逆であり、より致命的な罪なのだ。

　セント・クレアは、宗教的な義務で自分を律するつもりはなかった。彼はその鋭敏な性質のおかげで、キリストの教えがどこまで厳しく要求してくるかを本能的に見てとることができたので、いったん受け入れを決心したときに自分の良心が要求してくるだろうと感じたものからあらかじめ逃げてしまったのだ。というのも、とりわけ理想に関しては、人間の本性はまったく矛盾しているので、中途半端に受け入れたりそれに届かないくらいだったら、そんなものはまったく受け入れないほうがいいと思ったりするからである。

　それでも、セント・クレアは多くの点で普通の人間とは違っていた。彼はエヴァの聖書を真剣にまじめに読んだ。召使たちとの関係についても、いままで以上に本気で実際的に考え、自分の過去と現在のやり方にひどく不満を抱いた。ニューオーリンズに戻るやいなや、セント・クレアはすぐに一つのことを行なった。それはトムを自由にする法的措置に着手することだったが、必要な形式的手続きが整い次第すべてが完了するはずだった。その間、セント・クレアは日に日にトムへの愛着を深めていった。この広い世の中で、トムほどエヴァを思い起こさせるものはなかった。そこで、彼はトムをいつも自分のまわりにおいておこうとした。彼は自分の深刻な感情に関しては細心で、人を近づけなかったのだが、トムにはほとんど何でも打ち明けた。トムが年若い主人に絶えずつき従って示す思いやりと献身の表情を見れば、誰もそれを不思議には思わなかっただろう。

「いいかい、トム」。解放に必要な手続きを始めた翌日、セント・クレアは言った。「私はお前を自由にするつもりだ。だから荷物をまとめて、ケンタッキーへ出発する用意をしておくがいい」。

　トムの顔は突然喜びで輝き、天に向かって両手をあげると、勢いよく「主に祝福を！」と叫んだので、セント・クレアは少しばかり心乱れる思いがした。トムがそんなに喜んで自分のもとを去りたがっているのが、気に入らなかったのだ。

「ここにいるあいだのお前は、そんなふうに大喜びするほどつらかったとは思えないがね、トム」

「いえ、いえ、旦那様！　そうじゃねえです、自由な人間になるちゅうことです！　それがうれしいんです」

「なあ、トム、お前としても、自由になるよりずっと幸せな暮らしをしてきたとは思わないかい？」

「いえ、決してそんなことはねえです、セント・クレア様」。トムは力を込めてそう言った。「本当にそんなことはねえです！」

「なあ、トム、お前の働きでは、たぶん、私がお前に与えてきたような衣服や住まいを稼ぎ出せないんじゃないかい」

「よく分かっとります、セント・クレア様。旦那様はとてもよくしてくださいましただ。でも、一番いいものを持っていても、それが他人のものであるより、ぼろの衣服とかあばら家とか何もかも粗末なものであっても、自分のもののほうがいいんです。おらはそうなんです。それが自然ってものじゃねえですか、旦那様」

「そうだと思うよ、トム。それじゃ、お前はあと一カ月もすれば私をおいて行ってしまうんだね」とセント・クレアは不満そうに言った。「出て行くべきじゃないなんて、誰も言えないがね」。少し陽気な調子でそう付け加えると、彼は立ち上がって部屋を歩き始めた。

「旦那様がお悩みのあいだは出て行きません」とトムは言った。「旦那様が必要とされる限り、おそばにいますだ、おらがお役に立っているあいだは」

「私が悩んでいるあいだは出て行かないって言うのかい、トム？」窓の外を悲しげに眺めながらセント・クレアは言った。「私の悩みはいつ終わるのかね？」

「旦那様がキリスト教徒になられたときです」とトムは言った。

「その日がやってくるまでここにいるというのかい？」なかば笑いながら、窓からこちらへ向きを変え、セント・クレアは言った。トムの肩に手をのせながら、彼は付け加えた。「ああ、トム、お前は本当にやさしい愚かものだよ！　その日がくるまでお前をここにおいておくつもりはないよ。お前のかみさんと子供たちのところへお帰り。そして、みんなによろしくと言っておくれ」

「その日はやってくると信じとりますだ」と、トムは目に涙を浮かべて真剣に言った。「主は旦那様のお務めを必要としておられますだ」

「お務めだって、え？」とセント・クレアは言った。「トム、どんなお務めだか、お前の考えを言っておくれ。聞こうじゃないか」

「だってそうでねえですか、おらみたいな貧しい者でも主から任されたお務めがあります。旦那様のように学問もお金も友達も持っておられる方なら、主のためにどれほどたくさんのお務めができますことか！」

「トム、主はご自分のために多くのことをしてもらいたがっているって、お前は考えているようだね」。微笑みながらセント・クレアは言った。

「おらたちが主の僕に尽すとき、それは主のためにやるんです」とトムは言った。

「立派な神学だ、トム。B博士の説教よりずっと見事だ、本当だよ」とセント・クレアは言った。

来客がきたとの知らせで、会話はここで中断された。

マリー・セント・クレアはエヴァの死を、彼女なりにとても深く悲しんだ。彼女は自分が不幸なときはすべての者を不幸にする抜群の才能を持った女性だったので、彼女の身のまわりの召使たちは、エヴァの死をさらに強く悼む理由があった。というのは、エヴァの魅力的なやり方や穏やかな干渉が、マリーの暴君のような身勝手な要求に対する防護壁の役割をしばしば果たしてくれていたからである。特に、あらゆる自然な家庭の絆から切り離され、美しいエヴァのことだけで心を慰めてきた哀れな年老いたばあやは、ほとんど胸ふさがる思いをしていた。彼女は昼も夜も泣いてばかりいた。悲しみのあまり、いつもより女主人の世話に手が回らなかったり油断があったりしたので、無防備なその頭上に絶えず嵐のような罵倒を招くこととなった。

オフィーリア嬢もエヴァの死を悲しんだが、その善良で正直な心のなかでエヴァの死は永遠の生命へと結びついていた。彼女は以前よりもずっとやさしく、穏やかになった。どんな仕事に対しても同じように勤勉だったが、そこには無駄に自分の心との交感を行なっているのではない人間の持つ、落ちついた静かな雰囲気が漂っていた。教えたものは主には聖書だったが、彼女はトプシーの教育には以前にも増して熱を入れた。トプシーを嫌がって身を避けたり、嫌悪感を無理に抑えた感情を表わすようなこともなかった。というのは、そんなことを何も感じなかったからである。いまや彼女は、エヴァの手がはじめて彼女の目前に掲げてみせたあのやさしい媒体を通して、トプシーを見ていた。彼女がトプシーのなかに見出していたものは、神が栄光と美徳に導くよう自分のもとへ遣わした不滅の被造物だけだった。トプシーは直ちに申し分のない子になったわけではなかったが、エヴァの生と死は、彼女に著しい変化をもたらした。頑固に凝り固まっていた投げやりな態度はなくなった。いまあるものと言えば、感受性、希望、願望、そしてよくなろうとする努力であった。その努力は不規則だったり、中断されたり、しばしば延期されることもあったが、それでもまた新たに始められた。

ある日、トプシーはオフィーリア嬢が呼んでいると言われたとき、あわてて自分の胸に何かを押し込みながらやってきた。

「このわんぱく娘が、そこで何をしてるんだい? きっと、何か盗んだんだね」。トプシーを呼びにやってきた傲慢で小柄なローザはそう言うと同時に、トプシーの腕を乱暴につかんだ。

「あっちへ行ってよ、ミス・ローザ!」とトプシーは腕を引き離しながら言った。「あんたの知ったことじゃないよ!」

「生意気なことを言うんじゃない！」とローザは言った。「何か隠しているのを見たんだからね。お前の手口は分かってるよ」。そう言うと、ローザはトプシーの腕をつかみ、胸のところへ腕をむりやり押し込もうとした。怒ったトプシーは足で蹴飛ばし、自分の権利だと考えているもののために勇敢に闘った。闘いの喧噪と騒ぎを聞きつけ、オフィーリア嬢とセント・クレアがその場へやってきた。

「この子が盗みをしていたんですよ！」とローザは言った。

「そんなことしてねえだ！」そう叫ぶと、トプシーはわっと泣き出した。

「何でもいいから、寄こしなさい！」とオフィーリア嬢がきっぱりと言った。

トプシーはためらった。しかし、二度目にそう言われると、自分の古びた靴下の足の部分で作った小さな包みを胸から取り出した。

オフィーリア嬢は包みを開けた。そこに入っていたものは、エヴァがトプシーに与えた小さな本だった。その本の中身は、一日一節ずつ一年分の聖書の言葉から成っていた。また、エヴァが最後のお別れをしたあの忘れられない日にトプシーがもらった、巻毛が紙に包まれて入っていた。

セント・クレアはこれを見てひどく感動した。小さな本は、葬式の喪章から破り取った黒いクレープの長い切れ端で巻かれていた。

「どうしてこれで本をくるんでおくんだい？」クレープを持ち上げて、セント・クレアが尋ねた。

「だって、だって、それがエヴァお嬢様だからです。ああ、お願いだから取り上げないでください！」とトプシーは言った。彼女は床にぺったり座ると、頭の上からエプロンをかぶって、激しく泣き始めた。

小さな古い靴下、黒いクレープ、聖書の言葉、金髪の柔らかい巻毛、そしてトプシーのすさまじい嘆きよう、そこには痛ましさと滑稽さとの奇妙な混淆があった。

セント・クレアは微笑んだ。彼が次のように言ったとき、その目には涙が浮かんでいた。

「さあ、さあ、もう泣くんじゃない。お前はこれを持っていてもいいんだから！」彼はそれらをひとまとめにすると、トプシーのひざの上に投げてやった。それから、オフィーリア嬢を引っ張って応接室へ連れていった。

「あの子を何とかできるって気が、本気でしてきましたよ」。彼は、肩越しに親指でトプシーを指しながら言った。「真の悲しみを分かる人間は、よくなれるんです。努力して、何とかあの子をものにしてください」

「あの子は大いに進歩したわ」とオフィーリア嬢は言った。「彼女には本当に期待しているの。でもね、オーガスティン」と、彼女は彼の腕に手を置いて言った。「一つだけ聞きたいことがあるの。この子は誰のものなの？　あなたのもの、それともわたしのもの？」

「もちろん、あなたにあげたものです」とオーガスティンは言った。

「でも法律上はそうではないわ。わたしは法的に彼女を自分のものにしたいの」とオフィーリア嬢は言った。

「ほう！　従姉さん」とオーガスティンは言った。「奴隷制廃止協会はどう見ますかね？　あなたが奴隷所有者になったら、協会の人々はこの堕落に抗議して断食の日を設けるでしょうね」

「まあ、ばかなこと言わないで！　わたしが彼女を自分のものにしたいのは、そうすれば彼女を自由州に連れていき、自由を与える権利が持てるし、わたしのやっていることがすべてご破産にならずにすむからよ」

「ああ、従姉さん、『善を生ぜしめんがために(2)』どえらい悪をなそうってわけですね！　私としては、あまりお薦めできません」

「冗談にせずに、きちんと考えてほしいの」とオフィーリア嬢は言った。「奴隷制の危険や逆境から彼女を救うことができなければ、彼女をキリスト教徒にしようとしても意味がないわ。もし本当に彼女をわたしのものにしてもいいというのなら、譲渡証書とかある種の法律上の書類をいただきたいの」

「まあ、まあ」とセント・クレアは言った。「そのうちに、そうしましょう」。彼は腰をおろすと、新聞を広げて読み出した。

「いますぐにしてほしいの」とオフィーリア嬢は言った。

「どうしてそんなに急ぐんですか？」

「なぜって、何かをしようというのなら、いまがそのときだからよ」とオフィーリア嬢は言った。「さあ、ほら、ここに紙とペンとインクがあるわ。ちゃんと紙に書いてちょうだい」

彼のような考え方をする多くの人たちと同じで、セント・クレアは概して行動をせっつかれるのをひどく嫌っていた。だから、オフィーリア嬢の単刀直入さにはかなりいらいらさせられた。

「いったい、どうしたっていうんです？」と彼は言った。「私の言うことが信じられないんですか？　そんなに人をせっついたりすると、ユダヤ人を見習っていると思われますよ！」

「確かなものにしておきたいのよ」とオフィーリア嬢は言った。「あなただって死んだり破産したりすることがあるわ、そのときはわたしが何をしようと、トプシーは競売に出されてしまうわ」

「まったく、あなたには本当に先見の明がありますね。まあ、ヤンキーの手中に陥った以上は、譲歩する以外にないでしょう」。セント・クレアはそそくさと譲渡証書を作成した。

彼は法律文書の書式によく精通していたのでわけなく書き終えると、のたくるような大文字で自分の名前を署名したが、最後の部分はものすごい飾り文字で終わっていた。

「ほら、印刷したみたいでしょう、ヴァーモントの従姉さん？」と書類を手渡しながら、彼は言った。

「よくできました」とオフィーリア嬢は笑いながら言った。「でも証人が必要なのじゃないかしら？」

「ああ、面倒くさいな。そうですよ」。そう言うと、彼はマリーの部屋に通じるドアを開けた。「ねえ、マリー、従姉さんが君に署名をしてほしいとさ。ちょっとここのところに署名してくれないか」

「なんですの、これは？」書類にざっと目を通しながら、マリーが言った。「まあなんてことでしょう！　従姉さんは、こんな恐ろしいことのできない信心深い人だと思っていましたわ」無雑作に署名しながら、彼女はつけ加えた。「でも、あの子をお望みなら、私としてはまったく歓迎ですよ」

「さあ、これで彼女は身も心もあなたのものです」。書類を渡しながら、セント・クレアが言った。

「いまだって、以前と同じように、彼女はわたしのものなんかじゃないわ」とオフィーリア嬢は言った。「神以外にあの子をわたしに与える権利なんてないんですから。でも、これでわたしはあの子を守ってやることができるわ」

「そうですか、それじゃ、トプシーは法律という虚構の名において、あなたのものだということにしましょう」。そう言うと、セント・クレアは居間に戻り、座って新聞を読み始めた。

マリーと長いこと一緒にいたためしのほとんどないオフィーリア嬢は、まず書類を大切にしまい込んでから、彼を追って居間へ入ってきた。

「オーガスティン」。腰をおろして編み物にとりかかった彼女が、突然口を開いた。「もしあなたが死んだ場合、召使たちのために何か準備はしてあるの？」

「いや、してありませんよ」。新聞を読み続けながら、セント・クレアは言った。

「そうだとしたら、彼らへの寛大な扱いが、やがてはひどく残酷なことになるかもしれないわね」。

セント・クレア自身このことは何度も考えていたが、気のなさそうに返事をした。

「そうですね、そのうち準備をしますよ」

「いつのこと？」とオフィーリア嬢は尋ねた。

「ええ、近いうちです」

「それより前に死んでしまったらどうするの？」

「従姉さん、なんだっていうんです？」セント・クレアは新聞を置くと、彼女をじっと見て言った。「そんなに熱心に私の死んだあとのことを考えるなんて、私に黄熱病かコレラの兆候でもあるっていうんですか？」

「『人生の真っただ中で人は死ぬ』(3)って言うでしょ」とオフィーリア嬢は言った。

セント・クレアは立ち上がり新聞を投げ出すと、自分にとってあまり愉快でない話を終わらせようと、ヴェランダに向かって開いているドアのほうへ歩いて行った。彼はオフィーリア嬢が口にした「死！」という最後の言葉を機械的に繰り返した。手すりにもたれかかって、噴水の水がきらきらと上がったり落ちたりする様を眺めやった。ぼんやりした夢うつつのような気持ちで、中庭の花や木や壺を見つめた。そのとき、誰でもが口にするごくありふれたものでありながら、それでも恐ろしい力を持つ神秘的な「死！」というその言葉をまた繰り返した。「こんな言葉が存在し」彼は言った。「その事実があり、そのくせ私たちはいつもはそのことを忘れていて、あるときまでは、生命にあふれ、温かく、美しく、希望や欲求や欲望に満ちていながら、次の日にはいなくなってしまう、完全にいなくなり、永久にいなくなってしまうなんて、なんとも不思議だ！」

それは暖かくて太陽が黄金色に映えている夕べであった。セント・クレアがヴェランダのもう一方の端へ歩いていくと、トムがいつものように指で一語一語たどりながら、小声で口に出して熱心に聖書を読んでいるのが目に入った。

「読んでほしいかい、トム？」そう言いながら、セント・クレアは無雑作にトムのそばに腰をおろした。

「もしよろしければ」とうれしそうにトムは言った。「旦那様に読んでいただくと、本当によく分かりますだ」。

セント・クレアは聖書を取り上げあたりをちらっと見たあとで、トムがしっかりと印を付けておいた箇所の一節から読み始めた。そこには次のように書かれていた。

「人の子は、栄光に輝いて天使たちを皆従えて来るとき、その栄光の座に着く。そして、すべての国の民がその前に集められると、羊飼いが羊と山羊を分けるように、彼らをより分ける」。セント・クレアは活気を帯びた声で読み続け、最後まできた。

「それから、王は左側にいる人たちにも言う。『呪われた者ども、わたしから離れ去り、悪魔とその手下のために用意してある永遠の火に入れ。お前たちは、わたしが飢えていたときに食べさせず、のどが渇いたときに飲ませず、旅をしていたときに宿を貸さず、裸のときに着せず、病気のとき、牢にいたときに、訪ねてくれなかったからだ』。すると、彼らも答える。『主よ、いつもわたしたちは、あなたが飢えたり、渇いたり、裸であったり、病気であったり、牢におられたりするのを見て、お世話をしなかったでしょうか』。そこで、王は答える。『はっきり言っておく。このもっとも小さい者の一人にしなかったのは、わたしにしてくれなかったことなのである』(4)」

セント・クレアはこの最後の言葉にひどく胸を打たれたよ

うだった。というのも、彼はそれを二度も読んだからである。二度目はゆっくりと、まるで心のなかでその言葉に思いをめぐらしているかのようにして読んだ。

「トム」と彼は言った。「この厳しい処置を受けた人たちは、私がやったのと同じようなことをしてきたみたいだね。裕福で、安楽で、立派な生活を送りながら、どれほど多くの同胞たちが飢え、渇き、病気にかかり、牢獄に入っているかを考えてみようともしなかった」。

トムは答えなかった。

セント・クレアは立ち上がると、考え込みながらヴェランダをあちこち歩きまわった。その様子は、まるですべてを忘れ去って、自分の考えに没頭しているかのようであった。すっかり没頭してしまった彼は、お茶のベルが鳴ったのにも気づかず、トムに二度も注意される有り様であった。

お茶のあいだ中も、セント・クレアは心ここにあらずといった調子でずっと考え込んでいた。お茶のあと、彼とマリーとオフィーリア嬢は居間にいたが、ほとんど会話をしなかった。

マリーは、絹の蚊よけのカーテンのかかった長椅子に横になり、すぐにぐっすりと眠ってしまった。オフィーリア嬢は黙って編み物に精を出していた。セント・クレアはピアノの前に座ると、エオリア旋法(5)の伴奏をつけて静かな、哀しげな楽章を弾き始めた。彼は深い瞑想に耽り、まるで音楽によって独白をしているかのようであった。しばらくすると、彼は一つの引き出しを開け、ページが黄色くなった古い楽譜本を取り出し、それをめくり始めた。

「ほら」と彼はオフィーリア嬢に言った。「これは母の持っていた楽譜本の一冊です。ここに母が自分で手書きしたものがあります、来て見てごらんなさい。母はモーツァルトの鎮魂歌を元にこれを編曲したのです」。その言葉に促されて、オフィーリア嬢がやってきた。

「これは母がよく歌っていたものです」とセント・クレアは言った。「いまも母の歌う声が聞こえるような気がします」

彼は二、三の壮麗な和音を弾くと、古い荘重なラテン語の鎮魂歌『ディエス・イレー』(6)を歌い始めた。

トムは外のヴェランダで耳傾けていたが、その歌声に惹かれてドアのすぐ近くまで来て、そこに立って真剣に聞き入った。もちろん、彼にはラテン語の歌の意味は分からなかったが、セント・クレアが特に哀愁に満ちた箇所を歌ったときには、歌のメロディーや歌い方に強く心を惹きつけられたようだった。もしトムがその美しい言葉の意味を知っていたならば、もっと心からの共感を寄せたことだろう。

おお、イエスよ、どのような理由で
あなたは耐えられたのか、この世の悪意と裏切りを
あの恐ろしい時期にも、

私を見捨てようとはなさらなかった。
疲れた足を急がせ、私を探してくださった
十字架の上で、あなたの魂は死を経験された
そうした労苦をすべて無駄にしてはならない(7)

セント・クレアは深く、哀愁に満ちた表情を歌詞に与えていた。というのは、ほの暗い歳月の帳が引き払われ、母の声が耳に響きわたって、彼の声を導いてくれているような気がしたからである。声と楽器がもろともに息づいているかのようで、霊妙なモーツァルトが自らの死の鎮魂歌としてはじめて思い描いた旋律を、いきいきとした共感で表現していた。

歌い終わると、セント・クレアはしばらく頭をかかえて座っていたが、それから部屋のなかをあちこち歩き始めた。

「最後の審判というのは、なんて崇高な概念なんだろう！」と彼は言った。「積年のすべての過ちを正す！　争う余地のない英知によってあらゆる道徳的問題を解決する！　本当に素晴らしいイメージだ」

「わたしたちにとっては恐ろしいことだわ」とオフィーリア嬢は言った。

「私にも恐ろしいことになるはずです、たぶんね」。そう言うと、セント・クレアは考え込むように立ち止まった。「今日の午後、私はマタイ伝で最後の審判にふれている章をトムに読んでやっていて、すっかり心を打たれました。天国から閉め出された人たちがそうなった理由は、極悪非道な行ないをしたからだと思われがちですが、どうもそれは違うようです。彼らは進んでよい行ないをしなかったことで責められているんです。何もしないということには、考えうるあらゆる害悪が含まれているようなんです」

「たぶんそうでしょう」とオフィーリア嬢は言った。「よき行ないをしない人間が、害をなさないということはありえないでしょうから」

「どうなんでしょう」。セント・クレアは放心したように、しかし深い感情を込めて言った。「その人自身の心や教育や、また社会からの要求も、ある崇高な目的をするように呼びかけてきたのに、結局無為に過ごしてきてしまった人間はどう言われるんでしょうか？　その人が実際に働きかけるべきときに浮遊し続け、人間の苦闘や苦悩や悪行を夢見がちで中立的な立場から傍観してきた人は、どう言われるんでしょうか？」

「わたしの考えでは」とオフィーリア嬢は言った。「その人は悔い改めて、いますぐに始めるべきだわ」

「いつも現実的で、的を得ている！」そう言うとセント・クレアは笑い出した。「従姉さん、あなたは私に一般的な考察のための時間を与えてくれないんですね。絶えず私を実際的な現在へと引き戻してしまう。いつもあなたの心にあるのは、一種の永遠の現在だけだ」

「わたしが関わりを持ちたいのは、現在というときだけよ」とオフィーリア嬢は言った。

「いとしくかわいいエヴァ、かわいそうな子!」セント・クレアは言った。「私に善きことをさせようと、その小さくて素朴な心を傾け続けていた」。

セント・クレアがエヴァについてこれほど多くの言葉を口にしたのは、エヴァが死んで以来はじめてのことだった。いま、彼はとても強い感情を明らかに抑えながら話していた。

「私の思うキリスト教では」。彼はつけ加えた。「どんな人間も、社会全体の根底にあるすさまじいこの不正のシステムに対して、自分の全存在を投げ出さずして、矛盾なく信仰告白なんてできません。また、必要が生じた場合には、闘いの最中で自分自身を犠牲に供するべきです。つまり、そうでなければ、私の場合はキリスト教徒になりえないということなんです。ところが、私と交流のある啓発的な大勢のキリスト教徒たちはそんなことを決してしません。ぶちまけて言えば、この問題に対する宗教者たちの無関心さ、ぞっとするような不正に対する認識の欠如といったものが、何よりも私のなかに懐疑心を植え付けてきたのです」

「それだけよく分かっているんだったら」とオフィーリア嬢は言った。「どうしてあなたはそうしなかったの?」

「それはですね、ソファに横になって、殉教者でも懺悔者でもないからという理由で、教会とか牧師とかを罵っている程度の慈悲心しか、私が持っていなかったからですよ。他の人間がどんなふうに殉教者になるべきかっていうのは、とても簡単に見てとることができるんです」

「それじゃ、ここで、いままでとは違うやり方でやろうというつもり?」とオフィーリア嬢は言った。

「これから先のことは、神のみぞ知るです」とセント・クレアは言った。「私はすべてを失ってしまったから、前よりも勇敢になりました。失うもののない人間は、どんな危険も冒せますからね」

「それで、あなたはどうするつもり?」

「希望としては、貧しくて哀れな人たちへの私の義務ですね、見つけ次第それに取りかかるつもりです」とセント・クレアは言った。「まず手始めは、何もしてやってこなかった自分の召使たちからです。未来のいつの日にか、たぶん、この国のすべての人のために、何かをすることができるかもしれません。現在のアメリカが、文明国全体を前に偽りの立場に立たされているという不名誉から、この国を救い出すような何かです」

「この国が進んで奴隷を解放するなんてことがありうるかしら?」とオフィーリア嬢は言った。

「分かりません」とセント・クレアは言った。「現代は偉大な行為が行なわれる時代です。英雄主義と利他主義が地球上のあちこちで盛り上っています。ハンガリーの貴族たちは、莫大な財政上の犠牲を払って、何百万人もの農奴を解放しました。[8] 私たちアメリカ人のなかにも、名誉や正義を金銭で評価しない寛大な心の持ち主たちが現われるかもしれません」

「わたしにはそうは思えないわ」とオフィーリア嬢は言った。

「でも、仮にですよ、私たちが明日立ち上がり、奴隷を解放したとしましょう。そのとき、誰がこの何百万もの人間を教育し、自由の使い方を彼らに教えるのでしょうか？　彼らは私たちのなかでは、やろうとしてもたいしたことがやれません。事実は、私たちが非常に怠惰で、実際的でないから、人間として彼らに欠かせない勤勉さとか気力とかいった考えすら植え付けてこなかったということなんです。彼らは北部へ行かなければならないでしょう。北部では、労働することが時代の流れであり、当たり前の習慣になっていますからね。でも、どうなんでしょう、あなた方北部の諸州では、彼らを教育したり向上させたりするほど、キリスト教的博愛主義が十分にあるんですかね？　あなた方は海外への布教活動には何千ドルものお金を出しますが、あなた方の町や村に異教徒たちをこさせ、時間と思いやりとお金をかけて、彼らをキリスト教徒の水準に引き上げることに耐えられるんですかね？　私はそこが知りたいものです。もし私たちが奴隷を解放したら、あなた方は喜んで教育してくれますか？　黒人の男女を一人でも受け入れ、教育し、支え、キリスト教徒にしようと努力する家庭が、あなた方の町に何軒あるでしょうか？　私がアドルフを店員にさせたいと思っても、何人の商人が彼を雇ってくれるでしょう？　手に職をつけさせたいと思っても、彼を弟子にする機械工がどれほどいますか？　ジェーンやローザを学校に行かせてやりたいと思っても、北部の州で、彼女らを受け入れる学校がいくつあるというのですか？　何軒の家庭が彼女らを下宿させてくれますか？　彼女たちは、北部や南部のどの女性と比べても、同じくらい肌の色は白いんですがね。お分かりでしょう、従姉さん、私は公平に私たちを見てほしいんです。私たちのやっていることはそりゃひどいものです。誰の目から見たって、私たちは明白な抑圧者です。しかし、北部のキリスト教徒らしからぬ偏見も、負けず劣らず苛酷な抑圧の装置です」

「ええ、わたしもその通りだと思うわ」とオフィーリア嬢は言った。「偏見の克服が自分の義務だと分かるまで、わたしもそうだったんですもの。でも、わたしは克服してみせたと信じています。それに、北部にはたくさんの善良な人たちがいるわ。その人たちは、この件で偏見を克服するのに、自分の義務が何かを教わるだけでいいのよ。確かに、自分たちのなかに異教徒を受け入れることのほうが、宣教師を送り込むことより、大きな自己否定を必要とするでしょうね。でも、わたしたちはやってみせると思うわ」

「あなたならするでしょうね」とセント・クレアは言った。

「義務だと思ったことで、あなたがしなかったことがあれば、見てみたいですからね！」

「でも、わたしが特別よい人間だというわけではないわ」とオフィーリア嬢は言った。「わたしと同じような見解を持てば、他の人だって同じことをするはずよ。わたしは故郷に帰るとき、トプシーを連れて帰ろうと思っているの。村の人たちははじめはびっくりするでしょうね。でも、村の人たちも、わたしと同じような見方をするようになると思うわ。それに、まさにあなたが言ったようなことをする人たちが、北部にはたくさんいるのよ」

「分かります。でもそういう人は少数派でしょう。私たちが万が一それなりの奴隷解放に着手したとしたら、そのすぐあとで、あなたから北部の人たちの出方を知らせてもらえるでしょう」。

オフィーリア嬢は答えなかった。しばらくのあいだ沈黙が支配していた。セント・クレアの顔を覆っていたのは、哀しげな、夢見るような表情だった。

「今夜は、どうしてこんなに母のことを考えるのか、自分でも分からない」と彼が言った。「彼女がまるで自分のそばにいるような、変な感じがします。しきりに、母の言っていたことを考え続けているんです。不思議だな、どうして昔のことがときどきこんなにいきいきと甦ってくるんだろう！」

セント・クレアはしばらくあちこちと部屋を歩いていたが、そのあとで言った。

「ちょっと町へ出かけて行って、今晩のニュースでも聞いてきます」。

彼は帽子を取って、出て行った。

トムは中庭を出た通路のところまでついていき、お供をしたほうがいいかと聞いた。

「来なくていいよ、トム」セント・クレアは言った。「一時間したら帰ってくるから」。

トムはヴェランダに腰を下ろした。美しい月夜の晩だった。噴水が吹き上げては落ちてくるのを座って眺めたり、その囁きのような音に耳を傾けたりした。彼は故郷のわが家のことを思い、まもなく自由な身となって、好きなときにそこへ帰ることができるのだと考えた。妻や息子たちを買い取るために、どんなふうに働こうかと思いをめぐらせた。一種の喜びの念をもって、たくましい自分の二本の腕をさすりながら、それらが間もなく自分のものとなり、家族の自由のためにそれらがどれほどの働きをするかを考えた。それから、気高い若主人のことを考えると、それに次いで、彼のためにいつも捧げてきたお決まりの祈りの言葉が口をついて出た。そして、それから、いまでは天使の一人になっているとみなしている美しいエヴァへと思いを馳せていると、最後には、あの輝かしい顔と金髪が、噴水のしぶきのなかから彼を見下ろしているのではないかと思われてきた。そんなふうな思いにふけりながら、彼は眠り込んでしまった。すると夢のなかで彼は、いつものように髪にジャスミンの花輪をつけ、喜びで目をきらきらとさせ、明るい頬をした少女が彼のほうに弾むようにやってくるのを目にした。しかし、彼が見ているうちに、少女は地面から飛び上がっていくかのようだった。頬はどちらかと言えば青ざめ、目は深い神聖な輝きを帯び、頭のまわりには後光がさしているように思われた。そして、少女は彼の眼前から消えていった。そのとき、トムは戸を大きく叩く音と、門前の大勢の人声で目が覚めた。

トムは急いで門を開けに走った。押し殺したような声と重い足取りで、数人の男たちが外套にくるんだ身体を戸板に乗せて運んできた。ランプの光がその顔をくっきりと照らし出した。トムは回廊中に響きわたる驚愕と絶望の叫び声をあげた。男たちは戸板を持ったまま、開け放した居間のドアのところまで進んできた。居間では、オフィーリア嬢がまだ座って編み物をしていた。

それより前、セント・クレアは夕刊を読もうと、とあるカフェへ入っていった。彼が新聞を読んでいたとき、店にいた二人の紳士が口論を始めた。二人とも少し酩酊していた。セント・クレアと他の二、三の者が、二人を引き離そうとした。セント・クレアは一方の男からボーイー・ナイフをもぎ取ろうとして、脇腹に致命傷を負ってしまったのだ。

屋敷中が叫び声と悲しみの声、金切り声とわめき声であふれ返った。召使たちは気が狂ったように髪の毛をかきむしり、地面に身を投げ出し、取り乱してかけずり回り、嘆き悲しんだ。トムとオフィーリア嬢だけが平静さを保っているようだった。というのも、マリーはひどいヒステリーの発作に陥ってしまったからである。オフィーリア嬢の指示で、居間の長椅子の一つが急いで整えられ、血を流している身体がその上に横たえられた。セント・クレアは痛みと出血のために気を失っていた。しかし、オフィーリア嬢が気付け薬を与えると、彼は意識を取り戻し、目を開けてそこにいる人々にじっと目を注いだあとで、熱心に部屋のなかを見回した。その視線は何かを求めているかのように、あらゆる物の上をさ迷ったが、最後に母親の絵の上にとまった。

そのとき医者が到着し、診察を行なった。医者の顔の表情から、もう希望のないことは明らかだった。しかし、彼は傷口の手当に没頭した。脅えきった召使たちは、部屋のドアやヴェランダの窓に群がって、嘆き悲しんだり、すすり泣いたり、叫び声をあげたりしていた。そうしたなかで、医者とオフィーリア嬢とトムは、落ち着いて傷の手当を進めた。

「さて」と医者は言った。「あの連中を、みんな追い出してしまう必要がある。すべては、いかに彼を安静にしておけるかどうかにかかっている」。

セント・クレアは目を開け、オフィーリア嬢や医者が部屋から追い立てようとしている嘆き悲しむ者たちに、じっと目を注いだ。「かわいそうに！」と彼は言ったが、苦い自責の念がその顔をよぎった。アドルフは、どうしてもそこから立ち去ろうとはしなかった。恐怖の念が彼からすっかり心の落ち着きを奪っていた。彼は床に身を投げ出し、何をもってしても立ち上がらせることはできなかった。他の者たちは、主人の安否は彼らが静かでおとなしくしていることにかかっているというオフィーリア嬢の切迫した説明に従った。

セント・クレアはほとんど口を開くことができなかった。目を閉じたまま横になっていたが、つらい思いと格闘しているのは明らかだった。しばらくして、彼はそばにひざまずいているトムの手の上に自分の手を置いて言った。「トム！かわいそうに！」

「なんですか、旦那様？」とトムは必死で聞いた。

「私は死ぬ！」セント・クレアはトムの手をぎゅっと握って、言った。「祈っておくれ！」

「もし牧師に来てほしければ……」と医者が言った。

セント・クレアは怒ったように首を振り、前よりも真剣にトムにまた言った。「祈っておくれ！」

トムは全身全霊で祈った。死につこうとしている魂のために、大きな憂いを含んだ青い目で、じっと悲しげに見つめているような魂のために。それは文字通り激しい叫びと涙で捧げられた祈りだった。[9]

トムの祈りがすむと、セント・クレアは手を伸ばしてトムの手を取り、じっと彼を見つめたが、何も言わなかった。彼は目を閉じたが、トムの手は離さなかった。なぜなら、天国の門では、黒い手も白い手も対等に握り合わされるからである。彼は小声で、とぎれとぎれに呟いた。

「おお、イエスよ、どのような理由で……
あの恐ろしい時期にも——
私を見捨てようとはなさらなかった。
疲れた足を急がせ——私を探してくださった……」

その日の夕方、彼の歌ったこれらの言葉が、彼の心をよぎっていたのは明らかだった。それは、神の慈悲に向けて発せられた懇願の言葉だった。唇がときどき動き、鎮魂歌の文句がとぎれとぎれにこぼれた。

「うわ言を言っておられる」と医者が言った。

「いや！『家』に帰るところだ、遂に！」とセント・クレアは力強く言った。「遂に！遂に！」

話そうとした努力が、彼を消耗させた。沈み込むような死の青白さが、彼の上に広がった。しかし同時に、哀れみ深い聖霊の翼から放射されたような、美しい安らぎの表情が浮かんでいた。それは、疲れて眠ってしまった子供の表情のようだった。

そんなふうにして、彼はしばらく横になっていた。人々は、力強い手が彼の上に置かれるのを見た。魂がこの世を去る直前、彼は目を開けた。歓喜して何かを認めたときのように、突然目を輝かせ、「お母さん！」と言った。そして、彼はこの世を去った。

第29章 寄る辺なき人々

われわれは、親切な主人を亡くしたときに、黒人の召使たちがいかに苦労するかということをよく耳にする。それにはもっともな理由がある。というのは、神の支配するこの地上において、このような境遇におかれた奴隷ほど、寄る辺なき惨めな存在はないからである。

父親を亡くした子供は、まだその友達や法律の保護がある。彼は何者かであり、また何かをなすことができる。一般に認められた自分の権利や地位を持っている。だが、奴隷には何もない。法律は、一包みの商品に対するのと同じように、奴隷にはどの点からも一切の権利がないとみなす。奴隷が人間として、また不滅の存在として切望や欲求を認められる唯一の可能性は、主人の絶対的かつ無責任な意志を通してやってくる場合だけだが、その主人が死んでしまえば、何も残らない。

完全に無責任な権力を、人間的で寛大に行使しうるような者の数は少ない。誰でもこれは知っていることだが、なかでも奴隷が一番よくこのことを知っている。だから彼は、奴隷を虐待する横暴な主人に出会う場合が一〇回あるとすれば、思いやりのあるやさしい主人に出会う場合は一回しかないと思っている。したがって、やさしい主人を悼んで、彼らが大声で長く嘆き悲しむのも、もっともなのである。

セント・クレアが最後の息を引き取ったとき、屋敷中が恐怖と驚きにとらわれた。彼はその若さと美しさの盛りで、あっという間に死んでしまったのだ！　泣き声と絶望の悲鳴が、屋敷中のすべての部屋と廊下に響きわたった。

絶えずわがままを押し通すことで、神経的なもろさを身につけてしまったマリーは、この衝撃の恐ろしさに耐える術を何も持っていなかった。夫が最後の息を引き取ったときも、何度も引きつけを起こして卒倒した。結婚という不思議な繋がりによって彼女と結ばれてきた夫は、別れの言葉さえ言う機会もないまま、永遠に去ってしまった。

オフィーリア嬢は、その持ち前の強さと自制心で、最後まで自分の親族である彼のそばに留まり続けた。目と耳と全神経を集中して、できうる限り細々としたすべてのことを行なうとともに、哀れな奴隷が死にゆく主人の魂のために捧げた、熱情あふれるやさしいお祈りに心を込めて加わった。

セント・クレアを最後の安息につかせようとしているとき、彼らはその胸にバネ仕掛けで開く飾りのない小さなロケットを見つけた。そのなかには、気品のある美しい婦人の肖像画が入っており、裏のクリスタルガラスの下には一房の黒髪がおさめられていた。塵は塵の元へ帰すべしということで、彼らはそれを死者の胸元に戻した。それらは、かつてこの冷たい胸を熱く高鳴らせた若き日の夢の、哀れで悲しい思い出だった！

トムの心は、永遠についての思いでいっぱいだった。セント・クレアの生命なき肉体に仕えているあいだ、その突然の死が自分を絶望的な奴隷制のなかに置き去りにしたなどとは一度も考えなかった。彼は主人のそばにいて平安だった。なぜなら、彼が父なる神の胸深くに祈りを捧げていたあのとき、身内から湧きあがってくる静かで確実な答えを見出したからである。自分の内にある愛の源の深奥で、彼は神の愛の心情といったようなものを感得しえたと思った。聖書の古き予言が、「愛にとどまる人は、神のうちにとどまり、神もその人の内にとどまってくださいます」(1)と書いている通り、トムは希望を持ち、信じ、安心していた。

しかし、葬儀は黒の喪章、祈り、厳粛な顔つきの人々の行列とともに終わり、日常生活の冷たく澱んだ波が舞い戻ってきた。そして「次はどうなるのか？」という、永久に続く厳しい問いが持ち上がってきた。

その問いはマリーの心に生じた。そのとき、彼女はゆったりとした化粧着をはおり、不安そうな召使たちに囲まれて、大きな安楽椅子に座り、黒の喪章や喪服用の絹地のサンプルを調べていた。その問いはオフィーリア嬢の心に生じた。彼女は北部の家に想いを向け始めていた。その問いは、無言の恐怖のなかで、召使たちの心に生じた。彼らは自分たちがその手に委ねられた女主人の性格が、無情で暴君的なことをよく知っていた。召使たちに対する寛大な扱いが、女主人からではなく、主人からきていたということは、誰もの知るところだった。また、主人が死んでしまったいま、何らの防壁もなくなり、不幸な出来事で気難しくなった女主人の気性から生まれる暴君的な刑罰に、彼らがさらされるかもしれないこともあまねく知れわたっていた。

葬式のあと、二週間が経過したころだった。ある日、オフィーリア嬢が部屋で忙しくしていると、そっとドアを叩く音が聞こえた。ドアを開けると、ローザが立っていた。この話のなかですでに何度か触れてきた若くてかわいい混血の彼女は、髪を振り乱し目を泣きはらしていた。

「ああ、フィーリィ様」。彼女はひざまずき、オフィーリア嬢のスカートをつかんで言った。「どうか、どうか、どうかお願いです、あたしのためにマリー奥様のところへ行ってください！　あたしのために取りなしてください！　マリー奥様は、あたしを鞭打ちにやるおつもりなんです。これを見てください！」そう言うと、彼女はオフィーリア嬢に一枚の紙を渡した。

それは、これを持ってきた者に一五回の鞭打ちをするようにという、鞭打ち場の親方あての指図書で、マリーの繊細なイタリア書体で書かれていた。

「お前は何をしでかしたの？」とオフィーリア嬢は聞いた。

「フィーリィ様、あたしは自分の気性を抑えることができないんです。それがあたしのよくないところです。あたしは、マリー奥様の洋服を試着してました。それで奥様があたしの顔を叩かれたんです。あたしは考える前に口答えをしました。生意気でした。マリー奥様は、あたしの鼻をへし折って、いままでみたいに高慢でいられないってことを、今度こそ思い知らせると言われたんです。それでこの手紙をお書きになって、それを持っていくようにとおっしゃるんです。いっそいますぐ、奥様に殺されたほうがましなくらいです」。

オフィーリア嬢はその手紙を手にしたまま、考え込んで立っていた。

「お分かりでしょう、フィーリィ様」とローザは言った。「マリー奥様かフィーリィ様がなさるのなら、鞭打たれたっていいんです。でも、男のところ、それもあんな恐ろしい男のところへやられるなんて堪えられません、フィーリィ様！」

召使の女や若い娘たちを鞭打ち場へやり、鞭打ちを職業とするほど下劣で、どうしようもなく低俗な男どもの手に渡し、残酷にもさらしものにし恥ずかしめて矯正することが一般的な風習となっているということを、オフィーリア嬢はよく知っていた。以前からそれを知ってはいたが、ローザのほっそりとした身体が苦しみでほとんど震えているのを見るまでは、彼女はそのことを実感したことはなかった。女性ならではの真っ当な激情、自由を尊重する激しいニューイングランド人気質が、彼女の頬を紅潮させ、激怒する心臓のなかで激しく沸き立った。しかし、いつもながらの分別と自制心から自分を抑えて、手紙を手中でぎゅっと握りつぶすと、ただローザに向かってこう言った。「ローザ、わたしがお前の女主人のところへ行ってくるから、ここで座って待っていなさい」。

「破廉恥だわ！　本当に恐ろしい！　ひどすぎる！」オフィーリア嬢は居間を横切りながら、自分に向かってそう言った。

マリーは安楽椅子に座っていた。ばあやが傍らに立って彼女の髪をとかし、ジェーンが前の床に座って足をせっせとさすっていた。「今日のご気分はいかが？」とオフィーリア嬢は言った。

マリーはしばらくのあいだ返事の代わりに、ただ深いためを息をつき、目を閉じていた。「ああ、どうなんでしょう、従姉さん。たぶん、とてもいいんじゃないかしら！」マリーは一インチほど黒く縁どられた白い薄地のハンカチで目を拭った。

「わたしはね」。そう言うと、オフィーリア嬢は、面倒なことを切り出すとき一般によくやられるように、短い空咳をした。「かわいそうなローザのことで、あなたとお話ししたくて来たの」。

するとマリーの両目は大きく見開かれ、青白い頬にぱっと赤みがさした。彼女はつっけんどんに答えた。

「それで、ローザがなんだというんです？」

「あの娘は自分の過ちをとても後悔しているわ」

「あの娘がですって？　私があの娘にけりをつけるまでに、あの娘はもっと後悔することになるでしょうよ！　あの娘の厚かましさには、私もずいぶん我慢してきたんですもの。でも今度はあの鼻をへし折ってやるわ。恥をかかせてやるつもりなの！」

「でも、何か他の方法で懲らしめることはできないの？　そんなに破廉恥でないやり方で？」

「私はね、あの娘に恥をかかせてやるつもりなの。それが私の狙いよ。あの娘はこれまでずっと自分は上品で顔だちがよく貴婦人みたいだって思い込み、最後には自分が何者かも忘れてしまったの。だから、ここで一つあの娘に教えてやって、鼻をへし折ってやろうと思っているの！」

「でも、マリー、考えてみて。もしあなたが若い娘の品位や羞恥心を砕いてしまったら、彼女みたいな娘はまたたく間に堕落していくわ」

「品位ですって！」とマリーはせせら笑って言った。「あんな娘に使うには、ご大層な言葉ね！　私はね、あの娘に教えてやるの。どんなに取り澄ましていたって、街をうろつき回るみすぼらしい黒んぼ女とちっとも変わりがないんだってことをね！　この私に生意気な態度なんか、二度と取らせないわ！」

「そんな残酷なことをしたら、神様の裁きを受けるわ！」オフィーリア嬢は強く言った。

「残酷ですって。何が残酷か教えてほしいものね！　私はたったの一五回の鞭打ち、しかも軽く打つようにって書いておいたのよ。残酷なことなんか少しもないわ！」

「残酷なことが少しもないですって！」とオフィーリア嬢は言った。「そんなふうにされるくらいなら、どんな娘だって一思いに殺されたほうがいいって考えるわ！」

「あなたのような感覚を持った人は、そう思うでしょうね。でも、あの手合いの人間たちは、みんなそれに慣れているのよ。それがあの連中を押さえつけておく唯一のやり方だわ。連中に一度でも品位なんかを気取らせてごらんなさい。この家の召使たちがいつもしているように、あなたを踏み倒してしまうわ。私は彼らを押さえ込み始めたばかりよ。彼らのすべてに、もし言うことをきかなかったら、片っ端から鞭打ちに送り出すって、知らせておく必要があるのよ！」マリーは、まわりを見回しながら、きっぱりと言った。

ジェーンはこれを聞くと、頭をたれ萎縮してしまった。なぜなら、彼女はそれがとりわけ自分に向けて言われたような気がしたからである。オフィーリア嬢はまるで火薬か何かを飲み込み、いまにも爆発しそうな様子でしばらく座っていたが、やがてこんな性格の人間と言い争っても無駄だと思い、唇を真一文字に結んで、気を取り直すと部屋から出ていった。

オフィーリア嬢には、部屋に戻って何もできなかったとローザに伝えるのは、辛いことだった。間もなく男の召使の一人がやってきて、ローザを鞭打ち場に連れて行くよう奥様に命じられたと言った。ローザは涙を流し嘆願したが、急き立てられて鞭打ち場に連れていかれた。

数日後、トムが物思いにふけりながらバルコニーのそばに立っていると、主人の死後すっかり意気消沈して鬱々としていたアドルフがやってきた。アドルフは自分が常にマリーから嫌われていたことを知っていた。しかし、主人が健在だったときは、それをほとんど気にしていなかった。主人が亡くなったいま、これから自分の身にどんなことが降りかかるか分からないまま、日々恐れおののきながら屋敷のなかを動いていた。マリーは自分の弁護士と何度か相談を重ね、セント・クレアの双子の兄弟と連絡を取った上で、屋敷と召使全員の売却を決めた。ただ、自分固有の財産だった召使は、彼女と一緒に父親の農園へ連れて帰るつもりだった。

「トム、知ってるかい？　俺たちはみんな売られちまうんだ」とアドルフは言った。

「どうやってそれを知ったんだい？」とトムは聞いた。

「奥様が弁護士と話しているとき、カーテンの後ろに隠れていたんだ。二、三日中に俺たちはみんな競売にかけられることになっているのさ、トム」

「それも神様の思し召しだ！」トムは腕を組み、深くため息をついて言った。

「あんなふうな御主人様に、二度と仕えることはないだろうな！」とアドルフは不安そうに言った。「でも、奥様のもとで運を天任せにしているより、おらは売られていくほうがましだと思うよ」

トムはその場から立ち去った。彼の胸はいっぱいだった。忍耐強い彼の心のなかに、自由への期待や、遠く離れた妻や子供たちに対する思いが湧き上がってきた。それは、ちょうど、ほとんど港に着きかけて難破してしまった船の船員に、生まれ故郷の村の教会の尖塔や懐かしい屋根が、最後の別れの言葉を言うためだけに、黒々とうねる波間越しに見えたようなものだった。トムは腕をしっかりと胸元に引き寄せ、苦い涙を押し返して祈ろうとした。昔ながらの哀れな彼の魂は、自由に対する独特で説明しがたい渇望を抱き続けてきたので、祈ることははなはだ苦痛だった。「何事も神様の思し召しだ」と唱えれば唱えるほど、彼の気持ちは一層苦い思いを増していった。

彼はオフィーリア嬢を探し求めた。彼女はエヴァが死んで以来、彼のことを目に見えて慇懃なやさしさで扱ってくれた。「フィーリィ様」と彼は言った。「セント・クレアの旦那様は、おらに自由を約束してくれましただ。旦那様は、おらのために自由の手続きを始めていると言われました。それで、もしフィーリィ様がこのことを奥様にお話しくださったら、セント・クレアの旦那様が望んでいたことですから、奥様も手続きをやり続けようって気になられるでしょう」

「お前のために話してあげますとも、トム。できるだけのことをやってみるわ」とオフィーリア嬢は言った。「でも、もしこれがセント・クレア夫人次第だとすれば、あまりいい結果は望めないかもしれない。とはいえ、やってみるわ」。

この出来事は、ローザの一件があった数日後のことだったが、その間オフィーリア嬢は北部へ帰る準備に余念がなかった。

いま、自分の心のなかで反省したとき、前回のマリーとの話し合いでは、自分があまりにことを急ぎすぎて興奮した口調になっていたと思った。そこで今度は、熱くなりすぎないようにつとめ、できるだけ相手を懐柔するようにもっていこうと決めた。そんなわけで、この善良な心の持ち主は勇気を奮い起こすと、編み物を手にマリーの部屋に行き、できるだけ愛想よくしながら、あらゆる外交的手腕を駆使して、トムの件を交渉しようと思った。

オフィーリア嬢が入っていったとき、マリーは枕に片肘をついて長椅子に長々と横になっていた。その前で、買い物に出ていたジェーンが、黒色の薄布地の見本をいくつか広げていた。

「これがいいわ」とマリーは見本の一つを選び出して言った。「でも、これが喪服にふさわしいかは確信がないけど」

「まあ、奥様」とジェーンは調子を合わせるように言った。「ダーベノン将軍の奥様は、将軍が去年の夏にお亡くなりになったあと、これとまったく同じものを着ていらっしゃいました。素敵な作りになりますわ!」

「あなたはどうお思いになる?」とマリーはオフィーリア嬢に言った。

「しきたりの問題なんですから」とオフィーリア嬢は言った。「わたしよりあなたのほうがずっとよく判断できるはずよ」

「実を言うと」とマリーは言った。「着られる洋服が一着もないのよ。それに、来週には屋敷をたたんで出発しようと思っているので、どれかに決めなくてはならないの」

「そんなにすぐ出発するの?」

「ええ、セント・クレアの兄弟が手紙をよこして、彼と弁護士の判断では、召使と家具類は競売にかけて、地所は弁護士に任せたほうがいいってことなの」

「あなたとお話ししたかったことが一つあるの」とオフィーリア嬢は言った。「オーガスティンがトムに自由を約束して、必要な法律上の手続きを始めていたんだけど、あなたの力でそれを最後までやり遂げるようにもっていってほしいの」

「まあ、そんなことをするつもりはないわ!」とマリーはきっぱりと言った。「トムはうちの召使のなかで一番値打ちのある一人よ。とてもそんなことできないわ。それに、トムは自由になって、どうしようっていうの? いまのままのほうがずっといい暮らしができるのよ」

「でも、トムは心から自由を望んでいるわ。それに、トムの主人もそれを約束したのよ」とオフィーリア嬢は言った。

「そりゃ彼は望んでいるでしょうね」とマリーは言った。「彼らはみんな望んでいるのよ、いつも不満だらけの連中なんだから。彼らは自分が持っていないものをいつも欲しがるのよ。とにかく、私は奴隷の解放には原則として反対なの。黒人は主人の庇護のもとにいれば、ちゃんとやっていけるし、品行も方正になるわ。でも、彼らを自由にすれば、怠けて働こうとしなくなるの。酒を飲み、卑しいどうしようもない人間に成り下がってしまうのよ。私は何百となくそういう例を見てきたわ。彼らを自由にするのは、彼らのためにならないのよ」

「でも、トムはとてもまじめで、勤勉で、信心深いわ」

「ああ、あなたに言われる必要はないわ! 私はトムみたいなのを一〇〇人も見てきているのよ。面倒を見てもらっている限りは、彼はよくやるわ。でも、それだけのことよ」

「それじゃ、考えてみて」とオフィーリア嬢は言った。「彼を売りに出したら、ひどい主人にあたることがあるのよ」

「まあ、ばかばかしい!」とマリーは言った。「真面目な召使がひどい主人にあたるなんて、一〇〇に一つもないわ。いろいろと言われている割には、たいていの主人はいい人たちよ。私はここ南部で生活して大きくなったのよ。自分の召使をきちんと扱わない主人に、私はいままで一人も会ったことがないわ。もちろん、その召使にふさわしく扱うっていう意味でよ。そのことについては、全然心配なんかしていないわ」

「でも」とオフィーリア嬢は力を込めて言った。「トムに自由を与えるというのが、あなたの夫の最後の望みの一つだったわ。それに、それはかわいいエヴァの臨終のとき彼が彼女に約束したことの一つよ。それをあなたが勝手に無視してもいいの」

マリーはこの訴えを聞くと、ハンカチで顔を覆い、気付け薬を嗅ぎながら、激しくむせび泣き始めた。

「誰もかれもが私に逆らうのね！」と彼女は言った。「みんな、本当に思いやりがないわ！　あなたが、私に降りかかった災難を思い出させるなんて、思ってもみなかったわ。どうしてそんなに思いやりがないの！　でも、誰にも考えられないんだわ。私の苦しみはそれほど特別ですもの！　たった一人の娘を授かったかと思えば、その子が死んでしまうほど、私の苦しみはひどいんですもの！　私に合う夫なんて少なかったわ！　でも、そんな私にぴったりの夫が持てたときに、その夫も死んでしまった！　それなのに、あなたは私をほとんど思いやってくれようとしない。だから、無神経にそんな話を持ち出してこれるんだわ。私がそういう話でどんなに苦しむか、ご存知のはずよ！　悪気はないんでしょうけど、でも、あまりに思いやりに欠けているわ、本当に！」マリーはすすり泣き、喘いだ。ばあやを呼ぶと、窓を開けさせたり、気付け薬を持ってこさせたり、頭を冷やさせたり、服のホックをはずさせたりした。あとに続いたいろいろな騒ぎのなかを、オフィーリア嬢は自分の部屋へと逃げ帰った。

彼女は、すぐに、これ以上何を言っても無駄だということを見てとった。なぜなら、マリーのヒステリーの発作には際限がなかったからである。これ以降、召使たちのことでエヴァや夫の望んでいたことを持ち出されるたびごとに、マリーはいかにも都合良くヒステリーを起こした。そこで、オフィーリア嬢はトムのためにしてやれる次善の策として、シェルビー夫人に手紙を書き、トムの苦しい状況を説明して、急いで彼を助けにくるよう促した。

翌日、トムとアドルフ、それに六名ほどの召使たちは、競売のためにまとまった数をそろえようとしている奴隷商人の都合にあわせて、奴隷倉庫へと連れていかれた。

第30章 奴隷倉庫

The Slave Warehouse

奴隷倉庫！　おそらく読者の皆さんのなかには、こういう場所を、何か恐ろしい光景と思われる方々がいるだろう。そういう人々は[1]、汚い、薄暗い巣窟、不格好で、大きくて、光も射さない恐ろしい地獄を想像する。だが、何も知らない読者の皆さん、そうではないのだ。近ごろの人間は、上品ぶった世間の目や感覚に衝撃を与えないよう、巧みに、品よく罪を犯す術を心得ている。人間という売り物は市場では高価なものである。だから、色つやがよく、丈夫で、見栄えのする状態で売りに出せるよう、たっぷり食事を与えられ、清潔にされ、手入れされ、世話をされる。外見的にはニューオーリンズの奴隷倉庫も他の数多くの倉庫と変わらず、こぎれいに保たれている。そこでは、毎日、外側に面した仕切り小屋に何列もの男や女が並べられる。彼らはなかで売られる売り物の見本として、そこに立たされているのである。

そこで、客のあなた方は、なかに入って調べてみるよう丁重に呼びかけられる。そこには「別々でも、一緒くたでも、お客様のご都合に合わせて売られてゆく」ことになっているたくさんの夫や妻、兄弟、姉妹、父、母、それに、幼い子供たちがいる。かつて大地が揺れ、岩が裂け、墓があばかれたときに、神の子の血と苦悩で贖《あがな》われたあの不滅の魂が、そこでは、取り引きの状況や買い手の思惑に合わせて、売られたり、賃借されたり、抵当に入れられたり、食料品や織物などと交換される。

マリーとオフィーリア嬢とのあいだで話し合いが行なわれた二、三日後に、トムとアドルフそれにセント・クレアの財産だった他の六人ほどの奴隷たちは、――街にある倉庫の総監督スケッグズ氏の温情あふれる世話に委ねられ、翌日の競売を待つ身となった。

トムは、他のほとんどのものと同じように、衣類のいっぱい詰まったかなり大きなトランクを携えていた。彼らは夜の寝場所として一つの長い部屋へ案内された。そこには、ありとあらゆる年齢、体格、色合いの者たちが大勢集められ、笑い声と無思慮な陽気さがどよめくように湧き起こっていた。

「おお、いいぞ！　そうこなくっちゃ。みんな、やれ、大いにやれ！」と総監督のスケッグズ氏が言った。「いつもお前たちはとても陽気だ！　サンボ、それでいいんだ！」彼は満足そうに、一人のがっしりした体格の黒人に向かって声をかけた。部屋に入ってきたときトムが耳にしたのは、その黒人が下品な冗談を言って巻き起こした大騒ぎだった。

想像していただけると思うが、トムはとてもそういう騒ぎに加わる気分ではなかった。そこで、騒がしい連中からできるだけ遠いところに自分のトランクを置き、その上に座ると壁に顔をもたせかけた。

人間を売り物として商う仲買人たちは、売り物としての彼らの思考を麻痺させたり、その境遇を忘れさせるために、慎重かつ計画的に努力して、彼らのあいだに陽気な騒ぎを引き起こそうとする。北部に近い市場で売られ南部に到着するまでのあいだに、黒人が受ける訓練のすべては、ひたすら計画的に彼らを無感覚にし、何も考えないで、獣のようにさせることを目的としている。奴隷商人は、ヴァージニアかケンタッキーで黒んぼ集団を掻き集め、よく保養地が選ばれるが、どこか便利で健康によいところへ連れていって、彼らを肥らせようとする。そこでは、毎日たっぷりと食事が与えられるのだ。なかにはふさぎ込む者もいるので、バイオリンがずっとかき鳴らされ、毎日毎日踊りが強いられる。妻子や家庭への思いが強すぎて、陽気に振るまおうとしない者は、すねた危険な人物と見なされ、無責任きわまりない非情な人間の悪意が与えるあらゆる悪行の犠牲となる。特に監督する者のいる前では、活発で、きびきびしていて、元気に見えることが絶えず必要となる。というのは、よい主人を得たいという希望があるのに加えて、売り物にならなかった場合に奴隷監督によって行なわれる仕打ちが恐かったからである。

スケッグズ氏が部屋を去っていったとき、サンボが「そこの黒んぼは、ここで何しとるんだ？」と言いながら、トムのほうに近づいてきた。サンボは真っ黒で、身体が大きく、とても活発で、よくしゃべり、悪戯と気取りの塊であった。

「おめえはよ、ここで何してけつかるだ？」そう言いながら、サンボはトムのところへ来て、おどけた様子で脇腹を突っついた。「瞑想ってやつかい、ええ？」

「おらは、明日、競りで売られることになっているんだ！」トムは静かに言った。

「競りで売られるだと、がっは！　がっは！　おいおい、そいつぁ笑わせるじゃねえか？　おらもそんなふうになってみてえもんだ！　ほら見ろ、あいつらも笑ってるでねえだか？　けどよ、どうだってんだい、おめえたちみんな明日売られるのか？」サンボはそう言うと、気安くアドルフの肩に手を掛けた。

「どうか、ほっといてほしいね！」と言ったアドルフは、嫌悪感をむき出しにして、荒々しく背筋を伸ばした。

「おやっ、おい、みんな！　この白い黒んぼの奴だがよ、いわばクリーム色だな、こいつは香水なんかつけてやがるぞ！」そう言って、彼はアドルフに近づくと、くんくん匂いを嗅ぎだした。「おお、そうか！　奴をタバコ屋においときゃ、おあつらえ向きだ！　奴にいい匂いをさせ続けられるってもんさ！　店が繁盛すること請け合いだぜ、まったく！」

「いいか、離れていろ、できないのか？」アドルフはかっとして言った。

「ああ、さて、なんておらたちって神経質なんだろう、この白い黒んぼのおらたちは！　さあ、おらたちのことを見てちょうだい！」サンボはアドルフの仕草を、面白おかしく真似してみせた。「これが、おつにすました優雅さってもんさ。おらたちゃ立派なお屋敷にいたんだから。本当さ」

「そうさ」とアドルフは言った。「俺は、がらくた同然のお前ら全部を購入できる御主人様に仕えていたんだ！」

「ああ、いまや、もう」とサンボは言った。「おらたちも紳士だ、と思ってるってわけだ！」

「俺はセント・クレア家にいたんだ」とアドルフは誇らしげに言った。

「ほお、そうかい！　そいつらがおめえのことを厄介払いして喜んでなかったら、首をくれてやらあね。連中はおめえさんを売って、がらくたのティーポットとかそんなもんを買うつもりなんだぜ！」そう言うと、サンボはけしかけるように歯を見せて笑った。

アドルフはこの挑発に乗って、相手に猛然と飛びかかり、口汚く罵りながら、相手の身体をところかまわず叩いた。まわりの連中は笑ったり、叫び声を上げたりした。その騒ぎで総監督が部屋の入り口にやってきた。

「今度はなんだ、お前ら？　静かにしろ、静かに！」彼はそう言いながら、大きな鞭を振り回しながら入ってきた。

みんなは四方八方に逃げ散ったが、総監督が自分を公認のひょうきん者として、ちょっと目をかけてくれていることを計算に入れたサンボだけは、その場にとどまり、鞭が振り上げられるたびに、おどけた薄笑いとともに首をひょいとすくめた。

「ああ、だんな、おらたちじゃねえですだ。おらたちゃ、いつもどおりちゃんとしてましただ。あの新入りたちがいけねえんです。あいつらはほんとにふてえ奴らで、おらたちのことをずっといじめてたんでさあ！」

総監督はこれを聞くと、トムとアドルフのほうを向き、ほとんど訳も聞かずに二、三発蹴ったり殴ったりしてから、全員におとなしく寝るようにと命じて部屋を出ていった。

読者の皆さんは、こうした光景が男たちの寝る部屋で繰り広げられているあいだ、女たちに割り当てられた部屋がどうなっているかちょっとのぞいてみようという気になるだろう。

床の上には、いろいろな格好で身体を伸ばしてぐっすり眠っている、数え切れないほどの姿が目に入る。純粋な黒檀みたいに黒いのから白いのに至るまでのさまざまな色合いのものたち、また子供から老人に至るまであらゆる年齢のものたちが、眠っていた。こちらにいるのは、かわいらしい、一〇歳くらいの女の子で、彼女の母親は昨日売られたばかりだ。今夜は誰も見守るもののいないあいだに、彼女は泣き疲れて眠りに入った。またこちらには、疲れ切った黒人の老婆が一人いて、そのやせ細った腕とタコのできた指がこれまでの重労働を物語っていた。彼女は屑ものとして二束三文で明日売られるのを待っている。他に四、五〇人の女たちが、さまざまな格好で毛布や衣類を頭からひっかぶり、その二人のまわりに寝そべっていた。しかし、他の者たちから離れた隅に、通常以上に人目を惹く外観の二人の女が座っていた。一人は四十代半ばのきちんとした身なりの混血の女で、やさしい眼差しと上品で感じのよい顔立ちをしていた。彼女は明るい感じの赤い上等なマドラス織りハンカチで作ったターバンを頭に高く巻いていた。上質な洋服は体と見事に釣り合いがとれ、彼女が行き届いた世話のもとで生活していたことを物語っていた。そばにぴったりと寄り添っているのは、一五歳ほどの少女で彼女の娘だった。娘が母親にそっくりであることは誰の目にも明らかだったが、その白い顔立ちが示す通り彼女は母親以上に白人の血を多く持っていた。母親と同じ柔らかい黒い瞳で、まつ毛は長く、巻毛はふさふさとした茶色だった。彼女の服装もまたきちんとしており、その白い華奢な手は家事仕事などとほとんど無縁であったことを示していた。この二人も、明日、セント・クレア家の召使たちと同じ組で売られることになっていた。彼らを所有し、彼らを売った金が送られることになっている紳士は、ニューヨークのある教会に所属するキリスト教徒だった。彼は代金を受け取り、そのあとで自分の神であると同時に二人の女性の神でもある主の聖餐式に出かけていったら、それっきりこの取り引きのことを考えることはないだろう。

とりあえず名前をスーザンとエメリンと呼ぶことにするが、この二人はニューオーリンズの温厚で信心深いある夫人の身のまわりで仕えてきた者たちだった。彼女たちはその夫人に注意深く敬虔に教育され、しつけられていた。読み書きを学び、宗教の真理も熱心に教え込まれていた。二人の境遇から言えば、彼らの運命は考えうる限りのしあわせなものだったといえよう。しかし、彼女たちの保護者の一人息子がその財産を管理し、不注意と浪費から多額の財政的困難に巻き込まれ、ついには破産という事態を引き起こしてしまったのだ。もっとも大口の債権者の一つがニューヨークのB商会というう立派な会社だった。B商会はニューオーリンズの弁護士に手紙を書き、それに従って弁護士は財産を差し押さえ（この二人の女性と農園の大勢の使用人が、もっとも値打ちのある財産だった)、ニューヨークにその結果を申し送った。B氏は、前述した通り、キリスト教徒で自由州の住民だったので、この件に関してはある種の居心地の悪さを感じた。彼は奴隷や人間の魂を売買することが嫌だった。本当にそうだった。しかし、この一件には三万ドルもの金が絡んでいた。その額は個人の主義と引き替えるにはあまりに多額であった。そこで、あれこれと考え、また彼の望んでいるような助言をしてくれそうな知人たちに助言を求めたうえで、信徒B氏は、もっとも適当と思われる方法でことを処理して収益を送金するようにという旨の手紙を、弁護士に書き送った。

その手紙がニューオーリンズに届いた次の日に、スーザンとエメリンは差し押さえられて奴隷倉庫に送られ、翌朝の一般の競りを待つはめとなったのである。格子窓から差し込む月明かりで、二人の姿がちらちら光るのが見えるので、われわれは彼女らの会話に耳傾けてみよう。二人とも相手に聞こえないようにそっと泣いていた。

「お母さん、わたしの膝に頭を載せたら? そうしたら、少しは眠れるんじゃないの」と、少女は平静な様子を見せようとして言った。

「眠ろうなんて気はないよ、エム。眠れないしね。お前と一緒にいられる最後の晩じゃないか!」

「ああ、お母さん、そんなふうに言わないで! たぶん、わたしたちは一緒に売られるわよ、いったい誰に分かるって言うの!」

「他のひとの場合だったら、私もそう言うよ、エム」と女は言った。「でも、お前を手放すことが恐くて、そのことしか考えられないんだよ」

「でも、お母さん、あの男の人が、わたしたちは二人とも感じがいいから、高く売れるだろうって、言ってたわ」。

スーザンはその男の顔つきと口ぶりを思い出した。その男がどんなふうにエメリンの手を見つめ、カールした髪を持ち上げ、一級品だと言ったかを考えただけでも、嫌悪感で胸がむかつくようだった。スーザンはキリスト教徒としてしつけられ、日々聖書を読むように育てられてきたので、キリスト教徒の母親なら誰でも抱くことだが、自分の娘が売りとばされて恥辱まみれの生活を送るようになることへの危惧を抱いていた。しかし、彼女には何の希望も、何の庇護もなかった。

「お母さん、どこかのお屋敷で、お母さんが料理人として働き、わたしが小間使かお針子にでもなれたら、わたしたちはとてもうまくやれると思うわ。きっと、そうなれるわよ。できるだけ明るく元気にしていて、自分たちにできることだけを話し合いましょうよ。そうしたら、たぶんそうなっていくわ」とエメリンは言った。

「明日になったら、お前は髪を全部後ろへなでつけるようにするといいよ」とスーザンは言った。

「どうして、お母さん? それはわたしにあまり似合わないわ」

「そうだね、でも、そのほうがお前は高く売れるんだよ」

「理由が分からないわ！」と、子供のほうが言った。

「もしお前がきれいに見せようとしないで、地味でも品よくしようとしてるのが分かれば、立派な家の人たちがお前を買う気になるからだよ。そういうことは、お前より私のほうがよく分かっているのさ」とスーザンは言った。

「分かったわ、お母さん、そうするわ」

「いいかい、エメリン、私がどこかの農園に売られ、お前が別のどこかへ売られて、明日からもう二度と会えないようになったとしても、自分がどんなふうに育てられたかということや、奥様がお前におっしゃったことをいつでも思い出すんだよ。聖書と賛美歌の本を持ってお行き。信心深くしていれば、神様もお前をお見捨てにはならないからね」。

この哀れな魂は、つらい絶望のなかでこう言うのが精一杯だった。なぜなら彼女は、明日は誰であれ、それがどんなに卑しく、残忍で、どんなに神をも恐れぬ、無慈悲な男であろうと、娘を買う金がありさえすれば、彼女の身と心を所有できるのだということを分かっていたからである。そうなれば、どうしたら娘は信心深くしていられるだろう？　彼女は娘を抱きしめながらこうしたことをあれこれ考え、いっそ娘がきれいで魅力的でなければよいと望んだ。彼女にしてみれば、娘が清純で信心深く、普通の連中よりはるかに上等に育てあげられたことが、かえって事態を悪くさせているかのように思われた。しかし、彼女には祈る以外の術がなかった。このような神への祈りが、同じようにきちんとこぎれいに外観を整えたこうした立派な奴隷監獄から、いかに多く天に向かって行ったことだろうか。いずれその日が来れば分かるが、神はこれらの祈りを忘れてはおられない。なぜなら聖書にはこう書かれているからだ。「わたしを信じるこれらの小さな者の一人をつまずかせる者は、大きな石臼を首に懸けられて、深い海に沈められるほうがましである」[2]。

穏やかで厳かで静かな月の光が射し込み、横たわって眠っている者たちの身体の上に、くっきりと格子窓の桟の影を投げかけた。母と娘は、奴隷たちのあいだで葬送の歌として広まっている粗野でもの悲しい悲歌を、一緒に歌っていた。

「ああ、嘆きのマリアはどこにいる？
ああ、嘆きのマリアはどこにいる？
　もう楽園に到着した
彼女は死んで、天に向かっている
彼女は死んで、天に向かっている
　もう楽園に到着した」[3]

独特のもの悲しさと美しさをたたえた声で歌われたこれらの言葉は、楽園への希望を求めてこの世の絶望を嘆いているような曲にのって、暗い牢獄の部屋部屋を漂っていった。そして、哀愁に満ちた調べとともに、歌がつぎつぎと繰り出されていった。

「ああ、ポールとサイラスはどこにいる?
ああ、ポールとサイラスはどこにいる?
　　もう楽園に到着した
彼らは死んで、天に向かっている
彼らは死んで、天に向かっている
　　もう楽園に到着した」

歌い続けるがいい、哀れな魂よ! 夜は短い、朝がくればあなたたちは永遠に引き離されてしまうのだ!

しかし、早くも朝がきた。すべての者が起き出した。お偉がたのスケッグズ氏はご多忙だったが、いきいきとしていた。というのも、たくさんの商品が、競売へかけるのにふさわしく準備されねばならなかったからである。身支度の検査がてきぱきと行なわれた。最高の顔で元気潑剌にしているようにという指示が、全員に申し渡された。取引所に行進させられる前に、全員が輪になって並び最後の点検を受けた。

スケッグズ氏は棕櫚の葉帽子をかぶり、葉巻を口にくわえて、自分の品物に最後の仕上げをほどこすべく、ぐるりと見て回った。

「これはなんだ?」彼はスーザンとエメリンの前にやってくると言った。「おい、あの巻毛はどうしたんだ?」

娘はおずおずと母親を見た。母親は彼女の階級の者に共通の落ち着いた巧みさで答えた。

「昨夜、髪をすっきりなでつけて、巻毛をぱさつかせるなって言っといたんです。そのほうがずっと上品に見えますから」

「うるさい!」高圧的にそう言うと、男は娘のほうに向きなおった。「すぐに行って、自分できれいな巻毛にしてこい!」それから、手にしていた鞭をぴしっと鳴らして、付け加えた。「すぐに戻ってくるんだぞ!」

「お前も行って手伝ってやれ」と彼は母親に言った。「あの巻毛で、彼女の売り値が一〇〇ドルは違ってくるんだからな」。

素晴らしい丸天井の下で、世界各国の人々が大理石の敷石の上をあちらこちら動きまわっていた。その円形の場所の四隅には、仕切り人と競売人のための小さな演壇を型どった高座が設けられていた。そのうちの二つはちょうど反対方向で向き合っていたが、聡明で有能な紳士たちが場を占め、英語とフランス語を織りまぜながら、懸命になって彼らのさまざまな商品の競り値をつり上げていた。別の隅にある三つ目の高座には、まだ人は誰もいなかったが、競りの始まる瞬間を待つ一団のものたちがそのまわりを取り囲んでいた。そのなかに、トムやアドルフやその他のセント・クレア家の召使たちがいるのも認められた。また、不安げに顔を伏せて順番を待つスーザンとエメリンの姿もそこにあった。さまざまな見物人たちが彼らのまわりに集まっていた。見物人のなかには、場合によっては買うつもりの者も、そうでない者もいたが、彼らはちょうど一群の競馬の騎手たちが一頭の馬の値打ちを品定めするのと同じ気軽さで、売りに出される者たちのあれこれの点や顔立ちなどを触ったり、調べたり、評価したりしていた。

「やあ、アルフ！　何でこんなところにいるんだい？」一人の若い伊達男が、片眼鏡越しにアドルフを品定めしていた粋な身なりの青年の肩を、ぽんと叩きながら言った。

「うん、従者が一人欲しくってね。セント・クレア家のものが売りに出されるって聞いたから、ちょっと見てみようと思ったんだ」

「セント・クレア家のもんを買うなんてごめんだね！　どいつもこいつも、甘やかされた黒んぼだぜ。それに、どえらく生意気なんだ！」と他方の男が言った。

「それは心配ないさ！」とはじめの男が言った。「俺が奴らを手に入れたら、そんな態度はすぐたたき出してやるさ。セント・クレアという旦那様とは違う御主人様が相手だってことが、すぐに分かるよ。よし、俺はこいつを買おう。奴の身体つきが気に入ったんだ」

「あいつを手元に置いておくためには、稼ぎのすべてが必要だぜ！　あいつはひどく贅沢だからな！」

「ああ、でも奴だって、俺を相手にすれば贅沢ができないって分かるさ。二、三回刑務所に放り込んで、とことんぶちのめしてやるさ！　それでも、あいつがやり方を改めようとしないかどうか、そのうちに分かるさ！　そうとも、あいつの性根を徹底的に叩き直してやるさ、見ていろって。俺はあいつを絶対に買うぞ！」

トムは、自分が主人と呼べそうな人を求めて、彼のまわりに集まっているたくさんの顔を、気の滅入るような思いで見つめながら立っていた。もしあなたが、自分のことを完全に所有し処分しうる人間を、二〇〇人のなかから選ばなければならない羽目に陥ったとしたらどうだろう。恐らくあなたも、トムと同じように、すっかり安心して身を委ねる気になれる者がほとんどいないことに気づくだろう。トムはおびただしい数の男たちを見た。大柄でたくましい粗野な男たち、小柄でおしゃべりで無味乾燥な男たち、顔が長くてやせていて冷たい感じの男たち、それにずんぐりした外観でごく月並みのさまざまな種類の男たち、そうした男たちが、木の切れっぱしを拾い上げて、どれでも同じだといった調子で、自分の都合にしたがってそれを火のなかや籠のなかに突っ込むときのようにして、同胞である人間を選り好みしているのだ。しかし、セント・クレアのような人間は見当たらなかった。

売買の始まる少し前、背は低いが、肩幅の広い、筋骨りゅうりゅうとした一人の男が、格子縞のシャツの胸をかなりはだけ、埃と摩耗ですっかりひどくなったズボンをはいて、精力的に仕事に取りかかろうとしているといった雰囲気で、人混みを肘でかき分けながら前に進み出てきた。彼は売りに出されている一団のほうへやってくると、丹念に彼らを調べ始めた。彼が近づいてくるのを見た瞬間から、トムはただちにぞっとするような恐怖を抱いた。その恐怖は男が近づいてくるにつれて増していった。この男は背こそ低いが、見るからにものすごく力が強そうだった。弾丸のように小さくて丸い頭や、大きな淡い灰色の目や、毛むくじゃらの茶色の眉や、堅い針金のような日にさらされた髪は、正直に言えば、あまり感じのよいものではなかった。大きくて下品な口は噛み煙草でふくらんでおり、その汁を彼はときどきすごい勢いでぺっぺっと吐き出した。両手はひどく大きくて、毛むくじゃらで、日に焼けて、斑点ができ、とても汚かった。加えて、垢のたまった長い爪をしていた。この男がどんどん一人で勝手に一団を調べ出したのだ。彼はトムの顎をつかむと、歯を調べるため口をこじ開けた。また、腕の筋肉を見るために、袖をまくらせたり、トムの力量をはかるため、身体を回転させたり、飛んだり跳ねたりさせた。

「どこで育った?」こうした点検をしたあとで、男はつっけんどんに聞いた。

「ケンタッキーですだ、旦那様」。トムは救いを求めるように、まわりを見回しながら言った。

「何をしていた?」

「御主人様の農園を仕切ってましただ」とトムは言った。

「ありそうなことだ!」短くそう言うと、男は通り過ぎていった。彼はアドルフの前でちょっと立ち止まり、そのぴかぴかに磨かれた靴に煙草の噛み汁を吐きかけ、軽蔑したようにふんと鼻を鳴らすと、また歩いていった。今度はスーザンとエメリンの前で止まった。彼はごつごつした汚らしい手を伸ばして、少女を引き寄せた。手で首や胸を撫で、腕に触り、歯を調べてから、母親の方に突き返した。ひたすら耐えるだけの母親の顔は、恐ろしい見慣れぬ男の一挙一動に味わわされる苦痛の色を浮かべた。

少女は怖がって、泣き出した。

「泣くな、このあばずれ!」と競売人が言った。「ここじゃメソメソしちゃいかん。さあ、競りが始まるぞ!」その言葉に合わせて、競りが始まった。

アドルフは、先ほど彼を買うつもりだと言っていた若い紳士に、よい値で落とされた。セント・クレア家の他の者たちもそれぞれ別々の入札者の手に渡った。

「さあ、上がれ、お前だ! 聞いてるのか?」と競売人がトムに言った。

トムは台の上に上がると、周囲を二、三度不安そうに見回した。トムの能力をフランス語と英語で叫ぶように並べ立てる競売人のわめき声、競り値をつけるフランス語と英語の連呼、そのすべてが、一つにまとまって輪郭のはっきりしない騒音のなかに溶け込んでいくように思われた。ほとんど一瞬にして、最後のハンマーがうち下ろされ、競売人がトムの値段を告げて、最後のドルの音をはっきりと響かせたとき、トムの譲渡は決まった。彼は主人持ちの身となったのだ！

彼は台から押しやられた。あの背の低い、弾丸頭の男が肩を荒っぽくつかむと、彼を一方の側に押しやって「そこに立ってろ、お前！」とがさつな声で言った。

トムはほとんど何がなんだか分からなかった。しかし、ときにはフランス語で、またときには英語で、叫んだり怒鳴ったりしながら、なおも競りは続いていた。また、ハンマーがうち下ろされた。スーザンが売られたのだ！　彼女は台から降りると、立ち止まり、悲しそうに振り返った。娘が彼女のほうへ手を伸ばしていた。母親は自分を買った、情け深そうな顔つきの立派な中年紳士の顔を、苦悶の表情を浮かべて見た。

「ああ、旦那様、どうか、私の娘を買ってください！」

「私もそうしたい。でも、できないかもしれない！」とその紳士は言いながら、痛ましそうにその場の情景を見守っていた。娘は台に上がると、おびえたような、おどおどしたまなざしであたりを見回した。

ふだんは生気のないその頬に、痛ましくもさっと血の気が走り、目は熱を帯びて燃えていた。母親は、娘がかつてないほど美しく見えるのを見て、悲しそうな声を上げた。競売人は好機到来とばかりに、英語とフランス語でぺらぺらとまくしたてた。競り値はぐんぐんと競り上がっていった。

「適当なところで決まれば、何とかしてやりたいんだが」と情け深そうな顔つきの紳士は言い、人混みのなかに押し入って競りに加わった。またたく間に、競り値は彼の手の届かぬところへ上ってしまった。彼は口を閉ざした。競売人の声にますます熱がこもってきた。だが、競り値をつける人の数はだんだん減っていき、最後は貴族ふうの老市民と、あの弾丸頭の男とのあいだの競り合いとなった。その老市民は相手を軽く見て、二、三度値をつり上げた。しかし、執拗さと表に出ない財力の点で、弾丸頭のほうがまさっていた。競り合いはほんの少し続いただけで、ハンマーがうち下ろされた。弾丸頭が少女を獲得した、神の救いがない限りその身も心も！

彼女の主人となったのは、レッド川で綿の大農園を経営するレグリー氏だった。彼女はトムと他の二人の男とひとまとめにされ、泣きながら立ち去っていった。

情け深そうな紳士はかわいそうに思った。しかし、当時は、こんなことは日常茶飯事だった！　こういう競売で、少女たちや母親たちが泣くのを見るのは、いつものことだった！紳士は、どうしようもない、というようなことを口にしながら、自分の取得物を連れて、別の方角へ歩き去っていった。

　二日後、ニューヨークに住むキリスト教徒の経営するB商会の弁護士は、売り上げ代金を彼らの手元に転送した。こうして稼ぎ出された小切手の裏側に、彼らが将来必ず埋め合わせをすることとなる、偉大なる神の次の言葉を書きとめさせよう！　「主は流された血に心を留めて、貧しい人の叫びをお忘れになることはない！」[4]。

第31章　中間航路(1)

The Middle Passage

「あなたの目は悪を見るにはあまりに清い。人の労苦に目を留めながら、捨て置かれることはない。それなのになぜ、欺く者に目を留めながら黙っておられるのですか、神に逆らう者が自分より正しい者を呑み込んでいるのに」

（旧約聖書「ハバクク書」第一章第一三節）

レッド川に浮かぶ小さなみすぼらしい船の下甲板に、トムは座っていた。両手首と両足を鎖につながれていたが、それらの鎖よりはるかに重いものが彼の心にのしかかっていた。いま、月も星も、すべてが彼の空からは消えてしまっていた。木々や土手が目の前を過ぎていくように、すべてのものが彼のそばを通り過ぎ、もはやふたたび戻ることがない。妻と子供たちと寛大な主人たちのいるケンタッキーの家。洗練と豪華さとを兼ね備えたセント・クレアの屋敷。聖者のような目をしたエヴァの金髪。誇り高く、陽気で、男前がよく、見かけは無頓着だがいつもやさしかったセント・クレア。なごやかで、くつろいだゆったりとした日々。こうしたすべてが消え去ってしまった！　代わりに、何が残るのか？

感化され、同化しやすい黒人が、上品な家庭で、その雰囲気を作り出す好みや感性を身につけてしまったあとで、もっとも荒々しくて残忍な主人の奴隷になるということはよくあるが、それは奴隷の身にあるものにとってはもっともつらい運命のめぐり合わせである。それはちょうど、かつては豪華な大広間を飾っていた椅子やテーブルが、傷つけられ汚されて、ついには薄汚い宿の酒場や、低俗な売春の巣窟などに追いやられるようなものだ。だが、そこには大きな違いがある。テーブルや椅子は感じることができないが、人間にはそれができる。なぜなら、黒人奴隷を「法的に純粋動産だと受け取り、見なし、判断する」法律(2)が制定されても、思い出や希望や愛や恐れや欲望からなる固有の私的小世界を持つ黒人奴隷の魂を消し去ることはできないからである。

トムの主人サイモン・レグリー氏は、ニューオーリンズのあちこちで奴隷を買い集め、その数が八人になったところで、二人ずつの組にして手錠をはめ、彼らをご大層な蒸気船「海賊」号へと駆り立てた。船はレッド川を北上する準備を整えて、船着き場に横付けされていた。

奴隷たちをきちんと船に乗せ、その船が岸を離れたとき、彼の特徴とも言えるてきぱきとした様子でやってきて、彼は奴隷たちを点検し始めた。競売のために、上等のウールのスーツと糊のよくきいたシャツを着て、ぴかぴかのブーツを履いたトムの正面に立ち止まると、彼は次のように手短に言った。

「立て!」

トムは立った。

「その飾り襟を取れ!」そう言われて、鎖が邪魔になったが、トムが襟を取ろうとしていると、彼が手を出し荒々しく首から引きちぎって、自分のポケットに入れてしまった。

レグリーは、次にトムのトランクのほうを向いた。これより前に、彼はトランクの中身を調べていたので、トムが厩舎の仕事のときに着ていた古びたズボンとみすぼらしい外套を取り出し、トムの手錠をはずすと荷箱のあいだの隅を指さしながら言った。

「あそこへいって、これに着替えろ」

トムは言われたとおりにし、すぐ戻ってきた。

「ブーツを脱げ」とレグリー氏は言った。

トムはそうした。

「ほら」とレグリーは言って、奴隷たちがよく履いている粗末で頑丈な一足の靴を投げてよこした。「それを履け」。

トムは急いで着替えたとき、大事な聖書をポケットに移し替えるのを忘れなかった。彼がそうしたのは正しかった。なぜなら、レグリー氏はトムにふたたび手錠をはめると、前に着ていた服のポケットの中身を念入りに調べ始めたからだ。彼は絹のハンカチを取り出して、それを自分のポケットに入れた。かつてエヴァが喜んだというのが主な理由でトムが大切にしていたいくつかの細々したものを、レグリーはばかにしたようにぶつぶつ言いながら見ていたが、肩越しに川へ放り投げてしまった。

次に彼は、トムが急いでいて移し替えるのを忘れてしまったメソジスト派の賛美歌集を取り上げ、ページをめくった。

「ふん! 確かに、信心深い。それで、お前の洗礼名はなんだ。教会に所属しているのか、え?」

「はい、旦那様」。トムはきっぱりと言った。

「ふん、そんなものはお前のなかからすぐにたたき出してやる。俺のところじゃ、わめいたり、祈ったり、歌ったりする黒んぼはいらねえんだ。よく覚えとけ。いいか、忘れるなよ」と彼は足を踏み鳴らし、灰色の目でトムをにらみつけて言った。「これからはこの俺さまがお前の教会だ! 分かったな。お前は俺の言うとおりになるんだ」。

　口を閉ざしている黒人の心のなかの何かが、いいやだ！　と答えた。そして、目に見えない声によって暗唱されているかのように、かつてエヴァが彼に読んで聞かせた古い予言書のなかの言葉が聞こえてきた。「恐れるな！　わたしはあなたをあがなう。わたしはあなたの名を呼ぶ。あなたはわたしのもの！(3)」

　しかしサイモン・レグリーの耳には、何の声も聞こえなかった。その声は彼が聞こうとしない声なのだ。彼はうつむいたトムの顔をしばらくのあいだただにらんでいた。それから、歩き去った。彼はトムのトランクを船首楼に持っていった。トランクには、こざっぱりとした衣装がたくさん入っていたので、すぐに船の乗組員たちがやってきて取り囲んだ。紳士ぶろうとした黒人たちを槍玉とする冗談を言って大いに笑い合いながら、トランクの中身はすぐに乗組員たちに売れていき、最後に空っぽのトランクが競りに出された。特に、トムがあちらこちらへ売れていく自分の品物を目で追っている様子を見て、彼らはそれが格好の冗談だと考えた。何よりも座を面白がらせたのはトランクの競りが行なわれたときで、冷やかしや冗談が大いに飛びかった。

　このちょっとした仕事を片付けたあとで、サイモンはふたたび自分の所有物のほうへ余裕たっぷりな様子で歩いていった。

「おい、トム、余分な荷物をお前から取り除いてやったぞ、いいな。いま着ている服は大切にしろよ。服の替えは、当分もらえないからな。俺は、黒んぼどもにはものを大切にするようにさせてるんだ。俺のところでは、服は一年に一着だぞ」。

　サイモンは次に、エメリンが別の女性と鎖で一緒につながれて座っている場所へ近づいていった。

「なあ、お前」と彼は、彼女の顎の下を軽く撫でさすりながら言った。「元気を出せよ」。

　娘が彼を見て思わず示した恐怖、おののき、嫌悪の表情を彼は見逃さなかった。彼はものすごく不機嫌な顔をした。

「ふざけた真似をするんじゃねえ、このあま！　俺が話しかけたら、うれしそうな顔をするもんだ。分かったな？　それに、お前、この黄色い混血の黒んぼ！」彼はエメリンと一緒に鎖でつながれていた混血の女を乱暴に押した。「そんなしけたツラをしてるんじゃねえ！　もっと元気のいい顔をしていろ！」

「いいか、お前ら」彼は一、二歩後ろに下がって言った。「俺を見ろ！　俺を見るんだ！　まっすぐ俺の目を見ろ。まっすぐだ、ほら！」と彼は言い、一言ごとに足を踏みならした。

　魅入られたように、みんなの目はサイモンのぎらぎらした緑がかった灰色の目に向けられた。

「いいか」。そう言うと、彼は自分の手を鍛冶屋のハンマーのような大きくて重そうな拳に固めた。「この拳骨が見えるか？　持ち上げて見ろ！」と言って、彼はトムの手に拳を下ろした。「この拳骨の骨を見ろ！　いいか、この拳骨は、黒んぼどもをぶちのめす鉄棒みたいに堅いんだ。俺が一発でぶちのめせなかった黒んぼなんていなかった」と言い、彼はトムの鼻先に拳を振り下ろした。トムは目をぱちくりさせて、のけぞった。「俺はどうしようもねえ奴隷監督なんざ一人も雇っちゃいない。俺が自分でお前たちを監督する。言っておくが、万事お見通しだぞ。いいか、お前たちは言われた通りにやらなくちゃいかん。俺が言ったらすぐにだ、しかもきちんとだぞ。それが俺とうまくやっていく方法だ。俺には甘いところなんてない、どこにもない。だから、心してかかれよ。俺は情けなどかけないぞ！」

女たちは思わず息を呑んだ。そこにいた全員が顔をうなだれ、気落ちした様子で座っていた。一方、サイモンはくるりと向きを変えると、一杯ひっかけるために船のバーのほうへ歩いていった。

「あれが、黒んぼどもを扱い始めるときのわしの手口でしてね」。彼が話していたあいだ中、側に立って見ていた一人の紳士ふうの男に向かって、彼は言った。「わしの方針は、まず最初に強く出ることにあるんでさ。これからどんなことになるかってことを、奴らに教えておくって寸法でさ」

「なるほど！」とその男は言うと、博物学者が風変わりな標本を調べているときのような好奇の眼差しを彼に向けた。

「まさに、そうなんでさ。わしは、なまっ白い手をして紳士風情を気取る農園主のあんた方みたいに、ただノラクラしていて、アホらしい監督野郎どもにだまされる手合いとはわけが違うんです！　わしの手の関節に触ってみなさい、ほら。わしの拳を見てごらんなさい。いいですかい、あんた、黒んぼどもにこれを試しているうちに、関節のまわりの筋肉が石みたいになっちまったんでさ。触ってごらんなさい」。

男は、問題の用具に指をあててから、そっけなく言った。

「とても堅い。恐らく」。彼はつけ加えた。「そうやって殴り続けてきた結果、あなたの心も石のようになってしまったんでしょうな」

「ええ、そうです、そうなんですよ」。心から愉快そうに笑って、サイモンは言った。「この仕事をやっている他の連中と比べて、わしには柔なところがないんでさ。言うのもなんだが、その点にかけちゃ誰にもひけを取りゃしません！　黒んぼどもがわめこうが、お追従を言おうが、おかまいなしでさ。それが事実ってもんです」

「素晴らしい連中をお持ちですな」

「まったくでさ」とサイモンは言った。「トムって奴がいるんですがね、こいつが並大抵の代物じゃないって言われてるんですよ。御者かあるいは管理人にでも仕立ててあげようと思って、こいつには少々金をはずみましたよ。黒んぼにあるまじき扱われ方をされて身についた考えを叩きだしてしまえば、たいした仕事をするでしょう！　混血の女も買って仲間に加えていますが、あいつはどうも病気みたいでね。でも、払った金に値するぐらいは長持ちさせますよ。一年か、二年は保つでしょう。わしには黒んぼを助けるつもりはないですな。使いきって、また別のを買うっていうのがわしのやり方でさ。そのほうが面倒も省けるし、結局は安くつくのは請け合いでさ」と言って、サイモンは酒をすすった。

「連中は普通どのくらい保つんですか？」とその男は聞いた。

「さあ、どうだろう。身体次第っていうところがあるからね。頑強なやつなら六、七年は保つし、屑みたいなやつだと、二、三年でだめになっちゃいますね。最初のころは、奴らのことでかなり気をもんで、何とか長持ちさせようってやってたもんでさ。病気になれば医者に見せたり、洋服や毛布をくれてやったり、いろいろと奴らを人並みに気持ちよくさせてたんですがね。でも、しょせん無駄でしたよ。金を損する上に、面倒も大変でね。いまはお分かりのように、病気だろうが健康だろうが、奴らを休ませたりせずにずっと働かせていますよ。黒んぼが一人死んだら、別のを買うわけです。どうみても、そのほうが安上がりで簡単だということが分かったんでさ」。

相手の見知らぬ男はその場を離れると、不安を抑えて二人のやりとりを聞いていた一人の紳士のそばに腰を下ろした。

「あの男が典型的な南部の農園主だなんて考えないでくださいよ」と彼は言った。

「そうあってほしくないですね」。若い紳士のほうは力を込めて言った。

「やつは低俗で、下品で、冷酷な男です！」と相手は言った。

「でも、あなた方の法律が認めているからこそ、これっぽっちの庇護もないたくさんの人間たちを、彼は自分の絶対的な意志に従わせていることができるんでしょう。彼は低劣ですが、あなただってああいう連中が多くないとは言えないでしょう」

「でもね」と相手は言った。「農園主のなかには、思いやりとか人間味のある人たちもたくさんいますよ」

「当然でしょう」と若い男は言った。「だが、僕の考えでは、こうした低劣な輩によって引き起こされるすべての残忍で非道な行為に責任があるのは、まさにあなた方のような思いやりとか人間味のある人たちなんです。なぜなら、あなた方の黙認や影響力がなかったら、この制度は一時間たりともその足場を維持していることができなかったでしょうからね。もしあんな農園主しかいなかったら」と言って、彼はこちらに背中を向けて立っているレグリーを指さした。「すべては石臼みたいに沈んでいくでしょう。ああいう男の残忍さを許し、保護しているのは、あなた方の持っているご立派さと人間性なんですよ」

「君は確かに私の善良さに高い評価を置いてくれています」と農園主は笑いながら言った。「しかし、この船に乗っているのは、私みたいに君の意見に寛容な人間ばかりではありませんから、あまり大声で話さないほうがいいですよ。私の農園に着くまで君は待つべきですね。そこでなら、好きなだけ時間をかけて、私たちすべてを罵倒してもかまいません」。

若い紳士は顔を赤らめて笑った。やがて、二人は西洋すごろくに夢中になった。一方、下甲板では別の会話が進行していた。エメリンと一緒に鎖でつながれていた混血女性と彼女とのあいだのものだった。ごく自然に、彼女たちは自分たちの過去の歴史のあれこれをお互いに交換しあった。

「あなたは誰に所有されていたんですか?」とエメリンが聞いた。

「わたしの御主人様はエリスという人で、レヴィー通りに住んでいたの。たぶんあんたもあのお屋敷は見たことがあるよ」

「あなたに親切でしたか?」とエメリンは言った。

「病気になっちゃうまでは、だいたいがそうだった。半年以上ものあいだ、ときどき病気で伏せる状態が続いて、ひどく気持ちが不安定になったの。昼も夜も、誰も休ませたくなかったみたいだった。いろんなことが気になって、誰も彼もが気に入らないの。日に日に気難しさが増していったわ。夜中わたしをそばに置こうとするものだから、とうとうわたしもへとへとになって、目が開けていられなくなったの。それで、ある晩、わたしが眠ってしまうと、それを理由にひどく怒って、わたしをいちばん厳しい主人のところへ売りとばすなんて言ったりしたわ。でも、死ぬまぎわに、わたしを自由にしてくれるとも約束してくれた」

「心の通じ合う人はいたんですか?」とエメリンは言った。

「ええ、夫がね。鍛冶屋なの。御主人様はいつも夫を外に賃貸しで出してたわ。わたしはあんまり急に売りに出されたから、夫に会う暇もなかった。それにわたしには子供が四人いるのよ。ああ、なんてひどいことになっちゃったのか!」と、女は両手で顔を覆って言った。

つらい話を聞けば、誰でも、慰めのために何か言おうと考えるのは当然の衝動である。エメリンも何か言ってあげたかったが、言うべきことが思いつかなかった。何を言うべきなのだろうか? 共通の了解のように、恐れと不安から、二人とも、いまや自分たちの主人となった恐ろしい男のことは一言も口にしなかった。

実際、真の暗闇のときであっても、信仰に基づく希望は残る。混血の女はメソジスト教会の一員で、まだ本当に帰依しているわけではなかったが、大変あつい信仰心は持っていた。

一方、エメリンの教育はずっと高かった。誠実で信心深い女主人のおかげで、読み書きを習い、聖書の教えを熱心に施されてきていた。だが、自分たちがはっきりと神に見捨てられ、無慈悲な暴力の手中にあると知ることは、もっとも強固なキリスト教徒の信仰ですら試すことにならないだろうか？　まして、知識がなかったり、年端もいかなかったりした哀れなキリストの教え子たちの信仰の場合は、ずっとずっと激しく動揺するに違いない！

悲しみという重荷を載せて、船はレッド川の唐突に曲がる屈曲部を通って、赤く、どんよりと濁った流れのなかを、上流に向かって進み続けた。荒涼とした単調な風景のなかをすべるように運ばれて行きながら、悲しみに満ちた目は、疲れきって、険しい赤土の土手を見つめていた。船はついに小さな町に停まり、レグリーは自分の一行とともに上陸した。

第32章 暗い隅々

「地の暗い隅々には、
不法の住みかがひしめいています(1)」

トムとその仲間たちは、疲れきって足を引きずるようにしながら、がたがたの馬車のあとから、ひどく荒れた道を進んでいた。

馬車にはサイモン・レグリーが座っていた。馬車の後部には、まだ一緒に鎖でつながれている二人の女が、いくつかの荷物と一緒に押し込められていた。一行は、はるか遠くに横たわるレグリー農園をめざしていた。

荒れ果てた、わびしい道だった。風がもの悲しげな音をたてる、荒涼とした松の荒野を曲がりくねって進んでいたかと思うと、今度は、高い糸杉の湿地帯に差し渡されている長い丸太道を通りすぎた。そこは海綿質の泥に覆われた土地で、陰気な黒い苔を長い花輪状に垂らしたみすぼらしい木々が生えていた。ときどき、あちこちに点在する、水中で朽ち砕けた切り株や粉々になった枝のあいだを這う毒蛇の忌まわしい姿が見えたりした。

こうした寂しい道をはじめて通る者にとっては、たとえ金をたくさんポケットに入れ、装備をととのえた馬に乗って仕事できた場合でさえ、こんなふうに進んで行くことはかなり気の滅入ることである。まして、疲れきった足を一歩踏み出すごとに、自分が愛し祈りを捧げるすべてのものからどんどん遠ざかっていく奴隷の身には、この道行きはいっそう荒涼とした、わびしいものとなる。

奴隷たちの黒い顔の上に浮かぶ、沈んで落胆しきった表情を目撃すれば、誰でもそんなふうに考えたに違いない。また、その悲しみの旅路で、彼らの傍らを通りすぎる一つ一つのものにじっと悲しみの目を注ぎながら、物思わしげに堪え忍ぶ、彼らの疲れきった様子を見れば、誰しもがそう思ったことだろう。

しかし、サイモンは明らかにとてもうれしそうだった。ときどきポケットにしまっておいた酒のビンを取り出しながら、馬車をどんどん進めていった。

「おい、お前ら！」彼は振り返ると、あとからついてくる意気消沈した一行の顔を一瞥して、言った。「歌でも歌えよ、ええ。そら、やれ！」

一行の男たちは互いに顔を見合わせた。「やれ」という声が繰り返された。同時に、レグリーの手のなかの鞭がぴしっと鳴った。トムはメソジスト派の賛美歌を歌い始めた。

「エルサレム、しあわせなるわが故郷
　永久にいとしきその名！
　わが悲しみの終わるとき
　汝の喜びは……(2)」

「黙れ、この黒んぼの下司野郎！」とレグリーが怒鳴った。「俺がお前のくそ忌々しいメソジスト派の歌なんか聞きたいとでも思っているのか？　いいか、何かもっと威勢のいいのをやれ。すぐにだ！」

他の男の一人が、奴隷たちのよく歌う、意味もない歌を歌い始めた。

「だんなは見たのさ、
　黒いオイラが黒いアライグマさ捕めえるとこ
　そらそら、お前たち、そらそらよ！
　だんなは腹さ抱えて笑い転げたさ――
　お月さまでも見えただか
　ホウ！　ホウ！　ホウ！　お前たち、ホウ！
　ホウ！　ホウ！　ハイ　エー！　オウ！」

歌い手は、大した意味もなく、ただ語呂を合わせて面白がるために歌を作っているようだった。他のみんなも、合間合間に声を合わせて合唱した。

「ホウ！　ホウ！　ホウ！　お前たち、ホウ！
　そらそら、エー　オウ！　そらそら　エー　オウ！」

歌はとても騒々しく、また無理にでも明るくしようとして歌われていた。しかし、どんな絶望の嘆きも、心のこもった祈りの言葉も、この合唱の粗野な調べが持つ悲哀の深さをたたえることはできなかったであろう。それはまるで、脅かされ、閉じ込められた哀れで物言えぬ心が、言葉では言い表わせない音楽という避難所に逃げ込み、そこで神への祈りを表現する言葉を見出したかのようであった！　そこには、サイモンには聞くことのできない神への祈りがあった。彼には、ただみんなが騒々しく歌っているとしか聞こえなかったし、それで満足だった。そこで、彼はみんなに「威勢よくやり」

続けさせていた。

「さて、俺のかわい子ちゃんよ」と彼は、エメリンのほうを向き、彼女の肩に手をかけて言った。「もうすぐ家に着くぞ！」

レグリーがガミガミ言ったり怒鳴ったりすると、エメリンは身がすくむほど恐かった。しかし、彼がいまのように自分の肩に手をおき、話しかけてくるときには、いっそ殴られるほうがましだと思った。彼の目付きは彼女の魂を萎えさせ、身体に虫酸を這わせた。彼女はかたわらの混血女性に、まるで自分の母親のように、思わず身を寄せてしがみついた。

「お前は耳飾りをつけたことがないだろう」と、彼は荒くれた指で彼女の小さな耳をつまんで言った。

「ありません、旦那様！」そう言うと、エメリンは震えながら顔を下にした。

「そうか、家に着いたらお前に一組やることにしよう。お前がいい子にしてたらな。そんなに怖がることはないんだ。俺にはお前をこき使うつもりなんてないんだからな。俺と一緒に楽しくやって、貴婦人みたいに暮らせるんだ。ただし、いい子になったらの話だがな」

レグリーはずっと飲み続けてきて、かなりの愛想をふりまくほど酔っていた。農園の囲いが見えてきたのは、ちょうどこのころだった。この土地の以前の持ち主は金もあり趣味もいい紳士で、土地の手入れにもかなり気をつかっていた。その人が破産して死んでしまったので、レグリーが安く手に入れたのだが、他のことと同様に、彼はこの土地を単に金儲けの道具として使っていた。いまのこの土地は荒れ果ててわびしかった。その有り様は、以前の持ち主の手入れがまったく放棄され、荒れるにまかされているところからうまれたものだ。

かつては美しい潅木をあちらこちらに配置し、きれいに刈り整えられた芝生が屋敷の前にあったのだが、それもいまは汚らしく絡まり合った雑草で覆われ、あちこちに馬をつなぐ棒杭が立てられていた。芝生はすっかり踏み付けられて擦り切れ、顔をのぞかせた地表には、壊れた手桶やトウモロコシの穂軸などいろいろなものがだらしなく放置されていた。ところどころにカビのはえたジャスミンやすいかずらが飾り柱から汚らしく垂れ下がっていたが、その飾り柱も馬杭として使われたために片側へひしゃげていた。かつては広い庭園だったのに、いまは一面雑草が生い茂り、ところどころから、外国種の草花が寂しげにその頭をもたげていた。もとは温室だった所もいまは窓枠がなく、その朽ちかけた棚には、見捨てられてからからに乾いた植木鉢がいくつか置いてあった。鉢のなかには棒切れが立っていたが、枯れた葉っぱがついているところを見ると、かつてそれらは植物だったのだ。

馬車は雑草の生えた砂利道をごろごろと進んで行った。その砂利道は、栴檀《せんだん》(3)の見事な並木の下にあったが、並木の優雅なたたずまいといつも青々と茂るその葉群は、放って置かれてもひるんだり変わったりしないものが唯一そこにあるかのようだった。その様子は、有徳のなかに深々と根を下ろしているので、失意や衰退の最中にあってもなおお強くなり繁栄していく高貴な精神と似ていた。

屋敷は大きくて美しかった。南部でよく見かける建築様式で造られ、二階建ての広いヴェランダが屋敷の建物をぐるりと取り巻いていた。建物の外側の扉はどれもヴェランダに向かって開かれ、レンガの支柱がヴェランダの下層を支えていた。

しかし、屋敷は荒れ果て、感じがよくなかった。板でふさいである窓もあれば、ガラスの壊れた窓もあり、蝶番一つでぶらさがっている鎧戸もあった。それらすべてが、貧弱な精神の怠惰さと不快さを表わしていた。

板切れや藁屑、古い腐りかけた桶や箱が地面の上の至る所に散らかっていた。三、四匹の獰猛な顔つきの犬たちが、馬車の車輪の音を聞きつけて、猛烈な勢いで飛び出してきた。犬のあとからやってきたボロ服の召使たちが、トムやその仲間たちに襲いかかろうとする犬たちをやっとのことで押さえていた。

「お前たちがどういう目にあうか、分かっただろう!」とレグリーは言い、残忍で満足げな表情を浮かべて犬を撫でながら、トムとその仲間たちのほうを振り返った。「お前たちが逃げようなんて考えたら、どういう目にあうかが分かっただろう。この犬どもは、黒んぼの追跡を行なうように訓練されているんだ。夕飯でも食らうように、お前たちの一人ぐらい即座に食ってしまうぞ。だから、気をつけるんだな! ところで、どうだ、サンボ!」彼は、縁のない帽子をかぶり、ボロ服を着て、しきりに彼の注意を引こうとしている男に向かって言った。「どんな具合だ?」

「とびっきりでさあ、旦那」

「キンボ」とレグリーは別の男に声をかけた。こっちのほうも、彼の注意を引こうと懸命になっていろいろなことをしていた。「俺が言いつけておいたことを、ちゃんとやっていただろうな」

「やりましたとも、へえ」。

この二人の黒人が、この農園の使用人頭だった。レグリーは、ブルドッグを訓練するのと同じように、この二人を野蛮で獰猛な人間へと計画的に訓練してきた。長期にわたって厳しさと残酷さを叩き込むことによって、あらゆる点でだいたい同じ程度の力量の持ち主になるようこの二人を仕立て上げていた。黒人の奴隷監督は白人の奴隷監督よりもつねに一層暴虐で残忍だというのが世間の通り相場だし、それが黒人の性格を悪くするのに大きく作用すると考えられている。そうだということは、単に黒人の精神が白人の精神より一層踏みにじられ卑しめられてきたと言うのに等しい。その点に関して言えば、黒人は抑圧されている世界中のどの人種とも変わりがない。奴隷は機会さえ与えられれば、つねに暴虐的である。

レグリーは、われわれが本で読む歴史上の権力者たちと同じように、自分の農園を一種の力の分散によって支配していた。サンボとキンボは、お互いを心の底から憎み合っていた。農園の使用人たちは、全部が全部この二人を心の底から憎んでいた。レグリーは、これら三つの党派を互いに対立させることで、その敵対者のいずれかを通じて、目下この農園で起こっているすべてのことを知っていると確信していた。

誰であろうと、まったく社交的な交わりなしに生活することはできない。レグリーも二人の黒人の部下たちに、彼への粗野な親密さを示すように仕向けていた。だが、その親密さは、彼らのうちのどちらか一人がいつトラブルに巻き込まれるかもしれないといったものであった。なぜならば、ほんのちょっとでもレグリーの怒りをかおうものなら、主人の合図一つで、いつでも二人のうちの一人が相手に対する復讐の代理人になろうと待ち構えていたからである。

いま、そこで、彼らがレグリーのそばに立ったとき、その彼らの様子は、残忍な人間というものは畜生以下だという事実をまさに例証しているかのように見えた。彼らの粗暴で、むっつりして、鈍感な顔つき。お互いを嫉ましそうに、ぎょろぎょろと睨みつけている大きな目。野卑で、しわがれた、なかば野獣のような声の調子。風にぱたぱた舞っているぼろぼろの衣服、こうしたもののすべてが、この屋敷のあらゆるものの示している低劣で不健全な性格と見事に釣り合っていた。

「おい、サンボ」とレグリーは言った。「こいつらを奴隷居住区へ連れて行け。それから、ほら、こいつはお前に買ってきてやった女だ」。そう言うと、彼は混血女をエメリンから引き離して、サンボの方へ押しやった。「お前に女を一人連れてきてやるって、約束したろう、ええ」。

女は突然びくっとし、後退りしながら唐突に言った。

「ああ、旦那様！　わたしにはニューオーリンズに亭主がおりますだ」

「それがどうした、てめえは――だ。ここでも亭主を一人持てばいいじゃねえか？　ぐずぐず言うな。さっさと行け！」と言って、レグリーは鞭を振り上げた。

「さあ、おいで、お前」とレグリーはエメリンに向かって言った。「お前は俺と一緒にこの家のなかに入るんだ」。

陰鬱な、荒んだ顔が家の窓から覗いているのが見えた。レグリーが扉を開けると、一人の女性の声が、早口の命令するような口調で何かを言った。エメリンが入っていくのを心配そうにじっと見ていたトムは、これに気づいた。レグリーが怒って次のように答えるのも耳にした。「お前は黙っていろ！　お前が何と言おうと、俺は自分の好きなようにするんだだ！」

トムはそれ以上はもう聞いていなかった。なぜならサンボについてすぐ奴隷居住区に向かったからである。奴隷居住区は屋敷からかなり離れた農園の一画にあり、いわば掘立小屋が列をなす通りのようなものだった。そこには、みじめで、下品でわびしい雰囲気が漂っていた。それらを見たとき、トムの心は沈んでいった。そのときまでの彼は、たとえ粗末ではあっても、こぎれいにして落ち着くことができ、聖書をのせる棚もあって、労働時間から解放されたら一人になれるような丸太小屋を想像して自分を慰めていたのだ。彼はいくつかの小屋を覗いてみた。それらはみな単なる粗末な板囲いといってよく、床の上に乱雑に散らかっている、埃まみれで汚れた藁以外に家具らしきものは何もなかった。しかも、その床は、無数の足で踏み固められたむき出しの地面だった。

「これらのどれがおらの小屋になるんだね？」と、おとなしく彼はサンボに聞いた。

「分からねえな。ここへでも入り込めばいいんじゃねえか、ええ」とサンボは言った。「あっちにゃ、もう一人入れる場所がありそうだ。いまじゃ、どこもかしこも黒んぼでいっぺえだ。これ以上増えちまったら、どうすりゃいいか分かんねえよ、まったく」。

疲れはてた掘立小屋の住人が、ぞろぞろと群をなして帰ってきたのは、夕方も遅い時刻だった。男も女も汚いぼろぼろの服を着ていて、むっつりと不機嫌だった。愛想よく新顔を迎えるというような雰囲気はみられなかった。この小さな部落では、心をそそるような会話で沸き立つということがなかった。ただ手臼のまわりで言い争っている、しゃがれたがら声が聞こえるだけだった。彼らはそこで、今夜の唯一の夕食となるパンケーキを作るため、一握りの堅いトウモロコシを挽かなければならなかった。彼らは夜明けの早い時間から畑に出て、監督たちの鞭に追い立てられながら働かせられていた。なぜなら、いまはちょうど収穫の最盛期で、全員をぎりぎりまでこき使おうと、あらゆる手段がとられていたからである。「本当のところ、綿摘みなんて、たいした仕事じゃないさ」と、ものを知らない怠け者は言うが、果たしてそうだろうか？　確かに、一滴の水が頭上に落ちてきても、たいして不都合は感じない。しかし、異端審問での最悪の拷問は、同じ場所に、同じ調子で、絶え間なく、あとからあとから水滴をしたたり落とすというものだ。労働も、それ自体は厳しくなくとも、その退屈さを減ずるための自由意志さえ持てずに、どうにもならない絶えざる単調さのなかで、何時間も何時間も強制されれば、しまいには耐え難いほどきつくなる。人々がどっと入ってきたとき、トムはそのなかに仲よくなれそうな人を探したが、無駄だった。彼はただ、むっつりと、顔をしかめた獣のような男たち、弱々しく、打ちのめされた女たち、あるいは、強い者が弱い者を押し退けるような、女とも思えない女たちしか見出せなかった。つまり、そこにあったものは、何らかの善良さを期待したり望んだりすることなどまったく考えられない、人間の、下品で抑制のきかない動物のような身勝手さだけだった。彼らは、あらゆる点で動物のように扱われてきたため、人間としてありうる最低線まで落ちてしまっていたのだ。臼を挽く音は、夜の遅い時間までやむことがなかった。なぜなら、人数に比べて臼が少なく、疲れきった弱者は、強者に押し退けられて、一番あとまわしにされてしまうからである。

「おい、おめえ！」サンボが混血女のところへ来て、彼女の前にトウモロコシの袋を投げながら、言った。「おめえの名前はなんだ？」

「ルーシーさ」と女が答えた。

「そんじゃ、ルーシー、おめえはもうおらの女だ。こったらトウモロコシを挽いて、おらの夕飯を作るだ、ええか？」

「わたしはあんたの女なんかじゃないよ、誰がなるもんか！」女は、絶望の果てに得た激しい突然の勇気を奮い起こして言った。「あんたなんか、あっちへ行っとくれ！」

「なんだと、蹴っとばすぞ！」そう言うと、サンボは脅すように足を持ち上げた。

「殺したけりゃ、殺しとくれ。早いほど、いい！　わたしは死んだほうがましなんだ！」と彼女は言った。

「おい、サンボ、お前は奴隷を使いもんにならなくしとるぞ。旦那に言いつけてやる」とキンボが言った。彼はせっせと臼を回していたが、それはトウモロコシを挽こうと臼の順番を待っていた、二、三人の疲れきった女たちを乱暴に追いやった結果だった。

「そんなら、おめえが女たちに臼を挽かせようとしねえって、おらは旦那に言ってやるさ、この老いぼれの黒んぼめが！」とサンボは言った。「おめえは自分の組のもんのことだけにかまってろってんだ」。

トムは今日一日の旅で腹をすかしていた。食べ物がなくてふらふらだった。

「ほれ、お前のだ！」と言って、キンボが一ペック(4)のトウモロコシの入った粗末な袋を投げてよこした。「そら、黒んぼ、取りな。そいつを大事にするこった。今週はこれだけだからな」。

トムは臼の順番がくるのを、遅くまで待っていた。石臼のところでは、完全にへばった二人の女が自分たちのトウモロコシを挽こうとしていた。それを見て、気の毒に思ったトムは代わりに挽いてやり、大勢の者がすでにパンケーキを焼いたあとの燃えさしを集めてやった。トムはそれから自分の夕飯の準備にとりかかった。それは、ここでは新しい行為だった。ほんの小さなことではあったが、一つの慈善的な行為だった。それが彼女たちの心に、親切に報いようとする気持ちを起こさせた。彼女たちの険しい顔つきに、女性らしいやさしい表情が浮かんだ。彼女たちはトムのために粉をこね、パンケーキを焼くのを手伝った。トムは火の明かりの傍に座り、聖書を取り出した。なぜなら、心を慰めてくれるものが彼には必要だったからである。

「そりゃ何だね？」と女の一人が聞いた。

「聖書さ」とトムが言った。

「なんだって！　お目にかかるのは、ケンタッキーにいたとき以来だよ」

「あんたはケンタッキーで育ったのかね？」とトムは興味を抱いて聞いた。

「そうさ、しあわせにね。こんなところに来るなんて思ってもみなかったさ！」と女はため息をつきながら言った。

「とにかく、その本はなんなんだい？」ともう一人の女が聞いた。

「えっ、聖書だよ」

「だからさ！　聖書ってなんなんだい？」とその女は言った。

「冗談だろ！　あんたは、聖書のことを聞いたことがないって言うのかね？」と別の女が言った。「あたしゃ、ときどき奥様が読んでんのを聞いとったただ、ケンタッキーでね。でも、おお嫌だ！　ここじゃ、鞭の音とどなり声しか聞こえないよ」

「ちょっと読んでみておくれよ、とにかくさ！」最初の女は、トムが聖書をじっと読んでいるのに興味を持って、言った。

トムは読んだ。「疲れた者、重荷を負う者は、誰でもわたしのもとに来なさい。休ませてあげよう(5)」

「そりゃ、いい言葉だ、本当に」とその女は言った。「誰がそんなこと言ってるんだい？」

「主だよ」とトムは言った。

「どこへ行けば主に会えるんかね」と女は言った。「会えるところへ、あたしゃ行きたいよ。あたしゃね、もう二度と休めそうにないんだよ。身体がひどく痛んで、毎日全身が震えてるんだ。おまけにサンボは、あたしが綿を摘むのが遅いって、いっつもどなってる。夕飯にありつけるのはほとんど真夜中だ。横になって目をつぶったかと思うと、もう起きる合図の角笛の音が聞こえてきて、また朝だ。主がどこにいるか知ってりゃ、主と話したいよ」

「主はここにいらっしゃるよ、どこにでもいらっしゃるんだ」とトムは言った。

「なんだって、あんたはあたしにそんなことを信じさせようって言うんだい！　あたしゃ知っとるよ、ここにゃ、主はいないよ」と女は言った。「でも、こんなこと話しとっても無駄だ。あたしゃ小屋に行って、眠れるうちに眠っておくよ」。

女たちは自分たちの小屋へ去っていった。トムは、くすぶる火の傍に一人で座っていた。火は、彼の顔をちらちらと赤く照らした。

銀色に光る見事な月が紫色の空にのぼり、神が惨めで虐げられた光景を見下ろしているように、静かにじっと下をながめていた。月は、聖書をひざの上に置き、腕組みをして座っている、一人ぼっちの黒人の男を静かに見下ろしていた。

「ここに神はいらっしゃるのか？」ああ、恐ろしい無秩序と、明白であるにもかかわらず咎められることのない不正に直面して、どのようにしたら無知な心がその信仰を揺るぎなく持ちこたえ続けられるのだろうか？　その素朴な心のなかで、一つの激しい闘いが展開されていた。押し潰されそうな不正の感覚、将来のみじめな暮らしの予兆、過去のすべての希望の崩壊、そうしたものが魂の目に映る光景のなかでもの悲しく揺れ動いていた。その様子は、溺れかけている水夫の面前で、妻子や友人の死体が暗い波間から浮き上がり、波にもまれているようなものであった！　ああ、このような場所で、「神が存在しておられること、また、神は御自分を求める者たちに報いてくださる方である」(6)というキリスト教の偉大な合い言葉を固く信じ維持することは、容易だろうか？

トムはやるせない気持ちで立ち上がると、自分に割り当てられた小屋へよろめくようにして入っていった。床は、すでに疲れはてて眠っている者たちでいっぱいだった。その場の濁った空気に彼はほとんど胸がむかつきそうになったが、外は夜露が多くて冷たかったし、手足も疲れていたので、唯一の寝具であるぼろぼろの毛布にくるまり、藁の上に横たわるとすぐに眠り込んだ。

夢のなかで、優しい声が彼の耳にとどいた。彼は、ポンチャートレーン湖畔にある庭園の苔むしたベンチに座っていた。エヴァが真剣なまなざしを下に向け、彼のために聖書を読んでいた。彼には彼女の読む声が聞こえてきた。

「水の中を通るときも、わたしはあなたと共にいる。大河の中を通っても、あなたは押し流されない。火の中を歩いても、焼かれず、炎はあなたに燃えつかない。わたしは主、あなたの神、イスラエルの聖なる神、あなたの救い主」(7)

それらの言葉は徐々に溶けて消えていき、まるで神聖な音楽のなかへと入り込んでいくかのように思われた。少女が底深い眼をあげ、彼をいとしげにじっと見た。すると、暖かく、心地よい光が、その目から彼の心に差し込んでくるような気がした。それから、まるで音楽に乗って漂っているかのように、彼女が輝く翼で上っていくように見えた。翼からは、きらきら光る金の粉が星のように落ちてきた。そして、彼女はいなくなった。

トムは目を覚ました。あれは夢だったのか？　夢だったとしておこう。けれど、生きているとき、苦しんでいる者を慰め、励ますことをあれほど熱心に望んでいたあの幼く愛らし

い魂が、死後この役割を引き受けることを神に禁じられてい
るなどと、いったい誰に言いえようか？

信ずることは素晴らしい、
わたしたちの頭上には、
天使の翼に乗って、漂う
死者の魂がある。(8)

第33章 キャシー

Cassy

「見よ、虐げられる人の涙を。彼らを慰める者はない。
見よ、虐げる者の手にある力を。
彼らを慰める者はない」
(旧約聖書「コヘレトの言葉」第四章第一節)

トムが、新しい生活のなかで、期待したり恐れたりしていたことすべてに馴れてしまうのに、さほどの時間はかからなかった。トムという働き手は、何をやっても巧みだったし、能率的だった。おまけに、習慣としてもまたその主義からしても、迅速だったし、誠実だった。性格的におとなしくて穏やかな彼は、たゆまず勤勉に働いて、自分の境遇の持つ悪行の一部を避けたいと希望していた。気が滅入っていやになるほど、たくさんの虐待や悲惨さを目撃させられたが、公正なる裁きを行なう神にわが身をゆだねつつ、宗教的な忍耐強さをもって働き続けようと、彼は心に決めていた。とはいえ、何か逃れる道が彼の前に開けるかもしれないという望みを、まだ捨て去ったわけではなかった。

レグリーは黙ってトムが役に立つかどうかを観察していた。彼はトムを第一級の使用人だと評価した。しかし、彼は密かにトムを嫌った。これは悪が善に対して抱く本能的な反感だった。彼がたびたび無力な者に暴力をふるったり、残酷な仕打ちをしたりするとき、トムがそれに注目しているのを、彼ははっきりと意識した。というのは、何か言いたそうだという雰囲気はとても微妙なので、何も言わなくても自然に伝わるからである。批判というものは、たとえそれが奴隷からのものであっても、主人の気持ちを苛立たせる。トムは苦しんでいる仲間に、さまざまな形でやさしい気持ちや同情心を表わしたが、これは彼らにはなじみのない、新鮮なものだった。レグリーはそうした彼らの様子を疑り深そうな目で見張っていた。彼がトムを購入した理由は、いずれは奴隷たちのある種の監督に仕立て上げ、ときには、少しくらい留守をしても、トムに仕事をまかせられるだろうという腹づもりがあったからだった。彼の考えでは、そういう役目を果たす上で必要なものは、一にも、二にも、三にも、厳しさだった。トムは仲間に対して厳しくなかった。そこで、レグリーは直ちに彼を非情な心の持ち主に鍛えあげようと決心した。トムが農園へやってきて二、三週間経ったころ、レグリーはその仕事に取りかかることに決めた。

ある朝、綿花畑へ行くために農園の使用人たちが集合させられたとき、トムはそのなかに新顔が一人入っているのに気づいてびっくりした。その外観が彼の注意を引いたのだ。それは背の高い、すらりとした女で、手足は際だって華奢だったし、服装もこぎれいで、きちんとしていた。顔つきからすると、三五歳から四〇歳くらいだったかもしれない。おまけに、その顔は一度見たら決して忘れられないような、言ってみれば、一瞥しただけで見る者に、荒んだ、痛ましい、ロマンチックな過去を思い起こさせるような顔だった。額は秀でていて、眉の形もくっきりと美しかった。鼻筋がすっと通った形のよい鼻、きりっとした口元、頭から首にかけての優美な線を見れば、彼女がかつては美しかったに違いないことが分かった。しかし、その顔には、苦悩と誇りとつらい忍耐の皺が深く刻まれていた。顔色は土気色で不健康だったし、頬はこけ、顔の様相はきつく、全体の体形もやつれた感じだった。しかし、もっとも際立って人の目をひく特徴は、彼女の目に表われていた。大きくて、ものすごく黒く、揃って黒ずんだ長いまつげが影を落とし、絶望の激しさと悲しさを表わしていた。激しい誇りと反抗心が、その顔のしわの一本一本、しなやかな唇の曲線、身体の動きのすべてに感じられた。しかし、その目には、苦悩の闇が深くずっしりと根を下ろしていた。完全に絶望しきった、変化のないその目の表情は、彼女のすべての動作のなかに表われる軽蔑とか誇りとかと比べたとき、恐ろしいほどの対照をなしていた。

彼女がどこから来て、彼女が何者かなどは、トムには分からなかった。彼に分かっていたのは、彼女が夜明けの薄明かりのなかを、背筋をしゃんと伸ばして誇らしげに彼の脇を歩いていたということだけであった。しかし、まわりのみんなには、彼女が分かっていた。というのも、みんなは何度も彼女を見たり、振り返ったりしていたからである。また、彼女のまわりを囲んでいた、みすぼらしくぼろを着て半ば飢えた人々のあいだには、押し殺してはいるが、明らかに喜んでいるらしい気配もあった。

「結局はこうなるのさ、いい気味だ!」と一人が言った。

「ひっ! ひっ! ひっ!」と別の一人が言った。「どんな案配だか、そのうち分かるよ、奥さん!」

「どんな仕事っぷりか、見てやろうじゃないか!」

「夜になりゃ、みんなと同じで、ぶっ倒れるだかね!」

「あいつが鞭で打たれるのを見たら、きっといい気持ちだろうよ!」ともう一人が言った。

女はこうした嘲《あざけ》りの言葉を一向に気にせず、まるで何も聞こえないかのように、激しい軽蔑の表情を崩さず歩き続けていた。トムはこれまでずっと上品で教養のある人々のなかで暮らしてきたので、女の雰囲気や物腰から、本能的に彼女がそういう階級に属する人間だと感じた。しかし、こんなひどい境遇に彼女が陥ったいきさつや理由については、さっぱり見当がつかなかった。女は畑に行くまで、ずっと彼のそばにいたが、彼のほうを見もしなければ、話しかけもしなかった。

トムはすぐに忙しく自分の仕事にとりかかった。しかし、女が自分からそれほど遠くないところにいたので、何度も彼女の働きぶりに目をやった。多くの者たちが予想していた以上に、生まれつきの器用さと手際のよさで彼女が仕事を簡単にこなしているのが、一目見てトムには分かった。彼女はとても素早く見事に綿を摘んでいたが、その様子は、自分の仕事も含めて、置かれている境遇のもたらす不名誉とか恥辱とかをまるで軽蔑しきっているかのようだった。

その日は一日中トムは、自分と一緒に買われてきた例の混血女の近くで働いていた。彼女は明らかにとても辛そうだった。よろめき、ふらつき、倒れそうになったときに、彼女が口にする祈りの声を、トムは何度も耳にした。トムは彼女に近づくと、何も言わずに、いくつかみかの綿を自分の袋から彼女の袋へ入れてやった。

「ああ、だめだ、いけないよ!」女はびっくりした顔付きで言った。「そんなことしたら、あんたが厄介なことになる!」

ちょうどそこへサンボがやってきた。彼はこの女に特別の遺恨があるらしく、鞭をふるいながら、荒々しく耳ざわりな声を張り上げた。「なんだこりゃ、ルーシー。ごまかす気か?」そう言うが早いか、彼は重い牛革の靴で女を蹴飛ばし、トムの顔を鞭で打った。

トムは黙って仕事に戻った。しかし、女はそれ以前に疲労の極致に達していたので、気を失ってしまった。

「正気に戻してやるさ!」監督は残忍な笑いを浮かべて言った。「気付け薬なんかよりも、ずっといいもんをやる!」上着の袖から一本のピンを取り出すと、女の頭に突き刺した。女はうめいて、身体を半ば起こした。「立て、こん畜生が! 働け、ええ。さもないと、もっとひどい目にあわせるぞ!」

女は少しのあいだ異常な力を振り絞って、必死に働いた。

「ずっとそうやって働くんだぞ」と男は言った。「さもねえと、今晩にでも死にてえっていう気にさせてやっからな、いいか!」

「いま死にたいよ!」トムは女がそう言っているのを耳にした。さらに、女が次のように言っているのが聞こえてきた。「ああ、主よ! いつまで続くんですか! ああ、主よ、どうしてあたしたちを助けてくれないんですか?」

自分がこうむるかもしれない危険を冒して、トムはまた進み出ると、自分の袋のなかの綿を全部女の袋のなかに入れた。

「ああ、いけないよ！　あんたは、あいつらが何をするか分かってないんだ！」と女が言った。

「おらなら耐えられる！」とトムは言った。「あんたよりずっとよく耐えられる」。トムはまた自分の場所へ戻っていった。そうやって、一刻が過ぎた。

突然、前に述べた見知らぬ女が、真っ黒な目を上げると、トムにその目を一瞬じっと注いだ。彼女は仕事をしているうちに、トムの口にした最後の言葉が耳に入るくらいのところにきていたのだ。それから彼女は、自分の籠からかなりの綿をつかみ出すと、トムの袋のなかに入れた。

「あんたは、ここがどんなところか少しも知らないんだね」と彼女は言った。「そうでなければ、こんなことはしなかっただろうからね。一月もここにいれば、他人を助けようなんて気はなくなるよ。自分の身を守るだけだって大変なのが分かるさ！」

「そんなことは主がお許しにならねえです、奥様！」とトムは言った。トムは、その仕事仲間に、それまで一緒に暮らしてきた身分の高い人々にふさわしい敬語を、本能的に使っていた。

「こんなところに、主は来やしないよ！」女は苦々しくそう言うと、すぐに自分の仕事に戻っていった。彼女の口元には、軽蔑的な笑いがまた浮かべられていた。

しかし、この女の行動は、畑の向こうにいた監督に見られていた。彼は鞭を鳴らしながら女のほうへやってきた。

「なんだ！　なんだ！」と、彼は勝ち誇ったように女に言った。「お前さんがごまかすのか？　ばかなことはやめろ！　お前さんはいまじゃおらの配下にいるだ。気をつけねえと、痛い目を見るぜ！」

突然あの黒い目から、稲光りのような一瞥が投げられた。彼女はくるりと向きを変えると、監督に向き合った。唇をふるわせ、鼻腔をふくらませ、怒りと軽蔑で顔を真っ赤にしながら、相手をはたっとにらみ据えた。

「このイヌが！」と彼女は言った。「わたしにさわれるものなら、さわってごらん！　まだ、お前を犬どもに八つ裂きにさせたり、生きたまま焼かせたり、ずたずたに切り刻むぐらいの力はあるんだよ！　わたしが一言そう言えばいいんだから！」

「そんじゃ、なんでお前さんはここにいるだ？」男は傍目にもびくついて、二、三歩あとずさりしながら、言った。「何も、本当に痛めつける気なんてなかっただよ、キャシーさん！」

「それだったら、ここに近づかないでおくれ！」と女は言った。実際、男は畑の反対側で何かをしていようという気になったらしく、足早に去っていった。

女はすぐに仕事に戻ると、トムが完全にびっくりするほどの早さで働いた。彼女の仕事ぶりはまるで魔法のようであった。陽が落ちる前に、彼女の籠はいっぱいになった。それはぎゅうぎゅう詰めのうえに山盛りだった。おまけに、彼女は何度となくトムの袋にたっぷりと綿を入れていたのだ。日暮れをだいぶ過ぎたころ、疲れきったすべての人々の列が、頭にそれぞれの籠を乗せ、綿の貯蔵や計量にあてられている建物のほうへ歩いて行った。そこでは、レグリーが二人の監督としきりに話し込んでいた。

「あの、トムってえのが、何かええ面倒を起こしそうですぜ。ずっとルーシーの籠に綿を入れ続けていたんです。旦那様が気いつけてねえと、あんなふうじゃ、他の黒んぼたちがここの扱いはひどすぎるって思っちまいますよ」

「なんだと！　あの黒んぼの下司野郎がか！」とレグリーは言った。「焼きをいれてやらなきゃいかんな、そうだろう、ええ？」

これを聞いて、二人の黒人はぞっとするような笑みを浮かべた。

「へい、へい！　焼きいれについちゃ、レグリーの旦那様にまるっきりお任せですよ！　そのことにかけちゃ、悪魔だって旦那様にゃかないませんや！」とキンボが言った。

「いいか、お前ら。一番いいのは、奴に鞭打ちをやらせることだ。そうすりゃ、妙な考えを起こさなくなるさ。性根を叩き直してやるって寸法よ！」

「へえ、妙な考えを奴から叩き出すとなりゃ、旦那様も難儀ですぜ！」

「それでも、やらなきゃならんのだ！」とレグリーは言い、口のなかで嚙み煙草を転がした。

「ところであのルーシーだが、ここで一番腹の立つ、忌々しい女ですぜ！」とサンボが続けた。

「気をつけてものを言えよ、サム。なんでお前がルーシーを嫌っているのかって、俺も考えるようになるぞ」

「いえ、旦那様だってご存知でしょう、あいつは旦那様にたてついとるんです。あれだけ旦那様が言っても、おらのもんにならなかったんですから」

「あいつを鞭打って、そうさせたいところだ」。レグリーは唾を吐きながら言った。「ただ、仕事がこんなに忙しいから、いまはルーシーを痛めつけても引き合わない。あいつの身体は華奢だ。こういう華奢な女は一度こうと決めたら、半殺しにしてもなかなかこっちの言うことをきこうとしないんだ」

「まったく、ルーシーはほんとに腹の立つ、ふてえやつだ。ふくれっ面ばっかりして、何もしねえ。それなのに、トムはあいつを助けるんですぜ」

「助けたか、ええ！　それじゃ、トムにあの女を鞭打つ楽しみを味わわせてやろう。トムにはいい訓練になるからな。あいつはお前らみたいな悪党と違って、ルーシーが使いものにならなくなるほど、派手にはやらんだろう」

「ホー、ホー！　ホウ！　ホウ！　ホウ！」と黒い恥知らずどもは笑った。実際、その悪魔じみた笑い声は、レグリーが二人のなかで育ててあげてきた鬼のような性格をかなり正確に表現していた。

「まあ、そんでも、旦那様。トムとキャシーさんが、二人で一緒に、ルーシーの籠に綿を入れたですよ。ルーシーの籠にはかなりの目方があるって気がしますがね、旦那様！」

「綿の目方を量るのは俺だぞ！」とレグリーは力強く言った。

二人の監督はまた悪魔の笑いを笑った。

「そうか！」とレグリーは付け加えた。「キャシーはちゃんと自分の仕事をしたんだな」

「悪魔とその手下みてえな勢いで、摘んでましただ」

「あの女のなかにゃそういうところがあるんだ、俺には分かる！」とレグリーは言った。それから彼は、獣みたいに毒づきながら、綿の計量室へと向かって行った。

疲れ切って、意気消沈した人々がのろのろと部屋へ集まってきて、腰をかがめ、嫌々そうするといった調子で、計量のために自分たちの籠を差し出した。

レグリーは、片側に名前のリストが貼ってある石版の上に、綿の目方を記入していった。

トムの籠が量られた。合格だった。彼は心配そうに、自分が親切にしてやった女がうまくいくように見守っていた。

彼女は弱りきった様子でよろよろ進み出ると、自分の籠を渡した。目方は十分にあった。レグリーもそれはよく分かっていたが、怒ったふりをして言った。

「なんだ、この怠け者が！　また足りないじゃないか！　あっちに行って立ってろ、いますぐ罰をくわせてやる！」

女は絶望しきった呻き声をあげると、台の上にへたり込んだ。

今度はキャシーと呼ばれていた例の女が前へ出て、横柄かつ投げやりな態度で自分の籠を渡した。その間、レグリーは嘲るような、それでいて何かもの問いたげな目つきで、彼女の目をのぞき込んだ。

彼女はその黒い目をじっと相手に見据え、唇をわずかに動かすと、フランス語で何かを言った。それが何だったのかは、誰にも分からなかった。しかし、彼女がそれを口にしたとき、レグリーの顔はものすごく狂暴になった。彼はまるで殴ろうとするかのように、半ばまで腕を上げた。彼女はその動作を、彼女は激しい軽蔑の目で見てから、くるりと身体を返して歩き去っていった。

「ところで」とレグリーが言った。「ここへ来い、トム。いいか、前にも言ったことだが、俺は普通の仕事をさせるためにお前を買ったんじゃない。俺はお前を引き立てて、監督にするつもりだ。早速、今晩からでもそれに取り組んでもらおうじゃないか。そこで、いまこの女を連れてって鞭打ちをやってくれ。お前も鞭打ちは十分見てきたから、やり方は分かってるはずだ」

「旦那様、勘弁してくだせえ」とトムは言った。「おらにそんなことをさせんでくだせえ。おらはそういうことに慣れてねえです。いや、一度だってやったことがねえし、とてもじゃないができねえです」

「やったことがねえっていうんなら、覚えるのにいい機会じゃねえか。俺がお前をご用済みにしちまうまえに、覚えるこったな!」そう言うと、レグリーは牛革の鞭を取り上げてトムの頬めがけて強く一発打ち下ろしたあと、強打の雨を降らせた。

「どうだ!」手を休めるために打ち止めたとき、彼は言った。「さあ、これでもできねえとほざくか?」

「そう言いますだ、旦那様」。トムは顔に流れる血を拭おうと、手を上げて言った。「おらは夜も昼も、喜んで働きますだ。生きて息をしている限り、働きますだ。でも、こんなことするのは、正しいと思えねえです。だから、旦那様、おらはどうあってもしません、絶対にしません!」

トムはとても落ち着いて穏やかな声をしていたし、物腰はいつもていねいだったので、レグリーはトムが臆病者で簡単に言うことを聞く人間だと思っていた。だから、トムの最後の言葉が口にされたとき、すべての人間は驚きの戦慄を感じた。例の哀れな女は両手を握りしめ「ああ、主よ!」と祈った。居合わせた者たちは、思わず互いに顔を見合わせ、固唾を呑んでいまにも吹き荒れんとしている嵐に備えた。

レグリーは愕然とし、何がなんだか分からないといった顔付きをしていたが、最後に爆発した。

「なんだと! てめえのようなクソいまいましい黒んぼが、この俺に向かって、俺が言ったことをやるのは、正しいと思わねえとほざくのか? てめえら家畜みてえなやつらと、何を正しいと考えるかなんてことが関係あるとでもいうのか? そんなこたあ金輪際ねえんだ! おい、てめえは自分をなんだと思ってやがる? 紳士だとでも思ってるんだろう、ええ、トムの旦那。てめえは御主人様に向かって、何が正しくて何が正しくねえかを教えようと思っているんだろう! それじゃ、お前はあのアマを鞭打つのは間違いだって言うつもりなんだな!」

「そう考えとります、旦那様」とトムは言った。「あのかわいそうな人は病気で弱ってますだ。そんなことをするのは、あまりに残酷ですだ。だから、おらはそんなことはしませんし、始めません。旦那様、おらを殺すつもりなら、殺してくだせえ。ここにいる誰かに手をあげるなんて、おらは絶対にやりません。その前に、おらが死にますだ!」

トムは穏やかな声で話していたが、聞き間違えようのないほど、決然としていた。レグリーは怒りでぶるぶると震えていた。彼の緑の目はめらめらと燃えあがり、頬ひげも激情でちりちり巻き上がるかと思われた。しかし、猛獣が獲物を食い殺す前にもてあそぶように、すぐにでも暴力をふるいたいという強い衝動を抑えて、彼は強烈な皮肉を浴びせかけた。

「なるほど、ついに俺たちみたいな罪深い人間のなかに、この信心深い犬が舞い降りてきてくれたってわけか！　俺たち罪人に罪の講釈をしようっていう聖者か紳士かそんなところなんだろうな！　奴は、すっげえ聖人君子さんに違いねえ！　おい、このろくでなし、そんなに信心深いつもりなら、てめえの聖書のなかで、こんな文句を聞いたことがあるんじゃないか？『奴隷たちよ、主人に従いなさい』[1]ってえやつさ。俺はお前の御主人様じゃねえのか？　お前のクソいまいましい黒い外皮のなかにあるものすべてのために、俺は一二〇〇ドルもの現金を払わなかったとでもいうのか？　お前はもう身も心も俺のもんじゃねえのか？」そう言うと、彼は重いブーツでトムを激しく蹴った。「答えろ！」

残忍な虐待に身をかがめ、身体的な苦痛のただなかにあったが、この質問はトムの魂を歓喜と勝利の輝きで貫いた。彼は突然すっと身体を上に伸ばすと、じっと天を仰ぎ見た。顔を血と涙が混じり合って流れるのもかまわず、彼は叫んだ。

「そうじゃねえ！　そうじゃねえ！　そうじゃねえ！　おらの魂はあなたのもんじゃねえです、旦那様！　あなたはおらの魂まで買ってねえですだ！　魂を買うことなんかできねえです！　おらの魂を守ってくださる方によって、すでにおらの魂は贖《あがな》われていますだ。どんなことがあっても、どんなことがあっても、あなたはおらを傷つけることはできねえです！」

「この俺にできないだと！」とレグリーはあざ笑って言った。「そうか、見てやろうじゃねえか！　おいっ、サンボ、キンボ、このイヌに焼きをいれてやれ。今月いっぱい立ち直れないほどのやつをな！」

二人の巨大な黒人は、顔に悪魔のような喜悦の表情を浮かべ、トムの身体にむんずと手をかけた。いまの彼らのその姿は、まさに暗黒の力の化身としか言いようがなかった。例の哀れな女は不安のあまり、悲鳴をあげた。その場にいたものたちは、まるで同じ衝動につき動かされたかのように、いっせいに立ち上がった。その間に、二人の大男は抵抗しようとしないトムをその場から引きずっていった。

第34章 白人の血が混ざった女の物語

The Quadroon's Story

「見よ、虐げられる人の涙を……虐げる者の手にある力を。……既に死んだ人を、幸いだと言おう。さらに生きて行かなければならない人よりは幸いだ」

（旧約聖書「コヘレトの言葉」第四章第一節—第二節）

夜も更けていた。壊れた機械部品や、傷ものの綿の山や、他の屑などを積み重ねておくだけで、いまは使用されていない古い部屋が綿繰り工場にあった。その部屋のなかで、トムが呻き声をあげ、血を流しながら一人横たわっていた。

その夜は湿気があり、蒸し暑かった。蚊の大群がうっとうしい空気のなかを押し寄せてきて、彼の絶え間ない傷の痛みを増していた。さらに、どんな苦痛よりつらかったのが、焼けつくようなのどの乾きで、それが肉体的苦痛の限界にまで達していた。

「ああ、主よ！　下を見てくだせえ。おらに勝利を授けてくだせえ！　すべてにまさる勝利をお与えくだせえ！」哀れなトムは、苦しみのなかで祈った。

背後で足音がして、誰かが部屋に入ってきた。手提げランプの光が彼の目を照らした。

「どなたですだ？　ああ、後生ですから、水を少しくだせえ！」

それはキャシーと呼ばれていた女だったが、彼女は手提げランプを下に置くと、トムの頭を抱え起こしビンから水を飲ませた。トムはむさぼるように何杯も何杯も飲んだ。

「飲みたいだけ、お飲みなさい」と彼女は言った。「あんたがいまどんな状態にあるかは、分かっているわ。これまでにも、あんたのような人のところへ水を運ぶため、夜中に抜け出してきたことがあるもの」

「ありがとうごぜえます、奥様」とトムは飲み終えてから言った。

「奥様なんて呼ばないで！　わたしもあんたと同じような惨めな奴隷なんだから。いいえ、あんたよりもっと卑しいわ！」と彼女は苦々しく言った。「でもいまは」。そう言うと、彼女はドアのところに行き、冷たい水でしめらせた麻布を上に敷いた小さな藁ぶとんを引きずってきた。「かわいそうに、さあこの上で横になりなさい」。

切り傷や擦り傷で体がこわばり、寝転がるのにひどく時間がかかったが、いったん藁ぶとんの上に横になると、傷口が冷やされてだいぶ楽になった。

女は残忍な行為の餌食にされた者たちを長年扱ってきた経験から、治療の術をたくさん知っていたので、トムの傷口にもいろいろな手当をほどこした。おかげで、まもなくトムもかなり楽になった。

「さあ、これでおしまい」。くず綿を巻いて枕代わりにし、トムの頭をその上に乗せ終えたあとで女は言った。「わたしがやってあげられるのはこれだけだわ」。

トムは彼女にお礼を言った。女は床に座り、膝を立て、それを両腕で抱えると、苦痛に満ちた痛々しい表情で前方をじっと見据えた。帽子が後ろにずり落ち、ウェーブのかかった長い黒髪が物思いに沈んだ特異な顔のまわりに垂れさがった。

「無駄だわ、かわいそうに！」と彼女はついに口をきった。「あんたがしようとしていることは無駄なことよ。あんたの勇敢さは認めるし、正義もあんたの側にあるわ。でも、あんたが闘おうとしたって、意味ないし問題外よ。あんたは悪魔の手のなかにいるの。あいつは誰にも負けないわ。諦めるより仕方がないのよ！」

諦めろ！　人間的な弱さと肉体的な苦痛が、以前からそう囁いてこなかっただろうか？　トムはびくっとした。というのも、激しい目と憂鬱な声をしたこの悲痛な女が、彼には誘惑の化身のように思われたからである。彼はこれまでずっとその誘惑と闘い続けてきていたのだ。

「ああ、主よ！　ああ、主よ！」と彼は呻いた。「おらがどうして諦められるって言うんですか？」

「主に呼びかけても無駄よ。聞いてなんかくれないわ」と女は静かに言った。「神なんかいないって、わたしは思っている。仮にいても、わたしたちの敵よ。あらゆるものがわたしたちを地獄へ突き落とそうとしているのよ。だったら、地獄へ堕ちてやるわ！」

トムは目を閉じて、この暗い不信の言葉に身震いした。

「いいこと？」と女は言った。「あんたは何も知らないのよ。わたしは知ってるわ。わたしは身も心もあいつに踏みつけにされて、五年間もここにいたのよ。悪魔と同じくらいあの男が憎いわ！　あんたのいるこの農園は、他の農園から一〇マイルも離れた湿地帯のなかにあるのよ。あんたが生きたまま火あぶりになろうが、熱湯をかけられようが、バラバラに切り刻まれようが、あるいは犬をけしかけられて食い裂かれようが、首を吊られようが、鞭打たれて殺されようが、それを証言してくれる白人はここには一人もいないわ。あんたやわたしたちのために、ほんのわずかでもいいことをしてくれるような神の律法や、人間の法律なんてありゃしないのよ。それに、あの男！　あいつがこの世で手を染めないようなことなんて何もないわ。わたしがここで見たり経験してきたことを話したら、誰だって髪の毛を逆立て、恐怖で歯をがたがたさせるわ。だから、抵抗しても無駄なのよ！　わたしがあの男と好き好んで一緒に暮らしていたとでも思うの？　わたしは上品に育てられてきた女よ。それに引き替え、ああ、神様！　あの男の過去はなんだったの、そして現在は？　それなのに、わたしはこの五年間あの男と一緒に暮らしてきたわ。昼も夜も、自分の生きている時間のすべてを呪いながらね！　そして今度は、あの男がたった一五歳の若い娘を手に入れたの。信心深く育てられたって、彼女は言っているわ。彼女の善良な女主人が聖書を読むことを教えてくれたんですって。自分の聖書をここに持ってきているわ。この地獄まで身に携えて！」女は荒々しく悲しげな笑い声をあげた。その笑い声は、奇妙で不気味な音とともに、荒れ果てた古い小屋のなかいっぱいに響きわたった。

　トムは手を合わせた。あらゆるものが闇に包まれ、恐怖に満ちていた。

「ああ、イエス様！　主イエス様！　哀れなおらたちのことを、すっかり忘れてしまわれたんですか？」という言葉が、ついに口をついて出た。「お助けくだせえ、イエス様、おらは死んでしめえます！」

　女は、厳しい口調で続けた。

「それに、あんたが進んで苦しみを引き受けてやろうとしている、あのあさましい低劣な仕事仲間たちはなんなの？　あの人たちは、そのときがくれば、皆が皆真っ先にあんたに背を向けるわ。あの人たちはお互いに対してものすごく下劣で残酷なのよ。彼らが傷つかないために、あんたが苦しんでも無駄だわ」

「かわいそうな人たちだ！」とトムは言った。「何が皆を残酷にさせとるんですかね？　もしおらが冒瀆的なことを口にすれば、おらはそれに慣れっこになって、だんだんと皆のようになっちゃいます！　だめです、だめです、奥様！　おらはすべてをなくしちまった身です、女房も子供も家庭も、それから親切な旦那様も。旦那様があと一週間長く生きていなさったら、おらを自由にしてくれてたでしょう。おらはこの世のすべてをなくしたんです。きれいさっぱりとなくしました、永久にです。だから、いまは天国までもなくすことはできねえです。どんなことがあっても、罰当たりにはなれねえです！」

「でも主がわたしたちに罪の責任を負わせるなんてことはありえないわ」と女は言った。「わたしたちが罪を犯さざるをえないとき、主はわたしたちを咎めたりせず、わたしたちをそこに追いやった人たちにその責任を負わせるでしょう」

「そうですだ」とトムは言った。「でも、だからといって、おらたちが罰当たりじゃねえってことにはならねえです。もしおらがあのサンボみてえに冷酷で罰当たりになったとすれば、どうしておらがそうなったかなんてことは、おらにはあまり問題じゃねえです。おらがそうだっていうこと、それをおらは一番恐れますだ」。

女は激しいびっくりしたような目をじっとトムに注いだ。まるで、いままで思ってもみなかった考えに、衝撃を受けたかのようだった。それから、ものすごい呻き声をあげながら言った。

「ああ、なんてことだろう！　あんたの言ってることは正しいわ！　ああ、ああ、ああ！」呻き声とともに、彼女は床に倒れ伏した。それは精神的な苦悩の極みに耐えきれず、押しつぶされ、身もだえする者のようだった。

しばらくのあいだ沈黙が続き、二人の息づかいだけが聞こえていた。それから、トムが低い声で言った。「ああ、お願えがあります、奥様！」

女はぱっと身を起こした。顔はいつもの厳しい、憂鬱そうな表情に戻っていた。

「お願えです、奥様。連中がおらの上着をあの隅っこに投げたのを、おらは見とったです。上着のポケットにはおらの聖書が入っとりますだ。お願えですから、取ってきてもらえねえですか」。

キャシーは行って、聖書を取ってきた。トムは、われわれを癒すために、鞭打たれたお方の人生の最後の場面を描いた、書き込みの印がびっしりある、ぼろぼろに擦り切れた一章をすぐさま開いた。

「奥様にここのところを読んでいただけたら、水を頂いたことよりありがてえです」。

キャシーは素気ない高慢な態度で聖書を受け取ると、その章にざっと目を通した。それから、感動的な苦悩と栄光の物語を、独特の美しい抑揚をつけて、もの柔らかな声で音読し始めた。読み進めていくうちに彼女は何度も声を震わせ、ときにはまったく読めなくなってしまった。そんなとき、彼女は氷のような平静さを装って読むのをやめ、自分が落ちつくのを待った。「父よ、彼らをお赦しください。自分が何をしているのか知らないのです」(1)という、感動的な部分にさしかかったとき、彼女は聖書を放り出すと、ふさふさした髪に顔を埋め、ひきつったような激しい声をあげて泣いた。

トムも泣いていたが、ときどき押し殺したような叫び声をあげていた。

「もしおらたちがこの高みまでのぼっていけたらなあ！」とトムは言った。「イエス様にとっちゃ、ごく当たり前のことなんだろうが、おらたちは懸命になって闘わねばならねえ。ああ、主よ、助けてくだせえ！　ああ、恵み深きイエス様、どうか助けてくだせえ！」

「奥様」。しばらくしてトムが言った。「何一つ取り出しても、おらは奥様にかなわねえです。そのこたぁ、分かってます。だが、この哀れなトムが奥様に教えてあげられることが一つありますだ。あなたは言われましたよね。主はおらたちの味方をしてくださらねえ、なぜならおらたちが虐待され、ぶちのめされても、そのままに放っておかれるのだからって。でも、主のご子息がどういう目にあわれたか、知っとるでしょう？　輝ける聖なる主イエス様はつねに貧しかったではねえですか？　それに、おらたちのうちの誰が、イエス様ほど身を低く落としましただかね？　主はおらたちのことを忘れとりゃしません。そいつは確かですだ。聖書にも書かれとりますように、主とともに苦しめば、おらたちもまた栄え、おらたちが主を否定すれば、主もおらたちを否定なさるんです。主もその僕《しもべ》も、みんな苦しまれたですよ？　石を投げられ、バラバラに切り刻まれ、羊の皮や山羊の皮を着てさまよい歩き、貧しく、悩み、苦しんでいたって、聖書は言っとります。おらたちが苦しみを受けても、だからって、主がおらたちの味方じゃねえってことにはならねえですよ。おらたちはただ主におすがりし続け、諦めて罪を犯したりしなけりゃ、逆に主はおらたちの味方になってくれるんです」

「でも、どうして主はわたしたちが罪を犯さざるをえないような場に、このわたしたちを置かれるんでしょうね？」と女は言った。

「おらたちは罪を犯さずにいられるって、おらは考えとりますだ」とトムは言った。

「まあ見てみましょう」とキャシーは言った。「ところで、あんたはどうするつもり？　明日奴らはまたあんたのところへやってくるわ。わたしは奴らのやり口をみんな見てきているの。奴らがあんたをどんな目にあわせるかって考えただけでも、わたしには耐えられないわ。奴らはあんたに、主を否定するって最後には言わせてしまうんでしょうね！」

「主イエス様！」とトムは言った。「おらの魂を守ってくだせえますよね？　ああ、主よ、どうか守ってくだせえ！　あなたを否定するようなことを、おらに言わせねえようにしてくだせえ！」

「ああ、なんてことだろう！」とキャシーは言った。「いままでにもわたしは、こうやって泣いたり、祈ったりするのを聞いてきた。それでも、みんな押しつぶされ、服従させられてしまった。エメリンも持ちこたえようとしているし、あんたもそうだわ。でも、なんの役にたつというの？　諦めなさい、さもないと、なぶり殺されてしまうわ」

「それならそれで、いっそのこと、おらは死を選びますだ！」とトムは言った。「彼らがあくまでやろうっていうのであれば、いつかはおらは死ぬはめになるんです！　そうしたら、彼らもそれ以上はできねえです。おらははっきりと覚悟しとります！　主がおらを助けて、何とか切り抜けさせてくれるってことは、おらには分かっとるんです」。

女は答えなかった。黒い目でじっと床を見つめて、座っていた。

「たぶんそれが正しいやり方なんだわ」と彼女は自分に向かって呟いた。「でも、諦めてしまった人間には、もう希望はないわ！　何もないのよ！　わたしたちは汚辱のなかで生き、だんだんとおぞましい人間になり、しまいには自分で自分を忌み嫌うんだわ！　それに、死にたいと願っても、死ぬ勇気もない！　何の希望もない！　何の希望もない！　何の希望もない！　今度はあの娘がそうよ、ちょうど昔の私と同じ年ごろだわ！」

「あんたはいまのわたしを見ている」。トムに早口で話しかけながら、彼女は言った。「いまのわたしはこういう人間よ！　でも、昔のわたしは贅沢に育てられたの。最初の記憶といえば、わたしが子供のころ、きれいな居間で遊び回っていたということ。そのころのわたしは、いつもお人形さんみたいにきれいな服を着せられて、お付きの人やお客さんにほめられていたわ。大広間のフランス窓から出られる庭園があって、そこのオレンジの木の下で、兄弟や姉妹たちとよく隠れん坊をして遊んだわ。わたしは修道院に入って、音楽やフランス語や刺繍やいろんなことを習った。一四歳のときのことだったわ、わたしは修道院から父の葬式に出席した。父は突然死んでしまったの。財産が整理されてみると、借金を返済したら、あとには何も残らないことが分かった。債権者たちは財産目録をこしらえ、わたしもそこに載せられたわ。わたしの母は奴隷だったの。父はいつもわたしを自由にするつもりでいたのだけれど、そうしないうちに死んでしまったので、わたしは財産目録に載ってしまったの。わたしはいつも自分が誰かということは知っていたけど、それを深く考えたことはなかったわ。父のように強くて健康な人が死ぬなんて、誰も予想していなかったもの。彼は死ぬ四時間前までは元気だったのよ。それがニューオーリンズで最初のコレラ患者の一人になってしまったの。葬式の翌日、父の正妻は自分の子供たちを連れて自分の父親の農園に行ってしまったわ。わたしはまわりがわたしのことを変なふうに扱うなあと思ったけど、事情が飲み込めなかった。一切の整理はある若い弁護士の手に委ねられていたのね。彼は毎日やってきて、家のなかを調べて回っていたわ。私には大変ていねいな口をきいてくれた。ある日、彼は一緒に一人の若い男の人を連れてきたの。わたしがいままで会ったなかでもっともすてきな人だと思ったわ。あの晩のことは忘れないでしょうね。わたしは彼と連れだって庭を歩いた。わたしは独りぼっちで、悲しみがいっぱいだった。彼はとても親切で、やさしかった。彼は、修道院へ行く前のわたしを見たことがあると言ったわ。ずっとわたしのことを愛してきたし、わたしの友達で保護者になりたいとも言ってくれた。つまり、そのときはわたしに黙っていたけれど、彼はわたしのために二〇〇〇ドルの金を払い、わたしは彼の財産になっていたのね。でも、わたしは喜んで彼のものになったわ。だって、愛していたんですもの。本当に愛していた！」そう言うと、女はしゃべるのを止めた。「ああ、どんなにあの人を愛したことか！　いまだってわたしはとても愛しているわ。生きている限り、愛し続けるでしょうね。彼は本当に美しく、気高く、立派だった！　彼はわたしを美しい家に住ませ、召使や馬や馬車や家具や洋服を揃えてくれた。お金で買えるものなら何でもわたしに与えてくれた。でも、わたしはそういうものには何の価値もおいていなかったわ。わたしはひたすら彼がいとおしかった。神様よりも自分の魂よりも、わたしは彼を愛していた。たとえやろうとしても、彼がわたしに望む以外のことは何もできなかったわ」

「わたしはただ一つのことだけを望んでいた。彼にわたしと結婚してほしかったの。彼が自分で言っているようにわたしを愛してくれているのなら、また、わたしが彼の考えている通りの人間だとしたら、彼は喜んでわたしと結婚してわたしを自由にしてくれるだろうと、わたしは思っていた。でも、彼はそれは不可能だってわたしを納得させた。彼は言ったわ。もし二人がお互いに誠実でありさえすれば、それこそ神の前での結婚だって。もし彼の言ったことが本当なら、わたしはあの人の妻でしょう？　わたしが誠実でなかったとでもいうの？　七年のあいだ、彼の表情や仕草だけを見つめて、わたしが彼を喜ばせるためだけに生きてこなかったとでもいうの？　彼が黄熱病にかかったとき、わたしは二〇日間というもの、夜も昼も看病したわ。たった一人で、薬を飲ませて、彼のためにあらゆる手を尽した。そのとき、彼はわたしをやさしい天使と呼び、命の恩人だと言ってくれた。わたしたちにはかわいい子供が二人いたの。上の子は男の子で、ヘンリーという名前よ。彼は父親に生き写しだった。同じような美しい目と同じような額を持っていた。髪は巻毛で額のまわりに垂れているの。父親の気性も、才能もすべて受け継いでいたわ。下の子のエリーズはわたしにそっくりだって、彼は言っていた。よく彼はわたしがルイジアナ一の美人で、わたしと子供が自慢だって口にしていた。わたしに子供たちを着飾らせ、わたしと子供たちを無蓋の馬車に乗せて、人々がわたしたちのことをいろいろ言うのを耳にするのが、好きだった。またわたしや子供を誉めるときには、美しい言葉でわたしの耳をいっぱいにしてくれたわ。ああ、あのころはしあわせな日々だった！　他の誰よりも幸福だと思ったわ。でも、それから、不幸な日々がやってきた。彼が、特に親しかったいとこをニューオーリンズへ呼びよせたの。彼はそのいとこを大事にしていた。しかし、わたしは最初に会ったときから、なぜか分からないけど、そのいとこのことが恐かった。というのは、その男がきっとわたしたちに不幸をもたらすに違いないという気がしたからなの。彼は夫のヘンリーを連れだして、よく夜中の二時、三時になるまで帰らなくさせたわ。わたしは敢えて何も言わなかった。だって、ヘンリーはとてもかんが強くて、怖かったの。いとこはヘンリーを賭博場へ連れていくようになったわ。ヘンリーは一度そういうところへ行き出すと、もう引き止めようのない人間だった。その次に、いとこはヘンリーを別の女性に引き合わせたの。ヘンリーの心がわたしから離れていくのが、すぐに分かったわ。彼は何も言わなかったけれど、わたしには見てとれた。日に日にそれははっきりしてきたわ。胸が張り裂けそうな思いだった。でも、わたしは一言も言えなかった！　このときだったわ、ヘンリーの望んでいる結婚の障害になっていた賭博の借金を清算するために、わたしと子供を自分に売らないかと、その卑劣ないとこが提案したの。それで、彼はわたしたちを売ってしまったの。ある日ヘンリーは、地方で仕事があるから二、三週間行ってくるってわたしに言ったわ。彼はいつもよりやさしく話しかけ、必ず戻ってくると言ったけど、わたしはだまされなかった。ついに来るべきときが来たって分かったわ。わたしはまるで石になってしまったようだった。話すこともできず、涙を流すこともできなかった。彼は、何度も何度もわたしと子供たちにキスをして、出ていった。わたしは彼が馬に乗り、姿が見えなくなるまで見送っていた。そのあとで、わたしは倒れて気を失ってしまった」

「それから彼がやってきたの、あの忌まわしい卑劣漢が！　自分の所有物を引き取るために。彼はわたしと子供たちを買ったと告げ、わたしに書類を見せたわ。わたしは神の前で彼を呪った。彼と一緒に生活するぐらいなら、死んだほうがましだと言ってやった」

「『好きにするがいいさ。だが、お前がもの分かりよく振る舞わないと、お前の二人の子供を、二度と会えないようなところへ売りとばすぞ』と彼は言った。また、はじめてわたしに会ったときから、彼はわたしを自分のものにするつもりだったとも言った。それで、ヘンリーが進んでわたしを売る気になるよう、ヘンリーをそそのかして借金を作らせたこと、おまけに彼を他の女に溺れさせたこと、さらには、こうしたことすべてのあとでは、少々おつに構えられたり涙を流されたくらいで、諦める気のないことを分かるべきだというようなことも、彼は言った」

「わたしは諦めたわ。だって、わたしの両手は縛られていたんですもの。彼はわたしの子供たちを所有していた。わたしが何かのことで彼の意志に逆らうと、必ず子供たちを売りとばすと言って、わたしを望みどおりに服従させたわ。毎日毎日、胸が張り裂けるような思いで生きていた。惨めでしかないのに、愛の行為を繰り返し、繰り返し行ない続け、憎んでいる者に身も心も縛られていなければならないなんて、ああ、なんていう生活だったんだろう！　わたしは夫のヘンリーのために本を読んだり、曲を弾いたり、ワルツを踊ったり、歌ったりするのが好きだった。でも、この男のためにすることは、すべてがまったくうんざりだった。それでも、恐ろしくて、何一つ拒否することができなかった。彼は子供たちに対して、とても威圧的で辛く当たっていたわ。エリーズは気の弱い子だったけど、息子のヘンリーは父親と同じように大胆で気が強かった。誰かに押さえつけられているなんてことが、少しもなかったの。あの子はいつもあの男のあら捜しをしては、彼に文句を言っていたわ。だから、わたしは毎日毎日恐怖と不安のなかで暮らさなければならなかった。わたしはあの子に敬意を表わさせようとしたり、二人を引き離しておこうとしたりもしたわ。だって、わたしはあの子たちに死にもの狂いでしがみついていたんですもの。でも、それは役に立たなかった。彼は二人の子どもを売ってしまった。ある日、彼はわたしを乗馬に連れ出した。帰宅してみると、あの子たちはどこにもいなかった！　彼はあの子たちを売り払ってしまったと言い、わたしにお金を見せたわ。あの子たちの血の代償よ。そのとき、すべてのしあわせがわたしを見捨ててしまったと思った。わたしは荒れ狂い、呪った。神と人間を呪いまくった。しばらくのあいだ、彼は本当にわたしを恐れていたと思う。でも、彼は諦めなかった。彼はわたしに言ったわ。子供たちは売られてしまったが、子供たちにまた会えるかどうかは彼次第であり、わたしが静かにしていなければ、あの子たちがひどい目にあうはずだって。そう、子供たちさえ手中に収めていれば、女はどうにでもできるものなのよ。彼はわたしを屈服させ、おとなしくさせたわ。彼がもう一度あの子たちを買い戻すかもしれないなどという、空しい希望をわたしに抱かせたの。そんなふうにして、一、二週間が過ぎていったわ。ある日、わたしが外出して、刑務所の脇を通りかかると、門のあたりの人だかりが目に入り、子供の声が聞こえてきた。そして、突然、わたしのヘンリーが、彼を捕まえていた二、三人の男たちを振り切って、大声をあげながらわたしのほうへ走ってきて、わたしの服にしがみついたの。男たちはひどい罵声を浴びせかけながらあの子に追いついたわ。そのうちの一人の男の顔を、わたしは決して忘れないでしょう。その男はあの子に向かって、そんなことをしたって逃げられやしない、自分と一緒に刑務所へ行き、二度と忘れられないようなお仕置を受けろって言ったの。わたしが一所懸命に頼んでも、彼らは笑っているだけだった。かわいそうなあの子は泣き叫び、わたしの顔をのぞき込んで、しがみついてきたわ。結局、彼らはあの子を引き離そうとして、わたしのスカートを半分も引き裂いてしまった。あの子が『かあさん！　かあさん！　かあさん！』と泣き叫んでいるのに、彼らはあの子をなかへ連れ込んでいった。わたしは彼に、同情してくれそうに見えた一人の男がいたので、わたしは彼に、もしやめさせてくれさえすれば、持っているお金を全部さしあげると頼んでみた。彼は頭を横に振って言ったわ。持ち主によれば、あの子は買われたときからずっと生意気で言うことを聞かないから、今度ばかりは性根をたたき直されるんだって。わたしは踵を返して、走ったわ。一歩足を踏み出すたびごとに、あの子の泣き叫ぶ声が聞こえてくるような気がした。家に飛び込むと、息を切らして広間へかけ込んだ。バトラーはそこにいたわ。彼にことの次第を話して、行ってやめさせるようにしてくれと頼んだ。彼はただ笑うだけで、あの子は当然の報いを受けているんだと、わたしに言うの。性根を入れ替えさせられるべきだし、それも早ければ早いほどいいんだと付け加えたうえで、『俺に何を期待していたんだ?』と聞いたわ」

「その瞬間、頭のなかで何かがぷつりと切れたようだった。目がくらくらとし、腹のなかは怒りでいっぱいだった。テーブルの上にある、よく切れそうな大きなボーイーナイフに目をとめたのは記憶している。そのナイフを手でつかんで、彼の上に飛びかかっていったみたいなことも覚えているわ。それからはすべてが真っ暗になり、何もかも分からなくなった。何日も何日も、分からなくなってしまったの」

「意識を取り戻したとき、わたしはきれいな部屋にいた。自分の部屋ではなかった。黒人の老婆が付き添っていて、医者も診察に来たりして、とても大事にされたわ。しばらくして、彼がここから立ち去り、わたしはこの家で売られるために残されているんだってことが分かってきた。だからこそ、この家の人たちが苦労して、わたしの面倒をみてくれていたの」

「わたしはよくなるつもりはなかった。よくならないようにと期待していた。でも、そんなわたしのことなどおかまいなしに、熱は下がっていき、わたしは健康になり、ついに病床を離れたの。すると、この家の人たちは毎日わたしを着飾らせたわ。殿方が入ってきて、立って葉巻をふかしながら、わたしを見ては質問し、わたしの値段の交渉をしていた。わたしは暗い顔つきで黙りこくっていたので、誰もわたしを買おうとしなかった。この家の人たちは、もっと楽しそうにして愛嬌をふりまくように努めないなら、わたしを鞭で打つって脅したわ。そんなある日、ついにスチュアートという名前の紳士がやってきたの。彼はわたしに対して、哀れみの気持ちを抱いたみたいだった。わたしの心に何か恐ろしいことが重くのしかかっていると考えて、一人で何度も会いにきて、とうとうわたしを説き伏せて彼に打ち明けさせたの。結局、彼はわたしを買い、子供たちを見つけ出して買い戻すために、できるだけのことをすると約束してくれたわ。彼は息子のヘンリーがいた宿屋へ行ってくれたけれども、あの子はすでにパール川上流の農園主のところへ売られてしまったと言われたの。それがあの子について、わたしが耳にした最後だったわ。それから彼は、わたしの娘のいるところを探し出してくれた。娘はある老女のところにいたの。彼は娘のために大金を出すと申し出たけど、所有者たちは娘を売ってくれようとはしなかったわ。バトラーは、彼が娘を買おうとしたのは、わたしのためだということを知ると、わたしには絶対に娘を取り戻させないと言ってよこしてきた。キャプテン・スチュアートはわたしにとてもやさしかった。彼は素晴らしい農園を持っており、そこへわたしを連れていった。一年して息子が生まれた。ああ、あの子！　わたしはどんなにその子を愛したことか！　あのかわいそうなヘンリーにそっくりだった！　でもわたしは決心をしていたの。そう、心に決めていたの。もう二度と子供は大きく育てないようにしようって！生まれて二週間になったとき、わたしは赤ん坊を腕に抱き、キスをして、その子のために泣いた。それから、あの子にアヘンチンキを飲ませ、あの子が眠りながら死んでいくあいだ、胸にしっかりと抱きしめていたわ。わたしはあの子を思って、どんなに嘆き悲しみ、泣いたことか！　わたしがあの子にアヘンチンキを与えたのは過失でなかったなんて、誰が想像したことだろう？　でも、そうしたことを、いまもわたしは喜んでいるわ。わたしがそんなふうに思える数少ないことの一つよ。いまに至るまで、わたしは後悔なんかしていないわ。あの子は、少なくとも、苦しみから逃れたんだから。わたしがあの子に与えてやれるもので、死に勝るものなんて何もありはしないわ、かわいそうな子！　しばらくして、コレラが流行して、キャプテン・スチュアートが死んでしまった。生きたいと望んでいた者はみんな死んでいった。そして、わたしは、確かに死への入り口まで行きはしたものの、生きながらえた！　それから私は売りとばされ、人の手から手へと渡っていくうちに、容色は衰え、皺がふえ、熱病にもかかったわ。挙げ句のはてに、ここの卑劣なあいつがわたしを買い、ここへ連れてきたの。それで、わたしはここにいるというわけ！」

女は話をやめた。彼女は自分の身の上話を、激しい情熱的な話しぶりで一気に語ってみせた。あるときはトムに語りかけているように見えた。しかしまた、独白のなかでしゃべっているように見えたときもあった。彼女の話は力がこもり圧倒的だったので、トムはしばし傷の痛みも忘れて引き入れられ、肩肘ついて身を起こすと、彼女をじっと見つめていた。彼女は休みなく行ったり来たりしていたが、動くたびに、その長い黒髪が重そうに身体のまわりで揺れた。

「あんたはわたしに言ったわね」。彼女はしばらくして言った。「神様はいるって。天から見下ろしていて、こうしたすべてのことを知っている神様がいるって。いるのかもしれない。修道院の尼さんたちは、よく最後の審判の日のことをわたしに話してくれたわ。そのときに、すべてのことが明らかにされるって。でも、それじゃ、わたしたちの手による復讐はないってことじゃない！」

「あの連中は、わたしたちの苦しみなんて何とも思ってないのよ。子供たちの苦しみなんて、屁とも思っていやぁしないわ！　そんなことはみんな些細なことなのよ。でも、わたしは、自分一人の胸の内に、町全体が沈んでしまうほどの悲しみを抱えながら、通りを歩いていたことがある。そのときわたしは、町の家々が壊れて自分の上に倒れかかるか、敷石が私の下で沈んでしまえばいいと願ったわ。そうよ！　最後の審判の日には、わたしと子供たちの身も心も破滅させてしまったあの連中の証人として、わたしは神様の前に立ってやるわ！」

「少女のころのわたしは、自分が信心深い人間だと思っていたわ。神様とお祈りが大好きだった。いまのわたしは、地獄に堕ちた魂よ。昼も夜もわたしを苦しめる悪魔たちにつきまとわれている。悪魔たちがわたしを責め続けるの。いつか、わたしもあの連中を責め続けてやるわ！」そう言うと、彼女はぎゅっと自分の手を握りしめた。その真っ黒な目には気狂いじみた光が宿っていた。「わたしは、あの男を、あいつにふさわしいところへ送ってやるわ。しかも、近いうちに、最短距離でね。たとえ、そのために、生きたまま火あぶりにされたって、かまわない！」狂暴な笑い声が、長々と、荒れた部屋のなかに響きわたった。だが、それも最後にはヒステリックなむせび泣きとなった。彼女は床に身を投げ出すと、身をよじって発作的にむせび泣いた。

その激しい発作もまもなく過ぎ去ったようだった。彼女はゆっくりと身体を起こすと、気持ちを落ち着かせようとしているように見えた。

「あんたもかわいそうね、他に何かしてあげられることはない？」と彼女は言い、トムが横たわっているところに近づいて行った。「もっと水をあげましょうか？」

こう言ったときの彼女の声や仕草は、先ほどの荒々しさとは奇妙な対照をなす、しとやかで憐れみ深いやさしさに満ちていた。

トムは水を飲み、真剣にまた気の毒そうに彼女の顔を見た。

「ああ、奥様、命の水をあなたに与えてくださる、あの方のところへ行ってくだせえ！」

「あの方のところへ行けですって！　彼はどこにいるの？　彼は誰なの？」とキャシーは言った。

「あなたがさっきおらに読んで聞かせてくれたあの方、つまり主ですよ」

「少女のころのわたしは、祭壇の上の彼の絵をよく眺めていたわ」とキャシーは、悲しげに昔を思い出すといった表情で、黒い目をじっと据えたまま言った。「でも、彼はこの世にいないわ！　この世にあるものと言えば、罪と長い、長い、長い絶望だけよ！　ああ！」彼女は胸に手を当て、何か重いものを持ち上げるかのようにして、大きく息を吸い込んだ。

トムがまたしゃべり出すような顔つきをした。しかし彼女は、きっぱりとした身振りでそれを遮った。

「話さないで、かわいそうな人。できたらお休みなさい」。彼の手の届くところに水を置いて、彼が少しでも楽になれるように細々とした心遣いをみせたあとで、キャシーは小屋を去っていった。

第35章 形見の品々

「心が永久に忘れようとしている重荷を
　心に思い出させるものは、
　取るに足りないものかもしれない
　それはある音だったり、
　一輪の花だったり、風だったり、海だったりする
　そうしたものが心の傷をひらくのだ
　暗く心を閉ざす電撃的な鎖をうち震わせて」
（『チャイルド・ハロルドの遍歴』第四歌[1]）

レグリーの屋敷の居間は、幅広いゆったりとした暖炉のある、大きくて細長い部屋だった。かつては華やかで高価な壁紙が貼られていたが、いまでは壁が湿気を帯びてしまい、壁紙はぼろぼろで色あせ、破れてぶら下がっているところもあった。部屋には、閉め切った古い家によくある、湿気と埃と腐臭の入り混じった、あの一種独特な胸のむかつく不健康な臭いがたちこめていた。壁紙はところどころがビールやワインの染みで汚れていた。それだけでなく、チョークでのメモ書きや、誰かがそこで算数の練習をしていたような長い計算式もあった。暖炉には、真っ赤に燃えた炭団の詰まった火桶が置かれていた。というのは、それほど寒いという気候ではなかったのだが、夜になるとその大きな部屋がいつもじめじめと冷えてきたからである。それに、レグリーが葉巻に火を付けたり、パンチ用の水を温める場所を欲しがったという理由もある。赤々と燃える炭団の輝きが、乱雑でどうにもならない部屋の様子を照らし出していた。馬の鞍、馬勒、何種類もの引き具、乗馬用の鞭、外套、雑多な衣類などが雑然と部屋のあちこちに散らばっていた。前に話したことのある犬たちが、それらのもののあいだでそれぞれ好き勝手に陣取っていた。

レグリーはコップ一杯分のポンチを作ろうと、ひびが入り、口の欠けた土瓶から湯を注ぎながら、唸るように呟いた。

「あのサンボのくそったれめが。俺と新入りどものあいだ

にこんな騒ぎを起こさせやがって！　これであのトムの野郎は、一週間というもの働けねえだろうな。いちばん忙しいときだっていうのに！」

「そうよ、いい気味だわ」。彼の座っている椅子の後ろで声がした。あのキャシーという名の女だった。彼女は、彼が独り言を言っているのに乗じて、忍び足で入り込んできていたのだ。

「何！　この女悪魔め！　戻ってきたのか、ええ？」

「そうよ、帰ってきたのよ」と彼女は冷ややかに言った。「わたしの勝手でね！」

「嘘つけ、このあばずれが！　俺は一度言い出したら言う通りにするぞ。おとなしく俺の言いなりになるか、それとも奴隷小屋で他のやつらと一緒に暮らして働きに出るか、そのどちらかしかない」

「あんたに踏みつけられて、言いなりになっているより、奴隷小屋の一番汚い場所で暮らすほうが、一万倍もましよ！」と女は言った。

「それでも、お前は俺の足下で現に言いなりなのさ」。そう言うと、彼は残忍な笑いを浮かべて、彼女のほうに向き直った。「それが俺の楽しみなんだ。さあ、俺の膝の上に乗りな、ええ、お前。そして、聞き分けのよい女になるんだ」。彼は彼女の手首をつかみながらそう言った。

「サイモン・レグリー、いい気になるんじゃないよ！」目を鋭く光らせながら、女が言った。その目つきには、ぞっとするほどの荒々しさと狂気が宿っていた。「サイモン、あんたはわたしが何かをしでかすんじゃないかと心配なんだ」。彼女はゆっくりとした口調で言った。「心配するがいいさ！　でも、気をつけるんだね。わたしのなかには悪魔が住んでいるんだよ！」

　彼女はその最後の言葉を、彼の耳元近くで、威嚇するような響きで囁いた。

「出て失せろ！　確かにお前のなかには悪魔がいる！」とレグリーは言い、彼女を突き放して、落ち着かない様子で彼女を見た。「でもよ、キャシー」と彼は言った。「なんでお前は以前みたいに、俺と仲よくできねえんだ？」

「以前みたいにだって！」彼女は苦々しげに言ったが、そのあとは声を呑んだ。こみあげてくる感情で胸がつかえ、口がきけなくなったのだ。

　キャシーは、気の強い情熱的な女性がもっとも残忍な男に対して持つある種の影響力を、レグリーに対してつねに保持していた。しかし最近は、隷従してきたおぞましい軛《くびき》のもとで、どんどん苛立ちが高じ、落ち着きをなくしていた。彼女のその苛立ちは、ときどきすさまじい狂気と化して爆発することがあった。こうした傾向のため、彼女はレグリーにとって一種の恐怖の対象であった。粗暴で教養のない者によくあることだが、彼は狂気をうちに秘めた人間には迷信的な恐怖心を抱いていた。レグリーがエメリンを家へ連れ帰ったとき、鬱屈していた女らしい感情の残り火が、疲弊しきったキャシーの胸のなかでぱっと燃え上がった。彼女は女の子に味方して、その身を守ろうとした。その結果、彼女とレグリーのあいだですさまじい争いが起こった。怒り狂ったレグリーは、おとなしくしないなら畑仕事へ行け、と彼女を罵倒した。キャシーは軽蔑の色を傲然と顔に浮かべ、畑へ行くと宣言した。かくして、すでに述べたように、彼女は一日畑で働き、彼の脅しが彼女に何の意味もないということを証明して見せたのだ。

その日一日中レグリーは内心で気をもんでいた。自分ではどうにも逃れようのない影響力を、キャシーが彼に対して持っていたからである。彼女が籠を秤に乗せたとき、彼はある種の譲歩を期待して、彼女に向かって半ばなだめるように、また半ばあなどるように話しかけた。彼女のほうは、完全に敵意のこもった蔑みの口調で応じた。

哀れなトムに対する乱暴な扱いも彼女の怒りをさらに高めていた。そこで、彼女はレグリーの野蛮さを非難するという目的のためだけに、彼のあとについて家にやってきたのだった。

「いいか、キャシー」とレグリーは言った。「お前にはもっと分をわきまえてほしいもんだな」

「分をわきまえろなんて、あんたがよく言えたもんね！　そういうあんたはいったい何をしたっていうの？　自分の悪魔みたいな気性を丸出しにしただけじゃない。この一番忙しい時期に、最高の使用人の一人を台なしにしないという分別もないくせに！」

「確かに俺はばかだった。あんな口論を引き起こすなんて」とレグリーは言った。「だが、奴隷が強情をはるようなときは、性根を入れ替えてやる必要があるんだ」

「あんたには、彼の性根を入れ替えられやしないわよ！」

「無理だと言うのか？」レグリーは立ち上がると、強い調子で言った。「無理かどうか見てみようじゃねえか。奴が俺を上回って、自分を押し通せたら、奴ははじめてそれができた黒んぼさ！　奴の体の骨を全部へし折ってでも、諦めさせてやる！」

ちょうどそのときドアが開き、サンボが入って来た。彼は頭を下げながら近寄ると、何か紙に包んだ物を差し出した。

「おい、てめえ、それは何だ？」とレグリーは言った。

「魔女のお守りでさ、旦那様！」

「魔女のなんだって？」

「黒んぼが魔女からもらう物なんでさあ。やつらが鞭で打たれても、痛くねえようにってね。トムのやつは、黒い紐でこいつを首からさげてたんでさあ」。

神を信じない残忍な男たちによくあるように、レグリーも迷信深かった。彼は紙包みを手に取り、気味悪そうに開いた。

なかからは一ドル銀貨が一枚と、輝くような長い金髪の巻毛が一房でてきた。巻毛はまるで生きているもののように、レグリーの指に絡みついた。

「こん畜生！」と彼は叫んだ。それから、突然感情をむき出しにして、床をどたばた踏みならしながら、まるで火傷でもしたかのようにすさまじい勢いで巻毛を引っ張った。「こいつはどこから現われたんだ？　こんなもの、捨てちまえ！いや、燃やしちまえ！　燃やしちまえ！」彼はわめきながら、それを引きはがすと、炭団のなかへ投げ込んだ。「何だってこんな物を俺のところへ持って来たんだ？」

サンボはその大きな口を開け、びっくり仰天して立っていた。部屋を出ようとしていたキャシーも立ち止り、あっけにとられて彼を見た。

「こんなとんでもねえもんをもう二度と持ってくるな！」と、拳を振りまわしながら彼はサンボに言った。サンボはあわててドアのほうへと引き下がった。レグリーは一ドル銀貨を拾うと、窓をめがけて投げつけた。銀貨は、窓ガラスを突き破って、外の暗闇へと消えていった。

サンボはうまくその場から逃れて喜んでいた。彼がいなくなると、レグリーは自分が発作的に狼狽したことを少々恥じているようだった。彼は意固地に椅子に座り、不機嫌そうにパンチをすすり始めた。

キャシーは彼に気づかれないように部屋から出る準備をした。そして、前述のように、気の毒なトムの世話をするため、そっと抜け出した。

レグリーはいったいどうしたというのか？　残忍なことならどんなことにも慣れっこの、あの野蛮な男を脅えさすような何が、あの単純な金髪の巻毛にあったのだろうか？　それに答えるには、振り返って彼の生い立ちを読者に紹介しなければならない。いまでこそ神を信じぬ冷酷で無節操な男に見えるが、彼にも、神への祈りと清らかな賛美歌を子守歌代わりに、母の胸で揺られていたときがあったのだ。いまでは無情そのものといった彼の額にも、かつては洗礼の聖なる水がかけられたのだ。幼かったころは、安息日の鐘が鳴ると、ある金髪の女性が、彼の手を引いて礼拝と祈禱へと連れていった。遠く離れたニューイングランドで、その母親は、あくことを知らぬ熱烈な愛情と忍耐強い祈りをもって、この一人息子の教育にいそしんだ。父親は冷酷な性格で、このやさしい女性が注いだはかり知れない大きな愛情も報われずに終わったが、レグリーはその父親の轍を踏んだ。乱暴で気ままで、暴君的な彼は、母親の助言や叱責を何一つ聞き入れようとしなかった。若くして母親のもとを去った彼は、運を求めて船乗りになった。その後、家に戻ったのはたった一度だけだった。その一度の機会に、母親は彼にとりすがり、罪の生活から足を洗って、魂の永遠の清らかさをかちうるよう、熱心に祈ったり懇願したりして、彼をかき口説いた。というのも、母親は何かを愛さずにはいられなかったし、他に愛すべきものがなかったからである。

それはレグリーが神の恩寵にふれたときであった。善なる天使たちが、そのとき、彼に呼びかけていた。彼はそのとき、ほとんど説得されかけ、神の慈悲が彼の手を握ったかに見えた。彼の心は内側から和らいでいた。葛藤が起こったが、結局は罪の側が勝利した。彼は粗暴な性質を総動員して良心の信ずるところと対置させた。酒を飲み、口汚く罵った。以前に増して荒々しく乱暴にふるまった。そして、ある晩のこと、絶望の苦しみの果てに、母親が彼の足下にひざまずいたとき、彼は彼女の身体を突きとばした。気を失って床に倒れた母親をそのままに、彼は野蛮な罵声を口にしながら船へと逃げ帰った。次にレグリーが母親のことを聞いたのは、ある晩、酔っ払った仲間たちとどんちゃん騒ぎをしているときのことだった。一通の手紙が彼の手に渡された。それを開いてみると、一房の長い巻毛が現われ彼の指に巻きついてきた。その手紙には、母親が死んだということとともに、いまわの際に彼女が彼に祝福と許しを与えたということが書かれていた。

この世には、この上なくやさしく神聖なものを恐怖と驚愕の幻影に変えてしまう、恐ろしくも罪深い悪の魔術がある。青ざめた愛すべき母親、彼女の死の間際の祈り、彼女の寛大な愛も、あの罪にまみれた悪魔のような心のなかでは、単に呪いの宣告をくだすものでしかない。それらは、恐ろしいことに彼を探し出し、最後の審判と激しい憤怒の対象にしようとする。レグリーは髪の毛と手紙を燃やしてしまった。それらがジュージュー、パチパチと音立てて燃え上がっていくのを目にしたとき、彼は永劫の炎のことを考えて、心のなかで身震いした。彼は酒を飲み、大騒ぎをし、悪態をつくことで母の記憶を消し去ろうとした。だが、しばしば、真夜中になると、夜の荘厳な静けさが彼のよこしまな魂を責めたて、無理にも母親との霊的交歓をさせようとした。彼は青ざめた母親がベッドの脇から立ち上がるのを見たり、あの髪の毛が静かに指のまわりにまとわりつくのを感じた。挙げ句の果てに、冷や汗が頬を流れ、恐怖の念にとらわれてベッドから飛び起きるのだった。聖書のなかにある「神は愛です」という言葉や「神は焼き尽す火です」(2)という言葉を聞いて、読者の皆さんのなかには、不審の念を抱かれたことのある人々もいるだろう。そうした人々に向かって問いたい。悪に染まった魂には、完全な愛もひどく恐ろしい拷問でしかなく、もっとも恐ろしい絶望への封印であり宣告なのだということが見てとれないだろうか。

「くそっ、忌々しい!」レグリーは、酒をちびりちびりやりながら、独り言を言った。「トムの奴はいったいどこであの巻毛を手に入れたんだ? もしあれがあんなにそっくりでなかったら、ふうっ! もうあのことはすっかり忘れていたと思っていたのに。そもそも、何かを忘れることができると思ったのが、間違いだったんだ。ちくしょう！　淋しいな！　エムでも呼ぶか。あいつは俺のことを嫌っている。あの山ザルめが！　かまやしねえ、是が非でも来させてやる！」

レグリーは玄関口の大広間に出た。そこから階上へは、かつては素晴らしかった螺旋階段が通じていた。しかし、通路は埃だらけで薄暗いうえに、箱や目障りながらくたなどが所狭しと置かれていた。敷物も敷いてない階段が、薄暗いなかを、螺旋状に上へ伸びていたが、行き着く先がどこなのかは誰にも分からなかった！　青白い月の光が、玄関扉の上にあるガラスの割れた明かり窓から射し込んでいた。そこの空気は地下納骨堂の空気のように不健全で冷え冷えとしていた。

レグリーが階段の下で立ち止ったとき、一つの歌声が聞こえてきた。その声は、陰気な古い屋敷のなかでは、異様でうす気味悪く思われた。恐らく彼の神経がすでに過敏な状態にあったからであろう。耳傾けてごらんなさい！　あれはなんだろう？

情熱的で悲痛な一つの声が、奴隷のあいだでよく歌われている賛美歌を歌っているのだ。

「ああ、嘆くことになるだろう、嘆くことになるだろう、
嘆くことになるだろう
ああ、キリストの裁きの席で、(3)
嘆くことになるだろう！」

「くそっ、あのアマめ！」とレグリーは言った。「息のつけねえようにしてやる。エム！　エム！」彼は荒々しく呼んだ。しかし、壁にこだまする自分の声が、あざ笑うかのように答えるだけだった。美しい声はなおも歌い続けていた。

「親たちと子供たちは別れることになるだろう！
親たちと子供たちは別れることになるだろう！
別れたのちはもう二度と会えない！」

繰り返しの言葉が、がらんとした大広間にはっきりと、大きく響きわたった。

「ああ、嘆くことになるだろう、嘆くことになるだろう、
嘆くことになるだろう
ああ、キリストの裁きの席で、
嘆くことになるだろう！」

レグリーは立ち尽していた。彼は恥ずかしくて口に出せなかったろうが、額には大粒の汗が滲み、心臓は恐ろしさで激しく、大きく脈打っていた。目の前の暗がりに何か白い物が浮かび上がり、かすかに光っているのが見えた気さえした。自分の死んだ母親の姿が、突然自分の前に現われ出てきたらどうなるかと考えて、彼は身震いした。

「よし、分かった」よろめきながら居間に戻ったとき、彼はそう独り言を言って、腰を下ろした。「これからは、もうあいつにかまわねえことにしよう！　あのくそ忌々しい紙包みに、この俺は何の用があるっていうんだ？　俺は魔法にかけられたのに違いねえ！　あれから俺はずっと震えっぱなしだし、汗をかきっぱなしだ！　あいつはあの髪の毛を、いったいどこで手に入れやがったんだろう？　それがあれであるはずがない！　俺はあれを燃やしてしまった。確かに燃やした。死んだ人間から髪の毛が生えてくるなんて、冗談も大概にしろ！」

ああ、レグリー！　あの金髪の巻毛には、魔法の力が宿っているのだ。その一本一本が、お前に恐怖と悔恨の念を引き起こす魔力を内に秘めており、さらなる強大な力の命令によって、お前が無力な人々に手ひどい悪を加えないよう残忍なその手を縛ろうとしているのだ！

「おい」とレグリーは言い、足を踏みならしながら、犬たちに口笛を吹いた。「どいつでもいいから目を覚ませ、そして俺の相手をしろ！」しかし、犬たちは眠そうに片目を開けただけで、また閉じてしまった。

「サンボとキンボをここに来させよう。あいつらに歌を歌わせ、地獄踊りを踊らせて、この恐ろしい考えを追い払おう」とレグリーは言った。彼は帽子をかぶってヴェランダに出ると、二人の黒人監督を呼ぶときに使っている角笛を吹いた。

レグリーは、ご機嫌なときには、よくこの二人のお偉方を居間に呼び、ウィスキーで景気をつけてから、気の向くままに、歌わせたり、踊らせたり、取っ組み合いの喧嘩をさせたりして楽しんだ。

夜中の一時か二時ごろになっていたろうか、キャシーがかわいそうなトムの世話を終えて戻ってこようとしたとき、居間のほうから、狂暴な叫び声やら大声やら周りをけしかける声やら歌声やらが聞こえてきた。そこには、犬の吠え声や乱痴気騒ぎにつきものの他の物音なども混じっていた。

彼女はヴェランダの踏み段を上がり、なかを覗いてみた。レグリーと二人の監督がひどく酔っぱらって、歌ったり、叫んだり、椅子をひっくり返したり、滑稽でおぞましい渋面を作り合ったりしていた。

彼女は、小さくてほっそりした手を窓の日除けの上に置き、じっと彼らを見つめた。そうやって見つめる彼女の黒い目には、苦悩と軽蔑と激しい憎悪があふれていた。「この世からこうした無頼の徒を排除するのは罪なのだろうか？」と彼女は独り言を言った。

彼女は急いでそこを立ち去り、裏口にまわってそっと二階に上がると、エメリンの部屋の扉を軽く叩いた。

①

②

③

④

①オフィーリアとトプシー
②エヴァの死
③公設の奴隷競売所
④トムを介抱するキャシー

第36章 エメリンとキャシー

Emmeline and Cassy

　キャシーが部屋に入ると、エメリンが恐そうに青ざめて部屋の一番遠くの隅に座っているのが目に入った。彼女が近づいていくと、少女は不安そうにびくっとした。しかし、それが誰だか分かると走り寄ってきて、腕をつかんで言った。

「ああ、キャシー、あなたなの？　来てくれて本当によかった！　あの男かと思って恐かったわ。夕方からずっと下でどんな恐ろしい騒ぎをしていたか、あなたは知らないでしょう！」

「もちろん、知ってるわ」とキャシーは素っ気なく言った。「こんなのは、しょっちゅうだから」

「ああ、キャシー！　教えてちょうだい、ここから逃げることはできないかしら？　どこだってかまわない。蛇のいる沼地だろうと、どこだろうと！　ここから逃げてどこかへ行くことはできないかしら？」

「どこへも行けないわ、墓のなか以外にはね」とキャシーは言った。

「やってみたことがあるの？」

「逃げようとしたり、その結末がどうだったかなんていうのは、うんざりするほど見てきたわ」とキャシーは言った。

「私は沼地にだって喜んで住むつもりよ、木の皮を食べたっていい。蛇なんか恐くない！　あの男がそばに来るくらいなら、蛇のほうがずっといいわ」とエメリンは真剣に言った。

「あなたと同じことを言っていた人たちが、ここにはたくさんいたのよ」とキャシーは言った。「でも、沼地にはいられなかったわ。犬に探し出されて、連れ戻されてしまうの。その挙げ句に……」

「あの男は何をするの？」と少女は言い、固唾をのんで相手の顔をのぞき込んだ。

「あの男が何をしないかって聞いたほうがいいくらいよ」とキャシーは言った。「あいつは西インド諸島の海賊たちのあいだでこの商売のやり方を覚えたのよ。わたしが見てきたことを聞いたら、あんたは眠れなくなるわ。それを、あいつは、ときどき、冗談めかして口にするけどね。何週間も何週間も耳について離れないような叫び声を、ここでわたしは何度も聞いたのよ。奴隷居住区をちょっと下ると、焦げたような黒い木があるでしょう、地面が一面黒い灰に覆われているところよ。誰にでもいいから、そこで何があったか聞いてみて、あんたに話してくれる勇気があるかどうか試してご覧なさい」

「えっ！　どういうこと？」

「あんたには言わないわ。考えるのもいや。でもいいこと、あのかわいそうなトムが、あのまま頑張り続けていれば、明日わたしたちが何を目撃することになるか、誰にも分からないわ」

「恐ろしい！」エメリンがそう言ったとき、彼女の頬からすっと血の気が引いていった。「ねえ、キャシー、私はどうすればいいの、教えて！」

「わたしがしてきたようにすることね。できることを精一杯やり、しなければならないことをするということ。その埋め合わせに、憎んで呪うのよ」

「あの男は私に、あの嫌なブランデーを飲ませようとしたわ」とエメリンは言った。「私は嫌だったから……」

「飲んだほうがいいのよ」とキャシーは言った。「わたしも嫌だったわ。でも、いまはあれがなくてはいられないの。誰にでも何かが必要なのよ。そういうものがあれば、いろんなことがそんなにひどくは見えなくなるわ」

「母さんは、そういうものに触っちゃいけないって、いつも言ってたわ」とエメリンは言った。

「母さんが言ってたって！」と、キャシーは母さんという言葉を感情的に苦々しく強めて言った。「母親が何か言ったからって何の役に立つの？　あんたたちはみんな売り買いされることになっているのよ。あんたたちの魂は、あんたたちを手に入れた人間のものなの。それが現実よ。だから、わたしは言うわ、ブランデーを飲みなさいって。できるだけ飲むことね。そうすればいろんなことが楽になるわ」

「ああ、キャシー！　私のことをかわいそうだと思って！」

「かわいそうだと思えですって！　わたしが、思ってないとでも言うの？　わたしにだって娘が一人いるのよ。いまどこにいて、誰に所有されているかなんて、まるで分からないわ。たぶん、母親と同じ道をたどっているんでしょうね。そのあとで、あの子の子供たちも同じことになるのよ！　この呪いに終わりはないの、永遠なの！」

「生まれてこなければよかった！」と、両手をねじりながらエメリンが言った。

「わたしもずっとそう願ってきたわ」とキャシーは言った。「いまじゃ、そう願うことに慣れっこになってしまった。勇気があれば、死んでしまいたい」。そう言いながら、彼女は外の暗闇を見た。顔の表情には、平静なときの彼女にお馴染みの、取り除きようもなく貼りついた絶望の影がさしていた。

「自殺することは罰当たりだわ」とエメリンは言った。「どうしてそうなのかが、わたしには分からない。わたしたちが毎日こうやって生きて行なっていること以上に、罰当たりなことがあるかしら。でも、修道院にいたころ、死ぬのを恐れさせるようなことを尼さんがわたしに話して聞かせたの。もし死んですべてが終わりだというのなら、わたしはそのときには……」。

エメリンは向きを変え、両手で顔を覆った。

部屋でこんな会話がかわされているあいだ、どんちゃん騒ぎで疲れきったレグリーは、下の部屋で眠りこけていた。レグリーは常習的な酒飲みではなかった。本当は、体質的に粗野で頑健だったので、もっとまともな人間ならすっかり身体をこわして狂ってしまうほどに、休みなく酒が飲みたかったし、またそれに耐えることもできただろう。しかし、心の奥底に潜む用心深さが、しばしば正体を失うほど酒を飲んではいけないと思わせていた。

だが、この夜は、心に悲しみと悔恨を呼び戻したあの恐ろしい記憶を頭のなかから必死に追い払おうとした結果、彼はふだんよりも深酒をしてしまったのだ。それで、黒い召使たちを下がらせると、部屋の長椅子にどさりと倒れて、ぐっすりと眠り込んだ。

ああ！ いったいどうしたら、この悪しき魂があの暗い眠りの世界に入ってゆく勇気を持てるのか？ 眠りの国のほの暗い輪郭は、最後の審判の神秘的な光景に恐ろしいほど似ているというのに！ レグリーは夢を見ていた。重苦しい、熱にうかされたような眠りのなかで、ベールをかぶった人影が彼の傍らに立っていた。その人影が、冷たい、やわらかな手を彼の身体の上に置いた。顔はベールで覆われているのに、彼にはそれが誰だか分かったと思った。忍び寄る恐ろしさで身体が震えた。すると、指に例の髪の毛がからみついてくるような気がした。それから、髪の毛は彼の首にするすると巻きつき、どんどん締めつけてきたので息ができなくなった。次に、恐怖で身の凍るようなことをいろいろな声が彼に囁きかけてきたと思った。そして、さらに、彼は自分が恐ろしい深淵のふちに立ち、死の恐怖のなかで落ちまいと必死にもがいているのに、黒い手が何本も伸びてきて、彼を引きずり落とそうとしているような気がした。キャシーが笑いながら背後に現われ、彼を突き落とした。そのとき、ベールをかぶった厳かな人影が、ベールを脱いだ。それは彼の母親だった。彼女は彼のそばから離れていった。彼は悪魔の笑いが甲高く響いたり、きしんだり、大声になったりして、逆巻く騒音と化すなかを下へ下へと落ちていった。そこで、レグリーは目が覚めた。

夜明けのバラ色の光がそっと部屋に忍び込んできた。じっとしたままの明の明星が、厳かで神聖な眼をきらきらと輝かせて、明け始めた空からこの罪深い男を見下ろしていた。ああ、新しい一日の始まりは、なんと新鮮で厳粛で美しいのだろう。それはまるで、残忍な人間に向かって「見てみなさい！　あなたにはもう一度機会がある！　不滅の勝利をめざして頑張りなさい！」と、言っているかのようである。この声に耳傾けられないような場所は、人間の会話や言葉が存在しないところだ。それなのに、この不敵で悪どい男はその声に耳傾けようとはしなかった。彼の目覚めは、呪いの言葉と口汚い罵りから始まった。彼にとって、金色と紫色のまざった毎日の朝の奇跡は何だったのか！　彼にとって、神の子が自らの象徴と見なしたあの星の神聖さは何だったのか！　獣のような彼はたとえ目で見ていても、何も感じなかった。ただ、よろめきながら進んで行って、コップにブランデーを注ぐと、その半分を飲みほしただけだった。

「なんてひでえ夜だったんだ！」彼は、ちょうど反対側の扉から入ってきたキャシーに言った。

「あんたは、いずれ、そんな夜をたっぷり味わうことになるでしょうよ」と、彼女は素っ気なく言った。

「このアマ、そりゃどういう意味だ？」

「いずれ分かるでしょうよ」。キャシーは同じ口調で言った。「ところで、サイモン、一つだけ忠告してあげるわ」

「忠告だと、くそくらえ！」

「わたしが忠告したいのは」。キャシーは部屋のものを整理しながら、落ち着いて言った。「トムのことは放っておきなさいっていうことよ」

「お前になんの関係がある？」

「なんの関係があるかですって？　そうね、どうなろうと、わたしの知ったことじゃないかもしれない。もしあんたが、一人の男に一二〇〇ドルも払って、この忙しい時期に、自分の腹いせから役立たずにしてしまうっていうんなら、わたしに関係なんかないわ。でも、わたしはトムにやれるだけのことはしておいてあげたわ」

「お前が？　俺の仕事に口出しでもしようっていうのか？」

「まさか、そんな気はないわ。でも、これまでもいろいろな機会に、わたしがあんたの使用人たちの面倒をみてきたおかげで、あんたは何千ドルも得をしてきたはずよ。それなのに、そんなお礼の言い方はないんじゃないの？　それに、もし市場に出すあんたの収穫量が余所より少なかったら、あんたは賭に負けるんじゃなかったの？　トンプキンズに威張り散らされたあげくに、あんたはしおしおとお金を払うんじゃなかったの？　あんたがお金を払っている姿が目に見えるようだわ！」

レグリーは、他の多くの農園主と同じように、野心に関しては、季節ごとに最大の収穫を得るというただ一つの野心しか持っていなかった。この現在の差し迫った時期の収穫について も、隣の町でいくつかの賭をしていた。そこで、キャシーは女性らしいやり方で、相手の唯一の泣き所にふれたのだ。

「まあ、あいつはこのくらいで許してやるとするか」とレグリーは言った。「だが、あいつに謝らせ、もっとまともにふるまうって約束させなくちゃいかん」

「そんなことは、しないと思うわ」とキャシーは言った。

「しないだと、ええ？」

「ええ、しやしないでしょうね」とキャシーは言った。

「理由を聞かせちゃくれませんかね、ええ、奥様」。レグリーは精一杯の軽蔑の色を浮かべて言った。

「なぜって、トムは正しいことをしたんだし、それを自分でも分かっているからよ。だから、自分が間違っていたなんて言わないでしょうね」

「あいつが何を分かっていようが、そんなのはどうでもいいことじゃねえか？　黒んぼは俺の気に入ることを言わなきゃいかん。さもなきゃ……」

「さもなきゃ、あんたが綿の収穫の賭で損するのよ。この忙しいときに、トムを畑に入れないようにしておいてね」

「だが、あいつは音をあげるはずだ。もちろん、そうするさ。この俺様が、黒んぼのことを知らないとでも言うのか？　今日の朝には、あいつは犬ころみたいに許しを乞うことになるだろうよ」

「トムはそんなことをしないわ、サイモン。あんたはこういう男のことを知らないのよ。たとえ、トムを一寸刻みに切り刻んでも、ただの一言だってあんたの望むことを吐かせることはできないわ」

「いまに分かるさ。あいつはどこにいる？」部屋から出ていきながら、レグリーは言った。

「綿繰り工場の物置にいるわ」とキャシーは言った。

レグリーはキャシーにあんなふうに強い調子で言ったものの、彼には珍しく、ちょっとした懸念を抱きながら家を飛び出したのだった。昨夜の夢が、キャシーの分別のある忠告と重なって、かなり胸にこたえていた。彼は、トムと会うところを誰にも見られないようにしようと決心した。その上で、もし脅しても屈服させることができなかったら、懲らしめるのはもっと都合のよい時期まで延ばそうと思った。

夜明けの厳かな光——明の明星の天使のような輝き——が、トムの横たわっている小屋の粗末な窓から射し込んでいた。まるでその星の光に乗って下ってくるかのように、厳かな言葉がトムの耳に聞こえてきた。「わたしはダビデのひこばえ、輝く明けの明星である[1]」。キャシーの意味不明の警告と予告は彼の魂を萎えさせるどころか、まるで天上からの呼びかけの声ででもあるかのように、彼の気持ちを最後には奮い立たせた。彼は自分の死ぬべき日が、いま明けようとしていることだけしか知らなかった。これまで何度も思い描いてきた驚嘆すべきすべてのことについて考えたとき、彼の心は喜びと希望の厳粛な激情で震えた。永久に輝く虹をたたえた大きな白い玉座、水のささやきのようにざわめく白い衣をまとった天使の群、それに王冠や棕櫚や竪琴などのすべてが、太陽がまた没し去る前に、彼の眼前に現われるかもしれないのだ。だから、迫害者が近づいて来たとき、彼はおののきも震えもせずに迫害者の声に耳を傾けた。

「やい、てめえ」と、レグリーはばかにしたようにトムを蹴って言った。「気分はどうだ？　一つか二つお前が覚えなきゃならねえことがあるって言っといたろう？　どうだ、あ？　これで、鞭打ちをする気になったろう、トム？　夕べみたいに、生意気なことはねえだろうな。もう、俺のような哀れな罪人を、ちょっとしたお説教でもてなすこともできねえだろう、ええ？」

トムは何も答えなかった。

「起きろ、この畜生め！」そう言うと、レグリーはまた蹴った。

この命令は、ひどく傷つき弱っているものには困難なことだった。トムが何とか起き上がろうと努力したとき、レグリーは残忍に嘲った。

「今朝は何だってそんなに元気がいいんだ、ええ、トム？　夜中に風邪をひくと思ったぜ」。

このときまでに、トムは自分の足で立ち、主人の前に微動だもせずにちゃんと向き合っていた。

「畜生が、できるじゃねえか！」と、レグリーはトムを見上げながら言った。「まだやられ足りねえようだな。それじゃ、トム、ひざまづいて、夕べのきさまの無礼に対して俺の赦しを請え」。

トムは動かなかった。

「座るんだ、この犬ころが！」と、レグリーはトムを乗馬用の鞭で打ちすえながら言った。

「レグリーの旦那様」とトムは言った。「できねえです。おらは正しいと思ったことをしただけです。もしまたそういうときがきたら、同じことをしますだ。どんなことになっても、おらは残酷なことはしねえです」

「そうか、だがな、トムの旦那よ、お前はどんなことになるかが分かってねえんだ。お前は自分の力なら何とか持ちこたえられると思ってるんだろうが、お前の力なんか大したもんじゃねえ、何でもねえんだ。木に括りつけられて、まわりからゆっくりじりじりと焼かれてみろ、面白そうじゃねえか、ああ、トム？」

「旦那様」とトムは言った。「あなたが恐ろしいことのできる方だってえのは知っとります。でも」。彼は身体を天に向かって伸ばし、両手を握りしめた。「おらの身体を殺しちまったあとは、もうあなたにできることは何もねえです。その後にくるものは、ああ、《永遠の来世》です！」

《永遠の来世》、トムがこの言葉を口にしたとき、黒人の魂は光と力を感じて身震いした。一方、罪人の心もまた、サソりに噛まれたように震えた。レグリーはぎりぎりと歯ぎしりしたが、怒りのため何も言えなかった。トムは束縛を解かれた人間のように、はっきりとした活気のある声で話した。

「レグリーの旦那様、あなたはおらを買いなすった。だから、おらは本当に忠実なあなたの召使になりますだ。この両の手でできることは何だってしますし、おらのすべての時間とすべての力をあなたに捧げます。でも、おらの魂は人間の手に渡すつもりはねえです。おらは主にしっかりとおすがりしとりますし、死のうと生きようと、主の命ずるところを何よりも優先させるつもりです。請け合って、それは確かですだ。レグリーの旦那様、おらは死ぬのをちっとも恐がっとりません。すぐにでも死にてえぐらいです。あなたはおらを鞭打ったり、飢えさせたり、焼き殺したりできるでしょう。でも、それはおらの行きてえとこに、おらをもっと手っとり早く行かせてくれるだけなんです」

「だが、俺がお前をそうしちまう前に、お前に神を否定させてやるさ！」とレグリーは激怒して言った。

「おらには助けがありますだ」とトムは言った。「あなたにそれはやれねえです」

「いったいどこのどいつがお前を助けるって言うんだ？」と、ばかにしたようにレグリーが言った。

「全能の神ですだ」とトムは言った。

「くそっ！」とレグリーは言って、拳一発でトムを叩き伏せた。

この瞬間、冷たく柔らかい手がレグリーの手を押さえた。彼は振り返った。それはキャシーの手だった。しかし、冷たくて柔らかい感触が、レグリーに前夜の夢を思い起こさせた。寝つかれずに見た恐ろしいすべての幻影が、そのときの恐怖とともに、ぱっと頭のなかを駆けめぐった。

「あんたはばかをやるつもり？」とキャシーはフランス語で言った。「トムのことは放っておきなさいったら！　また畑に出られるようにしてあげるから、わたしに任せなさいよ。わたしはあんたにそう言わなかった？」

ワニやサイは弾の通らない鎧を着ているが、彼らにもそれぞれ弱いところがあると言われている。乱暴で、向こう見ずな、疑り深い無頼漢にも、同じように弱いところがある。おしなべて彼らの弱いところは迷信から生ずる恐怖心にある。

レグリーはこの問題にはしばらく触れないでおこうと心に決め、トムから離れた。

「それじゃ、お前の好きなようにしろ」。彼は意固地にキャシーにそう言った。

「いいか、お前！」と彼はトムに言った。「いまは見逃してやる。仕事が忙しくって、猫の手も借りてえぐらいだからな。だが、俺は忘れないぞ。記録しといて、このつけをいつかはお前の小汚ねえ黒い身体で支払わせてやるからな、覚えておけ！」

レグリーは向きを変えると、出ていった。

「行くがいい」。陰気な顔つきで彼を見送りながらキャシーが言った。「いつかは、お前さんもつけを支払うときが来るさ！　トム、かわいそうに、案配はどうなの？」

「さしあたって、神なる主が天使をお遣わしになって、ライオンの口を塞いでくれましただ」とトムは言った。

「間違いなく、さしあたってだわ」とキャシーは言った。「いいこと、あんたはあいつににらまれちゃったのよ。夜も、昼も、あんたのあとを付け回し、犬みたいに喉に食らいついて、血をしゃぶり、あんたの命を一滴一滴と流し出させるわ！　あいつのやり方はよく分かってる」。

第37章　自由

Liberty

「彼がどんなに厳粛な儀式で奴隷制の祭壇に捧げられていたとしても、大英帝国の聖なる土地に触れた瞬間から、その祭壇と神はともに塵のなかに潰え去り、彼は全世界の奴隷制撤廃という抗いようのない時代精神によって、救済され、再生され、自由を得ることになるのである」

（ジョン・フィルポット・カラン）[1]

しばらくのあいだ、われわれはトムを虐待者の手に委ねておかなければならない。その間に、路傍の農家の親切な人々のもとに残してきたジョージとその妻の運命をたどることにしよう。

　われわれは、トム・ローカーを、あるクエーカー教徒のしみ一つない清潔なベッドの上で、呻き声をあげたり、のたうち回らせたりしておいた。ドーカス小母さんが母親のようにやさしく彼を看病していたが、小母さんは彼が病気にかかった野牛のように扱いやすい患者だと本当に思っていた。

思慮深そうな灰色の目の上に丸く広がるつややかな額を持ち、その上で分けた銀白色の髪を明るい色のモスリン地の帽子で包んだ、背の高い、威風堂々とした高潔な女性を想像していただきたい。雪のように白い柔らかな縮緬の布が、胸元できちんと交差して結ばれていた。彼女が部屋をそっと行ったり来たりすると、艶のある茶色の絹のドレスがやさしくサラサラと音を立てた。

「ちくしょう！」と、トム・ローカーが寝具を勢いよくはねとばしながら言った。

「トーマス、お願いだからそんな言葉は使わないでちょうだい」静かにベッドをふたたび整え直しながら、ドーカス小母さんが言った。

「分かってるよ、小母さん、俺だって使わないですめば、使いたくないよ」とトムは言った。「だが、汚い言葉も使いたくなるってもんさ。なにせ、べらぼうに暑いんだから！」

　ドーカスはベッドから掛け布団をどけると、上掛けのシーツをまたぴったり伸ばし、トムがまるでさなぎか何かに見えるようにシーツをたくし込んだ。そうしながら、彼女は言った。

「あなたにお願いしたいんだけど、呪いの言葉を言ったり口汚く罵ったりするのはやめてちょうだい。あなたのふだんのふるまいは考え直すべきだと思うわ」

「なんだって」とトムは言った。「どうして俺がそんなことを考え直さなきゃいけねえんだ？　俺は死んでも考え直したくねえよ！　くそいまいましい！」トムは見るもすさまじい格好で身体をのたうち回らせ、寝具をすべてまくり上げて乱してしまった。

「あの男とその女房がここにいるんだろう」。ちょっと間をおいたあとで、彼は不機嫌そうに言った。

「いますよ」とドーカス小母さんは言った。

「あいつらは湖へずらかったほうがいいぜ。それも、早いにこしたことはねえ」とトムは言った。

「たぶんそうするでしょう」。静かに編み物をしながらドーカス小母さんは言った。

「いいか」とトムは言った。「俺たちにはサンダスキーに仲間がいるんだ。俺たちのために、そいつらが湖から出る船の見張をしてくれてる。いまとなりゃ、俺はバラしたってかまやしねえ。俺はあいつらに逃げおおせてほしいんだ。マークスに痛い目を見せるためにな。くそ忌々しいあの青二才め！あのくそったれが！」

「トーマス、そんな言い方はしてはいけません！」とドーカスは言った。

「いいかい、小母さん、あんまり窮屈に押さえ込んでばかりいると、俺は破裂しちまうぜ」とトムは言った。「しかし、あの女のことだけどよ、何とか変装して分からねえようにしろって、連中に言っといてくれ。あの女の人相書きはサンダスキーに届いているんだからな」

「その点はよく気をつけることにするわ」と、ドーカスはいかにも彼女らしく落ち着き払って言った。

ここでトム・ローカーに別れを告げるにあたって、われわれは次のことを付け加えておこう。彼は、いろいろな他の病気とともにリューマチ熱に苦しみ、クエーカー教徒の住まいで三週間ほど寝込んでいたのだが、病床を離れたときには以前よりもいくらか悲しみの分かる、賢い人間に生まれ変わっていた。彼は奴隷を捕まえる仕事をやめて、新しい開拓部落の一つで生活を始めた。そこで彼は熊や狼や森に住む他の動物を捕まえる仕事に携わり、もっと巧みに才能を発揮した。そのおかげで、そのあたりではかなり名を知られるようになった。クエーカー教徒については、トムはいつも敬意を込めて語っていた。「いい人たちだよ」と、彼はよく言った。「彼らは俺を改宗させたがったが、実際はそういうことにはならなかった。でも、いいかい、旅の人よ、病人を世話することにかけちゃ、彼らは一流だ、嘘じゃねえ。彼らは、最高においしいスープと、ちょっとしゃれた小物なんかを作ってくれるんだ」。

トムの情報で、サンダスキーで待ち伏せがあるということが分かったので、一行は別行動をとるのが賢明だということになった。ジムが年老いた母親を連れて先に出かけ、それから一晩か二晩後に、ジョージとエライザが子供を連れて、密かに馬車でサンダスキーに乗りいれた。そして、ある親切な家に泊めてもらい、湖を渡る最後の行程の準備にとりかかった。

いまや彼らの夜も終わろうとしていた。自由という明の明星が目の前に美しく昇っていた。自由！　なんと心震わせる言葉だろう！　自由とは何か？　そのなかには、名目以上のものがあるのだろうか、美辞麗句を超えた何かが？　アメリカの紳士淑女よ、あなた方はなぜその言葉に胸の血潮を高鳴らすのか？　あなた方の父たちはそのために血を流したし、あなた方の勇敢な母たちは、そのために自分の最高で最良の人々を潔く死地に送った。

その言葉には、一人の人間にとっては輝かしかったり大切だったりするものはないが、国家にとっては輝かしくも大切だというような何かがあるのだろうか？　国家にとっての自由とは、その国に住む個々の人間の自由以外の何だというのだろうか？　広い胸の上で腕を組みそこに座っている、アフリカ人の血潮をたたえた頬と暗く燃える目を持ったこの若い男、ジョージ・ハリスにとって、自由とは何なのだろうか？　あなたがたの父たちにとって、自由とは一つの国家が一つの国家になるための権利であった。ジョージ・ハリスにとって、自由とは一人の人間が獣でなく一人の人間になるための権利であり、最愛の妻を自分の妻と呼ぶ権利であり、無法な暴力から彼女を守る権利である。また、自分の子供を守り、教育する権利であり、自分自身の家と自分自身の宗教と、他人の意志に支配されない自分自身の人格を持つ権利である。ジョージが沈んだ様子で頬杖をついて自分の妻の身支度を見守っていたとき、こういったすべての思いが煮えたぎるように彼の胸中に押し寄せてきた。逃亡のために一番安全だという理由で、妻は男物の洋服をそのほっそりとした美しい身体にまとおうとしていた。

「さあ今度はこれね」。そう言いながら、エライザは鏡の前に立ち、豊かな絹のような黒い巻毛を下に垂らした。「ねえ、ジョージ、本当に残念だと思わない？」と彼女は、陽気に髪を少し持ち上げて言った。「この髪を全部切らなくちゃいけないなんて、残念だわ」。

ジョージは悲しげに笑って見せただけで、何も答えなかった。

エライザは鏡に向き直った。鋏がきらりと光るたびに、長い髪が一房一房切り落とされていった。

「さあ、もう、これでいいでしょう」と言って、彼女はヘア・ブラシを取り上げた。「今度は、もうちょっと形を整えるわ」

「ほら、すてきな若者に見えないかしら?」そう言うと、エライザは夫のほうへ向き直り、顔を赤らめながら微笑んだ。

「どんなふうにしたって、お前はいつもきれいだよ」とジョージは言った。

「あなたはどうしてそんなに深刻そうな顔をしているの?」と、エライザは片膝をつき、夫の手に手を重ねて言った。「あとたったの二四時間で、私たちはカナダに着くそうよ。湖の上で一昼夜過ごしたら、ああ! そのときには……」

「ああ、エライザ!」そう言って、ジョージは彼女を引き寄せた。「そこなんだよ! いま、俺の運命はその一点に絞られてきている。こんなに近くまで、ほとんど見えるところまできているっていうのに、でもすべてを失うかもしれないんだ。そんなことになったら、エライザ、俺はもう生きていけない」

「恐がらないで」と、彼の妻は希望を吹き込むように言った。「善なる主は、私たちを最後まで支えてくださるわよ。もしそのおつもりがなければ、こんなに遠くまで私たちを運んではくださらなかったでしょう。ジョージ、私は主が一緒にいてくださるって気がするの」

「エライザ、お前はしあわせな女だ!」と言って、ジョージは突然彼女をきつく抱きしめた。「でも、ああ、教えてくれ! これほどの大いなるご慈悲が、俺たちにもたらされることがありうるのか? 長い長いこの惨めな年月に終わりがくるのか? 俺たちは自由になれるのか?」

「絶対そうよ、ジョージ」と、天を仰ぎ見ながらエライザは言った。長く、黒いまつげに希望と熱情の涙が輝いていた。「今日というこの日に私は心で感じるの、神様は私たちを囚われの身から救おうとなさっているって」

「お前を信じるよ、エライザ」とジョージは突然立ち上がって言った。「信じるとも。さあ、出かけよう」。そう言うと、彼は腕の長さいっぱいに彼女を引き離し、惚れ惚れとした様子で彼女を眺めた。「いや、本当に、いまのお前はかわいい小柄な若者だ。短く刈った巻毛がとてもよく似合うよ。帽子をかぶってごらん。そう、ちょっと片側にずらして。こんなきれいなお前の姿は見たことがないよ。さて、もうすぐ馬車が来る時間だ。スミス夫人はハリーの身支度をちゃんと整えてくれたかな?」

ドアが開いて、女の子の洋服を着たハリーを連れた上品な中年の女性が入ってきた。

「なんてかわいい女の子になったんでしょう」と、ハリーの身体をぐるっと回しながらエライザが言った。「ねえ、私たちはこの子をハリエットって呼びましょうよ? すてきな名前じゃない?」

子供は、母親が新しい見慣れない服装でいるのを深刻そうな顔つきで見つめながら、ときに深いため息をつき、押し黙ったまま、黒い巻毛の下から母親を覗いたりして立っていた。「ハリー、ママのこと分かるわね?」と、エライザはハリーのほうへ手を伸ばして言った。

子供ははにかみながら母親にしがみついた。

「ほら、エライザ、この子をお前のそばに近づけちゃいけないのが分かっているのに、どうしてべたべたさせるんだい?」

「無分別だってことは分かっているの」とエライザは言った。「でも、私のそばに来させちゃいけないなんて、そんなことは耐えられないわ。でも、いいわ。ところで、私の外套はどこにあるの? ああ、あったわ。ねえ、ジョージ、男の人ってどうして外套なんて着るのかしら?」

「着なくっちゃならないんだよ、こんなふうにね」。そう言うと、夫は外套を肩に羽織るようにして着てみせた。

「そう、それじゃあ」と言って、エライザはその動作をまねた。「さて、私は足音をたてながら大股で歩いて、威勢よく見せないといけないのね」

「その必要はないさ」とジョージは言った。「ときには、控え目な若者だっているんだから。お前には、そういう若者のほうがやりやすいと思うよ」

「まあ、この手袋! なんなの、これは!」とエライザは言った。「ほら、私の手がすっぽりと隠れてしまったわ」

「いいかい、手袋はきちんとはめていなければだめだ」とジョージは言った。「お前のほっそりした手で、俺たちの正体がばれるかもしれないんだから。それじゃ、スミスの奥さん、あなたはあの子のおばさんになってもらい、私たち二人がお供をするということでお願いします。いいですね」

「あのね」とスミス夫人が言った。「私は聞いたんだけど、子連れの男女に気をつけてくれって、すべての定期船の船長たちに注意して回っている男たちがいるってことよ」

「あいつらめ!」とジョージは言った。「大丈夫ですよ、そんな奴らの姿を見れば、そいつらだってことが分かりますよ」。

そのとき、貸し馬車が戸口に乗りつけた。逃亡者たちを受け入れてくれていた親切な家族が、お別れを言うために彼らのまわりに集まってきた。

一行が装った変装は、トム・ローカーの指示に従ったものだった。スミス夫人は、いま、彼らが逃げて行こうとしているカナダの村からやってきた立派な女性で、幸いにも村に戻るため湖を渡ろうとしているところだった。そこで、ハリーのおば役を引き受けてもらったのだ。ハリーを彼女になつかせるため、この最後の二日間というもの、ハリーの世話は彼女一人に任されていた。木の実入りケーキやキャンディをたっぷりもらった上に、特別に目をかけられたために、この幼い紳士は彼女にべったりとくっついて離れなくなっていた。

貸し馬車が波止場に着いた。いかにもそれらしく見える二人の若い男が、渡り板を渡ってボートに乗り込んだ。エライザはスミス夫人に丁重に腕を貸し、ジョージは一行の荷物の面倒をみた。

ジョージが一行の切符を手にいれようと船長室のところで立っていたとき、彼の横で話している二人の男の会話が耳に入ってきた。

「船に乗ってくる連中はみな気をつけて見ていたさ」と一人が言った。「奴らはこの船には乗っていないよ」。

それは船の乗組員の声だった。話しかけられていた相手は、すでにお馴染みのマークスだった。彼は持ち前のあの得がたい忍耐強さを発揮して、サンダスキーまで獲物を求めてやってきていたのだ。

「女のほうはほとんど白人と見分けがつかねえんだ」とマークスは言った。「男のほうはすごく色の薄い混血で、片方の手に焼き印がある」。

切符と小銭を受け取ろうとしていたジョージの手が、かすかに震えた。しかし、彼は落ちつき払った様子で向きを変え、関心なさそうに話し手の顔をちらっと見やってから、エライザが待っている船の別の場所へゆっくりと歩いていった。

スミス夫人はハリーを連れて女性用の船室で人目を避けようとしたが、そこで少女に変装していたハリーの浅黒い美しさが、乗船客たちの賞賛の的になってしまった。

船の出航を告げるベルが鳴り、マークスが渡り板を伝って岸に降りていくのを目にしたとき、ジョージはほっと胸をなで下ろした。船が両者のあいだの距離を広げ、もう戻りようのないところまできたとき、彼は長い安堵のため息をついた。

素晴らしい一日だった。陽の光を受けて、エリー湖の紺碧の波が、さざ波を立て、きらきらと踊っていた。岸からは爽やかなそよ風が吹き、堂々たる船は見事に水面を切って進んで行った。

ああ、一人の人間の心のなかには、語り尽せぬなんという世界が広がっていることか！　ジョージが内気な連れと一緒になって蒸気船のデッキをあちこちと黙って歩き回っていたとき、その胸のなかで燃えたぎっているすべてのものを、誰が思い描きえただろう？　近づきつつあるように思える大きな幸福があまりに素晴らしく、あまりに美しいので、とても現実とは思えないほどであった。その日一日、彼は何かが現われてその幸福を奪い取ってしまうのではないかと恐れて、気の休まるときが一瞬たりともなかった。

しかし船は進んでいった。ときはどんどん流れていき、ついに恵み深いイギリスの岸辺がくっきりとその全体を見せてきた。その岸辺は力強い魔力を持ち、そこにちょっと触れただけで、どのような言語で言われていようと、またどのような国家権力に承認されていようと、奴隷制のすべての呪文を消し去ってしまうような岸辺であった。

船がカナダのアマーストバーグという小さな町に近づいたとき、ジョージと彼の妻は腕を組んで立っていた。彼の息づかいは激しく早まり、目の前が涙でかすんできた。彼は自分の腕の上で震えている小さな手を握りしめた。ベルが鳴り船が停まった。彼は自分が何をしているかほとんど分からないままに、自分の荷物を探し出し、小さな一行を集めた。みんなで一緒に岸に降り立った。船が出て行ってしまうまで、彼らはじっと立っていた。それから、涙を流し、抱き合って、夫と妻は不思議そうな顔をしている子供を腕に抱き寄せて、ひざまずき、心から神に感謝の祈りを捧げた。

「それは死から生への突然の生還のようであった
死の経帷子から天国の礼服への、
罪が支配し激情が争いあう場所から
罪を許された魂が真の自由を獲得する場所への、
そこでは死と地獄の束縛はすべて打ち砕かれる、
そしてまた、慈悲深き神の御手が黄金の鍵を回し、
慈悲深き声が
喜べ、あなたの魂は解放されたと言われるとき、
死すべきものは永遠となる(2)」

ほどなくスミス夫人が、一行を親切な宣教師のいる居心地のよい住居へと案内した。この宣教師は、この岸辺に避難所を求めてひっきりなしにやってくる家のないものや放浪者たちを導くために、キリスト教の慈善団体がこの地に派遣した人だった。

自由を勝ちえた最初の日の喜びを誰が語ることができるだろうか？　自由の感覚というものは、他のどの五感よりも高尚ですばらしいものではないだろうか？　見張られることもなく、危険な目に会うこともなく、動き、語り、呼吸し、外出し、戻ることができるとは！　神が人間に与えたもろもろの権利を保障する法律のもとで、自由な人間の枕元に訪れるやすらぎの喜びを誰が語ることができるだろうか？　幾千もの危険を通り越してきたという思いによって、さらにいとしく感じられる子供の寝顔は、その母親にとってどれほどすばらしく、大切であったことか！　これほどの喜びに満ち溢れて、眠りにつくことなどできようか？　しかし、この二人には一エーカーの土地もなかったし、自分たちのものといえる家もなかった。彼らは最後の一ドルまで使い果たしてしまっていた。彼らは空を飛ぶ鳥や野に咲く花と同じで、何も持っていなかった。それでも、彼らは喜びのあまり眠ることができなかった。「ああ、人間から自由を奪い取るものたちよ、あなたたちはいかなる言葉で神の裁きに答えようというのか？(3)」

♣ CHAPTER XXXVIII

第38章 勝利

The Victory

「わたしたちに勝利を賜る神に感謝しよう」(1)

われわれ多くのものたちは、人生に疲れはて、ときに、生きているよりも死んだほうがはるかにましだと感じたことはなかっただろうか？

殉教者というものは、死に通ずる肉体的な苦痛や恐れに直面したときでさえ、自分の運命の恐怖そのもののなかに、力強い励ましと活力を見出すものである。そこには、いきいきとした興奮と戦慄と熱情がある。それらがどのような苦しみの危機をも切り抜けさせてくれるのだ。そして、その危機を乗り越えた瞬間から、永遠の栄光と安らぎのときが始まる。

しかし、毎日毎日、さもしく、辛く、低劣で、苦しい労役に疲れはてて生きていると、神経はすべて鈍磨して衰え、感性の力もだんだんと押し潰されていく。この長く続く、心萎えるような精神の殉教、それは日々、刻一刻と、内的生命の血を一滴ずつ流出させるという形をとる。男であれ女であれ、その人間のなかにあるものが真に厳しく試されるのは、そのときである。

トムは、自分の迫害者に面と向かって立ち、その脅しの言葉を聞いたとき、とうとう最後のときがきたと心のなかで感じた。すると彼の胸は勇気に満ち溢れ、手が届くほどのところにいるイエスと天国を思い描くことで、拷問にも、火あぶりにも、何ものにも耐えられるという気になった。しかしレグリーが去り、一瞬の興奮がさめてしまうと、殴打され、ぼろぼろになった手足の痛みがぶり返してきた。そしてまた、自分がすっかり零落し、望みもなく、見捨てられているという思いが戻ってきた。まさにその一日は、そんなふうにこの上なくうんざりと過ぎさっていった。

レグリーは、トムの傷がまだ一向に直りきらないうちから、口うるさくトムにいつもの畑仕事につけと命じた。それからというもの、苦痛と疲労の日々が続いたが、卑劣で悪意に満ちた人間の考えつくありとあらゆる不正と侮辱によって、そのひどさは耐えがたいものとなった。われわれのような境遇でも、忌まわしい苦痛を体験したことのあるものなら誰でも、たとえ苦痛をやわらげてくれるものがあるとはいえ、その苦痛に伴って苛立ちを感じるということは知っている。トムは、もはや、仲間がいつも不機嫌でいることを不思議だと思わなくなった。いや、それどころか、彼の生活上の習慣となっていた穏やかで、明るい性格が、みんなと同じ不機嫌さで蝕まれ、手ひどく壊されていくのに気づいた。トムは、暇なときには聖書が読めるものと、むなしい希望を抱いていた。しかし、ここには暇なときなどというものがなかった。レグリーは収穫の最盛期には、日曜日も平日と同じように、ためらうことなくすべての使用人を徹底して酷使した。なぜ彼がそうすべきでないのか？　そうすることで、彼はより多くの綿を収穫し、賭にも勝てるのだ。そのために、たとえ使用人を何人か消耗したとしても、よりましな使用人を新しく購入すればいいだけだ。最初のうち、トムは一日の労役から戻ると、たき火のちらちらする明かりをたよりに、聖書の一節か二節を読んだものだった。しかし、手荒な扱いを受けたあとでは、いつもへとへとに疲れきって戻るので、読もうとしても頭がくらくらし、目がいうことをきかなかった。そこで、彼も他の連中と同じように、完全に疲れきった体を投げ出すしかなくなっていった。

これまでトムを支えてきた信仰に基づく平安と信頼の念が、魂への揺さぶりと心を閉ざす暗闇に負けたとしても、それは不思議なことだろうか？　彼は、不可解なこの人生の一番重苦しい問題を、絶えず目の前にしていた。魂が押し潰され破壊され、悪が勝利しているというのに、神は沈黙したままなのだ。トムは何週間も何カ月間も、心に巣くう暗黒と悲しみのなかで闘った。彼はオフィーリア嬢がケンタッキーの友人たちに宛てて出してくれた手紙のことを考えた。そして、神が救いの者を寄こしてくれるよう心から祈った。何日も何日も、彼は、自分を買い戻してくれる人間がこないかと淡い期待を抱いて待ち続けた。しかし誰もこなかった。彼は、神に仕えても無駄であり、神は自分のことを忘れてしまったのだというつらい思いを、自らの魂にぶつけた。彼は、ときどきキャシーを見かけた。また、屋敷に呼び出された折などに、エメリンの元気のない姿をときどきちらっと目にした。しかし、二人のどちらとも話をする機会はなかった。実際、トムには誰とも話す暇など持てなかった。

ある晩のことだった。彼は自分の粗末な夕食を作りながら、消えかかった燃えさしのそばに、疲れきり、憔悴しきって座っていた。彼は火に粗朶《そだ》を少しくべ、もっと明るくしようとしたあとで、ポケットからぼろぼろに擦り切れた彼の聖書を取り出した。そこには、かつて何度も彼の魂に感動を与えた印のある章句のすべてが載っていた。それらは、遠い昔から人間に勇気を説いてきた長老や予言者、詩人や賢人たちの言葉だった。また、それらは、人生の荒波のなかでいつもわれわれのそばにいる、雲霞《うんか》のごとき無数の証言者たちが発してきた声だった。いま、その聖書のなかの言葉は力を失ってしまったのだろうか、それとも目が衰え、感覚が鈍くなり、もはやあの力強い霊感に触れても、自分が反応できなくなってしまったのだろうか？　トムは深いため息をつくと、聖書をポケットに戻した。下卑た笑い声がして、はっと目を上げると、彼の前にレグリーが立っていた。

「よお、トム」と彼は言った。「お前の宗教は役に立たねえみてえだな！　やっと、お前のちぢれ頭に、そのことを叩き込んでやれたか！」

残忍なそのあざけりの言葉は、飢えや寒さや欠乏よりもっとつらかった。トムはじっと黙っていた。

「お前もばかだな」とレグリーは言った。「俺がお前を買ったときにゃ、特別に扱ってやろうと思ってたんだぞ。サンボやキンボよりもずっといい暮らしをして、楽にやれただろうによ。毎日のようにどやしつけられたり、鞭でひっぱたかれたりする代わりに、好きなように威張りちらして、黒んぼたちをぶちのめすことだってできたんだ。それにときどきは、ウィスキーポンチで身体を十分に暖めるなんてことも可能だったのさ。なあ、トム、もっと利口になったほうがよくはないか？　そんな古びた屑なんぞは火のなかに投げ込んで、俺様の教会に入りな！」

「主はそんなことをお許しにならねえです！」とトムは激しく言った。

「お前にも分かってるだろうが、主はお前なんぞを助けちゃくれねえよ。もし助けるつもりなら、もともとこの俺にお前を買わせたりはしなかったはずだ！　お前のこの宗教なんか、みんな嘘っぱちのたわごとなのさ、トム。俺はこういうのをよく知ってるんだ。俺にくっついてたほうが利口だぜ。俺はいっぱしの男だし、それなりのことだってやれるんだ！」

「いやです、旦那様」とトムは言った。「主が助けてくださろうと、くださるまいと、おらは主についていきます、最後まで主を信じます！」

「お前はとことん間抜けだ！」そう言うと、レグリーは軽蔑したようにトムに唾をはきかけ、足で蹴飛ばした。「まあ、いいさ。俺はお前を追い詰めて、いまにぎゅうと言わせてやる。見てろよ！」そして、レグリーは向きを変えて立ち去った。

魂がひどい重圧により圧迫され、耐えられるぎりぎりのところまでくると、直ちにその重圧をはねつけようと、肉体的にも精神的にも死にものぐるいの努力が始まる。したがって、しばしば、もっとも激しい苦悶は、喜びと勇気の潮がふたたび満ちてくる先触れとなる。いまのトムの場合がまさにそうだった。神をも恐れぬ残忍な主人のあざけりは、すでに落ち込んでいたトムの魂を、もうこれ以上ない最低のところへまで沈めた。信じようとする彼の手は、まだ永遠の岩にしがみついてはいたが、もはや感覚を失い、絶望的な状態になっていた。トムは火のそばで呆然自失して座っていた。突然、彼のまわりにあったすべてのものが消えていったかのようになり、目の前に、茨の冠をかぶって、殴打され、血を流している人の姿が現われた。トムは畏怖と驚きの念をもって、その顔が荘厳なまでに耐え忍ぶさまに見入った。深く悲しそうな目がトムを心の奥底から感動させた。湧き上がる洪水のような感情のほとばしりのなかで、両手を差し出してひざまずいたとき、彼の魂は目覚めた。すると、目の前のその幻影が徐々に変化し始めた。茨の鋭い刺が栄光の光線へと変わり、信じられないほどの輝きのなかで、彼はその同じ顔が慈悲深く彼に向かって近づいてくるのを見た。そして、一つの声が聞こえてきた。「勝利を得る者を、わたしは自分の座にともに座らせよう。わたしが勝利を得て、わたしの父とともにその玉座に着いたのと同じように」(2)。

どのくらい長く自分がそこに横たわっていたのか、トムには分からなかった。気がついたときには、火はすっかり消え、洋服は冷たい夜露でぐっしょりと濡れていた。しかし、恐ろしい魂の危機も過ぎ去っていた。心を満たす喜びのなかで、彼はもはや飢えも寒さも落魄も失望も惨めさも感じなかった。そのとき彼は、魂の奥底から、この世のすべての希望から解き放たれ、それに決別していた。そして、自分の意志を、無限の神への絶対的な犠牲として捧げた。トムは静かに永遠に輝く星々を見上げた。それらは、つねに人間を見下ろしている、天使の群れの象徴であった。夜の静寂のなかに、賛美歌の勝利の言葉が鳴り響いた。もっとしあわせだった日々、彼はこの歌をよく歌ったものだが、いまのような気持ちで歌ったことは一度もなかった。

地は雪のように溶け去るだろう、
太陽も輝くことをやめるだろう。
だが、この地上の私に呼びかけた神は、
永遠に私のものとなるだろう。

この限りある命は衰えるだろう、
肉体も感覚も消えさるだろう、
そのとき、天上の私は
喜びと平和に満ちた生を得るだろう。

太陽のように明るく輝きわたりながら、
私たちがそこで一万年の歳月を送ったとしても、
最初に歌い出したときと同じく
私たちは神の頌歌を日々歌い続ける。(3)

奴隷たちの宗教的な挿話に通じている人々は、われわれが述べたような話が、奴隷たちのあいだに広く行き渡っていることを知っている。われわれは、とても哀れで感動的な人物のこうした挿話を、当人たちの口から直に聞いたことがある。心理学者によれば、心の情感やイメージが圧倒的で強力なときは、五感に強く働きかけて、心のなかで思い浮かべていたことに具体的な形を与えてしまう場合があるという。遍在する神がわれわれ人間の能力にどんな作用を及ぼすか、また意気消沈している孤独な魂を勇気づける神の方法がどのようなものかなど、いったい誰に推し量れるというのだろう？　もし貧しくなおざりにされた奴隷が、自分の前にイエスが現われ自分に話しかけてきたと信じ込んだとしたら、誰がそれを間違いだと言えるだろう？　神の使命は、いつの時代にあっても、失意の人々を団結させたり、傷ついた人々を自由にすることだ、と神自身が言ってこなかっただろうか？　夜明けの薄暗い光が、まどろんでいた者たちを起こし、畑へと追いたてるとき、ぼろを着て震えている惨めな人々のなかに、喜びいさんで歩を進めるものが一人いた。永遠の愛たる全能の神への彼の強い信仰は、彼が踏みしめている地面よりも強固であった。さあ、レグリー、いまこそお前のすべての力を試すがいい！　極限の苦しみ、悲哀、落魄、欠乏、あらゆるものの喪失も、ただ彼が神の王や司祭となる過程を早めるだけだろう！

このときから、平和の領域が神聖で冒すことのできない層となって、抑圧された者の慎ましい心を取り囲んだ。永遠の救世主がその心を一つの神殿として聖化したのだ。いまや、地上の悔恨に血を流す思いをすることもなければ、希望や恐怖や欲望にとらわれて揺れ動くこともなくなった。長いあいだ身を屈し、血を流し、もがき苦しんできた人間的な意志は、いまや神聖なるものと融合していた。人生の旅路は、いまやごくわずかしか残されていないという気がしたし、ごく間近に、ありありとした形で、永遠の幸福が現われているように思えたので、その人生が蒙っている極限の苦難さえ彼を傷つけることはなかった。

トムの様子が変わったことには、皆が気づいていた。快活さや機敏さが彼に戻ってきたようだった。彼の心を支配する穏やかさは、どんな侮辱や中傷にもかき乱されようがないかに見えた。

「いったいぜんたい何があいつに乗り移ったんだ？」とレグリーはサンボに言った。「ちょっと前まではすっかりへこたれてたのに、いまじゃしごく元気じゃねえか」

「分かんねえです、旦那様。逃げるつもりじゃねえですか、たぶん」

「あいつが逃げるのを見てえもんだ」と、レグリーは残忍そうににやりと笑って言った。「そうじゃねえか、サンボ？」

「まったくでさ！　ホウ！　ホウ！　ホー！」追従笑いを

しながら、黒い小鬼は言った。「そりゃ、見ものですぜ！　やつが泥んなかにはまっちまったり、藪んなかを猛然と追いかけて、犬がやつに食らいつくのを見るなんざ！　いや、もう、おらたちがモリーを捕まえたときにゃ、おらは腹が裂けちまうぐらい笑いましたぜ。犬どもを引き離す前に、あの女を素っ裸にしちまうかと思いましたからね。あの女にはまだあんときの大騒ぎの傷跡が残ってまさ」

「あの女はあの傷を、墓のなかまで持っていくだろうよ」とレグリーは言った。「だが、いいか、サンボ。しっかり見張ってろよ。もしあの黒んぼが逃げようなんてことを考えても、絶対にそんなことさせるんじゃねえぞ」

「旦那様、そいつはおらにまかせといてくだせえ」とサンボは言った。「あの黒んぼを、どこまでも追いつめてやりまさ。ホー！　ホー！　ホー！」。

このやりとりが交わされたのは、レグリーが隣町に行くために馬に乗ろうとしているときだった。その夜に帰ってきたとき、彼は奴隷居住区に立ち寄り、万事がうまくいっているかどうか見てみようと考えた。

その夜はすばらしい月夜だった。見事な栴檀の木々が、下の芝生の上に、まるで細かに鉛筆で描いたような影を投げかけていた。あたりには透明な静けさが漂い、それをかき乱すことは罪深いことのように思われた。レグリーが奴隷居住区から少し離れたところまできたとき、誰かの歌っている声が聞こえてきた。それはこのあたりでは聞き慣れぬ物音だったので、彼は立ち止って聞き耳をたてた。きれいなテノールの声だった。

天国の館に入る許しを
はっきりと私の目で確かめることができれば、
私はすべての恐れを投げ捨てて、
うれし涙にむせぶだろう。

そのときには、たとえこの地上が私の魂に戦いを挑み、
地獄からの矢が放たれようと、
私はサタンの怒りに対してさえ微笑むことができる、
眉をしかめるこの世界にさえ、
面を上げて立ち向かうことができる。

悩みごとが激しい洪水のように押し寄せようと、
悲しみが嵐のように降りかかろうと、
故郷へ無事に帰り着けますようお守りください、
私の神よ、私の天国よ、私のすべてよ。(4)

「ふん、そうか！」レグリーは独りごとを言った。「あいつはこんなことを考えていやがるのか。この忌々しいメソジストの賛美歌なんか糞食らえだ！　おい、黒んぼ」。そう言う

と、彼は乗馬用の鞭を振り上げながらトムの前に突然姿を現わした。「寝てるはずの時間だっていうのに、なんだってこんな騒ぎを起こしていやがんだ。お前のその黒い切り傷みてえな口を閉ざして、さっさとなかに入れ！」

「はい、旦那様」即座に快活な様子を見せながらトムは言い、立ち上がって小屋のなかへ入ろうとした。

レグリーは、トムが目に見えて幸福そうなのがひどくしゃくにさわり、馬でトムに近づくと頭や肩をさんざんに打ちすえた。

「どうだ、この犬ころめ」と彼は言った。「これでもまだお前は気分がいいって言えるか！」

しかし、その殴打もいまは肉体を傷つけるだけで、以前のように心にまで達することはなかった。トムはまったくされるがままに立っていた。だが、どういうわけか、この奴隷に対する自分の力が失われてしまったことを、レグリーは認めないわけにいかなかった。トムが小屋のなかに消え、レグリーが馬の向きを急いで変えようとしていたときだった。しばしば暗く閉ざされた邪悪な心へ良心の電光を送り込む、あの強烈な閃光の一つが彼の心をよぎった。神が自分とこの犠牲者のあいだに立ち塞がっているということを、レグリーははっきりと思い知った。彼は神を口汚く罵った。あの従順で寡黙な男、嘲笑や脅迫や鞭打ちや残忍さをもってしても心をかき乱せなかったあの男が、レグリーの内心に一つの声を呼び起こしたのだ。それは、彼の主人たるサタンが、自らの悪しき魂の中で、次のようにキリストへ問いかけた声だった。

「神の子、かまわないでくれ。まだ、そのときではないのにここへ来て、われわれを苦しめるのか」[5]。

トムの心は、自分のまわりにいる哀れで惨めな人たちに対する愛情と憐憫でいっぱいだった。彼には、自分のこの世での悲しみはいまや終わったかに思えた。そこで、彼が神から与えられたあの不思議な平安と喜びの宝庫から、この人たちの苦悩を救えるような何かを注ぎかけたいと願った。そういう機会は確かにほとんどなかったが、畑への行き帰りとか、野良仕事のあいだに、悄然と落ち込んでいる哀れな人たちに救いの手を差し伸べることはできた。哀れな、疲れ切って動物のようになった人々は、最初は、それにどんな意味があるのかほとんど理解できなかった。しかし、何週間も何カ月も続くうちに、それは、彼らの無感覚になった心のなかで、ずっと音を立てずにいた琴線を呼び覚まし始めた。すべての人の重荷を喜んで背負ってやろうとしながら、誰からも助けを求めようとしない、風変わりで、静かで、忍耐強いこの男が、徐々にまた気づかぬうちに、結局彼らに対して不思議な力を持つようになっていった。この男は、みんなのために脇で待ち、最後に来て、一番少なく取りながら、自分のほんのわずかなものもすべて必要な人に真っ先に分けようとした。この男は、寒い夜、病気で震えている女を少しでも暖めてやろうと、自分のぼろぼろの毛布を差し出したし、野良仕事で体力のない者には、自分の目方が足りなくなる危険を冒してまで、籠に綿を満たしてやろうとした。この男は、彼らと同じ暴君に情け容赦なく残忍な仕打ちを受けながら、みなと一緒になって誇《そし》りや罵りの言葉を一言も吐こうとはしなかった。そして、忙しい時期が過ぎていき、日曜日をまた自分たちの時間として使えるようになったとき、大勢の人たちが彼からイエスのことを聞こうと集まり始めるようになったのだ。彼らは喜びの気持ちを抱いてある場所に一緒に集まると、彼の言葉に聞きいったり、祈ったり、歌ったりした。しかし、レグリーはこれを許可しようとしなかった。彼は罵声や呪詛の言葉を浴びせかけながら、一度ならずそうした試みをぶち壊しにかかった。そこで、トムのありがたい話は、口から口へと個人的に伝えていかなければならなかった。しかし、人生が暗い未知の世界への侘びしい旅でしかないこの哀れに見捨てられた人たちが、慈愛あふれる救済者と天国の家のことに耳を傾けるときのあの素朴な喜びを、いったい誰に表現できるというのだろうか？　福音の言葉を、アフリカ人ほど素直にかつ熱心に受け入れた人種はこの地上のどこにもいないというのが、宣教師たちの言っていることである。福音の言葉は信頼と絶対的な信仰を基礎としている。この原理を、アフリカ人以上に自らの生得的な要素としている人種は、他にない。だからこそ、そよ風に乗ってさ迷いながら、偶然もっとも無知な者たちの心の内に運ばれてきた真理の種が実を結ぶなどということが、彼らのあいだでよく見受けられるのだ。そうして結ばれた実の豊かさは、もっと高度で洗練された文化のもとで育ったものを顔色なからしめる。

まるで雪崩のように襲いかかってきた残忍さや悪行のせいで、素朴な信仰をほとんど押し潰され、くじかれてしまった哀れな混血女は、仕事への行き帰りに、この慎ましい宣教師が折にふれて彼女の耳元で囁く賛美歌や聖書の章句によって、魂が生き返る思いを味わった。半ば正気を失いさ迷っていたキャシーの心も、彼の素朴で控え目な感化の力でなだめられ静められた。

一人の人生を押しつぶすほどの苦悩による狂気と絶望がキャシーの心を蝕み、彼女は心のなかでしばしば復讐のときを誓っていた。そのときがくれば、いままで目撃したり、彼女が自分の身に引き受けてきた不正や残忍な行為のすべてを、自らの手でその圧制者に復讐としてお返しするつもりだった。

ある晩、トムの小屋の者たちが寝静まったあとで、窓代わりになっている丸太の隙間にキャシーの顔があるのを見つけ、トムはぱっと起き上がった。彼女は何も言わずに、外に出てくるようにと身振りで合図した。

トムは戸口から出ていった。夜中の一時か二時ごろだった。明るい、穏やかで、静かな月が照っている夜だった。月の光がキャシーの大きな黒い目を照らしたとき、トムはいつもの深く刻まれた絶望とは違って、そこに荒々しい奇妙な光が放たれているのに気づいた。

「こっちへきて、トム神父さん」。そう言うと、彼女はその小さな手でトムの手首をとらえ、まるで手が鉄でできているかのように、力いっぱい引っ張った。「こっちへ来て、あんたに知らせたいことがあるの」

「何でしょう、キャシーの奥さん？」とトムは心配そうに言った。

「トム、あんたは自由が欲しくはないの？」

「神様がお定めになったときに、おらは自由になりますだ、奥さん」とトムは言った。

「ええ、でも今夜そうなれるかもしれないのよ」とキャシーは突然力を込めて言った。「さあ、来て」。

トムは躊躇した。

「さあ！」彼女は小声でそう言って、その黒い目でトムをじっと見た。「さあ、一緒に来て！　あいつは眠っているわ、ぐっすりとね。そうなるように、ブランデーのなかにたっぷりと仕込んでおいたの。もっとあればよかったと思うわ。そうすれば、あんたの手を借りずにすんだもの。でも、来て、裏のドアには鍵がかかっていないから。そこに斧があるわ、私が置いておいたの。あいつの部屋のドアは開いているわ。わたしが案内してあげる。自分でやりたかったんだけど、わたしの腕の力は弱すぎるの。さあ、一緒に来て！」

「どんなことがあっても絶対にだめです、奥さん！」とトムは断固とした調子で言い、立ち止まって、せき立てるように前へ行こうとする彼女を引き止めた。

「でも、ここにいるかわいそうな人たちのことを考えて」とキャシーは言った。「あの人たちをみんな自由にして、沼地のどこかに島を見つけたら、わたしたちだけで住めるかもしれないのよ。そういうことをしたって話を聞いたことがあるわ。どんな暮らしだろうと、ここよりはましだわ」

「だめです！」トムはきっぱりと言った。「だめです！　よきことは間違ったことからは生まれねえです。そんなことをするんなら、おらは自分の右手を切り落としちまったほうがいいです！」

「じゃ、わたしがやるわ」と言って、キャシーは背を向けた。

「ああ、キャシーの奥さん！」そう言いながら、トムは彼女の前に身を投げ出した。「あなたのために命を落とされた主のために、そんなふうに尊い魂を悪魔に売るようなことはしねえでください！　そんなことからは、悪いことしか生まれねえです。主はおらたちに復讐せよとはおっしゃってねえです。おらたちは辛抱して、神の定めたそのときがくるのを待っていなくちゃなんねえです」

「待つですって！」とキャシーは言った。「わたしが待たなかったとでも思うの？　頭がくらくらして、心が病むまで待たなかったとでもいうの？　あいつがわたしをどんなに苦しめてきたことか？　あいつが何百人という哀れな者たちをどんなに苦しめてきたことか？　あいつはあんたの命の血を絞り取っているじゃないの？　わたしは呼びかけられたの、みんながわたしに頼んでいるの！　あいつの最後のときがきたのよ。あいつの心臓の血を流させてやるわ！」

「だめです、だめです、だめです！」そう言うと、トムは彼女の小さな両手をつかんだ。彼女の手は激しい力で握りしめられていた。「いけねえです、あなたのかわいそうな魂は、道から外れてしまっているんです。そんなことはすべきじゃないです。あの敬愛すべき、清らかな主は、ご自分の血以外はお流しになりませんでした。おらたちが敵だったときも、おらたちのために血を流してくださいました。主よ、どうかあなたのあとに従って、敵をも愛せるようにお導きくださ い[6]」

「愛するですって！」とキャシーは目をぎらつかせて言った。「あんな敵を愛せって言うの！　そんなことは生身の人間にできることではないわ」

「そうです、奥さん、できることではありません」とトムは顔を上げて言った。「でも、主はそれをおらたちのためになさっています。それが勝利というもんです。おらたちがすべてを乗り越えて、どんなときでも愛したり祈ったりすることができれば、戦いは終わり、勝利が得られます。神様に栄光あれ！」涙を流し、声をつまらせながら、この黒人は天を仰いだ。

最後に召し出されるこの人々、荊冠と災いと血の汗と苦悶の十字架のもとへと最後に召される人々、ああ、アフリカ人たちよ！　この言葉のなかにあるものがあなたたちの勝利となるのだ。これによって、キリストの王国がこの地上に訪れるとき、あなたたちはキリストとともにこの世を治めることになるだろう。

トムの思いやりのなかにある深い熱情、彼の声のやさしさ、その涙が、この哀れな女の激しい不安定な精神の上に露のようにしたたり落ちた。ぎらつく炎のような彼女の目に、あるやさしさが浮かんできた。彼女がうつむいて、次のように言ったとき、トムはその両手の力が抜けていくのを感じた。

「わたしは悪霊に駆り立てられているって言ったでしょ。ああ！　トム神父さん、わたしには祈ることなんてできないわ。できたらどんなにいいでしょう。わたしの子供たちが売りとばされたとき以来、わたしは一度も祈ったことがない！　あなたの言うことは正しいに違いない。正しいってことは、分かってる。でも、わたしが祈ろうと試みるとき、わたしは憎んで呪うことしかできないの。わたしには祈れないわ！」

「かわいそうに！」とトムはやさしく言った。「悪魔があなたを自分のものにしようと、いろいろ試したがっとるんです。あなたのために、おらが神様に祈りますだ。ああ！　キャシーさん、いとしき主イエスに向かい合ってくだせえ。主イエスは心を痛めている者たちを集め、悲しんでいる者たちを慰めるために、この世に舞い降りてきてくださったんです」。

うつむいた目から大粒の涙を落としながら、キャシーは黙って立っていた。

「キャシーさん」。トムは黙って一瞬彼女の様子を見たあとで、ためらいがちに言った。「もしあなたがここから逃げ出すことができるなら、もしそのやり方が許されるものなら、エメリンと一緒にそうするよう勧めますだ。つまり、もし血を流すような罪を犯さずにできるんならってことですよ。そうでなけりゃ、だめです」

「一緒に逃げてくれるんですか、トム神父さん？」

「いえ」とトムは言った。「そうしようと思ったときもありましただが、主がこの哀れな人たちのなかにおらの仕事を与えてくだせえました。だから、おらは最後までみんなと一緒にいて、ともに十字架を背負っていくつもりです。あなたは違います。ここにいれば、あなたは悪魔の手に落ちてしまいます。あなたには、耐えられないでしょう。できるなら、あなたは逃げたほうがいいんです」

「墓場を通ってしか逃げる道はないわ」とキャシーは言った。「獣や鳥でもどこかに住処を見つけることができる。ヘビやワニでさえ、横になって静かに休める場所を持っている。でも、わたしたちの場所はどこにもないわ。どんな沼地の奥に行こうと、あいつらの犬たちが追ってきて見つけ出してしまう。あらゆる人間が、またあらゆる物事がわたしたちに敵対している。獣たちだって、わたしたちの味方じゃない。わたしたちは、いったいどこへ行けばいいの？」

トムは黙って立っていたが、最後に言った。

「ライオンの洞窟からダニエルを救いだされたあのお方、[7]燃え盛る炉から子供たちを救い出されたあのお方、[8]海の上を歩き風に静まるように命じられたあのお方、[9]主なるあのお方はいまも生きておいでです。おらは主があなたを救い出してくださると信じとりますだ。やってごらんなせえ。あなたのために力の限り祈っとりますだ」。

つまらない石ころのように、長いあいだ見落とされ、足下で踏みつけにされてきたある考えが、ダイヤモンドを発見したときのように、突然新しい光を浴びてきらきらと輝きだすのは、いったいどんな不思議な心の法則によるものなのだろうか？

キャシーはこれまでも、よく、見込みがあり実現可能に見えるすべての逃亡計画を、何時間も、あれこれと考えめぐらしたりしてきたが、どれもみな希望がなく実行困難だったので、それらをすべて捨てさってきた。しかしこのとき、あらゆる点から見て簡単で実行可能なある計画が、彼女の心にぱっとひらめいた。たちまち希望がわいてきた。

「トム神父さん、やってみるわ！」と唐突に彼女は言った。

「アーメン！」とトムは言った。「主が助けてくださるでしょう！」

第39章 計略

「神に逆らう者の道は闇に閉ざされ、何につまずいても、知ることはない」(1)

レグリーが住んでいる屋敷の屋根裏部屋は、どこのものとも同じように、大きくてがらんとした場所で、埃っぽくクモの巣が張っている上に、不用ながらくたが一面に散らばっていた。この屋敷がまだ豪華だったころに住んでいた裕福な家族は、輸入物のすばらしい家具をたくさん購入していたが、そのいくつかは彼らが持ち去ったとはいえ、残りは誰も使わずにいるカビ臭い部屋にぽつんと置き去りにされたり、この屋根裏部屋にしまい込まれたりしていた。これらの家具を運び込むときに使用した大きな箱が一つ、二つ、屋根裏部屋の壁に立てかけてあった。そこには小さな窓があり、埃だらけの薄汚いガラスを通して入ってくる微かな光が、ぼやっとした感じで、かつては立派だった高い背もたれの椅子や埃だらけのテーブルの上に射していた。全体的にみて、そこは薄気味悪く、幽霊でも出そうな場所だったが、ただそう見えるというだけでなく、迷信深い黒人たちのあいだでは、その恐怖をさらに募らせるような言い伝えにもこと欠かなかった。二、三年前に、一人の黒人女がレグリーの機嫌をそこねて、そこに何週間か監禁されたことがあった。そこでどんな事が起こったのか、それはわれわれの口から言わないことにしよう。ただ、黒人たちは、ひそかにお互い同士のあいだで、何があったかを囁き交わしあっていた。またある日、そこからその不運な女の死体が運び出され、埋葬されたということは広く知られていた。それ以来、その古い屋根裏部屋で、呪詛や罵声や激しい殴打の音が響き渡るとともに、それに混じって絶望的な呻き声や泣き声を耳にするというようなことが、言われるようになった。あるとき、レグリーはたまたまこの噂話を聞きつけて、怒り心頭に発し、こんど屋根裏部屋の噂話をした者は、そこに何があるかを教えるために、一週間ほど鎖につないでそこに閉じ込めてやると息巻いた。その脅しは噂

The Stratagem

話を静めるのに十分だったが、それでその話の真実味が少しでも減ったというわけではなかった。

とはいえ、家の者たちはすべて口にすることさえ恐ろしく感じて、屋根裏へ登る階段はもちろんのこと、階段に至る廊下さえだんだんと避けるようになっていった。その結果、その噂話はすっかり人の口に上らなくなった。キャシーは、自分とエメリンの自由をかち取るために、迷信を大いに恐れるレグリーの傾向を利用してやろうと、ふと思いついたのだ。

キャシーの寝室は屋根裏のすぐ下にあった。ある日のこと、彼女はレグリーに相談もせずに、突然これみよがしに自分の家具や身のまわりのものを、かなり離れた部屋へ移し始めた。下働きの召使たちが、この引っ越しを行なうために呼ばれて、どたばたと忙しそうに駆け回ったり、大騒ぎをしたりしているところへレグリーが乗馬から帰ってきた。

「おい！　キャス！」とレグリーは言った。「何が始まったんだ？」

「何でもないわ、ただ、別の部屋へ移ることにしただけよ」とキャシーは強情な口調で言った。

「なんのためだ、ええ？」とレグリーは言った。

「そうしたいからよ」とキャシーは言った。

「そうしたいだと！　なぜだ？」

「ときどきは、ちゃんと眠りたいのよ」

「ちゃんと眠るだって！　なんで眠れねえんだ？」

「あんたが聞きたいんなら、そりゃ言ってもいいけど」とキャシーは素っ気なく言った。

「はっきり言え！　このアマ！」とレグリーは言った。

「ああ！　本当になんでもないことよ。たぶん、あ、あんたなら平気でしょうね！　ただ、いろんな呻き声や、屋根裏部屋の床の上で人が取っ組み合ったり、転げ回ったりする物音がするだけのことよ、夜中の一二時ごろから明け方にかけてね！」

「屋根裏部屋に人がいるって！」とレグリーは不安そうに言ったが、無理に笑ってみせた。「誰なんだ、キャシー？」

キャシーはその突き刺すような黒い目を上げ、レグリーの顔をじっと見た。そして、彼の骨にまで届くような表情を浮かべて言った。「本当に、誰なんでしょうね、サイモン？　い、いあんたに教えてもらいたいわ。たぶん、あんたも知らないんでしょうけどね！」

レグリーは罵りの声を上げ、乗馬用の鞭で彼女を打とうとした。しかし、彼女は身を翻して脇によけ、ドアから部屋のなかに入っていったが、振り返りながら次のように言った。「あの部屋で寝てみれば、全部わかるわよ。やってみたほうがいいんじゃない！」。それからすぐに、彼女はドアを閉め鍵をかけてしまった。

レグリーは怒鳴ったり、罵ったり、ドアを壊すぞと脅したりしたが、明らかにそうしないほうがよいと思い直したようで、不安そうに居間へ戻っていった。キャシーは自分の放った矢が見事に的中したのを感じた。そのとき以降、彼女はきわめて巧妙なやり方で自分の手がけ始めた一連の圧力をかけ続けた。

彼女は屋根裏の節穴に古いビンの首を差し込み、風が少しでも吹くと、そこから陰鬱で、悲しげな泣き声が出るようにしておいた。その声は風が強まれば度を増して、まさしく悲鳴のように聞こえ、騙されやすく、迷信深い耳には、恐怖と絶望の叫びだと思えた。

これらの音は折にふれて召使たちの聞くところとなり、かつての幽霊話の記憶がまるごと甦ってきた。迷信に基づく身の毛のよだつような恐怖感が、家中を満たしているかのように思われた。誰一人としてレグリーにあえてそのことを言う者はいなかったが、彼は雰囲気から自分がそうした恐怖感に取り囲まれているのを感じていた。

神を信じない者ほど、迷信深いものはいない。キリスト教徒は、万物を支配する賢い父なる神に対する信頼があるので、落ち着いていられる。父なる神が、その存在そのものによって、未知の空間を光と秩序で満たしてくれるのだ。しかし、神を捨て去った者にとっては、まさに精霊の地は、ヘブライの詩人の言葉にあるように、秩序のない「暗さと死の闇の国」(2)でしかなく、そこでは光ですら暗黒なのだ。そのような者にとっては、生や死というものは、はっきりしない影のような恐ろしい異形のもので満ちあふれた、呪われた場所なのである。

レグリーはトムと出会ったことで、自分の内に眠っていた道徳的な要素をかき立てられたのだが、それも結局は断固たる悪の力によって抑え込んでしまっていた。しかし、それでもなお、一つ一つの聖書の言葉や祈りや賛美歌によって、暗い内面世界に快感や興奮が作り出され、迷信深い恐怖のなかでそうしたものが反作用していた。

キャシーが彼に及ぼしている影響力は、奇妙で独特なものだった。彼は彼女の所有者だし、暴君で虐待者でもあった。彼女が完璧に彼の手中にあり、助けや救済の可能性などまったくないことは、彼も承知していた。しかし、いかに残忍な男でも、つねに女性の強い影響力のもとで暮らしていれば、その影響力に大きく支配されないわけにはいかないものである。彼が彼女を買った当初は、彼女自身が言っていたように、彼女は育ちのよい女性だった。だが、それ以後、彼は何のためらいもなく、彼女を残忍に踏みにじってきた。しかし、ときが経ち、下卑た権勢と絶望感が彼女のなかの女らしさを硬化させ、それまでにない激しい情熱の炎を目覚めさせるにつれ、ある程度彼女は彼を支配するようになっていった。彼は彼女に暴力を振るったかと思うと、次には彼のほうで彼女を恐れるという具合だった。

ある種の狂気によって、彼女の話し振りや言葉の端々に、奇妙で気味の悪い不穏な要素が現われ始めると、この影響力はさらに悩ましく、明白なものになっていった。

　このことがあって一晩か二晩して、レグリーは古びた居間に座っていた。彼のそばでは薪の炎がゆらゆらと上がり、部屋中を薄ぼんやりと浮かび上がらせていた。嵐のように風の強い夜であった。おかげで、古びてがたついたこの家に、なんとも言いようのないあらゆる種類の騒々しい音が立ちこめていた。窓はがたがた鳴り、鎧戸はばたばた言った。風が猛然と吹き荒れ、うなり声をあげて煙突のなかに吹き込んでくると、そのたびごとに煙や灰をぱっぱと吹き飛ばした。その様子は、さながら風のあとに亡霊の群れが続いてくるかのようだった。レグリーはそれまで何時間か金勘定をしたり、新聞を読んだりしていたが、キャシーのほうは部屋の隅でむっつりと火をのぞき込んでいた。レグリーは新聞をおくと、一冊の古い本がテーブルの上にあるのに目にとめた。それは夕方キャシーが読んでいたものだと分かっていたので、彼はそれを取り上げてページをめくり始めた。その本は血なまぐさい殺人や、幽霊や、超自然現象などの話を集めたもので、装丁や挿し絵は粗雑だったが、一度それを読み始めた者には不思議な魅力を発揮した。

　レグリーは鼻でふんとせせら笑っていたが、読み始めるとつぎつぎにページを繰っていき、しまいにかなり読み進んだところで、罵声とともに本を投げ出した。

「お前は幽霊なんて信じちゃいないだろうな、ええ、キャス？」と、彼は火箸を取って火を直しながら言った。「物音なんぞに怖がるようなお前だとは思わなかったぜ」

「わたしが何を信じようと関係ないでしょ」とキャシーは不機嫌そうに言った。

「海にいたころ、仲間の連中がよく作り話で俺を脅かそうとしていたっけ」とレグリーは言った。「だが、そんなことで俺は脅かされたりはしなかった。言っておくがな、そんなくだらねえ話でびくつくほど、俺の神経はやわじゃねえ」。

　キャシーは部屋の隅から彼をじっと見つめて座っていた。彼女の目には、いつもレグリーを不安にさせるあの妙な光が宿っていた。

「お前の言っていた屋根裏の物音だが、ありゃネズミか風の音だったのさ」とレグリーは言った。「ネズミってやつはえらく騒がしい音を立てるからな。昔、船倉でときどき聞かされたもんよ。それに、風だが、こいつときたら、どんなふうにでも聞こえるんだ、まったく！」

　キャシーは自分にじっと見つめられると、レグリーが不安な気持ちになるのが分かっていた。そこで、彼女は何も答えず、この世のものとも思われないあの奇妙な目つきでじっと見つめたまま座っていた。

「さあ、何か言えよ、おい、そう思わないか？」とレグリーは言った。

「ネズミが下に降りてきて、入口から入ってきたり、あんたが錠をかけ、おまけに椅子まで立て掛けておいたドアを開けたりできるものかしら？」とキャシーは言った。「それに、真っ直ぐにずっとあんたの枕元まで歩いてきて、手を伸ばしたりするかしら、こんなふうに？」

キャシーはこう言いながら、レグリーをぎらぎらする目でじっと見つめていた。彼のほうも悪夢にうなされた者のように彼女をじっと見返していたが、彼女が話し終えて、氷のように冷たい手を自分の手の上に置いたとき、ついに罵声とともに飛び退いた。

「おいっ！　どういう意味だ？　誰かが、本当に、お前のあの部屋に来たと言うんじゃないだろうな？」

「ええ、もちろん来てやしないわ、わたしが来たなんて言った？」と、キャシーはぞっとするような冷笑を浮かべて言った。

「だが、本当にお前は見たのか？　おい、キャス、それはなんなんだ？　さあ、言ってみろ！」

「あそこで、自分で寝てみればいいじゃないの」とキャシーは言った。「もしあんたが知りたければね」

「キャシー、そいつは屋根裏部屋から来たのか？」

「そいつって、なんのこと？」とキャシーは言った。

「なんのことって、お前が話していたもの……」

「わたしは、何ものかなんて話していないわよ」と、キャシーはあくまで不機嫌そうに言った。

レグリーは不安そうに部屋のなかを行ったり来たりした。

「このことはちゃんと調べてやるさ。今晩にでも、見に行こう。ピストルを持ってな……」

「どうぞ」とキャシーは言った。「あの部屋で寝てごらんなさいよ。あんたがそうするのを見てみたいわ。ピストルで撃てるものなら、やってちょうだい！」

レグリーは足を踏みならして、猛烈に毒づいた。

「そんな口をきかないで」とキャシーは言った。「誰が聞いているか、分かったものじゃないわよ。しっ！　あれは何かしら？」

「なんのことだ？」びくっとしてレグリーが言った。

部屋の隅にあるどっしりしたオランダ製の古時計が、ゆっくりと一二時を打ち始めた。

どういうわけか、レグリーは口もきかず身体も動かさなかった。正体の定かならぬ恐怖が彼をとらえていたのだ。その間、キャシーは刺すような侮蔑の光を目にたたえて彼を見つめ、時計が打つ音を数えながら立っていた。

「一二時よ、さあ、いまなら分かるわ」。そう言うと、彼女は身体の向きを変え、廊下へ出るドアを開け、まるで聞き耳をたてているかのように立っていた。

「聞いてみて！　あれは何なの？」と指を上にあげながら彼女は言った。

「ただの風だ」とレグリーは言った。「風がひどく吹いているのが聞こえないのか？」

「サイモン、こっちへ来て」とキャシーは囁くと、彼の手をつかんで階段の下まで引っ張っていった。「あれがなんだか分かる？　聞いてみて！」

荒々しい叫び声が階段の上から聞こえてきた。声の出どころは屋根裏だった。レグリーの膝はがくがくし、恐ろしさで顔面は真っ青だった。

「ピストルを持ってきたほうがいいんじゃないの？」とキャシーが言った。その顔には、レグリーの血を凍らせるような冷笑が浮かんでいた。「調べるのにちょうどいいときよ。いま、あんたに上がっていってほしいわ。そこに来てるのよ」

「俺は行かねえ！」レグリーが罵声とともに言った。

「どうして行かないの？　幽霊なんていやしないんでしょう！　さあ！」キャシーは螺旋階段を駆け上がると、笑いながら彼のほうを振り向いた。「さあ、来てよ」

「お前は悪魔だ！」とレグリーは言った。「戻って来い、この鬼ばばあ。戻れ、キャス！　行くんじゃねえ！」

しかし、キャシーは狂ったように笑うと、どんどん駆け上っていった。彼女が屋根裏部屋へ通じる入り口のドアを開けるのが、彼に聞こえた。激しい一陣の風がさっと吹き下ろしてきて、彼が手にしていたローソクの火を消した。それとともに、この世のものとも思えない恐ろしい叫び声が聞こえてきた。それはまさに彼の耳のなかで喚いているかのようだった。

レグリーは気が狂ったように広間へ逃げ込んだ。そのあとを追ってすぐに、キャシーが復讐する霊のように青白い、落ち着き払った冷酷な顔をして、あのいつもの恐ろしい光で眼をぎらぎらさせながら入ってきた。

「これであんたも納得したでしょう」と彼女は言った。

「キャス、お前なんかクソ食らえだ！」とレグリーが言った。

「どうして？」とキャシーは言った。「わたしはただ上がって行って、ドアを閉めただけよ。サイモン、あの屋根裏に何か問題があるって、あんたは思っているのね？」と彼女は言った。

「お前の知ったことじゃねえ！」とレグリーは言った。

「あら、そうなの？　それじゃ」とキャシーは言った。「とにかく、あの下でわたしは眠る必要がなくなって、ありがたいわ」。

その日の夕方、風が強くなるのを予想して、キャシーは上にあがって屋根裏の窓を開け放っておいた。だから、もちろん、部屋の扉を開けた瞬間に風が吹き込んできて、明かりを消したのだ。

これは、レグリーにしかけたキャシーの計略がどんなものだったかを示す見本の一つとなるだろう。こんなふうにことが運んでいけば、最後には彼も、屋根裏部屋を調べるよりライオンの口にでも頭を突っ込んだほうがましだという気になるだろう。その間、みんなが寝静まった夜中に、キャシーはゆっくりと気をつけながら、しばらくのあいだ生活していくことのできるだけの食料を、屋根裏部屋にため込むことにいそしんだ。また彼女は、一つ一つ運びながら、自分やエメリンの衣類のほとんどを移していった。これらの段取りがすべて整ったあとは、ただ自分たちの計画を実行に移すのにふさわしいときを待つだけとなった。

レグリーをおだてたり機嫌のよいときをうまく利用して、キャシーはレッド川沿いの隣町に自分を連れて行かせるように仕向けた。その上で、彼女はほとんど人間わざとは思えないほどに研ぎ澄まされた記憶力で、道のすべての曲がり角を記憶し、そこまでに要する時間がどのくらいかを頭のなかで計算した。

すべてが整って、あとは行動に移すときとなった以上、おそらく読者のみなさんは舞台の裏側を覗き、最後の実力行使を見てみたいと思われるだろう。

時刻はほとんどもう夕方だった。レグリーは馬で近くの農場に出かけていて、家にはいなかった。この何日間というもの、キャシーの態度はいつになくやさしく、機嫌もよかった。一見したところでは、レグリーと彼女の仲は最高にうまくいっているかに見えた。そしていま、われわれが目にしているのは、エメリンの部屋で、彼女とエメリンが仕分けしたりまとめたりして、小さな二つの包みを作るのに余念のない姿である。

「これでもう十分に大きいわ」とキャシーは言った。「さあ、帽子をかぶって、出かけましょう。ちょうどいい頃合いだわ」

「でも、まだ姿が見える明るさよ」とエメリンが言った。

「それがこちらの狙いなのよ」と、キャシーは落ち着いて言った。「いずれにせよ、連中がわたしたちを追いかけなければならないのは、知っているでしょう？　そこで、こういう計画を立てたの。わたしたちは裏口からこっそり出て、奴隷居住区の近くまで走って行くの。サンボとキンボがきっとわたしたちの姿を見るわ。追いかけてきたら、わたしたちは沼地へ逃げ込むの。そうしたら、連中はそれ以上追いかけてこられないわ。結局は、引き返してきて警報を打ち鳴らしたり、犬を解き放ったり、そういったいろいろなことをするわ。そして、連中がいつものようにお互い同士でへまをやったりぶつかり合ったりしているあいだに、わたしたちは屋敷の裏側のところに通じている小川に出て、その小川のなかを歩いて戻ってきて、屋敷の裏口の向かい側に出るの。そうすれば、犬もあとをつけてこられないわ。水には臭いが残らないもの。家のみんなはわたしたちを探しに外に飛び出していくから、それを待ってわたしたちはさっと裏口からなかに入り、屋根裏に上がるの。わたしはそこの大きな箱のなかに、素敵なベッドを作っておいたわ。当分はあの屋根裏にいる必要があるわね。だって、あの男は全力をあげて、わたしたちのことを探すでしょうからね。他の農園から何人もの奴隷監督たちをかき集めて、大捕り物をするでしょうよ。あの沼地をしらみつぶしに探しまわるでしょうね。自分のところから逃げおおせたものはいないっていうのが、あの男の自慢なんだから。たっぷり時間をかけて、探させておけばいいわ」

「キャシー、本当にうまく計画したものね！」とエメリンは言った。「こんなこと、あなた以外の誰が考えつくかしら？」

キャシーの目には、満足感も喜びも見られなかった。ただ、絶望に根ざした断固たる決意があるだけだった。

「さあ」と言って、彼女はエメリンに手を差し出した。

二人の逃亡者はそっと家から抜け出し、夕闇迫るなかを、飛ぶようにして奴隷居住区のそば近くを駆け抜けた。指輪にはめ込まれた銀の印判のような新月が西の空にかかっており、それが夜の迫ってくるのを少し遅らせていた。農園を取り巻く沼地の端近くまで来たとき、キャシーの予想通り、止まれという声が聞こえた。しかしながら、激しい呪詛の言葉を投げかけながら追いかけてきたのは、サンボではなくレグリーだった。キャシーほど気丈でないエメリンは、その声を聞いたとたんに気持ちが萎え、キャシーの腕をつかんで言った。

「ああ、キャシー、私は気絶しそうだわ！」

「気絶なんかしたら、殺すわよ！」とキャシーは、きらきら光る小さな短剣を取り出すと、少女の目の前できらめかせた。

この注意を他にそらせる陽動作戦は、功を奏した。エメリンは気絶などせず、キャシーと一緒になって、迷路のような沼地へ突き進むことに成功した。そこはとても深くて暗かったので、手助けなしにレグリーが彼らを追いかけることは、考えるだけでもまったく無駄だった。

「よし」と、彼は残忍な笑いを浮かべて言った。「とにかく、あいつらは自分で罠のなかに飛び込んでいった。ばかな女どもだ！　これでもうあいつらは逃げられない。捕まえたら、ひどい目に合わせてやる！」

「おーい、来てくれ！　サンボ！　キンボ！　みんな！」とレグリーは奴隷居住区のほうに近づいて行きながら叫んだ。ちょうど男や女たちが仕事から戻ってくるところだった。「沼地へ逃げ込んだやつらが二人いる。捕まえたものには、誰でも五ドルやる。そら、犬どもを放せ！　タイガーもフュリーも、どの犬もみんな放せ！」

この知らせはたちまち大騒ぎを引き起こした。多くの男たちがお節介にも役に立とうと飛び出してきた。これは賞金欲しさからか、あるいは奴隷制度のもたらすもっとも有害な影響の一つといえた卑屈なおもねりの気持ちからだった。ある者はこっちのほうへ、また別の者はあっちのほうへ走って行った。松明を取りに行く者もいたし、犬を解き放す者もいた。耳ざわりで獰猛な犬の吠え声が、その場の光景に少なからぬ活気をつけ加えていた。

「旦那様、捕まらねえときゃ、撃ってもええですか？」主人からライフルを渡されたサンボが言った。

「そうしたきゃ、キャシーは撃ってもいい。あいつは、悪魔の仲間のところへもう戻ってもいい潮どきだ。だが、小娘のほうは撃つな」とレグリーは言った。「さあ、てめえたち、精出してうまくやってくれ。奴らを捕まえたものには、五ドルだぞ。それに、お前らみんなにとにかく一杯飲ませてやる」。

全員がめらめらと燃える松明の炎をかかげ、人間も犬も大声でわーっと叫んだり、荒々しく喚いたりしながら、沼地のほうへ突き進んでいった。少しあとから家のすべての召使がつき従っていた。その結果、屋敷のなかはもぬけの殻となり、その隙にキャシーとエメリンは裏口からなかへ入った。追っ手のわーわーいう声や怒鳴り声が、まだ空中に響きわたっていた。キャシーとエメリンが居間の窓から覗くと、松明を持った一行が沼地の端に沿って散らばっているのが見えた。

「あそこを見て！」とエメリンは指で差し示しながらキャシーに言った。「人狩りが始まったわ！　松明が踊り回っている様子を見て！　ほら！　犬たちよ！　聞こえるでしょう？　あそこにいたら、私たちの逃げ出すチャンスは、万が一にもなかったわ。お願いだから、隠れましょうよ。早く！」

「急ぐことはないわ」と落ち着き払ってキャシーが言った。「連中はみんな捜索のために出払っている。あれが今晩のお楽しみなのよ！　そのうち、上にあがればいいわ。そのあいだに」そう言うと、彼女はレグリーが慌てて脱ぎ捨てていった上着のポケットから、慎重に鍵を取り出した。「船賃のお金をいくらか貰っておかなければね」。

彼女は机の鍵を開け、札束を取り出すと素早く数えた。

「ああ、そんなことするのは、やめましょうよ！」とエメリンが言った。

「やめるですって？」とキャシーは言った。「どうしていけないの？　わたしたちに沼地で餓え死にしろと言うの？　それとも、自由州へ行くためのお金を手に入れるか、どっちなの？　お金はなんでもしてくれるのよ、エメリン」そう言って、彼女はお金を胸にしまった。

「でも、それは盗みだわ」とエメリンは心配そうに小声で言った。

「盗みですって！」と、キャシーは軽蔑したような笑い声を上げて言った。「わたしたちの身も心も盗んだような奴らに、そんなことは言わせないわ。この札束だってみんな、あの男の儲けのために最後は地獄へ行かなくちゃならない、哀れに飢えて汗水流している者たちから盗んだものなのよ。あの男に好きなだけ盗みだと言わせておけばいいのよ！　でも、いらっしゃい、屋根裏へ上がったほうがいいわ。ローソクはたくさん用意してあるし、暇つぶしの本もあるわよ。あの連中がわたしたちを追って、あそこまで来るなんてことはほぼありえないことよ。もし来たら、わたしが幽霊の真似をしてやるわ」

エメリンが屋根裏部屋に行って見出したことは、かつて重い家具の運搬用に使われた大きな箱が横倒しにされ、その開口部が壁というより軒先のほうに向けられていたということだった。キャシーが小さなランプに火を灯した。二人は軒先の下を這ってぐるりとまわり、箱のなかに落ち着いた。なかには二つの小さなマットレスが広げられ、枕も用意されていた。手近の箱にはローソクや食料品がたくさん入っていた。キャシーが驚くほど小さな包みにまとめておいた、旅行に必要なすべての衣類もそこに入れられていた。

「さて」と言って、キャシーはランプを小さな留め金に引っかけた。その留め金は、彼女が箱の内側にそのために打ち付けておいたものだった。「ここがさしあたってのわたしたちの住処よ。気に入った？」

「本当に、あの人たちは屋根裏を探しに来ないかしら？」

「サイモン・レグリーがそうするのを見てみたいわ」とキャシーは言った。「ええ、絶対よ。ここに近づかないですむのを、とても喜んでいるでしょうね。召使たちだって、ここへ顔を出すくらいなら、立たされて銃殺されたほうがましだと思っているわよ」

いくらか安心して、エメリンは自分の枕にもたれかかった。

「キャシー、私を殺すって言っていたけど、どういう意味だったの？」彼女は単純に聞いた。

「あなたを気絶させないためよ」とキャシーは言った。「それであなたは気絶せずにすんだわ。言っておくけど、エメリン、何が起ころうと気絶しないように覚悟しておかなきゃだめよ。そんなものは必要ないの。もし、わたしが気絶させないようにしていなかったら、あの恥知らずがあなたを捕まえていたでしょうね」

エメリンは身震いした。

二人はしばらく黙っていた。キャシーはフランス語の本に読みふけった。エメリンは疲れ切って、うとうとしながら少し眠った。彼女は大きな叫び声と怒号、馬の蹄の音、犬の吠え声などで目を覚ました。かすかな叫び声をあげて彼女は飛び起きた。

「捜索の連中が帰ってきただけよ」キャシーが落ち着いて言った。「怖がらなくていいのよ。この節穴から見てごらんなさい。みんなあそこにいるのが見えるでしょう？　サイモンも今晩は諦めなきゃならないわ。ほら、あいつの馬が、沼地のなかを跳ね回ってあんなに泥だらけになってるし、犬もしょぼくれてるわ。ああ、ご立派な旦那様、何度も何度も追っかけなくちゃなりませんよ。獲物はそんなとこにはいませんからね」

「ねえ、何も言わないで」とエメリンは言った。「聞こえたらどうするの?」

「あの連中が何か聞いたら、ますますここへ近づこうって気持ちを持てなくなるわ」とキャシーは言った。「危険なんてないわ。好きなだけ物音を立てていいのよ。それだけ効果が増すだけだから」。

ついに真夜中の静けさが屋敷中を包み込んだ。レグリーは、自分の不運を呪い、明日のすさまじい復讐を心に誓ってベッドに行った。

第40章 殉教者

The Martyr

「心正しき者が天から忘れられることはない！
たとえ世間並みの器量を授からずとも、
たとえ心は押しつぶされ、血を流し、
人に顧みられず、死んでいこうとも！
なぜなら、神はすべての悲しみの日々を記録し、
すべての苦い涙を数えていてくださるからだ。
天国での永久の幸せがもたらされるだろう
この世で苦しむ神の子ひとりひとりに」
（ウィリアム・カレン・ブライアント[1]）

どれほど道のりが長くとも必ず終わりを迎え、どれほど夜が暗くとも朝は来る。永遠に続く容赦ないときの流れは、悪人の支配する昼をまたたく間に永遠の夜へと変え、心正しい者の夜を永遠の昼へと変える。われわれはここまで、トムというあの慎ましい友とともに、奴隷制の谷間を歩んできた。最初は安楽とくつろぎの花咲く野を通り、次に最愛の者たちとの心引き裂かれる別離を味わった。それから、ふたたび、彼とともにわれわれは陽光の降り注ぐ島でしばらく過ごした。その島では、寛大な手が彼の鎖を花で隠していた。彼に同行してきた最終局面でわれわれが見たものは、この世の希望の最後の光が闇に消え去ったかと思われたそのとき、地上の真っ黒な暗闇のなかで、まだ見ぬ天空が新たな意味を持ったくさんの星で輝きわたる光景だった。

いまや明けの明星が山々の頂にかかり、天空からの疾風とそよ風によって、夜が明けつつあることが分かる。

キャシーとエメリンの逃亡は、以前から気の立っていたレグリーの気分を、極限まで苛立たせることとなった。彼の怒りは予想された通り、無防備なトムの頭上に落ちた。レグリーが大慌てで出来事を使用人たちに告げたとき、トムが目を突然きらっと光らせ両手をさっと上げたのを、彼は見逃さなかった。トムが追っ手の召集に加わろうとしないことにも気づいていた。レグリーはトムに無理強いしても従わせようか

と考えたが、これまでに残虐な行為をしろといってもトムが頑なに拒んできたのを経験していたのと、その場は急いでいたこともあって、彼と面倒を起こすために立ち止まる気になれなかった。

それゆえトムは、彼から祈ることを学んだ二、三の者たちと一緒にあとに残り、逃亡者たちがうまく逃げられるよう祈りを捧げた。

レグリーが捜索の失敗から気落ちして戻ってきたとき、トムに対してずっと抱いてきた心の底からの憎しみが募り、致命的なまでに極端な形をまとい始めた。彼が買い取って以来、この男は絶えず頑強にまた有無を言わせぬ力で刃向かってこなかっただろうか？　トムの心には、音こそ立てなかったが、地獄の炎のように彼を憎んで燃え盛る精神がないとでもいうのだろうか？

「俺はあいつが憎い！」その夜ベッドの上に座って、レグリーは言った。「俺はあいつが憎い！　あいつは『俺のもの』じゃないか？　あいつを好きなようにすることができないのか？　誰が邪魔をするっていうんだ？」レグリーは、あたかも手中に粉々に砕けるものを握っているかのように拳を握りしめ、振り回した。

しかし、そうは言っても、トムは忠実で役に立つ召使だった。だからこそレグリーはなお一層彼のことが憎かったのだが、それでもまだ何とか自制するだけの分別はあった。

翌朝、レグリーはまだ何も言わずにおこうと心に決め、近くの農園から犬や銃を持った一団をかき集め、沼地を取り囲んで組織的に捜索を行なうことにした。首尾よくいけば、それでよし。うまくいかなければ、トムを自分の目の前に引きずり出してきてやる、とそこまで考えてレグリーは歯ぎしりし、血を煮えくりかえらせた。うまくいかなければ、そのときには、あいつをぶちのめしてやろう、さもなければ、と思ったとき、レグリーの心のなかで恐ろしい声がささやき、それに彼の魂はうなずいた。

あなた方読者のなかには、主人の利益が奴隷への十分な安全装置になっている、と言う人がいる。人間というものは気も狂うほどに怒ると、意識的にまた目を見開いたまま、目的を達成するために魂を悪魔に売り渡すものなのである。そんなとき、いままで以上に他人の身体のことを気にかけたりするだろうか？

「ほら」。翌日、屋根裏の節穴から偵察していたキャシーが言った。「今日もまた人狩りが始まるわよ！」

三、四人の馬に乗った男たちが、屋敷の前の空き地で馬を躍り上がらせたりしていた。三頭ずつ革ひもでつながれた見慣れぬ犬どもも一組か二組おり、紐の端をつかんでいる黒人たちともみ合ったり、お互いどうしで唸ったり、吠え合ったりしていた。

男たちのうちの二人は近所の農園の奴隷監督だったが、他の男たちは隣町の居酒屋でレグリーが親しくなった飲み仲間で、人狩りを楽しむためにやってきていたのだった。これ以上に憎々しげな一団は想像することができなかっただろう。レグリーは彼らにたっぷりとブランデーをふるまっていた。ブランデーは彼らだけでなく、この仕事のためにさまざまな農園から集められた黒人たちにもふるまわれていた。というのは、黒人たちのあいだで、こうした種類の仕事をできるだけお祭りみたいに思わせておくというのも、目的の一つだったからである。

キャシーは節穴に耳をあてた。朝の風がまっすぐ家に向かって吹いてきたので、たっぷりと会話の中身を聞くことができた。耳をそばだてていると、沼地をどう割りふって捜索するかとか、どの犬がどの点で優れているかとか、発砲に関する命令とか、とらえた場合にそれぞれをどう扱うかとかを彼らが話したり、議論したりしているのが聞こえてきた。キャシーの暗い、厳しくて真剣な顔に、沈んだ感じの冷笑が浮かんだ。

キャシーは耳を離すと、両手を握りしめ、天を仰いで言った。「ああ、全能の神よ！　わたしたちはみんな罪人です。でも、こんな扱いを受けなければならないほど、わたしたちが他の人々よりどんな罪深いことをしたというのでしょうか？」

この言葉を口にしたときの彼女の表情と声には、すこぶる深刻なものがあった。

「もしあんたがいなければ」とエメリンを見て彼女は言った。「わたしは奴らのところに出て行きたいくらいよ。誰かが私を撃ち殺せば、感謝するかもしれないわ。自由がわたしになんの役に立つというの？　自由になれば、子供を返してくれるとでもいうの？　それとも、元のわたしに戻してくれるというの？」

まだ子供のような無邪気さを残しているエメリンは、キャシーの陰鬱な様子に半ば恐れをなした。彼女は途方に暮れ、何も答えなかった。ただやさしく、なだめるように、キャシーの手をとっただけだった。

「やめて！」と、キャシーは手を引っ込めようとしながら言った。「あんたを愛させようとしても、わたしはもう二度と誰も愛するつもりはないわ！」

「かわいそうなキャシー！」とエメリンは言った。「そんなふうに思わないで！　主が私たちに自由を与えてくださるのなら、きっとあなたの娘さんも返してくださるわ。いずれにしても、あなたにとって私は娘のようなものよ。私はあのかわいそうな年老いた母に二度と会えないでしょう！　キャシー、あなたが私を愛してくれようとくれまいと、私はあなたを愛している！」

やさしい無邪気な心が勝利をおさめた。キャシーは彼女のそばに座ると、エメリンの首に腕を回して、その柔らかな、茶色の髪をなでた。エメリンは、いまや涙にぬれているやさしいキャシーの瞳の気高い美しさに目をみはった。

「ああ、エム！」とキャシーは言った。「わたしはずっと子供たちが恋しかったの。寂しかったの。会いたくて、涙もかれ果ててしまったの。ここよ！　ここなの！」と彼女は自分の胸を叩きながら言った。「ここが寂しくて、空っぽなの！　もし神様がわたしの子供を返してくだされば、そのときはわたしも祈ることができるわ」

「神様を信じるべきだわ、キャシー」とエメリンは言った。「神様は私たちの父ですもの！」

「神様はわたしたちのことを怒っていらっしゃるのよ」とキャシーは言った。「怒って向こうへ行ってしまわれたんだわ」

「そうじゃないの、キャシー！　神様は私たちによくしてくださるおつもりなの！　神様に希望を託しましょうよ」とエメリンは言った。「私はいつも希望を持ってきたわ」。

捜索は長時間大いに意気込んで徹底して行なわれたが、うまくいかなかった。疲れ切り、憔悴した様子で馬から降りるレグリーを、キャシーは沈んだ感じの皮肉な笑みを浮かべて見下ろしていた。

「おい、キンボ」と、レグリーは居間で手足を伸ばしながら言った。「トムをここに連れてこい、すぐにだ！　今度のことの背後には、あのクソったれがいやがるんだ。あのクソ忌々しい黒い身体を痛めつけて、やつらの居場所を吐かせてやる。あるいは、どうして見つからねえか、その理由だけでも突き止めてやる！」

サンボとキンボは互いに憎みあっていたが、トムに関しては、同じように心底憎々しく思っている点で一致していた。当初レグリーは、自分が留守のあいだ全体の監督役をやらせようと思って、トムを買ってきたと二人に話していた。これが彼らの側での悪意の始まりだった。トムが彼らの主人にとって目障りな存在になっていくにつれて、彼らの卑しい隷従的な心のなかで、トムへの悪意の度合いはいっそう増していった。それゆえ、キンボは主人の命令を果たそうと喜んで出かけていった。

トムはキンボからレグリーの命令を聞いたとき、心の準備はすでにできていた。というのも、トムは逃亡者たちの計画もいま二人が隠れている場所もすべて知っていたし、自分がこれから立ち向かわなければならない男の恐ろしい性格も横暴な力も、知っていたからである。だが、彼には無力な者たちを裏切るつもりは些《いささ》かもなかった。そうするくらいなら、神を固く信じて死を迎え入れようと思っていた。

トムは綿の籠を列のそばに置き、上を見あげて言った。「わたしの霊を御手にゆだねます！　あなたはわたしの罪を贖ってくださいました、ああ、真実の神よ！(2)」それから、キンボが手荒にはげしくつかみかかってくるのを、静かになされるがままにしていた。

「そうとも、そうとも！」大男のキンボはトムを引きずっていきながら言った。「今度こそ、おめえはやられるぞ！　旦那は、かんかんに怒っとる！　もう、逃げられねえぞ！　言っとくが、ひでえぞ、間違いなしだ！　旦那の黒んぼを逃がすのに手を貸しやがって！　どんな目にあうか、今度こそ分かるってもんだ！」

トムの耳には、こうした荒々しい言葉は一つも届かなかった！　天からの声が聞こえていたからだ。「体を殺すものどもを恐れるな。そののちは、彼らにできることは何もない」(3)。哀れなこの男の身体のなかにある神経と骨は、あたかも神の指に触れられたかのように、この言葉に打ち震えた。彼は千もの魂が一つになったかのような力を感じた。彼が通り過ぎて行こうとしたとき、森や茂みや自分たちの奴隷小屋といったどん底生活のすべての場面が、まるで走り過ぎる車のなかから眺める景色みたいに、自分の側を疾走していくように思われた。トムの魂はうち震えた。天の故郷が目に入ったのだ。解放のときはすぐそこまできているという気がした。

「やい、トム！」レグリーは歩み寄ってきて荒々しく外套の襟をつかむと、これ以上ないような怒りの発作のなかで、歯をぐいっと食いしばって言った。「俺はお前を『殺す』ことに決めたが、分かってるだろうな？」

「そのようですね、旦那様」とトムは静かに言った。

「俺はだな」とレグリーは、恐ろしいぞっとするような落ち着きを示して言った。「そのことを、いま、決心したんだ。なあ、トム、お前があの女どもについて知っていることを言わなければの話だが」。

トムは黙って立っていた。

「聞いてるのか？」怒り狂ったライオンのように喚いて、足を踏みならしながらレグリーが言った。「言え！」

「何も言うことはねえです、旦那様」とトムは、ゆっくりと、しかしきっぱりした、慎重な口振りで言った。

「この古狸の黒んぼキリスト教徒め、あくまで知らないとぬかすつもりか？」とレグリーは言った。

トムは黙っていた。

「言うんだ！」すごい勢いでトムを殴りつけながらレグリーは怒鳴った。「お前は知ってるんだろ？」

「知っとります、旦那様。でも何も言えねえです。おらは死んだってかまいませんだ！」

レグリーは深く息をついて、怒りを抑えながら、トムの腕をつかむと、自分の顔をトムの顔にぐっと近づけて、恐ろしい声で言った。「いいか、トム！　前に許してやったことがあったからというんで、おれが本気じゃないと、お前は思っているようだな。でもな、今度は、損も覚悟で、俺は決心してるんだ。お前はいつも俺にたてついてきた。今度は、お前を俺の言いなりにさせるか、殺すかのどっちかだ！　お前が音をあげるまでは、お前のその身体の血を一滴一滴数えて、絞りだしてやるからな！」

トムは主人を見上げて答えた。「旦那様、あなたが病気だとか困っているとか、死にそうだということで、おらがお助けできるなら、おらの心臓の血を差し上げますだ。また、おらの古ぼけた身体から血を一滴残らずとることで、あなたの尊い魂が救われるんなら、主がおらのためにしてくださったように、いくらでもおらの血を差し上げますだ。ああ、旦那様！　ご自分の魂に大きな罪を犯させてはなりません！　そんなことをしたら、おらよりもあなたがもっと傷つくことになりますだ！　あなたがおらにどんなにひどいことをなさっても、おらの苦悩はすぐに終わります。でも、旦那様が悔い改めなければ、あなたの苦悩は永遠に終わらねえです！」

嵐の凪に聞こえる天上の音楽の神秘的な一節のように、トムのこの感情の激白は一瞬完全に時間を停止させた。レグリーは呆気にとられて立ったまま、トムを見ていた。その場には、レグリーの冷酷な心へ神が黙って慈悲と試練の最後の瞬間を差し出しつつ、古時計のときを刻んでいるといった静けさが支配していた。

しかしそれは一瞬のことだった。レグリーは一瞬ためらい、決断がにぶり、ひるむように身震いした。しかし、邪悪な精神が何層倍もの力をつけて戻ってきた。レグリーはものすごい怒りにかられて、犠牲者のトムを地面に叩き付けた。

血の流れる残酷な場面というものは、聞くにつけ思うにつけぞっとする。そういうことをする勇気のある者も、そういうことを聞く勇気は持っていないものである。われわれの同胞でありキリスト教徒である兄弟たちが蒙らなければならない苦悩は、われわれの人目につかない部屋においてさえ語られることはない。それはそれほどまでに魂を苦しめるものなのだ。それなのに、ああ、私の祖国よ！　こうした行為はあなたの法律の保護の下で行なわれているのだ！　ああ、イエスよ！　あなたの教会はこうした行為をその目で見ていながら、ほとんど沈黙しているのだ！

しかし、かつて受難を通して、苦悶と堕落と恥辱の手段を、栄光と名誉と不滅の生の象徴へと変えてしまわれた方がいた。その方の精霊のあるところでは、侮辱的な鞭打ちや流血や恥辱でさえも、キリスト教徒の最後の闘いの栄光を少しも損なわせることはできないのだ。

その長い夜、勇敢で愛すべき魂を持ったその男は、あの古びた小屋で殴打やすさまじい鞭打ちにたった一人で耐えていたのだろうか？

いや、そうではない！　彼の傍らには、彼だけに見える「神の子に似た」[4]あの方が立っていた。

レグリーという名の誘惑する悪魔も彼のそばに立っていた。

レグリーは凶暴で専横な決意から見境いをなくし、罪のないエメリンやキャシーを裏切って、苦悩から逃れろと言わんばかりに終始トムを責め続けた。しかし、勇敢で誠実なトムの心は「永遠の岩」の上で動じなかった。主イエスと同じように、トムは自分が他人を救えば、自分は救われないということを知っていた。どんな極端な手段をもってしても、彼の口から祈りと神への信頼以外の言葉を絞り出させることはできなかった。

「奴はほとんど死にかけてますよ、旦那様」とサンボは言った。犠牲者トムの我慢強さに思わず彼は感動を覚えていた。

「奴が音をあげるまで、精を出せ！　もっとやれ！　もっとやれ！」とレグリーは叫んだ。「白状しなきゃ、血を一滴残らずしぼり取ってやる！」

トムが目を開け、主人を見上げた。「かわいそうでみじめなお方だ！」と彼は言った。「あなたにできることはこれ以上はねえです！　おらは心からあなたを許しますだ！」そう言うと、トムは完全に気を失った。

「とうとう、奴もお陀仏になったようだな」。レグリーは、トムを見ようと前へ進み出てきて言った。「くたばったな！ああ、これで奴もとうとう口を閉ざしたってわけだ。俺には、それが一つの慰めってとこだな！」

そう、その通りだ、レグリー。しかし、お前の魂のなかのあの声を誰が閉ざすことができるだろうか？　後悔や祈りや希望の機会を逸してしまったお前の魂のなかでは、決して消すことのできない炎がすでに燃えているのだ！

だが、トムはまだ完全に死んだわけではなかった。彼の口にした驚くべき言葉や敬虔な祈りは、残虐行為の手先だった残忍な黒人たちの心も打った。レグリーが出ていくやいなや、二人はトムを下ろし、やり方もわからぬままに、とにかくトムを生き返らせようとした。あたかもそうすることが彼に対する親切だと言わんばかりに。

「ほんとに、おらたちはえらくむごいことをしちまったなあ！」とサンボは言った。「罰を受けるのは旦那で、おらたちじゃないだろうな」。

二人はトムの傷を洗った。そして、綿くずを集めて粗末なベッドをこしらえ、そこにトムを寝かせた。一人が屋敷に忍び込み、疲れているから自分が飲みたいというふりをして、レグリーのブランデーを一杯もらった。彼はそれを小屋に持ち帰り、トムの喉に流し込んだ。

「ああ、トム！」とキンボは言った。「おらたちはお前にひでえことをしちまった！」

「心からあんたたちを許すだ！」とトムはかすかな声で言った。

「ああ、トム！　それにしても、イエスって誰なんだ？教えてくれ」とサンボが尋ねた。「イエスっていう方が一晩中お前のそばに立っていたんだよな！　いったい彼は誰なんだ？」

その言葉が力弱く衰えかかったトムの心を奮い立たせた。トムは、素晴らしいその方の力溢れる文句を口にした。その生涯、死、永遠の存在、そして魂を救済する力などについて語った。

彼らは泣いた。この野蛮な二人の男が泣いたのだ。

「どうしてもっと前にこれを聞かなかったんだろう？」とサンボは言った。「でも、おらは信じるよ！　信じずにはいられねえだ！　主イエス様よ、どうかおらたちにもお慈悲をくだせえ！」

「かわいそうな人たちだ！」とトムは言った。「あんたたちを主イエスに近づけるためだけでも、おらは喜んでおらの持ってるものを差し出すだ。ああ、主よ！　この二つの魂をおらにお譲りくだせえまし！」

その祈りはかなえられた！

第41章 若主人

The Young Master

その二日後、一人の若者が軽快な馬車を駆って栴檀の並木道をやってきた。彼は素早く手綱を馬の首に投げると、馬車から飛び降り、その土地の持ち主を尋ねた。

それはジョージ・シェルビーだった。彼がどのようにしてここに来たのかを説明するために、われわれは話を前に戻さなければならない。

シェルビー夫人宛に出したオフィーリア嬢の手紙は、その宛先に着く前に、ある不運な事故によって、遠く離れたどこかの郵便局に一、二カ月留められていた。だから、もちろん、手紙が受け取られる以前に、トムはすでに遠いレッド川の湿地帯に姿を消してしまっていた。

シェルビー夫人はその知らせを読んで、とても心配した。しかし、それに対してすぐ行動を起こすことは不可能だった。そのときの彼女は、熱病でうなされて危篤状態にある夫の病床に付き添っていたからである。若主人のジョージ・シェルビーは、この間に少年から背の高い若者へと成長しており、いまや母を絶えず忠実に助けて、父親の事業の管理を任せられる唯一の存在となっていた。オフィーリア嬢は用意周到にも、セント・クレア家の仕事に携わっていた弁護士の名前を書き添えていた。この緊急の事態でなしうる最善のことと言えば、その人物に照会の手紙を送るくらいのことだった。しかし、二、三日後のシェルビー氏の突然の死で、当然ながら、彼女はしばらく他のさまざまなことに追いまくられることになってしまった。

シェルビー氏は妻の能力を信頼して、彼の財産の遺言執行人には唯一彼女だけを指名していた。その結果、込み入ったたくさんの仕事がたちまち彼女の手に委ねられることとなった。

シェルビー夫人は持ち前の活力を発揮して、くもの巣のようにこんぐらかった事業の整理にとりかかった。彼女とジョージは、しばらくのあいだ、計算書を集めて調べたり、財産を売ったり、借金を清算することに忙殺された。なぜならば、シェルビー夫人は、その結果がどうなろうと、すべての事柄を明白で納得できるかたちにしておこうと決心していたからであった。その間に彼らは、オフィーリア嬢が知らせてくれていた弁護士からの手紙を受け取った。その手紙には、トムの件では自分は何一つ知らない、つまりトムが公設の競売で売られたこと、そしてその金を受領したことを除いては、何も分からないというようなことが書かれていた。

ジョージもシェルビー夫人も、この結果には心穏やかでないものを感じていた。そこで六カ月ほど後に、母親の仕事で深南部に行く用事があったので、ジョージは自らニューオーリンズまで足を延ばし、その居場所を探し出して連れ戻そうという願いを込めて、トムの調査をする決心をした。

何カ月も不首尾に終わった調査のあとで、ちょっとした偶然から、ニューオーリンズで、ジョージはたまたま望んでいた情報を持つ男と出会った。ポケットに金を入れ、われわれのヒーローは、懐かしい友を見つけ出し買い戻す決心を固めて、レッド川行きの蒸気船に乗り込んだのだった。

彼はすぐ屋敷に案内され、居間にいるレグリーと会うことになった。

レグリーは、この見知らぬ若者を無愛想に迎えた。

「私の聞いたところでは」と若者は言った。「あなたは、ニューオーリンズでトムという名の黒人をお買いになったそうですね。彼は以前は私の父のところにいた者です。彼を買い戻すことができないだろうかと思ってうかがったのですが」。

レグリーは眉根を陰険に寄せると、突然感情を露にしてしゃべり出した。「ああ、そんな男を確かに買ったよ。それについちゃ、とんでもねえ買い物をしたものさ！　まるで反抗的で、生意気で、いけずうずうしい犬だった！　うちの黒んぼどもをそそのかして逃亡させやがったんだ。一人あたり八〇〇ドルか一〇〇〇ドルもする女どもを、二人も逃がしやがった。あいつはそれを認めた。それで、女どもがどこにいるのか教えろと命令しても、あいつは頑として、知ってても言えねえとぬかしやがった。俺が黒んぼどもにくらわした鞭打ちでも一番ひどいのをくらわしてやったのに、あいつは口を割らなかった。あいつは死のうとしてるんだろうよ。でも、あいつの思い通りになったかどうか、そんなこたあ俺は知らん」

「彼はどこにいるんです？」とジョージはじれったそうに聞いた。「会わせてください」。若者の頬は紅潮し、その目は火のように燃えていた。しかし、彼は慎重にいまは何も言わなかった。

「あすこの小屋のなかにおりやす」と、ジョージの馬をおさえて立っていた少年が言った。

レグリーはその少年を蹴って罵声を浴びせた。しかし、ジョージはそれ以上何も言わずに身を翻すと、大股で小屋に向かった。

トムはあの致命的な夜から二日間横になったままだった。苦痛は何も感じなかった。なぜなら、苦痛を感じる神経はすべて鈍磨し破壊されていたからだ。彼はほとんど静かな昏睡状態で横たわっていた。というのも、力強く頑丈な体躯は、その定めに従って、なかに閉じ込められた霊をすぐには解き放たなかったからである。夜の闇のなかを、こっそりと、哀れで惨めな人々がトムのもとにやってきた。彼らはわずかな休息を盗んで、かつてトムがつねに豊かに分かち与えてきた愛を、少しでも返そうと思っていたのだ。確かに、この哀れな弟子たちが与えるものはほとんどなかった。わずか一杯の冷たい水だけだったが、彼らはそれを真心から与えた。

涙が、正直な人事不省に陥っているトムの顔の上に落ちた。つい最近悔い改めたばかりの、哀れで無知な、信心を知らなかった者たちの涙だ。死にゆくトムの愛情と忍耐が、彼らに改悛の情を起こさせたのだ。また、トムのために、見出されたばかりの救世主に向けて、悲痛な祈りの言葉が捧げられた。この救世主について、彼らは名前以外ほとんど何も知らなかったが、救世主のほうは無知な心が熱心に懇願することを決して無駄に終わらせることはない。

隠れていた場所をこっそり抜け出したキャシーは、彼女とエメリンのためにどんな犠牲がなされたかを立ち聞きし、発見される危険を顧みず、その前の晩、トムのもとにやってきていた。愛情深き魂が、わずかに残った力をふりしぼって、語り聞かせてくれた最後の言葉は、彼女の心を揺り動かした。長い冬のような絶望と氷のような年月が溶けて流れていき、暗く絶望していたこの女も、涙ながらに祈りの言葉を口にした。

ジョージがその小屋へ入ったとき、彼は頭がくらくらし、心がむかついてきた。

「こんなことがありうるのか、こんなことがありうるのか?」彼はトムのそばにひざまずいて言った。「アンクル・トム、かわいそうな、かわいそうな、僕のなつかしい友!」

その声のなかの何かが死にゆくトムの耳に達した。彼はゆっくりと頭を動かし、微笑んで言った。

「イエス様は死の床に手を加えて
羽根枕のように柔らかく整えることができる」[1]

哀れな友の上に身をかがめたとき、若者の目から、その男らしい心に恥じない涙がこぼれ落ちた。

「ああ、いとしいアンクル・トム! 目を開けておくれ。もう一度話しかけておくれ。さあ、顔を上げてごらん! 僕がきたんだよ。お前の小さなジョージ坊っちゃまがここにいるんだよ。分からないのかい?」

「ジョージ坊っちゃま!」トムは目を開け、弱々しい声で言った。「ジョージ坊っちゃま!」彼はとっさに理解できないという顔つきをした。

彼の心のなかで、ゆっくりと、事態がはっきりしてきたようだった。うつろだった目が焦点を結び、輝きだした。顔中がぱっと明るくなったかと思うと、節くれだった手が握り締められ、涙が頬を伝って流れ落ちた。

「主を讃えます！　これこそ、これこそおらが望んでいたことです！　みんなはおらのことを忘れていなかった。そう思うと心が温まります。おらの心をしあわせにしてくれます！　これで満足して死んでいけます！　おらの魂は、主を讃えます！」

「お前は死なない！　死んではいけない！　そんなことを考えちゃいけない！　僕はお前を買って故郷へ連れ帰るためにきたんだ」と、ジョージはもどかしそうに力をこめて言った。

「ああ、ジョージ坊っちゃま、あなたは遅すぎました。主がおらをお買いになり、天の故郷へ連れ帰ってくだせえますだ。おらもそこへ行きてえです。天国はケンタッキーよりいいところです」

「死んじゃいけない。そんなことになったら、僕も死んでしまう！　お前がどんなに苦しんだか、それを考えると僕の心は張り裂けそうだ。こんな古びた小屋で横たわっているなんて！　かわいそうに、本当にお前がかわいそうだ！」

「おらをかわいそうだなんて言わねえでくだせえ！」とトムは厳かに言った。「おらは昔はかわいそうな男でした。でも、それもみんな過去のことで、いまじゃ過ぎ去ったことです。おらはいま、天国の戸口に立って、栄光のなかに入ろうとしとりますだ！　ああ、ジョージ坊っちゃま！　天国がやってきました！　おらは勝利を得ましただ！　主イエスがおらにそれを与えてくだせえました！　主の御名に栄光あれ！」

ジョージは、とぎれとぎれに発せられたこれらの言葉の強さ、激しさ、気力に圧倒され、厳粛な気持ちになった。彼は無言でじっと見つめたまま座っていた。

トムはジョージの手を握って続けた。「クロウ、かわいそうに！　あれには、おらがどんなふうに死んだか、いまは言わねえでくだせえ。あれにはつらすぎます。おらが栄光のなかに入っていくのを見たってことと、誰がいようとおらはこの世に踏みとどまれなかったってことだけを、あれに伝えてくだせえ。それと、主がいつでもどこでもおらのそばにいて、すべてを明るく楽にしてくださったということも言ってくだせえ。ああ、かわいそうな子供たちと赤ん坊！　おらの心は、あの子たちのことを思って幾度も張り裂けそうでした！　あの子らには、おらを見習えと言ってくだせえ。おらのあとに続けって！　旦那様とやさしい奥様、それに屋敷のみんなには、おらの愛を授けてくだせえ！　あなたには分からねえでしょう！　どんなにおらはみんなを愛していたことか！　おらはどこの誰でも愛してますだ！　愛しかねえです！　ああ、ジョージ坊っちゃま！　キリスト教徒であるってえことは、なんと素晴らしいことなんでしょう！」

このときレグリーが小屋の戸口までぶらぶらと歩いてきて、わざとなにげないふうを装ってなかを覗き込み、立ち去っていった。

「悪魔みたいなやつだ！」とジョージは怒りにかられて言った。「悪魔がいつかこのことで、あいつに報いを授けるだろうと思うのが、せめてもの慰めだ！」

「ああ、いけねえです！　そんなふうに思ってはいけません！」と、トムはジョージの手を握りしめながら言った。「あの人は哀れで惨めな生き物なんです！　その惨めさは、考えただけでもそら怖ろしいです！　ああ、もしあの人が悔い改めることさえできたら、いまなら主もお許しになるでしょう。でも残念ながら、あの人はそうしないでしょう！」

「悔い改めないほうがいいのさ！」とジョージは言った。「僕は天国であんな男に会いたくない！」

「お黙りなさい、ジョージ坊っちゃま！　そんなんじゃ、おらの気は安まりません！　そんなふうに思わねえでくだせえ！　あの人は、おらを本当に傷つけてはいねえです。ただおらのために、天国への門を開けただけです。それだけなんです！」

このとき、若主人に会えた喜びで、死にかかっていたトムのなかで突然湧き上がってきた力が衰え去っていった。彼は急に弱まり、目を閉じた。別の世界の到来を告げる、あの神秘的で荘厳な変化が彼の顔に起こった。

彼が息を吸い込むとき、その息づかいは長く深くなっていった。広い胸が、重そうに上下した。顔の表情は征服者のものだった。

「誰が、誰が、誰がキリストの愛からおらたちを引き離すことができましょう？(2)」と、彼は命が衰弱するのに対抗するような声で言った。そして、微笑みを浮かべながら深い眠りについた。

ジョージは厳かな畏敬の念で身動きもできずに座っていた。彼にはその場所が神聖なものに思われた。命のなくなった目を閉ざしてやり、死者のそばから立ち上がったとき、彼の心を捉えていたものは、ただ一つの考えであった。それは、彼の幼いころからの素朴な友が言った「キリスト教徒であることはなんと素晴らしいことか！」という言葉だった。

彼は振り向いた。レグリーが後ろに不機嫌そうな様子で立っていた。

トムの死の場面に備わる何かが、若者の身内に当然突き上げてきた猛々しい情熱を抑えていた。この男がここにいるということが、ジョージにはひたすら忌まわしかった。できるだけ口をきかずに、この男のもとから去りたいという衝動だけを彼は感じていた。

ジョージは鋭く険しい目をじっとレグリーに向け、死者を指さして言った。「あんたは彼から取れるだけのものは取ったはずだ。この死体にいったいいくら支払えばいいんだ？　僕はここからこの死体を運び出して、きちんと埋葬してやるつもりだ」

「死んだ黒んぼは売らん」とレグリーはぶっきらぼうに言った。「あんたの好きなところで、好きなときに埋めてやるがいいさ」

「お前たち」。ジョージは死体を見ていた二、三人の黒人たちに、有無を言わせぬ口調で言った。「彼を持ち上げて馬車まで運ぶのを手伝ってくれ。それから僕に手鋤を一丁持ってきてくれ」。

一人が手鋤を取りに走り、他の二人はジョージが死体を馬車まで運ぶのを手伝った。

レグリーはこの命令に口をはさんで反対しようとはせず、口笛を吹きながらわざとらしい無関心さを装って立っていた。そんな彼に、ジョージは話しかけもしなければ見向きもしなかった。レグリーは不機嫌そうにジョージたちを追って、戸口に止めてある馬車のところまでついてきた。

ジョージは馬車のなかに自分の外套を広げ、死体をていねいにそのなかに包んでから、座席を動かして場所をあけ、そこに死体を置いた。それから彼は振り返って、レグリーをじっと見据えると、何とか冷静さを保ちつつ言った。

「この残虐極まりない行為に対して、僕がどう思っているか、まだあんたに話していなかった。まだそのときでもないし、場所もふさわしくないからだ。でも、覚えておくがいい、この罪なき血は正義をもって贖われることになろう。僕はこの殺人を天下に知らしめるつもりだ。大統領のところに行き、あんたを告発する」

「やってみるんだな！」レグリーは侮るように指をパチンと鳴らして言った。「お前さんがそうするのを見てみたいもんだ。どこから証人をひっぱってくるんだ？　どうやって殺人を証明するんだ？　さあ、どうする！」

ジョージはこの挑発がびくともしない力を持っていることにすぐ気づいた。この農園には白人が一人もいなかった。南部のすべての法廷にあっては、黒人の証言は何の価値もなかった。この瞬間、彼が感じたことは、正義を求める心からの怒りの叫びで、自分が天をも引き裂くことができると思ったことだった。だが、それもむなしかった。

「なんでえ、死んだ黒んぼ一匹のために、なんて騒ぎようだ！」とレグリーが言った。

この言葉は弾薬庫にとっての火花のようなものだった。慎重さはケンタッキーの若者の重要な美徳とは言えなかった。ジョージは振り向きざまに、怒りの一撃をレグリーの顔にまともにお見舞いした。怒りと闘争心で血をたぎらせ、レグリーの上に立ちはだかったジョージの姿は、龍を征服したという聖ジョージ(3)の見事な化身といってよかった。

しかし、ある種の男たちは、殴り倒されることで、はっきりと自らの敗北を認めたりする。そういう人間は、誰かにまともに地面に叩きつけられると、即座にその相手にある種の敬意を抱くようになる。レグリーもそういう男の一人だった。だから、起きあがって服から泥を払ったとき、彼は明らかな思い入れを込めて、ゆっくりと離れていく馬車のあとをじっと目で追いかけていた。彼は馬車の姿が見えなくなるまで、口を開こうとはしなかった。

ジョージは、農園の敷地を越えた向こうに、二、三本の木の生えた乾いた砂地の丘があるのに気づいていた。そこに彼らは墓を作った。

「死体から外套をお取りしましょうか、旦那様?」墓の用意が整ったとき、黒人たちがきいた。

「いやいや、一緒に埋めてやってくれ! かわいそうなトム、いま僕がお前にしてやれるのはそれだけだ。僕の外套を受け取っておくれ」。

彼らはトムをなかに横たえ、黙ったまま土をかけた。彼らは土を盛り上げ、その上に緑の芝生をかぶせた。

「もう行ってもいいよ、お前たち」。そう言うと、ジョージは二五セント硬貨をそれぞれの手に滑り込ませた。しかし、彼らは去ろうとせずぐずぐずしていた。

「若旦那様がわしらを買ってくださるなら」と一人が言った。

「おらたちはまじめにお仕えしますだ!」と別の一人が言った。

「ここはひどいところなんです、旦那様!」と最初の一人が言った。「お願いです、旦那様、おらたちを買ってくだせえ!」

「僕にはできない! 僕にはできない!」とジョージは言い、彼らに立ち去るよう合図した。「不可能なんだ!」

哀れな連中はがっかりした表情となり、黙って歩き去っていった。

「見ていてください、永遠の神よ!」ジョージは哀れな彼の友の墓にひざまずいて言った。「ああ、見ていてください、いまこのときから、僕はこの国から奴隷制度というこの呪いを取り払うため、一人の人間にできることはなんでもします!」

われわれの友の最後の安息の地を示す記念碑はない。彼にはそんなものは必要ないのだ! 主は彼がどこに横たわっているかご存知だし、彼を不死のものとして天に召し、彼が栄光に包まれて姿を現わすとき、彼とともに姿をお示しになられるだろう。

トムを哀れまないでほしい! トムのような生涯と死は、哀れまれるべきものではない! 神の最高の栄光は、すべてを可能にする富にあるのではなく、自己を犠牲にして苦難に耐える愛にあるのだ！　彼が忍耐強くその人たちの十字架を背負い、ともに神の僕たる同胞たれと呼びかけている人たちは幸いだ。なぜなら、そのような人たちについて、聖書はこう書きしるしているからである。「悲しむ人々は、幸いである、その人たちは慰められる(4)」。

♣ CHAPTER XLII

第42章 本当の幽霊話

An Authentic Ghost Story

このころ、ある注目すべき理由から、レグリー家の召使たちのあいだで幽霊話が盛んだった。

真夜中に、屋根裏の階段を降りたり、家のなかをうろついたりする足音を聞いたという証言が、囁き交わされていたのだ。階上へ通ずるドアに鍵をかけても、無駄だった。幽霊は合鍵をポケットに入れているのか、あるいは鍵穴を通り抜けるという昔ながらの幽霊の特権を利用しているのか、相変わらず驚くほどの自由自在さで歩き回っていた。

幽霊の姿形に関して言えば、いつも目をつぶって、毛布とかペチコートとかその他こういうときに役に立つ何かを頭からすっぽりかぶるという、黒人たちだけでなく、知られている限りでは白人たちのあいだでもきわめて流行している風習によって、意見はかなり分かれた。もちろん、誰でも知っているように、肉体の目がこんなふうに使えないとなれば、精神的な目がきわめて活発となり、ものを言うようになる。その結果、幽霊の全身を描写したとされる肖像はおびただしい数にのぼり、証言や断言もあり余るほど寄せられた。肖像の場合によくあることだが、白いシーツをかぶっているという、幽霊族に共通する家系的な特徴を除けば、他には特に意見の一致はみていない。この家の哀れな黒人たちは、古代の歴史に精通しているわけでもなかったし、シェークスピアが次のように述べて、この装束を承認していることも知らなかった。

「シーツをまとった死人が
ローマの街を喚き、叫び散らした[1]」

だから、彼らがみなこの点で意見の一致をみたということは、幽霊学的に見て驚くべき事実であり、われわれは霊媒一般に対して、この事実に注意を向けるよう促しておく。

それはともかくとして、白いシーツを身にまとった背の高い人影が、もっとも幽霊の出そうな時間に、レグリーの屋敷のなかで、戸口を通り、家を抜け、あたりを歩き回りつつ、ときどきふっと消えたかと思うとまた現われたりして、階段を音もなく上がってあの運命的な屋根裏へ入っていくということ、そしてまた、朝になると分かるのだが、入口のドアはみな以前と同じようにちゃんと閉じられて、固く鍵がかけられているというようなことをわれわれが知っているのには、それなりの秘密の理由がある。

レグリーの耳にもこういう噂きが入らないわけにはいかなかった。しかも、彼に聞かせないような苦心が払われていたので、よけいに彼の神経は刺激された。彼はブランデーをいつも以上にたくさん飲んだ。昼間は、以前にまして頭を威勢よく振り上げ、より大きな声で罵声を浴びせた。しかし、彼は悪夢を見たし、ベッドで頭に浮かぶ幻は、とても気持ちのいいと言えるようなものではなかった。トムの死体が運び去られた次の晩、彼は隣町へ酒を飲みに馬で出かけ、したたかに飲んだ。夜遅く、疲れきって家に帰ってくると、彼は戸締まりをし、鍵をちゃんと抜きとってからベッドに行った。

結局、どんなに苦労して自らの魂を鎮めようとしてみても、悪人の場合には、人間の魂を持っているということそれ自体で、恐ろしい正体不明の、不穏なもののとりこになってしまうのだ。誰が魂のはっきりした限界領域とか境界線とかを知っているだろう？　魂の恐ろしい不明確さのすべてを誰が知っているだろう？　魂は、自らが未来永劫なのをどうにもできないし、身の毛がよだち、ブルブル震えるような過去の出来事を忘れることができないのだ！　一人では会いたくないと思っている霊魂を、自分自身の胸中に抱えているというのに、ドアに鍵をかけて諸々の霊魂を閉め出そうとは、なんと愚かなことか！　地上の山々とともにはるか地中深くへ朽ちさされて窒息させられてきた霊魂の声は、それでも最後の審判を予告するトランペットとなって、高らかに鳴り響くのだ！

しかし、レグリーは扉に鍵をかけ、さらに椅子まで立て掛けた。枕元にはランプを置き、ピストルも用意した。窓の留め具や掛け金を確かめ、それから「悪魔だの、その子分の天使だのが何だっていうんだ！」と毒づいて、眠りについた。

とにかく、彼は眠った。というのは、疲れていたからだ。彼はぐっすりと眠った。しかし、ついに、そうして眠っているところへ、何か恐ろしいものの影、恐怖、不安が彼の上に押しかぶさってきた。それは母親の経帷子だ、と彼は思った。しかし実際は、キャシーがそれを手にして持ち上げ、彼に見せていたのだった。彼は叫びとも唸りともつかぬ、まるっきり訳のわからぬ声を聞いた。それにもかかわらず、彼は自分が眠っていると思い込んで、目を覚まそうともがいた。彼は半ば目覚めていた。何かが部屋に入ってきたのは確かだと思った。ドアが開いているのも分かったが、手足を動かすことはできなかった。ついに、はっとして振り向いた。ドアが開いており、一つの手が明かりを消すのが見えた。

月に雲と靄がかかっている夜だった。そのとき、彼はそれを見た！　何か白いものがすっと滑り込んできた！　幽霊のような衣装が、静かに擦れ合う音も聞いた。それは彼のベッドの傍らにそっと立った。冷たい手が彼の手に触った。小声の恐ろしい囁き声が「おいで！　おいで！　おいで！」と三回言った。彼が恐怖で汗びっしょりになって横たわっているあいだに、いつ、どういうふうだか分からぬまま、それは消え去っていた。ベッドから飛び起きて、彼はドアを引っ張った。ドアは閉まっており、鍵もかかっていた。レグリーは気を失って倒れた。

これ以降、レグリーは以前よりも一層酒を飲むようになった。もはや用心して適度に飲むどころか、後先考えずにむちゃくちゃに飲んだ。

まもなく、この地方一帯に、彼が病気で死にかかっているという噂が広まった。過度の酒のせいで、やがてくる天罰がいまの生活に不吉な影を落としていると思える、あの恐ろしい病気にかかったのだ。彼がうなされ、叫び声を上げ、聞く者の血も凍ってしまうような光景を語るとき、誰もその病室には恐ろしくて立ち入れなかった。彼が死にかかっていたベッドの傍らには「おいで！　おいで！　おいで！」と言いながら、厳しい表情を崩さずにいる、白い布をまとった冷酷無比な人影が一つ立っていた。

不思議な偶然の一致だが、この幻がレグリーのもとに現われたその夜に屋敷のドアが開けられ、それがそのままになっているのが朝になって判明した。また、二つの白い人影が、街道へと続く並木道を滑るように急ぐ姿を、何人もの黒人たちが目撃していた。

キャシーとエメリンが町に近い小さな木立のある丘で、ほんの少し休憩をとったのは、もう日の出近くであった。

キャシーは、クレオール系スペイン人の貴婦人風に、全身黒ずくめの服装をしていた。頭には、刺繍をした厚手のヴェールのついた小さな黒い帽子をかぶり、顔を隠していた。逃亡中は、彼女がクレオール(2)の貴婦人を装い、エメリンはその小間使になるということが、二人のあいだで決められていた。子供のころから上流社会で育ってきたので、キャシーの言葉づかい、物腰、雰囲気はこの思いつきにぴったりだった。しかも彼女は、かつての素晴らしい衣装や宝石類をまだたくさん持っていたので、この役柄を巧みに演じることが可能だった。

彼女は町外れで足を止め、旅行鞄が売りに出ているのを目に留めると、立派なものを一つ買った。これを、彼女は一緒に運ぶように手配してくれと、店の者に頼んだ。こうして、旅行鞄を運ぶ少年と、ボストンバッグや包みを抱えたエメリンを後ろに従え、彼女は相当な身分の貴婦人といった様子で小さな宿屋に現われた。

着いて最初に彼女の目を惹いた人物は、そこに滞在して次の船を待っていたジョージ・シェルビーだった。

キャシーは屋根裏の隙間からこの若者の姿に目を留めたことがあったし、彼がトムの死体を運び去るのも見ていた。また、彼がレグリーとどんなやりとりをし合ったかも、内心で喜びつつ眺めていた。さらに、夜になって幽霊を装って密かに徘徊している折に、立ち聞いたりした黒人たちの話から、彼が何者でトムとどんな関係にあるかということも推測していた。だから、彼が自分と同じように次の船を待っているのだと知ったとき、すぐに発作的な信頼の気持ちを抱いたのだった。

キャシーの外見や物腰や話しぶり、それに誰の目にも明らかな金の使い振りなどがあいまって、宿のなかでは、彼女を少しでも疑うようなことは持ち上がらなかった。人間というものは、肝心な点、つまり金の払いがきれいな者に対しては、あまり詮索はしないものなのだ。キャシーはこのことがよく分かっていたので、あらかじめ金を用意しておいたのだ。

日が暮れようとするころ、船のやってくる物音が聞こえてきた。ジョージ・シェルビーは、ケンタッキー人なら当然持っている礼儀正しさで、キャシーの手を取って船に乗せ、彼女がよい個室をとれるよう骨折った。

キャシーはレッド川を航行中、病気を口実にずっと部屋に閉じこもってベッドに臥せ、お供の女性の献身的な奉仕を受けていた。

ミシシッピー川に着くと、この見知らぬ婦人が自分と同じ上流に向かうと知ったジョージは、彼女の弱そうな健康に心から同情し、できることがあれば何でも手助けしたいという気持ちから、自分と同じ船の個室をとるように勧めた。

その結果、見るがいい、一行は無事立派な蒸気船シンシナティ号に乗り移り、力強い蒸気の勢いで川を滑るように上っていった。

キャシーの健康はすっかりよくなっていた。彼女は張り出し甲板に座ったり、食卓に顔を出したりして、船中のあらゆる人から、かつては非常に美しい貴婦人だったろうと思われていた。

ほとんど誰にでも覚えがあり、ときには当惑させられたりもすることだが、最初に彼女の顔を見た瞬間から、ジョージは彼女が漠然と誰かに似ているという、ふとした思いにとらわれた。彼は彼女から目を離すことができず、じっと見つめずにはいられなかった。彼女は食卓についているときも、また個室の戸口に座っているときも、自分にじっと注がれている若者の視線に出くわした。彼女が表情でその観察に反応してみせると、その視線は礼儀正しく他にそらされた。

キャシーは不安にかられた。彼が何かに気づいたのではないかと思うようになった。そこでついに、彼の寛大さに身を委ねる決心をして、これまでの彼女のすべてを彼に打ち明けた。

ジョージはレグリー農園から逃げてきた者なら誰であろうと、心から同情する気持ちを抱いていた。その農園は、思い出してでも口に出しても、とても彼には我慢のならない場所だった。そこで彼は、その年齢と境遇にありがちな、いわば後先のことなど考えない大胆さで、彼女たちを守って困難を切り抜けられるよう全力を尽くすと彼女に請け合った。

キャシーの隣の個室には、一二歳くらいのかわいらしい女の子を連れたド・トゥ夫人という名のフランス婦人がいた。

ジョージの会話から、彼がケンタッキー出身だという見当をつけたこの夫人は、明らかに彼と知り合いになりたいという様子を示した。彼女のその目論見は、彼女の娘の愛らしさに大いに助けられた。というのは、二週間もの船旅の退屈さをやりすごすうえで、彼女はかわいらしい慰みの対象だったからである。

その夫人の個室の戸口に、ジョージの椅子がよく置かれるようになった。張り出し甲板に座っているときは、キャシーも二人の会話に耳傾けることができた。

ド・トゥ夫人がケンタッキーのことを質問するとき、その内容はとても詳細に渡った。彼女はかつてある時期そこに住んでいたことがあると言った。驚いたことに、彼女がかつて住んでいた場所は、ジョージの家の近所だった。彼女の質問から、彼女が彼の近所の人々や出来事のことをよく知っていることが分かり、彼は本当に驚いてしまった。

「あなたは」ある日、ド・トゥ夫人が彼に言った。「ご近所の人で、ハリスという名の方をどなたかご存知ないかしら？」

「そういう名の老人が一人いますよ、父の所からそれほど遠くない所に住んでいます」とジョージは言った。「でも、家の人たちは、彼とあまりつきあってきていません」

「たしか、たいへんな数の奴隷を所有していると思いますけど」とド・トゥ夫人は言ったが、その聞き方には、まさに彼女が見せかけたいと思っている以上の関心がありありと感じられた。

「所有しています」。相手の様子に驚きながらジョージは言った。

「その方が所有している奴隷のなかで、いえ、もしかしたら、ジョージという名の混血少年を、その方が所有していたとお聞きになったことがありませんか？」

「ええ、確かに聞いたことがあります。ジョージ・ハリスでしょう、よく知っていますよ。彼は私の母の召使と結婚しました。でも、いまは逃亡してカナダにいます」

「逃亡したですって？」間髪を入れず、ド・トゥ夫人が言った。「よかった！」

ジョージはびっくりして何か尋ねたそうな顔つきをしたが、何も言わなかった。

ド・トゥ夫人は手で頭を抱えると、どっと泣き出した。

「彼は私の弟なんです」と彼女は言った。

「奥さん!」ジョージは驚きのあまり声を強めて言った。

「そうなんです」。ド・トゥ夫人は、誇らしげに頭を上げ涙を拭って言った。「シェルビーさん、ジョージ・ハリスは私の弟です!」

「本当にびっくりしました」とジョージは椅子を少し後ろに引き、ド・トゥ夫人を見つめて言った。

「あの子がまだ子供のころ、私は南部に売られました」と彼女は言った。「私はやさしくて寛大な人に買われました。その人は私を西インド諸島に連れて行き、自由を与えてくれたうえで、私と結婚しました。つい最近その主人が亡くなったので、弟を見つけて買い戻せないだろうかと思って、ケンタッキーへ行こうとしていたんです」

「彼には南部へ売られたエミリーという姉さんがいると、話していたのを聞いたことがありますよ」とジョージは言った。

「ええ、その通りです! 私がその姉なんです!」とド・トゥ夫人は言った。「あの子がどんな子だったのか――」

「とても立派な青年でしたよ」とジョージは言った。「彼の上にのしかかっていた奴隷制の呪いにもかかわらずに。知性の点でも、信条においても一流の人間でした。僕はよく知ってるんです」とジョージは言った。「僕の家の者と結婚したんですから」

「どんな娘さんですの?」とド・トゥ夫人は熱心に尋ねた。

「至宝と言ってもいいですね」とジョージは言った。「美しくて、知性があり、誰にでも好かれます。とても敬虔です。僕の母が育て、大事にし、まるで自分の娘のようにしつけました。読み書きも、刺繍も縫いものも見事にできますし、歌も上手です」

「あなたのお家で生まれたんですか?」とド・トゥ夫人は尋ねた。

「いいえ、昔、父がニューオーリンズへ出かけたときに買って、母への贈り物として連れてきたんです。そのとき、彼女は八つか九つでした。父は、いくらで買ったのか母には決して話しませんでした。でも先日、古い書類を調べていたら、偶然売買契約書が見つかったんです。父は、確かに、法外な金額を払っていましたよ。たぶん、彼女が並外れて美しかったからでしょう」。

ジョージはキャシーに背を向けて座っていたので、自分がこういう詳しい話をしているあいだ、まるで物に取り付かれたような彼女の表情に気づかなかった。

話のこの地点で、キャシーはジョージの腕に触れ、好奇心で蒼白になった顔を向けて尋ねた。「父上がその娘をお買いになった、その相手のお名前をご存知ですか?」

「確か、シモンズという名の人が、主要な取り引きの相手だったと思います。少なくとも、売買契約書にはそう書かれていたはずです」

「ああ、神様！」そう言うと、キャシーは船の床に気を失って倒れてしまった。

ジョージはすぐ機敏に反応してみせた。ド・トゥ夫人も同じだった。二人とも、キャシーの気絶した理由はまったく見当もつかなかったが、こんな場合にふさわしく上を下への大騒ぎをした。ジョージは人間愛に燃えて、水差しをひっくり返しただけでなく、コップを二つも割ってしまった。船室のご婦人方は誰かが気絶したと聞いて、個室の戸口に殺到し、ほとんど風が通らない状態にしてしまったので、全体として、すべては誰しもの予想できる通りになった。

かわいそうなキャシー！　彼女は意識を取り戻すと、壁に向かってまるで子供のように泣きじゃくった。あなたが母親なら、彼女が何を考えていたかお分かりでしょう！　いや、あなたには分からないかもしれない。しかし、彼女はこのとき、神が彼女にお慈悲を賜り、きっと自分の娘に会えると確信した。事実、その数カ月後に彼女は本当に娘に会ったのだが、そのとき——いや、それはもう少し先に行ってから話すこととしよう。

第43章 結末

さあ、残りの物語を語ろう。ジョージ・シェルビーは、若者にありがちなように、同情の気持ちからだけでなく、話の面白さにも同じように興味をひかれ、エライザの売買契約書をキャシーに送る労をとった。そこにある日付や名前はすべてキャシーの知っている事実と一致していたので、エライザが自分の子供だという確信にはいささかの疑問の余地もなかった。いまやあとに残った問題は、彼女が逃亡者たちの足どりを追っていくということだけだった。

このように、不思議な運命の巡り合わせで引き寄せられあったド・トゥ夫人とキャシーは、すぐにカナダへ向けて出発し、たくさんの逃亡奴隷たちが身を落ち着ける地下鉄道の寄り場を訪ね歩く旅に出た。アマーストバーグでは、ジョージとエライザがはじめてカナダについたときに隠れ家を提供した宣教師に会い、彼のはからいでモントリオールへ一家のあとを追って赴くことができた。

ジョージとエライザが自由を手に入れてからすでに五年が経過し、ジョージはある有能な機械工の仕事場で定職を得ていた。その職場で彼は、この間に生まれたもう一人の娘の分も含めて、家族を養うのに十分な給料を稼いでいた。

美しく聡明な少年に育った小さなハリーは、いい学校に入り、めきめきと知識を身につけつつあった。

ジョージが最初に上陸したアマーストバーグの寄り場の立派な牧師は、ド・トゥ夫人とキャシーの話にたいへん興味を持ち、ド・トゥ夫人の懇願を聞き入れて、ジョージたちを探しにモントリオールまで一緒に行ってくれることになった。費用はすべてド・トゥ夫人が負担した。

ここで場面を、モントリオール郊外の小さい、こぎれいな住処に移すことにしよう。ときは夕方である。炉辺では火が赤々と燃え、真っ白なテーブルクロスのかけられた食卓には、夕食の準備が整っている。部屋の一隅には、緑の布のかけられたテーブルがあり、そこには蓋の開いた書きもの台やペンや紙がおいてあり、その上の棚には選びぬかれた本が並んでいる。

これがジョージの書斎だ。彼の若いころ、あらゆる労苦と障害の真っただ中にあったときでさえ、時間があればこっそりと読み書きを学ぼうと努力していたように、いまでも彼は自分を高めようという情熱に駆られ、暇な時間はすべて自己修養に捧げていた。

いま、彼は机に座り、読んでいた手持ちの本から抜き書きをしている。

「さあ、ジョージ」とエライザが言う。「あなたは一日中家を離れていたのよ。私がお茶を飲んでいるときぐらい、本を置いてお話ししましょうよ、いいでしょう」。

すると、赤ん坊のエライザが、母親の加勢をして、父親の方へよちよちと近づいていき、ジョージの手から本をとりあげて、代わりに自分が膝の上に座る。

「ああ、このいたずらっ子め！」と言うと、こういう状況下の男がいつもそうしてきたように、ジョージも言いなりになる。

「それでいいのよ」。そう言うと、エライザはパンにナイフを入れ始める。彼女は少し年をとり、体つきも少しふっくらしたようだが、以前よりも落ち着いた雰囲気を漂わせ、明らかに女性として心満ち、しあわせそうに見える。

「ハリー、今日の算数の宿題はもうやったのかい？」息子の頭に手をおきながらジョージが言う。

ハリーは昔の長い巻毛をなくしているが、目やまつげや涼やかで際だった額はそのままだ。「もう済ませたさ。全部自分でやったんだよ、お父さん！　誰にも手伝ってもらわないでね！」そう答えるとき、彼の顔は誇らしげにぱっと輝やく。

「それでいい」と父親が言う。「何事も自分で頑張るんだ。貧しかったお父さんの小さいころより、お前はずっと恵まれているんだからな」。

このとき、ドアを叩く音がする。エライザが出て、ドアを開ける。「まあ！　あなたですの？」という喜びの声が聞こえ、彼女が夫を呼ぶ。アマーストバーグの親切な牧師は、温かく家のなかへ迎え入れられる。二人の婦人が彼と一緒なので、エライザは彼女たちにも椅子を勧める。

さて、ここで本当のことを言えば、この正直な牧師は、ちょっとした計画を立てていて、それに従えばこの出会いは自ずと自然な進展をみせるはずだった。ここへ来る途中で、三人は本当に注意深くかつ慎重にお互いを戒めあって、前もって取り決めた手はず通りにやっていき、それ以外のやり方では事柄を明かさないことにしていたのだ。

だから、彼が手順通りに、ご婦人方に身ぶりで座るように勧め、話の前置きを始めようと、ハンカチを取り出して口を拭おうとしたちょうどそのとき、ド・トゥ夫人がジョージの首をかき抱いて「ああ、ジョージ！　私のことが分からないの？　あなたの姉さんのエミリーよ」と言って、一度にすべてを明らかにして計画を台無しにしてしまったとき、この善良な牧師はすっかりびっくり仰天してしまった。

キャシーは他の人たちよりも落ち着いて座っていた。もし輪郭から巻毛まで、最後に目にした自分の娘と姿形のそっくりな、小さなエライザが突然目の前に現われていなかったら、キャシーは自分の役割をうまく演じていただろう。小さな娘は彼女の顔を下からじっと見つめた。すると、キャシーは彼女を抱き上げ、胸に抱きしめ、「かわいい子、わたしがお母さんよ」と言った。その瞬間、彼女は自分の言ったその言葉を本当にそう信じ込んでいた。

実のところ、事を型どおりに修復するのは厄介な仕事だった。しかし親切な牧師は、最後にみんなを静かにさせ、型どおりの儀式のはじめにしゃべろうと自分で用意していた話をすることに成功した。その話は大当たりだった。聴衆は全員彼のまわりですすり泣いた。その有り様は、過去現在を問わず、どの演説者も満足せずにはいられないようなものだった。

人々はみな一緒にひざまずき、親切な牧師が祈りを捧げた。というのは、みんなの気持ちがすっかりかき乱され、舞い上がってしまったので、全能の神の愛情に抱かれること以外に平穏を得ることができなかったからである。それから立ち上がると、新たに出会った家族は互いに抱擁しあった。みんなの胸には、あれほどの危険や障害を、いままでにないような方法で乗り越えさせ、彼らを一緒にさせてくださった神への神聖な信頼の念が満ちあふれていた。

カナダの逃亡者のあいだで生活しているある宣教師の手帳には、小説よりもっと奇異な真実の話が記載されている。それも当然というべきではないか？　なぜなら、風が秋の落葉を巻き上げ巻き散らすように、家族を渦に巻き込み、その一人一人をばらばらにさせるような制度が幅をきかせているのだから。逃亡者のたどり着くこの岸辺は、天上の永遠の岸辺と同じように、長年失われたものとしてお互いに嘆き悲しんできた心を、ふたたび喜びに満ちたつながりへと結びつけているのだ。もしこの岸辺に新たにたどりついた者が、いまだ奴隷制の陰で行方知れずのままの母や姉妹や子供や妻の消息をもたらしてくれる場合には、その新参者を迎え入れる熱烈さは、言葉に言い表わせないほど感動的である。

この地で演じられる英雄的な行為には、小説のなかで描かれる以上のものがある。というのも、拷問をものともせず、また死そのものに勇敢に立ち向かって、自発的に逃亡者が姉妹や母や妻を助けようと、恐怖と危険が待ち受ける暗黒の地へと戻っていくのだから。

ある宣教師がわれわれに話してくれた一人の若い男は、二度捕らえられ、その英雄的な行為のかどで侮辱的な鞭うちの刑を受けたが、また逃亡したという。ところが、われわれが読み聞かされた手紙のなかで、彼は友人たちに、今度こそ自分の姉を救いだすべく三たび戻るつもりだと語っているのだ。

読者の皆さん、この男は英雄なのだろうか、それとも罪人なのだろうか？　あなた方は、あなた方の姉さんのために、同じことをしないだろうか？　あなた方に、彼を責めることができるだろうか？

しかし、われわれがあとに残してきた友人たちのことに話を戻そう。彼らは涙に濡れた目をぬぐい、あまりに大きい突然の喜びから落ちつきを取り戻しかけてきている。いま、彼らはなごやかに食卓をかこみ、傍目にも打ち解けあっている。ただキャシーだけは、小さなエライザを膝にのせ、ときどきそのエライザがびっくりするほど強く彼女を抱きしめたり、その子が子供らしく彼女の口にケーキを詰め込もうとすると頑なに断り、ケーキよりもよいものを手に入れたからケーキは食べたくないのだと言って、その子を不思議がらせているだけだ。

こうして二、三日が経過したとき、本当にこれがあのキャシーなのかと、われわれ読者にも見分けのつかないほどの変化が彼女に起こった。絶望しやつれきった彼女の表情は、やさしく希望に満ちたものへと変わっていった。彼女はすぐに家族のなかに溶け込み、子供たちを長年待ちこがれていたもののように胸中に取り込もうとしているかに見えた。実際、彼女の愛情は、自分の娘に対してよりも、もっと自然に小さなエライザのほうに流れていくようだった。というのも、小さなエライザは、彼女の失った娘に面影や体つきがまさにそっくりだったからである。この子は母親と娘をつなぐ花のような絆であり、彼女を通して二人のあいだに親しみと愛情が育まれていった。エライザはつねに聖書を読み、首尾一貫した揺るぎない信仰で自分を律してきたので、粉々に砕かれ、疲れはてていた母親の心を適切に導くことができた。すぐにキャシーは心の底からこのよき感化を受け入れ、敬虔でやさしいキリスト教徒になった。

さらに一日か二日が過ぎ、ド・トゥ夫人が弟に自分の事情をもっと詳しく話した。夫の死によって莫大な財産が彼女に残されたので、それを弟の家族と分け合いたいと、彼女は気前よく申し出たのだ。どうやって使うのがいちばんいい方法かと彼女がジョージに尋ねたとき、ジョージは答えた。「僕に教育を受けさせてください、エミリー。それがずっと僕の心からの願いだったんです。そうしたら、あとのことはすべて自分でやっていくことができます」。

よく考えた末に、家族全員で何年間かフランスへ行くことが決められた。彼らはエメリンを連れて、船でフランスへ向けて出発した。

エメリンはその美貌のおかげで、その船の一等航海士の愛を勝ち得、フランスの港に入って間もなく彼の妻になった。

ジョージはフランスの大学に四年間在籍し、絶えざる情熱で勉学に打ち込み、十分過ぎるほどの教育を身につけた。

しかし、フランスで政変が起こり、結局、家族はふたたびこの国(1)に避難所を求めることになった。

教育を受けた人間としてのジョージの気持ちと考えは、友人の一人にあてた次の手紙にもっともよく表わされている。

「僕は自分が将来どう進むべきか、いささか迷っています。確かに君が言っていたように、僕はこの国で白人社会に加わることはできるでしょう。僕の肌の色は非常に薄いし、妻も家族の者もほとんど白人と変わりません。たぶん、僕は白人社会で黙認されるでしょう。しかし、正直言って、僕はそれを望んでいないのです。

　僕の心は父の人種ではなく、母の人種に共感を覚えます。父にとって、僕は一匹のできのよい犬か馬でしかありませんでしたが、かわいそうにも悲嘆に暮れて生きてきた母にとって、僕は一人の子供でした。残酷な売却が僕たちを引き離したあと、僕は死ぬまで母に会えませんでしたが、彼女がいつも僕のことを深く愛していたことは分かっています。心でそう感じるのです。母が経験したあらゆる苦難、僕自身の若いころの苦難、勇敢な妻やニューオーリンズの奴隷市場で売られた姉たちの苦悩と奮闘を考えるとき、非キリスト教的な感情を持ちたくはないのですが、でも僕はアメリカ人とみなされたいと思いませんし、アメリカ人と一緒にされたくないのです。あえてそういうことを言ったとしても、僕は自分が許されると考えています。僕が運命をともにするのは、抑圧され、奴隷化されているアフリカ人たちです。もし僕に願うことがあるとすれば、僕の肌の色をもっと明るくすることではなく、もっともっと黒くすることです。

　僕が心から願い、あこがれているものは、アフリカ人としてのナショナリティです。僕はそれ自身で一人立ちした実質的な存在であるような国民を求めているのです。それはどこで探したらいいのでしょうか？　ハイチではありません。というのは、ハイチの人々は、そもそものはじめから何も持っていなかったからです。水の流れはその源より高くなることはできません。ハイチ人の性格を形作った人種は、疲弊しきった軟弱な人々でした。従属しきった人種が何者かになるには、何世紀もの時間が必要なのは当然です。

　それならば、僕はどこを探すべきでしょうか？　アフリカの岸辺に、一つの共和国(2)があります。その共和国を築いた人々は、多くの場合、奴隷状態を乗り越えて気力と独習の力で個人的に自己を高めてきた、選りすぐりの人たちです。国力が弱かった初期段階を経て、ついにこの共和国は地上で一つの国家として承認されるようになりました。フランスとイギリスの両国が承認したのです。僕の願いはそこに行き、自分のものだと言える国民を見出すことです。

　僕はいま、あなた方みんなが僕に反対するだろうと分かっています。しかし、僕をやりこめる前に、僕の言うことを聞いてください。フランスに滞在中、僕は強い関心を持ってアメリカにいるわが民族の歴史を研究しました。僕は奴隷制廃止論者と入植促進論者との論争に注目し、一傍観者として、当事者だったら決して思いつかないようないくつかの印象を抱きました。

　われわれの抑圧者たちが、リベリアへの入植とアメリカでの奴隷解放とを対立させるようにもっていき、リベリアを自分たちに都合のよいあらゆる種類の目的に利用してきたことは認めます。確かに、リベリアの建国計画は、不当にも、われわれの解放を遅らせる一つの手段として利用されてきたかもしれません。しかし、僕にとって重要な問題は、すべての人間の計画を超えたところに、神が存在しているのではないかということです。神は人間たちの立てた計画を支配し、その内容を変え、われわれのためになるように一つの国家を築かせたのだと言えないでしょうか？

　最近は、一つの国家が一日にして誕生します。現在、一つの国家は、共和制の生活と文明が抱えるすべての大問題をどう処理したらよいかという指針を手に出発します。見つけ出す必要はなく、ただ適応すればよいのです。だとすれば、全力を尽して一致団結し、われわれがこの新しい事業で何ができるか見てみようではありませんか。素晴らしいアフリカ大陸全体が、われわれとわれわれの子孫の前に開けているのです。われわれの国家は、文明とキリスト教の波をアフリカの海岸でうねらせ、熱帯の植物のように急速に成長する、未来に向けた強力な共和国をそこに打ちたてるでしょう。

　君は、アメリカで奴隷になっている同胞を僕が見捨てている、と言うでしょうか？　僕はそうは考えません。僕の生涯で、一時間、いや一瞬でも彼らのことを忘れるようなことがあれば、神よ、どうか僕のことをお忘れください！　しかし、彼らのためにここアメリカで僕に何ができるのでしょうか？　彼らの鎖を断ち切ることができるでしょうか？　いや、個人としてはできません。しかし、僕が出かけて行き、一つの国家のある部分を形成し、その国家に国際会議での発言権を持たせれば、われわれは発言することができます。一つの国家には議論したり抗議したり懇願したり、またその人種の大義を表現する権利がありますが、一個人にはその権利はありません。

　もしヨーロッパが自由な国々からなる一大連合評議体となるとしたら――僕は神に誓ってきっとそうなると信じていますが――、また、もしヨーロッパで農奴とかすべての不当で抑圧的な社会の不平等が一掃されるとすれば、さらにまた、フランスやイギリスと同じように、もしヨーロッパ諸国がわれわれの国の立場を認めるとすれば、われわれは偉大な国際会議場でわれわれの訴えを行ない、奴隷にされ、呻吟しているわが人種の大義を主張するでしょう。自由で文明化された未来のアメリカが、世界の人々の前で自らをおとしめ、奴隷にされた人々だけでなく自分たちにとっても災いとなっている忌まわしい印を、国家の紋章からぬぐい取ろうと望まないはずはありえません。

しかし、わが人種は、アイルランド人やドイツ人やスウェーデン人と同じように、アメリカ共和国の一員となる平等の権利を有していると、君は言うでしょう。当然そうです。われわれは自由に出会い、交わり、階級や肌の色など問題にせず、個人の価値によって、出世していくべきです。われわれのこの権利を否定するものたちは、彼ら自身が表明した人間平等の原則に背いています。われわれはとりわけこのアメリカという国に住むことが許されるべきです。われわれは一般の人々以上にもっと権利があります。われわれには、侵害された人種として賠償を要求する権利があります。しかし、それでも、僕個人はそれを望んでいません。僕は自分の国と国民が欲しいのです。僕の考えでは、アフリカ人は文明とキリスト教の光に照らされて花開くはずのさまざまな特性を持っています。それらの特性は、たとえアングロ・サクソン人の持っているものと違うとしても、道徳的な観点から見れば、より高いことが立証されるかもしれません。

闘争と紛争の草創期に、世界の運命はアングロサクソン人の手に委ねられました。彼らの厳格で、毅然とした、精力的な特質はその使命とよく合致していました。しかし、一人のキリスト教徒として、僕はそれとは別の時代が始まるのを待ち望んでいます。いまは、その過渡期だと思います。現在、さまざまな国家を激しく揺さぶっている苦しみは、世界の平和と友愛を生み出すための一時的な産みの苦しみです。僕はそう期待しています。

アフリカの発展は、本質的に、キリスト教的な発展であるべきだと僕は信じています。アフリカ人は支配したり、命令したりする人種でないとしても、少なくとも、愛情が深く、度量が大きく、寛大なところのある人種です。不正と抑圧という炉のなかに入れられていたがゆえに、彼らは愛と寛容という崇高な教義をしっかりと心に刻む必要性を痛感しています。彼らが勝利するのはこの教義を通じてのみです。また彼らの使命は、この教義をアフリカ大陸全土に広めることにあります。

告白しますが、僕自身には愛と寛容の精神が不足しています。僕の血の半分は、すぐかっとなる短気なアングロサクソン人の血です。しかし、僕の傍らには、美しい妻がいつでも雄弁な福音の説教者としてついていてくれます。僕が道をはずれると、妻のやさしい心が僕を元に戻してくれますし、わが人種のキリスト教徒たる天職と使命を眼前に差し示してくれます。キリスト教徒の愛国者としてまたキリスト教を教えるものとして、僕は僕の国へ行きます。僕の選んだ、輝かしいアフリカへ！　僕はときどき心のなかで、そのアフリカに次のような素晴らしい予言の言葉を当てはめたりします。『かつてあなたは捨てられ、憎まれ、通り過ぎる者もなかったが、今、わたしはあなたをとこしえの誇り、代々の楽しみとする！』[3]

君は僕を狂信的と呼ぶでしょう。僕がしようとしていることを、まだよく考慮しきれていないとも言うでしょう。しかし僕は、よく考えたし、損も覚悟しています。僕は、理想郷としてではなく労働の現場としてリベリアへ赴くのです。この両手を使い、力いっぱい働くつもりです。あらゆる困難や失望にめげず、死ぬまで働くつもりです。これが僕の出かけて行く目的です。この点で僕は決して失望しないと確信しています。

君が僕のこの決意をどのように考えようとも、どうか愛想づかしだけはしないでください。また、僕がどんな作業に携わろうとも、わが人種に全身全霊を捧げて行動しているのだと考えてください。

ジョージ・ハリス」

数週間後、ジョージは妻と子供たちと姉と母親を伴って、アフリカ行きの船に乗った。もしわれわれに誤りがなければ、やがて世界はアフリカで活躍する彼の噂を耳にすることとなるだろう。

他の登場人物との関連では、オフィーリア嬢とトプシーのことにちょっと触れ、ジョージ・シェルビーに捧げる別れの章を除けば、あとは特に語るようなこともない。

オフィーリア嬢はトプシーをヴァーモントの彼女の家に連れ帰り、ニューイングランドの人々なら「わがお歴々」という言い方で誰たちのことを指しているかがすぐ分かる、まじめで慎重な連中をひどく驚かせた。最初、「わがお歴々」は、自分たちのよくしつけられた生活の場では、トプシーは半端で不必要なおまけだと考えた。しかし、教え子のトプシーを通じて義務を果たすという良心的な努力において、オフィーリア嬢は徹底的な効果をあげたので、トプシーは急速に家族や近所の人たちから愛されるようになっていった。女性として一人前の年齢に達すると、彼女は自ら求めて洗礼を受け、その地のキリスト教会の会員になった。また、大いなる知性や行動力や情熱があることを示すとともに、世の中で役に立ちたいという願望も非常に強いものがあったので、彼女は最後には、アフリカに支部を持つ派遣協会の宣教師に推薦され、正式に認可された。成長の過程で、気が多くて落ちつきをなくさせていた彼女の行動力と利発さが、いまや、もっと安全かつ健全な形で、彼女自身の国の子供たちを教育するという仕事に使われることになったわけである。

追記——世のお母さん方を安心させるためにお伝えしておくが、ド・トゥ夫人の努力で始まった捜索の結果、キャシーの息子が最近発見された。活力に満ちた若者だったので、彼は母親より数年も前に逃亡し、彼らに同情を寄せる北部の友人たちに引き取られ、教育も授けられていた。彼はまもなく家族を追ってアフリカに渡ることになるだろう。

第44章 奴隷を解放する者

The Liberator

ジョージ・シェルビーは、家に帰る日を知らせるたった一行の手紙を母親に書き送っただけだった。昔なじみの友トムが死んでいった場面は、書く気にならなかった。何度か書こうとしたのだが、結局ほとんど胸がつかえてしまい、そのたびごとに紙を引き裂き、涙をぬぐって、気持ちを落ち着けようとどこかへ飛び出していった。

その日シェルビー邸は、若主人のジョージが帰宅するということで、家中大きな喜びに湧いていた。

シェルビー夫人は居心地のいい居間に座っていたが、そこでは赤々と燃えるくるみの火が、晩秋の夕べの肌寒さを追い払っていた。皿やカットグラスがきらきらと光る夕餉の食卓が整えられていた。それらの采配を振るっていたのは、おなじみのクロウおばだった。

新しいキャラコのドレスを着て、きれいな白いエプロンをつけ、糊のよくきいたターバンを頭に高く巻いたクロウおばのつやつやした黒い顔は、喜びに輝いていた。彼女は、必要もないのに、用意の整ったテーブルのまわりを几帳面に見てまわりながらうろうろしていたが、それは奥様にちょっと話しかけるための口実にすぎなかった。

「さあ、これでええです！　坊っちゃまにふさわしいでしょう？」と彼女は言った。「ほうら、炉のそばのお気に入りの場所に、坊っちゃまのお皿を置いときましただ。坊っちゃまはいつも暖かいとこに座るのがお好きですからね。おや、まあ！　サリーはなんだって一番いいポットを出さなかったんだろう？　クリスマスに坊っちゃまが奥様に買ってお上げになった、あの小さい新しいポットのことですよ。あれを出さなくっちゃ！　ところで、奥様、坊っちゃまから便りがあったそうですね？」もの問いたげに彼女は言った。

「あったわよ、クロウ。でも、もしできれば今晩帰るというただの一行、それだけなの」

「うちの人のことは、何もなかったですか？」クロウおばは相変わらず茶碗をいじりながら言った。

「ええ、なかったわ。何も言ってきてないのよ、クロウ。家に帰ったら全部話すって言ってたわ」

「ジョージ坊っちゃまらしいこった。坊っちゃまはいっつも全部自分で話さなきゃ、気がすまねえですからね。坊っちゃまのそういうところが、あたしはいっつも気がかりでしたよ。あたしにゃ、白人がいろんなことを書かなきゃなんねえのに、一向に書こうとしねえで我慢していなさるのが、分からねえだ。気がもめますよ」。

シェルビー夫人は笑った。

「うちの人は、子供たちや赤ん坊を見ても、見分けがつかんかもしれんですね。なぜって！　あの赤ん坊が、いまじゃあんな大きな女の子になっちまったんですから。おまけに、ポリーはいい子で元気ですだ。いまは、あたしたちの小屋で、ホーケーキを見ててくれとりますだ。あたしはうちの人が大好きな焼き方にしましただ。あの人が連れていかれたあの朝、あの人に焼いたようにね。ああ、神様！　あの朝、あたしがどんなに辛かったか！」

シェルビー夫人はため息をついた。クロウがそれとなく聞きたがっていることを察し、心にのしかかる大きな重圧を感じた。彼女は、息子の手紙を受け取ってからずっと、彼が沈黙を守っている裏側には、何かが隠されているのではないかと不安だった。

「奥様、あのお金をお持ちですよね？」心配そうにクロウおばが言った。

「持ってるわよ、クロウ」

「というのも、あのカーキ屋がくれたお金をうちの人に見せてやりてえもんですから。『そこでだがな』とあの旦那は言いましただ。『クロウ、もう少しここで働いてもらえないかね』。それであたしは言っただ。『ありがとうごぜえます、旦那様。あたしもそうしたいんですが、うちの人が戻って来ますんで。それに奥様が、あたしなしじゃもうこれ以上やっていかれねえんもんですから』。これがあの人にあたしが言った言葉ですだ。本当によい方でしたよ、あのジョーンズの旦那は」。

クロウは給料としてもらったそのお金を、自分の有能さの記念として夫に見せるため、しまっておいてくれと頑なに言い張ったのだ。シェルビー夫人は、彼女を喜ばせるため快くその要求に応じた。

「うちの人はポリーのことが分からんでしょう、そうとも、分からんですよ。ああ、あの人が連れて行かれちまって、もう五年もたちますだ！　あんときゃ、あの子はまだ赤ん坊で、やっと立てるようになったばかりでしたよ。あの人がどんなにおかしがって笑っていたか、思い出しますだ。あの子は歩こうとして、しょっちゅう転んでばかりいましたからね。まったく！」

馬車のがらがらいう音が聞こえてきた。

「ジョージ坊っちゃまだ！」そう言うと、クロウおばは窓へ駆け寄った。

シェルビー夫人は入り口へ向かって走り出し、息子の腕のなかに抱かれた。クロウおばは心配そうに暗闇に目をこらして立っていた。

「ああ、かわいそうなクロウおば！」ジョージはそう言うと、不憫でたまらぬと言わんばかりに立ち止まり、両手で彼女のごつごつした、黒い手をとった。「トムをここに連れ帰れるもんなら、僕は全財産だって投げ出すよ。でも、彼はもっといいところへ行ってしまったんだ」。

シェルビー夫人が激しい叫び声をあげた。しかし、クロウおばは何も言わなかった。

みんなは食堂へ入った。クロウおばがあれほど自慢していたお金が、相変わらずテーブルの上に置かれたままだった。

「さあ、取ってくだせえ」彼女は震える手でお金を集めると、それを女主人に差し出して言った。「こんなもの、もう二度と見たくも、聞きたくもねえです。きっとこうなるって思っとりました。売られちまったら、南部のどっかの農園で、殺されるに決まっとるんだ！」

クロウは後ろを向き、昂然と部屋から出て行こうとした。シェルビー夫人は静かに彼女のあとを追い、片方の手を取ると彼女を椅子に座らせ、自らそのそばに座った。

「私のかわいそうなやさしいクロウ！」と彼女は言った。

クロウは夫人の肩に頭をのせ、涙にむせびながら言った。「ああ、奥様！　失礼なこと言って、許してくだせえ。あたしの心は、ずたずたなんです。それだけですだ！」

「分かりますよ」と言って、シェルビー夫人はとめどなく涙を流した。「私では癒してあげられないけど、イエス様なら癒すことができるわ。イエス様は心傷ついたものたちを慰め、その傷を治してくれますからね」。

しばらくのあいだ沈黙が続き、それからみんなで一緒に泣いた。最後にジョージが、嘆き悲しむクロウおばのそばに座り、手をとって、誠意のこもった悲しみの表情を浮かべながら、彼女の夫の雄々しい死に際と、最後の愛のメッセージを伝えた。

それから一カ月ほどたったある朝のこと、シェルビー家の使用人たち全員が、若主人の話を聞くため、屋敷の真ん中の大広間に集められた。

みんなの前に現われたとき、驚いたことに、彼はこの家に所属する全員の自由証書を含む書類の束を抱えていた。その場に居合わせた者すべてがすすり泣いたり、涙を流したり、大声を出したりしているなかで、彼はその証書を次々に読み上げて、手渡していった。

しかし、多くの者は彼のまわりに詰め寄り、自分たちを追い出さないでほしいと熱心に願いながら、不安そうな顔つきで、自由証書を返そうとした。

「おらたちは、いまよりもっと自由になりてえなんて思っとりません。いつだって欲しいものはみんないただいてきとります。このなじみの家や旦那様や奥様や他のもんたちと離れたくねえです!」

「誠実なみんな」。ジョージはみんなを黙らせると、すぐ言った。「みんなはここを離れていく必要はないんだ。この農園では、いままで通り、たくさんの人手が必要だし、屋敷でも以前と同じ人数がいる。でも、みんなはいまや自由な男であり自由な女なんだ。僕はみんなの仕事に対して、お互いに納得のいく賃金を払うつもりだ。そうしておけば、万一僕が借金を背負ったり、死んだりした場合——そういうことも起こるかもしれないからね——みんなはもう連れて行かれて売り飛ばされることはないんだ。僕はこの農園をなんとか頑張ってやり続けていくつもりだ。それから、これは学ぶのに少し時間がかかるかもしれないが、みんなが僕から得た自由な人間としての権利をどんなふうに使ったらよいかを教えるつもりなんだ。みんなが頑張って、進んで学んでくれることを期待しているよ。僕は誠実に喜んで教えることを神に誓う。さあ、みんな、天を見上げ、自由を祝福して、神に感謝しよう」。

この屋敷に仕えて、髪も灰色で目も見えなくなった一人の年老いた長老格の黒人が立ち上がり、震える手を上げて「主に感謝を捧げよう!」と言った。みないっせいに賛成してひざまずいた。オルガンや鐘の音や礼砲の響きに伴われていなかったが、この正直な老人の心からあふれ出た感謝の言葉ほど、感動的で心のこもったものが天にのぼったことはこれまでなかった。

みなが立ち上がったとき、もう一人がメソジスト派の賛美歌を歌い始めた。歌の中身は、次のようなものだった。

「歓喜のときがきた——
救われた罪人たちよ、故郷へ帰れ(1)」

「最後にもう一つだけ言いたいことがある」。ジョージはみんなの祝いの言葉を押しとどめて言った。「みんなはあの善良なアンクル・トムのことを覚えているだろう?」

ここでジョージはトムの最期の場面を手短かに語るとともに、この屋敷のみんなへトムが残していった愛情あふれる別れの言葉を伝えた。そして、次のようにつけ加えた。

「みんな、僕はトムの墓の前で、奴隷を解放することができる限り、もう二度と奴隷は持つまいと神に誓ったんだ。また、僕のために、誰一人として、自分の家や友人たちから引き離されて、トムみたいに寂しい農園で死ぬようなはめにさせまいと決心したんだ。だから、みんなが自分たちの自由を喜ぶときには、それは善良なトムのおかげであることを思って、その恩に報いるべくトムの妻や子供たちに親切にしてやってほしい。『アンクル・トムの小屋』を見るたびに、自分の自由について考えてくれ。あの小屋を一つの記念碑としてみんなの心にとどめ、彼に見習い、彼のように正直で、誠実なキリスト教徒になってくれ」。

第45章 締め括りの所見

Concluding Remarks

作者はこれまで、国中のさまざまな地域の読者から、この物語が実話かどうかと問う手紙をたびたび受け取ってきた。そこでそれらの質問に対して、ここでまとめてお答えしようと思う。(1)

物語を構成している個々の出来事は、だいたいが本当の話で、その多くは作者自身か、作者の個人的友人たちの見聞にもとづいている。作者とその友人たちは、ここに紹介されているほとんどすべての登場人物にそっくりの人たちを実際に見てきている。せりふの多くも、作者自身が聞いたものか、人から聞かされたものを一語一語再現したものである。

エライザの個人的な外観と彼女に帰せられている性格は、実在の人物をモデルにスケッチしたものである。アンクル・トムのゆるぎない忠誠心と敬虔さと正直なところは、作者が個人的に知っていた何人かの人物を合成して作りだしたものだ。もっとも悲劇的で非現実的に見える出来事や、もっとも恐ろしい出来事のいくつかもまた、実際の話に照らして書かれている。母親がオハイオ川の氷上を横断する話(2)は、よく知られている事実である。第二巻の「プルウばあさん」の話は、当時ニューオーリンズの大きな商社の集金係だった作者の弟が目撃した話を下敷きにしている。農園主レグリーの人物像も、出所は同じだ。作者の弟は、集金旅行で彼の農園を訪れたときのことを、次のように書いている。「この男は私に実際自分の拳を触らせたが、鍛治屋のハンマーか、鉄の塊のようだった。そして『黒んぼどもをぶん殴っていたからこんなに硬くなったんだ』と私に言った。私は農園を出ると、ほっと深い息を吸って、まるで人食い鬼の巣窟から逃げ出したような気になった」。

トムの悲劇的な運命にもまた、多すぎるほどの実例があり、国中にそれを証言してくれる生きた証人がいる。だが、記憶されるべきは、南部の州ではどこでも、白人に対する訴訟において黒人の血統のものは証言できないというのが、法制度の原則になっているということである。だから、一方に自らの利害を無視して激情に駆られてしまうような白人がおり、他方にその白人の意志に逆らうほどの勇気と生き方を持った奴隷がいれば、どこでもトムのような事例が起こりうるというのは、容易に見て取れるだろう。実際、奴隷の生命を守るものは、主人の性格以外に何もないのである。考えるだけでも衝撃的な事実が、ときとして否応なく一般の人々の耳に届くこともあるが、その事実に対してなされる批評でよく聞かされることがまた、事実そのものよりずっと衝撃的だったりする。たとえば「時折そういうことは起こるかもしれないが、それらは一般的な例証ではない」と言われたりする。もしニューイングランドの法律が、主人は年季奉公人を時折責め殺したとしても、裁判にかけられないというように決められていたとしたら、人々はそれを同じような冷静さで受け止めていられるだろうか？「こういったことは稀であって、一般的な例証ではない」などということが、口にされるだろうか？　こういう不正義は奴隷制度のなかに本質的に内在することである——奴隷制度というものは、こういう不正義なしに存在しえないのだ。

美しい混血の少女や白人の血をより多く持った少女たちを、公衆の面前で恥知らずにも売買するということは、パール号の拿捕との関連で続いて起こったさまざまな出来事以来、破廉恥なこととされてきた。[3]この事件の被告側顧問弁護人の一人、ホーリス・マン氏の証言から以下のものを抜粋しておこう。彼は次のように述べている。「一八四八年に、コロンビア特別区で七六人の人間が帆船パール号から脱出を試みました。わたしはパール号の高級船員たちの弁護を手伝っていましたが、逃亡を企てたものたちのなかには、若くて健康的な娘たちが数人いました。彼女たちの容姿は、鑑定家たちが高く評価するような独特な魅力を持っていました。エリザベス・ラッセルはそのなかの一人でした。彼女はたちまち奴隷商人の魔の手に落ち、ニューオーリンズの市場に売られる定めとなりました。彼女を見た人々の心は、彼女の運命を思って同情の念を禁じえませんでした。彼らは彼女を買い戻すために、一八〇〇ドルを払おうと申し出ました。義捐金を申し出た人々のなかには、あとにほとんどお金が残らないような人もいました。しかし、鬼のような奴隷商人は申し出を受け入れませんでした。彼女はニューオーリンズに送られました。しかし、ニューオーリンズまであと半分というところで、神様が情けを懸け、彼女を死に至らしめました。同じ集団に、エドマンドソンという姓の娘が二人いました。そろって同じニューオーリンズの市場へまさに送られようとしていたとき、一人の初老の修道尼が彼女らの所有者となった卑劣漢に会うべく惨劇の場に赴き、彼の哀れな犠牲者を助けるよう懇願しました。彼は彼女をからかって、あの少女たちがどんな素敵な洋服や家具を持てるか口にしました。『そうでしょう』と彼女は言いました。『確かにそれはこの世ではいいかもしれません。でも、来世で彼女たちはどうなるでしょう?』この二人の少女もまた、ニューオーリンズに送られましたが、後に莫大な金額を使って救い出され、連れ戻されました」。このような話からも、エメリンやキャシーと似た境遇のものたちが、現実にたくさんいるというのは明らかではないだろうか?

また、作者として公平を期すために述べておきたいのだが、セント・クレアの体現する公正な精神や寛大さにも、現実と対応した面がある。そのことは、次の逸話が明らかにするだろう。二、三年前、一人の若い南部紳士が、子供のころから彼の世話をしてきたお気に入りの召使とともにシンシナティに滞在した。この若い召使は自らの自由を得るために、この機会を利用して、この種の事柄ではきわめて名の通った、あるクエーカー教徒の庇護を求めて逃げ出した。奴隷の持ち主はひどく腹をたてた。彼はその奴隷をいつも寛大に取り扱ってきたし、自分の愛情にも自信を持っていたので、クエーカー教徒が奴隷をそそのかして自分を裏切るようにしむけたのだと信じ込んだ。彼はものすごい怒りにかられて、そのクエーカー教徒を訪ねた。しかし、彼は人並みはずれて正直で公正な男だったので、相手の論拠や主張を聞いているうちにすぐ怒りもおさまった。相手の立場は、彼がこれまで聞いたこともなかった側面を持っていた。そこで彼はただちに、自分の所有する奴隷が彼に面と向かって自由が望みだと言ったら、その奴隷を解放するとクエーカー教徒に語った。すぐに面談が行なわれ、若い主人は奴隷のネイサンに、どんなことであれ、お前の取り扱いで不平を言いたくなるようなことはあったかと尋ねた。

「いいえ、御主人様」とネイサンは言った。「あなた様はいつでもおらに親切にしてくださいました」

「それなら、なぜ出ていきたいんだ?」

「御主人様は死ぬかもしれません。そうしたら、おらは誰のものになるんでしょう? それだったら、おらは自由な人間でいたいです」。

しばらく考えたあとで、若い主人は答えた。「ネイサン、もし私がお前の立場だったら、私もきっと同じように感じただろう。お前は自由だ」。

彼はただちに自由証書を作成した。それから、ある額の金をクエーカー教徒に預け、ネイサンが新しい生活を始めるのを何くれとなく助けながら、この金をうまく使ってほしいと頼んだ。さらに、彼は非常に思慮分別をわきまえた親切な忠告の手紙を若者に残した。その手紙はしばらくのあいだ、作者の手元にあった。

作者としては、多くの場合南部の人々の個人的な特性ともいえるあの気高さ、寛大さ、人間味が、この作品のなかに十分表現されていることを願っている。そのことを示す数々の実例があるおかげで、われわれは人類に対して完全に絶望しないですんでいるのだ。しかし作者は、世の中のことを知っていると思われる人に尋ねたい。そのような特性はごく普通のことと言えるのだろうか、本当にどこにでもあるものなのだろうか？

作者はこれまで長年にわたって、奴隷制は首を突っ込むにはあまりに痛ましすぎるし、また啓発が進み、文明が進歩すれば必ず廃れるものだと考えて、この問題に関連して書かれたり言及したりしているものはすべて避けてきた。しかし、一八五〇年の逃亡奴隷法以来、キリスト教徒で人間らしさも持ち合わせた人々が、善良な市民の義務として、実際に逃亡奴隷をもとの隷属状態に戻すのを奨励していると聞いたとき、また北部の自由州に住む親切で思いやりのある立派な人々が、この問題との関連で、何がキリスト教徒の務めであるかとわざわざ考えたり、議論したりするのをあちらこちらで聞いたりしたとき、驚きと戸惑いのあまり、作者はただただ次のように考えざるをえなかった。こういった人々やキリスト教徒は、奴隷制がどのようなものかを分かっていないのではないか、もし分かっていたら、そもそもこういう問題を議論するなどということはありようがないではないか。こうした思いが高じていったとき、生きた劇的リアリティによって、奴隷制を表現したいという欲求が起こってきた。作者は奴隷制に公平であろうと、その最良の面と最悪の面の両面を書き表わそうと努めた。最良の面についてはたぶん成功したと思う。

しかし、ああ！　最悪の面に横たわるあの死の谷と影のなかにあって、いまだ何が語られずに残っているのかという段になると、誰にはっきりしたことが言えるだろうか？

あなた方、寛大で高貴な心の持ち主である南部の紳士ならびに淑女たち、これまでに経験してこざるをえなかったより厳しい試練のゆえに、より偉大な徳と寛大さと純粋な気質を持っているあなた方に、作者として問いかけたい。あなた方は、心の奥底で、あるいは人知れず自問自答しながら、この忌まわしい制度には、この作品のなかで漠然と表現されているか、あるいはなんらかの形でほのめかされうるもの以上の悲哀や悪行が、現実に存在すると感じたことはないだろうか？　感じないでいられるだろうか？　人間というものは、完全に無責任な権力を任されうる生き物なのだろうか？　また、奴隷制度というものは、証言する権利を法的にすべて奴隷から剥奪することによって、それぞれの奴隷所有者をすべて無責任な専制君主にしているのではないだろうか？　その結果が実際どうなるか、それを想像できないものがいるだろうか？　確かにわれわれも認めているように、名誉や正義感や人情味のあるあなた方のあいだでは、一つの共通の感情が形成されているだろう。もしそうだとすれば、逆に、悪党や野蛮な人間や卑しい人間たちのあいだでも、もう一つ別の共通感情が形成されていないだろうか？　こういう悪党や野蛮な人間や卑しい人間たちが、奴隷法によって、もっとも善良で純粋な人々と同じように、多数の奴隷を所有できないとでも言うのだろうか？　名誉を重んじ、心正しく、高潔で思いやりのある人々が、この世ではどこでも多数派なのだろうか？

奴隷貿易は、現在、アメリカの法律では海賊行為とみなされている。(4)しかし、アフリカの沿岸部で行なわれてきた組織的な奴隷貿易は、アメリカの奴隷制の不可避的な付随物でありその結果である。その痛ましさと恐ろしさ、それは語られることのできるものなのだろうか？

作者が行なったことは、いままさに何千もの人の心を引き裂いたり、何千もの家族を破壊したり、無力で心傷つきやすい人々を逆上と自暴自棄に追い込んだりする苦悩と絶望を、ただぼんやりとなぞったり、かすかに暗示しただけでしかない。奴隷売買というこの忌まわしい商取り引きに追い詰められて、自分の子供たちを殺害したり、死よりも恐ろしい悲惨さから逃れようと自ら死を選んだりした母親たちについて、それを語りうる生き証人がいる。アメリカの法律の保護のもとで、またキリストの十字架に守られつつ、日々刻々この国で行なわれている恐ろしい現実の光景に匹敵するような悲劇は、まだ書かれたり、話されたり、想像されたりできないままである。

さて、アメリカの紳士淑女の皆さん、こうしたことは適当にあしらったり、弁解したり、あるいは黙って見過ごしたりしていてよいことなのだろうか？　冬の夕べの炉端でこの本をお読みになっておられるマサチューセッツやニューハンプシャーやヴァーモントやコネチカット州の農夫の皆さん、気丈で心の広いメイン州の船乗りや船主の皆さん、こうしたことは皆さんが支持したり奨励したりすることなのだろうか？　ニューヨーク州の勇敢で寛大な男性の皆さん、裕福で陽気なオハイオ州の農夫の皆さん、また広大な大草原の諸州に住む皆さん、答えていただきたい。こうしたことは皆さんが守り支持することなのだろうか？　アメリカの母親の皆さん、自分の子供たちの揺りかごを通して、すべての人類を愛し、思いやることを学んできた皆さん、子供に対して皆さんが抱いている神聖な愛情、美しく汚れを知らない幼児に皆さんが感じている喜び、育ち盛りの年月を導く皆さんの母親らしい憐れみの心とやさしさ、子供の教育にかける皆さんの願い、子供の心が永遠に清らかであれと願う皆さんの祈り、そうしたものをよりどころに、皆さんにお願いしたい。皆さんと同じ愛情を持ちながら、胸に抱く子供を守ったり、導いたり、教育したりする法的な権利を何一つ持っていない母親に、どうか心からの同情を寄せていただきたい！　皆さんの子供が病気だったとき、瀕死の子供のあの忘れることのできないまなざし、助けることも救うこともできなかったときに皆さんの胸を締め付けたあの最後の泣き声、空っぽの揺りかごや物音一つしない子供部屋の侘びしさ、こうしたことをよりどころに、皆さんにお願いしたい。アメリカの奴隷取り引きによって絶えず子供を奪われているあの母親たちに、心からの同情を寄せていただきたい！　アメリカの母親の皆さん、こうしたことは皆さんによって弁護されたり、共感を寄せられたり、黙って見過ごされたりすべきことなのだろうか？

皆さんは自由州の人間なのだから、こうしたことには何の関係もないし、何もできはしないと言われるだろうか？　もしそれが真実ならば、どんなによかっただろう！　しかし、それは真実ではない。自由州の人々は奴隷制を弁護し、支持し、これに関わってきている。それだけに、神の目には、南部の人々よりももっと罪深く映る。なぜならば、自分たちの教育や習慣のせいで、止むをえなかったのだという弁解が成り立たないからである。

もし自由州の母親たちが、これまでに自分たちの罪深さを感じてきていたならば、自由州の息子たちは奴隷所有者にはならなかっただろうし、よく知られているような厳しい主人にもならなかっただろう。また、自由州の息子たちはこの国で奴隷制がはびこるのを見過ごしたりもしなかったであろう。さらに、自由州の息子たちは、現に彼らが行なっているように、商取り引きのなかで人間の魂や肉体を金銭と等価とみなし、それを売ったり買ったりすることもしなかったであろう。北部の都市の商人たちは、一時的にたくさんの数の奴隷たちを所有し、その彼らをまた売ったりするのだ。それでもなお、奴隷制度の罪と汚名のすべては、南部だけのものになるのだろうか？

北部の男たちや母親たちやキリスト教徒たちは、南部の同胞を責めるとともに、それ以上のことをなすべきである。自らのうちに巣くう悪を、まっすぐに見据える必要がある。

しかし、それぞれの個人は、何をすることができるのか？　それに関しては、各人一人一人が判断すればよい。だが、誰にでもできることが一つだけある。まっとうな感覚を持つようにすること、これなら誰にでもできる。すべての人間は、同情を寄せるというかたちで影響力を発揮しうる。人類のために、それもより大きな人類の利益のために、感覚を強く、健全にかつ正当に働かせる男や女は、いつの時代にあっても、人間全体の恩人である。皆さんの同情する力をこのことに振り向けてほしい！　皆さんの力はキリストの憐れみと共感しあっているだろうか？　それとも、この世の政治的な権謀術策と共鳴して揺れ動いたり、歪められたりしているのだろうか？

キリスト教を信じる北部の男たちや女たちよ！　さらにまた、あなた方にはもう一つの力がある。あなたがたは、祈ることができるのだ！　あなた方は祈りを信じているだろうか？　それとも、あなた方の祈りは、もはや、ぼんやりした使徒伝説へと変容してしまっているのだろうか？　あなた方は他国の異教徒のために祈っている。それなら国内の異教徒のためにも祈ってほしい。また、信仰を深める機会が売り買いの偶然に支配されている、あの苦悩と悲嘆にくれるキリスト教徒たちのためにも祈ってほしい。彼らにあっては、殉教しようとする覚悟と恩寵が天から与えられるのでもない限り、多くの場合、キリスト教のモラルを遵守することさえ不可能なのだ。

しかし、まだある。われわれの自由州の波打ち際に、神の奇跡的な計らいで奴隷制の荒波から逃れてきた、哀れにも家族がばらばらに崩壊してしまった残存者たる男や女たちがやってきている。キリスト教のすべての原理や道徳観を辱め、混乱させる制度のゆえに、彼らは知識も乏しく、多くの場合、道徳観も不安定だ。でも、彼らはあなた方のなかに避難場所を求めてやってきた。教育と、知識と、キリスト教の精神を手に入れようとやってきているのだ。

ああ、キリスト教徒たちよ、あなた方はこれらの哀れで不幸な人々に対して、どんな義務を負っているのか？　アメリカのキリスト教徒は、アメリカの国民がアフリカ人に対して行なった数々の悪行を償うために、何らかの努力をなす義務があるのではないのだろうか？　教会や学校の扉は、彼らに閉ざされていてよいのだろうか？　諸州が立ち上がって彼らを追い払ってよいものだろうか？　キリストの教会が、彼らに投げつけられる嘲りを黙って聞き流したり、彼らが差し出す無力な手を取らずにいたり、われわれの境界を越えて彼らに迫りくる残酷さを、沈黙を守ることで、助長していてよいものだろうか？　もしそうでなければならないとしたら、それは悲しむべき光景となるだろう。もしそうでなければならないとしたら、憐れみ深くまた親切な思いやりを持ったお方の手に、国民の運命が握られているのを想起するとき、この国は震えおののかなければならないだろう。

あなた方は「われわれは彼らにこの国にいてもらいたくない、アフリカに行かせよう」と言うだろうか？

神の思し召しによって、アフリカに一つの避難場所が設けられたということは、確かに、大きな注目すべき事実である。しかし、だからといって、キリストの教会が、本来の職務の要求するところに反して、この見捨てられた人々に対する責任を放棄してよいということにはならない。

奴隷制の鎖から逃れたばかりの、無知で経験もなく、なかば野蛮といってもいい人間たちで、リベリアの国をいっぱいにしてしまうことは、新しい企ての初期段階に伴う苦闘と矛盾の期間を、何年間にもわたって長引かせることになるだけだろう。こうしたかわいそうな被害者たちを、キリストの精神にのっとって、北部の教会に受け入れさせよう。彼らが道徳的にも知的にも成熟するまで、キリスト教的共和主義の社会と学校で学ぶ教育の利点を、彼らに授けよう。そのあとで、リベリアへ渡る援助をしてやれば、彼らはアメリカで身につけた学習を実行に移せるようになるかもしれないではないか。

北部には、比較的小さいものではあるが、これまでにもこういうことに携わってきた一団の人たちがいる。その結果として、かつて奴隷だった人々が急速に財産や名声や教育を獲得した実例が、すでにこの国にはあるのだ。その置かれた状況から考えれば、まさに目を見張るほどの才能が開花してきているのだ。さらに、正直、親切、やさしさといった道徳的特性や、まだ奴隷の境遇にいる兄弟や友人たちを贖うために耐え忍ばれてきた英雄的ともいえる努力と自己犠牲の点で、彼らの生まれた境遇の影響を考慮に入れたとき、彼らのめざましさには驚くほどのものがある。

作者は長年にわたって奴隷州に境を接する開拓地域に住んでいたので、かつて奴隷だった人々のなかに入って彼らを観察するというすばらしい機会に恵まれた。彼らが召使として作者の家で働いていたこともある。彼らを受け入れる学校が他になかったので、作者は家庭学校で自分の子供と一緒に何度も彼らに勉強を教えたりした。また、作者の手元には、カナダの逃亡者たちのなかで作者と同じような体験をした宣教師たちの証言もある。こうしたことの帰結として、黒人の能力には、大きな期待を寄せることができると考えている。

解放された奴隷がまずはじめに望むことは、だいたいが教育である。自分の子供たちに教育を受けさせるためだったら、彼らは喜んでなんでも差し出すし、また進んでなんでもやろうとする。作者が自ら観察したり、彼らのなかで教師をした者たちの証言を聞いた限りでは、彼らはきわめて知的だし、理解がとても早い。シンシナティの善意の有志たちによって、彼らのために建てられたいくつかの学校の結果が、このことを十分に立証している。(5)

作者はここに、現在シンシナティに住む解放奴隷たちに関する以下のような事実の一覧表を掲げておく。これは当時オハイオ州レーン神学校教授だったC・E・ストウ氏(6)が書き記したものである。これによって、特別に援助されたり奨励されたりしなくても、黒人がどれほどの能力を持っているかが分かるだろう。

名前に関しては、頭文字だけしか知らされていない。全員がシンシナティの住民である。

B——・家具製造業者。市内に二〇年間在住。財産一万ドル、すべて彼自身が稼ぎ出したもの。バプティスト教会員。

C——・純血の黒人。アフリカで誘拐された。ニューオーリンズで売られる。自由黒人となって一五年。六〇〇ドルを払って自由を獲得。農夫。インディアナ州にいくつかの農場を所有。長老派教会員。財産およそ一万五〇〇〇ないし二万ドル、すべて彼自身が稼ぎ出したもの。

K——・純血の黒人。不動産業者。財産三万ドル。年齢は推定四〇歳。自由黒人となって六年。一八〇〇ドルを支払って家族の自由を獲得。バプティスト教会員。かつての主人から遺産を受け継ぎ、上手に管理し、増やした。

G——・純血の黒人。石炭業者。年齢は推定三〇歳。財産一万八〇〇〇ドル。最初に支払った一六〇〇ドルは騙し取られたので、自分の自由を獲得するために二度の支払いを行なった。自らの努力で全財産を稼ぎ出す。その多くは奴隷のころ、主人から時間を賃借し、自分の商売で得たもの。堂々とした、紳士的な男。

W——・四分の三の混血黒人。床屋かつ給仕。ケンタッキー出身。自由黒人となって一九年。三〇〇〇ドル以上支払って自分と家族の自由を獲得。財産二万ドル、すべて彼自身が稼ぎ出したもの。バプティスト教会の執事。

G・D——・四分の三の混血黒人。漆喰塗装工。ケンタッキー出身。自由黒人になって九年。一五〇〇ドル支払って自分と家族のために自由を獲得。最近死亡、享年六〇歳。財産六〇〇〇ドル。

さらに、ストウ教授は次のように述べている。「G——を除くこれらすべての黒人たちと、私は個人的に何年間も親交があった。ここに記載した事実は、私自身の知識に基づくものである」。

作者はある年老いた黒人女のことをよく覚えている。その女は作者の父の家で洗濯女として雇われていたが、その女の娘がある奴隷の男と結婚した。彼女は非常な働き者で有能な若い娘だった。彼女は勤勉と節約と辛抱強い克己心で、夫の自由のために九〇〇ドルを工面し、その金を夫の主人に支払った。夫の自由の値段としては、まだ一〇〇ドル足りなかった。だが、その段階で夫は死んでしまった。ところが、彼女は支払った金を一銭たりとも返してもらっていない。

これらは無数に提示されうるかもしれない例証のうちのほんのわずかな事実だが、ここに示されている克己心や活力や忍耐や正直さは、奴隷であった者が自由な状態になったときに発揮したものである。

さらに忘れてならないのは、これらの人々が雄々しくもかなりの富と社会的地位を勝ちうることに成功したのは、あらゆる面での不利や障害を乗り越えてのことだったということである。たとえば、オハイオ州の法律は黒人が選挙権を持つことを禁じている。また、ここ二、三年前まで、白人との訴訟では黒人は証言する権利さえ認められていなかった(7)。それにもかかわらず成功した上のような事例は、なにもオハイオ州にのみ限られたことではない。合衆国のあらゆる州で、つい昨日やっと奴隷制の束縛を脱したばかりの男たちが、どんな賞賛にも値する独習の力で、社会的に認められている高い地位にのぼっているのである。牧師ではペニントン、編集者ではダグラスとウォードがよく知られた例証である(8)。

この虐げられてきた人種が、あらゆる障害と不利な状況にもかかわらず、これほど多くのことを成し遂げてきているのだから、もしキリスト教会が神の御心に従って彼らに積極的な働きかけを行なったならば、彼らはさらにどれほど多くのことを成し遂げうるだろうか！

　いまという時代は、世界中で国々が揺れ動き、大混乱の起こっているときである。国外では一つの大きな力が、まるで地震のように押し寄せ、世界を突き動かしている。アメリカは安全か？　内部にまだ矯正されていない大きな不正を抱え込んでいるすべての国々は、この最後の大混乱の火種を持っていると言わねばならない。

　この大きな力が、言葉にならない呻き声をかきたてることで、人間の自由と平等をすべての国とすべての言語で求めさせているのはなんのためだろうか？

　ああ、キリストの教会よ、時代の前兆を読みとるのだ！　この力は、やがてその王国が訪れ、その意志が天上と同じくこの世でも行なわれるはずのキリストの精神の表われではないのか？

　それにしても、誰が主キリストの出現の日に耐えうるだろうか？　「なぜなら、その日は炉のように燃え、主が姿を現わして直ちに告発するからである。雇い人の賃金を不正に奪う者、未亡人や孤児を虐げる者、さらに寄留者の権利を退ける者を。主は虐げる者を打ち砕く[9]」。

　これらは、大きな不正を胸中に抱えている国民にとって、恐ろしい言葉ではないだろうか？　キリスト教徒たちよ！　キリストの王国が訪れるようにと祈るたびごとに、あなた方は忘れることができるのだろうか？　その予言が、虐げる者が復讐される日と虐げられてきた者たちが救済されるときとを恐ろしい交わりで結びつけているということを。

　だが、われわれにはまだ恩寵の日は残されている。北部も南部も、神の前では、ともに有罪である。キリスト教会は、罪の償いをする重大な責任を負っている。この合衆国が救われるのは、不正や残虐を擁護するために皆がまとまり、罪を共通の資産とすることによってではない。悔恨と正義と慈悲とによってだ。なぜなら、不正や残虐さは国々に全能の神の怒りをもたらすようになるという強力な掟は、石臼は大海に沈むという永遠の掟よりもっと確かなものであるのだから。

注 NOTES

第1章

（1）この時代に流布していた『英語文法』を指す。この書は、一七九五年にアメリカ人文法学者リンドリー・マレー（一七四五―一八二六）によってはじめて編集・出版された。

（2）この訳書では"nigger"を「黒んぼ」と訳した。"nigger"は黒人が使う場合は必ずしもそうではないが、白人が使う場合は蔑称となる。

（3）一八〇〇年代初期に始まったキリスト教信仰復興運動。福音派キリスト教宗派と結びついていた。野外やテントのなかで行なわれ、通常数日間続く。

（4）ミシシッピー川がメキシコ湾に注ぐ、ルイジアナ州南東部の港町。

（5）オハイオ州南東部の都市。オハイオ川をはさみ対岸はケンタッキー州。

（6）特に一八五〇年の第二次逃亡奴隷法の施行以降、合衆国の北部諸州では連れ戻される恐れがあったため、逃亡奴隷たちはカナダを目指して逃げるようになった。

（7）"quadroon"の訳語。黒人の血が四分の一混ざった混血。

（8）一九世紀アメリカ黒人の民謡の一節 'Jump, Jim Crow' のリフレインに由来する。一八八〇年代から一九六〇年代まで「ジム・クロウ」は、南部諸州で黒人を差別するための法律の名前と結びつけて使われた。差別された黒人個人を指す場合もある。

（9）ウィリアム・ウィルバーフォース（一七五九―一八三三）。イギリスの政治家・博愛主義者・奴隷制反対論者。

（10）ミシシッピー川沿いにあるミシシッピー州南西部の都市。

（11）旧約聖書「列王記下」第八章第十三節。

第2章

（1）"mulatto"の訳語。黒人の血が二分の一混ざった混血。

（2）奴隷たちは、ときに主人から別の雇い主に「賃貸し」に出され、主人のために金を稼ぐことがあった。

（3）綿の繊維を種から分離する機械。実際はケンタッキーの黒人青年による発明だが、アメリカ人製造業者エリ・ホイットニー（一七六五―一八二五）が一七九三年にその特許権を取った。この時代には、奴隷が特許権を取ることはできなかった。

第3章

(1)「よその女の唇は密を滴らせ　その口は油よりも滑らかだ。だがやがて、苦よもぎよりも苦くなり　両刃の剣のように鋭くなる」(旧約聖書「箴言」第五章第三節〜第四節)。

(2) ミシシッピー川下流域の農園では、奴隷たちのおかれた状況は最悪だった。奴隷たちは「深南部に売られる」ということを、酷い目に合わされることと同義にとった。

第4章

(1) 黒人コミュニティでは、年上の男性や女性に「おじ(uncle)」や「おば(aunt)」の呼称をつけた。

(2) 二度焼いて、乾いてサクサクするようにしたパン。

(3) いずれもコーンミールでできたパンやケーキ。

(4) ジョージ・ワシントン(一七三二—一九九)。米国初代大統領、独立戦争(一七七五—一八三)時の植民地軍最高司令官。

(5) フランスの画家L・J・M・ダゲール(一七八九—一八五一)が発明した写真法。銀板を沃度のガスで処理し、これを露光して、水銀蒸気にあてると像が現われる。

(6) 使わないときは他の寝台の下に入れられる低いベッド。

(7) メソジスト派の賛美歌「聖者も罪人も集いきて」の一部。

(8) 軽くて絹のように柔らかい布地。

(9) サムエル・ウェークフィールドの賛美歌「戦場で死のう」のバリエーション。

(10) 信仰歌「約束の土地へ向かって」に同様の歌詞が見られる。

(11) エジプトから逃れてきたイスラエル人は、ヨルダン川を越えて神の約束した土地へ至った。アメリカの奴隷たちにとって、ヨルダン川は自由へ至る道の象徴だった(旧約聖書「申命記」第十一章第三十一節)。約束の土地たるカナンは、奴隷たちにとって、現世と来世との自由を意味する(旧約聖書「出エジプト記」第六章第四節)。新しいエルサレムは、最後の審判のあと善良なキリスト教徒たちを待っている聖なる都市のことである(新約聖書「ヨハネの黙示録」第三章第十二節)。

(12) ジョン・ウェズレイの賛美歌「カナンの土地へ向かって」の一部。

(13) 新約聖書「ヨハネの黙示録」には、最後の審判の場面が描かれている。そこでは罪人が罰せられ、善人が救われる。

第5章

(1) 奴隷制の完全廃止を積極的に推し進めた人々。この運動は福音派教会の復興運動が浸透していった一八三〇年代に大きな力となり、一八三八年までには一三五〇以上の奴隷制に反対する組織ができあがっていた。これらの組織には約二五万人が参加し、大半は女性だった。一八三三年、ニューヨークの実業家アーサーとルイスのタッパン兄弟と奴隷解放運動機関紙『リベレーター』の発行人ウィリアム・ロイド・ギャリソンらによって、アメリカ奴隷制反対協会が結成された。一八五〇年の厳しい第二次逃亡奴隷法の通過後、奴隷解放運動は一層激しさを増した。

（2）水泳が巧みで人命救助などに活用される犬の種類。通常、毛色は黒。

第6章

（1）ロンドンのバッキンガム宮殿の近くにある宮殿。一六九七年から一八三七年まで、ここにイギリス王室の住居があった。

（2）ニュージーランドの北方、南太平洋上のいくつかの島からなる国。

（3）イングランド王リチャード一世（一一五七―九九）のこと。勇敢な武将で中世騎士の典型とされ、ウォルター・スコットの小説『アイヴァンホー』に登場する。

第7章

（1）新約聖書「ヨハネの黙示録」第六章第九節〜第十節。

（2）南北戦争以前、奴隷がカナダや北部の自由州に逃亡するのを助けるため、白人や黒人によって組織されていた秘密組織の逃亡ルート。

（3）第二次逃亡奴隷法（一八五〇年）のこと。

第8章

（1）テキサス州とオクラホマ州の州境を流れ、ルイジアナ州でミシシッピー川に合流する。

（2）イギリスの作家ジョン・バニヤン（一六二八―八八）の『天路歴程』（一六七八）第二章。

（3）たとえば役人が売買証書を偽造したりすることなど。作者は『「アンクル・トムの小屋」への鍵』のなかで、自由黒人を誘拐し奴隷として売る行為などに言及している。

（4）ミシシッピー州中部に発しメキシコ湾に注ぐ川。

（5）雄弁で知られる米国の政治家（一七七七―一八五二）。

（6）ケンタッキー州北部中央にある郡。

（7）オハイオ州北部中央のエリー湖畔にある町。カナダへ逃亡する奴隷たちが船に乗り込む中心地。

（8）アラバマ州南西部にある海港。

（9）「寒い日に衣を脱がせる者　ソーダの上に酢を注ぐ者　苦しむ心に向かって歌を歌う者」（旧約聖書「箴言」第二十五章第二十節）。

第9章

（1）痛みをやわらげ、強心作用がある薬剤。

（2）第二次逃亡奴隷法のこと。第1章注6参照。

（3）オハイオ州の州都。

（4）逃亡した奴隷たちを探し出すための新聞広告の挿し絵。

第10章

（1）旧約聖書「創世記」第二十一章第十六節などに出てくる表現。

（2）あの世のこと。シェークスピア『ハムレット』三幕一場五六～五七行。

第11章

（1）ビーバーの毛皮かそれに似たラシャでできた山高帽。

（2）『天路歴程』第二章。

（3）旧約聖書「創世記」第十六章第九節。

（4）新約聖書「フィレモンへの手紙」第一節～第十六節。

（5）新約聖書「コリントの信徒への手紙一」第七章第二十節。

（6）鞘つき片刃ナイフ。

（7）裁判所の令状に基づいて、役人が取り仕切って行なった奴隷の売買。

（8）旧約聖書「詩編」第九十七章第一節～第二節。

第12章

（1）旧約聖書「エレミア書」第三十一章第十五節。

（2）新約聖書「ヘブライ人への手紙」第十三章第十四節。

（3）「美しい川」を意味するフランス語。

（4）旧約聖書「詩編」第百三十七章第三節。

（5）旧約聖書「創世記」第九章第二十五節。

（6）新約聖書「マタイによる福音書」第七章第十二節。

（7）ケンタッキー州北部にあるオハイオ川沿いの都市。

（8）旧約聖書「イザヤ書」第六十三章第四節。

（9）トーマス・クラークソン（一七六〇－一八四六）、イギリスの奴隷制廃止論者。ウィルバーフォース、第1章注9参照。イギリスは一八〇七年に奴隷貿易を禁止し、一八三三年にカリブ海植民地の奴隷をすべて解放した。合衆国大統領ジェファソンは一八〇七年に合衆国の奴隷貿易を禁止する法律に署名し、同法は一八〇八年一月一日に発効。

第13章

（1）フレンド会会員ともいう。一九世紀アメリカおよびイギリスの奴隷制反対運動に大きく関わったキリスト教の一宗派。

（2）浮織りした紋織物で、壁掛けやカーテンなど室内装飾に使われる。

（3）古代ローマ神話の愛と美の女神の帯。恋情を起こさせる種々の飾りがついていたとされる。

第14章

（1） イギリスのロマン派詩人ジョージ・ゴードン・バイロン（一七七八－一八二四）の『ドン・ジュアン』第十四歌四十三節。

（2） フランソワ・ルネ・シャトーブリアン（一七六八－一八四八）。フランスの作家、政治家。『ナッチェズ』（一八二六）でミシシッピー川沿いの生活を描写している。

（3） 出典不明。

（4） 新約聖書「ヨハネによる福音書」第十四章第一節～第二節。

（5） ローマの政治家、雄弁家、哲学者（紀元前一〇六－四三）。

（6） ギリシャ神話に登場するヤギの角と足を持つ森林・牧人・家畜の神。

第15章

（1） 一六～一七世紀頃のフランスのカルヴィン派プロテスタント。

（2） ルイジアナ州ニューオーリンズ市北部にある浅い海水湖。

（3） 芳香塩ともいわれる気付け薬。

（4） シャルル・ローラン（一六六一－一七四一）、フランスの教育者。ジョン・ミルトン（一六〇八－七四）、イギリスの詩人。ジョン・バニヤン、第8章注2参照。トーマス・スコット（一七四七－一八二一）、イギリスの牧師・学者。

（5） ジェダダイア・モース（一七六一－一八二六）、アメリカの牧師・地理学者。

（6） ティモシー・フリント（一七八〇－一八四〇）、アメリカの作家・宣教師。

（7） ハワイ諸島の旧称。

（8） ヴァーモント州にあり、アパラチア山脈の一部を形成する。

（9） 北アフリカやスペインに住むムーア人あるいはイスラムの建築様式。その特徴はアーチ、タイル飾り、複雑な木の彫刻などに表れている。

（10） 旧約聖書「列王記上」第十章第一節～第五節および「歴代誌下」第九章第一節～第四節。

（11） 旧約聖書「ヨブ記」第四十章第十五節～第二十四節。

第16章

（1） アイザック・ワッツ（一六七四－一七四八）、イギリスの神学者、賛美歌作者。

（2） 亜麻糸・綿糸で織った薄地の平織物。

（3） シェークスピア『ヴェニスの商人』一幕二場一五行。
（4） アフリカ北部、現在のテュニスの北東にあったフェニキア人の都市国家。
（5） 一八三七年創刊のニューオーリンズ市最初の新聞。ピカユーンは昔ルイジアナ州などで流通した少額のスペイン硬貨。

第17章

（1） 新約聖書「マタイによる福音書」第十八章第七節。
（2） 旧約聖書「詩編」第七十三章第二節〜第十一節。
（3） 旧約聖書「詩編」第七十三章第十六節〜第二十八節。
（4） 一八四八年から四九年にかけて、ハンガリーはオーストリアからの独立を試みて失敗した。一八五〇年代には、約一万人のハンガリー人がアメリカ合衆国に渡った。

第18章

（1） ヘブライの族長ヤコブの子ヨセフは、父の偏愛を受け、ねたむ兄弟によってエジプトに売られた。その後、信仰を守ってエジプトの司となり、飢饉に苦しむ父と兄弟をエジプトに迎えいれた（旧約聖書「創世記」第三十七章〜第五十章）。
（2） ローマの喜劇作家プラウトゥス（紀元前二五四？—一八四）の喜劇『トゥリヌムマス』のなかに出てくる台詞。
（3） 旧約聖書「箴言」第二十三章第三十二節。
（4） 一二一五年イギリス国王ジョンが貴族に迫られて承認した勅許状。王権を制限し、人民の権利や自由を保障して、英国憲法の基礎となった。
（5） ギリシャ神話に登場するゼウスの娘の九女神。詩歌、音楽、舞踊などを司る。
（6） カトリック復興主義者のこと。イギリスの神学者E・B・ピューズイ（一八〇〇—八二）に由来する表現だが、彼は英国国教内にカトリック教義を復興させようとしたオックスフォード運動の提唱者の一人であった。
（7） ギリシャ神話に由来する。貪欲で邪悪なコリントの王シジフォスは、死後地獄に落ち、大岩を山の頂に押し上げる仕事を課せられたが、頂上近くなるとその岩はつねに転落するので、苦役は果てしなかった。ダナイデスとはアルゴスの王ダニアスの五〇人の娘たちをさす。彼女たちのうち、四九人は夫を殺した罰で地獄に落とされ、穴のあいた篩《ふるい》で永遠に水を汲み続ける罰を受けた。

第19章

（1） 人間の運命を司るギリシャ・ローマ神話の三女神。
（2） 旧約聖書「雅歌」第二章第五節。
（3） いずれも死海近くにあった古い都市。住民の不道徳、不信仰のため神によって硫黄と火で滅ぼされた（旧約聖書

「創世記」第十八章～第十九章)。

(4) 新約聖書「ヨハネによる福音書」第九章。

(5) 新約聖書「ルカによる福音書」第九章第六十二節。

(6) 新約聖書「マタイによる福音書」第六章第九節～第十三節。

第20章

(1) 旧約聖書「箴言」第二十二章第六節。

(2) この話は、一六九〇年初版の『ニューイングランド初等読本』のなかの教義問答からとられている。

第21章

(1) スペインの作家セルバンテスの諷刺小説『ドン・キホーテ』(一六〇五―一五)の主人公。夢と現実の見分けをつけない高邁な理想主義者。

第22章

(1) 旧約聖書「イザヤ書」第四十章第七節および新約聖書「ペトロの手紙一」第一章第二十四節。

(2) 新約聖書「フィリピの信徒への手紙」第四章第十一節。

(3) 暑い気候に合わせて建てられた広いポーチのついた木造の平屋建て。インド、インドネシア、マレーシアなどの家屋から影響を受けている。

(4) 新約聖書「ヨハネの黙示録」第十五章第二節。

(5) 黒人霊歌「朝の翼」あるいは「西方の調べ」に基づく。

(6) 「また、十二の門は十二の真珠であって、どの門もそれぞれ一個の真珠でできていた」(新約聖書「ヨハネの黙示録」第二十一章第二十一節)。

(7) 新約聖書「ヨハネの黙示録」第七章第九節。

(8) 当時は不治の病だった肺結核のこと。

第23章

(1) この文章は、トマス・ジェファソンの独立宣言(一七七六)と、ジョン・アダムズのマサチューセッツ憲法(一七七九)の一部をつなぎ合わせたものと思われる。

(2) サント・ドミンゴはフランスの植民地だったが、一八〇四年世界初の黒人共和国(ハイチ)として独立した。

(3) オーストリア帝国は、一八四八年ウィーン、イタリア、ボヘミア、ハンガリーなどの反乱で動揺する。第17章注4参照。

(4) 一八四六年から七八年までの法王で、一八四八年イタリア民族主義者の反乱によってローマから追放された。さらに一八七〇年、新生イタリア国家の承認を拒否して、ヴァチカンに退却させられた。

(5) フランス革命時の共和党支持者。実際は都市の手工業者、小商店主などで、貴族のはいた半ズボン(キュロット）をはかなかったところからこう呼ばれた。

（6） 新約聖書「マタイによる福音書」第二十四章第三十七節〜第三十九節参照。ノアに関する詳細は旧約聖書「創世記」第五章第二十八節〜第十章第三十二節を参照。

（7） イギリスの劇作家フィリップ・マッシンジャー（一五八三―一六四〇）の戯曲『奴隷』より。

（8） シチリア島にあるヨーロッパ最大の活火山。

第26章

（1） アイルランドの詩人トマス・ムア（一七七九―一八五二）の『聖なる歌』より。

（2） 新約聖書「マタイによる福音書」第二十五章第一節〜第十三節。

（3） 出典不明。

第27章

（1） 米国第六代大統領ジョン・クウィンシー・アダムズ（一七六七―一八四八）の辞世の言葉（一八四八年二月二一日没）。

（2） 旧約聖書「詩編」第百二十七章第二節。

（3） 「地を見渡せば、見よ、苦難と闇、暗黒と苦悩、暗闇と追放」（旧約聖書「イザヤ書」第八章第二十二節）。

（4） 新約聖書「ヨハネによる福音書」第十一章第二十五節〜第二十六節。

（5） 旧約聖書「箴言」第十四章第十節。

（6） 新約聖書「マタイによる福音書」第十一章第二十五節〜第二十六節。

（7） 新約聖書「マルコによる福音書」第九章第二十四節。

（8） 新約聖書「エフェソの信徒への手紙」第三章第十九節。

第28章

（1） ゲーテ（一七四九―一八三二）、ドイツの詩人・劇作家・小説家。トマス・ムア、第26章注1参照。バイロン、第14章注1参照。

（2） 新約聖書「ローマの信徒への手紙」第三章第八節。

（3） 『聖公会祈禱書』（アメリカ版、一七八九）の「死者の埋葬」より。

（4） 新約聖書「マタイによる福音書」第二十五章第三十一節〜第四十五節。

（5） 一六世紀に理論化された教会音楽の旋律様式の一つ。

（6） 最後の審判の日を歌った中世の賛美歌の題名で、「怒りの日」を意味するラテン語。

（7） 原文ではこれらはラテン語で表現されており、作者による英語訳が原注としてつけられている。

（8） 一八四八年から四九年にかけて、ハンガリーでは民族独立・共和制の運動がさかんだった。第17章注4・第23章

注3参照。

(9) 新約聖書「ヘブライ人への手紙」第五章第七節で、キリストが「激しい叫び声を上げ涙を流す」場面に言及している。

第29章

(1) 新約聖書「ヨハネの手紙一」第四章第十六節。

第30章

(1) ローマの詩人ウェルギリウス（紀元前七〇－一九）の叙事詩『アイネーイス』第三章六五七行。

(2) 新約聖書「マタイによる福音書」第十八章第六節。

(3) この歌と次の歌は、野外祈禱集会でよく歌われた聖歌「ヘブライ人の子供たち」に基づく。

(4) 旧約聖書「詩編」第九章第十三節。

第31章

(1) アフリカ西海岸から大西洋を横断して西インド諸島に至る奴隷貿易に用いられた航路。

(2) これは『「アンクル・トムの小屋」への鍵』のなかで引用されている奴隷法の一部である。奴隷法とは、主として黒人奴隷の身分を規定したり、逃亡奴隷引き渡しや罰則について詳細に定めた法規の総称で、ヴァージニア州や他の南部諸州の奴隷法は、どこも同じような言葉で書かれていた。

(3) 旧約聖書「イザヤ書」第四十三章第一節。

第32章

(1) 旧約聖書「詩編」第七十四章第二十節。

(2) 賛美歌「聖母マリアの歌」（一六〇一）より。

(3) 米国南部やメキシコでよく植えられているムクロジ科の灌木。

(4) 約八・八リットル。

(5) 新約聖書「マタイによる福音書」第十一章第二十八節。

(6) 新約聖書「ヘブライ人への手紙」第十一章第六節。

(7) 旧約聖書「イザヤ書」第四十三章第二節～第三節。

(8) 出典不明。

第33章

(1) 新約聖書「コロサイの信徒への手紙」第三章第二十二節。

第34章

(1) 新約聖書「ルカによる福音書」第二十三章第三十四節。

第35章
（1）ジョージ・ゴードン・バイロン。第14章注1参照。
（2）旧約聖書「申命記」第四章第二十四節。
（3）黒人霊歌「裁きの庭」より。
第36章
（1）新約聖書「ヨハネの黙示録」第二十二章第十六節。
第37章
（1）アイルランドの雄弁家、判事（一七五〇—一八一七）。主人とともにイギリスに渡った後、自由を宣言して法廷に引き出されたジャマイカ出身の黒人奴隷ジェームズ・サマーセットの有名な訴訟事件で活躍。一七七二年、サマーセットに有利な判決が出る。
（2）出典不明。
（3）出典不明。
第38章
（1）新約聖書「コリントの信徒への手紙一」第十五章第五十七節。
（2）新約聖書「ヨハネの黙示録」第三章第二十一節。
（3）出典不明。
（4）アイザック・ワッツ『賛美歌と信仰歌』第二巻、賛美歌六十五。第16章注1参照。
（5）新約聖書「マタイによる福音書」第八章第二十九節。
（6）新約聖書「マタイによる福音書」第五章第四十三節～第四十四節。
（7）旧約聖書「ダニエル書」第六章第二十四節。
（8）旧約聖書「ダニエル書」第三章第十九節～第二十八節。
（9）新約聖書「マタイによる福音書」第十四章第二十五節～第三十二節および「ルカによる福音書」第八章第二十四節。
第39章
（1）旧約聖書「箴言」第四章第十九節。
（2）旧約聖書「ヨブ記」第十章第二十一節～第二十二節。
第40章
（1）アメリカの詩人・編集者（一七九四—一八七八）。
（2）新約聖書「ルカによる福音書」第二十三章第四十六節。
（3）新約聖書「マタイによる福音書」第十章第二十八節。
（4）新約聖書「ヘブライ人への手紙」第七章第三節。
第41章
（1）黒人霊歌「イエス様は死の床を整えなさる」にも同様の表現がある。

(2) 新約聖書「ローマの信徒への手紙」第八章第三十五節。
(3) キリスト教の殉教者でイングランドの守護聖人。龍は悪の象徴。
(4) 新約聖書「マタイによる福音書」第五章第四節。

第42章
(1) シェークスピア『ハムレット』一幕一場百十三行。
(2) アメリカ合衆国メキシコ湾沿岸諸州のスペイン系移民の子孫。

第43章
(1) 作者はカナダをさしていると思われる。ちなみにフレデリック・ダグラスの場合は、ヨーロッパでの奴隷解放についての講演旅行のあとアメリカに戻って「自由」を買い戻した。
(2) この「共和国」はリベリアのこと。
(3) 旧約聖書「イザヤ書」第六十章第十五節。

第44章
(1) チャールズ・ウェズレイ(一七〇七—一七八八)の賛美歌「トランペットを吹き鳴らせ」より。

第45章
(1) この小説は最初一八五一年六月から一八五二年四月まで雑誌『ナショナル・イアラ』に連載されたため、作者はここではじめて読者の意見に答えることができた。
(2) 『「アンクル・トムの小屋」への鍵』のなかで作者は同様の出来事に言及している。
(3) ここにあげられているものは、七六人の奴隷たちを船で逃がそうとしたダニエル・ドレイトンに対する一八四八年の裁判に関してのホーリス・マン(アメリカの教育者、一七九六—一八五九)の証言である。
(4) 第12章最終ページ参照。
(5) たとえば一八三四年、レーン神学校のなかにシンシナティ定住の自由黒人や逃亡奴隷の教育の場が組織され、一八四四年には、ヒラム・ギルモア師によって上級学校が開設された。
(6) ハリエット・ビーチャー・ストウの夫カルヴィン・エリス・ストウ(一八〇二—一八八六)のこと。一八三三年、牧師・教育者であった彼はレーン神学校(校長はハリエットの父ライマン・ビーチャー・ストウ)の聖書文献学教授としてシンシナティに赴任した。
(7) もと奴隷の市民権は米国憲法修正第一四条(一八六八)で認められた。選挙権は、憲法修正第一五条(一八七〇)によってすべての男性に与えられた。

(8) J・W・C・ペニントンはハートフォード教会の牧師。メリーランド州に奴隷として生まれ、解放後長老派教会の牧師となり米国やヨーロッパを説教して回った。フレデリック・ダグラス(一八一七―九五)はアメリカ黒人の奴隷解放論者・雄弁家・ジャーナリスト。奴隷として生まれ、一八三八年北部に逃亡し、その後『アメリカの奴隷フレデリック・ダグラスの人生の物語』(一八四五)を出版するとともに、奴隷解放運動週刊紙『ノース・スター』(一八四七)も創刊した。サミュエル・リンゴルド・ウォード(一八一七―六六)はアメリカ黒人奴隷解放論者・雄弁家。奴隷として生まれ、一八二〇年両親とともに ニューヨーク州に逃亡し、後に教師になった。一八三九年アメリカ奴隷制反対協会に加わり、一八四〇年代には奴隷解放を説いて北部の諸州を回った。

(9) 旧約聖書「マラキ書」第三章第五節および第四章第一節ならびに「詩編」第七十二章第四節からの抜粋。

解説・資料

· *Interpretation／Materials for Study* ·

Harriet Beecher Stowe

『アンクル・トムの小屋』の再評価と位置付け

小林憲二
text by KENJI KOBAYASHI

1 新しい文化研究をめざして

『アンクル・トムの小屋』に関して何かを語ろうとすると、まず耳に聞こえてくるのは現代の日本の若者たちが発する次のような声である。

二一世紀を目前としたポスト・モダーンな社会に身をおくいまの僕たちが、わざわざ一九世紀中葉の「メロドラマチック」で「プロパガンダ」臭の強いとされるこんな泥臭い小説の頁を開くことにどんな意味があるのか。話のあらすじなら、子供の頃にだいたいのことは聞いているから何となく分かっている。要するに、アメリカ合衆国の奴隷制に反対したストウ夫人が「愛と忍耐と平等への意志」に基づいて、黒人奴隷トムを「聖なる殉教者」に仕立てあげつつ、たとえばサイモン・レグリーのように大勢のかわいそうな奴隷たちを情け容赦なくこき使う南部農園主の極悪非道振りを糾弾した「歴史的な本」だろう。リンカーン大統領が、南北戦争中にストウ夫人に会った際に、「この方がこの大きな戦争を引き起こした小さなレディですね」と言ったとか言わなかったとかいうような話も、教科書かなんかで読んだ記憶があるよ。でも、だからと言っていまさらそんな古い話の原本を読む値打ちがどこにあるんだい。奴隷貿易とか奴隷制なんて遠い過去のことだし、また「奴隷」とか「黒人問題」なんて言ったって、日本に住む自分にはぴんとこないね。まるで縁遠くて関係ないって気がするもの。スティーブン・スピルバーグ監督の最新作映画『アミスタッド』(一九九八年日本公開)も、一九世紀の「奴隷船上の叛乱」を扱った話だそうだけど、日本ではまるっきり流行らなかったっていうじゃないか。当たらなくて当たり前だと思うよ。だって、お金を払って「暗い過去の話」に付き合うほど、ぼくたちはお人好しでもなければ、ヒマ人でもないからね。

お説ごもっとも、まさにギャフンである。アメリカ合衆国の「古典」という観点からとらえても、一八五二年出版の『アンクル・トムの小屋』という「文学」作品は、もはや現代に復活する価値をあまり持っていないのかもしれない。どうせ活字離れしてしまったいまの若者たちに、無理にでも読ませたいアメリカ文学の「古典」をあげろと言われたら、私だってストウ夫人のものより、同時期に活躍したハーマン・メルヴィルの『白鯨』やナサニエル・ホーソーンの『緋文字』のほうを薦めたい気がする。その程度に私もモダニズムの文学観に骨がらみになって育ってきた人間だし、「文学」に血道をあげてきた過去を持っている。だが、先の若者たちの疑問ないしは無関心を前にして、おそらく「旧世代」に属するいまの私たちが反省したり考え直したりすることを迫られているのは、「文学の古典」とか「純文学」といった考え方そのものを含めて、「近代」ないしは「近代主義」に発するこれまでの諸々の「規範(キャノン)」のほうなのではないかという気がする。私たちの考えの枠組みを規定してきた基本的な概念の多くが、いま再検討を要請されていると言ってもよい。

たとえば先の若者たちだが、彼らはおそらくストウ夫人の作品だけでなくメルヴィルやホーソーンの作品も、日本に関係のない「暗い過去の話」として見向きもしないだろう。筋金入りのメルヴィルやホーソーンの「文学」研究者たちは、そんなことにたじろぎもせず、金科玉条の「文学」の砦を守って、先の若者たちの疑問や無関心を「何も分かっていない」と一刀両断した上で、脇目もふらず自分の研究に邁進するかもしれない。だが、彼らより「文学」への思い入れの少ない私は、ただひたすらおろおろしてしまう。これでよいのだろうかと思案投げ首をしたすえに、いろいろなことに手をつけ始める。その結果、いまの若者たちに組するのでもなければ、文学の砦を守って高級な「純文学」に血道をあげる守旧派の研究者たちとも違う第三の道を模索し、ああでもない、こうでもないと呟くようになってしまった。挙げ句に得た結論の一つが、『アンクル・トムの小屋』の見直しだと言ってもよい。あるいは、ストウ夫人の文学とメルヴィルの文学とそれから「アミスタッド号の叛乱」やフレデリック・ダグラスの逃亡奴隷物語(スレイヴ・ナラティヴ)を同じ地平で読み、かつ考えるという私なりの「文化研究(カルチュラル・スタディーズ)」の道を突き進むことだった。いまはそうした線に沿って、たとえば『アンクル・トムの小屋』の文化史的な位置付けとかその現代的な意義を語ることができるような気がする。もちろん、一筋縄ではない。また、その位置付けとか意義と言っても、それがそのまま必ずしもストウ夫人の文学の肯定的な評価を意味するわけでもない。しかし、あえて自分の考えてきた道筋を整理しながら、これからの文学や文化の動向に一石を投ずるという作業は、いまのような時代状況だからこそ必要であり、かつまたチャレンジングなことだと思っている。

2　人種とアメリカ合衆国をめぐって

そこでまず指摘しておきたいのが、現代という時代の特徴的な相貌だが、それを簡単に言い切ってしまえば次のようになる。つまり、近代的なものの考えの根幹をなすものが、均質性とか同質性に支えられた国民国家の形成と維持と発展にあったとすれば、ボーダーレスとかグローバリゼーションという言葉が指し示すように、現代はもはや近代的な一国単位の国民観や国家観でものを考えることができにくくなってきている時代である。「自己」と同じ立場にあるものどうしの共感や経験の共有に基づく同胞意識が、「自己」とは違う異質な「他者」の排除や抑圧を旨とする「近代化」のプロセスと重ね合わされ、そうしたものの総体が真っ正面から検討されなければならない課題になってきたと言ってもよい。「強いもの勝ち」とか「大きいことはよいことだ」とか「追いつき追い越せ」式の発想のなかに、先住民抜きの文明化、ヨーロッパ中心の発展史観、金と物を万能視する人間性無視の産業化、スラムを内に含み込む巨大都市の発生、総じて言えば生産性拡大と消費や欲望充足に基礎をおく近代文明の破産の萌芽が最初から含まれていたという事実に目が向き始めたのだ。言うなれば、欧米の白人男性を中心とする先進資本主義国の文化の背後で、差異化され他者化されてきた周縁の文化が自己を主張するとともに、これまで価値あるものとされてきた「純血」とか「血統」といった「本質主義」に基づく人間観や家族観に別角度からの照明をあて、これまでにない「雑多」で包容力のある文化構築がめざされているのである。

そのときまず私たちが避けて通ることのできないものが「人種」や「エスニシティ」の問題だろう。「主と奴」という権力関係のなかで、「白人にあらざるもの」が絶えず排除されたり、抑圧されてきた近代の歴史については誰でもが知っている。しかし、その私たちの知り方は、光に対する影、正に対する負、強者に対する弱者、富者に対する貧者といった、一定の思考の枠組みにとらわれた知り方だったのではなかろうか。「白人」を一方の極においた「黒人問題」とか、「欧米」をモデルとした「第三世界の近代化」といった発想の枠から脱することができなかったと思う。だが、いま必要とされているものは「白人」とか「アメリカ合衆国」そのものを問い直し再検討する「人種」の問題であり、文化論の構築である。肌の色の黒い「奴隷」が解放されたことで、能事終われりといって済ましていることのできない立場から、「人種」についての考察を深めていく必要性が強調されだしたわけである。

『アンクル・トムの小屋』に即して言えば、南北戦争の結果、奴隷制が廃止されたことでこの作品の歴史的役割は終わったとする見方があるが、そうした考え方のなかに、すでに「人種」に対する固定的な態度に基づく白人中心の人間観が表明されている。それはあたかも奴隷制を黒人に固有の問題とみなし、作者であるストウ夫人のキリスト教的人道主義の「勝利」を歴史的に追認することで、黒人にまつわる最悪の汚点たる奴隷制がこの地上から払拭できたとするようなものだ。こうした見方は、ストウ夫人の作品を過大評価するとともに過小評価している。確かに、この作品のなかで、作者は北部や南部の白人たちに、「もの」として売買される黒人奴隷の悲惨な状態を描写したり報告したりしながら、一般市民たる彼らの人間的な同情心に訴えたり、彼らの偽善的な態度を直接批判するというやり方を多用している。

たとえば、作品の初めのほうで、自分の息子が奴隷商人に売り飛ばされたことを知った混血奴隷の母親エライザが、息子を腕に深夜の逃避行を決行する場面を描きながら、語り手は読者である白人の母親たちに向かって次のように訴えかける。「世の母親たちよ、もし冷酷な奴隷商人によって、明日の朝、あなたのもとから連れ去られてしまうのがあなたの息子のハリーやウィリーだったら、もしあなたがその男をその目で見、契約書はすでにサイン済みで、すでにその男の手に渡されてしまっているということを知ったら、しかも逃げ出すのに真夜中から朝までのわずかの時間しか残っていないとしたら、あなたはどれほど早く歩くことができるだろう？　また、そのわずかな時間のあいだに、眠ってしまった小さな頭を肩にのせ、信頼しきって小さな柔らかい腕をあなたの首にまわしているいとしいわが子を胸に抱いて、あなたなら何マイルの距離を突き進んで行くことができるだろう？」（第7章）。

また、トムが奴隷商人のヘイリーに連れられて川下の深南部へ売られて行く途中、ヘイリーに新たに買われた奴隷の母と幼子にまつわるエピソードを描いたくだりでも、作者は白人の一般市民に向かって彼ら自身の「罪」を暴いてみせる。もちろん、この場面で極悪非道な行ないをするのは、幼子を母親の手から奪って売り飛ばし、そのことが原因で川に身投げする母親の死を「損失」として嘆く奴隷商人である。しかし、語り手はその奴隷商人を軽蔑し非難する一般の白人市民の態度にも批判の矛先を向ける。「しかし、こうした奴隷商人を生み出しているのは、誰なのか？　誰にいちばん責任があるのか？　奴隷商人を生み出さずには済まない制度を支えている、学問も教養もある知的人間たちか、それともあわれな奴隷商人その人か？　まず、あなた方が、彼の商売をよしとするような国民感情を作り出す。次に、その商売が彼を人間的に堕落させ、腐敗させる。その結果、彼はその商売に携わっていても、なんの羞恥心すら感じなくなる。とすれば、どの点で、あなた方のほうが彼よりましだと言えるのか？ あなた方は教養があるのに対し、奴隷商人は無知だからか？ あなた方は身分が高いのに対し、彼は身分が低いからか？ あなた方は洗練されているのに対し、彼は粗野だからか？ あなた方は才能があるのに対し、彼は単純だからか？ このように考えているとすれば、最後の審判の日には、あなた方よりも彼のほうがより軽い裁きを受けることになるかもしれない」（第12章）。

作者ないしは語り手によるこうした訴えや批判は、『アンクル・トムの小屋』という作品のなかで枚挙にいとまがないと言ってもいいだろう。しかし、だからと言って、こうした「抗議」によって、合衆国の白人たちが南北戦争を引き起こし、奴隷制を廃止したのだと考えるのはばかげている。それは、この作品を不当に高く評価することになるだけでなく、歴史的事実を歪曲することにもつながる。『「アンクル・トムの小屋」とアメリカ文化』（一九八五）の著者トーマス・ゴセットの指摘しているところによれば、南北戦争を戦った当時のリンカーン大統領がこの作品を読んだり、これをもとにした劇を見たという証拠はどこにも見つからないし、当時のアメリカの政治家たちのほとんどはこの作品に触れることがなかったという。それだけではない。こうしたかたちの訴えや「抗議」を高く評価し、そこにこの作品の意義があったと主張することは、この作品のはらむアメリカの政治と文化にかかわる「人種」の問題を不当に低く見ることになる。

たとえば、ジェームズ・ボールドウィンはこの作品に込められた「抗議小説」としての質を検討し、このレベルの訴えや批判は単にストウ夫人の「有徳の怒り」に根ざして、奴隷制度はひどい、それは悪だと弾劾するだけのことで、そこには人間相互の関係や実生活にかかわる人間的な諸経験が反映されていないと指摘する。つまり、ストウ夫人の奴隷制への抗議は、こんなことをしているとアメリカ人は地獄の業火に投げ込まれ、悪魔との取り引きに巻き込まれることになるという「恐怖」に発するもので、この恐怖心を支えとする宗教的な立場から神の「救済」や「恩寵」にすがることを願って奴隷制を告発しているに過ぎないというわけである。その限りで見れば、黒人奴隷という存在は、ストウ夫人にとって、自らが神の恩寵にあずかって救われるための対象に成り下がる。言うなれば、ストウ夫人を含めた白人の側に、黒人奴隷という「威嚇的な」存在を、救済の衣という白い布に包み込む内的必然性があるのであって、その逆ではないという論法である。その意味で、ボールドウィンは、ストウ夫人の描く黒人トムはその人間性を奪われ、そのセックスを剝ぎ取られ、ひたすら神聖な存在へと変容させられていると説く。なぜトムがそのように扱われなければならないのか。その理由は、「彼の皮膚に焼き付けられた黒さ」だけであり、そのために彼は「代償」を払わされているというのである。作中人物トムの分析としては、傾聴に値する考え方だと思う。

この観点からさらにボールドウィンは、ストウ夫人流の「抗議小説」がそのなかに不穏当なものとか反社会的なものを含み込んでいるどころか、かえって一つの安全弁としてそれ自体アメリカ的な状況のなかに組み込まれ、アメリカという社会を平穏無事に機能させるための道具になっていると難詰する。言うなれば、こうした小説は問題の所在を自分に都合のよいかたちで差し出し、それを未解決のままで放置するか、さもなければ現実的な解決とは言えない束の間の解決のようなものを提示するといった「くすぐり」を行なうだけだ。したがってそこで描かれることは迂遠なことでしかなく、現実のわれわれとは関係がないか、もしあっても、安全な囲い付きで現実の社会生活のなかに据えおかれるだけのものでしかない。したがって、「あるアメリカ人の自由主義者」が言ったように、「こうした本が出版されている限り、すべてはうまくいくでしょう」ということになってしまう。

『アメリカの息子のノート』（一九五五）に収録された「万人の抗議小説」と題されたボールドウィンのこのエッセイは、ここに紹介した主旨からだけでも推察できるように、まことに説得力があり、彼の論じている内容に限って言えば、それに異を唱えることは非常に難しいだろう。いや、それどころか、このエッセイに端を発して、合衆国の黒人運動の高揚期たる一九五〇年代から六〇年代にかけては、「アンクル・トム」という名前がアメリカ黒人にとっての「嫌悪」すべき「非難の的」になってしまった。たとえば、『アンクル・トムとの訣別』（一九五六）を書いたJ・C・ファーナスだが、彼はストウ夫人の小説と奴隷制の現実とを引き比べるとともに、この小説に基づく大衆流布本の流通とその結果派生してきた文化的ステレオタイプとの関連性を指摘し、ストウ夫人の果たした役割について次のように述べている。「(彼女は) 黒人一般とりわけアメリカ黒人に対して北部や南部の人々が抱いている勘違い、頑迷な思い込み、歪曲、勝手な考えなどを永続化させた。そうしたものが、いまでも私たちを悩ませている」。言うなれば、アンクル・トムという名前は、温厚な従順さとか唾棄すべきミンストレル・ショーの黒人と同義語となり、公民権運動を支持した六〇年代の多くの黒人たちは、「アンクル・トム」と呼ばれるくらいなら「ニガー」と呼ばれたほうがましだとさえ考えていたというのである。

3 アンクル・トムが意味するもの

だが、ことはそれだけにとどまらない。「アンクル・トム」という呼称に即して言えば、事態は救いがたいほどの展開を見せている。どういうことかと言えば、試みに私の手元にある何種類かの英和辞典にあたって〝Uncle Tom〟の項目を引いてみると、一様に以下のような内容の説明書きに行き当たる。代表例として、小学館英和中辞典（一九八〇）の語義「*n.*《軽べつ的》アンクル・トム：白人に屈従［迎合］する黒人――*vi.* 白人にぺこぺこする［H.B.Stowe の小説 *Uncle Tom's Cabin* より］」と、研究社のリーダーズ英和辞典（一九八四）の語義「*n.* 1アンクルトム《Mrs. Stowe の小説 *Uncle Tom's Cabin* 中の敬虔で忠実な黒人の主人公》 2［*Derog.*］白人に卑屈な黒人――*vi.*〈黒人が〉白人に卑屈な態度をとる」とをここにあげておこう。もちろん、これは日本の辞典編纂者たちが自分勝手に作り上げた語義解釈ではなく、出所は合衆国の英語辞典や日常的な言葉づかいに基づいている。ちなみに、合衆国でもっとも権威のある二つの英語辞典の語義解釈も引用してみよう。まず、一九七一年刊行の『ウェブスターズ』第三版だが、そこでは次のように定義されている―― [after Uncle Tom, hero of the novel *Uncle Tom's Cabin* (1851-52) by Harriet Beecher Stowe †1896 Am. author]: a Negro having a humble and submissive attitude or philosophy（［一八九六年死亡のアメリカ人作家ハリエット・ビーチャー・ストウの小説『アンクル・トムの小屋』の主人公「アンクル・トム」に由来する］：卑屈で従順な態度や考え方を持っている黒人）。また、一九七三年刊行のランダム・ハウス社の完全版英語辞典でも、ほぼ同じような定義がなされている―― *Contemptuous.* A Negro who is abjectly servile or deferential to whites. Also called Tom. [so called after the leading character in *Uncle Tom's Cabin*]（《軽蔑語》白人に対して卑屈に媚びへつらったり、丁寧に接する黒人。トムとも呼ばれる。［『アンクル・トムの小屋』の主人公に倣ってそう言われるようになった］）。

煩雑な印象を与えることを恐れるが、さらにトニー・ソーンの『現代スラング辞典』（一九九〇）も覗いたところ、そこでは次のような説明がなされていた―― a black person who collaborates with, or kow-tows to, an oppressive white community. This term of contempt takes the name of the hero of Harriet Beecher Stowe's *Uncle Tom's Cabin* (published in 1852) as a symbol for blacks who ape white manners or abase themselves before whites (the rarer female counterpart is Aunt Jemima). Originating in the USA, and particularly widespread during the Black Power era in the 1960s, the phrase is now in use all over the English-speaking world. ［抑圧的な白人コミュニティに協力したり、卑屈にぺこぺこ頭を下げる黒人。この軽蔑語は、白人の流儀を真似たり、白人の前で卑下したりする黒人のシンボルとして、（一八五二年に刊行された）ハリエット・ビーチャー・ストウの『アンクル・トムの小屋』の主人公の名前に由来する（数はずっと少ないが、女性の場合は Aunt Jemima と言われる）。合衆国で使

われ始めるようになったもので、特に一九六〇年代のブラック・パワーの時期に広められた。現在、この言い方は英語圏全体で使われている」。このトニー・ソーンの説明は、アンクル・トムという名前が蔑称を意味するようになった経緯を簡潔に解き明かしていると思われる。というのも、一九三九年刊行の『ウェブスターズ』第二版のアンクル・トムの説明には、以下に示す通り、とりわけ軽蔑したニュアンスは感じとれないからである—— The hero of an influential novel, short title *Uncle Tom's Cabin*, written (1851-52) by Harriet Beecher Stowe. Uncle Tom is an idealized elderly negro, pious and faithful. The novel presents an imaginary description of the evils of negro slavery in the United States.（ハリエット・ビーチャー・ストウによって一八五一年から五二年に書かれた、サブタイトル抜きの題名『アンクル・トムの小屋』という影響力のあった小説の主人公。アンクル・トムは理想化された初老の黒人で、敬虔で忠実。小説は、合衆国の黒人奴隷制の悪に関する想像上の描写を提供している）。

さて、そこでこの際はっきりさせておきたいと思うのだが、こうした形で一九六〇年代にあらわとなった「アンクル・トム」忌避の現象は、ジェームズ・ボールドウィンのエッセーを除けば、ほとんどが『アンクル・トムの小屋』という作品とその作者への直接的な言及や批判に基づいていないという事実である。そうした作品評価や文学批評の問題というよりも、たとえば「黒は美しい（ブラック・イズ・ビューティフル）」という当時のモットーが端的に指し示しているように、「ブラック・パワー」や公民権運動がこの時期に提起しようとしていた「アメリカ黒人」の自己主張と人間性回復の行動を、単純に裏返しにしたような側面でのみ「アンクル・トム」指弾がなされていたと言うべきだろう。ボールドウィンの場合ですら、主人公アンクル・トムに焦点を合わせて、そこから作者ストウ夫人の一面性を鋭利にえぐり出してはいるものの、たとえば自伝『アメリカの奴隷フレデリック・ダグラスの人生の物語』（一八四五）を書いたフレデリック・ダグラスと違って、この作品の「真実性」やその「意義」は完全に捨象してしまっている。もちろん、同時代人たるダグラスの場合には、一八五三年三月八日付のストウ夫人宛ての手紙が示しているように、「合衆国に住む自由黒人の改善と向上」のために、ストウ夫人の名声と影響力を大いに活用したいとする腹があったのは間違いがない。しかし、決してそうした現実的な下心だけからでなく、当時の合衆国の文化と政治を重ね合わせつつそこに内在する基本的な矛盾をえぐり出し、それと真っ正面から対決するという彼の思想的な態度において、『アンクル・トムの小屋』の持つ積極面を評価していたことも確かだと思う。そのことは、ダグラスが一八五二年七月五日にニューヨーク州ロチェスターで行なった演説「黒人にとっての七月四日の意味」と、ストウ夫人の『アンクル・トムの小屋』のテーマの一つとが見事に照応し合っていることから証明できる。そこで次に話をその点に移して、私なりの考察を加えておきたい。

4　フレデリック・ダグラスと『アンクル・トムの小屋』

ところで、『アンクル・トムの小屋』という作品のプロットについてあらかじめ言っておくが、南部に売り飛ばされる黒人奴隷トムをめぐって展開されるストーリーと、幼い息子を連れた混血奴隷エライザおよびその夫ジョージ・ハリスの逃亡をめぐるストーリーとが、内的必然性もなしに単に並置され、結果として「構成上の欠陥」を露呈しているということは、これまでにもよく指摘されてきた。それはそれで考慮に値する指摘だと思う。しかし、いまはそうした「審美的な問題」には深入りしないこととする。というのも、短期連載のつもりで始まりながら、大評判となってどんどん長くなってしまったこの作品の成立事情と、当時の「中産階級」化しつつあった読者が、感傷小説一般に対して抱いていた「文学」的な要求と質の問題を検討することなしには、そうした「審美的な問題」は十全に論ずることができないからである。そうした問題は後にまとめて論ずることとして、いまこの段階で私が注目しなければならないと考えているのは、一方のストーリーの柱となる混血の逃亡奴隷ジョージ・ハリスが、逃亡の過程で何度も問いかける「アメリカ合衆国」の本質的な矛盾についてである。

たとえば、逃亡後ふたたび読者の前に現われるジョージ・ハリスは、従者を連れた「白人」になりすまして大胆にも逃亡先と同じ州のある旅籠に姿を見せる。目的は、賃貸し契約に出されていた工場の持ち主で、ジョージの才能を高く評価していた親切な白人ウィルソンとおち合って、妻のエライザへ伝言を頼むためだった。そのとき、ジョージの身を心配しながらも、「国の法律を犯す」ことの恐ろしさを口にするウィルソンに向かって、ジョージは次のように反論する。「またしても、私の国ですか！ ウィルソンさん、あなたには国があります。だが、奴隷の母から生まれた私や私のようなものに、どんな国があるっていうんです？ 私たちのためにどんな法律があるっていうんです？ そんなものは私たちが作ったものじゃありません。同意もしていません。私たちには何の関係もないのです。国や法律が私たちにすることは、私たちを押し潰し、抑えつけることだけです。七月四日に繰り返される独立宣言の演説を、私が聞かなかったとでもいうんですか？ 政府の正当な権力の拠り所は、支配される者の同意にあると、年に一度、あなた方は私たちみんなに語って聞かせるじゃありませんか？ そういうことを聞いた者が、ものを考えちゃいけないって言うんですか？ あれとこれを結びつけて、その結果がどうなるかというようなことを見てとっちゃいけないって言うんですか？」。

ジョージはこれに続けて、「白人」の父が奴隷の母をどのように扱い、その結果自分と姉がどんな境遇で暮らさざるをえなかったか、また現在の所有者がどれほど理不尽に妻子ある自分を遇し続けてきたかを説明したあとで、決然とした調子で次のように言う。「母や姉、それに妻や私の心をうちのめした、こうした事柄のどれ一つたりとも、あなた方の法律で認められていないものはないんです。ケンタッキー州の男性一人一人にそうする力を与えているんです。それを彼らに拒むことが誰にもできないのです！ こういった法律を、私の国の法律と呼べますか？ いいですか、私には父はいません。同じように、私には国もありません。しかし、私は自分の国を持つつもりです。あなたの国に望むのは、私を放っておいて無事に脱出させてくれること、ただそれだけです。カナダへ着けば、カナダの法律が私を認め保護してくれるでしょう。それが私の国であり、そうした国の法律になら、私も従うつもりです。しかし、そんな私を止めようとするものがいたら、誰であれ、よほど気をつけるべきでしょう。というのも、私は命がけなんですから。私は息の根が止まるまで、自分の自由のために闘います。あなた方がおっしゃっている通り、あなた方の建国の父祖はそうやって闘いました。彼らにとってそうすることが正しかったとすれば、私にだって正しいはずです！」（第11章）。

おそらく一八五一年の時点でストウ夫人によってここに書き留められたこのジョージ・ハリスの言葉は、その一年後の七月四日を祝って、ロチェスターで大勢の白人の聴衆を前に演説したフレデリック・ダグラスの言葉のなかに、ほぼそのままの形で立ち表われてきている。ダグラスはまず、合衆国の独立が共和国成立に重なるという考えを表明して「アメリカ共和国が現在七六歳になっている」という事実を強調しつつ、この独立宣言の記念日に全米の市民がこぞって笛や太鼓を打ち鳴らして熱狂的に「父祖の偉業」を称える現状を述べたあとで、その同じ市民に向かって次のように問いかける。「同胞の市民のみなさん、今日ここでなぜ私がみなさんに話をするよう招かれたのか、その理由を尋ねさせてください。私ないしは私が代表する人間たちは、あなた方の国の独立と何の関係があるのでしょうか？　独立宣言のなかに盛り込まれている、政治的自由と当たり前の正義という大原則が、私たちに差し延べられているでしょうか？　差し延べられているがゆえに、私はこの国民的な祭壇に私たちのささやかな貢ぎ物を捧げるべく招かれたのでしょうか？　あなた方の独立が私たちに及んできた恩恵と身の幸せを明らかにし、敬虔な感謝の念を申し述べるべく私は招かれたのでしょうか？」ダグラスはこの問いのなかに含まれるはずの「国民的な同情」と「計り知れない恩恵」に、「誠実に感謝できたら」どんなによいかと皮肉な調子で述べてから、さらに続けて次のように言う。

「しかし、現在の事態はそうはなっていません。われわれのあいだにある溝を悲しみつつ、私はそう断言します。私はこの輝かしい記念日の囲いのなかに入れられていません。あなた方の気高い独立は、われわれのあいだの計り知れぬ距離を指し示すだけです。あなた方が今日祝っている恵みはみんなが享受しているものではありません。あなた方の父祖の残した正義と自由と繁栄と独立という豊かな遺産は、あなた方に分け与えられていても、私には分け与えられていません。あなた方に光明と癒しをもたらした陽光は、私に鞭打ちと死をもたらしました。この七月四日はあなた方のものであって、私のものではありません。あなた方は喜ぶかもしれませんが、私は嘆き悲しまなければなりません。鎖に繋がれた者を、壮大に輝きわたる自由の寺院へ引きずり入れ、喜びの讃歌に湧くあなた方の列に加われと呼びかけることは、非人間的な嘲《あざけ》りであり、神を冒瀆する皮肉です」。自らの軛を脱して、いまは自由を勝ち得ているとはいえ、いまだ自由を奪われて苦役に喘ぐ何百万の南部同胞を片時も忘れることのできないダグラスは、彼らの名において現在の合衆国を次のように弾劾する。「私は奴隷の観点から、この日の意義と民衆的な特徴を眺め見ています。そうやってアメリカの奴隷と同化し、彼の苦悩をわがものとしている私の目には、この国の性格と行為がこの七月四日ほどどす黒く見えるときはないと、心の底から断言するのにとまどいをおぼえません！」こう宣言するフレデリック・ダグラスが、『アンクル・トムの小屋』のジョージ・ハリスとその姿勢と考え方において瓜ふたつであることは、わざわざここで強調するまでもないだろう。

こうした両者の共通点は、かつての七月四日の精神が、現在の合衆国でまったく踏みにじられてしまっているということを非難する点にのみ表れているわけではない。こうした矛盾を矛盾と感じずに、自由と文明を恣意的に享受しながら、「人種」に基づく差別意識を糊塗して一向に恥じない合衆国の偽善ぶりに着眼する点でも、両者は同一線上にある。まず、ジョージ・ハリスのほうだが、彼らの逃避行が山場にさしかかり、奴隷狩りの一団が保安官とともに彼らをとある丘に追い詰めたとき、ジョージは彼らの頭上の岩の頂に姿を見せ、自らの独立を宣言して次のように言う。「私らはあんたたちの法律なんて認めない。あんたたちの国も認めない。私らはここ、神の空の下に、あんたたちと同じ自由な人間として立っている。私らをお造りになった偉大なる神にかけて、私らは自由のために死ぬまで闘うつもりだ」。このジョージ・ハリスの姿と発言を描きとめながら、語り手はそれに注釈して次のように述べる。「この独立宣言を行なったとき、ジョージはその雄姿をくっきりと岩の項の上に浮き上がらせた。夜明けの光が浅黒い頬を赤く染め、苦々しい怒りと絶望が黒い目を燃え立たせた。まるで人間が神の正義に訴えかけるかのように、彼は話しながら片手を高く天に向けて突き上げた。もしもこれがオーストリアからアメリカへ向かうハンガリーの若者で、ある山の要塞で、自分たちの逃亡を勇敢に守ろうとするものであったなら、それはこの上ない英雄的な行為とみなされたであろう。しかし、それがアメリカからカナダへと向かうアフリカ人の血をひく若者で、自分たちの逃亡を守っているものであるがゆえに、そこになんらかの英雄的な行為を見出すには、もちろん、私たちはあまりにも一方的な教育を施され、愛国的でありすぎるというべきだろう。読者の皆さんのなかで、ここに英雄的行為を見出される方がおられるとしても、その方の個人的な責任でやらなければならないのである。絶望したハンガリーの逃亡者たちが、彼らの合法的な政府の捜索令状や権威に抗してアメリカへ渡ろうとするとき、アメリカの新聞も内閣も喝采と歓迎とで沸き立つ。だが、絶望したアフリカ系の逃亡者が同じことをするとき、それはいったいどうなるのか？」(第17章)

他方、フレデリック・ダグラスもロチェスターでの演説のなかで同様の趣旨のことを、次のようなかたちで訴えかけている。「あなた方は、ロシアやオーストリアの王冠を頭に戴いた暴君たちには呪詛の言葉を投げかけ、自分たちの民主的な制度を誇りとしますが、その一方で、自分たちがヴァージニアやカロライナの暴君たちの道具やボディガードになることに同意しています。あなた方は、外国の圧政からの逃亡者を自分の岸辺に招きよせ、宴を開いて名誉を称え、喝采で歓迎し、勇気づけたり乾杯したり、挨拶を交わして保護したり、また湯水のようにあなた方のお金を注ぎかけます。だが、自分自身の国からの逃亡者には、宣伝ビラを撒いたり、駆り立てたり、逮捕したり、銃で撃って殺したりするのです」。もっと先に進むと、ダグラスが口にする言葉の類比性はさらに高まる。「あなた方は敵の手に落ちたハンガリーに涙を流し、ハンガリーの被った非道についての悲しい話をあなた方の詩人や政治家や雄弁家の主題に選ばせ、あなた方の勇敢な息子たちの気持ちを駆り立て、圧政に抗してハンガリーの大義のために即座に武器を手にとらせようとさえします。しかし、アメリカの奴隷に対する一万件にのぼる非道に関しては、あなた方はもっとも厳しい箝口令を敷き、その非道ぶりを公の場で主題としてあえて選ぼうとする人間を、国の敵と決めつけたりしています！」。

『アンクル・トムの小屋』という作品の「真実性」や「意義」ということで言えば、フレデリック・ダグラスが評価する箇所は、ジョージ・ハリスによる直接的な奴隷制批判に関するところだけではないだろう。南部の奴隷制とともに、北部の人間たちが無意識に醸成してきた「黒人」観と、それに基づく彼らの差別的な態度や意識に向けられた作者の眼差しや、自己批判めいた筋立てや描写などにも大いに共感を寄せていたはずである。そうした箇所は、現在の読者の目から見ても啓発されるものを多分に含んでいる。

たとえば、サイモン・レグリーの農園にトムとともに買われていった、混血で「一五歳ほどの少女」という設定になっているエメリンだが、彼女とその母親スーザンの二人が奴隷市場へ売りに出される経緯の説明などに、この作品の積極的な面を見てとることができる。語り手は、「奴隷倉庫」で翌朝の競り市を待つこの二人の母娘が、賛美歌を歌いながらまんじりともせずに夜を明かす姿を描写しながら、その合間で二人の売買に深く関係を持った「ニューヨークのある教会に所属するキリスト教徒」のB氏について説明を加えている。彼は、エメリンたちを所有していた「温厚で信心深いある夫人」の息子が破産した際に、「もっとも大口の債権者の一つ」となったB商会の経営者である。このB商会とB氏に関連して、語り手が皮肉な調子で語るくだりは次のようになっている。「B商会はニューオーリンズの弁護士に手紙を書き、それに従って弁護士は財産を差し押さえ（この二人の女性と農園の大勢の使用人が、もっとも値打ちのある財産だった）、ニューヨークにその結果を申し送った。B氏は、前述した通り、キリスト教徒で自由州の住民だったので、この件に関してはある種の居心地の悪さを感じた。彼は奴隷や人間の魂を売買することが嫌だった。本当にそうだった。しかし、この一件には三万ドルもの金が絡んでいた。その額は個人の主義と引き替えるにはあまりに多額であった。そこで、あれこれと考え、また彼の望んでいるような助言をしてくれそうな知人たちに助言を求めたうえで、信徒B氏は、もっとも適当と思われる方法でことを処理して収益を送金するようにという旨の手紙を、弁護士に書き送った。その手紙がニューオーリンズに届いた次の日に、スーザンとエメリンは差し押さえられて奴隷倉庫に送られ、翌朝の一般の競りを待つはめとなったのである」（第30章）。

こうした描写や説明が作中のプロットとの関係で行なわれているがゆえに、語り手が読者に向かって直接に訴えかける「抗議」や「説得」が新たな意味を持ち、ボールドウィンの言う単なる「時事問題評論家」に終始しないストウ夫人流の「文学」の質がそれなりに保てたのだと思う。その証拠のひとつが、最終章に表れる次のような訴えかけではなかろうか。「もし自由州の母親たちが、これまでに自分たちの罪深さを感じてきていたならば、自由州の息子たちは奴隷所有者にはならなかっただろうし、よく知られているような厳しい主人にもならなかっただろう。また、自由州の息子たちはこの国で奴隷制がはびこるのを見過ごしたりもしなかったであろう。さらに、自由州の息子たちは、現に彼らが行なっているように、商取り引きのなかで人間の魂や肉体を金銭と等価とみなし、それを売ったり買ったりすることもしなかったであろう。北部の都市の商人たちは、一時的にたくさんの数の奴隷たちを所有し、その彼らをまた売ったりするのだ。それでもなお、奴隷制度の罪と汚名のすべては、南部だけのものになるのだろうか？」（第45章）。読者へのこうした説得や訴えが、もし先に示したように、B氏に関連したくだりの描写や説明抜きに行なわれていたとすれば、その効果は半減していただけでなく、それはもはや文学と呼べないたぐいのものになっていたかもしれない。

5　ロマンティックな黒人観

だが、ストウ夫人ないしは『アンクル・トムの小屋』の語り手と、フレデリック・ダグラスとの思想的な類縁性が指摘できるのはここまでである。奴隷制や人種偏見などの廃絶といった個別具体的な問題を越えて、アメリカ黒人の将来との関係で「合衆国」という矛盾の総体にどう対応し、それをどう変えていくかという基本的な問題になると、両者のあいだには大きな違いが生ずる。端的な例証として、解放後のアメリカ黒人を「アフリカへ移住させるべきかどうか」という問題を見てみれば明らかだが、両者はこの点でまったく異なった展望を抱いていた。

まずストウ夫人に関して言えば、アフリカへの移住問題は、『アンクル・トムの小屋』の結末近くで描かれる混血の逃亡奴隷ジョージ・ハリスの考え方のなかに集約的に表現されている。彼は自らの力で自由を獲得したのちに、離ればなれになっていた家族の「再結合」を成就するが、彼の話はそこで終わらない。その後の彼は、姉の財力を活用して家族ともどもフランスへ渡り勉学に励む。しかし、フランスで政変が起こりふたたび新大陸に戻ってくるのだが、この段階で語り手は「教育を受けた人間としてのジョージの気持ちと考え」を、彼が自らの友人に宛てた手紙という形で、たとえば次のように明らかにする。「僕が運命をともにするのは、抑圧され、奴隷化されているアフリカ人たちです。もし僕に願うことがあるとすれば、僕の肌の色をもっと明るくすることではなく、もっともっと黒くすることです」。肌の色の薄い混血のジョージ一家はもし選択しようと思えば、白人社会のなかで「白人」として「黙認」されることも可能だったにもかかわらず、あえて「父の人種」でなく、「母の人種」を選ぶというのである。言うなれば、彼はアメリカ人とみなされることを拒否して、「アフリカ人としてのナショナリティ」を追求するわけである。

彼の言うところに従えば、「アフリカ人は文明とキリスト教の光に照らされて花開くはずのさまざまな特性を持って」おり、そうしたアフリカ人の特性というものはたとえアングロ・サクソン人の持っているものと違うとしても、「道徳的な観点」から見れば、「より高いことが立証されうる」というのである。その点との関連では、次のことが力説されている。「アフリカの発展は、本質的に、キリスト教的な発展であるべきだと僕は信じています。アフリカ人は支配したり、命令したりする人種でないとしても、少なくとも、愛情が深く、度量が大きく、寛大なところのある人種です。不正と抑圧という炉のなかに入れられていたがゆえに、彼らは愛と寛容という崇高な教義をしっかりと心に刻む必要性を痛感しています。彼らが勝利するのはこの教義を通じてのみです。また、彼らの使命は、この教義をアフリカ大陸全土に広めることにあります」。

こうした考え方に基づいて、ジョージが最終的に「妻と子供たちと姉と母親を伴って」出かけて行くのが、「リベリア」である。彼に言わせれば、「アフリカの岸辺」に花開いたリベリアという「共和国」は、「奴隷状態を乗り越えて気力と独習の力で個人的に自己を高めてきた、選りすぐりの人たち」が築いた国である。そこでなら、彼は「自分のものだと言える国民を見出せる」と断言したうえで、これまでのリベリア入植論争の歴史を振り返りつつ、次のように自分の立場を擁護してみせる。「われわれの抑圧者たちが、リベリアへの入植とアメリカでの奴隷解放とを対立させるようにもっていき、リベリアを自分たちに都合のよいあらゆる種類の目的に利用してきたことは認めます。確かに、リベリアの建国計画は、不当にも、われわれの解放を遅らせる一つの手段として利用されてきたかもしれません。しかし、僕にとって重要な問題は、すべての人間の計画を超えたところに、神が存在しているのではないかということです。神は人間たちの立てた計画を支配し、その内容を変え、われわれのためになるように一つの国家を築かせたのだと言えないでしょうか?」(第43章)。

つまり、一八二二年に始まるリベリアへの自由黒人の入植が、南部奴隷所有者も含めたアメリカ植民協会(一八一七年創立)の国策的な側面を持ち、悩みのタネである「黒人」という存在を合衆国から体裁よく追い払うための方便として考えだされたものだとしても、かえってそれを逆手にとって、「文明とキリスト教の波をアフリカの海岸でうねらせ、熱帯の植物のように急速に成長する、未来に向けた強力な共和国」にしようというのが、ジョージ・ハリスの考え方である。その考え方が、作者であるストウ夫人とそっくりそのまま重なるということは、最終章で同じ発想が作者自身の言葉としてふたたび繰り返されていることからも明らかである。しかし、ここで注意しなければならないのは、『白人の心に映った黒人イメージ』（一九七一）でジョージ・フレドリクソンが指摘しているように、一八二〇年代から三〇年代にかけて流布していたアメリカ植民協会の考え方と、たとえばストウ夫人が影響を受けた一八四〇年前後に始まるキリスト教人道主義の立場に立つ「ロマンティックな黒人観」とのあいだには似て非なるものがあり、その両者をごたまぜにして、ストウ夫人の「リベリア共和国」支持を、あたかもアメリカ植民協会と同じ立場にあるかのように難詰するとすれば、それは短見浅慮の誇りを免れないという点である。

ジョージ・フレドリクソンの研究によれば、たとえばアメリカ植民協会の創立当初からの指導者であったヘンリー・クレイなどは、奴隷制を悪と捉えていたにしても、それは奴隷制が経済的な見地からみて「不健全で危険な制度」であり、長期的に見れば「社会の繁栄と平和と安全を脅かす」ようになりかねないという考えからであって、とりわけ「奴隷の苦悩」に共感を寄せたからではなかったという。また、彼らがリベリアへの植民を推進していた真意にしても、合衆国内で漸進的かつ自発的な解放が実行できなければ、将来の行き着く先は「暴力と叛乱」であり、「人種戦争」の禍根をいつまでも国内に残すことになるという考えに基礎をおいていたのである。それに対して、ストウ夫人に影響を与えたアレクサンダー・キンモントやエラリー・チャニングら一八四〇年前後に活躍した宗教家たちは、「白人」は「知的発展」に基づく「さまざまな能力」を持ってはいるが、「ほとんど体質的に真のキリスト教徒になれない」人種であるのに対し、アフリカの「黒人」には「輝かしい未来」があると説いていたという。彼らの見方では、これからのアフリカには、「黒人特有の性格を反映した偉大な文明」が花開くことになる。というのも「黒人は穏和で優しい徳を実践したり指し示したりして、慈悲と慈愛に満ちた輝かしい神の属性をこの世に取り戻す」ことができるからである。言うなれば、「至福千年を最初に完成させるものは、白人でなく黒人だ」というのが、その考え方だったというのである。

こうした考え方の延長線上で、たとえばストウ夫人の実弟で当時の宗教界に大きな影響力を発揮していたヘンリー・ウォード・ビーチャーは、アメリカ黒人のアフリカ移植にはっきり賛意を表明し、「まず合衆国で彼らに教育を施し、キリスト教化し、その上で彼らを入植」させれば、「アメリカ黒人の入植はアフリカ大陸にとって真の未来図となるはずだ」と述べていたという。この実弟の考え方は、そのままストウ夫人のものだったと言うことができるだろう。なぜならば、『アンクル・トムの小屋』の最終章で、彼女は自らの言葉として次のように書き記しているからである。「奴隷制の鎖から逃れたばかりの、無知で経験もなく、なかば野蛮といってもいい人間たちで、リベリアの国をいっぱいにしてしまうことは、新しい企ての初期段階に伴う苦闘と矛盾の期間を、何年間にもわたって長引かせることになるだけだろう。こうしたかわいそうな被害者たちを、キリストの精神にのっとって、北部の教会に受け入れさせよう。彼らが道徳的にも知的にも成熟するまで、キリスト教的共和主義の社会と学校で学ぶ教育の利点を、彼らに授けよう。そのあとでリベリアに渡る援助をしてやれば、彼らはアメリカで身につけた学習を実行に移せるようになるかもしれないではないか」(第45章)。

6　一八五〇年前後の時代状況

ところが、こうしたロマンティックな黒人観に基づく「良心的な」考え方や風潮に対して、フレデリック・ダグラスは、ウィリアム・ロイド・ギャリソンの「奴隷制反対協会」とともに、明確に反対の姿勢を打ち出していた。端的な証拠はダグラスが一八五三年にストウ夫人に宛てた公開書簡だが、そのなかで彼は「自由黒人がこの国を出ていく」いわれはないとして、以下のように指摘している。「黒人はインディアンと違って文明を愛しています。彼自身はまだ文明化の点で大きな進歩はしていませんが、そのなかに身をおくことが好きであり、野蛮な状態に身をさらすより文明の忌まわしい悪を分け持つことを望んでいます。また、国に対する愛、孤立化への恐れ、勇敢な精神の欠如、『鎖に繋がれた同胞』を見捨てるように思えることなどが、アフリカ植民計画に対する強力な阻害要因だと言えます。この計画のめざしていることは、奴隷をそのままにしておいて、自由黒人を強制移住させることです。でも、親愛なる夫人、実際問題として、われわれはここに居ますし、将来もここに留まり続けるでしょう」。

　このダグラスの姿勢は、アメリカ植民協会を直接に名指しで批判したようなとき、もっと明確なかたちをとる。たとえば、一八四八年にボストンで行なった演説では、アメリカ植民協会が養い育てようとしていることは、「黒人への憎悪の感情」であり、自分はそれに反対しなければならないとした上で、黒人は他の人間たちと同じように「この国に対する権利」を持っているし、「白人と同程度にこの国土への権利」を持っていると主張して、合衆国の建国の時期を振り返りながら次のように述べている。「この国の国民がひとつの国民として存在し始めたときから、黒人はアメリカの大地に場所を占めてきた。確かに、彼はピルグリム・ファーザーズのように、故郷で味わっていた以上の自由を求めて、故郷を追われたわけではない。しかし、ピルグリムズたちがこの地に上陸したその同じ頃に、奴隷たちはヴァージニアのジェームズ・リバーに上陸した。だから、その点でわれわれは国民のどの階級とも同じ権利をここに所有していると感じている」。それにもかかわらず、なぜ黒人だけが「アメリカ人」から自分の「生国」を離れてアフリカへ行き、「そこで自由を享受せよ」と言われなければならないのか。まして、この国の制度や歴史のことを何も知らず、黒人たちのように「この国の大地と交わりをもってきた」こともないような「新参の」移民たちが、白人だというだけの理由で、なぜ「われわれ黒人」に向かって、「われわれの生誕の地」であるこの国から「移住せよ」と提案するような大胆さを持つことができるのか。このように、ダグラスは難詰する。

　こうしたダグラスの考え方の背後にあるものは、単に主権者たる自己の存在主張だけではない。アメリカ人が肌の色に関わって持っている牢固とした人間観、つまり「アメリカ人の皮膚特権性」の迷妄を正さない限り、合衆国の国としての「自由と平等」を実現することができないという確固たる思想があったことは間違いない。だから、彼は英国に滞在した折に、「イーデン川の岸辺の家と土地」の提供を受けたこと、したがって望もうとすれば「そこに安楽に定住できた」可能性のあったこと、だがその「親切な申し出」を断って自らの意志でこの地に戻ってきたことなどを開陳したあとで、次のように語る。「言うなれば、色に対するこの偏見と奴隷制のことを思い出し、また北部に住む私の同胞に加えられているさまざまな悪行と闘い、それらを打破しなければならないということに思いが至ったとき、私は安楽さを投げ捨て、友人たちの親切な申し出に背を向け、あなた方のあいだで暮らすべく戻ってこようという気になった。というのは、大西洋の向こう側で誰にも乱されることなく安楽に暮らすより、わが黒人の同胞とともに苦しみ、こうした偏見と立ち向かうことのほうがずっと高貴なことに思えたからである」。

　このダグラスの発想は、合衆国憲法の性格規定をめぐって、奴隷制反対協会のギャリソンらと袂を分かつ事態が生じたとき、原理原則に関わる思想の問題であるとともに、具体的に「アメリカ黒人」の人間性と指導力を証明する焦眉の問題となっていった。つまり、情勢分析と考え方の違いならびに運動の有効性をめぐる意見の衝突が、一八五〇年代の奴隷制反対の運動内部で黒人が白人の指導者と肩を並べて「自前の将軍たち」を擁立し、「黒人の平等を実践的に認めさせ」ていかなければならない事態を生じさせたわけである。そこで、ダグラスはS・R・ウオード牧師やガーネット牧師をはじめとする外国在住の黒人たちに向かって、「アフリカへの移住」とは正反対に、「合衆国に戻る」よう呼びかけ始める。確かに、苛酷な差別と抑圧の現存する合衆国の地を離れて、他国で同情的な人々に囲まれて自分の才能を発揮することは、能力があればあるほど「心楽しい」ものとなる。しかし、ダグラスはあえて言う。

「どうか、兄弟たちよ、合衆国へ戻ってきて、真実それもすべての真実を語るという『不愉快な義務』を果たす手助けをしてほしい。たとえ公にそう宣言することが、『われわれの最良の友たち』を敵にまわすことになろうとも、不退転の決意をもって国に戻り、形式とか原因などとは関係なく、わが人種とすべての人種が被っているあらゆる種類の抑圧から彼らを救い出すという仕事に、あなた方の全勢力を注いでほしい」。

たぶん、この段階でダグラスが目指していたものは、奴隷制の廃止と人種差別の是正を実現するという個別具体的な問題であるとともに、そうした問題の解決のためにも、合衆国が建国の時期に抱え込んでしまった本源的な矛盾の解消を果たす必要があると考えていたのではなかろうか。つまり、奴隷制や人種差別の問題は「黒人」の問題であるというより「白人」の問題であり、基本的には合衆国という「近代国家」に最初から内在していた理想と現実の乖離、あるいは建て前と本音の対立に帰着し、それが一八五〇年前後のこの時期に、連邦政府と地方政府あるいは北部と南部の対立となってふたたび激化し始めたと捉えていたのだと思う。もちろん、ダグラスの直接的な関心は奴隷制の即時廃止と人種差別の完全撤廃にあっただろう。しかし、その目的実現のためには、たとえば奴隷制反対協会のギャリソンたちのように、アメリカの現実と本音を暴きたて、「白人」の打ち立てた理想と建て前のなかに巣くう虚偽と偽善を槍玉にあげるよりも、かえってその理想と建て前を逆手にとって、合衆国の矛盾を「自由と平等」という方向で解消させるようにもっていくのが、ダグラスの目には実践的でもあり有効でもあると映ったのだ。だが、一八五〇年という激動の時期に打ち立てられたこの柔軟なダグラスの状況認識と運動論は、キリスト教の完全主義に基づく「人間平等観」に凝り固まったギャリソン流の「ラディカリズム」にとっては、一種の「変節」としか映らなかった。

その結果、合衆国憲法をめぐって路線対立が起こり、一八五一年のアメリカ奴隷制反対協会第一八回年次総会で、「合衆国憲法は、細部において、その前文に明言されている高尚な目的と一致している」と主張したダグラスは、憲法を奴隷制擁護の文書とみなすギャリソンら協会主流の白人指導者たちによって、「詐欺」を働く者だと正面きって糾弾されることとなる。確かに、人権意識を前面に押し出した一七七六年の「独立宣言」と違って、国家としての体裁を整えることを最大の目的として一七八八年に制定された合衆国憲法は、たとえばマイケル・カーメンが『矛盾した民衆』（一九七二）のなかで指摘しているように、大きな政府と小さな政府、制度に基づく革新と道徳に基づく改革、連邦と州、集団と個人、統一と分散、永続と変化、公共性と利得性、能力主義と平等主義といったさまざまな対立点が解消されないまま、渾然一体となって成立した妥協の産物であることは厳然たる事実である。なかでも、北部と南部の最大の妥協点が、憲法第一条第二節の国会代表権にかかわる「黒人奴隷の五分の三」条項、第一条第九節の「奴隷貿易」条項、第四条第二節の「逃亡奴隷」条項となって結実し、黒人は人間として五分の三と見なすことが公に宣言されたり、奴隷貿易の禁止が二〇年間据え置かれたり、一七九三年に第一次逃亡奴隷法が施行されたりという現実を作りだしてきた。

合衆国憲法が、北部と南部の妥協の産物として、奴隷制擁護へと明確につながっていくこうした条項を含んでいるということは、フレデリック・ダグラスもはっきりと認識していた。たとえば一八四九年三月一六日付けの『ノース・スター』紙に掲載された「憲法と奴隷制」という文章が例証しているように、ダグラスはこうした条項を成立させるべく南部奴隷州の代表が憲法制定会議の場でいかに北部代表を恫喝したかという事実や、そこに発する具体的な危険性がその後の合衆国をいかに歪めてきたかということをきちんと分析し、そこに合衆国の基本的な矛盾が埋め込まれてしまったという認識も披露している。だが、彼にとっての緊急かつ最大の問題は、「こうした無法が、これ以上さらに一つの連邦を非人間化し、不正をもたらし、神と人間を恐れぬ代物へとなりおおせるか」どうかという点であった。彼の現在の状況認識では、そうなる可能性は大いにあり得た。というのも、この時期の南部奴隷制擁護論者の代表格であったジョン・C・カルフーンの論法に見られるように、ギャリソンとまったく正反対の方向から、合衆国憲法を奴隷制擁護の根拠として利用する論議が堂々と議会内に横行していたからである。言うなれば、憲法制定会議の際に露呈された弱点と妥協が、一八五〇年という時点で再度同じ装いをまとって立ち現れようとしていたというべきだろう。

ダグラスはこの緊急事態のなかで、「建国の父祖たち」の弱さと矛盾を暴きたて、「独立宣言」と「合衆国憲法」とを対立させることは、結果として南部奴隷制所有者に奴隷制を「合憲」とみなす根拠を与えることになると考えた。たとえ、弱さと矛盾を抱えていたとしても、またそれゆえに「建国の父祖たち」が妥協につぐ妥協をなしていたとしても、その揺れ動きそのものが彼らを「不完全で曖昧で不適切」な精神状態におき、その意図とは裏腹に憲法条項で「使用されている言葉を最大限に曖昧で不適切」なものに変えた事実にダグラスは着眼する。かくて、一八五一年三月二四日の『ノース・スター』紙上で、彼は「見解の変化を公表する」と題した一文を内外に発表し、合衆国で「自由と平等」を実現するという明確な目的のために、合衆国憲法は「字義通りに解釈する限り」、奴隷という表現を一切含んでいないがゆえに、「細部において、その前文に明言されている高尚な目的と一致している」という見解を打ち出す。そうしたダグラスにとって、「アフリカへの植民」とか「リベリア共和国の建設」などといったスローガンが、たとえ善意を含む「ロマンティックな黒人観」に根ざすものであったとしても、単なる世迷い言として笑止の沙汰に映ったであろうことは間違いない。

だが、ここでストウ夫人のために若干の弁護をしておくとすれば、ダグラスとギャリソンが合衆国憲法の性格規定をめぐって激しく対立していたとき、両者と個人的な交流のあったストウ夫人がギャリソン宛に手紙を書き、彼女の面前でダグラスを「変節漢」となじったギャリソンに抗議し、次のように述べている事実を書き留めておく。「ダグラスが自ら自身の人種の向上のために考えている計画は、雄々しいものだし分別もあるしまた理解可能なものです。明らかに、彼はじっくりと観察し深く考察してきていますし、これからも有効に行動すると私は信じています」。さらに、彼女はこれに続けて、ギャリソンの狭量さをなじり、「反奴隷制の真の教会はただ一つだけであり、他のものはすべて不信心なのでしょうか」と苦言を呈している。それだけでなく、トーマス・ゴセットの伝えるところによれば、一八五三年五月に開催された「全世界奴隷制反対協会」の会合で、「アメリカ黒人のアフリカへの植民」に関するストウ夫人のメモが読み上げられ、「もしふたたび『アンクル・トムの小屋』を書くようなことがあれば、ジョージ・ハリスをリベリアに送るようなことはしないだろう」との意志を伝えたということである。

7 装飾的な「少女エヴァの死」——アン・ダグラスの主張

ところで、作品としての『アンクル・トムの小屋』の評価と位置付けということで言えば、一九七〇年代後半から現在にかけて、主要にフェミニズム批評の陣営で提起されてきた一連の問題に触れないわけにはいかない。なぜならば、『アンクル・トムの小屋』をめぐって現在もなお激しく闘わされている論争は、大袈裟に言えば、アメリカの文化と文学の基本性格をどう見るかという重要な問題と深く関わっているからである。

たとえば、論争の火付け役の一人となったアン・ダグラスは、『アメリカ文化の女性化現象』(一九七七)という本のなかで、アメリカ文学の古典を書いた「主要な作家」たちと、お手軽で内容のない女性向けの「感傷小説」を大量に生産していた一九世紀中葉の女性作家たちとを対立的にとらえて比較検討している。彼女に従えば、〈アメリカ・ルネッサンス期〉のホーソーン、メルヴィル、ソロー、ホイットマンといった偉大な「文学」が、同時代人から無視され読まれなかった最大の理由は、『アンクル・トムの小屋』のようなお涙頂戴式の「読み物」が、中産階級化しつつあった家庭主婦を中心とする当時の読者層に支えられて不当に幅をきかせていたからだということになる。言うなれば、一九世紀のアメリカ文化は、「ピンクと白の専制」ともいうべきアメリカ女性の「女らしさ」に牛耳られ、その力の行使の前に骨抜きにされてしまったというのである。

「これらの女性たちは、仕事を持っていなかったし、実業にも携わっていなかった。彼女たちは、自分たちの文化のなかで、正規の地位をほとんど占めていなかったし、また明らかに占めようという気もなかった。彼女たちは一般的にフェミニストとかラディカルな改革者とは呼ばれなかった。徐々に家事労働の責任から解放されつつあった彼女たちは、社会学的には過渡期の状態にあった。彼女たちの多くは、教育を施された熱心な教会信者で、頼りがいのある一般読者の膨大な層を形成していた。かつてなかったほどの数の彼女たちが、自分たちと同じような女性たちのために雑誌を編集したり、本を書いたりした。彼女たちがアメリカ文化の主要な受け手となりつつあった。そうしたものとして、彼女たちはその文化の重要な男性の送り手たちに巨大な影響力を及ぼした。自由主義的で文学趣味を満たすような説教師や人気作家たちは大いに読まれたが、メルヴィルやソローは無視された」。

こうした認識の上に立って、アン・ダグラスは自らの少女期の読書体験をまじえつつ、感傷小説に「没頭」することの意味を分析していく。それに従えば、現代の大量消費文化時代のはしりとも言えるこうした一九世紀の「女性化」した文化現象を、「原型的かつ模範的」に代弁していたものがストウ夫人の『アンクル・トムの小屋』であり、とりわけ当時の「感傷的な」女性読者の想像力に訴えかけて力を発揮した象徴的な場面が、「少女エヴァの死」ということになる。ところが、「奇妙なことに、少女エヴァの重要性は、彼女の登場する作品のプロットとほとんど関係がない。というのも、少女エヴァが力を持つのは、作中の行為とか、彼女が何者であるかということによるのでなく、われわれ読者に対して彼女が行なったり存在していることを通してだからである」。つまり、エヴァという登場人物の存在意義は、作中の出来事やプロットのなかにあるというより、読者との関係において彼女が郷愁をかきたてたり、読者のなかにある「自己慰撫」的な同情心に働きかける力のなかにあるというのである。その証拠に、彼女は何ら「特別の才能」に恵まれているわけではないし、具体的に「強力な」人間たちに働きかけるには「幼い」存在でありすぎる。彼女は南部奴隷所有者の一人娘として生い育ち、金髪で青い目をした美しい少女という設定になっているが、こうした彼女の属性は単なる作中の「記号」でしかない。彼女の「徳」の源泉はその「女らしさ」に由来しており、彼女の「最大の行為」は「死ぬ」ことにある。言うなれば、やさしくて美しい少女がかわいそうな奴隷に囲まれて不治の病で「死ぬ」ことに最大の意味が込められており、感傷的な読者に与えるその効果と影響力のゆえにエヴァは忘れられぬ存在になっていくというのである。

この点を敷衍するアン・ダグラスは、作中でのエヴァの「死」が実際には何ひとつ効果をあげないことも強調する。というのも、エヴァは死の間際に父親のセント・クレアに「真面目なキリスト教徒となり、お屋敷の奴隷たちを解放する」よう約束させるが、セント・クレアはこれらの約束を果たす前に、町で起こった些細な喧嘩に巻き込まれてあっけなく無駄死にしてしまうからである。その結果、アンクル・トムは「解放」の約束を反故にされてまた売り飛ばされ、地獄のようなレグリー農園に行きそこで悲惨な拷問を受けて死ぬはめとなる。しかし、だからと言って、エヴァの死が文学的にまったく無駄かと言えば、そうでもない。本質的にその死は「装飾的」であるがゆえに、読者に限りない「魅力」を持ち、読者の涙腺をたっぷりと刺激する。さらに、その構図に、死に行くエヴァの敬虔な「宗教心」が付け加わる。この宗教心に目を向けたとき、それが「一九世紀の読者」にもっともらしく映っていたのは確かだが、ここでもエヴァは実際的とは言えない。なぜならば、「少女エヴァは現実に誰ひとり改宗させていない」からである。彼女の表現する「聖性」は、われわれ読者の「郷愁」や「ナルシシズム」を加速させるためのものであり、読者は「自己慰撫的な」心情を満喫させるよう要請されているのだ。

これが、「エヴァの死」に関連して、アン・ダグラスの展開しようとしていた批判の要点である。だが、アン・ダグラスの主張の真意は、ここに留まるものではない。問題の根っこにあるのは、一九世紀アメリカの直面していた社会と文化の大いなる様変わりだと言えよう。つまり、この時期のアメリカが、世界でもまれに見る経済的な伸張と国力の増強を成し遂げ、それに伴って社会がどんどん「世俗化」していき、「男性的な」市場の論理が大手を振ってまかり通っていたというのに、当時の文化状況はそれと十分に対抗するだけの強靱な「精神力」と「知的」達成を促さず、かえって「文学」を単なる消費の対象へと変質させ、結局は「アメリカ社会の変化の可能性」をねじ曲げ制限してしまったというのである。確かに、ストウ夫人をはじめとする感傷小説家たちの多くは、「不正直」と引き換えに経済成長と都市化と産業化を推し進めていく時代の動きに異を唱え、「社会を救済しようという真率な使命」に燃えていたし、「神聖な大義」の名において「攻撃的だったり、怒ったり」することもできた。「優しく受け入れ養い育てる」母性の力に依拠して、「情の文化」と「女の理想」を歌い上げ、表立つことなしに「影響力」を及ぼそうとしていた。その点は彼女たちの功績として認めなければならない。

しかし、そうした「いわゆる受け身の美徳」は、それ自体として称賛に値するし、アメリカ的な生活に必要なものだとも言えるが、それを信奉していた女性たちは、自らの信念と行動が「とんでもない筋違いなことに利用される」のを見てとれなかった。その意味で、感傷主義は「複雑な現象」だと言わなければならない。というのも、感傷主義が否定しようとしている不正は、「資本主義体制下ではそれに取って変わりうるようなものがどこにもない不正」であり、感傷主義が抗議しようとしている力は、「感傷主義それ自身がすでに部分的に屈服してしまっている力」だからである。言うなれば、感傷小説家たちがいくら嘆いてみせても、自らの行動が「流れを阻止するものでないことは承知していた」という事実はあくまで残る。そのことを端的に示す例証が、ストウ夫人によって奴隷制への抗議として描かれた「少女エヴァの美しい死」である。その死がどのような仕方でも、奴隷制の現実を押しとどめ、それを変えうるようなものではなかったことは、先に見ておいた通りである。

その限りで、女性化した一九世紀アメリカの感傷主義は、「自由放任の産業をどんどん拡大させることに加担しつつも、そうした動向の生み出す諸結果に心を痛めなければならなかった社会の不可避的な自己弁明の一部」であった。国際的な規模の経済的・社会的発展を強いられていた新生国家アメリカには、ヨーロッパ諸国のように「前向きで知的な生活を受け継ぐ豊かで多様な世俗化した伝統」がまだ備わっていなかった。産業資本主義へと急速に突き進んでいった国が、否応なくその身内に抱え込む剝きだしの暴力と悪を中和し、そのコースを複雑なものへと変えるような文化背景のほとんどない状況で、感傷主義がそうした経済秩序の自己合理化の面を担わされたのだ。しかし、「反知性的な」感傷主義は結果として「装いを新たにした男性的ヘゲモニー」の持続に加担しただけだった。以上がアン・ダグラスの主張の真意だったと言ってよいだろう。

8 感傷小説と家庭の力——ジェーン・トンプキンズの主張

これに対して、翌年、雑誌『グリフ』(一九七八)に掲載された論文「感傷の力:『アンクル・トムの小屋』と文学史の政治学」のなかで、ジェーン・トンプキンズが猛然と反論を展開することとなる。まず、トンプキンズは、アン・ダグラスがこれまで「無視されてきた」一九世紀の大量な感傷小説に、「強力で持続的な考察」を行ない、これらの作品群が簡単に「退けられない」力を持っていたことへ理解を示したという点で、その「仕事は非常に貴重なもの」だと評価したあとで、真っ向から対立的な観点を提示する。「一九世紀の大衆的な家庭小説は、女性の視点から文化を再構築するという記念碑的な努力の表れであり、またこれら一連の作品は、その知的複雑さ、志の高さ、内容の豊かさにおいて驚くべきものであり、ホーソーンやメルヴィルといったより名高い社会批判家たちの作品よりも、はるかに痛烈なアメリカ社会に対する批判となっている」。

たとえば、一九世紀的な感傷主義の典型とされる「少女エヴァの死」だが、それはお涙頂戴式の代表例として、感情的に人の心を揺さぶるだけで、悪としての奴隷制を正すようなことを何もしていないと言うが、それは違う。というのも、一九世紀中葉の考え方に立てば、「死はヒロイズムの最高の形態」であり、それは「敗北ではなく勝利」である。つまり、死は力の喪失ではなく、かえって力への接近とみなされるべきものだ。というのも、「死は単に生命の最高の偉業というだけでなく、生命そのもの」だし、「人生の最後を飾る到達点というだけでなく、人生そのものだ」からである。

その意味で、『アンクル・トムの小屋』のなかで描かれる「少女エヴァの死」は、こうした考え方をドラマ化したものだと言える。それは、キリストの死が民衆の想像力を掻き立てるのと同じような仕方で、強力に作用する。言うなれば、「純粋で無力なもの」が「力を持ち堕落しているものたち」を救おうとして「死ぬ」のであって、エヴァのような人間の死は、地上的な力やこの世の有効性についての考え方を逆転させている。その限りで、そこには一つの政治・宗教的な哲学観があると言ってもよい。つまり、富や力を持つ男たちよりも、子供や女という力弱きものが、自らを犠牲にして世の中を救済しうるという倫理観の表白をそこに読みとるべきである。

実際、一九世紀に人気のあったヴィクトリア朝期の小説や宗教文学の多くが、「悔い改めることのない人」を悔い改めさせる際に、「死者や死につつあるもの」に力を発揮させることを主要なテーマとしている。さらに、「母や子供が特にこの種の能力に恵まれている」と考えられていた。というのも、彼らに本来備わる「純真さや汚れのなさ」に、死ぬことで「精神的な力」が付け加わり、彼らは「救済力を備えた天使」へと変容するからである。「少女エヴァの死」は、まさにそうしたものの典型だと言える。作品中で、エヴァの死に関連して、そうした変容を確認するのはアンクル・トムだが、彼はそのことをオフィーリア嬢に次のように説明する。「エヴァお嬢様がおらにそう言われたんです。神様は、魂のなかにその使者を送られるんです。おらはその場に居合わせていなきゃならねえんですよ、フィーリー様。だって、あの祝福された御子が天国へ行かれるとき、天国への扉は広く開け放たれますから、その栄光をちらっと見ることができるんですよ、フィーリー様」。アンクル・トムの言葉どおりに、エヴァはその死の瞬間に「愛、喜び、安らぎ!」と口にし、「肉体的な死」から「永遠の生」へと移行していく。

現代批評の常識的な見方は、こうしたエヴァの死の場面を、単なるお涙頂戴のおためごかしと否定的に見てしまうが、こうした場面に潜む文化的意義を無視することは、一九世紀アメリカの中心にあった文化の神話的な力と、それに基づいて大衆に働きかけ、世の中を変えていこうとする方向を見損なうことにつながる。なぜならば、こうして死んでいくことで、エヴァは一つの行為をなしているからである。その効果は、奴隷制の急激な崩壊という形を伴わないとしても、たとえば「不信心な母なき子」たる黒人娘トプシーの「宗教的な回心」をもたらし、彼女を「よい子」に変えるという形で実現されている。いうなれば、エヴァはトプシーに愛を与えることで魂の救済を行なっているわけだが、心から心へと伝わるこの救済の力が世の中を変えることになる。というのも、トプシーがそれまでと違う存在となり、大粒の涙をポタポタと流してエヴァの愛と信頼にこたえたとき、そのエヴァの行為はトプシーを超えて、この場面を目撃していたオフィーリア嬢にも影響を及ぼし、オフィーリア嬢をも変えていくからである。そこで問題となっているものは、単なる言葉ではなく、「恩寵の状態を指し示す心の感情」である。したがって、そうした際に重要な要素になるのが、「声の響きや手を触れる」ということだが、とりわけ無視できないのが「涙」である。泣いたり涙を流すということは、感情の大袈裟な誇張表現ではなく、「魂の救済」や「神との心の交わり」や「神との和解」の意味にとるべきで、現代的な感覚でその表現が貧しく見えるからと言って誤解してはいけない。

つまり、ストウ夫人にとって重要なのは、現実の政治・経済上の直接的な改革ではなく、何よりもまず「人間の心の改革」だということを見てとる必要がある。彼女の観点では、「物質的な環境を操作することによって現実を変える」ことはできず、「現実は精神の回心によってのみ変えられうる」というわけなのだ。たとえば、この点との関連で、ストウ夫人は次のように述べている。「誰にでもできることが一つだけある。まっとうな感覚を持つようにすること、これなら誰にでもできる。すべての人間は、同情を寄せるというかたちで影響力を発揮しうる。人類のために、それもより大きな人類の利益のために、感覚を強く、健全にかつ正当に働かせる男や女は、いつの時代にあっても、人間全体の恩人である。皆さんの同情する力をこのことに振り向けてほしい！　皆さんの力はキリストの憐れみと共感しあっているだろうか？　それとも、この世の政治的な権謀術策と共鳴して揺れ動いたり、歪められたりしているのだろうか？」（第45章）。

こうした発想や考え方が、『アンクル・トムの小屋』という作品の構成や人物造型に大きな影響を与えている。というのも、ストウ夫人がこの作品を通して行なおうとしていることは、「黒人奴隷のストーリー」という形で「聖書の書き直し」をすることであって、決して近代小説の一つを書くことではないからである。つまり、この作品の狙いは、奴隷制が神の道にはずれており、それをそのまま存続させていれば必ずこの世の終末がやってくるので、そうした人類の「罪」を「贖う」ために、「エヴァ」や「トム」のような人間がキリストのように「死」なければならないのだということを訴える点にある。その限りで、ストウ夫人の語りが伝えようとしている真実は、聖書のなかにすでに書き込まれているわけで、作品は単にその再現を行なっているに過ぎないとも言える。したがって、近代小説的な観点から、登場人物の類型化とか同じような事件の繰り返しとかを難詰しても、それは的はずれであり、一向にこの作品の批判にはならない。なぜならば、人間の歴史はキリストの「聖なる贖い」のドラマを絶えずなぞるものだということを主張するために、この作品はあえて登場人物の類型化を行なったり、繰り返し同じような場面を描いたりしているからである。

その意味で、『アンクル・トムの小屋』という作品は、まず第一に、西洋文化の中心に位置する宗教神話としての「キリスト磔刑の物語」を、奴隷制というアメリカ政治の最重要問題に即して語り直しているということが強調されなければならない。だが、この作品にはもう一つの狙いがある。それは「母性」と「家庭」を歌い上げ、それらが神聖にして侵すべからざるものだと指摘することである。この二つのテーマは密接に結びつき合っている。というのも、一九世紀のアメリカ社会にあって、人類をその悪から救済し、その罪を贖いうるのは、ビジネスや政治といった「公の場」で仕事をする「男たち」ではないからである。彼らは、ビジネスや政治を通じて、この世の悪を作り出している張本人だと言わなければならない。結局のところ、現世の罪を贖って、精神的な救済をこの世にもたらしうるものたちと言えば、それは「女たち」である。言うなれば、女性たちが神の摂理に導かれてキリスト教的な愛でこの世に影響を与え、最終的にこの世を支配するようになれば、この地上に「神の王国」が実現しうるのである。

その限りで、この世でもっとも重要なものは、男たちの作り出した諸制度つまり「教会、法廷、議会、経済体制」ではなくて、「家庭」である。家庭こそが、あらゆる意味ある活動の中心だし、その家庭を守る女性はとても重要な仕事をなしていると言える。さらに、そうした女性たちの仕事が、相互協力の精神に基づいてなされているということも、留意しておく必要がある。とりわけ、キリスト教徒の女性たちは、「愛情に満ちた言葉」や「やさしい教訓」や「母親らしい思いやり」を通じて、この世を支配している。

そうしたユートピア的な家庭の代表例が、作中で描かれる「クエーカー教徒の集落」とレイチェル・ハリデイの「台所」である。奴隷商人の手を逃れたエライザ母子が逃げ込み、その夫ジョージ・ハリスと「家族の再結合」を果たすのは、このレイチェル・ハリデイの台所だが、彼女の支配する台所には、「競争も搾取も命令」もない。自己犠牲の精神に基づく愛と、正しいことを行なおうとする意志があるだけである。ここでは、すべてがなごやかで静かでかつ調和を保って進行する。相互信頼とよき仲間たらんという意識が至るところに満ちている。ストウ夫人の考えでは、こうした理想的なキリスト教徒の家庭と同胞愛が、人類を来世ないしは天国へと導くのである。その意味で言えば、家庭というものは、粗野で荒々しい「公けの場」からの「避難場所」とか「隠れ場」のようなものではなく、産業や商業に狂奔する男の世界に取って代わる「もうひとつの経済体制」なのである。言うなれば、「交易」とか「生産の増大」に血道をあげるアメリカ社会の構造を問題化し、それでは駄目だということを指摘する「物質的・精神的、経済的・道徳的な活動のダイナミックな中心点」だと言ってもよい。

そうしたことを主張している限りで、『アンクル・トムの小屋』という作品は、積極的なユートピア論を展開しており、そこでは「黒人、子供、母親、祖母」といった弱きものたちが世界の基本的な仕事をし、男たちのほうはと言えば、たとえばレイチェル・ハリデイの夫シメオンのように、満足げに片隅で「髭剃りという反家父長的な行為にいそしむ」こととなる。こう見てきたとき、ストウ夫人らのいわゆる「感傷小説」の行なってきたことを、純粋に私的な事柄にのみ関心を向けているという意味で「家庭的」だと言うことはできない。かえって逆に、それが果たそうとしていた使命は世界的な規模のものであり、その利害関心は人類全体に及んでいる。以上がジェーン・トンプキンズの展開した主張のおおよそのところである。

9　アンクル・トムは主人公と言えるのか

さてそこで最後に、いままでの論議を踏まえて私が『アンクル・トムの小屋』をどう評価し、どう位置づけているかをここで詳らかにしておきたい。いろいろと言いたいことはあるのだが、もうすでに十分長くなってしまっているので、論点は二つだけに絞り込むこととする。

まず初めに取り上げるのは、この作品の「主人公」アンクル・トムに関してである。すでに何人もの批評家が指摘し、また注意深い読者ならすぐ気付くことだが、作中で実際に描かれるアンクル・トムには、ある一つの顕著な特徴がうかがえる。どういうことかというと、彼は作品のタイトルになっている人物でありながら、私たちが通常の意味で理解している「主人公」のように、作品全体のプロットの中心にいてさまざまな出来事を引き起こしたり、さまざまな出来事に立ち会うということがないのである。とりわけ、ケンタッキーのシェルビー農園とニューオーリンズのセント・クレア家での話が物語られる作品全体の三分の二までのところでは、必ずしもアンクル・トムが中心になっているとは言えない。それどころか、アンクル・トムがまるっきり登場してこない章が、かなりの部分を占めていると言わなければならない。

ところで、この作品の第14章は、奴隷商人ヘイリーに率いられてミシシッピー川を下る船のなかで、トムがエヴァとセント・クレアに出会い、川に落ちたエヴァを救出したことから彼らに購入され、そこからセント・クレア家を中心としたエピソードにトムが巻き込まれ始めるきっかけとなる章である。だが、ここにくるまでに、全体の約三分の一に相当する物語がすでに読者の前に提示されている。そこで、構造とテーマの特徴をつかむために、作品全体の導入部とも言えるこの最初の一三章分（仮に第一部と略称する）を、トムの存在に注意しながら必要な範囲内で検討してみたい。

第1章つまり作品の出だしに関して言えば、そこでは、ケンタッキーの農園主シェルビー氏が借金のために自分の所有する奴隷を売却するはめとなり、奴隷商人ヘイリーと自宅で交渉する場面が中心的に描かれるが、ここでのトムは、売却される奴隷として二人のやりとりのなかで言及されるだけである。第2章と第3章ではトムはまったく登場せず、彼とともに売られることが決まった混血の子供ハリーの母親エライザとその夫ジョージ・ハリスの苦境が主要に物語られている。トムが具体的なかたちで作中に登場してくるのは第4章が初めてで、ここではアンクル・トム一家の日常が、小屋での家族の生活からトムを中心とする聖書祈禱集会の様子まで、かなり詳細に描写される。しかし、それに続く第5章から第9章までの五章分では、それぞれに逃亡を決意したエライザとジョージ・ハリスの一家と、それにまつわるシェルビー農園の反応のほうが中心に描かれ、アンクル・トムに即して言えば、第5章の最後でエライザから自分が主人に売却された事実を告げ知らされたり、第7章の途中で妻のクロウとやりとりする様子が少し触れられるだけのことで、基本的には読者の前に顔を見せない。

第10章は、トムが家族と別れてヘイリーに足枷をはめられて連れ去られる場面が前面に押し出されはするものの、

第11章になると、また逃亡中のジョージ・ハリスのことに焦点が合わされ、トムは置き去りにされる。第12章になって、やっとオハイオ川を南下するヘイリー一行のなかにいるトムの姿を見出すことになるが、そこでも語り手の視線は必ずしもトムに焦点を合わせているとは言いがたい。旅の道すがらで、奴隷商人ヘイリーが買い集めて深南部で売りさばこうとするさまざまな奴隷たちの姿のほうが中心だと言える。とりわけ、持ち主に騙されてヘイリーに購入された子持ちの女奴隷が、さらに腕のなかの子供まで見知らぬ男に売り飛ばされ、絶望しきって川へ身投げするエピソードのほうが読者の注意をひく。トムに関しては、同じ境遇にいる奴隷仲間のそうした悲惨で哀れな様子を、どちらかと言えばその場にいて、ただ黙って見守っている姿が強調されていると言うべきだろう。さらに第13章になると、またトムから離れて、エライザ親子の逃亡を助けるインディアナのクエーカー教徒の集落と、女性的な慈愛と威厳や平和と友愛のシンボルともいうべきレイチェル・ハリデイの姿に照明があてられる。家庭と台所の持つ意味が強調されるのもここだし、逃亡奴隷として追われ続けていたエライザ親子とジョージ・ハリスとが家族の再結合を果たすのもこの章である。

こんなふうに見てくると、アンクル・トムの占めている位置から推して、彼がこの作品の中心人物とはとても考えられない気がしてくる。というのも、アンクル・トムが大きく取り上げられているのは一三章中でたったの三章しかなく、あとの多くの章はどちらかと言えばエライザとジョージ・ハリスの逃亡劇に焦点が合わされているからである。その意味でこの部分に登場するトムの役割を考えてみると、せいぜい言えることはジョージ・ハリスとの際だった対照性ということぐらいである。確かに、この二人は一方が北へ逃亡するのに対し、他方は南へ売られていくし、また一方が過激な行動と追いつ追われつのドラマを演じるとすれば、他方は奴隷の境遇に甘んじながら、さまざまな奴隷の不幸に立ち会うというかたちで、お互いの姿を対照的に浮き彫りにしている。

ところで、同じような調子で今度は、アンクル・トムが第14章でエヴァたちに購入されて以降、セント・クレアの不慮の死で奴隷市場に売りに出され、結局レグリーの掌中に落ちる第30章まで、主要にニューオーリンズのセント・クレア家を舞台に展開されている部分（これを第二部と略称する）を取り上げて検討してみても、作中でのアンクル・トムの存在はとても影が薄いと言わなければならない。この部分でもっとも強く印象づけられるのは、なんと言ってもエヴァの天使のような姿とその清らかな死の持つインパクトの強さだろう。エヴァ以外の登場人物とエピソードでも、オフィーリア嬢とセント・クレアとのあいだで何度もやりとりされる奴隷制談義とか、特異な奴隷少女トプシーをなんとかキリスト教徒風に教育しようとするオフィーリア嬢の悪戦苦闘ぶりなどのほうが表立ち、アンクル・トムの姿はそれほど目立たない。トムに関して言えば、確かにそれ以前の部分に比べて、この部分で読者の前に出てくる回数は多くはなってはいるものの、終始エヴァに寄り添って聖書に読み耽る姿が強調される程度で、とてもこの作品の主人公だと言い切るほどのものではない。

残り三分の一の部分（これを第三部と略称する）、つまりアンクル・トムが悪鬼のような奴隷農園主たるサイモン・レグリーに買い取られ、荒れすさんでまるで地獄さながらの、「金儲けの道具」と形容されるプランテーションで、家畜同然に監視されひたすら酷使されるだけの奴隷たちとともに働くようになってからは、確かにアンクル・トムの行動とそれを取り巻くドラマが中心となってくる。しかし、ここでも、そうしたトムの存在を際立たせるためとは言え、一方でレグリーの生い立ちと性格がその母親との関係で重要な意味を込めて物語られたり、他方では、レグリーの情婦として絶望的な生活を余儀なくされる混血の女奴隷キャシーの姿とその逃亡の話が、大きくクローズ・アップされたりする。

こんなふうにこの作品を概括してみると、アンクル・トムという作中人物は、通常私たちが「小説」に対して抱いている主人公とは、その意味と機能の点でかなり異なっているのがはっきりする。つまり、この作品はアンクル・トムに即して、アンクル・トムの生き方とそれにまつわる出来事を描いたものではないと、断言してしまってもよいのだと思う。だが、それにもかかわらず、この作品は構造的にもテーマのうえでもアンクル・トムが中心人物であり、彼がキリストのように「奴隷制という悪」に苦しむ「弱き人間たちを救う」ために、「その罪を贖って死ぬ」ことを最終の目的としたものだと見なせるし、またそう見なさなければこの作品の価値も半減してしまうことになるだろう。少なくとも、私はそう考えている。また、その限りで、「ストウ夫人がこの作品を通して行なおうとしていることは、『黒人奴隷のストーリー』という形で『聖書の書き直し』をすること」だったと述べたジェーン・トンプキンズの指摘は一つの卓見だし、モダニズムの文学観に骨がらみとなった私たちの狭隘な見方を反省させる大きなきっかけになったと言ってもよいと思う。そこでこの点との関連で、以下に私なりの理由をあげ、その上に立ってさらに指摘しておくべき幾つかの問題点も考えておきたい。

10　アンクル・トムの「ヒロイン」化

『アンクル・トムの小屋』が「聖書の書き直し」を目的とした「磔刑」のドラマだとみなすべき理由は、何と言っても第三部でレグリーになぶり殺されるアンクル・トムが、明らかにキリストと重ねて描かれているからである。たとえば、奴隷仲間のある女性の鞭打ちを拒否して、かえって散々にレグリーから打ち据えられ、傷も癒えぬうちに綿摘み労働に駆り出されるトムの姿を、語り手は「殉教者」と呼びながら、次のように描いている。「殉教者というものは、死に通ずる肉体的な苦痛や恐れに直面したときでさえ、自分の運命の恐怖そのもののなかに、力強い励ましと活力を見出すものである。そこには、生き生きとした興奮と戦慄と熱情がある。それらがどのような苦しみの危機をも切り抜けさせてくれるのだ。そして、その危機を乗り越えた瞬間から、永遠の栄光と安らぎのときが始まる。しかし、毎日毎日、さもしく、辛く、低劣で、苦しい労役に疲れはてて生きていると、神経はすべて鈍磨して衰え、感性の力もだんだんと押し潰されていく。この長く続く、こころ萎えるような精神の殉教、それは日々、刻一刻と、内的生命の血を一滴ずつ流出させるという形をとる。男であれ女であれ、その人間のなかにあるものが真に厳しく試されるのは、そのときである」（第38章）。

また、こうした試練の最中、肉体的にすっかり参ったトムがそれでもなお聖書を開いて神にすがろうとするのだが、これまでと違って聖書の文句はその目と神経に何の感興ももたらさない。しかし、そこへレグリーがやってきて、勝ち誇ったようにトムを嘲り足蹴にして立ち去ったとき、トムはその絶望の淵でキリストを幻視する。その様子は、作中で次のように描かれる。「神をも恐れぬ残忍な主人の嘲《あざけ》りは、すでに落ち込んでいたトムの魂を、もうこれ以上ない最低のところまで沈めた。信じようとする彼の手は、まだ永遠の岩にしがみついてはいたが、もはや感覚を失い、絶望的な状態になっていた。トムは火のそばで呆然自失して座っていた。突然、彼のまわりにあったすべてのものが消えていったかのようになり、目の前に、茨の冠をかぶって、殴打され、血を流している人の姿が現われた。トムは畏怖と驚きの念をもって、その顔が荘厳なまでに耐え忍ぶさまに見入った。深く悲しそうな目がトムを心の奥底から感動させた」（第38章）。

かくしてトムは精神的な危機を乗り越え、非人間的で最悪な環境にあっても、周囲の奴隷たちに働きかけ神の道を説き聞かせて、次第に奴隷仲間のあいだに影響力を及ぼし始める。そんな折、キャシーがトムにレグリーを殺して一緒に逃亡しようと相談をもちかけてくるが、自分はここにいる「哀れな人たち」とともに「十字架を背負って」残るが、キャシーたちは「もし血を流すような罪をおかさずに」なしうるのなら逃げたほうがいいと勧める。その勧めに従って、キャシーとエメリンの二人はレグリーの弱点を利用した巧みなトリックを案出して逃亡する。レグリーは人手を集めて大がかりな逃亡奴隷捜索を実施するが、一向に効果をあげることができない。業を煮やしたレグリーは、トムの挙動から推察して、トムがキャシーたちの逃亡について何か知っているはずだと見当をつけ白状するように迫るが、トムは知っていることを「死んでも」話す気はないと拒絶する。その結果、怒り狂ったレグリーは文字どおり死ぬまでトムを打ち据える。語り手はそのときの様子を、次のように読者に伝える。

「かつて受難を通して、苦悶と堕落と恥辱の手段を、栄光と名誉と不滅の生の象徴へと変えてしまわれた方がいた。その方の精霊のあるところでは、侮辱的な鞭打ちや流血や恥辱でさえも、キリスト教徒の最後の闘いの栄光を少しも損なわせることはできないのだ。その長い夜、勇敢で愛すべき魂を持ったその男は、あの古びた小屋で殴打やすさまじい鞭打ちにたった一人で耐えていたのだろうか？ いや、そうではない！ 彼の傍らには、彼だけに見える神の子に似たあの方が立っていた」（第40章）。

このようにしてトムは、この地上の弱き人々を救うために「人の罪」を贖って死ぬことになるのだが、息を引き取る直前、元の持ち主の息子ジョージ・シェルビーがちょうどトムを買い戻しにやってきて、死につつあるトムに向かって呼びかけを行なう。「死んじゃいけない。そんなことになったら、僕も死んでしまう！ お前がどんなに苦しんだか、それを考えると僕の心は張り裂けそうだ。こんな古びた小屋で横たわるなんて！ かわいそうに、本当にお前がかわいそうだ」。この言葉を耳にしたとき、トムは次のように答える。「おらをかわいそうだなんて言わねえでくだせえ！ おらは昔はかわいそうな男でした。でも、それもみんな過去のことで、いまじゃ過ぎ去ったことです。おらはいま、天国の戸口に立って、栄光のなかに入ろうとしとりますだ！ ああ、ジョージ坊っちゃま！ 天国がやってきました！ おらは勝利を得ましただ！ 主イエスがおらにそれを与えてくだせえました！ 主の御名に栄光あれ！」（第41章）。このように神を誉め称えてこの世を去るトムの死は、エヴァの死と同じように神の王国に至る道であり、決して敗北としてでなく、勝利として描かれている。さらに、トム自身が神に「買い取られた」ことを至上の幸福と考えている事実も強調されている。

だが、ここでさらに見ておくべきことは、第三部で描かれるトムの姿とそのキリスト的な死が、ここ第三部に至ってはじめて可能になったわけではないということである。つまり、誰にでもすぐ分かるように、この第三部のトムの死は、第二部の中心的なエピソードだったエヴァの死と重なり合っているとともに、両者が体現する「キリスト的な贖罪劇」という同一のテーマを、より大きな次元でかつより大きな効果をあげて再現していることに注目しておく必要があると思う。その証拠に、まず第一にキャシーたちの逃亡を具体的に可能にさせたものはこのトムの死だし、第二にあれほど狂暴で堕落していた奴隷監督の黒人サンボとキンボにまで神の名を口にさせるほどの感化と影響力を及ぼすことができているし、第三に若き白人ジョージ・シェルビーに奴隷解放を実行せしめる直接的な原因ともなっている。そうした点を留意しつつ考えたとき、第二部のエヴァの死はそれ自体で完結した意味を持っていたわけではなく、同心円上でトムの死を前触れし予告する準備過程として構想され、この二つの死が重なり合うことで相乗効果をあげるように工夫されていた事実が見えてくる。言うなれば、この二つの死は緊密かつ重層的につながるように設定されており、第二部でエヴァの傍らにいてその死を見届ける副次的な役割しかもたされていないかに見えていたトムの姿が、その実あとになってとても大きな意味を帯びて浮かび上がるようになっていたわけである。その点で、第二部のエヴァの死は、第三部のトムの死があることで、逆に改めて際だてさせられ意義付けし直されるたぐいのものであったと言っておきたい。

次に第一部でのトムの扱いだが、この部分で表向き注目を集めるのは、先にも述べた通り、確かにエライザとジョージ・ハリスの逃亡劇のほうである。親子の仲を無情にも引き裂く奴隷制に反逆して、母の愛を拠り所にまずエライザがわが子ハリーを腕に抱き、真冬の氷に閉ざされたオハイオ川を決死の覚悟で横断する。それに続いて、その夫ジョージ・ハリスが、自らの自由を拘束しあまつさえ家族の捕獲を合法化する合衆国の法律に敢然と挑戦し、自らの独立を宣言してカナダをめざす。しかし、こうしたエライザとジョージ・ハリスの反逆的なヒーロー像は、どちらかと言えば、鋳型にはまった人間像だと言わざるをえない。とりわけ、男性的に雄々しく行動するジョージ・ハリスの姿のなかには、圧倒的な力を持つ悪に挑戦するという意味で、西欧文学が伝統的に描いてきた悲劇的かつ反逆的なヒーロー像と通い合う側面があると言っていいだろう。

そこで問題となってくるのは、なぜ作者が『アンクル・トムの小屋』というアンクル・トムを中心とする作品の第一部で、男性的かつ行動的なジョージ・ハリスの逃亡を前面に押し出したのかということである。恐らく、その最大の理由は、「『アンクル・トムの小屋』のヒロインたち」という評論のなかでエリザベス・アモンズが説明しているように、アンクル・トムという黒人奴隷をジョージ・ハリスのような「男性像」と重ならないようにしておきたかったからであろう。言うなれば、まずジョージ・ハリスのような男性的かつ暴力的な抵抗とそれに基づく逃亡劇を創出することによって、それとまったく対照的な黒人奴隷の姿を造型する環境を整えようとしたのだと言ってもよい。つまり、第一部におけるトムの周縁化ないし不在は、それと対比的に強調されるジョージ・ハリスの中心化ないしは行動様式と関係しているのである。というのも、奴隷制を批判し人間の作り出した悪を贖うイエス的な死と自己犠牲を演ずるという、第二部と第三部で展開されるこの作品のテーマをトムが実現するためには、第一部でトムと違ったタイプのジョージ・ハリスの姿がまず前提的に描出されている必要があったからである。その意味で、第一部のトムは前面に出ないことで、かえってこの作品全体の中心的な役割を演ずるようになっていたと言っていいだろう。

その点に注目したとき、この作品のなかのアンクル・トムが徹底して「女性化」されて描かれていたのに気付かざるをえない。たとえば、トムがヘイリーに連れられてシェルビー農園を立ち去る日の朝の姿に関連して、語り手はトムのやさしさと家族思いな性格を強調して次のように描いている。「トムはきわめてやさしく家族思いな心の持ち主だったが、悲しいことに、こうした性向は不幸なこの人種によく見られる特徴であった。彼は立ち上がると、静かに子どもたちの寝顔を見に行った。『これが最後だな』と彼は言った」。こうしたトムに向かって、妻のクロウが深南部に売られる彼の不幸を嘆いて、神の仕打ちをなじると、トムはそのクロウを諫めて次のように言う。「おらは主の御手のなかにいるだ。何ごとであれ主の思し召し以上にゃできねえ。主に感謝できることが一つあるだ。売られて深南部にやられるのが、お前や子供たちでなく、おらだってことさ。ここにいりゃお前たちは安全だ。何かが起こるとしても、それはおらにだけだ。主はおらを助けてくださる。おらには分かってる」。このトムの言葉と発想に対して、語り手は次のような注釈を加える。「ああ、なんと勇敢で雄々しい気持ちの表われか！　愛するものたちを慰めるために、自分の悲しみを押し殺すとは！　トムは喉がすっかり詰まり、くぐもった声でしゃべっていたが、それは勇気にあふれ力強かった」（第10章）。

このトムの姿は、エライザの口を通して初めて自分が奴隷商人に売り飛ばされた事実を知ったときのトムの反応態度に照応しているが、このときはもっと手放しに大粒の涙を流すトムを擁護して、語り手は次のように語る。「ここで彼は、小さなもじゃもじゃ頭の子供でいっぱいの粗末な引き出し式ベッドのほうを向き、たまりかねたように泣き崩れた。椅子の背にもたれかかり、大きな両手で顔をおおった。重い、しゃがれた大きな嗚咽が椅子を揺らした。大粒の涙が彼の指から床へこぼれ落ちた。紳士方よ、その涙は、あなた方が最初の息子を棺に入れなければならないときに流す涙と同じだ。御婦人方よ、その涙は、死にかけている赤ん坊の叫び声を聞いたときにあなた方が流す涙と同じだ。なぜならば、紳士方よ、彼もまた人間だったからだ。そして、あなた方もそれぞれもう一人の人間であるにすぎない。絹の洋服や宝石で身を飾っている御婦人方よ、あなた方もそれぞれ一人の女性であるにすぎない。人生の苦難やとてつもない悲しみの際には、あなた方も同じ悲しみを感じるのだ！」（第5章）。

つまり、この作品で描かれるアンクル・トムに即して言えば、彼は徹底して家庭と家族に結びつけられているとともに、「ただの黒人とは違う」かたちの「道徳的な奇跡」とも言うべき存在で、この作品に登場するジョージ・ハリスら他のすべての男たちと異なって、穏和で忍耐強く、絶えず人を慮って自らを犠牲に供する姿が強調される。それだけでなく、この世のさまざまな不幸を前に悲嘆に暮れながらも、決して目をそむけずじっと見守り続ける。こうしたアンクル・トムの姿は、この作品に登場する「敬虔で純粋」かつ「争い事を好まず、情にもろく献身的な」母親たちとそのまま重なる面を持っている。その限りで、アンクル・トムは女性的な「美徳」を兼ね備えた「ヒロイン的な」主人公とみなすべきで、決して反逆を旨とする男性的な「ヒーロー」ではない。

11　女性原理と母親像の再検討

さて次に、この作品の評価と位置づけに関連して、私がここで述べておきたい二つ目の論点に移ることとする。私の考えでは、この作品のなかでストウ夫人によって重要視され、現実の悪を糾弾するとともにこの世の体制を変える力たりうるとみなされていたのが、女性原理を体現化した女たち、つまり私的領域としての家庭を守り人間の生命を産み育てる母親たちであったのは確かだと思う。その意味で言えば、この作品のなかには、クエーカー教徒の集落の中心にいたレイチェル・ハリデイの他にも、献身的かつ実際的な母親たちが数多く描かれている。

たとえば、そうした母親たちの代表例としては、奴隷娘のエライザを立派なキリスト教徒の女性へと仕立て上げたシェルビー農園のシェルビー夫人とか、国法を犯してまでエライザの逃亡に手を貸したオハイオ州上院議員の妻バード夫人などがあげられるだろう。とりわけ、最後までトムとの約束に拘泥し続けるシェルビー夫人は、語り手によって初めから次のような温かい筆づかいで描写される存在だった。「シェルビー夫人は、知性も高く、精神的にも立派な女性であった。ケンタッキー州の女性の特徴とされる度量の大きさと寛大さに加えて、高潔な道徳心さらには宗教上の感性や信念も兼ね備えており、卓越した気力と能力を駆使して、実際的な成果を上げていた。彼女の夫は、宗教に特別な関心を払っていなかったが、彼女の首尾一貫した宗教的な態度に敬意の念を抱き、彼女の考え方に多少なりとも気圧される思いを抱いていた。彼女は、家の召使たちの慰安や教育や改善に、真心から尽力した」(第1章)。

こうした点でこのシェルビー夫人は、高慢かつ自己本位で非人間的な女性として登場させられていたエヴァの母親マリーとは対照的に、家政をたくみに切り盛りし、すべてを「調和のとれた組織だった秩序のなかにひきいれることのできる」理想的な南部の女性だとされていた。にもかかわらず、私的領域にいる主婦であるがゆえに、「性格的な強さの点ではすべてにおいて夫よりすぐれていた」と形容されながらも、その夫から「ビジネスのことは君にはわからない」と決めつけられざるをえなかった。事実、無能なシェルビー氏が農園の放漫経営のために借金で首が回らなくなり、アンクル・トムとエライザの息子ハリーを奴隷商人に売ったと知らされても、彼女にはどうすることもできず、ただ打ちのめされた人間のごとく立ち尽くし、両手で顔をおおって呻きながら次のようにわが身を断罪するだけだった。「これは奴隷制に対する神の呪いだわ！　辛くて苦しい、もっとも呪われたもの！　奴隷の主人も呪われているし、奴隷も呪われているんだわ！　こんなどうしようもない邪悪なものから、何かよいものを作り出せると思うなんて、私は浅はかでした。この国の法律のもとで、一人でも奴隷を所有するということは罪悪なんだわ。私はいつもそう感じていました。小さいときからそのように思ってきました。教会に行くようになってからは、いっそう強くそう感じるようになりました。でも、私はその罪悪を美しく彩色できると思っていたんですの。親切に世話をし、教え導いてやれば、彼ら奴隷を自由の身にするよりも、もっとよい状態にできると思っていたんですの。なんて愚かだったんでしょう！」（第5章）。

もちろんのことだが、シェルビー夫人は偽善的な奴隷所有者たるわが身を責め、何もせずにただ手をこまねいていたというわけではない。南部の牧師たちがクリスチャンでありながら、奴隷制を生活上の必要悪として容認したり、聖書を引用してあからさまに擁護したりするのを激しくなじったりする。それだけでなく、エライザが息子のハリーを連れて逃亡したと知ると、他の奴隷たちにエライザ逃亡のための時間稼ぎをするようそれとなく暗示したりする。また、深南部へ売られていくトムに対して、次のようにやさしく声をかけたりする。「ねえトム、私はいまお前の役に立つものを何一つあげられないわ。お金をあげたとしても、それはお前から取りあげられてしまうでしょう。でも、私は神様に誓って言うわ。お前がどこへ売られようと、いつもその行き先をつきとめておいて、お金が自由になり次第お前を買い戻しますからね。だから、そのときまで、神様を信じて待っていてちょうだい！」（第10章）。このシェルビー夫人の言葉のなかに込められた精神は、後年シェルビー氏が死んで息子のジョージが当主となったとき、屋敷の奴隷をすべて解放するというかたちで現実化する。しかし、そのときまでに当のアンクル・トムはサイモン・レグリーの手にかかって惨殺されてしまう。その意味から言えば、シェルビー夫人の示すビジネスへの「影響力」は絶えず間接的で迂遠なところがあり、結果としては強欲な経済衝動から生ずる現実の矛盾を、一時的かつ表面的に和らげるための彌縫策にとどまっていたと断じざるをえない。

また、家庭主婦の政治への「影響力」を象徴する「内気で慎み深い小柄な」バード夫人の場合も、自ら母なるがゆえに感ずる逃亡奴隷の母子への同情心と、神の法に背く奴隷制への憤りには、人の心を動かす真情あふれるものがあったと言うべきだろう。そのことは、たとえば、上院議員の夫が逃亡奴隷法に賛成票を投じたと明かした際に、彼女の口にした次の言葉が端的に指し示していると思う。「恥ずかしいと思うべきよ、ジョン！　かわいそうな、家も家族もない人たちなのよ！　恥ずかしくてひどくて、唾棄すべき法律だわ。機会があれば、私一人でもまずそんな法律は破って見せます。そんな機会がぜひ来てほしいと望んでいます、ええ、ぜひ来てほしいものだわ！　かわいそうな、お腹をすかせた人たちに、女性が温かい食事をあげることもベッドを与えることもできないなんて、世の中もひどいことになったものだわ」（第9章）。

事実、このバード夫人の「個人的な感情」が、「公共の利益」を優先させる「理性的な」バード上院議員を衝き動かし、瀕死に近い状態で追っ手から逃げ、彼らに救いの手を求めてやってきたエライザ母子を、彼の政治信条に反して救うという「世間に害をなす」行動へと駆り立てることとなる。しかし、そうした彼らの立派な行動も、あくまで人目をはばかる例外的なものとして、「愛国心との板挟み」のなかで行なわれたものである。あるいは、「高貴な心」に基づくとはいえ、密かな個人レベルのものでしかなく、結局は私的領域の自慰行為にとどまるものではないだろうか。

さらに、家庭と家族に基礎をおく女性原理の極致とも言うべきレイチェル・ハリデイの場合だが、彼女のような考え方と生き方が可能とされ、それなりに現実味を帯びて描写できたのは、彼女を取り巻く環境がインディアナという辺境の片隅にあったからではなかろうか。そこで示される特別製のヴィジョンが、経済的な伸張に明け暮れる当時の合衆国の社会潮流に大きな影響を及ぼすなどということはとても考えられないことだ。

12 黒人奴隷の母性と白人の女性原理

最後に、こうした一連の母親像との関連で、ぜひ検討しておかなければならないことがある。それは、サイモン・レグリーの情婦として、その顔に「苦悩と誇りと辛い忍耐の皺」を刻み、「完全に絶望しきった」目の表情をしていたと形容される混血の黒人女性キャシーのことである。

このキャシーは、彼女自身がトムに語り聞かせていたように、白人の父の庇護のもとでその少女時代を何不自由なく優雅に暮らすことのできていた女性である。しかし、彼女の実父が死ぬと、その正妻はキャシーを含めたすべての財産の売却をある弁護士にまかせて、さっさと実家に戻ってしまった。幸いなことにキャシーは、自分でも愛していると信じたある若いハンサムな男の所有物となることができた。天涯孤独であることも手伝って、その後の彼女はその男に身も心も捧げ尽くし、ヘンリーという名の男の子とエリスという名の女の子の母親となる。しかし、キャシーの所有者となった男の心変わりと、所有者の「いとこ」の奸計で、キャシーと二人の子供は離ればなれに売り飛ばされる。そこから、キャシーの辛く哀しい奴隷体験の数々が始まる。とりわけ、母親として耐えがたい思いを抱かせられた最初は、息子ヘンリーに関するものである。

そのときキャシーはたまたま刑務所のそばを通りかかったのだが、その入り口で息子ヘンリーの姿を見かける。年端も行かぬヘンリーのほうは、新しい所有者に反抗的だという理由で、「お仕置き」を受けるべく刑務所に連れて来られていたのだ。その場面は、キャシーの口からこんなふうに語られる。「ある日、わたしが外出して、刑務所の脇を通りかかると、門のあたりの人だかりが目に入り、子供の声が聞こえてきた。そして、突然、わたしのヘンリーが、彼を捕まえていた二、三人の男たちを振り切って、大声をあげながらわたしのほうへ走ってきて、わたしの服にしがみついたの。男たちはひどい罵声を浴びせかけながらあの子に追いついたわ。そのうちの一人の男の顔を、わたしは決して忘れないでしょう。その男はあの子に向かって、そんなことをしたって逃げられやしない、自分と一緒に刑務所へ行き、二度と忘れられないようなお仕置きを受けろって言ったの。わたしが一所懸命に頼んでも、彼らは笑っているだけだった。かわいそうなあの子は泣き叫び、わたしの顔をのぞき込んで、しがみついてきたわ。結局、彼らはあの子を引き離そうとして、わたしのスカートを半分も引き裂いてしまった。あの子が『かあさん！　かあさん！　かあさん！』と泣き叫んでいるのに、彼らはあの子をなかへ連れ込んでいった」（第34章）。

この体験だけでも辛いはずだが、奴隷の母であるがゆえにさらにキャシーは、自らの意志で行なったもっと辛い、どうにも癒しようのない行為を選択的に行なうこととなる。一言で言えば、それは実の母による「子殺し」体験である。その経緯は次のようなかたちで語られる。つまり、息子ヘンリーのことがあって、キャシーは自分のなかの「何かがぷつりと切れ」、その後自分が何をしどこにいるかも分からぬようになるが、時間の経過に伴って健康を回復し、また新しい買い手に引き取られる。その新しい所有者はキャシーをやさしく扱い、八方手を尽して二人の子供を探させたり、新しい農園に連れて行ったりしてくれる。そうこうしているうちに一年が経過し、キャシーはまた新たに一人の息子を生むこととなる。生まれてきた子は、かわいそうなヘンリーにそっくりだったし、キャシーも心からその子に愛を感じた。だが、キャシーは次のように語る。「でもわたしは決心していたの。そう、心に決めていたの。もう二度と子供は大きく育てないようにしようって！ 生まれて二週間になったとき、わたしは赤ん坊を腕に抱き、キスをして、その子のために泣いた。それから、あの子にアヘンチンキを飲ませ、あの子が眠りながら死んでいくあいだ、胸にしっかりと抱きしめていたわ。わたしはあの子を思って、どんなに嘆き悲しみ、泣いたことか！ わたしがあの子にアヘンチンキを与えたのは過失でなかったなんて、誰が想像したことだろう？ でも、そうしたことを、いまもわたしは喜んでいるわ。わたしがそんなふうに思える数少ないことの一つよ。いまに至るまで、わたしは後悔なんかしていないわ。あの子は、少なくとも、苦しみから逃れたんだから。わたしがあの子に与えてやれるもので、死に勝るものなんて何もありはしないわ、かわいそうな子！」（第34章）。

そしていま、この癒しがたいほど辛い過去を持った「三五歳から四〇歳ぐらい」のキャシーが、サイモン・レグリー農園で一種の「狂気」を宿した女として、トムと読者の前に登場するわけだが、そのキャシーの現状を、語り手はレグリーとの関係において、まずこんなふうに説明する。「キャシーは、気の強い情熱的な女性がもっとも残忍な男に対して持つある種の影響力を、レグリーに対してつねに保持していた。しかし最近は、隷従してきたおぞましい軛のもとで、どんどん苛立ちが高じ、落ち着きをなくしていた。彼女のその苛立ちは、ときどきすさまじい狂気と化して爆発することがあった。こうした傾向のため、彼女はレグリーにとって一種の恐怖の対象であった。粗暴で教養のない者によくあることだが、彼は狂気をうちに秘めた人間には迷信的な恐怖心を抱いていた」（第35章）。

さらに物語が進展し、殉教者トムと暴君レグリーの関係が険悪となり、それに伴ってレグリーの粗暴な人となりや過去の行状が明らかにされてくる段階で、語り手はふたたびキャシーとレグリーの「奇妙で独特な」関係に触れ、次のような説明を加える。「キャシーが彼に及ぼしている影響力は、奇妙で独特なものだった。彼は彼女の所有者だし、暴君で虐待者でもあった。彼女が完璧に彼の手中にあり、助けや救済の可能性などまったくないことは、彼も承知していた。しかし、いかに残忍な男でも、つねに女性の強い影響力のもとで暮らしていれば、その影響力に大きく支配されないわけにはいかないものである。彼が彼女を買った当初は、彼女自身が言っていたように、彼女は育ちの良い女性だった。だが、それ以後、彼は何のためらいもなく、彼女を残忍に踏みにじってきた。しかし、ときが経ち、下卑た権勢と絶望感が彼女のなかの女らしさを硬化させ、それまでにない激しい情熱の炎を目覚めさせるにつれ、ある程度彼女は彼を支配するようになっていった。彼は彼女に暴力を振るったかと思うと、次には彼のほうで彼女を恐れるという具合だった。ある種の狂気によって、彼女の話し振りや言葉の端々に、奇妙で気味の悪い不穏な要素が現われ始めると、この影響力はさらに悩ましく、明白なものになっていった」(第39章)。

ここで私は正直に告白するが、この作品のなかに登場する一連の母親たちのうちで、レグリーの情婦として登場させられるこのキャシーという混血女性の描かれ方ないしは扱われ方が、何度読み直してもどうにもしっくりこない妙な不協和音を奏でるのが気になって仕方なかった。それは、彼女が「狂気」をうちに秘めている女性だと言われているせいでは決してない。それどころか、自分の二人の子供を売り飛ばされ、あまつさえそのいとしいわが子の一人が、奴隷として「性根をたたき直される」ために「お仕置き」を受ける現場に居合わせながら、その子を守ってやれない無力な母たる思いを骨身に徹して味わい、そのことが原因で次に生まれてきた子を自らの手で殺した体験を持つ者が、その身内にどうにも打ち消しがたい「狂気」を宿したからといって何の不思議があろう。母親による子殺しの後遺症とは、それほどまでに強烈なものだと思う。

ところが、ストウ夫人の描くキャシーの場合には、その「狂気」の出所が、そうした奴隷の母親の苦渋を交えた辛く哀しい選択からきているのではないとされているのだ。先の二つの引用から分かる通り、キャシーの内なる狂気は、もっぱらレグリーとの関係から生まれてきたと説明されている。念のため、もう一度問題となる箇所を書き記してみよう。「しかし最近は、隷従してきたおぞましい軛のもとで、どんどん苛立ちが高じ、落ちつきをなくしていた。彼女の苛立ちはときどきすさまじい狂気と化して爆発することがあった」（傍点は筆者）。あるいはまたこうである。「彼が彼女を買った当初は、彼女自身が言っていたように、彼女は育ちのよい女性だった。だが、それ以後、彼は何のためらいもなく、彼女を残忍に踏みにじった。しかし、ときが経ち、下卑た権勢と絶望感が彼女のなかの女らしさを硬化させ、それまでにない激しい情熱の炎を目覚めさせるにつれ、ある程度彼女は彼を支配するようになっていった」（傍点は筆者）。つまり、ここでの説明を信ずる限り、冷酷で暴力的な卑劣漢として、レグリーが昼も夜も彼女を苦しめ、「残忍に踏みにじった」がゆえに、「彼女のなかの女らしさ」が硬化し、「最近」は「どんどん」苛立ちが高じて「狂気」を宿すようになったとされているのだ。

もちろん、レグリーとの関係が、非人間的な要素をはらむほどすさまじいものであったと想像することは、必ずしも困難ではない。だが、四〇歳前後の奴隷女性が、「五年間」のレグリーとの暮らしで「狂気」を宿し、自らの「子殺し」体験の痕跡などないかのようにすっぽりと括弧で括ることができるものなのだろうか。いやそれどころか、かえってその過去の体験のほうが飾りもののように、「女らしさ」に起因する現在の辛さや絶望感の味付けになると言わんばかりに説明するとすれば、キャシーの母としての「奴隷体験」とそれゆえの「人格形成」を不当に軽く扱うことにならないだろうか。私には、レグリーと暮らす以前のキャシーの経験のほうがずっと苛酷であり、人間的に癒しがたいものを含んでいたと思えるのだが、作品の流れは一向にそうなってはいない。そこに、ストウ夫人の手になる「奴隷女性」造型の安易さがうかがえる気がするが、どうだろうか。

さらに、それにつなげて言うとすれば、キャシーのような「奴隷の母親」の体験が、白人女性を中心とする一般的な「母親」体験へと解消され、抽象的な意味での「産み育てる母性」だけがこの作品のなかで幅をきかせていた点も指摘しておきたい。だからこそ、予定調和的なハッピー・エンディングが誕生することにもなるのだが、キャシーが自分の娘と判明したエライザとその一家との再結合を果たし、まるで憑き物が落ちたかのように「敬虔でやさしいキリスト教徒」に成り変わるという絵柄は、どうにも厚みがなく取ってつけたような印象を与える。「結末」と題された章に登場するそのキャシーの姿は、語り手によって次のように描かれている。「こうして二、三日が経過したとき、本当にこれがあのキャシーなのかと、われわれ読者にも見分けのつかないほどの変化が彼女に起こった。絶望しやつれきった彼女の表情は、やさしく希望に満ちたものへと変わっていった。彼女はすぐに家族のなかに溶け込み、子供たちを長年待ちこがれていたもののように胸中に取り込もうとしているかに見えた。実際、彼女の愛情は、自分の娘に対してよりも、もっと自然に小さなエライザのほうに流れていくようだった。というのも、小さなエライザは、彼女の失った娘に面影や体つきがまさにそっくりだったからである。この子は母親と娘をつなぐ花のような絆であり、彼女を通して二人のあいだに親しみと愛情が育まれていった。エライザはつねに聖書を読み、首尾一貫した揺るぎない信仰で自分を律してきたので、粉々に砕かれ、疲れはてていた母親の心を適切に導くことができた。すぐにキャシーは心の底からこのよき感化を受け入れ、敬虔でやさしいキリスト教徒になった」(第43章)。

このように、たやすく自らの奴隷体験を忘却の彼方に押し流し、一九世紀ヴィクトリア朝の穏和でやさしい「女性」へと変容しうるほど、アメリカの奴隷制が微温的なものだったかどうかは大いに疑問である。その意味で言えば、この結末のキャシーの変容振りには、白人女性を中心とした女性原理に基づいて、自分なりの夢を紡ぎだそうとするある種の無理が顔をのぞかせているように思われる。

おそらく、こうしたキャシー像を形づくってしまうところに、白人女性作家たるストウ夫人の限界があったのだろう。その限界は、「白人」と「黒人」の違いを絶対化する本質論的で固定的な「人種」観に根ざしていたと思えるが、経済発展と版図拡大を旨とする近代国家建設のプロセスは、そうした人種観を絶えず国内的に再生産することを強いられていた。その端的な例証が「黒人」を「合衆国市民」から正式に排除した一八五七年のドレッド・スコット判決だが、そうしたさまざまな問題の根を掘り起こし、「人種」を含めた歴史的近代のイデオロギー的構築物を根底から暴くためには、ストウ夫人とは別種の作家的想像力が必要とされていたのかもしれない。

鎖につながれて運ばれる奴隷

奴隷の洋服(左)と靴(下)

THE LIBERATOR.

Our Country is the World, our Countrymen are all Mankind.

VOL. XXXII. NO. 29. BOSTON, FRIDAY, JULY 18, 1862. WHOLE NO. 1641.

Refuge of Oppression.

THE COST OF SLAVERY.

『リベレーター』紙題字部分

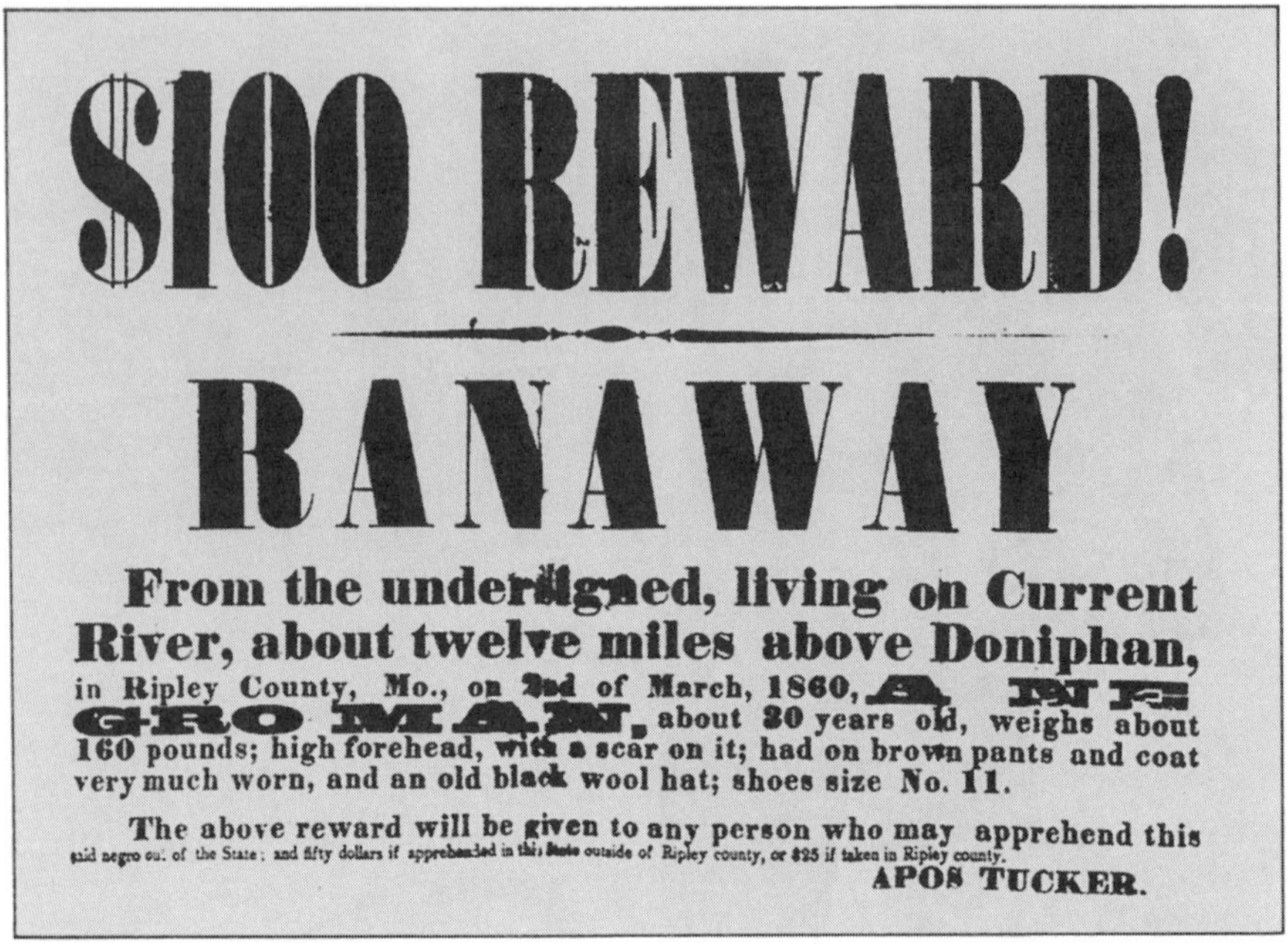

$100 REWARD!

RANAWAY

From the undersigned, living on Current River, about twelve miles above Doniphan, in Ripley County, Mo., on 2nd of March, 1860, A NEGRO MAN, about 30 years old, weighs about 160 pounds; high forehead, with a scar on it; had on brown pants and coat very much worn, and an old black wool hat; shoes size No. 11.

The above reward will be given to any person who may apprehend this said negro out of the State; and fifty dollars if apprehended in this State outside of Ripley county, or $25 if taken in Ripley county.

APOS TUCKER.

逃亡奴隷手配書

ウィリアム・ロイド・ギャリソン

フレデリック・ダグラス

BY

HEWLETT & BRIGHT.

SALE OF

VALUABLE

SLAVES,

(On account of departure)

The Owner of the following named and valuable Slaves, being on the eve of departure for Europe, will cause the same to be offered for sale, at the NEW EXCHANGE, corner of St. Louis and Chartres streets, on *Saturday*, May 16, at Twelve o'Clock, *viz.*

1. **SARAH**, a mulatress, aged 45 years, a good cook and accustomed to house work in general, is an excellent and faithful nurse for sick persons, and in every respect a first rate character.

2. **DENNIS**, her son, a mulatto, aged 24 years, a first rate cook and steward for a vessel, having been in that capacity for many years on board one of the Mobile packets; is strictly honest, temperate, and a first rate subject.

3. **CHOLE**, a mulatress, aged 36 years, she is, without execption, one of the most competent servants in the country, a first rate washer and ironer, does up lace, a good cook, and for a bachelor who wishes a house-keeper she would be invaluable; she is also a good ladies' maid, having travelled to the North in that capacity.

4. **FANNY**, her daughter, a mulatress, aged 16 years, speaks French and English, is a superior hair-dresser, (pupil of Guilliac,) a good seamstress and ladies' maid, is smart, intelligent, and a first rate character.

5. **DANDRIDGE**, a mulatoo, aged 26 years, a first rate dining-room servant, a good painter and rough carpenter, and has but few equals for honesty and sobriety.

6. **NANCY**, his wife, aged about 24 years, a confidential house servant, good seamstress, mantuamaker and tailoress, a good cook, washer and ironer, etc.

7. **MARY ANN**, her child, a creole, aged 7 years, speaks French and English, is smart, active and intelligent.

8. **FANNY or FRANCES**, a mulatress, aged 22 years, is a first rate washer and ironer, good cook and house servant, and has an excellent character.

9. **EMMA**, an orphan, aged 10 or 11 years, speaks French and English, has been in the country 7 years, has been accustomed to waiting on table, sewing etc.; is intelligent and active.

10. **FRANK**, a mulatto, aged about 32 years speaks French and English, is a first rate hostler and coachman, understands perfectly well the management of horses, and is, in every respect, a first rate character, with the exception that he will occasionally drink, though not an habitual drunkard.

☞ All the above named Slaves are acclimated and excellent subjects; they were purchased by their present vendor many years ago, and will, therefore, be severally warranted against all vices and maladies prescribed by law, save and except FRANK, who is fully guaranteed in every other respect but the one above mentioned.

TERMS:—One-half Cash, and the other half in notes at Six months, drawn and endorsed to the satisfaction of the Vendor, with special mortgage on the Slaves until final payment. The Acts of Sale to be passed before WILLIAM BOSWELL, *Notary Public*, at the expense of the Purchaser.

***New-Orleans, May* 13, 1835.**

PRINTED BY BENJAMIN LEVY.

奴隷売買広告

父権の喪失――ハリエット・ビーチャー・ストウとその家族

佐藤宏子
text by HIROKO SATO

十九世紀アメリカの女性作家の中で「天才」とよばれるに最もふさわしいのは、ハリエット・ビーチャー・ストウであろう。天才といったのは、作家としての力量についてだけではない。彼女の意志の力、視野の広さという点も含めてのことである。彼女は、大衆のレベルで南北戦争を引き起こしたといわれるベストセラー『アンクル・トムの小屋』の作者というだけの人ではない。以下の考察で明らかになっていくように、十九世紀という時代を、少なくとも女性の立場から包括する、規模の大きな洞察力を持った人なのである。

初めに、彼女の生涯を、ビーチャー家の他の人々の生涯とからめて見ておきたいと思う。何故なら、彼女とその家族の歴史は、十九世紀という変動の時代を象徴していると思われるからである。

ハリエット・ビーチャーは、一八一一年六月十四日、ライマン・ビーチャーと妻ロクサーナの四女（七番目の子供）として、コネティカット州のリッチフィールドで生まれた。母ロクサーナは、独立革命の折に将軍を出したりした名門フート家の娘で、非常に心やさしい女性だったといわれている。父ライマンは裕福な鍛冶屋の息子であるが、母親が彼を出産すると同時に死に、父が間もなく再婚したため、母方の伯父夫婦に育てられた。このような環境が、彼の心に家族の絆への強い憧れを植えつけたといわれる。彼は二度結婚し十三人の子供をもうけたが、彼なりのやり方でこの子供たちを愛している。つまり、家長としての立場から支配的に愛するということである。

ライマンは十六歳でイェール大学に入学する。彼は、当時の学長、ティモシイ・ドワイトの指導のもとで、衰退期に入ったカルヴィニズムの最後の戦士として神に司えることを誓うのだった。「私は行動するために作られた人間だ。神が力を与えて下さったが、私はそれを受け入れる準備が出来ていたのだ」と彼は述べている。彼の信仰は、ジョナサン・エドワーズやサミュエル・ホプキンズと同様、神の意志への絶対服従を信者たちに強いるものであった。彼は、カリスマ的人格と、平易な言葉を巧みに用いる才能とで、生涯の前半には人々をおそれさせ惹きつける強力な牧師として、アメリカ全土に名を知られていた。

一七九八年、彼はロクサーナ・フートと結婚するが、六ケ月の婚約期間中に彼がしたことは、監督派の比較的ゆるやかな信仰を持っていたロクサーナをカルヴィニズムの信仰へと改宗させることであった。彼女がすんなりと彼に従ったのではないことは、当時、ライマンに宛てた彼女の手紙の一節がよく示している。

「神の子たちは、まず神が彼らを愛して下さるから神を愛するのではないのですか。神の特性を考える時、私の心には神の慈悲とやさしさが、まず思い浮かびます。そして、神の他の性質は消されてしまうのです。」

彼女が信じてきたのは愛の神なのだが、ロクサーナはライマンにねじ伏せられた形で彼の教義を受け入れ、結婚している。結婚して彼女が気付いたことは、神の絶対的な力に服従を求められるばかりでなく、夫の力にも盲目的に従うことを強いられることだった。十五年間の結婚生活で九人の子供を産み、一八一六年に結核で死んでいるが、彼女は死を喜びむかえたといわれている。両親の性格と力関係の影響は、残された子供たちの生活に微妙な形で現われている。神への改宗なきものの呪われた生活を生々しく言葉で描き出す力を持った専制的な父親と、愛を人々に頒つやさしい母親とが、キャサリン、ハリエット、ヘンリー・ウォード、チャールズといった、十九世紀アメリカ社会で大きな影響力を持った人々の人格形成に影を落としているといえよう。

子供たちの中で父親ライマンの影響を一番強く受けているのは長女のキャサリンである。彼女は十九世紀アメリカの女子教育に大きな功績を残した人で、アメリカで一番進歩的な女子教育をしたといわれるハートフォード女学校やオハイオ州のシンシナティの西部女学校を創設したり、女子教育や家庭生活改善のための十数冊の著作をあらわしたりしている。彼女の教育方針は思想的には宗教教育を重視する保守派であったが、環境が子供の人格形成に及ぼす影響を重視する点でリベラルであった。また実利的に賢く生きる女たちの養成を目標としていた。そのことは、『家政学原理』(*Principles of Domestic Sciences*, 1870)、『アメリカ女性の家庭』(*The American Woman's Home*, 1869)、『新米主婦のための手引』(*The New Housekeeper's Manual*, 1873) といった本の中で、彼女は女性の意識を高めるとともに、女性が働きやすい家の構造、水汲み用のポンプの設計など現実的な生活改善の面に関心を寄せていることからも判る。キャサリンは、ライマンとロクサーナの最初の子供で、次々と下の子供が生まれたこともあって、母が自分とは疎遠な存在であると感じていたようだ。その反面父親は、彼女が歩けるようになると説教に出掛ける時や伝道旅行に彼女を同行している。そのため父親の力の支配を一番身近に感じたのは彼女であり、それが彼女の生き方を形作ったといえる。ハリエットに対する彼女の態度は、まさにその典型であった。

キャサリンより十二歳年下のハリエット、さらに二歳下のヘンリー・ウォード、母が死んだ年に生まれたチャールズは、父より母に強い絆を感じるとそれぞれ回想している。母親が死んだ時、彼らは五歳、三歳、〇歳であったのだから、現実の母の記憶はほとんどないはずであるが、彼らが成人して宗教上の堅信 (conversion) をした時、その力になったのは父の影響ではなく、母の記憶であったという。(一方、父の影響が一番強かったキャサリンは、父親やすでに牧師になっていた兄弟たちの熱烈な励ましや、時には怒りの言葉にもかかわらず、結局、堅信を経験することが出来なかったのである。) ハリエットは、「母の想い出や母の生き方が、私たち家族の形成に、多くの生きている母親たちより大きな影響を与えた」と述べているし、ヘンリー・ウォードは自分の堅信の経験を「母親の乳房を求める子羊のように、自分は神を求めた」と母と子のイメージを用いて表現している。この子供たちは、天国でキリストの次に会いたいのは母ロクサーナだとも言う。しかし、後に作家として成功するハリエットや、説教者としてアメリカ一の人気を博したヘンリー・ウォードが、言葉を力として巧妙に用いた父親の才能を受けつぎ、無意識のうちにその才能を自分たちの武器にしていたことも否定出来ない。ハリエットについて「彼女はビーチャー家の一員であり、まず説教者であった」と言ったのは歴史家ヘンリー・メイである。また「その祈りは何と素朴で、何と単純なのでしょう。しかも、何と雄弁で力に溢れていることでしょう」と書いたのは、ブルックリンのプリマス教会で満員の会衆とともにヘンリー・ウォードの説教をきいた、ファニー・ファーンである。

ハリエットは母の死後、おもに姉キャサリンの影響下で成長した。父のライマンは母の死の二年後、ハリエット・ポーターというボストン出身の教養ある女性と結婚、さらに四人の子供をもうけるのだが、ロクサーナの子供たちは、この上品な婦人に馴染むことが出来なかったといわれている。ハリエットはリッチフィールドで初等教育を終えた後、ハートフォードの姉の経営する学校で、一八二四年から三年間生徒として過ごしている。この間の姉の支配は非常に強いものであった。ハリエットは内面的生活をする時間も空間も与えられなかったため、人前で突然笑い出したり、夜にヒステリックに泣いたりという神経症の症候を示し、一時リッチフィールドへ帰されている。一八二七年からの五年間は、姉の学校の教師をつとめている。

一八三二年、ハリエットが二十一歳の時、父親は新しい活動の地を求めてオハイオ州のシンシナティへ移住することになり、長女キャサリンをはじめ家族一同が中西部に同行した。父親が中西部へ移住を決意した最大の理由は、東部におけるカルヴィニズムの衰退である。ライマンは一八二六年から三二年まで、人間の自由意志を認めているユニタリアニズムの本拠地ボストンに乗りこんで、その地の知的エリートたちを相手にカルヴィニズムの地盤の挽回をはかったが、知性を重要視するボストンでは、彼の素朴な力の宗教が敗退するのは明らかであった。当時の彼の説教をきいた、教育者ホレス・マンの次の言葉が、ボストンの人々の反応をよく示している。

「私は今までに、こんな説教をきいたことがない。……これはまるで劇場で上手く演じられた悲劇を見たのと同じような効果を、私の感情に引き起こした。しかし、私の信仰には何の影響もなかった。何故なら信仰は理性のものであり、希望や恐れでゆがめられてはならないのだ。」

一八三二年、ライマン・ビーチャーは、シンシナティのレイン神学校の校長となり、キャサリンは、また、この地に新しい女学校を建て、ハリエットは再び姉の学校の教師として働きはじめた。翌一八三三年、ハリエットは教え子の一人に招かれてケンタッキー州を訪れたが、これが彼女が奴隷制の実態を見た最初で最後の経験だった。

一八三四年頃からは、シンシナティの文化人たちとの交流もはじまり、「セミコロン・クラブ」という文学クラブに加わり、メンバーの一人であるジェイムズ・ホールが編集していた『ウエスタン・マンスリー・マガジン』(*Western Monthly Magazine*)に、ニューイングランドの地方色豊かな短篇小説を発表するようになった。彼女の評伝を書いたジョン・アダムズ(John R. Adams : *Harriet Beecher Stowe*, 1963)は、この時点で、女性作家として彼女が選択し得る道が三つあったと述べている。一つは、雑誌『ダイアル』の編集者として、男性にひけを取らない教養と知性の持ち主であったマーガレット・フラーのような知の極限を求める生き方、第二に後のエミリー・ディキンソンのような孤高な内省に生きる生き方、第三に、当時の社会に現われはじめていた、信仰や家庭の大切さを説く、いわゆる「家庭小説」の作家に加わること。彼女は育った宗教的な環境と経済的理由から大衆を対象とし、彼らと共通の言葉を用いて表現し、彼らを教化する第三の道を選んだのである。

ハリエットは一八三六年、父の神学校で聖書文学の教授をしていたカルヴィン・ストウと結婚した。ストウの先妻イライザはハリエットの友人であったが、一八三五年に亡くなり、翌年一月ハリエットは後妻になったのである。この結婚は愛情で結ばれたというよりは同情からのものであったらしく、ハリエットは結婚式の当日にも、「私は何も感じないわ」と東部の友人に書き送っている。自分の結婚がこれでよかったと思えるようになったのは第三子が誕生した後であったという言葉が手紙の中にみられるが、ほぼ一年おきに次々と生まれる子供と、そのたびに弱っていく健康に、結婚生活に疑問を抱くことも多かったようである。結婚した年の九月に早くも双児の娘、イライザとハリエットが誕生し、彼女の長く辛い子育ての時期が始まったのである。

一八三八年に長男のヘンリーが、四〇年に次男のフレデリック、四三年に三女のジョージアナが生まれたが、いずれの場合も産後の肥立ちが悪く、特に三女の場合は一年近くも床を離れることが出来なかった。この年、姉のキャサリンは、ハリエットがそれまで雑誌に発表していた短篇を集めて、『メイフラワー号、またはピューリタンの後裔たちの情景と人物』(*The Mayflower; or, Sketches of Scenes and Characters among the Descendants of the Puritans*, 1843) と題して出版している。「まだ不慣れな若い母親で主婦である女性が書いた」という副題がつけられたこの作品集は、ストウ夫人の文学作品の処女出版である。ほとんどの物語はニューイングランドの農村の生活に題材をとったロマンスで、筋の構築に甘さを残しているが、この地方の言葉に対して彼女が鋭い耳を持っていることを示し、後年のニューイングランドの地方色の小説の萌芽をみせている。

一八四五年、ストウ夫人は初めて奴隷制に反対する意見を表明している。組合教会派の機関紙『福音主義者』(*The Evangelist*) に発表した「即時解放」("Immediate Emancipation") である。一八三〇年代の後半、彼女はシンシナティで奴隷制廃止論者に対する暴動を目撃したり、女中として雇った黒人女性が逃亡奴隷で、「地下鉄道」でカナダへ逃してやったりした経験から、奴隷制への関心は深まっていた。しかし、それまでの彼女の奴隷制に対する考えは、時間をかけて解決をはかるとか、リベリアに黒人を移住させるといった、父や姉の考え方に従ったものであった。この頃からより急進的な兄弟たちの考えに同調しはじめたようだ。

十年間の結婚生活で五人の子供を産み育てたことで、彼女の肉体は疲れ果ててしまった。一八四六年から四八年にかけて、姉キャサリンのすすめで、ヴァーモント州のブラットルボロの温泉に一年半ほど滞在し、いわゆる水浴療法を受けて健康を回復している。この水浴療法は十九世紀の女性たちに一時的にしろ福音をもたらしたものであった。

男たちから離れ、病身という共通項で結ばれた女性たちが互いに助け合い語り合う共同生活は、多くの貴重な友情を育てたといわれる。ハリエットの場合、自分の十年の結婚生活を振り返ってみる恰好な機会であった。彼女は残酷とも思える率直さで、自分の考えたことを夫宛ての手紙で表明している。彼女にとって結婚生活は、「病気、苦痛、当惑、絶え間のない失望と疲れ消耗する日夜」であった。

「母親であることから、何と僅かななぐさめしか得ていなかったことでしょう。私が計画したことは全て妨害され、私の道は閉されていたのです。神は私に、家族は私の主な使命ではないことを教えて下さいました。そしてこの教えは辛いものですが、私は神がそれを示して下さったことを感謝しています。」

一年半近い夫との別居生活が、作家としてストウ夫人が脱皮していく契機になったと思われる。しかし、彼女はウルフのように「家の天使」を殺してしまったのではない。自分と家庭、家族の間に距離を置くことで、彼女は新しい意味を見出していったようだ。シンシナティに戻った後、彼女は一八四九年と五〇年に二人の男の子を次々と産んでいるが、六番目の子供サミュエルが生後間もなくコレラで死んだことは深く彼女を悲しませた。

一八五〇年、夫は母校ボードウィン大学の教授に任じられ、一家は十八年ぶりにニューイングランドで生活することになった。また、この年はアメリカ史上重大な出来事があった年でもある。「逃亡奴隷法」が議会を通過したのである。政治家たちの妥協の産物であるこの法案に、ストウ夫人は怒りを感じて、奴隷制の悪を告発する小説を書こうと決心した。こうして『アンクル・トムの小屋、卑しい人々の生活』(*Uncle Tom's Cabin; or Life among the Lowly*)が、一八五一年六月から翌年の四月にかけて、奴隷制廃止論者たちの機関紙の一つ『ナショナル・イアラ』(*National Era*)に連載された。この小説に対する反響は大変なもので、連載が終わらない一八五二年三月に単行本として出版されている。発売初日に三千部が売れ、一年間に三〇万部が売れたといわれている。十パーセントの印税契約であったので、最初の四ケ月で彼女の手元には一万ドルを越える収入があった。この本は二十二の言葉に訳され、聖書につぐ世界で二番目に人気のある本になった。この小説に対する南部の人々からの事実に合わないという攻撃はすさまじかったが、見方を変えれば、この作品の迫力を示していると言ってよいであろう。ストウ夫人は、一八五三年、これらの非難をうけて立ち、『「アンクル・トムの小屋」への鍵』(*A Key to Uncle Tom's Cabin*)を発表し、情報源、資料を明らかにするとともに、奴隷制に生ぬるい態度をとり続けるキリスト教の各派を攻撃している。彼女はその後、ナット・ターナーの反乱に材をとった『ドレッド』(*Dred*)を一八五六年に発表したが、これは前作ほどの評判とはならなかった。

『アンクル・トムの小屋』の大成功で、経済的にも余裕が出来、著名人の仲間入りをしたストウ夫人は、一八五三年、第一回目のヨーロッパ旅行に出発している。この旅では特にイギリスで大歓迎をうけ、ディケンズ、マコーリー、バイロン夫人、グラッドストーンなどの面識を得た。この楽しい旅の想い出は『外国の楽しい想い出』(*Sunny Memories of Foreign Lands*)として一八五四年に発表されている。ヨーロッパ旅行には一八五六年、一八五九年の三回出掛け、特に第三回目にはジョージ・エリオットと親交を結んでいる。第一回目の旅行の際には、『アンクル・トムの小屋』を非常に好意的にフランスに紹介してくれたにもかかわらず、不身持ちな女としてジョルジュ・サンドと会うことをかたくなに拒否したといわれるストウ夫人が、当時結婚出来ないままジョージ・ルイスと同棲していたエリオットと心を許す友になったという事実は、彼女の中に視野の広がりと、様々な事情をかかえた女性たちへの共感が生まれたことを示している。

ストウ夫人の私生活は、ヨーロッパ旅行のような明るい面ばかりではなかった。一八五七年、当時ダートマス大学に在学していた長男のヘンリーが、コネティカット河で水泳中溺死してしまった。彼はまだ堅信をすませていなかったため、彼女は息子の魂の行方について非常に心をなやませたのであった。この問題の本質をきわめたいという願いが彼女の目を故郷ニューイングランドに向けさせたという。この問題は二年後に書かれた『牧師の求婚』(*The Min-*

ister's Wooing, 1859）の主題の一つとなっている。南北戦争中の一八六二年にはホワイトハウスでリンカーン大統領と会い、「これが、この大戦争を引き起こした小さな御婦人ですね」と彼が言ったという挿話が残っている。次男のフレデリックは北軍に従軍して負傷、それがもとでアル中になり、終生、母の重荷になってしまった。一八六三年には夫が教職を引退、それを機会にコネティカット州ハートフォードに、実用とは程遠い大邸宅を建てたが、余りの不便さに数年で手離している。その同じ年、父ライマンが十年近い老衰の末になくなったが、ストウ夫人はすぐに父や夫の教会である組合教会を捨て、母の宗派監督派に変わっている。この当時の彼女の思想の変化を示す行為であり、ニューイングランドの人々を束縛してきたカルヴィニズムの伝統から自らを解放したものといえよう。

ニューイングランドを舞台にした三大傑作『牧師の求婚』（一八五九）、『オアーズ島の真珠』（*The Pearl of Orr's Island*, 1862）、『オールドタウンの人々』（*Oldtown Folks*, 1869）を発表した彼女には、成功した大作家としての安らぎがあって当然であっただろう。しかし、彼女に依存して生きる人々が余りにも多すぎた。老境に入った夫、秘書がわりをしてくれる未婚の双児の娘、アル中のフレッド、結婚しても生活力のないチャールズ。これらの人々の生活を支えるために、一八七〇年代に入っても彼女は書き続けた。ニューヨークを舞台にその風俗を写した『妻と私』（*My Wife and I*, 1871）、『女性の横暴』（*Pink and White Tyranny*, 1871）、『私たちと隣人』（*We and Our Neighbors*, 1875）といった作品のほか、別荘のあったフロリダの風物のスケッチもある。想像力が衰えた晩年の彼女の著作の中で注目したいのは女性と宗教について彼女の考えを表明したものである。

ストウ夫人の女性に対する考え方は、ジョルジュ・サンドとジョージ・エリオットに対する態度の相違にも示されるように、一八五〇年代の後半から一八七〇年代にかけて次第に寛大になっていく。一八七〇年に出版された『バイロン夫人擁護』（*Lady Byron Vindicated*）は、バイロン夫人はもし機会さえ与えられれば、夫よりも優れた芸術家であっただろうと主張して、女性の能力を賞揚するフェミニスト的なものであった。このような考え方は、その後、徐々に保守化していくのであるが、その大きな原因は、一八七四年、最愛の弟ヘンリー・ウォードがエリザベス・ティルトンとの恋愛事件で姦通罪で訴えられたことだといわれている。この事件を告発したのが、女権論者で自由恋愛の提唱者ヴィクトリア・ウッドハルであったからだ（ウッドハルについては、亀井俊介氏の『アメリカのイヴたち』が一章をあて、この事件にも言及している。）すでに述べたようにヘンリー・ウォードは一時は大統領候補にもあげられた人気の高い説教者で、また奴隷制廃止論者として弁舌をふるい、牧師であるのにベストセラーになった小説『ノーウッド』をロバート・ボナーの『ニューヨーク・レジャー紙』に連載して三万ドルの稿料をもらったという、父ライマンのピューリタン的生き方とは違う当世風の男であった。彼はエリザベスの夫から姦通罪で訴えられ、裁判では無罪になるのであるが、裁判に要した十一万ドルの費用の大部分もストウ夫人が負担したという。ストウ夫人は弟の無実を信じて疑わず、ヴィクトリア・ウッドハルには強い嫌悪感を抱いた。この事件が彼女を女権問題について保守的にしたといわれるが、女性の力そのものに対する彼女の信条が変わることはなかった。その信念は『聖なる歴史における女性』（*Woman in Sacred History*, 1873）や死後まとめられた『宗教的研究』（*Religeous Studies*, 1896）の中に示されているが、彼女の文学を考える上で無視出来ないものである。ストウ夫人は、聖母マリアが男性の性的な力なしに処女としてイエスを産んだということに深い関心を寄せている。（夫によって七人の子供を産まされたという事実を忘れてはなるまい）イエスは全くマリアだけの子供であり、彼女は息子を独占出来たのである。イエスには人間の父親がいない。母と神との合体で生まれた子供なのであり、それ故、イエスは女性に対して深い理解と共感を持っていると彼女は考えている。また、イエスの教えは、粗野な男たちよりも、女性、特に母親たちがはるかに深く理解出来るのだ。

「主の姿を一番よく示しているのは、愛情深い、気高い母親たちである。彼女たちが幼い子供たちを導いている時、イエスの足跡に一番近い道を辿っている。」

この考え方は、彼女が小説の中で主張し続けた女性の愛の宗教の信念を示すものであり、同じイメージを作品に用いたフェルプスやファニー・ファーンなど同時代の女性作家たちと共通の考え方でもある。だが、ストウ夫人の偉大さは、それを個人のレベルにとどめなかったということであろう。

これまで、ストウ夫人の生涯をくわしく辿ってきたが、それには主に三つの理由がある。冒頭でのべた通り、彼女は十九世紀の女性作家の中で無条件で大作家といえる人であった。にもかかわらず、晩年に筆力が衰え、想像力の泉が涸れても作品を書き続けなければならなかった。それは父、夫、弟、息子といった家族の生活が彼女の筆一本にかかっていたからである。多くの十九世紀の女性作家と同様、彼女にとって書くことは生活の糧を得る手段であり、筆を折る自由はなかったことを示しておきたかったのである。

また、彼女と父、夫、子供たちとの関係と、彼女の女性観、宗教観の関連を見ておきたかった。十九世紀の女たちが、父、夫という男たちの力に支配され、多くの犠牲を払いながら、どこに女性の自立を求めたかということを知るためである。

第三に、十九世紀アメリカで指導的立場にあったビーチャー一家の歴史の中に、厳格な父ライマンから女性信者に取りまかれたヘンリー・ウォードに至る聖職者の質の変化——俗化——が示され、女性による小説の台頭と密接に関わる十九世紀アメリカのキリスト教の変質をみるのである。

最後に彼女の晩年について一言ふれておきたい。一八八二年には、ホートン・ミフリン社が彼女の七十歳の誕生日を祝うパーティーをボストンで催し、二百人を越す著名人が出席して彼女を喜ばせた。この頃から彼女の知力は急激に衰え、晩年の十年間のみじめな状態はマーク・トゥエインの『自伝』に記されている通りである。一八九六年七月一日、八十五歳で死去。マサチューセッツ州アンドーヴァーの十年前になくなった夫の傍らに葬られた。

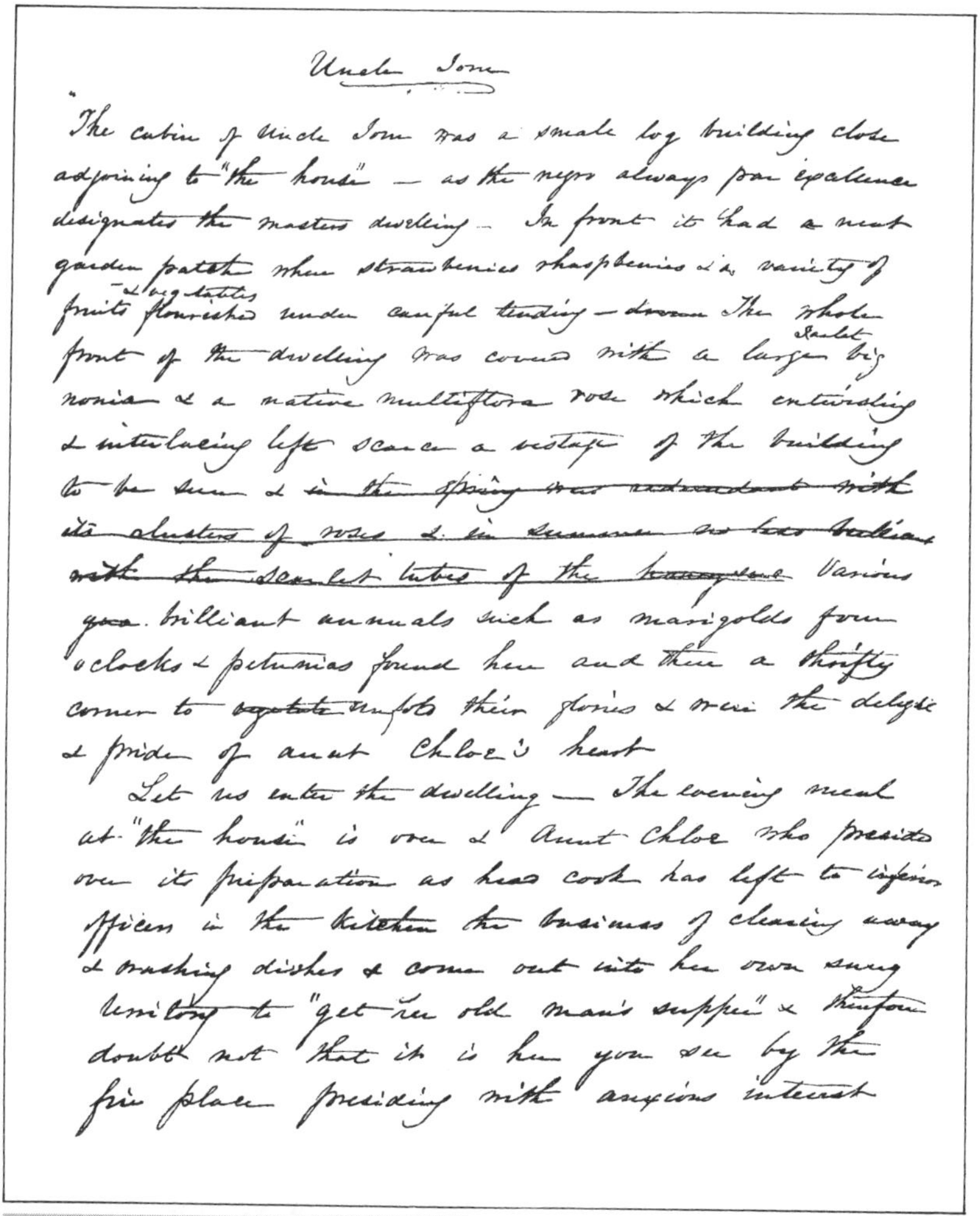

Uncle Tom

"The cabin of Uncle Tom was a small log building close adjoining to "the house" — as the negro always par excellence designates the masters dwelling — In front it had a neat garden patch where strawberries raspberries & a variety of fruits & vegetables flourished under careful tending — The whole front of the dwelling was covered with a large scarlet bignonia & a native multiflora rose which entwisting & interlacing left scarce a vestage of the building to be seen & in the spring was ~~redundant with its clusters of roses & in summer~~ ~~with the scarlet tubes of the honeysuckle~~ Various brilliant annuals such as marigolds four o'clocks & petunias found here and there a thrifty corner to unfold their glories & were the delight & pride of aunt Chloe's heart

Let us enter the dwelling — The evening meal at "the house" is over & Aunt Chloe who presided over its preparation as head cook has left to inferior officers in the kitchen the business of clearing away & washing dishes & come out into her own snug territory to "get her old man's supper" & therefore doubt not that it is her you see by the fire place presiding with anxious interest

『アンクル・トムの小屋』草稿

ヘンリー・ウォード・ビーチャー

カルヴィン・ストウ

ビーチャー家（1850年頃）

ストウ夫妻（一八五〇年代初期）

訳者あとがき

いま『アンクル・トムの小屋』が面白いなどと言うと、何を血迷ったことを言っているのかと鼻白む向きがあるかもしれない。しかし、真面目な話、本当に面白いのだ。そうであることを知らないのは、たぶん日本人ぐらいのものだと思う。その証拠に、この本の全訳本を新刊で手に入れようと日本全国探し回っても、どこの本屋でも見つけ出すことができない。これまであったいくつかの翻訳本がとうの昔に廃棄処分にされているか、または絶版になってしまっているのだ。それだけ一般の需要が減り、売るほうも買うほうも、それで一向にかまわないと考えてきたようだ。

日本でこうなってしまった第一の原因は、この本が文学として「質が低い」と思われてきたところにある。せいぜいのところ、子供向けのダイジェスト版で用が足りると見なされてきている。二つ目は、「奴隷制」という素材が古すぎて、まるっきり現代と無関係だと信じ込まれているせいだろう。また、三つ目には、主人公のアンクル・トムが、「白人にぺこぺこする黒人」の代名詞になってしまったという事実も大きい。だが、こうしたことはすべて見当違いもはなはだしいと言わなければならない。

最近のアメリカ文化に関する諸雑誌や書籍などを手に取ればすぐ分かることだが、作者ストウ夫人の研究が合衆国では近年まことに盛んである。日本のアメリカ文学研究者の怠慢と、「文学研究」への頑な思い込みなどのせいもあって、こうした現象が日本では見過ごされるか、無視されてしまっているのだ。

分かりやすい事例を一つだけあげておこう。一九九二年に『大農場』（中公文庫――一九九八年日本公開映画『シークレット――嵐の夜に』の原作）という作品で、全米文壇の登竜門ともいうべきピューリッツアー賞を受賞したジェーン

・スマイリーという女性作家がいる。彼女は一九九六年一月号の『ハーパーズ・マガジン』で、「ハック・フィン、そうじゃないって言ってちょうだい」という風変わりな題名の評論を発表した。タイトルはともかくとして、内容はすこぶる真面目で挑戦的だった。

彼女の主張は、一言で要約すれば、マーク・トウェインの『ハックルベリー・フィンの冒険』より、ストウ夫人の『アンクル・トムの小屋』のほうが、ずっと真実に肉薄し物語としても豊かだというのである。それが現在そう見られずにいる最大の理由は、一九四八年から一九五五年にかけて活躍した東西冷戦対立下の男性文学イデオローグたちが、モダニズムの文学観に立脚して、『ハック・フィン』をこぞって文学的「規範（キャノン）」に祭り上げるべく共同戦線を張ってきたからで、そこには「白人」対「黒人」という人種の問題がからんでいる。彼らは合衆国の人種問題を単純化し、自らの立場の言い訳としてハック・フィンに肩入れすることに躍起となってきた。だが、合衆国の過去と現在をよりよく知るためには、たとえば、トニ・モリスンの『白さと想像力』の中で展開されているような論理に従いながら、狭隘な文学観を軌道修正して『アンクル・トムの小屋』を正しく理解する必要がある。その限りで、「たとえ、より残酷な描写があるにせよ、わたしは自分の子供たちに、『ハック・フィン』より『アンクル・トムの小屋』を薦めたい」。そう言って、ジェーン・スマイリーはこの評論を閉じている。

こうした主張のすべてに賛成するかどうかはともかく、『アンクル・トムの小屋』という作品が、文学的にも社会的にもこれまで不当に低く評価されてきたというのは、まぎれもない事実だろう。六〇年代の公民権運動の時代には、作品とはまったく無関係に「アンクル・トム」という黒人像が勝手に一人歩きさえしてしまった。だが、その多くは誤解に根ざしていたと言うべきである。その経緯については、解説で詳述したのでそちらを参照していただくこととして、ここではごく当たり前のことだけを訴えたい。つまり、常識化した「定説」を疑い、埋没させられた「周縁」の観点を知るためには、まず自らで体験し自らの頭で考えることが大前提だろう。ところが、日本の現状はその手がかりさえ抹殺してしまっているのだ。

私たちが大学の文学部でアメリカ文学を研究しつつ、いま『アンクル・トムの小屋』を翻訳する必要があると思い立った理由はそこにある。つまり、既存の翻訳を切り捨てて顧みることのない日本文化のあり方に、いささかなりとも戦いを挑もうというのである。せめて若い諸君に本物の味を賞味してもらい、合衆国の過去と現在を知るうえでこの作品が不可欠だということを分かってもらいたいと思っている。いや、それがかなわぬまでも、いつの日か彼らがわずかでも興味を抱いたときに、この本に接近する機会がまったくないというような状態だけは是正しておきたい。一人でも多くの賛同者が現れるよう願っている。

次に、翻訳の作業について述べさせていただくが、これは大学院の後期課程に在学していた院生諸君への指導の一環として取り組み始めたものだった。だが、結局のところ、共訳者として最後まで残ったのは、長谷川裕一君と佐藤美保さんと稲垣浩二君の三人だけだった。三人の手に余ったところは、私の長年の同志である北井百合子さんに助けてもらった。そこまでが、翻訳作業の四分の一のプロセスだったように思う。だが、正直に言って、それ以後は私自身の責任で本腰を入れざるをえなくなってしまった。非力な私が全力投球しなければ、とても仕上がるような代物でないことが身にしみて分かったからである。当初は三、四カ月のつもりでいたのに、結局完成までに二年近い歳月が経ってしまった。それだけでも、本当に自らの浅学菲才ぶりを思い知らされた気がする。

なお、本訳書の解説の一部として、東京女子大学の佐藤宏子先生は、『アメリカの家庭小説』(研究社、一九八七)からストウ夫人に関する一章の転載を快く許してくださった。また、愛知学院大学の野村達朗先生は、『大陸国家アメリカの展開』(山川出版社、一九九六)から合衆国の歴史地図を、本訳書の資料の一部として使用することに快く同意してくださった。末尾になってしまったが、この二人の先達に、この場を借りて深い感謝の意を表明したい。

一九九八年八月

1961　ケネディ大統領、平等雇用委員会を設置。「フリーダム・ライダーズ運動」(公共施設の差別撤廃をめざして、白人と黒人の活動家が一緒のバスで南部へ出かけた)。

1962　ケネディ大統領によるキューバ海上封鎖声明（キューバ危機)。ミシシッピー大学への黒人の入学をめぐって連邦軍と州兵が対峙（メレディス事件)。

1963　奴隷解放100年を記念する20万人のワシントン大行進（M.L.キング牧師による「私には夢がある」の演説)。ベティ・フリーダン『女らしさの神話』出版。ケネディ大統領の暗殺。

1964　「トンキン湾事件」を口実にジョンソン大統領北爆開始。強力で包括的な公民権法成立。ハーレム暴動各地に波及（「長く暑い夏」)。M.L.キング牧師、ノーベル平和賞を受賞。

1965　マルコムＸの暗殺。ワッツの黒人大暴動。公民権法（黒人の投票権強化)。

1966　ストークリー・カーマイケルらの「ブラック・パワー」の提唱。ブラック・パンサー党の結成。

1967　デトロイトの黒人暴動。ニューヨークのセントラル・パークで“Be-In”集会(若者たち10万人が参集)。ワシントンで大規模なベトナム反戦集会（ノーマン・メイラー『夜の軍隊』)。サーグッド・マーシャル連邦最高裁判事任命（最初の黒人最高裁判事)。

1968　解放戦線・北ベトナム軍のテト攻勢。公民権法（住宅差別禁止）成立。M.L.キング牧師の暗殺（その直後全米125都市で人種暴動発生)。ラルフ・アバナシー師、キング牧師の遺志を継いで「貧者の行進」を展開。ロバート・ケネディの暗殺。シカゴで初のウーマンリブ全国大会開催。

1969　大学紛争の嵐のなかで、黒人学生の「アフロ・アメリカ研究」講座設置要求高まる。ウッドストック音楽芸術祭（30万人の若者が集まる)。

1970　女性参政権獲得50周年を記念して5万人の女性がニューヨークでデモ行進。

1972　「ウォーターゲート」事件（この結果、リチャード・ニクソンは1974年に大統領を辞任)。全国黒人政治集会インディアナ州ゲアリーで開催。

1973　ベトナム和平のためのパリ協定調印。

1975　サイゴン陥落（ベトナム戦争の終結)。

1983　ワシントン大行進20周年記念集会。M.L.キング牧師を記念した国民祝日の制定（1986年より実施)。

1987　トニ・モリスン『ビラヴド（愛されし者)』出版。

1992　ロス暴動で黒人系市民による韓国系商店への襲撃・略奪。

1993　トニ・モリスン、ノーベル文学賞を受賞。

1995　ワシントン100万人大行進。

1925　アレン・ロック編『ニュー・ニグロ』出版（「ハーレム・ルネッサンス」の宣言の書ともいうべきアンソロジー）。
1926　左翼雑誌『ニュー・マッセズ』創刊。
1929　「暗黒の木曜日」とともに経済大恐慌始まる。
1930　アメリカ共産党の黒人人権闘争同盟（LSNR）設置（委員長ラングストン・ヒューズ）。
1931　アラバマでスコッツボロ事件が起こる（9人の黒人青少年に対する性的冤罪事件）。
1933　フランクリン・ローズヴェルトの大統領就任とニューディール諸法の成立。
1934　ブラック・ムスリムズ（黒い回教徒運動）シカゴで活動開始。
1935　事業促進局（WPA）による失業作家救済事業の開始。
1936　全国黒人会議（NNC）結成。「アメリカ芸術家会議」の発足（左翼的芸術家を結集したもの）。W・フォークナー『アブサロム、アブサロム！』出版。
1938　産業別労働組織委員会（CIO）がAFLから脱退・分離する。
1939　第二次世界大戦始まる。
1940　リチャード・ライト『アメリカの息子』出版。
1941　A.フィリップ・ランドルフがワシントン行進を計画。ローズヴェルト大統領行政命令第8802号（黒人雇用の公正化）発令。太平洋戦争へ突入。
1942　人種平等会議（CORE）結成。
1943　デトロイトで人種暴動。
1945　広島、長崎に原爆投下。第二次世界大戦終わる。
1946　ハリー・トルーマン大統領、公民権委員会を設置。
1948　トルーマン大統領、行政命令第9981号（軍隊内部の人種隔離禁止）発令。
1950　黒人外交官ラルフ・バンチ、アメリカ黒人最初のノーベル平和賞を受賞。マッカーシー上院議員、国務省に57人の共産主義者がいると演説（マッカーシー旋風のはじまり）。
1952　トルーマン大統領、水爆実験の成功を発表。ラルフ・エリスン『見えない人間』出版。
1953　ジェームズ・ボールドウィン『山にのぼりて告げよ』出版。
1954　最高裁のブラウン判決（公立学校における人種隔離に違憲判断）。
1955　アラバマ州モントゴメリーでバス・ボイコット運動。
1956　アラバマ大学で黒人の入学をめぐる紛争（ルーシー事件）。「南部宣言」（101名の南部選出国会議員による最高裁のブラウン判決への抗議・白人と黒人の共学反対）。
1957　南部キリスト教指導者会議（SCLC）結成（中心はM.L.キング牧師）。公民権法成立（南部再建期以降、最初の公民権法）。リトルロック高校事件。
1960　ノースカロライナ州グリーンズボロでレストランなどでの「座り込み運動」（南部全域に拡大）。学生非暴力調整委員会（SNCC）結成。ケネディ大統領当選（ニュー・フロンティア・スピリットの提唱）。

1869	全米婦人参政権協会設立(ニューヨーク)。
1870	憲法修正第15条（黒人の選挙権を認める）成立。最初の黒人上院議員の当選(この年から黒人の南部政界への進出が目立ちはじめる)。
1873	マーク・トウェインとC.D.ウォーナー共著の小説『金メッキ時代』出版（ここからこの時期の合衆国社会を「金メッキ時代」と呼ぶようになった)。
1875	包括的な公民権法の成立。
1876	リトル・ビッグホーンの戦い（スー族と戦ったカスター将軍以下連邦騎兵隊264名全滅)。
1877	南部における北軍の軍政（南部再建時代）終結。白人優越主義の復活。
1881	B.T.ワシントンによるタスキーギ大学(黒人のための産業訓練校）の設立。
1883	最高裁は1875年の公民権法を違憲と判定。
1886	アメリカ労働総同盟（AFL）創立（初代会長サミュエル・ゴンパーズ)。
1890	国勢調査局がフロンティア・ラインの消滅を報告。ミシシッピー州憲法が黒人の選挙権行使を困難にする条項を挿入（以後、黒人選挙権の制限が南部諸州に広がる)。
1892	この年、合衆国でのリンチ数最高を記録する（白人100人、黒人155人)。
1895	B.T.ワシントンのアトランタ演説（「現在位置でバケツを下ろせ」)。
1896	プレッシー対ファーガソン事件への最高裁判決（「分離しても平等」)。
1898	アメリカ・スペイン戦争（キューバの独立運動をきっかけに開戦。この戦争の結果、アメリカはフィリピン・グアム・プエルトリコを獲得)。
1901	B.T.ワシントン自伝『奴隷より身を起こして』出版。この頃から、アメリカ産業の猛烈な搾取や腐敗ぶりを摘発する「マックレーカー」と呼称されたジャーナリストたちの活動が目立ちはじめる。
1903	W.E.B.デュボイス『黒人の魂』出版。
1905	W.E.B.デュボイスらナイアガラ運動（急進的な黒人差別撤廃運動）を興す。
1909	全国黒人向上協会（NAACP）創設（黒人の公民権獲得と差別撤廃をめざす)。
1911	全国都市同盟（NUL）創設（都市居住の黒人たちの経済・社会問題に取り組む)。
1914	第一次世界大戦の勃発に際し、合衆国は中立を宣言。マーカス・ガーヴェイの万国黒人地位改善協会（UNIA）設立(「黒人よアフリカに帰ろう」)。
1915	D.W.グリフィス監督映画『国民の創生』(南北戦争ならびに南部再建とKKK団創設の経緯を描いたもの）製作上映。
1917	マーカス・ガーヴェイ『ニグロ・ワールド』紙発行。合衆国によるドイツへの宣戦布告。IWW（世界産業労働者組合）による反戦活動の活発化。
1918	NAACPの会員8万8500人、支部300、そのうち約半分は南部。
1919	禁酒法の成立（禁酒法時代――1933年まで)。シカゴで大規模な人種暴動。
1920	この頃から「ハーレム・ルネッサンス」始まる。サッコ・ヴァンゼッティ事件(両人への死刑判決に対して再審請求の国際世論高まるが、1927年に死刑執行)。憲法修正第19条の発効で女性参政権確立。
1924	この頃、第2次KKKの活動盛ん（会員数約450万人)。「帰化不能外国人」の移民禁止条項（排日条項）を含む割当移民法成立。

1833　オーバリン大学創立（35年に黒人の入学許可、36年に女性の入学許可、合衆国最初の男女共学大学）。
1838　1万7000人のチェロキー族による西方への移動（「涙の旅路」として知られる）。黒人奴隷フレデリック・ダグラスの逃亡成功。
1839　奴隷船「アミスタッド」号の反乱（1997年にスティーブン・スピルバーグ監督映画『アミスタッド』製作上映）。
1841　奴隷船「クリオール」号の反乱（1852年発表のフレデリック・ダグラスの短編「ヒロイック・スレイヴ」はこの反乱に題材をとっている）。
1845　フレデリック・ダグラス『アメリカの奴隷フレデリック・ダグラスの人生の物語』出版。マーガレット・フラー『十九世紀の女性』出版。編集者ジョン・オサリバン『デモクラティック・レビュー』にテキサスの併合は神の意志に添うものであるという意味で「明白な運命」という表現を最初に使う。
1846　米・メキシコ戦争（～48）。（この結果、合衆国はアリゾナ、ニューメキシコ、カリフォルニアを領有）。
1847　フレデリック・ダグラス『ノース・スター』創刊。
1848　ニューヨーク州セネカ・フォールズでルクレティア・モットやエリザベス・スタントンらが「婦人の権利」大会を開く。
1850　南北間に「1850年の妥協」成立（カリフォルニアを自由州として承認、メキシコ戦争で得た新しい領土の奴隷制に関しては住民投票で決定、逃亡奴隷取締法の強化、コロンビア特別区での奴隷売買禁止など）。黒人人口363万8808人（総人口の15.7%）、このうち11.9%にあたる43万4495人が自由黒人。黒人人口の11.2%は混血。南部白人の76%は奴隷を所有せず、白人のわずか7%が奴隷の75%を所有。
1851　ハーマン・メルヴィル『白鯨』出版。
1852　ハリエット・ビーチャー・ストウ『アンクル・トムの小屋』出版（1年間で30万部売れ、1853年までに英米で100万部流布）。
1853　ウイリアム・ウエルズ・ブラウン『クローテル――大統領の娘』（アメリカ黒人最初の長編小説）出版。
1854　カンザス・ネブラスカ法（両州の奴隷制に関しては住民投票により決定）成立。共和党結成。
1857　最高裁のドレッド・スコット判決（憲法は白人のためのものであり、連邦政府ならびに連邦議会は奴隷制度を禁止できない）。
1859　ハーパーズフェリーで奴隷制廃止論者ジョン・ブラウンの武装蜂起。
1860　大統領選挙で共和党のリンカーン当選。
1861　南北戦争始まる（～65）。黒人女性ハリエット・ジェイコブズ『ある奴隷娘の生涯で起こった出来事』出版。
1863　奴隷解放宣言発布。
1865　連邦政府内に解放黒人局設置。憲法修正第13条（奴隷制の全面廃止）発効。リンカーン大統領暗殺。クー・クラックス・クラン（KKK）結成。
1867　ワシントンD.C.にハワード大学（黒人大学）設立。
1868　憲法修正第14条（黒人の市民権を認める）成立。

1787	ペンシルヴァニア奴隷制廃止協会（会長ベンジャミン・フランクリン）設立。
1788	合衆国憲法の発効（第1条第2節第3項「各州の人口は自由人の総数をとり、この中には年季奉公人を含ませ、納税義務のないインディアンは除外し、それに自由人以外のすべての5分の3を加えたものとする」第1条第9節第1項「現存の州が、入国を適当と認める人々の来住および輸入に対しては、連邦議会は1808年以前においてこれを禁止することはできない」第4条第2節第3項「何人も一州においてその法律の下に服役または労働に従う義務ある者は、他州に逃亡した場合でも、その州の法律または規則によって、右の服役または労働から解除されるものでなく、右の服役または労働に対し権利を有する当事者の請求に従って引き渡されなければならない」）。
1789	ジョージ・ワシントン、合衆国初代大統領に当選。フランス革命始まる。
1790	最初の国勢調査（合衆国の黒人総数は75万7363人で総人口の19.3%、このうち自由黒人は5万9466人、黒人奴隷は69万7897人）。
1791	仏領サンドマング（現在のハイチ）で黒人奴隷の反乱。
1793	第一次逃亡奴隷取締法。ホイットニーによる綿繰り機の特許申請（これにより南部の綿花栽培が飛躍的に増大し、奴隷制が強化される）。
1794	仏共和制下で奴隷解放宣言（1802年ナポレオンによる奴隷貿易の復活、1817年再び奴隷貿易の禁止、1848年奴隷制の廃止）。
1799	この頃、ニグロ・ミンストレル・ショーが始まる。
1800	ヴァージニアでゲイブリエル・プロッサーの奴隷反乱計画（1936年刊のアーナ・ボンタン『ブラック・サンダー』はこの反乱計画を小説化している）。
1801	黒人指導者トゥサン・ルベルチュール、サンドマング（ハイチ）を制圧（C.L.R.ジェイムズ『ブラック・ジャコバン――トゥサン・ルベルチュールとハイチ革命』1963年）。
1803	ジェファソン大統領によるルイジアナ購入（ナポレオンから）。
1804	ハイチに黒人最初の共和国成立。
1807	英国で奴隷貿易の禁止（1833年、英国で奴隷制の廃止）。
1808	米国で奴隷貿易の禁止（この年から1860年までのあいだに、密貿易による奴隷輸入数は推定25万人）。
1812	第二次対英戦争（米海軍の水兵6分の1が黒人）。
1817	アメリカ植民協会設立（自由黒人のアフリカ送還が目的）。
1820	スペイン領内の奴隷貿易禁止。ミズーリ協定（ミズーリ州は奴隷州、メイン州は自由州、北緯36度30分以北に奴隷州は置かない）。
1822	チャールストンでデンマーク・ヴィージーの奴隷反乱計画。
1827	最初の黒人新聞『フリーダムズ・ジャーナル』ニューヨークで創刊。
1829	自由黒人デイヴィッド・ウォーカーの奴隷制告発文『訴え』出版。
1830	インディアン強制移住法制定。
1831	ウィリアム・ロイド・ギャリソン『リベレーター』（奴隷解放運動の機関紙）創刊。ヴァージニアでナット・ターナーの奴隷反乱（1856年刊のストウ夫人の『ドレッド』および1966年刊のウィリアム・スタイロン『ナット・ターナーの告白』はこの反乱を小説化している）。

合衆国黒人文化・社会史年表

年	事　項
1492	コロンブスの新大陸発見（「アメリカを発見したことは素晴しいことだった。しかし、アメリカを発見しなければ、もっと素晴しかったであろう」マーク・トウェイン）。
1517	スペイン人のインディオ虐待を憂えたラス・カサス神父の提言により、スペイン国王カルロス二世は新大陸へのアフリカ黒人奴隷の輸入を許可する。
1540	この頃アフリカから新大陸（西インド諸島・中米・ブラジルなど）への奴隷輸送は年間数千人。
1607	ヴァージニアのジェイムズタウンにイギリス最初の植民地建設。
1614	ジェイムズタウンで英国人ジョン・ロルフとポウアタン王の娘ポカホンタスが結婚。
1619	ジェイムズタウンにオランダ船が入港し、20人の黒人を売却。
1620	メイフラワー号のピルグリム・ファーザーたちプリマスに上陸。
1626	オランダ人がマンハッタンをインディアンから購入し、ニューアムステルダムと改名。
1641	マサチューセッツで奴隷制度の合法化（他の植民地もこれにならう）。
1672	王立アフリカ会社設立（英国による本格的な奴隷貿易の開始）。
1676	ヴァージニアでベーコンの反乱（辺境の白人入植者による反乱だが、奴隷や年季奉公人も加わった）。
1692	セーレムの魔女裁判（19名が絞首刑、1名が獄死）。
1739	サウスカロライナで大規模な奴隷反乱「カトーの陰謀」起こる。
1761	北米最初の黒人詩人ジュピター・ハーモンの詩集出版。
1763	フレンチ・インディアン戦争(新大陸をめぐる英仏間戦争の最後）の結果、フランスは北米植民地の大半を失う。
1770	自由黒人のクリスパス・アタックスが独立戦争で最初の犠牲者となる。
1773	黒人女性フィリス・ウィートリーの詩集出版。ボストン茶会事件。
1775	トマス・ペインが新聞に発表した「アメリカの黒人奴隷」によって奴隷制廃止を主張。
1776	合衆国の独立宣言（「われわれは自明の真理として、すべての人は平等に造られ、造物主によって一定の奪いがたい天賦の権利を賦与され、その中に生命、自由および幸福の追求の含まれることを信じる」）。トマス・ペイン『コモン・センス』出版（３カ月で12万部発行）。
1783	パリ講和条約成立（独立戦争の終結）。
1784	トマス・ジェファソン『ヴァージニア覚書』出版。

——. *The Intricate Knot: Black Figures in American Literature, 1776-1863*. New York: New York UP, 1972.

——. *Women & Sisters: The Antislavery Feminists in American Culture*. New Haven: Yale UP, 1989.

Zinn, Howard. *A People's History of the United States: 1492-Present* (Revised and Updated Edition). New York: HarperCollins, 1980. (猿谷要 監修『民衆のアメリカ史 上中下』TBS ブリタニカ、1993年)

Zwarg, Christina. "Fathering and Blackface in *Uncle Tom's Cabin*" in *Uncle Tom's Cabin*. Ed. Ammons, 568-84.

Norton, 1994.
——. *Uncle Tom's Cabin: or, Life Among the Lowly*. Ed. Ann Douglas. New York: Penguin, 1981.
——. *Uncle Tom's Cabin: or, Life Among the Lowly*. Ed. Alfred Kazin. 1952. Everyman's Library, 1995.
——. *Uncle Tom's Cabin: or, Life Among the Lowly*. Ed. Jean Fagan Yellin. New York: Oxford UP, 1998.
Sundquist, Eric J., ed. *Frederick Douglass: New Literary and Historical Essays*. New York: Cambridge UP, 1990.
——, ed. *New Essays on Uncle Tom's Cabin*. New York: Cambridge UP, 1986.
——. *To Wake the Nations: Race in the Making of American Literature*. Cambridge: Harvard UP, 1993.
Takaki, Ronald. *A Different Mirror: A History of Multicultural America*. New York: Little, Brown and Co., 1993.（富田虎男監訳『多文化社会アメリカの歴史――別の鏡に映して』明石書店、1995年）
——. *Iron Cage: Race and Culture in 19th-Century America*. 1979. New York: Oxford UP, 1990.
巽　孝之『ニュー・アメリカニズム――米文学思想史の物語学』（青土社、1995年）
Tocqueville, Alexis De. *Democracy in America*. With an Introduction by Alan Ryan. New York: Knopf, 1945.（井伊玄太郎訳『アメリカの民主政治　上中下』講談社学術文庫、1987年）
Tompkins, Jane. *Sensational Designs: The Cultural Work of American Fiction, 1790-1860*. New York: Oxford UP, 1985.
——. "Sentimental Power: *Uncle Tom's Cabin* and the Politics of Literary History." *The New Feminist Criticism: Essays on Women, Literature, and Theory*. Ed. Elaine Showalter. New York: Pantheon, 1985: 81-104. Originally appeared in *Glyph* (1978); also, in *Ideology and Classic American Literature*, eds., by Sacvan Bercovitch and Myra Jehlen, New York: Cambridge UP, 1986:267-292.
辻内鏡人『アメリカの奴隷制と自由主義』（東京大学出版、1997年）
Warner, Charles Dudley. "The Story of *Uncle Tom's Cabin*." Ammons, ed. 60-72.
Welter, Barbara. "The Cult of True Womanhood:1800-1860." *American Quarterly* 18 (1966):151-74.
White, Isabelle. "Sentimentality and the Uses of Death." Lowance, et.al., eds. 99-115.
Wilson, Edmond. *Patriotic Gore: Studies in the Literature of the American Civil War*. New York: Oxford UP, 1962.
Yarborough, Richard. "Strategies of Black Characterization in *Uncle Tom's Cabin* and the Early Afro-American Novel." Sundqusit, ed. 45-84.
Yellin, Jean Fagan. "Doing It Herself: *Uncle Tom's Cabin* and Woman's Role in the Slavery Crisis." Sundquist, ed. 85-105.
——. "Introduction." *Uncle Tom's Cabin*. By Harriet Beecher Stowe. New York: Oxford UP, 1998: vi-xxvii.

Lowance, Mason I.,Jr., Ellen E. Westbrook and R. C. De Prospo. *The Stowe Debate: Rhetorical Strategies in Uncle Tom's Cabin*. Amherst: University of Massachusetts Press, 1994.

Michaels, Walter Benn. "Romance and Real Estate." *The American Renaissance Reconsidered*. Eds. Walter Benn Michaels and Donald E. Pease. Baltimore: The Johns Hopkins UP, 1985: 156-182.

Moers, Ellen. *Harriet Beecher Stowe and American Literature*. Hartford: The Stowe-Day Foundation, 1978.

Morrison, Toni. *Playing in the Dark: Whiteness and the Literary Imagination*. Cambridge: Harvard UP, 1992.（大社淑子訳『白さと想像力——アメリカ文学の黒人像』朝日選書、1994年）

野村達朗『大陸国家アメリカの展開』（山川出版社、1996年）

Owens, William A. *Black Mutiny: The Revolt on the Schooner Amistad*. 1953. Baltimore: Black Classic Press, 1997.（雨海弘美訳『アミスタッド』徳間書店、1998年）

Reed, Ishmael. *Flight To Canada*. New York: Avon, 1976.

Reynolds, David S. *Beneath the American Renaissance: The Subversive Imagination in the Age of Emerson and Melville*. Cambridge: Harvard UP, 1988.

Roberson, Susan L. "Matriarchy and the Rhetoric of Domesticity." Lowance, et al., eds. 116-37.

Rourke, Constance Mayfield. *Trumpets of Jubilee*. New York: Harcourt Brace and World, 1963.

Ryan, Mary. *Cradle of the Middle Class: The Family in Oneida County, New York, 1790-1865*. New York: Cambridge UP, 1981.

斎藤　眞『アメリカとは何か』（平凡社、1995年）

猿谷　要『アメリカ黒人解放史——奴隷時代から革命的叛乱まで』（サイマル出版会、1968年）

佐藤宏子『アメリカの家庭小説——十九世紀の女性作家たち』（研究社、1987年）

Smiley, Jane. "Say It Ain't So, Huck: Second thoughts on Mark Twain's'Masterpiece.'" *Harper's Magazine* (January 1996): 61-67.

Smith-Rosenberg, Carroll. *Disorderly Conduct: Visions of Gender in Victorian America*. New York: Knopf, 1985.

Spillers, Hortense J. "Changing the Letter: The Yokes, the Jokes of Discourse, or, Mrs. Stowe, Mr. Reed." *Uncle Tom's Cabin*. Ed. Ammons, 542-568.

Stepto, Robert B. "Sharing the Thunder: The Literary Exchanges of Harriet Beecher Stowe, Henry Bibb, and Frederick Douglass." Sundquist, ed. 135-53.

Stowe, Charles Edward. *The Life Of Harriet Beecher Stowe: Compiled from Her Letters and Journals*. London: Sampson Low, Marston, Searle & Rivington, 1889.

Stowe, Harriet Beecher. *A Key to Uncle Tom's Cabin*. 1853. Rpt. New York: Arno, 1968.

——. *Dred: A Tale of the Great Dismal Swamp*. 1856. Rpt. Grosse Pointe, Michigan: Scholarly Press, 1968.

——. *Uncle Tom's Cabin: or, Life Among the Lowly*. Ed. Elizabeth Ammons. New York:

-*1901*. Knoxville: The University of Tennessee Press, 1995.
Hedrick, Joan D. *Harriet Beecher Stowe: A Life*. New York: Oxford UP, 1994.
Henry, Stuart. *Unvanquished Puritan: A Portrait of Lyman Beecher*. Grand Rapids, Mich.: Eerdmans, 1973.
本間長世『アメリカ文化のヒーローたち』(新潮選書、1991年)
本田創造『アメリカ黒人の歴史　新版』(岩波新書、1991年)
――.『アメリカ社会と黒人――黒人問題の歴史的省察』(大月書店、1972年)
Hughes, Langston. "Introduction to *Uncle Tom's Cabin*." Ammons, ed. 102-4.
池本幸三・布留川正博・下山晃『近代世界と奴隷制――大西洋システムの中で』(人文書院、1995年)
Jacobs, Harriet. *Incidents in the Life of a Slave Girl*. Ed. Jean Fagan Yellin. Cambridge: Harvard UP, 1987.
James, C.L.R. *The Black Jacobins: Toussaint L'Ouverture and the San Domingo Revolution*. 1963. New York: Vintage, 1989.(青木芳夫監訳『ブラック　ジャコバン――トゥサン・ルヴェルチュールとハイチ革命』大村書店、1991年)
Jehlen, Myra. "The Family Militant: Domesticity versus Slavery in *Uncle Tom's Cabin*." *Criticism* 31(1989):383-400.
Kammen, Michael. *A Season Of Youth: The American Revolution and the Historical Imagination*. Ithaca: Cornell UP, 1978.
――. *People Of Paradox: An Inquiry concerning the Origins of American Civilization*. Ithaca: Cornell UP, 1972.
Kaplan, Cora. *Sea Changes: Essays on Culture and Feminism*. London and New York: Verso, 1987.
Kazin, Alfred. "Introduction." *Uncle Tom's Cabin*. By Harriet Beecher Stowe. Everyman's Library, 1995: ix-xvi.
Kelly, Karol L. *Models for the Multitudes: Social Values in the American Popular Novel, 1850-1920*. Westport: Greenwood, 1987.
Kelly, Mary. *Private Woman, Public Stage: Literary Domesticity in Nineteenth-Century America*. New York: Oxford UP, 1984.
King, Wilma, et al. *Toward the Promised Land from Uncle Tom's Cabin to the Onset of the Civil War*. Broomall, PA: Chelsea House, 1995.
Kirkham, E. Bruce. *The Building of Uncle Tom's Cabin*. Knoxville: The University of Tennessee Press, 1977.
小林富久子「母性の再定義――『アンクル・トムの小屋』とラディカル・フェミニズム」(『日本アメリカ文学会東京支部会報　アメリカ文学』52号：42―48)
Leverenz, David. *Manhood and the American Renaissance*. Ithaca: Cornell UP, 1989.
Levin, Robert S. "*Uncle Tom's Cabin* in Frederick Douglass's Paper: An Analysis of Reception." *American Literature* 64 (1992): 71-93.
Lewis, Gladys Sherman. *Message, Messenger, and Response: Puritan Forms and Cultural Reformation in Harriet Beecher Stowe's Uncle Tom's Cabin*. Lanham, MD: University Press of America, 1994.

Miami: Mnemosyne, 1969: 174-239. Also in *Uncle Tom's Cablin* ed. Jean Fagan Yellin, 1998: 482-520.

Fiedler, Leslie. "Harriet Beecher Stowe's Novel of Sentimental Protest." Ammons, ed. 112-16.

Fields, Annie, ed. *Life and Letters of Harriet Beecher Stowe*. 1898. Detroit: Gale Research Co., 1970.

Fisher, Philip. *Hard Facts: Setting and Form in the American Novel*. New York: Oxford UP, 1985.

Foner, Philip S., ed. *The Life and Writings of Frederick Douglass*. 5 vols. New York: International Publishers, 1950-1975.

Foster, Charles H. *The Rungless Ladder: Harriet Beecher Stowe and New England Puritanism*. Durham, N.C.: Duke UP, 1954.

Foster, Frances Smith. *Witnessing Slavery: The Development of Ante-Bellum Slave Narratives*. Madison: The University of Wisconsin Press, 1979.

Franklin, John Hope. *From Slavery to Freedom*. New York: Knopf, 1947.（井出義光ほか訳『アメリカ黒人の歴史――奴隷から自由へ』研究社、1978年）

Fredrickson, George M. *The Black Image In The White Mind: The Debate on Afro-American Character and Destiny, 1817-1914*. 1971. Hanover: Wesleyan UP, 1987.

——. *White Supremacy: A Comparative Study in American and South African History*. New York: Oxford UP, 1981.

Furnas, J. C. *Goodbye to Uncle Tom*. London: Secker and Warburg, 1956.

——. "Goodbye to Uncle Tom: An Excerpt." Ammons, ed. 105-11.

Gates, Henry Louis, Jr. "Binary Opposition in Chapter One of *Narrative of the Life of Frederick Douglass an American Slave Written by Himself*." *Afro-American Literature: The Reconstruction of Instruction*. Eds. Dexter Fisher and Robert B. Stepto. New York: The Modern Language Association of America, 1979: 212-232.

——. *Figures in Black: Words, Signs, and the "Racial" Self*. New York: Oxford UP, 1987.

Genovese, Eugene D. *From Rebellion to Revolution: Afro-American Slave Revolts in the Making of the Modern World*. Baton Rouge: Louisiana State UP, 1979.

——. *Roll, Jordan, Roll: The World the Slaves Made*. New York:Vintage, 1975.

Gossett, Thomas F. *"Uncle Tom's Cabin" and American Culture*. Dallas: Southern Methodist UP,1985.

Goshgarian, G.M. *To Kiss the Chastening Rod: Domestic Fiction and Sexual Ideology in the American Renaissance*. Ithaca: Cornell UP, 1992.

Grimshaw, Anna. *The C. L. R. James Reader*. Malden: Blackwell, 1992.

Halttunen, Karen. *Confidence Men and Painted Women: A Study of Middle-Class Culture in America, 1830-1870*. New Haven: Yale UP, 1982.

——. "Gothic Imagination and Social Reform: The Haunted Houses of Lyman Beecher, Henry Ward Beecher, and Harriet Beecher Stowe." Sundquist, ed. 107-34.

Harris, Sharon M., ed. *Redefining the Political Novel: American Women Writers, 1797*

Domestic Science. 1869. Hartford: Harriet Beecher Stowe Center, 1975.

Bell, Michael David. "Condition of Literary Vocation." Bercovitch, ed. 9-123.

Bellin, Joshua D. "Up to Heaven's Gate, Down in Earth's Dust: The Politics of Judgment in *Uncle Tom's Cabin*."*American Literature* 65 (June 1993) :275-295.

Bercovitch, Sacvan. *The American Jeremiad*. Madison: University of Wisconsin Press, 1978.

——, ed. *The Cambridge History of American Literature*. Vol. 2. Cambridge: Cambridge UP, 1995.

Bloom, Harold, ed. *Harriet Beecher Stowe's Uncle Tom's Cabin: Bloom's Notes*. Broomall, PA: Chelsea House, 1996.

Bogel, Donald. *Toms, Coons, Mulattoes, and Bucks: An Interpretative History of Blacks in American Films*. New York: Continuum, 1992.

Boydston, Jeanne and Mary Kelley and Anne Margolis. *The Limits of Sisterhood: The Beecher Sisters on Women's Rights and Woman's Sphere*. Chapel Hill: The University of North Carolina Press, 1988.

Bromell, Nicholas K. *By the Sweat of the Brow: Literature and Labor in Antebellum America*. Chicago: The University of Chicago Press, 1993.

Brown, Gillian. "Getting in The Kitchen with Dinah: Domestic Politics in *Uncle Tom's Cabin*." *American Quarterly* 36 (Fall 1984) :503-523.

Camfield, Gregg. "The Moral Aesthetics of Sentimentality: A Missing Key to *Uncle Tom's Cabin*." *Nineteenth-Century Literature* (1988) :319-45.

Child, Lydia Maria. *An Appeal in Favor of That Class of Americans Called Africans*. 1833. Amherst: University of Massachusetts Press, 1996.

Cott, Nancy F. *The Bonds of Womanhood: "Woman's Sphere" in New England, 1780-1835*. New Haven: Yale UP,1977.

Delany, Martin R. *The Condition, Elevation, Emigration and Destiny of the Colored People of the United States*. 1852. Baltimore: Black Classic Press, 1993.

——. *The Origin of Races and Color*. 1879. Baltimore: Black Classic Press, 1991.

——. *Blake; or, The Huts of America*. Ed. Floyd J. Miller. Boston: Beacon Press, 1970.

Donnelly, Mabel Collins. *The Victorian Woman: The Myth and the Reality*. Westport: Greenwood, 1986.

Donovan, Josephine. *Uncle Tom's Cabin: Evil, Affliction, and Redemptive Love*. Boston: Twayne, 1991.

Douglass, Ann. *The Feminization of American Culture*. New York: Knopf, 1977.

——. "Introduction: The Art of Controversy." *Uncle Tom's Cabin; or, Life Among the Lowly*. By Harriet Beecher Stowe. New York: Penguin, 1981: 7-34.

Douglass, Frederick. *Autobiographies*. New York: The Library of America, 1994.

——. *Narrative of the life of Frederick Douglass, An American Slave*. 1845. New York: Penguin, 1986.（岡田誠一訳『数奇なる奴隷の半生――フレデリック・ダグラス自伝』法政大学出版局、1993年）

——. "The Heroic Slave." *Autographs For Freedom* Vol.1. Ed. Julia Griffiths, 1852. Rpt.

参考文献一覧

配列は著者、編者のアルファベット順とした。欧文の場合、イタリック体は単行本と雑誌を示す。また、“　”は短編や論文を示す。邦文の場合、『　』は単行本または雑誌をあらわす。「　」は短編または論文を示す。

Adams, John. *Harriet Beecher Stowe*. 1963. Boston: Twayne, 1989.

Ammons, Elizabeth, ed. *Critical Essays on Harriet Beecher Stowe*. Boston: Hall,1980.

——. “Heroines in *Uncle Tom's Cabin*.” *American Literature* 49(1977): 161-79. Rpt. In Ammons, ed. 152-65.

——. “Stowe's Dream of the Mother-Savior: *Uncle Tom's Cabin* and American Women Writers before the 1920s.” Sundquist, ed. 155-95.

——, ed. *Uncle Tom's Cabin: authoritative text, backgrounds and contexts, criticism*. New York: Norton, 1994.

荒このみ『黒人のアメリカ——誕生の物語』(筑摩新書、1997年)

Askeland, Lori. “Remodeling the Model Home in *Uncle Tom's Cabin* and *Beloved*.” *American Literature* 64 (December 1992): 785-805.

Bailyn, Bernard. *The Ideological Origins of the American Revolution*. 1967. Cambridge: The Belknap Press, 1992.

Baldwin, James. “Everybody's Protest Novel.” *Partisan Review* 16(June 1949): 578-85. Rpt. In Ammons, ed. 92-97. Also in *Notes of a Native Son*, 1955; 1964: 9-17.

——. *Notes of a Native Son*. New York: Bantam, 1964. (佐藤秀樹訳『アメリカの息子のノート』せりか書房、1975年)

Bardes, Barbara, and Suzanne Gossett. *Declaration of Independence: Women and Political Power in Nineteenth-Century American Fiction*. New Brunswick, N.J.: Rutgers UP, 1990.

Baym, Nina. *Feminism and American Literary History: Essays*. New Brunswick, N.J.: Rutgers UP, 1992.

——. *Novels, Readers, and Reviewers: Responses to Fiction in Antebellum America*. Ithaca: Cornell UP, 1984.

——. *Woman's Fiction: A Guide to Novels by and about Women in America 1820-70*. Urbana and Chicago: University of Illinois Press, 1993.

Beecher, Catharine E. *An Essay on Slavery and Abolitionism*. 1837. Salem: Ayer Co., 1988.

——. *A Treatise on Domestic Economy; or, For the Use of Young Ladies at Home, and at School*. 1841. New York: Harpers, 1846.

——, and Harriet Beecher Stowe. *The American Woman's Home; or, Principles of*

●アメリカ合衆国の領土膨張

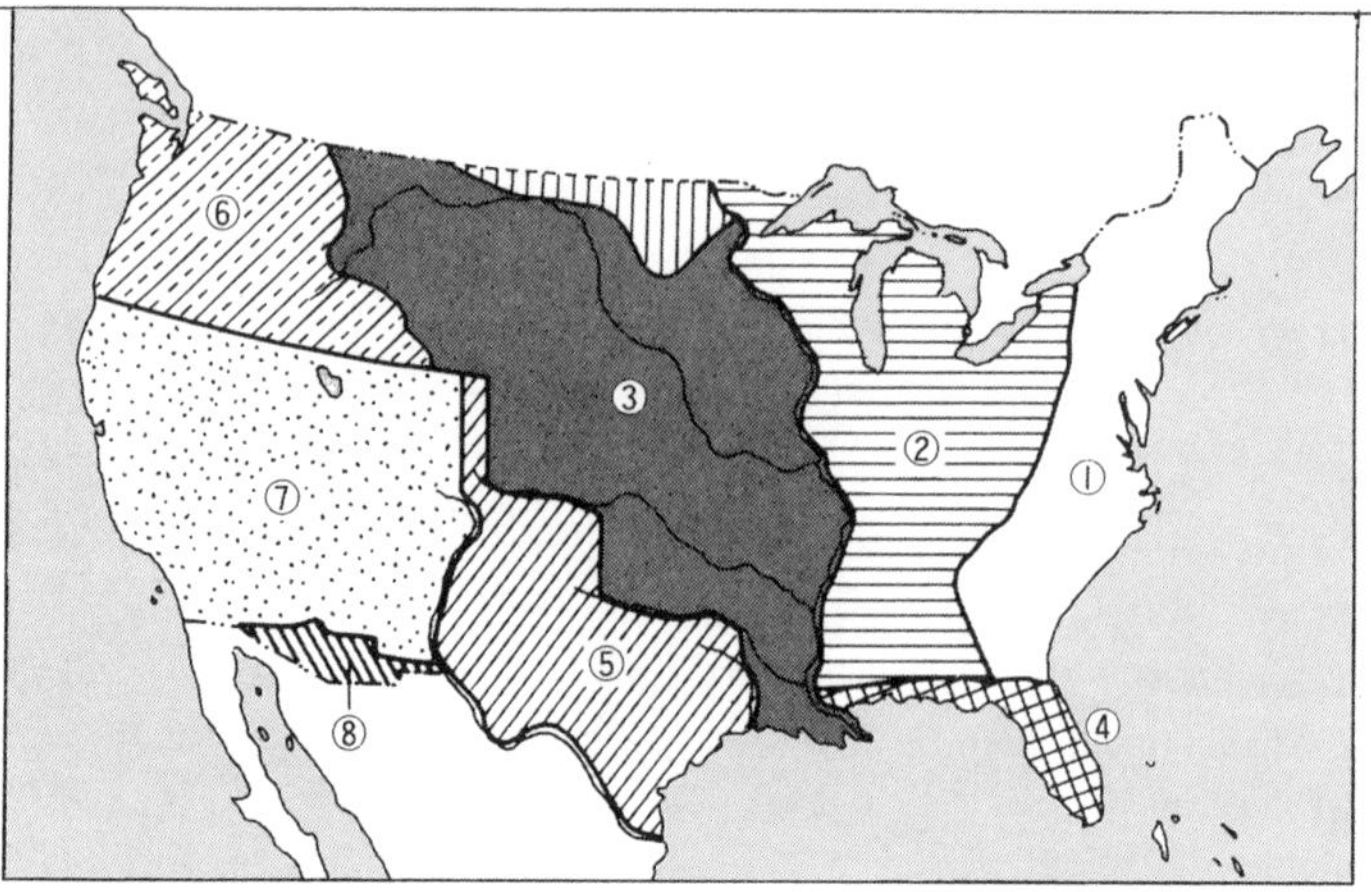

① 最初の13州
② 1783年のパリ条約でイギリスからミシシッピ川までの西方領土を獲得
③ 1803年の「ルイジアナ購入」
④ 1819年スペインからフロリダを割譲
⑤ 1845年テキサスを併合
⑥ 1846年イギリスとの協定でオレゴン地方を獲得
⑦ 1848年グアダルーペ・イダルゴ条約でメキシコから南西部地域を獲得
⑧ 1853年ジェームズ・ガッデンの交渉によりメキシコから購入

●南北戦争

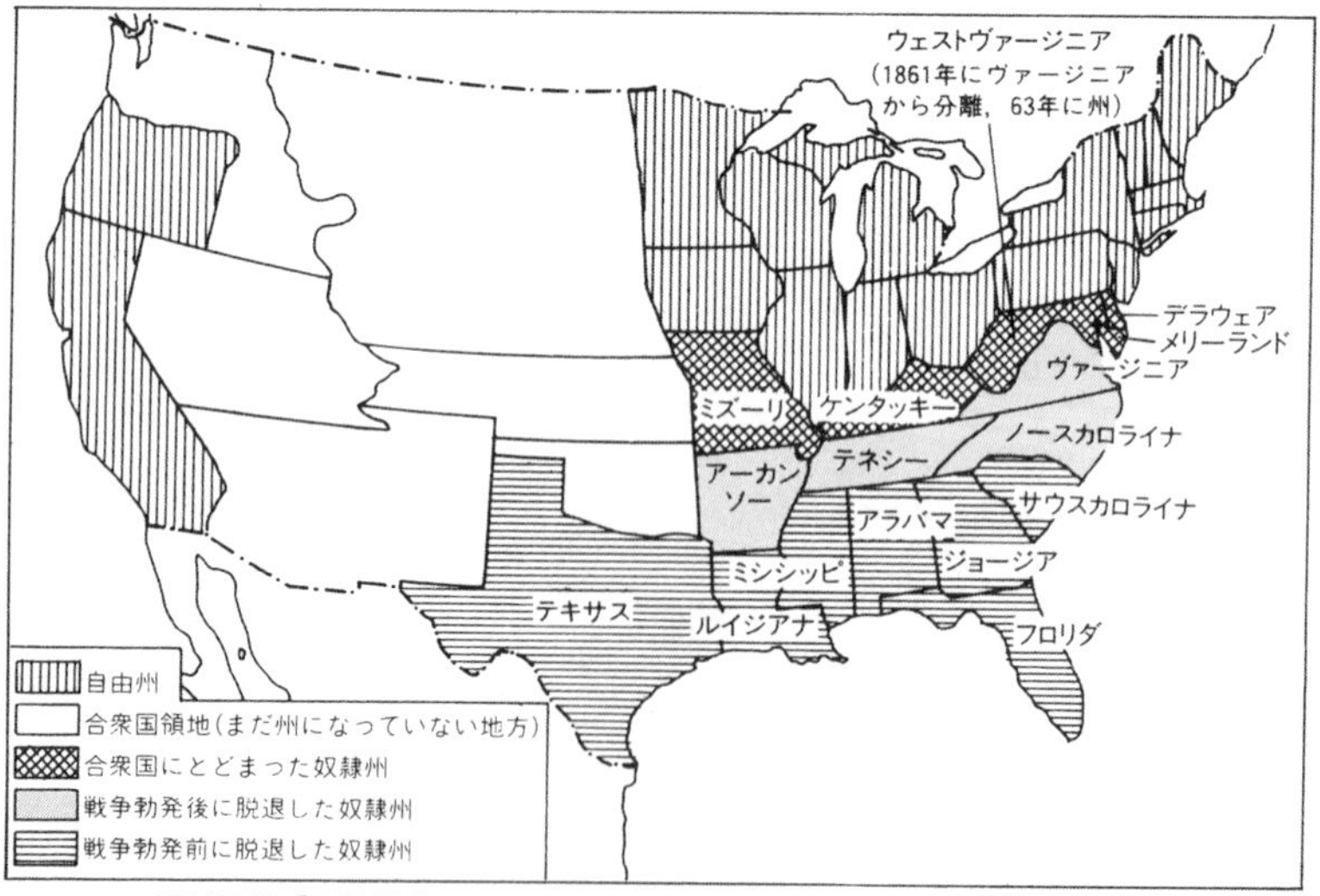

野村達朗『大陸国家アメリカの展開』(世界史リブレット32、山川出版社、1996)

合衆国の奴隷たちの逃亡ルート

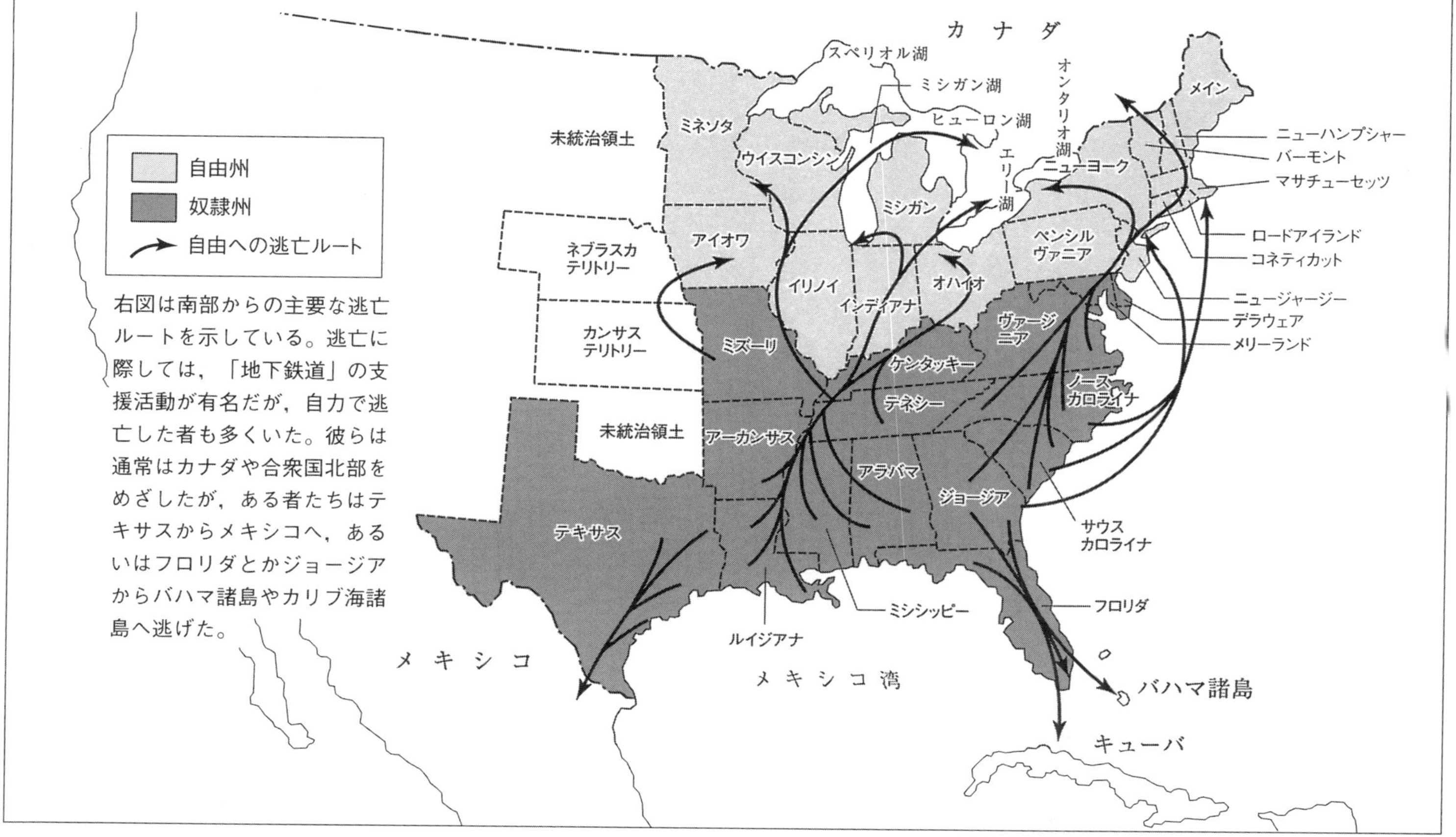

右図は南部からの主要な逃亡ルートを示している。逃亡に際しては，「地下鉄道」の支援活動が有名だが，自力で逃亡した者も多くいた。彼らは通常はカナダや合衆国北部をめざしたが，ある者たちはテキサスからメキシコへ，あるいはフロリダとかジョージアからバハマ諸島やカリブ海諸島へ逃げた。

図版出典一覧

Bennett, Lerone, Jr. *Before the Mayflower: A History of Black America.* New York: Penguin Books, 1993. 595右上, 596下

Boydston, Jeanne, Mary Kelley and Anne Margolis. *The Limits of Sisterhood: The Beecher Sisters on Women's Rights and Wonen's Sphere.* The University of North Carolina Press, 1988. 610下

Gosset, Thomas F. "*Uncle Tom's Cabin" and American Culture.* Dallas: Southern Methodist UP, 1985. 11, 120左上・下, 261, 440上, 610上

Stowe, Charles E. *The Life of Harriet Beecher Stowe.* London: Sampson Low, Marston, Searle & Rivingston, 1889. 539, 609

Stowe, Harriet Beecher. *Uncle Tom's Cabin.* New York: W.W. Norton & Company, 1994. 120右上・中, 440中・下, 597

Yellin, Jean Fagan. *Women & Sisters: The Antislavery Feminists in American Culture.* Yale University Press, 1989. 595下

African Americans: Voices of Triumph. Time Life, 1993. 595左上・中, 596上, 629

野村達朗『大陸国家アメリカの展開』(世界史リブレット32) 山川出版社、1996. 628

〈訳者紹介〉

小林憲二（こばやし けんじ）

1942年生まれ。立教大学名誉教授。東京大学修士課程修了。
著書：『アメリカ文化のいま』（ミネルヴァ書房、1995年）
『文学と批評のポリティクス』（大阪教育図書、1997年、共著）
『アメリカ文学の冒険』（彩流社、1998年、共著）
『カリブの風』（鷹書房弓プレス、2004年、共著）
『ホーソーンとその時代』（立教大学アメリカ研究所、2006年）
『変容するアメリカ研究のいま』（彩流社、2007年）
『アンクル・トムとその時代』（立教大学アメリカ研究所、2008年）
『英語文学とフォークロア』（南雲堂フェニックス、2008年、共著）
『作家マーク・トウェインへの道』（立教大学アメリカ研究所、2009年）
翻訳：ハリエット・ビーチャー・ストウ著『新訳 アンクル・トムの小屋』（明石書店、1998年）
ハリエット・ジェイコブズ著『ハリエット・ジェイコブズ自伝』（明石書店、2001年）
ヒューストン・A・ベイカー・ジュニア著『モダニズムとハーレム・ルネッサンス』（未来社、2006年）

新装版 新訳 アンクル・トムの小屋

1998年 9月30日　初　版第1刷発行
2017年 4月30日　新装版第1刷発行
2022年 4月10日　新装版第3刷発行

著　者　ハリエット・ビーチャー・ストウ
訳　者　小　林　憲　二
発行者　大　江　道　雅
発行所　株式会社 明石書店
〒101-0021 東京都千代田区外神田6-9-5
電　話　03（5818）1171
ＦＡＸ　03（5818）1174
振　替　00100-7-24505
https://www.akashi.co.jp/
装丁　明石書店デザイン室
印刷　モリモト印刷株式会社
製本　モリモト印刷株式会社

（定価はカバーに表示してあります）　ISBN978-4-7503-4511-6